Best Time

白马时光

冰雪之名

/上/

梁振华　胡雅婷　张贝思　著

百花洲文艺出版社
BAIHUAZHOU LITERATURE AND ART PRESS

图书在版编目（CIP）数据

冰雪之名 / 梁振华，胡雅婷，张贝思著．— 南昌：百花洲文艺出版社，2022.2
ISBN 978-7-5500-4606-1

Ⅰ．①冰… Ⅱ．①梁… ②胡… ③张… Ⅲ．①长篇小说—中国—当代 Ⅳ．① I247.5

中国版本图书馆 CIP 数据核字（2021）第 281371 号

冰雪之名

BINGXUE ZHI MING

梁振华　胡雅婷　张贝思　著

出 版 人　章华荣
出 品 人　李国靖
特约监制　何亚娟　夏　童
责任编辑　刘　云　陈　愉
特约编辑　陈乐意
营销编辑　王亚青
封面设计　小西设计 Miniqian Designstudio/QQ:310094811
封面绘图　金鱼酱
版式设计　彭　娟
出版发行　百花洲文艺出版社
社　　址　南昌市红谷滩区世贸路 898 号博能中心 I 期 A 座 20 楼
邮　　编　330038
经　　销　全国新华书店
印　　刷　三河市金元印装有限公司
开　　本　880mm × 1230mm　1/32
印　　张　20
字　　数　394 千字
版　　次　2022 年 2 月第 1 版
印　　次　2022 年 2 月第 1 次印刷
书　　号　ISBN 978-7-5500-4606-1
定　　价　69.80 元（全二册）

赣版权登字：05-2022-2

发行电话　0791-86895108　　网　址　http://www.bhzwy.com

目　录

Contents

引　子

扑通扑通，胸膛内滚烫的一颗心激烈地跳动着。

冬奥会前夜，严阳大汗淋漓地呈“大”字状躺在偌大的冰场上，任由身体内沸腾的热血灼烧着队服上那面小小的五星红旗。

而后，他紧闭双眼，隔着千里万里，隔着漫长岁月。

他仿佛看见了爷爷在风雪夜里，乘着雪橇驰骋千里。

他仿佛看见了父亲从雪山之巅，俯冲而下。

他仿佛看见了父亲颤抖地为他系上那双飘扬着红带子的冰鞋。

他仿佛看见了故乡绵延千里的热情的黑土、纷飞的大雪和茫茫雪原。

天际，第一缕阳光照向广袤的大地，照在国家队冬奥会短道速滑训练营基地上高高悬挂着的冬奥会会徽上。严阳穿着短道速滑国家队的比赛服，推开训练营宿舍的门。

朝阳迎面照在胸前那面五星红旗上，严阳昂首挺胸，迈着坚毅的步伐，大步走了出去。他一路穿过吵嚷的人群，路过庄严的场馆，来到了首钢国家队冬奥会短道速滑训练营基地。

广场上，所有人的脸上都挂着自豪、激动的微笑。

严阳抬头看去，广场对面的电子日历上，显示着中国冰雪人期待了半个世纪的日子：2022 年 2 月 3 日——距离冬奥会还有一天。

第一章

雪乡的假期

二十世纪八十年代，改革开放的号角如惊雷般响彻在华夏大地，预示着盘踞在东方的巨龙将从鼾声中苏醒，中国即将开启一个复兴的新时代。在新中国蹒跚学步的几十年里，幅员辽阔的东北作为“共和国长子”，高举计划经济的旗帜，在自强的号声中，以林立的钢铁厂和震天响的机械轰鸣，塑造了辉煌一时的北国风光。

然路修远以多艰兮，东北的发展之路并不顺畅。改革东风此时在相隔千里外的海上扶摇而起。而东北——这个曾为新中国崛起而站起的工业巨人，也不得不在皑皑白雪中落寞转身，直面上一个时代的落幕。

北国虽寒，皎洁的白雪和热情的黑土养育的儿女，以在冰天雪地里磨砺出来的坚韧和无畏，身负雪山之魂，正一步一个脚印，走向属于他们的下一个冰雪时代……

若站在雪山山顶俯瞰，最先瞧见的是一个红点，那是雪乡里唯一一所小学的操场上常年飘扬的五星红旗。越往下走，那一团团芝麻大小的、砖红色的或是土黑色的，镶嵌在一片白茫茫中的斑点就越发清晰，最终幻化成一座座小屋和一个个院落。走到山脚下时，抬眼望去，雪乡的全貌便可尽收眼底了。

老话说“过了腊八就是年”，这一年的年味是顺着漫天的风雪飘进雪乡的。进了腊月，几场雪开始争先恐后占地盘，土坡、高岗、房顶、烟囱……整个雪乡像是被老天爷囫囵地刮了一层大白。住在山脚下的人们一大早就轻车熟路地开门扫雪，在“嚓嚓”的铲雪声中，大家伙儿彼此热闹地念叨着那句耳熟能详的吉祥话：“瑞雪兆丰年。”

1980 年 2 月 13 日，也是这一年的农历腊月二十七。第十三届冬奥会的开幕式在美国普莱西德湖举行，二十八位中国健儿远渡重洋，让五星红旗第一次飘扬在冬季奥运会的开幕式上。这一天，中国开启了奥运的新时代。同时，在东北雪乡一隅，冬奥的种子也远飘万里，在此落地生根。

深冬长夜，漫天风雪中的村中小屋里，灶上的热水壶不断地冒着热气，在腾腾的白雾中，八岁的严振华以孩子王般的架势坐在炕中间。他的周围围了一群红星小学的孩子们，大家屏住呼吸，急切地盯着严振华，严振华正神秘兮兮地给大家伙儿讲故事。

严振华的声音又低又阴沉："瘸腿吴借着月光扒开一条门缝往外看，只见门外一只狐狸幻作人形，对着他笑——"

讲到此处，严振华的小伙伴唐剑无意间一抬头，竟然看到结满冰碴儿的玻璃窗外面，一只狐狸头正趴在窗户边往里瞧。唐剑顿时寒毛倒竖，抱住严振华大叫："狐狸！狐狸！"此时，一声敲门声陡然响起，瞬时把惊叫的孩子们吓得噤若寒蝉。

两人战战兢兢地靠近门口，小心翼翼地从门缝里望出去，隐约看见一只两脚站着的狐狸。随即，一个诡异而稚嫩的童音从门缝中传来："有人吗？"

霎时间，故事里恐怖的氛围跌入现实，孩子们抱作一团。严振华壮着胆子靠近门口，又往外看去，只见门外站着一只通体发白的狐狸，随后，那狐狸缓缓转过身来。严振华心跳如雷，拳头紧握。终于，那张脸转了过来——原来，是一个披着狐狸皮外套的小女孩儿。

严振华松了口气，缓缓打开门，门外站着一大一小两个人。男子身着宽皮大袄，头戴皮帽，体魄强健。小女孩儿披着整块的狐狸皮，狐狸头的部分套在头上，乍看上去唬人一跳。男人见前来开门的是一个孩童，掬起笑容，自报家门："俺跟俺闺女是鄂伦春族的，下山来给族人买年货，没想到赶上这老烟炮雪，能不能让俺们进去避一避？"

严振华赶忙引人进屋。一屋孩童见二人衣着奇特，立时围作一团。男人的目光在屋内逡巡一圈："你家大人呢？"严振华给两人递上热水，俨然一个小主人的模样，语气难掩得意："俺爸去县城给我们买新年礼物去了！”

大半缸热水下肚，男人浑身暖和起来。他瞧了一眼窗台上垒起的一拳高的积雪，呼出一口热气：“那今儿个怕是回不来了，这大烟雪，肯定通不了车，封个两三天都没准儿啊！”

此言一出，一屋子孩子急得嚷作一团，心心念念的礼物落了空，小孩子们个个愁眉苦脸，蔫儿在一处不吱声了。眼见风雪越发大了，鄂伦春族父女暖和过来便又上路了。临行前，好心的鄂伦春族父亲嘱咐严振华：“娃儿，你爸怕是今天回不来了，你就去村里亲戚家吧。”

严振华脖子一扭，倔强道：“不可能，我爸一定能回来！”

经此一番，没了念想的孩子们终于扛不住困意，没一会儿就东倒西歪，躺在炕上睡着了。在小伙伴的浅浅鼾声中，满怀心事的严振华爬到炕上，用哈气和热乎乎的手融化窗户上的冰花，看向窗外的远方。窗外风雪连天。

此时，县城汽车站里，滞留多时的乘客们早已满脸倦容。靠近售票口的一张椅子上，一个手中大包小裹的男人，眉头拧得分外紧，此人正是赶年集给孩子们来买礼物的严义国。

严义国心里挂念家中的老小，正坐立不安。“哗啦”一声，紧闭多时的售票窗口终于开了。瞬时，众人一拥而上，严义国手疾眼快，举着早就攥在手里的钱，挤到了最前头。谁料，售票员瞧也没瞧一眼，朝众人摆了摆手：“刚接到通知，雪太大，车不发了。”

一言激起千层浪，客运站里立即拱起一阵声潮，众人七嘴八舌，问东问西，售票员被问得不耐烦，往玻璃窗上贴了一张停运通知：“急也没用，这老烟炮雪，谁敢上路啊，出事咋办？”

“那啥时候——”严义国扒上窗口正要再问问，“啪”的一声，后半截话被陡然关上的窗户夹断。

售票室的吊灯随着风来回晃动，把篝火处人的影子颤颤巍巍地印在墙上。售票室窗口有个老大爷摇头晃脑地唱着京剧：“我好比——浅水龙——被困在沙滩——”随着一阵风啸声，火堆燎起簇簇火苗，司机“哎哟”一声，把悬在火炉上的烤红薯拿走。眼见身旁的严义国眉头都快拧成一团，司机把手里的烤红薯递过去：“别想了，实在不行，你跟我在这儿过年吧。”

严义国无心吃食，一脸愁容地起身往窗边走，看着连天的风雪。突然，屋外墙根里一副雪橇吸引了严义国的目光，他眼中灵光一闪，大步走到售票员办公桌前，解下手表往桌上一放：“同志，我把手表押在这儿，想借雪橇用用，成不？”

几分钟后，车站外闲聊的乘客被“嘭”的一声异响吸引。只见严义国踏着雪橇从雪堆里冲了出来，动作矫捷，引得围观众人啧啧称奇。严义国往上拉起衣领，捂住口鼻，在众人一片喝彩加油声中冲上雪坡，腾空而起，像一只飞翔的雄鹰般俯冲而去。

雪原上，严义国所经之处，积雪飞溅数尺，晶莹一片，留下一路蜿蜒的行迹。严义国的睫毛和碎发很快就被裹上一层霜白。风雪凛冽地划过他的眼角，留下皲裂的丝丝血痕，严义国却满眼雀跃，奋勇前行。

一路上，严义国逢山攀山，遇坡跃坡，终于在日薄西山之时，又见炊烟。

浑身是雪的严义国矗立在山头眺望。不远处，本一片雪白的村落，悄然间已经点缀上了点点红火——挨家挨户门前高高挂起的长串红灯笼，喜庆又热闹。严义国禁不住咧嘴笑了，抓起地上的白雪吃了一口，大喊一声：“痛快！”

旋即，严义国一个俯冲，向自家的方向滑去。

严义国家的小屋里，孩子们横七竖八地睡在火炕上。严振华睡得正酣，被钻进后腰的一阵凉风冻醒。他睁开迷离的睡眼，只见一个“雪人”带着凛冽的寒气，正笑呵呵地瞅着他。严振华还未分清是梦是真，“雪人”就抖落了一身霜雪，显出真容。

严振华看清来人，瞬间睡意全无，从炕上蹦起来，扑到严义国身上，兴奋地大叫道：“爸，我就知道你一定能回来！”

被响动惊醒的孩子们也跟着一骨碌爬起来。严义国打开包裹，严振华迫不及待地翻出新冰鞋，宝贝似的挂在脖子上。孩子们一拥而上，正要瓜分礼物，严振华抢先一步把包裹抱在自己怀里，颐指气使地命令小伙伴：“排队，遵守纪律的才有。”

严振华小大人一般，学着班主任发课本的模样，掏出一个红灯笼，虎子赶紧举手，凑上来要领，严振华把灯笼往身后一藏，狐假虎威：“你说我爸厉害不？”虎子连连点头：“厉害。”严振华这才把灯笼交给他。

严义国心满意足地看着孩子们，忽然想起什么，起身走向了厨房。

半小时后，严义国端着一盖帘热气腾腾的饺子上了炕。严振华小主人翁似的给小伙伴们分配碗筷："爸，还没到年三十呢，为啥吃饺子啊？"

严义国笑吟吟地说："因为今天是个特殊的日子。"

孩子们好奇心大发，追着严义国问东问西。严义国放下筷子，给孩子们解释："今天在美国，冬奥会开幕，这是咱中国人第一次参加冬奥会。"

最小的孩子一脸蒙，奶声奶气地问："啥是冬奥会啊？"

严义国笑着给她的碗里夹了一个饺子，兴致勃勃地说："冬奥会就是在冬天举行的运动会，全世界的国家都参加，还有夏季奥林匹克运动会。"

果然，严义国刚说了一句，一连串奇思妙想的问题又冒出来了。

"严老师，有没有春奥会和秋奥会啊？"

"严老师，我不喜欢冬天，我喜欢秋天，我能不能参加秋奥会啊？"

"严老师，秋奥会啥时候啊？"

"我也喜欢秋天，有好吃的，还有大马哈鱼。"

……

孩子们七嘴八舌地议论开来，各说各的，场面一度陷入混乱。最终，在严振华的"武力镇压"下大家才消停下来。孩子们眼巴巴地等着严老师讲冬奥会的故事，严义国却笑眯眯地起身拿来了收音机。

严义国支起天线，收音机里顿时传来断断续续的声音："美国——普莱——西德湖是——第十三届——"随即，一阵刺啦声刺得小伙伴们捂起耳朵，孩子们着急地嚷嚷起来："没信号了，没信号了！"

严义国调整半天无果，索性把窗沿处冻的冰敲碎，推开窗，将收音机架在窗台上。风雪呼呼地往屋子里吹，收音机里终于传来了广播员的播报声："中国奥委会在国际奥委会合法席位得到恢复后首次出席冬季奥运会，本届冬奥会中国共派出二十八名男女运动员，参加了十八个单项比赛……"

风雪顺着窗户刮进来，屋子瞬间降温，孩子们瑟瑟发抖地围在窗台前，个个小脸冻得通红，却听得聚精会神。严义国举着收音机，表情异常严肃认真，严振华看到了，也有样学样，把腰板儿挺得笔直。

收音机里，广播员声音激动："这是五星红旗第一次飘扬在冬奥会的赛场上——"

听到这句话时，孩子们一个个把腰板儿挺得笔直，神情肃穆庄重。

广播员激动地说："我国参赛运动员将传承中华民族的品格，发扬奥林匹克精神，与各国运动员公平竞争——大会共设速度滑冰、越野滑雪、冰球等六个大项三十八个小项的比赛——"

唐剑从炕上跳起来："这些不都是我们平时玩的嘛！"

严振华兴奋地问："滑冰、滑雪还能为国家争荣誉啊？"

严义国笑着点头：“对，参加奥运会就能为国家争荣誉。记不记得之前来了一队人，在山西坡练滑雪。他们就是代表咱们国家参加冬奥会的运动员。”

严振华心情激动，胸口第一次升腾起一股希望之火：“代表国家啊！那也太牛了！我要参加滑冰！”

孩子们又七嘴八舌地议论起来。

“老师，我会打陀螺！”

“我会狗爬犁！”

……

孩子们的话虽然不着边际，但眼神中都充满憧憬。严义国被感染了，问道：“你们以后想不想为国争光？想不想在国际赛场上升起中国的国旗？”

孩子们争相激动地高喊：“想！”

严振华的嘴里塞满了饺子，还举着筷子和孩子们一起含糊地高喊：“拿奖牌！升国旗！为国争光！”

翌日清晨，在红星小学操场上，穿得鼓鼓囊囊的孩子们正欢天喜地地拎着水桶来回穿梭，你追我赶。严义国接过水，一桶桶往地上倒。一会儿的工夫，一块圆形冰场就初显其形。

严振华像个监工一般，像模像样地替大家盯着进度，冰面一完成，严振华就兴奋地招呼大家：“冰场成了！”

孩子们闻言，一窝蜂地冲到冰场上，一双双简陋的冰刀鞋在冰面上交错而过。严振华在一群孩子中显得尤为突出，他挥动双臂，鱼儿戏水一般，行云流水地在人群中左穿右插，时而单脚，时而倒退滑行，引得小伙伴们崇拜不已。

严振华正得意，一不留神，跟迎面滑来的一个人影结结实实地撞了一跤。严振华麻溜儿起身，看清眼前人正是和他不对付的邻村的王柱子，他身后还有一群小跟班。严振华撵他下冰，王柱子非但不肯，还出言挑衅。严振华冲上去要打架，一旁的唐剑拉住他，歪头往操场边严义国的方向努了努嘴："你爸还在呢，又想挨揍了？"

严振华一愣，略一思量后，扬起下巴转向柱子，宣战道："冰场有冰场的规矩，谁赢了，谁就可以上冰。"

柱子不屑道："比就比。"

冰场上，唐剑在起跑线吹响哨子后，严振华和柱子箭一般地冲了出去，严振华一马当先，在一片喝彩声中率先冲过终点线，以绝对的优势胜出。柱子心中不服，提出要比接力赛。严振华自信迎战："谁怕谁啊！在冰上，你跟我比啥都是输！"

哨声响起，两方再战。

第一棒唐剑率先冲出去，临近终点，唐剑已经拉开身后的柱子两个身位。严振华接过红领巾后风驰电掣极速前进，逼近终点时，严振华一个"侧停"，晃动着身子险些摔倒，最终稳稳当当地停在旗杆前。严振华得意地回头："这回你服不服？"

谁料，身后却一个人影都没有，严振华正纳闷儿，耳边忽然传来阵阵惊呼，严振华定睛一看，只见所有小伙伴围在一处，不知在看什么热闹。

严振华疑惑地循声望去，透过人挨人的脑袋瓜儿，严振华先看到一顶扎眼的红色小帽，随后才看到戴着红色小帽的女孩儿正在冰上翩翩起舞，旁边还有一台录音机放着歌曲。

跳跃、旋转、起舞，宛如精灵。

小女孩儿新奇的滑法闻所未闻，引得严振华不由得凑上前去。严振华的目光很快被小女孩儿脚上那双漂亮的花滑鞋吸引，在一众简易冰鞋跟前，那双鞋显得无比光彩夺目。小女孩儿一个一周跳，引得全场鼓掌。

严振华酸溜溜地问唐剑："她是谁啊？"

唐剑目不转睛地看着小女孩儿："她是咱村王奶奶的外孙女，听说叫李冰河，从城里来的。"

李冰河一曲舞罢，孩子们七嘴八舌地凑上来。李冰河落落大方，有问必答，有求必应。她做了个飞燕的姿势，孩子们争相模仿，随后摔得七零八落。

当惯了"杨子荣"的严振华忽然被一个丫头片子抢了风头，心里直冒酸水，狠狠地朝摔得四仰八叉的唐剑咳了一声，唐剑赶忙从地上爬起，屁颠屁颠地跟了出来。严振华对于唐剑"投敌叛变"的行为一番批斗："你一个'杨子荣'的兵，怎么去给'座山雕'站岗？"

唐剑赶紧跟"老大"认错，严振华让唐剑将功赎罪，给了唐剑一个重要任务："她那冰刀挺好的，你去问问，能不能让我试试。"

唐剑迫于"淫威"，只能一步一踌躇地朝李冰河走过去。唐剑做了好一番心理建设，终于鼓足勇气，单枪匹马勇闯敌营。未承想，还未宣战就败下阵来——李冰河刚回头，唐剑的脸一下子就烧红了，嘴巴也像粘了502一样，支支吾吾，一个字也没说出来，最后，在李冰河不明所以的目光中落荒而逃。

战败的兵怕被军法处置，只能跟“杨子荣”瞎编：“那个……‘座山雕’不同意。”

本就隐隐不忿的严振华怒气冲头，眼珠骨碌碌一转，心生一计。他拿起脖子上的哨子吹了一下，高喊道：“有谁要跟我去野山玩雪，举手？”

果然，“杨子荣”一招制敌，瞬间扭转局势。孩子们被严振华吸引，纷纷举起手，围拢过来。严振华满脸得意地带着浩浩荡荡的队伍离开。李冰河眼巴巴地看着小伙伴们结伴离开，心里痒痒，跟父亲知会后，也换了鞋子，兴冲冲地跟了上去。

严振华带领小伙伴们来到雪屋旁，孩子王般开始给大家伙儿分工。小伙伴们热热闹闹地开始堆雪屋，跟过来的李冰河加入其中，有两三个孩子围着冰河问东问西：“我妈说你妈妈给你姥姥买了台电视，能让我们看吗？”

冰河笑着刚要回答，严振华走过来，支走那三个孩子，冰河跟着去帮忙，却被严振华横身挡住去路：“用不着你。”

冰河委屈巴巴地拿着小铲子凑到唐剑旁边，默默地帮他挖雪。唐剑刚要给李冰河示范该怎么拿铲子，严振华过来瞪了唐剑一眼，唐剑忙闭嘴。随后，严振华劈手夺下李冰河手中的小铲子：

“这是我们的。”

李冰河狠狠地瞪了严振华一眼，突然坐在地上“哇”的一声哭了。唐剑不知所措欲上前安慰，却被严振华阻止：“你是要做‘杨子荣’的兵还是‘座山雕’的兵？”

唐剑马上坚定地大喊：“老大的兵。”

严振华得了胜，耀武扬威地当着李冰河的面指挥小伙伴们：“中午了，大家回家吃饭，下午冰场集合。”

小伙伴们正要散去之时，冰河忽然从雪地上站起，狠命地抹干眼泪和鼻涕，高喊道：“下午我邀请大家来我家看电视。”

孩子们愣了片刻，随后欢呼雀跃着结伴离开。

雪地上，只有严振华和李冰河迟迟未走，两人瞪着对方，谁也不肯示弱。

战争正式打响。

下午，空荡荡的冰场上空，一只乌鸦哀鸣着飞过。一股西北风刮过，只见严振华孤单一人气鼓鼓地站在冰场上——“杨子荣”的兵都被“座山雕”的秘密武器诱降叛变了。

几分钟后，连光杆司令也被拖到了敌方阵中。严振华不情不愿地被唐剑拉到李冰河姥姥家门口。此时屋内早已坐满，小伙伴们正聚精会神地看着电视。严振华见没有座位，转身想走，被唐剑拉住：“你不是也想看，没凳子也能看。”

严振华压低声音嘀咕：“你咋能在‘座山雕’面前低头呢？”

两人拉扯发出的响动引得坐在前排的李冰河回头，李冰河一见严振华，上午所受的委屈化为愤怒涌上心头，她径直走来，在严振华面前站定，一字一顿道："我家的电视，不让你俩看。"

孩子们闻声纷纷回头观望，严振华面子挂不住，臊眉耷眼地丢下一句"你求我看我都不看！"便红着脸夺门而出，唐剑赶紧屁颠屁颠地跟了出去。

被"座山雕"反将了一军的"杨子荣"越想越气，回头恶狠狠地朝屋里瞪了一眼，视线停在瓦房顶高高的烟囱上，严振华一脸算计："我'杨子荣'还能让她'座山雕'给欺负了？等着吧，咱必须代表人民收拾她。"

除夕夜，雪乡各处鞭炮齐鸣，间或有礼花在空中绽放，将高耸皎洁的雪山映得灿如白昼。家家张灯结彩，好不热闹。

严家老屋不时传来欢声笑语，严义国在厨房里忙活年夜饭。严母正坐在炕上包饺子，刚把钢镚儿塞进了饺子馅儿里，严振华就风风火火地跑了进来，从炕柜下掏出一个大型的二踢脚，不由分说地趿拉着鞋就往外跑："二虎子的炮仗响，那尾巴翘上天了，我用我的霸天雷灭他！"

严振华煞有介事地把小伙伴们赶到一旁，仿佛要点什么重型炸药。严振华用香头火点燃二踢脚后，紧张兮兮地躲到小伙伴身边，紧接着，一声巨响传来，震得雪山回响阵阵。二虎子不服气，从口袋里又拿出一个体积更大的二踢脚点燃。谁料，燃信子燃尽，一阵黑烟后，"扑哧"一声灭了。严振华哈哈大笑："是个蔫儿屁！"

在一片孩提的嬉闹声中，一辆黑色轿车停在院门前，只见从车上走下一个穿着时髦、梳着背头的青年男子，拎着两个袋子大阔步走进来。男子气质与众不同，颇有些城乡接合部的味道。严振华一见来人，大步跑出去，围着小轿车左摸摸，右瞧瞧，惊奇不已："小叔！你咋还开上小轿车了！"

此人正是严家次子，严义国的弟弟严森林。

严振华一溜烟跑在前头领路，冲屋里大喊："爸，奶，我小叔坐小轿车回来啦！"

严森林还未进屋，便闻厨房里严义国叮当作响的剁肉声，一开门，瞧见严义国正掀起锅盖准备捞饺子，满溢肉香的蒸汽扑了个满面。严义国捞上来一漏勺饺子，沥在盖帘上，严森林一见哥哥虎着脸，赶紧凑过去卖好，被严义国拿胳膊肘一挡，数落道："还知道有个家啊，有本事年三十也跟那帮狐朋狗友混。"

严森林悻悻地跟进了屋，严义国回头瞪了严森林一眼，还要再数落，被严母打断："天大的事，顺当过完年再说。"

严森林脱鞋上炕，撇撇嘴，凑到严母跟前小声告状："又瞅我犯相了？"

没一会儿，最后一道红烧鲤鱼被端上了桌，年夜饭开席。严义国把一大块鱼肚子和鸡腿夹到严母碗里，严母又把鱼肚子夹给严振华，严振华吃得满嘴流油。严母瞧着孙子的吃相，笑得合不拢嘴："我乖孙儿，多吃鱼，聪明。"严母又把鸡爪子夹给严森林："给我小儿子吃鸡爪，猴年好刨财。"严森林笑眯眯，嘴里灌了蜜似的："果然还是我妈对我最好。"

严义国看不惯严森林的嬉皮笑脸，横了他一眼："你们供销社过年放多少假啊？之前刚进腊月你就不正经上班，直往镇上跑。"

严森林含糊其词："我那摊活儿轻巧。"

严义国拉下脸来："都上班好几年了，也没个长进，来年用点儿心，你能力上去了，领导才能把重要的活儿交给你做。我可告诉你，为你求这个职位，我可是费了牛劲了。"

严森林嘀咕："你就是老脑筋。"

严母见情况不对，夹了一块肉到严义国碗里："都给我好好吃饭，大过节的，你把教学生的劲儿收着点儿。别别扭扭过节，一年都不顺。"

严义国叹气作罢："妈，你就惯着他！"

几个大人说话间，严振华两碗饭已经见了底。严振华打着饱嗝儿，抓起自己的帽子翻下炕就往外走："奶奶、爸爸、叔叔新年快乐，我吃饱了。"

"大晚上黑灯瞎火的，你玩啥啊？"严义国回手一抓，严振华滑手泥鳅一样跑了："你别管了，我放炮去！"

年夜饭后，严家长子严义国带着弟弟和母亲上香祭祖。严义国庄严地跪地三拜，起身将香插进香炉里，提起要给严森林说媳妇的事："妈，我想过完年咱给大林说个媳妇，找个人让他收收心。"

严森林自是不肯，兄弟俩你一言我一语，拌起嘴架。严义国瞧不惯严森林混不吝的劲儿，警告严森林不许再跟那些狐朋狗友来往，老老实实守在家里。严森林被严义国教训得气儿不顺，蹿起火来，索性跟严义国撂了底："哥，今儿个当着祖宗的面，有个事我得给你和妈交个底儿！供销社这碗饭，我回来前就给砸了！"

严义国和严母瞪大了眼睛，严义国脸色铁青："你说啥！"

严森林一鼓作气，不管不顾："我白天已经跟领导说了，我不干了，我要趁年轻去大城市闯一闯。"

严义国登时急火攻心，转身抄起一把笤帚，挥手要打。严母一边拉住严义国，一边埋怨严森林："大林子，你犯什么糊涂啊？供销社旱涝保收，你为什么不干啊！"

严森林躲到了门后，嘴上却不示弱："你们就是老脑筋，供销社有啥好的，一眼望到头，钱还没几个！出去赚了大钱，回来还能光宗耀祖。"

严义国被气得说不出话来，挣开严母，笤帚挥到严森林跟前，严森林顿感不妙，起身一溜烟逃了，严义国气得脱下鞋子朝严森林扔去："你走了就再也不要回来！"

此时，李冰河姥姥家门口，唐剑正哆哆嗦嗦地猫在柴火垛后头等人，没一会儿，远处一个人影急匆匆赶来，来人正是严振华。严振华把唐剑拉到墙角，鬼鬼祟祟："敌营啥情况？"唐剑赶紧报告："闭灯了，估计要睡了。"

严振华颇具大将风范地一挥手，带着小兵闯入"敌营"。两人翻过栅栏，轻手轻脚地来到烟囱根下。路过院落时，严振华还得了一件趁手的武器——铁桶。两人二话不说，装满一桶雪，就爬上了屋顶。

屋内，头顶传来一阵窸窸窣窣之声，李冰河害怕，钻进母亲盖丽娜的被窝儿："妈，啥声啊？"

盖丽娜睡得迷迷糊糊："农村，屋顶有耗子，没事。"

此时，屋顶上两人正一股脑儿地把桶里的雪往烟囱里灌。两人奸计得逞，还未及庆功，院子亮了起来，屋子里的人开灯了。一兵一将顿时慌了神，麻溜儿沿着屋顶横椽往下爬。不料，唐剑脚下一滑，一个"倒栽葱"，掉进地面的雪堆中。眼看要被敌方擒住，小兵从雪堆里一骨碌爬了起来，把梯子撤了，竟然扔下将帅，自己溜了。严振华顾不上其他，赶紧爬到烟囱后面躲起来。

"嘎吱"一声门响后，李勇举着手电追了出来，看到了雪地里的脚印，挥挥手，让身后的母女俩回屋："应该是个小蟊贼，你俩进屋吧，我去仓房里外仔细找找。"

屋顶，一阵西北风刮过来，严振华冷得脸色铁青，牙齿直打架，麻木的手脚渐渐感觉不到痛。严振华凭着毅力控制身体，眼巴巴地盯着绕着房子走来走去的李勇。眼看李勇遍寻不得，正要推门回屋，意志松懈下来的严振华忍不住颤抖了一下。脚下，一块积雪顺着房檐滚落，掉在李勇脚边。李勇吓得一个激灵，举起手电。光柱中，严振华的脸已被冻得毫无血色。

李冰河闻声跑出，当场指认："他是严老师的儿子！"

几分钟后，"敌方"全军出动，把被擒获的"杨子荣"押送回了严家。

屋里，严义国得知严振华的“光荣事迹”后，直接抄起了家伙，严振华眼见大事不妙，撒腿就往卧室跑，严义国似是早有预料，一把逮住，朝着屁股猛地一踹。随即，拎起严振华就要往外丢：“兔崽子，大年三十，堵人家烟囱，今天就冻死你！”

李勇眼见严义国要动真格，赶紧劝解：“严老师，孩子已经冻半小时了，不能再挨冻了。”

严义国给李勇鞠躬：“他李叔，真对不起啊，是我没教好孩子！”

李勇忙搀扶他起来：“别，小孩儿淘气很正常。大华妈走得早，这些年你又当爹又当妈的，真是不容易。”

李冰河得知严振华没有妈妈，顿时就心软了：“叔叔，也是我没给他看电视，你就原谅他吧。”

李冰河姥姥家烟囱被堵，炕热不起来，只能来严家过宿。严家，一屋子大人睡满了大炕，小孩子只能睡在小屋里。炕上，两人背靠背，谁也睡不着，各怀心事，谁也不吱声。严振华拉不下脸主动开口，李冰河心里想要和好，却怕被严振华拒绝。

僵持的沉默在黑夜中拉长，直到被一阵“咕噜噜”的声音打破。严振华饿得遭不住，偷偷摸摸翻身下炕，刚趿上鞋，衣角被人拽住。他回头一看，李冰河正望着自己，可怜巴巴道：“我也饿了。”

灶坑前，李冰河眼巴巴地看着严振华从灶坑里拨弄出两个土豆，正要去拿，被严振华“啪”地一下把手打了回去。随即，他拿起一个滚烫的土豆，咝咝哈哈地掰开，连着勺子一同递给李冰河："烫，拿勺吃。"

李冰河接过土豆："白天对不起，我们和好吧，以后我让你看电视，让你坐在最前排看。"

严振华向来吃软不吃硬，李冰河一道歉，他反倒不好意思起来，摸着脑袋："我也对不起……那我以后也带着你玩。"

"拉钩？"两个孩子异口同声，伸出手拉钩为约。

严振华笑呵呵地说："我以后管你叫'小红帽'吧。"

李冰河点头道："那我叫你大华哥。"

世纪大战，因为一个土豆和解了。

两人正吃得津津有味，忽然，外面炮响声声。两个孩子赶紧凑到窗边，严振华用哈气化开窗上的霜花，只见数朵烟花在空中依次炸开，漫天烟花汇入星河，连雪地也被映出斑驳的彩色。

第二章

外面的世界

大年初一，小小的雪村在一阵鞭炮声中迎来了新的一年，烧剩下的鞭炮纸随着风，一夜之间，刮得满山红。各家各户的烟囱早早升起了炊烟，小孩子也被从热炕头拽了起来，生怕被前来拜年的人堵在炕头上。

唐母忙活了一早上，刚从厨房里端出饺子，正要去喊唐剑起来吃饭，却见唐剑已经套上了大棉袄，正不知道又要往哪儿疯跑，唐母赶紧一把将唐剑拽住："大年初一的饺子，必须得吃几口。"

唐剑的心早已经飘到了大雪地，狼吞虎咽地吃了几口，又让唐母拿油纸包了几个，揣进兜里，就撒欢儿跑了出去。谁承想，还没跑出院子，迎面就撞上了冤家——李冰河一脸兴师问罪样儿，正站在他家院子门口。

唐剑心里“咯噔”一下，暗道不好，还没等对方审讯，先招了：“你咋来了？昨晚我可没有——”

唐剑的话说到一半，后背一凉，几串冰溜子不由分说就被顺着领子塞进了衣服，罪魁祸首严振华幸灾乐祸地跳了出来。

唐剑被冰得直跳脚：“凉死了，凉死了！你们谁赶紧帮我扯下衣服。”

严振华站在一旁看热闹：“小红帽，不帮他，谁叫你小子昨晚跑得比谁都快。”

李冰河点头道：“我听大华哥的。”

唐剑看着昨天还水火不容的两个人忽然统一了战线，一脸云里雾里。

孩子间的恩怨就仿若这冬天的风，来得快，去得也快。冰释前嫌的三个孩子坐在落了一地鞭炮红的雪堆上，分享着充满着吉祥寓意的饺子，反水的“座山雕”跟“杨子荣”结了盟，队伍壮大成了三人。

严振华吃得津津有味：“以后咱们就是‘雪乡三侠’！”

李冰河吃完饺子，嘬嘬手指上的油：“大华哥，你不是说今儿要带我去滑雪吗？你教我滑雪，我教你转圈吧。”

野山雪坡上，初学乍练的李冰河天资极高，一瞬间就学得有模有样。初生牛犊不怕虎，李冰河一个跃身从雪坡上滑下，一路上险些撞上路边的老松树，吓得坡上的唐剑惊呼不止。严振华被李冰河吓得一身汗，赶紧高呼着指导李冰河动作要领。李冰河瞬间领悟，身形一闪，惊险地与一棵老松树擦肩而过，而后一路行云流水地从严振华身边超越，稳稳地停在终点。

严振华和唐剑都惊艳不已，忍不住夸赞："小红帽，你是个天才啊！"

相比于李冰河的信手拈来，跟李冰河学转圈的两个人则遇到了滑铁卢。李冰河给两人一板一眼地演示了一个标准的一周跳，严振华信心满满，没想到一上来，两个人就摔了个狗吃屎。不服输的严振华一遍遍从地上爬起来，可惜没有专业冰鞋，又没有基础的他，还是屡战屡败。

唐剑看热闹不嫌事大，起哄让严振华拜师。爱面子的严振华自是不肯，脑子里坏主意一冒，顺手摘下了李冰河的小红帽就滑走了："拜师？追得上我再说！"

冰面上，三个孩子嬉闹着相互追逐，欢声笑语回荡在操场上，直至红霞满天，满脸通红的三个孩子才头对头躺在冰面上休息。

遥远的、高高的天际，这一刻在三个孩子眼里似乎唾手可得，他们伸出手去，兴致勃勃地比着看谁能摸到太阳。

此时，一张放大的脸挡住了天际，严森林对着三个孩子嘿嘿一笑，掏出三块糖来。

乡村雪路上偶有行人，微风吹过，道路两旁的树梢上积雪纷纷散落。严振华将严森林递给自己的糖块含在嘴里，趴在严森林背上，帮他拍去落在脑袋上的雪花。

严森林得知严义国气还没消，忍不住编派：“别人脑袋里是榆木疙瘩，你爸脑袋里简直就是个铁疙瘩。”

严森林料想这时候回去定要遭严义国唠叨，便在路口把严振华放下，决定先去好友张超家暂避两日。

严振华懵懵懂懂：“小叔，外面的世界究竟是啥样子啊？为啥我爸不让你去？”

一向不正经的严森林眼中忽然有了光，他憧憬地说：“我也不知道是啥样子，所以才要走出去瞧瞧。但有句话总没错，人外有人，天外有天。得出去跟厉害的人在一起，咱才能变得厉害！”

严振华顺着严森林的目光望去，雪山的远处，一片辽远和未知。

严森林除夕之夜被撵出门后，严母一直心神不宁，望眼欲穿地往门口盯了一天，总算在晚饭时分盼回来了一个人影。严振华风风火火进了家门，严母一个劲儿地往严振华身后踅摸人，严振华知道奶奶在找小叔，说道：“奶，我小叔去张超家了。”

严母想起白日去邻里家串门时听到的风言风语，生怕严森林一赌气真自个儿跑去南方了。年幼的严振华自然不解奶奶和父亲的执拗，亦不懂严义国看似毫不讲理的武断背后，是难以割舍的血脉亲情和对严森林的担心。

严振华童言无忌：“城里有贼厉害的人，有啥不好？你给我买的玩具也都是县城的。”

严振华一句话撞在枪口上，险些遭池鱼之殃，幸而有严母护着，才免遭了一顿冤枉揍。

严义国闷头扒了两口饭，越发心烦意乱，他深知自己弟弟的脾性，那是闯起祸来天不怕地不怕的主儿。严义国食不知味地吃了两口后，放下碗筷，郑重其事地转向严振华："有个任务交给你。"

严振华一愣。

"这些日子，你给我盯紧你小叔，每天给我汇报他都跟什么人混一起，你要是发现他有什么不对劲，第一时间告诉我。"

严振华轻车熟路地伸出手，笑眯眯地把严义国作为报酬给他的两块糖塞进兜里，煞有介事地抬起右手致敬："保证完成任务。"

"杨子荣"刚领了命令，转头就把任务交给了自己的小兵。严振华派唐剑去张超家盯梢，自己则又拉着李冰河到冰场，教自己冰上舞蹈。

红星小学冰场上，李冰河一次又一次从容灵动地在冰上跃起、落地，仿佛她就是生长在冰面上的精灵，在自己的领地里肆意舞蹈。平时在冰上所向披靡的严振华第一次露了短，笨拙地模仿着李冰河的动作，却总是学得四不像，在冰上摔得前仰后合。

李冰河耐心地纠正严振华的动作，严振华不顾摔得生疼的屁股，从冰上爬起来，正要再试。远处，唐剑火急火燎地跑了过来，还未跑到跟前，就跟严振华打报告："老大，你小叔要去县城了！"

严振华脸色一变："啊？什么时候？"

唐剑呼哧带喘："现在！"

严振华脸色一变，手忙脚乱地换鞋，拔腿便往外跑去。

成功以间谍身份混入其中的严振华，平生第一次来到县城。一下车，他就被眼前与雪乡截然不同的街巷给吸引了。只见县城里街景繁华，商铺林立，百货商场和各色饭店一排排、一栋栋随处可见。玩具、零食、小汽车、糖果各色在雪乡里的稀罕物琳琅满目，街道上的行人更是穿着时髦，处处都与雪乡村里大不相同。

严振华正眼花缭乱，一个身着皮衣的男人姗姗来迟，从兜里掏出两张车票，递给了严森林和张超："到了大城市，好好干。"

严森林接过一张，喜滋滋地将火车票塞进了《毛主席语录》的夹层里，连连道谢："谢谢哥。"

严森林不知，他这张金贵的车票，早就已经被身边的小间谍盯上了。

傍晚的地窖里，严振华一手握着给李冰河买的发夹，一手捏着那张从严森林处偷出来的去往深圳的火车票，心里有两个小人儿在打架。

一个小人儿说："不让他去，小叔去深圳，你就看不见他，不能跟他玩了。"

另一个小人儿说："让他去吧，县城都这么好，深圳肯定更好。"

两个小人儿还没争辩出个结论来，李冰河捧着两个烤土豆进来了。严振华把一只手伸到李冰河面前，展开，掌心躺着一枚漂亮的发夹。李冰河笑靥如花，开心地把发夹别在头发上，却见严振华正对着车票一脸愁容。

严振华无限回味：“小红帽，我今天第一次去县城，老气派了。你们省城比县城还好吧？”

“嗯，省城更好，不过我爸说，北京比我们省城更好、更大。”

“天哪，比省城还大，那得有多少好玩儿的啊！”

“不知道，我也没去过。我爸还说那儿有嚼不完的糖和最好看的新衣服，那不天天都像过年一样啊！”

“那，办冬奥会的美国呢，咋样？”

“美国肯定就更更更更好了。”

严振华仰望头顶无边的星河，心里那两个吵架的小人儿慢慢安静了下来。

此时，丢了车票的严森林还浑然不觉，正在家里一边收拾行李一边跟严母说着豪言壮语：“妈，人就活这一回，活够本了才行。我要见见外面的世界。我跟你保证，我要是不混出个样儿来，我就不回来。”

事出突然，没什么主见的严母一时间手足无措，对于一向宠爱的小儿子，挽留的语言忽然就变得苍白无力，严母索性不再劝说，只能泪眼婆娑地给严森林收拾行装。

花生米、烀苞米……严母一样一样给严森林往包里放。严森林看着母亲佝偻的背影，鼻子猛然一酸，眼泪大颗大颗地落下。

严母喃喃催促着：“走吧，等你哥回来，你又走不了了。”

严森林抹了一把鼻涕，伸手去掏兜里的车票，这一摸竟然摸了个空。严森林一瞬间脑子空白，片刻后，他发了疯地把自己身上所有的口袋都翻了一遍，随后，一屁股瘫坐在爬犁边上，面如死灰："完了。"

严森林正失魂落魄之时，伴随着一阵急促的脚步声，房门被推开，严振华气喘吁吁地跑了进来。严森林一抬头，"腾"地站起身来。严振华手里举着的正是那本夹着火车票的《毛主席语录》。

严振华调皮地一笑："我来送小叔一程。"

村口老树旁，已经背上行囊的游子和年逾古稀的老母亲正在临行话别。客车乘务员一声声催促着，年迈的老母亲千言万语说不出口，最后只能颤颤巍巍地从棉袄里掏出一个东西，用手帕包着，塞到严森林兜里："穷家富路，出门在外别委屈了自己。"

严森林流着泪把钱往外掏："妈，我不能要你的钱，我还没孝敬你呢。"

严母老泪纵横："拿着，你要是想我少惦记你点儿，你就给我拿着，照顾好自己，每个月给家来封信，闯够了就回来。"

客车缓缓启动，此时，严义国急三火四地滑着雪橇撵了上来，不由分说就要去追车："你个小兔崽子！你给我回来！"

严母拽住严义国，流着泪劝他："让他闯去吧。"

"唉！你们咋也替他瞒我呀！"严义国又急又气，把雪橇往脚边一扔，望着远去的客车，到底没忍住红了眼眶，"钱带没带够啊？"

严母还目不转睛地望着远去的客车："给了，给了。"

客车上，严森林回望着村口的方向，视线里的三个人变得越来越小，直到形容模糊，迟来的离愁别绪翻涌而至，他看着这片养育了他二十多年的土地，看着那三个与他血脉相依的至亲，泪水终于夺眶而出。

严森林不顾一切叫停客车，随后，他冲下车，"扑通"一声朝着家的方向跪下，泪水模糊了视线，只有人影依稀可辨，严森林带着心中无限的不舍和愧疚，磕了三个响头，随即毅然起身跑回车上，再没回头看一眼。

客车上，严森林翻开《毛主席语录》，随后在《毛主席语录》里发现了一张纸条。纸条上，严振华稚嫩的笔迹写着："小叔，长大后，我也想去外面看看。"

"投敌叛变"的严振华自然逃不过严义国的一顿胖揍。严义国怒气难消，索性把他撵到了屋外罚站，可严振华哪是逆来顺受的主儿，没一会儿的工夫，李冰河和唐剑来找严振华滑冰，三个孩子一溜烟又跑去了冰场。

严振华心里拧着一股劲儿，一周跳越难，他越要降服它。早已经摔出了钢筋铁骨的严振华，又开始了一次又一次的尝试。

从红日当空到夕阳晚照，李冰河用相机记录下了数十张严振华五花八门的摔倒姿势，独独没有一张站在冰上。直到唐剑靠在单杠旁迷迷瞪瞪打起了瞌睡，耳边忽然传来雀跃的欢呼。

"成了！大华哥！"

“我能飞了！我能飞了！”

唐剑揉揉惺忪的睡眼，只见远处的冰面上，严振华屈下膝，铆足劲儿，在空中跃起，半圈、一圈、落冰！再一次成功！

“咔嚓”一声，李冰河的相机记录下这一刻。

唐剑连滚带爬从地上起来，跑过去加入庆祝的队伍，数九寒冬的操场上，三个孩子开心得仿佛完成了什么天大的事业。

雀跃的严振华带领两个小伙伴登上了家乡最高的雪山，在雪山之巅，拍下了一张后来被他们珍藏一生的合照。

然而，胜利的欢欣很快被离别的惆怅所代替，李冰河的寒假结束了，“小红帽”要回哈尔滨了。

相聚时光匆匆，离别转瞬而至。

那天早上，两个成长在雪乡深处的孩子，披霜带雪，站在上村口旁雪坡上，目送那一顶意外闯入他们生活的“小红帽”。

大巴车渐行渐远，严振华突然生出一股豪情，他对着远去的挚友，高声呐喊：“莫愁前路无知己，天下谁人不识君？没事，世界那么大，咱们以后早晚能再见面。”

日历从 1980 年一晃就翻到了 1984 年。山中无岁月，日子像雪山之巅的冰雪一样，仿佛千年百年都是一个模样，只有严振华和唐剑拔高的个头儿证明着时间的流淌。雪乡里的孩子，只能从远方邮寄回来的一封封信和一件件包裹里，感受着远方世界的物换星移。

这段时光里，严森林每隔几个月就会寄回来一些严振华没用过的好东西，喇叭裤、小墨镜、磁带……严振华时常一字一字地读着严森林信中所描述的那个世界，热闹、辽阔、有趣，熠熠生辉。严振华从这些碎片中早就已经拼凑出一个对远方世界的想象。

虽然在那个寒假以后，严振华从没有收到过“小红帽”的来信，也没有收到那张说好了会邮寄给他们的合照，但是严振华仍旧日复一日地练习着“小红帽”教他的每一个动作，从最初的笨手笨脚，到最后的娴熟自如。没有人知道，他心里埋着一颗想飘去远方的种子。

终于，在一个春意盎然的傍晚，随着远方邮寄过来的一个包裹，那颗种子发芽了——严森林寄回了一双崭新的冰鞋和一张写着“滑冰运动员报名表”的表格。

这天夜里，严义国双脚泡在脚盆子里，靠在桌边撑着脸打瞌睡。一双手凑到水盆里给他按脚，严义国一睁眼就看到严振华谄媚地对着他笑。知子莫若父，严义国不问也知道这小子肯定又想搞什么幺蛾子。

果然，只见严振华鬼鬼祟祟地从包里掏出一张表格，察言观色道：“爸，我想去哈尔滨读体校，将来去参加冬奥会。”

严义国脸色一变，当头泼了一盆冷水：“胡闹，想一出是一出，那是一般人能去的吗？那是万里挑一。你给我老老实实地待在这儿，好好学习！”

“你怎么知道我不是万里挑一，在雪乡这片没人滑得过我！”

“雪乡跟外面能一样吗？不知道自己几斤几两，趁早给我死了这条心！”

“你就是留不住我小叔，就要把我也按下，自己没本事，还不让别人闯，没你这么做爸爸的！”

严义国被儿子一句话戳中了内心深处自己都不愿承认的心结，恼羞成怒：“老子今天不打死你这小兔崽子，我就不姓严！”

然而，往常只要严义国一抬手就逃的严振华，这一次居然就那样倔强地拧着脖子，迎着严义国愤怒的目光。

终究，那一巴掌没有落下，父子俩不欢而散，各自回房。

深夜，辗转难眠的严义国在儿子的鼾声中，披上衣服，拿出过世妻子的照片，述说心事：“长大的小鸟终归要离巢，老家雀儿是捂不住的。”

第二天一早，严振华酣梦正甜，梦中他们“雪乡三侠”并肩站在奥运会赛场上，所向披靡，严振华激动得一蹬腿，正要冲刺，浑身一凉，从梦中醒来。严振华懵懵懂懂地睁开睡眼，看清眼前的人，气不打一处来，正翻身要继续睡，只闻严义国严肃的声音从头顶传来：“误了车就别去了。”

严振华反应片刻，猛地从床上跳起来，不可置信：“爸，你说啥？”

严义国无奈道：“我跟校长请了假，送你们两个小兔崽子去哈尔滨。”

哈尔滨街市繁华，人群喧嚷，欧式的稀奇建筑比邻而立，严振华和唐剑置身其间，仿佛两只小麻雀，左瞧瞧，右看看，一切都是那么新鲜。

几个人依照报名表上的地址，东问西问，总算找到了业余体校选拔考试的报名地点。遥遥望去，只见报名处上方硕大的红色横幅上写着振奋人心的标语："争当冰雪健儿，声援冬奥，扬我国威。"

三人在人山人海中好不容易挤到报名处前排，不承想，报名表刚递上去，就被退了回来。原来，报名表上需得当地的体委盖章才作数。严义国和唐剑登时慌了神。雪乡到县城的车每日只一趟往返，就算是打车回去，这一来一回下来，黄花菜怕是都凉了。

可任凭严义国如何央求，校办老师仍旧铁面无私，唐剑眼见报名无望，顿时泄了气，沮丧不已："敢情是白来一趟。"

正当严义国和唐剑一筹莫展，准备打道回府之时，身边的严振华一路小跑，拦住了一位干部模样的中年男子。唐剑正摸不清自家老大的路数，只听严振华先给那大官模样的男人戴了好几顶高帽，把那人哄得笑得合不拢嘴后，才将两人如何热爱冰雪，想要为国争光的心情述说一番，顺便又大夸特夸了一通他跟唐剑的滑冰技术。最后恳切地道出自己的难处，想求他帮帮忙，通融一二。

严振华暗中给了唐剑一个眼色，两人立马左右夹击，围住男人软磨硬泡。中年男人见两个孩子小小年纪心系国家荣辱，很是感动，当场交代老师先让两个孩子比赛，其他手续后补。严振华这才知道，自己冒冒失失拦下来的居然是体校的校长。

这一遭，虽然过程波折，但总算得偿所愿了。

折腾了一上午，报名的事终于尘埃落定，饥肠辘辘的三人就近找了家街边餐馆，要了几个小菜。唐剑对于严振华敢当街拦校长的做法崇拜不已。而严义国在心底深处，也渐渐感知到了严振华的变化——在外面这一片天地里，严振华比自己这个当爹的更有办法了。

严义国既伤感又欣慰，给严振华夹了几口肉：“多吃肉，明天好有劲儿比赛。”

三个人正吃得热闹，严振华的余光里，忽然掠过一抹熟悉的红色。严振华心中一个激灵，扔下筷子，迫不及待地追了出去，徒留严义国在身后喊个不停。

街上人头攒动，远处一顶红色的冬帽时隐时现，严振华一路穿过车水马龙的街道，几次险些与迎面而来的行人撞个满怀，追得气喘吁吁却还是追丢了人。严振华垂头丧气，准备原路返回。

众里寻她千百度，蓦然回首，不远处的街角里，一个糖葫芦摊位前，那抹嫣红又撞入眼中。严振华胸中咚咚作响，情怯得一时不敢靠近，半晌后才试探地喊了一声：“小红帽。”

不远处的人应声回眸，正是严振华心心念念的人。

四年的光景，李冰河早已出落得亭亭玉立，一双灵动的眼睛如小鹿一般，看清严振华后，李冰河的眼睛浅浅地弯成一道月牙，大步跑了过来：“大华哥？”

十分钟后，严振华带着李冰河和李勇一起出现在了饭馆门口。一桌子人瞬间热闹了起来，久别重逢的三个伙伴，各自在自己的人生中前行了四年，终于在下个路口重逢了。

一桌子大大小小五人，以饮料代酒，举杯为明日即将出战的三位小将加油鼓劲儿："勇夺第一！"

第二日的选拔赛如期举行，"雪乡三侠"中严振华打头阵。严振华站在第三道上，耳边人声喧哗，严振华闭上眼，听到来自胸口一下一下紧张的心跳。随着一声枪响，严振华后知后觉冲入赛道，但是已落于人后。

场边的严义国和唐剑一见严振华落了下风，心瞬间提到了嗓子眼儿，一眼不错地盯着赛场上的局势。500 米短道拼的就是爆发力，队员之间相差无几，起跑失利，后期想要超越难如登天。

然而，在严振华的字典里，没有放弃，只有越挫越勇。落后的严振华一直紧追不舍，终于在过第一个弯道的时候，发现了前面微小的空当，他加速，用冰刀卡位，追上一名，位列第三。随后，严振华又利用速度优势，直道外超，又赶上一名。最后冲刺阶段，他再次利用直道的外道冲刺，在最后一刻，以半个刀尖的优势险胜，为"雪乡三侠"取得了一个开门红。

严义国和唐剑喜出望外，体校老师更是从未见过这样不讲章法，却又令人惊喜的滑法，忍不住赞叹："路子虽然野，但是爆发力是真不错。"

下一场比赛中，唐剑一鼓作气，跟随严振华的脚步，一路势如破竹，又赢下了一场比赛。两人抱在一起欢呼雀跃，只待李冰河凯旋，三人便可再续儿时的冰雪之缘。

而此时，体校一隅，花样滑冰的选拔赛场上，李冰河手心已经因为紧张而汗湿。李勇守在场边，察觉到女儿因为紧张而僵硬的身体，莫名忐忑起来。

悠扬的音乐响起，李冰河舒展身姿，以一个优美的滑步滑入场中，随着耳熟能详的音乐，紧张的李冰河渐入佳境，场边的评委也频频露出笑容，李冰河随着音乐翩翩起舞，从容地在冰上跃起，再稳稳落地。

音乐放缓，一场表演即将完美谢幕，李冰河轻轻一跃，正准备以一个一周跳结尾，可随着一声冰刀切割冰面的刺耳声，李冰河一个踉跄，险些摔倒。

李勇的笑容瞬时僵在脸上。场边，评委们遗憾地摇了摇头，结局已定。

欢欣雀跃的两个孩子兴冲冲地跑来找李冰河，准备一起去小馆子庆祝。没料到在花滑赛场边遍寻不见，最后竟在操场一隅寻到了正偷偷抹眼泪的李冰河。严振华和唐剑对于李冰河落选的结果难以置信。两个大男孩儿都不会哄小姑娘，一时间只能干着急，束手无策。

严振华看着眼泪汪汪的李冰河，心疼不已："叔，有没有别的办法让冰河留下来啊？"

李勇叹气："我刚去报名处打听了，双人滑还有名额，可是冰河没有搭档，这条路也走不通啊。”

期待已久的三人重聚就这样落了空，严振华心里空落落的，连自己胜利的喜悦也一并都被李冰河的眼泪冲得一丝不剩。严振华心事重重地跟在李冰河身后，默不作声，心里某个地方却涌动着难以平复的情绪。

严义国跟李勇匆匆话别，严振华望着李冰河落寞的背影渐行渐远，心中积聚的情愫终于爆发，他激动地追了出去，大喊：“小红帽！”

严振华在众人诧异的目光中跑到李冰河身边，郑重其事地问她：“你相信我吗？”

言罢，便不由分说地牵起李冰河的手，转身往体校教学楼的方向一路狂奔而去。体校办公室里，严振华说出了一个令所有人震惊的决定——他要跟李冰河做搭档，转项双人滑。

十分钟后，在专业体校的冰场上，几位老师见证了这场史无前例的选拔比赛。甚至连一双专业花样滑冰的冰鞋都没有的严振华，临时借了一双冰鞋，在众人或是怀疑，或是惊讶，或是担忧的目光中，就那样义无反顾地站上了那块冰场。

脚下的冰鞋虽然不够合脚，脚下的冰场虽然不够熟悉，甚至打分的制度他也并不知晓，但这一刻，那个他曾经在雪山上无数次重复的跳跃，仿佛生长在他的血肉记忆里，就那样自然而然地从他的四肢百骸迸发出来……卡点、双足转、跳跃，最后一个标准的空中一周跳，稳稳落冰！

在场众人无不惊叹欢呼，那些曾育人无数的体校教练也忍不住啧啧称奇。教练们第一次产生了内部分歧。短道速滑教练认为严振华爆发力好，是不可多得的好苗子。双人滑教练称他花样滑冰的天赋更珍贵，经过了一番讨论后，体校老师们给出了最终的决定——允许他转项。

李冰河破涕为笑，三个孩子笑着、跳着，团团抱在一起，“雪乡三侠”终于又可以一起闯荡江湖了。

回乡的路上，严振华和唐剑手里紧紧握着当年那张老照片，照片上，皑皑白雪中，三个小孩儿齐刷刷地躺在雪地上，笑容灿烂。

严振华伸了个懒腰，字字铿锵：“外面世界的那些厉害的人，我来了！”

返乡的客车飞驰，车外的落叶纷飞，客车穿梭其间，如同穿越了春夏秋冬，一直在向前驶去。

第三章

窗口

日月窗间过马。

七年时光匆匆而过，1991 年的哈尔滨已初露“东方小巴黎”的风韵，放眼望去，街头巷尾是鳞次栉比的欧式建筑，街道上是川流不息的车流和人群，Beyond 的《光辉岁月》从街头巷尾每一间小商铺门前斜挂着的收音机里飘出……

一切新生机都在城市的每一处皮肤和细胞里生长和蜕变着。同样蜕变的还有见证这个时代变迁的孩子们，当年“雪乡三侠”有惊无险地进入业余体校后，冰上七年时光的打磨，早就让三人脱胎换骨。

严振华和唐剑早已经退去青涩，蜕变为神采飞扬的少年，李冰河更是女大十八变，出落得越发伶俐动人。又一个寒假结束后，李冰河去车站接上两人后，三人一路欢声笑语去学校报到。

二十世纪九十年代，中国体育处在起步阶段，然而作为冰雪之乡的东北，冰雪竞技运动却早已成了很多孩子人生的重要选择，成了家境贫寒的孩子们想要出人头地，走出雪村的一条重要途径。因而年轻的冰雪运动员一时间如雨后春笋，一茬一茬往出冒。

可时代条件等各方面所限，运动员们的训练环境却艰苦无比。其时，业余体校还都没有自己的冰场，只有体工队和专业体校有冰场。业余体校的运动员只能起早贪黑，在专业体校运动员上冰前和下冰后，抓紧一切时间训练。

好在功夫不负有心人，严振华和李冰河在业余体校里曲教练的带领下，已经小有阶段性成果，两人假期之前攻克了难度不小的抛后外结环两周。而唐剑更是在进入体校后，把他的滑冰天赋展现得淋漓尽致，很快在短道速滑队里一骑绝尘，成了重点培养对象。

街上行人匆忙，严振华、李冰河和唐剑一路走，一路诉说着假期的见闻和感受。李冰河走在前头，倒退着和两人聊天，说到要学的新动作，李冰河兴奋不已，脚下一跳，比画起来。不料身体一个不稳，踉跄着跌了出去。

这一个动作，瞬间牵动了两个少年的心，就在李冰河马上要跌倒之时，一左一右两只有力的手同时扶住了她的双臂。李冰河朝着搭档严振华弯起眼睛，笑眯眯地说：“吓死我啦。”

随即两人四目相对，笑了起来，兴致盎然地谈论起他们的新动作。徒留另外一个怦然心动的少年，讪讪地收回了那只不被在意的手。

少年心思总是诗，诗有浪漫，也有怅然。

上冰时间分秒必争，开学第一天下午，赶在专业体校的人出去拉练的空当，曲教练见缝插针地带着双人滑的队员来蹭冰场。

与唐剑在短道速滑的独领风骚不同，李冰河和严振华在双人滑队伍这几年，可谓稳坐万年老二的位置。而双人滑队伍里首屈一指的自然是林峰和秦玥这一对师兄师姐组合。每次严振华和李冰河刚攻破一个技术动作，眼看就要赶上他们的进度，林峰和秦玥转眼就又攻克了更难的技术难关。

于是，开学第一课，眼见严振华上肢力量有些退步的曲教练，特意让林峰和秦玥给两个人一个下马威，给他们施加点儿压力。曲教练让林峰和秦玥给他们演示要学习的下一个技术动作——内点冰抛跳。

林峰和秦玥气定神闲，默契十足，林峰毫不费力地将秦玥抛起，秦玥优美的身体在空中旋转后，稳稳落冰。一套动作下来干净利落、行云流水，引得周围训练的选手和助教都纷纷注目，严振华和李冰河眼中满是羡慕和向往。

曲教练借机敲打严振华："你看见你师兄没，男选手上肢力量多重要。你就轻点儿嘚瑟吧，别仗着有点儿天分，就在我这儿摸鱼。难度系数差 0.5 的两个动作，对技术和素质要求直接上了一个台阶。再给我偷懒耍滑的，就甭想学会。"

“是！绝不摸鱼！绝不偷懒。”

“少来嘴把式，到你俩了。”

两人依言滑到场中，曲教练在场边指导，李冰河紧闭双眼，脑中闪现秦玥起跳时所有的细节动作，而后跟严振华交换了一个眼神，两人第一次向新动作发起挑战。

严振华扶住李冰河的腰，看准时机将她抛出去，李冰河肌肉发力，在空中旋转。然而，落冰的一瞬间，随着曲教练的一声疾呼：“注意重心！”李冰河已然整个人重重地摔在坚硬的冰面上，一股钻心的痛从戳地的手掌传来，泪水生理性地涌上眼眶。严振华一阵心惊，急忙跑过来查看情况。起身的工夫，李冰河已经把泪水忍了回去，露出笑意：“我没事。”

曲教练勒紧一下缰绳后，又来给两匹马儿松松绑：“不要急，林峰他们也练了四个月才掌握。”

李冰河稍稍松了一口气，曲教练却又话锋一转：“但冰河，你内点还是得多琢磨，还有，你得相信队友。”

深谙李冰河脾性的严振华怕她压力太大，赶忙主动化解，笑嘻嘻道：“教练放心，我这就去举铁，等我足够强壮了，我搭档就有信心了。”

黄昏时分，结束了一日训练的两人并肩走在林荫路上，夕阳把李冰河的心事像影子一样拉长，李冰河在肚子里装了一天的话，终于忍不住倾吐出来：“大华哥，对不起，内点确实是我的短板。”

严振华一愣，瞧着身旁李冰河垂头丧气的模样，一咂吧嘴，没头没脑地来了一句：“赶明儿我就偷着把我姑父的药酒喝了。”

李冰河果然被转移了注意力，诧异道：“啥？”

严振华忽然咧嘴一笑，逗她：“喝了酒劲儿大啊，肯定能把你抛得高高的，想转几周就转几周。”

李冰河被严振华逗乐了，心上的阴霾被一扫而光。

“我也不省粮食了，每顿必须吃他个三碗米饭，力量上来了，那还不轻轻松松世界第三啊。”

“咱能有点儿出息，保二争一不行吗？”

“也对，咱这必须冲冠军啊——你看，林峰师兄他们那对，眼睛都长在脑门儿上，咱练会了也得让他们瞧瞧咱的实力。”

两人正聊得热火朝天，严振华的脖子忽然被人回手一勾，随即唐剑一张大脸毫无预兆地出现在两人中间：“唠啥呢？”

严振华笑着搭上唐剑的肩说：“一会儿小红帽搬家，沉的东西都让你搬。”

唐剑愣怔：“小红帽要搬家？往哪儿搬啊？”

严振华摊手：“她非要保密。”

李冰河神秘兮兮：“到地方你就知道了。”

十多分钟后，李冰河带着目瞪口呆的两个大男孩儿站在了一条马路边。

二十世纪九十年代，地理上的阶层划分还不明显，处处可见错落而建的干部楼和平房区。此刻，严振华正不可思议地仰头看着面前的干部楼，干部楼崭新庄严，几间阳台上挂着几件漂亮的皮衣或者中山装。一路之隔的对面，是一片平房区，一户挨着一户，有铁皮焊的，也有砖砌的，晚饭时分，家家户户的炊烟从房顶的烟囱飘出，人间烟火，热闹非凡，而严振华的姑姑严红家就是那片炊烟中的一缕。

严振华惊讶地看着两个力工气喘吁吁地往楼上搬东西，不可思议地说："你搬这儿来了？咱俩家就隔了一条马路啊。"

李冰河说："惊喜吧？"

严振华还处在狂喜中，被旁边已经撸起袖子的唐剑拽了一把："还瞅啥呢，走吧，开干！"

严振华和唐剑刚大汗淋漓地抬着一个茶几跟着工人师傅一起上了楼，一进门，就被眼前的景象惊呆了。崭新的地板上和偌大的房间里，已经堆满了高档家具，真皮沙发、床、梳妆台……精致的木质家具还都镶着金边，气派得不得了。

一个穿着讲究、烫着时髦的卷发的女人尖声指挥着正在摆放沙发的力工："小心点儿啊，可别蹭着墙磕着门啥的，我那可是真皮的啊！"

女人转过身来，面容姣好，虽然多年未见，严振华还是一眼就认出了她是李冰河的妈妈。严振华不由得有些紧张，下意识地拽了拽自己的衣角，却被李冰河拉上前去。李冰河笑着跟盖丽娜介绍两人："妈，这是唐剑，这是我大华哥！"

盖丽娜笑逐颜开，向严振华伸出手："哦，大华啊，一晃都长这么大了？”

严振华忙把手在衣服上蹭了蹭，跟李母握手：“阿姨好！”

李母笑着说：“你来哈尔滨一直住哪儿啊？”

严振华指指对面说：“我住我姑姑家，就在对面。”

李母顺着严振华的手，看到了那片低矮的平房区，眼中的热情瞬间冷却，上拉的笑肌也放了下来，不咸不淡道：“哦，那倒是挺近的。”说完，不再搭理严振华，径直转身去指挥力工摆放家具。

严振华没察觉到盖丽娜态度的变化，分外积极地凑上去帮忙，使足了力气帮着力工，把一件又一件大件儿家具搬上来，一个劲儿地在李母面前卖力气。但盖丽娜在得知严振华住在平房区后，再也没正眼看过他。

干部楼里搬来了新领导，这关乎工人们生计的小道消息随着炊烟立马就飘进了各家各户，没一会儿，干部楼前就围拢了一群看热闹的男女老少。众人七嘴八舌地小声议论，传播着毫无依据的流言蜚语，有人说这厂长是过来改革的，有人说改不了，都来过多少任厂长了，只要不改朝换代，谁当皇帝都一样。

严红也被女儿果果拽着过来看热闹，眼尖的王婶一眼就在搬家的人里认出了严振华：“大华认识新厂长一家啊？”

严红看到跟李冰河一起搬上搬下的严振华，后知后觉道：“我也才知道，这新厂长的闺女是大华滑冰的搭档。”

王婶朝严红挤眉弄眼道：“这关系不就攀上了吗？”

严红冷哼一声，朝一旁跟下来的盖丽娜努努嘴说："他们家的关系可不是好攀的，那厂长夫人原本是我们村子里的，听说防亲像防贼一样。"

王婶笑了，低声说："这么势利忘本的，看她打扮那样儿，是挺浓妆艳抹的哈。"

严红一个不留神的工夫，严红几岁的小闺女果果不知何时就钻到了严振华身边，像模像样地也搬着一个小花盆跟在几个人屁股后边。几个人说说笑笑地搬到三楼，严振华一边扛着梳妆台往上爬，一边吐槽曲教练："一见曲教练我的心就突突，让我举铁，还说我像扔麻袋。"

"那我是像麻袋还是像铁块啊？"

"当然都不像了。"走廊的灯光恍惚，映照在李冰河绯红一片的脸颊上，严振华心里没来由地一动，情不自禁道："小红帽，我咋觉得一个假期，你就变样了呢？"

"啊？我变样了吗？"

严振华心里那股莫名的情愫让他没来由地磕巴起来："就变得更……更……"

"冰河，你过来帮我一把。"严振华的话说到一半，陡然被背后的一嗓子吓得一激灵。严振华回头，只见盖丽娜一脸警惕地盯着两人，严振华不由得心虚，赶紧道："小红帽，你去帮阿姨吧，我等唐剑上来一块儿搬。"

搬完最后一件家具，大汗淋漓的严振华和唐剑站在窗台前，迎着扑面而来的凉风。目之所及，是幢幢高楼，严振华第一次站在高处俯瞰这个城市，忽然一股难言的感慨生发于胸：“原来哈尔滨这么大，都望不到头儿。”

此时，李冰河搬出一个花盆摆在窗台上，严振华收起满腹感慨，跟李冰河使了个眼色，李冰河立马会意。

片刻后，几个人趁李冰河父母不备，一溜烟跑了出去。

几个人从李冰河家溜出来后，在严振华的带领下，直奔平房区，但他们没有去严红家，而是来到了一家冰糕铺子。李冰河以为严振华要给自己买冰糕吃，严振华却毫不见外，径直推门进了人家屋子。李冰河看了一眼房门旁伫立的牌子——“曲家冰糕”，恍然大悟。

曲教练家中虽不似李冰河家富丽堂皇，但窗明几净，整洁大方。沙发上，一个跟李冰河年龄相仿的女孩儿正在看新闻，主播正在播报：

第十六届奥林匹克冬季运动会于一九九二年二月八日至二十三日在法国阿尔贝维尔举行，中国派出三十四名男女选手参加三十四个单项比赛……

这个女孩儿正是曲教练的独生女曲洁。曲洁一见严振华，立马兴高采烈地跑过来。与李冰河的优雅清冷不同，曲洁有着平房区孩子特有的热情大方，因而在严振华相互介绍过后，就毫不见外地拉着李冰河的手聊起天来，曲洁一张巧嘴滔滔不绝，一会儿夸李冰河有天赋，一会儿跟严振华夸带自己的车床师傅厉害。不过，曲洁的自来熟倒是让拘谨的李冰河的不自在缓解了些许。

闲不住的曲洁一转眼的工夫就端着几碗雪糕球乐呵呵地走了过来："来、来、来，吃冰糕，这可是外面哪儿都吃不到的甜滋味，我爸买菜去了，一会儿就回来。"

唐剑瞧了一眼严振华碗里明显大出一号的雪糕球，起哄道："偏心眼儿，你大华哥咋比我的多呢？"

李冰河看了一眼严振华的碗，随后目光在曲洁的脸上打量，只见曲洁娇羞一笑，含情脉脉的目光瞟了一眼严振华，并不否认："我就偏心，咋地？干架呀！"

严振华尴尬地笑笑，下意识地看向李冰河，正对上李冰河审视的目光。严振华生怕李冰河误会，剜了一大勺雪糕，横了唐剑一眼："哪有，吃你的吧。"

三人之间，眼波流转。

几碗雪糕刚见了底儿，曲教练拎着一篮子菜就回来了，严振华立刻站了起来。曲教练一见严振华和李冰河都在，赶紧招招手，把两个人叫过去："正好有件事要跟你俩说呢。"

两个人赶紧凑过去帮忙一起择韭菜，曲教练把一个月后专业体校来选拔的事跟两个人说了，曲教练叮嘱两个人一定要重视起来，因为届时会有体工队的老师前来，能否成为专业运动员在此一举。

择完韭菜，曲教练忽然拍了拍唐剑的肩膀：“小伙子，好好练，有前途。”

严振华被曲教练这没头没脑的一句话说得一愣，一时竟没看明白曲教练跟唐剑在打什么暗语，一脸的莫名：“教练，你啥时候这么关注短道了？”

曲教练一愣，道：“短道速滑队的保送名额是唐剑，他没跟你说吗？”

言罢，曲教练端着择好的韭菜进了厨房，严振华愣怔片刻后，异常兴奋地给唐剑来了一拳道：“这么好的事，你咋还捂着不告诉我们呢？”

端着雪糕走出来的曲洁也加入了讨论，几个人热火朝天地畅想着唐剑进入专业体校的生活，严振华的兴奋劲儿过去，才猛然发觉李冰河正独自站在窗前，满腹心事地望着窗外。

送李冰河回家的路上，严振华想方设法地逗李冰河，无奈他使出浑身解数，李冰河仍旧满面愁容，一言不发。直到两人到了李冰河家单元楼门口，李冰河才满脸沮丧，问出了一句没头没脑的话：“大华哥，我是不是拖累你了？”

“内点的事咱不都商量好了吗？怎么又车轱辘回来了？”

“不是为了这个。”

“那为啥？”

“你就是为了我才转项花滑的。如果你坚持练短道，成绩肯定比唐剑好，现在被保送专业体校的就是你。”

严振华有点儿生气，少有地严肃起来："冰河，花滑搭档什么时候分你我了，还说拖累，咱俩拿不下难度，就一起努力。不怕和你说，能跟你搭档是我这辈子最开心的事。只要你不嫌弃，我会一直做你的搭档。"

李冰河脱口而出："我不嫌弃，我愿意滑一辈子。"

这句话似有魔力，月色皎洁，两人无声对望，彼此心跳可闻，严振华喉头滚动，身侧的手抠了抠衣角，正想要去拉李冰河的手，忽然被楼道里传来的一道声音打断。

"你怎么在这儿啊，都等你呢！"紧接着，一个穿着时髦的女孩儿小跑着来到了李冰河身边。

李冰河清了清嗓，掩饰难平的心绪，给两人互相介绍："这是我小姐妹廖弦，这是我滑冰的搭档大华哥。"

廖弦草草地点了点头："知道了，那个灌你家烟囱的。"

随后，不由分说地拉着李冰河进了单元门，李冰河只得匆匆跟严振华挥手告别。

这一顿饭李冰河吃得食不知味，李冰河本以为廖弦妈是来祝贺家里的乔迁之喜的，没料到刚吃上饭，廖弦妈就提起送廖弦出国读书的事。廖弦妈跟盖丽娜在饭桌之上一拍即合，盖丽娜津津乐道着李冰河舅舅在美国的舒服日子，畅想着国外的洋车、洋房。李冰河越听越不对劲，直到廖弦妈问起李冰河出国的事，李冰河才意识到，母亲未经自己同意，已经擅自决定要送自己出国读书了。

李冰河忍无可忍，打断道：“我不出国，我是要滑一辈子花滑的，将来还要加入国家队，代表国家出征呢，我咋可能出国呢？”

“啥国家队啊？当初让你学花滑，就是想让你当个兴趣爱好来发展。运动员这条路，辛苦不说，等将来退役了，你还得再就业，到时候你年纪大了，除了滑冰啥都不会，你咋活？”

“我都长大了，我能为我自己负责，再说，我也得为我的搭档负责，我要是出国留学了，大华哥怎么办？当初他为了我放弃了短道，我要是扔下他，那我就真成了背信弃义的人了！”

“哪有那么夸张？”

“一旦成为花滑搭档，就是并肩战斗的承诺。”

“还战斗呢？你们那是小孩子过家家。我告诉你，我跟你三舅已经打好招呼了，去也得去，不去也得去！”

盖丽娜根本不管李冰河的反对，又兴致勃勃地畅想起了国外的富饶生活，直到被李冰河气鼓鼓地打断：“出国我不去，谁爱去谁去！”

盖丽娜也被激起火气，一拍桌子，呵斥道：“你敢！”

眼看两人剑拔弩张，李勇赶紧拉住盖丽娜打圆场：“好了好了，大喜的日子，咱们先吃饭，以后再说。”

李冰河被气得面红耳赤，把筷子一撂，回卧室了。廖弦担心，也放下筷子跟了进去。

卧室里，廖弦走到床边，把随身听其中一只耳机放在李冰河耳畔，黎明温柔的歌声响起：

共你在风中，愿再度相拥

过去与你情浓如美梦

……

李冰河沉醉于歌声中，不免怅然："可是我的梦想就要被我妈给扼杀了。"

廖弦静静地看着李冰河眼中流淌的悲伤，叹了一口气："好吧，既然你心意已决，姐们儿我就支持你。我告诉你一个绝招吧！"

李冰河激动地问："啥？"

廖弦说："我不爱读书，我就用高考考不上向我妈证明了我不是这块料。李叔李婶那关也一样，你要么用事实证明，你学不了英语，出不了国，要么就证明你能做专业运动员，这才能改变他们的想法。"

李冰河沉思："廖弦，你今晚话这么多，就这句还有那么点儿道理。"

那一夜，因为李冰河的一番话，严振华失眠了。

严振华躺在床上辗转反侧，一闭上眼睛，李冰河自责内疚的模样就浮现在眼前，睡不着的严振华干脆披上衣服，跑到院子里举起了水桶，练手臂力量。朝夕相处多年，严振华深知李冰河的脾性，这个心结绝非他一两句话就可以解开的，他冥思苦想一晚上，终于想明白了一件事。

想让“小红帽”过了心理这一关，只有一个方法，那就是提高成绩，进入专业体校。

一大早，曲教练正在整理队员们的资料，严振华就连跑带颠地上了门。进了门也不说啥事，先是围前围后地献了一通殷勤，借机打听起了双人滑保送专业体校的事，不料被曲教练当头泼了一盆冷水，原来双人滑早就已经内定了林峰和秦玥。看着失落不已的严振华，曲教练给两个人指了一条明路——想要进专业体校，练好内点冰抛跳两周。

曲教练这一句话如同圣旨。从那日起，严振华和李冰河开始在专业体校冰场旁安营扎寨。冰场上，严振华咬紧牙关，一次次将李冰河抛出，随着曲教练每一次紧蹙的眉头，李冰河一次次摔倒站起，再摔倒再站起。

然而，上百次的失败非但没有击垮两个人的信心，反而让两个人在汗水和伤痛中越发靠近彼此。

这日，训练了一天的两人正漫步在路灯洒下的暖光里，认真讨论着李冰河突破内刃的方法，两人走到校门口，意外地在校门口遇见了正在摆摊卖冰糕的曲家母女。

曲洁从电机厂一下班就大老远赶过来，美其名曰帮妈妈卖冰棍儿，实则一颗心都在严振华身上。这会儿总算把人盼来了，立时凑了过去，不由分说地往严振华手里塞了一根冰棍儿。面对曲洁热烈直白的目光，严振华只能尴尬躲避，顾左右而言他地把冰棍儿递给了李冰河。

三个年轻人正在路边吃着冰棍儿，打扮时髦的廖弦大步朝这边跑了过来。廖弦走到跟前还没说话，先对着李冰河手里的冰棍儿发起了难。廖弦满脸嫌弃地看了一眼，一把夺下就扔在了地上，丝毫不顾及一旁卖冰棍儿的曲家母女，口中念念有词："别吃了，我妈说了，这种东西全是糖精和色素。"

言罢，廖弦拉起李冰河就要走："走，请你去吃俄罗斯甜雪球。"

曲洁登时变了脸，正要发作，却被已经冷下脸的严振华抢先一步。严振华横跨一步，拦住两人："这是阿姨好心好意送的，你这么干合适吗？好歹也是住干部楼的，就这素质？"

廖弦也是嘴上不饶人的角色，两人就这样在马路上你一言我一语就"中国冰棍儿好吃还是外国雪糕好吃"的问题争论起来。最后趾高气扬的廖弦撂下狠话，声称第二天要带严振华去俄罗斯西餐厅撮一顿，让他长长见识，保证他回来自己就把冰棍儿扔了。

第二天，为了不丢面子，严振华特意等严红送果果上学后，在柜子里翻出了姑父的西装和严森林给他买的大墨镜，精心捯饬了一番后，带着曲洁和唐剑一道去了约定好的西餐厅。

这是一间俄罗斯西餐厅，店面富丽堂皇，一扇颜色绚丽的琉璃窗似万花筒一般映照着来往的车水马龙。从半开着的门往里瞧，可见一桌桌穿着入时的男女落座其间。

严振华也不露怯，推门大步走了进去。严振华找到李冰河那一桌，一屁股坐在椅子上，还没等廖弦说话，拿过菜单就开始点菜，准备大宰廖弦一顿。廖弦一眼看出严振华的意图，劈手夺下菜单：“我来点，点啥吃啥。真当我是冤大头啊！”

严振华挤对道：“原来是假大度啊！”

曲洁和唐剑左右护法一般跟着一唱一和，把廖弦气得七窍生烟。廖弦赌气地点了一桌子菜，没过一会儿，精致的西餐被一样一样端上来，俄罗斯大列巴沾黄油、酸黄瓜汤、汉堡包、盖浇饭、熏肠、俄式水饺、单片面包三明治、俄罗斯雪球……没吃过西餐的三人为了不让廖弦小人得志，暗中观察，依样画葫芦，居然也像模像样地使起了刀叉。

眼见廖弦刚吃了瘪，得意忘形的严振华立马大意失荆州了。只见他用叉子叉起面前的俄式水饺，招呼服务员：“来点儿醋！”

这句话把服务员问得一愣，廖弦报复地大笑起来。李冰河也被逗乐了，抿着嘴，贴心地把一盒酸奶油默默推到严振华跟前，摆摆手让服务员走了。严振华在大庭广众之下出了丑，嘴硬地嘟囔着给自己挽尊：“什么破规矩，饺子不蘸醋。”

廖弦自然不会放过这个机会，话里话外揶揄严振华没见过世面，显摆着她还没过上的美国生活。严振华看不惯廖弦趾高气扬、崇洋媚外的样子，嘴下不留情：“我说干部楼大小姐，你那一口东北大碴子味儿的‘英格雷是’，可得改一改啊，真到了国外，老外听不懂，还得给你配个东北同胞做翻译。”

廖弦又羞又臊，觉得自己简直是对牛弹琴，索性转身跟李冰河说：“我的英语老师说，美国那摩天大楼二三十层高啊，全世界有梦想的人，都去美国造梦，要我说，你就跟我一起去，咱俩还能有个照应。”

严振华一听廖弦要撺掇李冰河一起出国，登时冷了脸，一把揪断了手上的面包。

廖弦见到严振华如此粗鲁，忍无可忍：“那得切成片吃，就你这样的，要是在美国——”

严振华不待廖弦说完，嗤笑打断：“万幸啊，哥们儿我现在在中国，而且哥们儿我根正苗红，一辈子就为祖国抛头颅、洒热血了，压根儿就没想过要出国。你脚丫子还站在祖国的土地上呢，就先披了‘洋皮’了。这还没到美国呢，这要是到了美国，你连姓啥都该忘了吧？”

严振华只顾着解气，压根儿没注意到一直朝他使眼色的李冰河，还一直不依不饶地说着。对面气得说不出话来的廖弦脸已经涨成了猪肝色，随后“啪”的一声，丢下叉子，离席而去。李冰河狠狠地瞪了严振华一眼，来不及跟他吵架，就赶紧追了出去。

大大咧咧的严振华对李冰河的情绪毫无察觉。第二日上冰时，面对李冰河突如其来的闹情绪，严振华只觉得莫名其妙，自觉委屈的严振华也开始怄气。双人滑最是考验两人的默契，一旦搭档之间出现矛盾，最直接的体现就是冰上的频繁失误。曲教练眼见两人都心不在焉，大为恼火，教训了两个人一通后，直接惩罚严振华去给大家擦冰刀。

李冰河见严振华一个人闷闷不乐地蹲在角落里擦冰刀，气早就消了大半，想要上去帮忙，却又不好意思，正在原地踌躇着，严振华率先打破了沉默。

“我擦冰刀你能消气不？”

“一码归一码。”

“你到底为啥生气啊？”

“你不知道我为啥生气？”

“你不说我哪儿知道啊？”

“不管怎么样，你都不该说我的好朋友披‘洋皮’。”

“原来是因为这个事啊。”

“这事小吗？廖弦是我最好的朋友。”

“就你那朋友都不用我说，你自己没觉得她太崇洋媚外了吗？而且，就她这种忘本的人，我以后见一次骂一次。小红帽，鉴于你身边假洋鬼子太多，你思想上一定要时刻保持警惕，避免美帝糖衣炮弹的攻击。”

眼看严振华又要上纲上线，李冰河刚平复的火气又被撩拨了起来，转身就要走，吃一堑、长一智，严振华这回长了教训，横跨一步挡住去路。

随后，严振华放下手里的活儿，拉起李冰河就往校门外跑。几分钟后，李冰河闭着眼睛，被严振华神秘兮兮地带到了某个地方。李冰河只觉耳边传来窸窸窣窣的树枝摇晃的响动，她睁开眼睛，只见日光下，一片片雪花从头顶纷纷而落，绚丽至极。严振华正站在树杈上，卖力地为他的女孩儿人工降雪。

严振华见李冰河总算转嗔为喜，赶忙跳下来，摸着后脑勺儿，吞吞吐吐道："我也不喜欢上纲上线，谁让廖弦总是撺掇你说国外好，我怼她就是怕你被她拐跑了。"

李冰河心里一热，这两日的委屈和不悦瞬间就消散了。

枝丫上的雪花星星点点飘落着，两人站在点点落雪里，四目相对，不约而同地傻笑起来。

这天夜里，放学回家的严振华心情不错地哼着歌进了院门，一进门就被满院子的煤烟呛得直流眼泪，刚要往里走，就见严红带着果果从屋里跑出来，挥手不让严振华进屋："炉子不好烧，屋里呛烟了，在外头待一会儿，散散烟再进去。"

三人在院子里被冻得缩手缩脚，索性一齐爬上了楼顶看月亮。屋顶上，远远望去，可见平房区万家炊烟袅袅。

果果转身，望向对面楼房亮着灯火的窗户，喃喃的童音散在夜里："我妈说，住楼房就不用再烧炉子了，屋子里面就是暖和的了。"

严振华看向冰河屋子的窗户，依稀能看到人影晃动。

严红望着对面的楼房，自言自语："也不知道站在高楼上往下看是啥感觉？"

果果举手发言："我上去看过，人看着小小的，就像蚂蚁一样小小的。"

严红感慨道："要不说，楼上的人都小瞧我们。"

"也不是。"一直没说话的严振华忽然开口，他眼睛始终望着楼上云端的那个闪着光的地方，沉思良久后坚定道，"我们这些人看起来虽然小，但却是长在地上的，我们胜在脚踩实地，好好干，一样能有出息。”

严振华说完，下意识地抬头望去，只见苍穹之上，星河遍布，指引着黑夜中的人。

第四章

雪夜梦魇

青春时光，总是与汗水、奋斗和梦想这些词息息相关，严振华和李冰河也不例外。

为了能在一个月后的专业体校选拔赛上拔得头筹，严振华和李冰河紧紧抓住“内点抛两周”这根救命稻草。接下来的近一个月里，专业体校的学生每日都能看到一对双人滑选手，不厌其烦地训练着同一个动作，却从未成功过。眼看比赛临近，两人心中焦灼，只能将压力转换为动力，越发勤奋地刻苦练习。

功夫不负有心人，终于，在比赛的前一日，有了转机。

那日，不知已经摔倒过多少次的李冰河再一次被严振华抛向空中，凌空的李冰河收紧全身肌肉，在下落的过程中忽然福至心灵，成百上千次摔倒中积累下来的灵犀在那一瞬忽而降临，李冰河凭借着肌肉记忆微微调整重心，紧接着取代以往的身体摔落时的闷响，随着“嚓”一声冰刀划过冰面的声音，李冰河踉跄了几步后，在冰面上站住了。

成功来得太艰难也太突然，两人在愣怔几秒才后知后觉，随后同时爆发一阵欢呼。刚刚尝到成功的喜悦，两人就迫不及待地进行了第二次的尝试，抛起、旋转、落冰！再一次成功。

严振华冲过来，抱着李冰河在冰上转圈，激动不已，仿佛已经赢得了明天的选拔赛一般。一直在旁默不作声的曲教练瞧着两个孩子被胜利冲昏头脑的模样，无奈地摇了摇头，踱步走过来，浇了一盆冷水。

“就你们这个内点抛跳，十次有九次摔倒，成功一次站得也不稳。明天上场不能用，还是按之前的，用后外抛跳动作。”

刚升起的希望之火还没燃起来就被浇灭，两人瞬间沮丧不已。

曲教练怕两人丧失了信心，给他们吃定心丸：“别丧气，依经验来说，比赛中能不能完整跳下来零失误，才是最关键的。”

翌日，专业体校选拔赛如期而至，比赛场馆内各处可见悬挂的大红色横幅，不同项目的比赛场地分设于各处，馆内人声鼎沸。短道赛场上，唐剑旗开得胜，毫无悬念地赢下比赛。

休息室里，严振华和李冰河听着外面一阵阵欢呼，心里都打起了鼓，旋即，喇叭里传来报分声：

7号选手林峰、秦玥，自由滑总得分4.7。

两人身旁，一个刚比完赛的女选手毫无预兆地哭了起来，扑进搭档的怀里："完了，排到第三了，这一辈子难道就跳业余了？"

这句话像一块石头，重重地压在了严振华心口。严振华还来不及调整心绪，就听到喇叭里传来喊声：

10号选手，严振华、李冰河，请到签到处。

思绪恍惚间，严振华已经被李冰河拉着，一步步走向了赛场。场内人声纷扰，严振华凝望着远处排行榜上的分数，在上场的前一刻，忽然反手拽住李冰河。李冰河转头，正对上严振华异常认真的目光，严振华坚定的语气在嘈杂的环境中越发清晰，他说："小红帽，现在前几名的差距咬得那么紧，我们的技术难度没有内点抛跳，就没有足够的优势。"

李冰河心内一惊："你的意思是？"

严振华声音低沉有力："这是这套动作的最后一个抛跳，如果前面动作完成度很好，我们就用后外抛跳，如果不够好……"

严振华话至此处略顿了顿，似是有所担心。意外地，李冰河看着严振华坚毅的脸庞，刚刚还忐忑的心忽然就安定了下来，似乎只要这个人在身边，她就有迎难而上的勇气。

于是，李冰河心意相通地点点头，坚定道："那我们就用内点抛跳，搏他一搏！"

舍得一身剐，敢把皇帝拉下马。

赛场上，两人彼此心跳可闻，《梁祝》缠绵悠扬的旋律响起，两人翩翩起舞，无数个日夜的练习，无数次的摔倒爬起，绽放为此刻在冰面上的如梦如幻。专业体校教练跟曲教练在场边不住地点头。

然而，下一刻，他的眉头轻轻蹙了起来，在确认了几秒后，他转向曲教练，低声问了句："刚有块瞅着不对劲？是丢动作了吗？"

场上，即使已经尽力调整动作，但严振华的失误还是不可避免地把两个人推到了一个危险的处境，场边的评委都已隐隐失望。但两人不敢分心，只能更加尽力地完成每个动作。

一曲临终，所有观众和评委已然不抱期待。此时，场中两人忽然四目相望了片刻，在观众还没读懂那眼神中的千言万语时，众人讶异地看到严振华忽然高高将李冰河举起。

评委们都心内一紧——这个起势，不对！不是后外抛跳！

紧接着，所有评委和观众震惊的瞳孔里映照出了一道美丽的弧线——只见严振华把李冰河高高抛起，一身雪白的李冰河仿若一只蝴蝶，在空中旋转两周后，在严振华滚烫期盼的目光中，稳稳落冰。

一个完美的内点抛两周！亦是李冰河和严振华第一次真正意义上完成的内点抛两周！他们做到了！

全场沸腾。

华灯初上，入夜的街道行人稀少。在路灯的映照下，火锅店玻璃窗里一片热气腾腾的白雾。火锅店内，曲教练的两对儿爱徒，林峰和秦玥、严振华和李冰河围坐在桌旁，火锅咕嘟咕嘟冒着热气。严振华给李冰河夹了一个肉丸子，冰河冲他使了个眼色。严振华会意，立即把肉丸塞进教练碗里："教练，您先来一个！"

一直瞧不上严振华的林峰低声吐槽："狗腿子！"

酒过三巡，多年来被林峰踩在头上的不满涌上心头，严振华借着酒劲儿，调侃林峰："小红帽，你那个内点抛跳做的，那好家伙，才练了一个月，连林峰师兄的眼珠子都看直了。"

此话一出，林峰立即面露愠色，众人也都尴尬不语，严振华却浑然不觉，继续嘚瑟："你自己说是不是？"

"够了！给我坐下！"一直没说话的曲教练终于忍无可忍，"你不说这个就算了。瞎嘚瑟什么？真以为自己做对了？赛场上临时换动作，你是运动员啊，还是赌棍啊？两个人的运动前途，是拿来给你赌博的吗？"

严振华还想争辩，被曲教练眼光一横，㞞㞞地低下头去。李冰河也连忙表态："对不起，教练，我们也是急昏了头，以后绝对不会了。"

刚被羞辱的林峰咽不下这口气，出言讽刺道："乡下来的，不懂规矩，可以理解。"

严振华一听，登时怒火中烧，两人你一言我一语地在饭桌上拱起火来。严振华刚被曲教练呵斥一顿，本不想跟林峰起正面冲突，奈何林峰越说越过分，最后竟话里带刺，讽刺他是李冰河养的小白脸。

随着严振华挥出去的拳头，两人多年的积怨彻底爆发。

傍晚，在回家的路上，打了一架又被训了一通的严振华，耷拉着脑袋，沉默不语地跟在李冰河身后。李冰河埋怨严振华冲动、暴躁，严振华默默听着，也不言语。两人沉默地走到分岔路口，已经能远远看见李冰河家的楼顶，严振华才忽然拉住了李冰河。

路灯暖黄的灯光下，严振华郑重其事地望着李冰河，鼓起勇气道：“教练说得对，今天我冒险的选择的确有点儿冲动，但我做的这一切，都是为了能配得上站在你身旁。”

严振华话里没有挑明的爱意惹得李冰河心动不已，明亮的月色中，李冰河脸色绯红一片。

此时，严红家里满屋子人正忙前忙后地准备庆功宴，最后一道菜刚出锅，严振华正好带着李冰河和唐剑一起进了屋。严振华瞧着一桌子的菜，受宠若惊：“这么多菜，吃得完吗？”

曲洁端上最后一道菜，众人围桌而坐，严红笑得合不拢嘴：“今儿姑姑高兴。这么多年的苦没白吃，我也算跟我哥有个交代了，大华，等吃完了你就去给你爸写封信，报个喜。”

老林给严振华倒上一杯酒，给自己也满上了一杯，一饮而尽，乘着酒兴感慨不已：“是啊，最近厂子搞什么劳动合同改制，不少车间都有人下岗，搞得人心惶惶，好在孩子们有好消息了，日子还算有盼头儿。”

晚饭过后，众人围在客厅的茶几旁，边说笑着边写信。唐剑醉意上头，在沙发上模仿起郭富城的动作来：“对你爱、爱、爱不完……”

此时，忽然响起一阵急促的敲门声，严红来不及放下果盘，便笑呵呵地去开门，门口是一脸风霜、心急火燎的王婶，王婶往屋里看了一眼，把严红拉到跟前，耳语了两句。

随后，一声盘子掉落的声音吓得严振华一激灵，他好奇地往门口看了一眼，正瞧见严红摇晃的身子虚脱一般地向墙脚倒去。严振华心内一惊，赶紧跑过去扶住严红。

严红眼神呆滞地望着严振华，几乎不能言语。严振华哪里见过严红这般模样，着急地看向王婶。王婶叹了一口气：“大华，你奶奶没了。”

这个晴天霹雳瞬间让一屋子的人傻在原地。

次日，天还没亮，心情低落的严红和严振华就带着果果踏上了去往客运站的小路。清晨的客运站十分冷清，只有一个提着包裹的身影等在门口，三人走近一看，那人居然是已经收拾好行装的唐剑。

于是，一辆客车在清晨的夜幕里，缓缓驶出客运站，载着满满的乡愁。

客车在晨雾中渐渐变为了一个小小的黑点，李冰河才拎着两大袋子饼干和水果，气喘吁吁地跑进客运站，看着已经驶远的客车，李冰河懊恼不已。

李冰河无精打采地回到家时，盖丽娜已经做好了一桌丰盛的早餐。盖丽娜起开一瓶大白梨汽水，又给李冰河夹了一个虾。李冰河赌气地把虾夹回了盘子里。盖丽娜一看女儿真生气了，软硬兼施，先是虎着脸警告："你别来劲啊！"

随即又软下语气："妈早上没叫醒你，不是想让你多睡一会儿嘛。"

眼见李冰河消了气，盖丽娜这才神神秘秘地从屋里拿出一个信封，美滋滋地递给李冰河："冰河，你语言学校的offer下来了，我今天特意托司机去邮局取了回来。我的小冰河要去美国啦！"

李冰河一听这话，登时冷下脸来："你哪儿弄来的这东西？我跟你说过了，我不想出国！"

母女之间的大战因为这个话题一触即发，李冰河一清早的委屈连同着这件事一起爆发出来，她宣示着自己的人生主权："我绝对不会去美国，我要一辈子留在这里，跟大华哥滑冰，成为专业运动员，为国家争光！"

说不过女儿的盖丽娜忽然被巨大的恐惧包围，她仿佛看见了生命里的那道光在被自己的女儿亲手熄灭，她辛辛苦苦寄托在女儿身上的美国梦要碎了，这是她不能忍受的。

想到这里，盖丽娜忽然就歇斯底里起来："滑冰跟去美国念书能比吗，你自己心里没数吗？你看看你舅舅在美国，日子过得多好。你再看看咱现在过的什么生活？在这个破地方窝窝囊囊一辈子，我绝不答应！"

言罢，怒火中烧的盖丽娜不由分说地就把李冰河关进了屋子："我说了不行就是不行，真当我管不动你了？你不是想不通吗，那就想通了再出来。”

随着“咔嗒”一声房门被上锁的声音，李冰河推了一下房门，不可置信地发现门居然被从外面锁上了。李冰河气愤地拍着房门喊了许久，最后颓丧地回到窗前，遥遥地看向严振华家的方向。

此时，远方的雪乡里，远远能听见唢呐响彻山谷的悲鸣。

严义国母亲的屋头右边早已挂上长长垂下的挂寿，静得没有一丝哭声。堂屋正中的牌位多了一个，写着严义国母亲的名字，老人家的黑白照片也已经挂在正中间。灵堂设在屋里，两侧碗口粗的白蜡烛烧到底儿。蜡烛的烟气弥漫在屋子里，让一切都有一种不真实感。亲戚围在屋里，或坐或跪地守灵。

严义国正站在灵位前擦拭母亲的照片。他的头发已经斑白杂乱，动作也有些迟缓，放回抹布的时候一个踉跄，猛地扶住桌子才没跌倒。

响动惊醒了睡在严红怀中的果果，果果眨眨眼：“是姥姥回来了吗？”

稚嫩的童音回荡在屋内，一屋子的人纷纷掉下眼泪，严振华眼眶通红，扶着一语不发的父亲：“爸，没事吧？”

严义国咳嗽了两声：“没事，一会儿就出殡，我去外面准备准备。”

众人为严义国母亲出殡，队伍整齐地站在门口准备出发。严义国眼窝凹陷，憔悴得胡楂儿都没刮。他抱着母亲的照片，严红抱着牌位，严振华、严红丈夫和果果跟在一旁。唐剑在队伍中举着白幡儿。

王表叔手里拿着瓷盆，大呼："长子、长孙摔孝盆！"

严义国看着黑白照片，恍若未闻。

王表叔说："义国，乡亲们都等着呢，送老人上路，别耽误了时辰。"

严红说："哥，妈走了，咱们没娘了！"

严义国心中悲痛，久久不肯接盆。王表叔将盆递给严振华，他看着父亲花白的头发连同单薄的衣服被风吹得颤抖，心里一酸，用力将盆摔在地上。瓷盆落地的瞬间，像花瓣一样炸开，发出凄厉的"噼啪"声。

王表叔高喊："起棺！"

一时间唢呐声、哭声齐起，队伍缓缓前进。严振华坚定地走在队伍最前面，为奶奶开路，一个个的瓷盆掷地有声。随着清脆的声音，一双双脚踩过陶瓷碎片，白幡儿飘舞，纸钱飞撒，飘落过严红等人哀泣的脸，也飘落过黑白照片中奶奶慈祥的笑脸。

白雪皑皑的村路上，严义国高大却略有些蹒跚的背影和严振华年轻笔挺的身影合为一体，融进雪乡的风雪里，严振华也仿佛从严义国手中接过了这个家的重担。

深夜，严家客厅里，还未从悲痛中缓过劲儿来的一家人正沉默地叠着纸钱，突然间门被敲响，严振华以为是唐剑，嘟囔着："我都说了，晚上不用他帮忙。"

一家子人都情绪低落，只有尚不懂得生老病死的果果兴高采烈地边喊着“唐剑哥哥”边跑去开门。然而，打开门，门外站的却不是唐剑哥哥，而是双眼通红、风尘仆仆的严森林。

严红一见严森林回来了，赶紧接过他手里的大包小裹把人拉进了屋，一家人赶忙围拢上去问东问西，严红到后厨给严森林下面条，果果怕生，躲在严振华身后，严振华把果果抱起来，让她认人：“这是小舅。”

果果奶声奶气，童言无忌：“你就是小舅啊，为啥在家里从来没见过你啊。”

小孩子的话让严森林一时语塞，不知如何作答。严森林尴尬地笑笑，打开两个包裹，开始往出一样一样掏礼物，果果摆弄着没见过的稀罕玩意儿，开心得不得了。

严森林偷偷瞄了一眼一直没说话的严义国，从包裹里拿出一双亮面鳄鱼皮鞋，深吸一口气，鼓起勇气，走到严义国面前：“哥，给你买的。试试？”

严义国冷哼一声：“你倒还记得回来是来干吗的！”

严森林有些讪讪的：“大哥，我刚去看过妈了。”

严义国一言不发，弯腰拿起皮鞋和严森林的包裹，一把扔在外头雪地上。

“滚！别管我叫‘哥’了，让你不着家，不是要闯吗，就别回来啊！”

“哥！我真的一收到消息就往家赶了。”

严义国不给严森林解释的机会，一把将严森林推出门外。

严振华瞧了一眼窗外呼号的北风，于心不忍，暗戳戳给严森林求情：“爸，这么冷的天，你气也气过了，何必呢。”

很快，严振华也遭牵连，被撵出了家门。看着无情紧闭的铁门，严振华耸耸肩，苦笑道：“走吧，去唐剑家凑合一晚吧。”

言罢，两人深一脚浅一脚地走出了院子。

“可咋整，你爸这次好像真生我气了。”

“你十二年回来的次数真的一只手也就数完了，奶奶的头七你都没赶上，你说我爸能不生气吗？”

“大华，你能想个法儿，让你爹快点儿消气不？”

“有。”严振华略一思量，计上心来，神秘兮兮道，“但是可能要受点儿皮肉之苦。”

把人撵走后，严义国的心里并不平静。柜子上整整齐齐摆放着严母织好的毛衣，还没来得及给严森林邮过去。严义国用手指擦拭着全家福照片，低声念叨：“娘，森林回来了。您放心吧，看着胖乎了，在外头一点儿没饿着。”

严红知晓哥哥嘴硬心软的毛病，边整理严森林留下的大包小裹，边说：“他俩去唐剑家了，你放心，冻不着。”

严义国嘴硬：“我问那俩臭小子了吗？你咋那么爱瞎操心。”

严红知道他口不对心，笑笑就拿起东西带上门走了。严义国一夜未眠，一直到天空泛起鱼肚白，星星点点的灯火亮起，他抬起沉重的身子刚要出门。门外忽然一阵脚步声，下一刻，门被打开，严森林被人一把推搡进屋子。严义国心知这又是严振华想出来的鬼主意，脸色阴沉地过去推门，一推发现门居然是锁上的。

“严振华，你皮是不是又紧了！”

“爸，我也是为了你俩好。你有火就往我小叔身上撒啊，新愁旧恨，千万别留情。”

言罢，两阵脚步声“嗒嗒嗒”地远去，徒留屋内大眼瞪小眼的兄弟俩。严义国见开门无望，返身回转，这一动不要紧，吓得严森林抱着手里的皮鞋躲到了角落里。两个人沉默许久，待严森林双脚微微发麻之时，严义国长长叹了一口气，起身往堂屋走，沉声道：“进来，给妈上炷香。”

严森林眼睛一红，赶忙跟了上去。崭新的牌位前，严森林手持炉香，哽咽许久，跪下来朝着牌位磕了三个响头：“妈，我回来得晚了，这些年也一直没在您身边。哥怪我，我也怪我自己，但您放心，我们兄弟姐妹三个，以后肯定会好好的。您放心走。”

严义国闻言，忍不住鼻酸：“外头的世界当真那么好吗？真的值得吗？”

严森林未答言，转身把皮鞋拿过来，走到严义国跟前，蹲下了身子，严义国下意识地躲闪，严森林又凑过去：“哥，新时代了，咱家也该穿新鞋走新路呀！”

严义国看着严森林弯下去的腰，多少年的心结忽然就释然了，他伸出脚穿上新鞋，在屋子里走了两步，发出“嗒嗒”的声响。

此时，一直猫在门外的严振华和唐剑已经扒着门缝等了大半天了。严振华心里纳闷儿，按照以往的经验，这老哥儿俩非要急赤白脸打一顿，才能达到化解矛盾的疗效，今儿这情景倒是有点儿让他摸不着头脑。

此时，飘絮一般的小雪不知何时已经变成了一团一团砸下来的鹅毛。两人冻得忍不住搓起手来，唐剑遭不住，摸摸搜搜地从怀里掏出一瓶人头马的洋酒。

严振华眼睛发亮："哪儿来的，我之前在哈尔滨见过，这加拿大酒啊。"

唐剑不好意思地挠挠头："你叔包里的，早上掉出来了，给我瞅见了。"

唐剑拧开酒，两人猛灌了几口。没一会儿，两人脸上就红彤彤一片了。他们喝得有些上了头，说话也开始不着边际起来。唐剑仰头看着漫天雪花飞舞，忽然来了兴致，戳戳严振华，撺掇道："明儿就回省城了，咱要不要现在去痛快一次？"

严振华心动不已，但瞧了一眼紧闭的家门，又踌躇起来。唐剑一眼看穿严振华的心思，大大咧咧道："别瞅了，这俩老小孩儿没事了，这雪要是不滑，那可是暴殄天物啊，太浪费了。"

严振华还是有些犹豫："奶奶还没过头七。"

唐剑有些喝醉了，拍着他的肩膀："嗐！你忘了，小时候下大雪，还是你奶奶把咱带上山滑的雪，当时可是，直接把咱俩摁爬犁上就往山下踢。奶奶是洒脱人，能计较这个？"

唐剑见严振华犹豫："你不走，我可走了！去不去？一句话的事！"

严振华喝干了最后一口酒，豪迈道："去！"

唐剑和严振华背着雪具，气喘吁吁地登上山巅，两人酒气上涌，敞开衣领子纳凉气。从山巅一览而下，都是洁白无瑕的新雪。整个世界洁白静谧，间或几声鸟鸣。严振华看着面前的壮美雪景，心中陡然升起无限感慨。突然，他朦朦胧胧忆起了儿时，奶奶教自己滑雪的情形。回忆中，他似乎看到雪山山巅，奶奶微笑着鼓励他的模样："不怕啊，大孙子，奶奶在呢！"

严振华突然悲从中来，借着酒劲儿，对着天空呐喊："奶奶！奶奶！"

雪山中，回荡着严振华的声音，空旷、辽远。严振华的眼泪如断了线的珠子落下，他狠狠地擦了一把。

唐剑安慰道："哥，别伤心了，奶奶是个好人，她一定会在天堂看着咱们，保佑咱们的。"

严振华点点头，随后，两人一前一后往山顶上爬。两人好不容易攀上陡峭的险峰，雪已渐大，被呼啸的北风裹挟着打在脸上。两人看着雪路陡峭，不禁都有些发怵。严振华心里打鼓："雪越来越大了啊！要不今儿还是算了吧！要是一会儿雪大起来，连方向都辨不清就糟了。"

唐剑酒劲儿还没过："怎么会！咱哥儿俩从小在这野山里长大，迷过路吗？"

"上都上来了，走吧！"还未待严振华反驳，唐剑突然从严振华脸上一把抢过他的墨镜戴上，一溜烟就不见了。

严振华没办法，只好壮着胆子，跟了下去。唐剑的雪具激起巨大的雪雾，严振华看不清前路，努力控制方向。严振华喊了几声“唐剑”，话还没出口，就被冷风噎回肚子里。两人七拐八拐，竟然来到了一片密集的雪林。唐剑明显慌了神，眼镜被雪糊住，什么都看不见。突然不远处蹿过一只野鹿，唐剑的雪具猛的一个趔趄，摔进了一个大洞之中。严振华刹车未及，也一起冲了下去……

大雪纷飞，天色渐晚，严家客厅里，桌上的团圆饭已经摆好，热腾腾的饭菜冒着香气，糊住了窗户。果果用小手擦了擦窗户，映出外面风雪交加的严寒天气。严红时不时开门往院子里张望，每次开门，大风都灌进一股呼啸的风雪。

严义国再也坐不住，准备出门找人：“我去找找。”

严红拦住严义国：“再等等吧，大华懂事，知道家里人惦记，估计一会儿就回来了。”

严红话音刚落，敲门声响起，严红松了一口气：“我就说吧。”

严红小跑着打开门，门外站着的却是唐剑父母，只见两人满身风雪，神色焦急，一见严红就问：“唐剑在你家吗？”

严红一愣：“没有，大华也没回来。”

唐母一拍大腿，急出了哭腔：“完了，我看他拿着雪具走的，肯定去滑雪了。”

严义国闻言，脸色大变，捞起一件棉袄披上，起身去拿头灯和绳子：“不行，风雪怒号的，天又擦了黑，我这就去找他们。”

临出门前，严义国又嘱咐唐父：“老唐，你们两口子去村里多喊些乡亲帮忙，从村口往后山一路去找。”

赶着下山的太阳，严义国领着严家众人一路风霜，直接穿过屯子往后山去了。

唐剑夫妇在屯子里挨家拍门，随后星星点点的邻居穿着大棉袄，带着火把和手电筒走了出来，从村子中央散开，开始搜索。夜色越来越暗，风雪却没有要停止的意思。深夜的雪山里，回响着乡亲们一声声的呼喊，可雪山就像是睡着了，不愿意发出一声回应。

严红寻人心切，着急地拖着果果走，果果一个趔趄，跌倒在雪地上，爬起身来，手里举着一个红色的小物件儿：“舅，你看！”

严义国就着手电筒的灯光一看，竟然是严振华的护身符，心中不由得慌乱，这不是一个好兆头。严义国看着哈欠连天的果果，定了定神，嘱咐严红带着果果回家里等严振华。言罢，抬步独自朝后山的方向走去。

此时，深山的熊洞穴里，严振华和唐剑正拼命呼救，却是叫天天不应，叫地地不灵。熊洞太深，声音根本传不到洞外。严振华不愿坐以待毙，开始试着往洞外爬，但是每走一步，坑顶的雪就扑簌簌地掉下来，砸在他的脑袋上，他的腿在雪地里越插越深，却没有上升分毫。

此路行不通，严振华又瞄到了洞口的树桩子，想要借树桩子爬出去。两人用雪橇竖起一个坡度去够洞口，还差一大截。弄了半天，非但没有爬上去，还把雪越弄越深。两人不敢再动，只能停手。

眼看着月上中天，气温越来越低，两人一遍遍地搓着手，用手捂着耳朵和脸颊，可是刺骨的夜风还是死命往身体里钻。为了暖和身子，唐剑索性拉着严振华一起在洞里跳起舞来。外面朔风乱吼，里面两人在自娱自乐，表面嘻嘻哈哈，内心却十分焦急。

不知跳了多久，两人手脚已经被冻得渐渐麻木。唐剑一时恍惚，脚下一软，正面扑倒在地，唐剑只觉脑袋一痛，他懊恼地一抹脸，结果摸下来一手血。唐剑吓得直叫："血！血，我流了好多血！大华。"

严振华赶忙扑到他身前查看，只见他的额角被石头磕破了，鲜血直流。严振华连忙用自己的围巾给他擦。

又疼又冷的唐剑一下子恐惧起来："怎么办，大华，我是不是要死了？"

严振华安慰道："这点儿小伤，不至于啊！少说这些不吉利的话！"

严振华斜着身子伸长胳膊，用雪具拼命往上搭，可惜总是够不到。很快，他的脸色也开始失去了血色，手脚也开始不听使唤，最后，连雪橇都举不动了。他哆哆嗦嗦地和唐剑躺在一起，两人的气息都渐渐微弱下去。

严振华用尽力气翻过身，将唐剑抱住，眼看唐剑眼皮发沉，似要闭眼，严振华虚弱无力地摇了摇怀里的人："唐剑，别睡！"

可唐剑还是缓慢又沉重地闭上了眼睛，唐剑的脸上已经结冰，人也失去了意识。冰冷的风雪侵袭而来，严振华渐渐看不清近在眼前的唐剑的模样，眼皮不受控制地缓缓闭上。迷迷糊糊间，严振华出现了幻觉，他落入冰湖，一点儿一点儿往湖底沉，在即将窒息的一瞬，耳边忽然传来严义国的呼喊声："大华！"

严振华想回应，但张开的嘴巴却发不出一点儿声音，他挣扎着拿起旁边的雪具，奋力敲向金属板。

心急如焚的严义国举着手电正呼喊着，猛然听见一阵有节奏的敲击声从不远处传来，他激动地朝着声音跑过去："大华！你们在吗？大华！"

一个微弱的声音回应着他："下……下面……"

严义国激动不已："下面？好，别动啊，爸来了！"

严义国握紧了手里的绳子和手电，小心地靠近熊洞，一边喊着儿子，一边探头下去，顺着手电筒的光隐约看到两人的衣服。他调整位置，再次趴下，终于找到了严振华和唐剑的脸。

"你们怎么样？"

"我，我还好……但是，但是唐剑，怕是撑不住了。"

"没事，爸来了啊！等着。"

严义国爬起身来想要下洞，但洞口的雪不断往下掉，人根本下不去。他把肩上扛着的一卷绳子一头拴在树上，一头往洞下扔去："好孩子，站起来，快！接着！"

严振华哆哆嗦嗦地站起身，尝试拽着绳子往上爬，可是身子被冻僵的他根本无力控制自己的手脚，无法握紧绳子。严义国又是心疼又是焦急："这样不行，我下来，你别动了。"

严振华指指自己发现的木桩："爸，这儿，这儿有桩子。"

严义国在绳子上打了若干个绳结，留出一段距离绑在自己腰上。随后绕过熊洞，将绳子拉直捆在对面的大树上，另一端拴紧了洞口的木桩，这才深深呼吸了一口气，从坑旁直接跳进了熊洞，雪花扑簌簌往下掉，几乎要埋掉两个孩子。他赶紧将两个孩子刨了出来。

唐剑满脸血碴子，已冻得失去意识。严义国立刻将身上的棉服脱下将他裹紧："唐剑！唐剑！不能睡啊！"

严振华拍打唐剑的脸，掰开他的眼皮，唐剑的眼皮动了动，总算恢复了一点儿模糊的意识。严义国稍稍松了一口气："大华，来，你扶着他，喊他的名字，不能让他再睡过去了！"

严义国解下腰间的绳子捆在严振华身上："你踩着绳结，上得去不？"

言罢，严义国躬下身子，拍拍后背："集中精神，不要怕！来，踩在我背上。"

"爸，你把唐剑搀过来，我背他出去。"

"不行，你自己都没力气，背着个人还能爬吗？你先上去，一会儿我背他上来。"

"我年轻。"

"听话，快！你要再不抓紧时间，等雪再下会儿，咱爷儿仨都得折在这里头！"

严振华咬咬牙，看了看父亲，又看了看唐剑，竭尽全力地踩着父亲的肩膀往上爬，双手颤抖着拉住绳结。严义国感受到儿子的无力，大喝一声，用力颤巍巍地站了起来，一下子将他顶高：

“用力！别泄气！”

严振华咬紧牙关越爬越高，而严义国的双腿因为重量压迫，已经深深插在雪地里。严振华刚一爬上洞口，顾不得瘫软的双腿，回身将绳子又扔了下去。

严义国接住绳子缠在自己身上，一手搀扶着唐剑，却无法固定他。不得已，他用绳子绕在唐剑的身上，把他固定在背上。可绳子的长度不够，严义国只能把雪靴解开，用鞋带把唐剑捆在自己背上。背着一个人往上爬十分不易，严义国几次快要跌落。他发现手套的摩擦力不够，索性丢了手套，徒手往上爬。手被勒出道道血丝，他却咬紧牙关往上爬。背上的唐剑仍然昏昏沉沉没有意识，到洞口处，唐剑的鞋被树枝一刮，掉落进身后的熊洞里。

快到洞口时，严振华不顾雪崩的危险扑过来抱住二人，奋力往上拖：“爸！把手给我！”

三人一起跌倒在雪地上，下一瞬间，洞口因为难承其重，雪块不断往下落，轰然一声，熊洞转瞬间彻底被淹没。

父子二人相视一眼，死里逃生，心有余悸。

倒塌的洞口旁，严义国见唐剑光溜溜的右脚，四下找了一圈，没找到鞋子，一咬牙，脱下自己的棉鞋，严振华本能地去拦严义国的动作：“爸！”

严义国一把甩开严振华的手，利索地把棉鞋套在了唐剑的脚上，随后卸下围巾裹在自己脚上：“别磨叽，他以后还得靠这腿吃饭，我走起来，就没事了。”

在没过膝盖的积雪中，严义国背起唐剑，引着严振华，深一脚、浅一脚地往回走。没一会儿，风霜就将严义国露在外的眉毛、眼角都染成了霜白。严义国裹着围巾的右脚早已被雪水渗透，北风一吹，就在赤裸的脚上冻成刺骨的寒冰，严义国的右脚也从最初的疼痛变为了麻木，他咬紧牙关，艰难地抬起右脚向前迈着，终于在精疲力竭之前，遥遥望见了一簇火光。

强撑的一口气松了下去，严义国脚下一软，跪在雪地中，严振华闻声回头，急忙去扶。严义国喘着气，挥开他的手：“我没事……你，快去找人……”

严振华纠结地看了看倒在地上的严义国和唐剑，又看了看远处寻人的灯火。一咬牙一跺脚，用袖子抹了一把脸，蹒跚着踩着深雪往屯子里跑去。

雪地里，严义国搂着昏迷不醒的唐剑侧躺在雪地上，唐剑的脸上已经没有血色，嘴唇冻开，宛若僵死。严义国从头到脚布满风霜，裸露在外的右脚已经被带血的冰碴儿冻牢，变成青白色，他喘着粗气：“就快回家了……咱爷儿俩，坚持住……”

身体的温度在迅速流失，在失去意识前，严义国视线里的最后一幕，是远处一片靠近的灯火和严红带着哭腔的疾呼。

第五章

冰舞青春

夜雪初霁。县城医院的急救楼在北风中瑟瑟而立。

医院的走廊里，严振华抱着热水袋，披着军大衣，瑟瑟发抖地在走廊里来回踱步，果果在严红怀里睡着了，严红紧张地望着手术室。忽然，病房大门开了，一位身穿白大褂的医生推门走出，急急问道："你们谁是严义国的家属？"

严森林抢先回答："我！我！"

医生言简意赅："严义国的右脚深度冻伤，必须尽快截肢。"

严森林难以置信："你说啥？截肢？"

严森林身后，"啪"的一声，热水袋从严振华手里掉落，随后，一大串眼泪从严振华的眼眶里簌簌落了下来。

医生飞速地跟他们说明了严义国目前的情况："病人的膝盖以下神经和肌肉组织都已经坏死，没有保留的价值。放任不管的话，很可能会全身性感染，或者导致全身炎症反应综合征，到时候连命都保不住！”

医生还没说完，严红就扑进丈夫的怀里，颤抖着号啕大哭起来。

严森林揪着医生嘶吼：“医生，你救救我大哥，我大哥是体育老师，他不能没有腿啊！”

医生急了：“别顾腿了，我现在跟你说的是保命的事！”

众人一时难以接受这个噩耗，纷纷围着医生吵吵嚷嚷，只有严振华沉默地站在一旁，看了一眼手术室，忽然高声打断众人：“截肢吧！”

严森林和严红都震惊不已，不约而同地看向严振华，只见严振华抹了抹眼角的眼泪，仿佛一瞬间长大了，他语气坚定，不容置疑：“先保命，以后我就是我爸的腿。”

手术室门口，“手术中”的灯牌刺得人眼睛酸痛。走廊里，严振华面如死灰地靠坐在角落里，巨大的打击让他目光痛苦而空洞。此时，满脸纱布的唐剑急匆匆地跑了过来，他几步跑到严振华身边，心急火燎地问：“哥，严老师没事吧？”

严振华仿若未闻，依旧木然地把头埋在双腿之间。唐剑心急不已，只见所有人都双眼通红，明显刚刚哭过，唐剑心里一紧，转向严红：“红姑，严老师到底咋了？”

严红声音颤抖：“截肢了。”

这三个字一出口，仿佛晴天霹雳，唐家父母浑身一抖，蒙在当场。唐剑更是一屁股跌坐在地，神魂尽失。打击过后，巨大的愤怒袭上唐父的心头，唐父几步走过去，拽行尸走肉般的唐剑，狠狠一个耳光抽了过去。唐剑被打翻在地，血顺着嘴角一滴滴流下来，他一阵耳鸣，恍惚间看到父亲因愤怒而扭曲的面庞在面前恍恍惚惚。

“你这畜生！你知不知道今儿是什么日子。今天是你严家奶奶的头七，你说你撺掇大华去滑什么雪！你到底有没有心，你作死就算了，还祸害严老师！”

唐剑似乎这会儿才找回魂魄，他连滚带爬到严振华跟前，拉着严振华的手，发了疯地往自己脸上抽，声泪俱下：“大华，你揍我一顿吧，你揍我吧。”

严振华自始至终没有抬头，只是默默地抽回自己的手。

两小时后，“手术中”三个字终于暗了下去。严振华第一时间冲进手术室，严义国手术麻药还没过，安详地躺在病床上。严振华一步一步走到病床边，下意识地把手放在严义国右腿的位置，摸了个空，整条右腿往下的棉被一下子瘪塌在床上。

严振华脑子“嗡”地一下，腿一软，差点儿跌倒。严振华反应过来，把棉被掀开，只见严义国被截肢的伤口包扎好了，下面却空空荡荡的，小腿已经不见了。跟着进来的唐剑看到这一幕，“扑通”一声跪在地上，泣不成声。严振华呆呆地望着父亲空落落的右腿，眼泪无声地淌了一脸。

严森林推门进入病房，走到严振华身边欲言又止，叹了口气，从身后搂住他的肩膀：“别怕，一切有叔呢。”

窗外，黑夜幽深，月光迷离。

一夜后，严义国醒了过来。与家人的悲伤低落不同，严义国发现自己少了一条腿后，只是短暂地沉默了半天，就心态良好地接受了这个事实。或许是怕两个孩子自责，严义国住院期间十分积极地配合医生的治疗，时常跟过来陪护的家人有说有笑，仿若无事发生。

由于严义国原本就体魄强健，术后恢复良好，半个月后，在严义国极力要求下，严红终于给他办了出院手续。临出院前，主治医生再三嘱咐回家护理的注意事项。严振华细心地一一记下。终于，在这天傍晚，严义国坐上严森林借来的轮椅，回到了自己熟悉的家。

家里，严红一人忙前忙后，已经做好了满桌子的菜。严振华推着严义国进门时，严红正好端着一盘菜从厨房出来，一眼就看见了严义国右腿空荡的裤脚，她鼻头一酸，别开眼去，故作一切如常地走进厨房。可刚进了厨房，就偷偷抹起了眼泪。

客厅里，严义国闲不住，他不太熟练地操纵轮椅挪到圆桌旁，看着严森林和严振华来来往往地忙活，总想要帮忙，他伸手接严森林手里的筷子，被严森林拦住。他想帮严振华搬椅子，严振华不让他插手。严义国坐在轮椅里，看着忙忙碌碌的一家人，第一次沉下脸来。

这时，最后一道小鸡炖蘑菇出锅了，严红端着铁盆，一路从厨房小跑出来："让开！烫，烫。"

严义国总算逮到了机会，伸手就要去接，严红自然不肯松手，架不住严义国手劲儿大，一把就抢了过来。严义国离餐桌很近，下意识地想要站起来，走两步把铁盆放到桌子上。可是当他迈步之后，右腿下一轻，才想起自己的右腿已经没了。下一刻，他整个人失去平衡，连人带手中的铁盆都摔在了地上。

众人大惊，七手八脚地把严义国扶上轮椅，严义国却忽然笑了，叹了口气道："老天爷给的就是正好的，少了啥都麻烦。忘了腿没了，看来这身体还得适应适应，就是可惜这一锅小鸡炖蘑菇了，大华最爱吃了。"

严红眼睛一红，转身去厨房："锅里还有。"

众人一时无话，气氛凝重。严义国左右看看，拿起筷子，口气轻快："哎呀，这是干什么，这出院高高兴兴的事，都吃饭，都吃饭。"

严森林低着头，神色坚决，紧紧攥着自己的筷子，突然开口："大哥你放心吧，从今往后我指定一直照顾大华，学费和生活费我都包了，我也不再去南方了，一直搁家待着。"

严红哭着抢白："大哥，哈尔滨那边儿也有我呢，我也一定好好看着大华长大，啥事也不让你操心。"

严义国笑着："你们这都干啥啊？不就是没个腿吗？多大点儿事啊，我还有双手啊。"

严振华突然开口："我不回哈尔滨了。"

严义国愣了："你说啥？"

严振华坚决道："我不回哈尔滨了，你手术的时候，我说了，我以后就是你的腿，爸，你别怕，以后我来照顾你。"

严义国把手中的筷子狠狠地扔到桌子上，吓了众人一跳。

严义国激动得红了眼："你说啥屁话？供你上学这么多年容易吗？我又没瘫痪，显着你了？我告诉你，赶紧给我滚回去上学，不滑出个好成绩，你就别回来。"

严振华急道："你这样我咋走啊？我要真走了，那我就是狼心狗肺。"

严义国气得抓起桌子上的筷子往严振华身上扔："你要是不上学，你才狼心狗肺。"

严红和严森林赶紧拦着，又和事佬地劝了严振华几句，这才平息了严义国的情绪。但严振华自始至终都沉默地吃着饭，并未应承。

过了几日，到了快要开学的日子，这一天是 1992 年 2 月 10 日，寻常而又不寻常的一天。严家客厅里，严红和老林来回穿梭，收拾明日回家要带的行李，见严振华稳坐如山，严红询问严振华是否跟自己一同回去，严振华只搪塞说再待几天。

电视上，评论员正在对第十六届冬奥会短道速滑比赛进行直播解说：

观众朋友们，现在您正在收看的是 1992 年法国阿尔贝维尔

女子短道速滑 500 米的比赛，中国选手叶乔波参加了比赛，她很可能冲击奖牌！目前，叶乔波冲在了第三位！还在继续追赶！叶乔波！

严振华的眼睛发亮，拳头紧握，在每一次叶乔波准备超越时，他都紧张得仿佛心脏提到了嗓子眼儿。终于，随着解说员带着哭腔的一声欢呼，电视画面中叶乔波以第二名的成绩冲线。

恭喜叶乔波！恭喜中国！这是中国冬季项目首次实现冬奥会上零奖牌的突破！这是见证历史的一刻！

沙发上的父子俩欢呼雀跃激动不已，严义国脸色涨红，不断拍打着严振华的手臂："看见了吧！这就是你的榜样！你也得好好训练，争取早日参加冬奥会，给咱国家争光！"

严振华一愣，不知想到了什么，眼中的光忽然黯淡了下去。

严家父子俩刚看完颁奖典礼，门就被敲响了。严振华开门，门外站着唐剑和父亲，唐剑手中拎着大包小裹的礼物，一见严振华，躲闪着低下了头。

一进屋，唐父二话不说，带着唐剑先给严义国深深鞠了一躬："老严，我们家对不住你！"

严义国见状想拦，但是站不起来，干着急："哎哟，你看你这是干啥呢，赶紧起来。"

唐父还要道歉，严义国摆摆手，转身把两个孩子招呼到身边，拉着两个人的手，语重心长地说："说别的都是虚的，真想让我在屯子里安心啊，就一块儿好好在体校努力，在赛场上出人头地比什么都实在，也比什么都让我高兴！人家叶乔波刚得奖了，看见没有？你俩也得那样我才高兴！而且我瞧着错不了，你俩啊，比叶乔波还有出息！"

这一番话让唐剑顿时泣不成声，严振华却另有心事，只是点点头，强颜欢笑着。

唐剑见严振华忙忙碌碌地烧着水，进进出出。趁着两个大人不注意，尾随在严振华身后跟了出去。严振华刚倒完暖水壶里的水垢，一回身，看见了站在身后的唐剑。唐剑嗫嚅半天，鼓起勇气开口。

唐剑怯怯地道："大华哥，我明天回哈尔滨了，你啥时候回去？"

严振华故作轻松："我不回去了。"

唐剑大惊："那怎么行？你不想拿奖牌了，这些年咱遭的罪可就白遭了。再说，以后如果去了体工队，当上职业运动员，你也有工资拿的，我听说还不少呢。这些你都不要了？"

严振华笑笑："不要了，我现在得管我爸。"

唐剑急道："那不是有你叔吗？"

严振华情绪激动："是我让医生截肢的，我爸没有腿了！"

严振华意识到唐剑是主要责任人，没有再说下去。两人沉默相对，一时无话，严振华微不可闻地叹了一口气，往屋里走。

身后，唐剑忽然出声叫住严振华："老大，严老师的事，对不起。你还能当我是‘杨子荣’的兵吗？”

严振华眼眶一热，千头万绪忽然缠上心头，他强自压下情绪，轻轻道：“快回去收拾行李吧。回去好好滑冰，别多想。”

言罢，头也不回地进了屋子。

第二日，送走了严红一家，严振华满怀心事地返回家中。还未进门，就听到了屋子里严义国跟村医李大夫的交谈声，严振华脚步一顿，停在门口。

屋子里，李大夫正在给严义国开这几日的消炎药，严义国让李大夫给自己换一样便宜点儿的消炎药：“出了这么档子事，体育老师肯定是当不了了。大华还得上学，我可不得勒紧裤腰带过日子。”

严振华心酸不已，正要推门告诉父亲自己不想再回去上学了。可脚步还没迈出去，忽然又听见父亲欣慰地笑了起来：“大华考进体校，我这心里是真高兴啊！我这当爹的，不能没给孩子帮助，还拖累孩子啊！他要是真被我耽误了，我铁定转头就跳进村口的老井。我不能到地底下了，孩儿他妈再怪我啊！”

严振华一时间心头百味杂陈，难以言表，任冷风拂干了眼角的泪水，才努力换上一副笑颜，迈步推开了门。

屋内两人一愣，没听到脚步声的两人不知严振华何时回来的。

只见严振华站在门口，轻轻一笑：“爸，我过几天就回体校报到。”

严义国欣慰地笑了起来，眼角留下深深的沟壑。

临走那日，严义国腿脚不便，没有像往常一样送他出门，严森林提着行李给他送行。严振华走出院子几百米，突然停住脚步，他猛地回头，又奔回了家门口。

大门已经关了，严振华趴在门上，认真地侧耳听里面的响动，严义国隐约的咳嗽声，一声一声传来。严振华的眼中渐渐蓄上泪来。半晌，严振华对着门深深鞠了个躬，对着屋里高声喊道：“爸，我跟你保证，我一定滑出个样儿来。”

言罢，决绝地踏上了征途。

在严振华破釜沉舟、满怀壮志之时，他并不知道，此时的李冰河却正在是去是留之间动摇不定。

被母亲锁在家中几日后，曲教练终于找上了家门。曲教练的到来并不受欢迎，作为一个教练，他竭尽全力跟冰河父母讲述着李冰河在冰上表现出来的天赋。可是，这些在父母眼里都是充满不确定性的未来。没有一个父母会愿意让孩子用半生的努力去赌。盖丽娜态度坚决，告知曲教练李冰河已经拿到美国语言学校的offer，过几天就要去沈阳办签证了。

李冰河震惊不已，送走曲教练后，她“咚咚咚”地跑上楼，生气地质问盖丽娜：“过几天就要去沈阳，为什么今天才让我知道？要是曲教练今天不来，难道你们打算出发之前才告诉我吗？”

盖丽娜眼见李冰河态度决绝，告诉了李冰河一个令她措手不及的消息——他们要全家移民。

李勇也跟着劝解：“厂子这些年效益不好，又搞什么改制，我和你妈确实是想着，借着你舅舅在那边有办法，然后咱全家就都过去了。”

一向强势的盖丽娜忽然语气疲惫：“冰河，你是打算让我和你爸一起留下陪你，还是就不要爸爸妈妈了？你的大华哥就真的比爸爸妈妈还重要吗？爸爸妈妈养你这么多年，真不图你有多大出息，就想着你能一直陪在爸爸妈妈身边。”

盖丽娜说完，无声地走进了厨房开火做饭，傍晚的余晖中，盖丽娜的身影显得有些佝偻、孤独。她熟练地洗菜、下锅，掀起不少油烟，盖丽娜忍不住咳嗽了两声。

李勇拍了拍李冰河的肩膀，叹了口气：“你妈那么爱美，但是天天做饭，常和我说，手都糙了。她这辈子啊，其实最看重的也就是你而已。”

李冰河瞧着母亲的背影，终究是心软了。

黄昏时分，风尘仆仆的严振华带着行李赶回了严红家。远远地，只见一个人影扛着麻袋在严红家进进出出。严振华走近一看，居然是一脸煤灰的唐剑。唐剑见到严振华回来，激动不已，但是手里的活儿却一直没停。

严振华疑惑地看了看严红，严红接过严振华手里的行李，边走边低声道：“唐剑这孩子，心里面觉得对不住咱老严家，这两天天天来帮我干活儿。事都发生了，谁都不是故意的，总得往前看啊！”

严振华若有所思地看了一眼忙碌的唐剑，没跟严红进屋，直接折返回去，接过唐剑手里的煤砖：“别抢我的活儿。”

唐剑没想到严振华还愿意搭理自己，激动得眼眶通红，一肚子的话不知怎么说出口，最后只能信誓旦旦地表态：“老大，以后严老师也是我的爸，我跟你一块儿。”

严振华白了唐剑一眼：“你要是真缺爸，认我爸当爸，随你便。但你别见天跟赎罪似的，让人看着烦，这事我也有责任，听明白没？”

唐剑破涕为笑，使劲儿地点了点头，严振华打了唐剑一拳，虎着脸道：“快搬，搬完咱俩去找小红帽。”

半小时后，严振华特意换了一身干净的衣服，拿着雪乡里带回来的土特产，敲响了李冰河家的门。可他敲了半天，无人回应，两个人只能失落而归。

接下来的几天里，严振华又多次上门，可那扇门始终紧闭着，这家人就像忽然消失了一般。严振华心里虽纳闷儿，但并未做他想，只以为一家人是出去旅游还未回来。他怎么也想不到，此时的李冰河已经办好了出国手续。

时间一晃就到了专业体校开学的日子。一早阳光明媚，体校内人群熙攘，学生们按冰雪项目在大操场分列报名，紧张有序。严振华和唐剑拿着报到材料，在人山人海的学生中左顾右盼，却始终没见到李冰河的身影。

孤零零的严振华只好一人到双人滑报名处递交材料，却被老师告知双人项目需要一起报到。严振华别无他法，只能继续在人群中穿梭寻找。眼见着报名处的队伍由一条长龙变成了一条小蚯蚓，严振华朝思暮想的那个身影却仍旧没有出现。

多日来音信全无，几次上门也都不见人影，严振华心里隐隐不安起来，唐剑也终于意识到了事情的反常，于是两人决定干脆去李冰河家里一探究竟。两人说走就走，出了体校就直奔干部楼。

没料到，李冰河没找到，却在干部楼下遇见了火急火燎跑过来的曲洁。曲洁呼哧带喘，一见两人开口就问：“冰河今天去报到了吗？”

不明状况的两个人云里雾里地摇摇头：“没有，所以我们正要去找她。”

曲洁一拍大腿：“坏了，她定下来要出国了。”

严振华心头一跳，本能地反驳：“不可能，她说了不打算出国的啊。”

曲洁说：“我爸还能骗我咋的，我爸前两天刚去她家劝过，她爸妈铁了心要把她送出去，已经决定了。”

唐剑眉毛一皱：“她走了，我老大咋办？”

“我不信，我要她亲口告诉我！”一声吼打断了两人的叽叽喳喳。严振华说完，大步跑进李冰河家里那栋干部楼。

三人步伐匆匆地跑上来，严振华顾不得礼貌，一个劲儿地猛敲李冰河家的房门。可越敲越绝望，室内静得可怕，仿若从来都不曾有人住过。

在严振华逐渐心灰意懒时，对门的门“啪”的一声被暴力推开，廖弦不耐烦地冲出来，见到严振华后明显一愣，随即冷笑道：“别敲了，冰河去沈阳办签证了。”

严振华震惊得睁大眼睛：“办签证？”

廖弦扬扬得意：“对啊，冰河要出国读书，肯定要办签证啊。”

严振华不信：“不可能！冰河要跟我一起去新体校滑双人滑，我们要一起搭档一辈子的！”

廖弦冷哼一声：“严振华，你赶紧醒醒吧！你还真想吃天鹅肉啊，冰河是什么家庭，你是什么家庭，你想跟她在一块儿一辈子？省点儿心思吧。”

“你骂谁是癞蛤蟆，你敢再说一遍！”曲洁听不下去廖弦话里话外的讽刺，就要冲上前去，被唐剑拉住。

廖弦鼻子里发出一声冷哼：“你们也都别不服气，各人有各人的命，你们跟她的命不一样，能强求吗？”

严振华心乱如麻，压根儿没心思跟她争论，只想找到李冰河：“我不跟你废话，我要听冰河亲口跟我说！”

严振华愤而转身，往楼下跑，却被廖弦接下来的话钉在原地。

廖弦气愤不已：“严振华，你怎么这么自私啊！冰河有自己的人生要过，她出国就是要去过好日子，当人上人，你非要把她拉下来跟你一块儿搞花滑？那么累，那么苦，要是出不了成绩怎么办？她这一辈子就毁了！你要是真为她好，就不要再去打扰她！”

严振华不记得自己是如何走回来的了，只记得一路上唐剑和曲洁吵吵嚷嚷。可他却好似因为廖弦的一番话失去了愤怒的能力。

夜里，严振华躺在床上，直勾勾地盯着天花板，自己对父亲的承诺和廖弦下午的话在脑海中混乱不已。他觉得自己仿若是被挤在两堵墙之间，往哪边走都已经没有了去路。

不知过了多久，睡意蒙眬间，严振华听到不远处传来熟悉的刹车声。严振华本能地从床上跳起来，扒开窗帘，往李冰河家的方向看去。随后，他心头一喜，路灯下，他又见到了那顶他朝思暮想的小红帽。他眼睛一下子亮了，手忙脚乱地套上衣服就跑出门去。可待他狂奔而至时，李冰河已经上了楼，楼下只剩李勇一人在搬行李箱。

严振华想要上楼找李冰河说清楚，却被李勇伸手拦住。

李勇毫不留情地说："大华，冰河坐了一天的车，要休息了。"

严振华着急道："可是我——"

李勇不耐烦地打断："没什么可是，冰河已经决定要去美国了，我希望你不要再来打扰她了。"

李勇说完，头也不回地进了单元楼。

严振华无奈，在干部楼下徘徊许久，灵光一现，憋足一口气，对着李冰河房间的方向吹响口哨。黑夜中，夹带着千言万语的口哨声终于把严振华的惦念、焦急和无以言表的情思送到了李冰河的窗口。

几秒钟后，一个亮着灯的窗口里，一张熟悉的脸庞出现。李冰河在高高的楼上，惊喜交加地向他挥手，两人楼上楼下遥遥相望。李冰河心脏狂跳，之前所有的决定都被一个念头代替，无论出不出国，她现在要去见她的大华哥。于是，她几乎没有任何犹豫，转身就往外走。强烈的念头让她忽然冷静了下来，她看准父亲去卫生间的间隙，极速冲到玄关，然而就在她伸手扭动门把手的一瞬间，一只手按住了她。

身旁，盖丽娜脸色铁青：“你又要去见他！”

李冰河央求道：“我再怎么样，也得亲自见一眼大华哥。”

盖丽娜冷面无情，堵住门口：“你签证都办了，还见他干什么。哪儿也不准去！”

楼下，严振华一次次向着楼道口望去，直到月亮顺着楼缝爬上了楼顶。楼下苦等的人也从严振华一个人变成了三个，可是楼道口仍旧漆黑一片，不见人影。随着时间流逝，严振华最后一点儿耐心终于耗尽，三个人垂头丧气。严振华忽然起身：“她下不来，我上去找她！”

唐剑拉住严振华：“大华哥，她爸妈都在家，你硬闯哪行啊？”

严振华生气道：“那咋整，总得把话说清楚吧。”

一直没说话的曲洁眸子一亮，忽然站起身来，拍拍屁股上的尘土，胸有成竹道：“我有办法。”

二十分钟后，曲洁敲响了李冰河家的房门。面对开门的李勇，曲洁笑眯眯道：“叔叔好，我是曲教练的女儿曲洁。我父亲带了冰河那么久，听说冰河要走了，也没啥临别礼物能送，正好过几天冰河生日的时候，是咱们哈尔滨冰球队对阵齐齐哈尔队的决赛，他托人拿到一张票，让我给冰河送来。”

李勇并未察觉异样，转身把李冰河喊了出来，李冰河接过票看了一眼，又迎上曲洁别有意味的目光，立刻会意。

曲洁离开后，李冰河低头瞄了一眼票下方的日期：2月27日，19:30。随后，她不动声色地收起了票。

终于到了约定的日子。

那天天气晴朗，红日西下，暖色的光铺满整个废弃火车道周边，虽是冬天，一切都似乎沐浴在暖洋洋中。三人正在一起辛苦地在一块平地上浇冰。曲洁浇了一会儿，站起来捶腰。她出神地看着远处一丝不苟浇冰的严振华，夕阳把他的影子拖得很长，拖到自己的脚下。

曲洁心里那股难以化开的情愫被夕阳酿成一口陈醋，浇在心里，酸得难受。但凡那个人此时回身看她一眼，一定能发现她眼里藏不住的仰慕和喜欢，可惜他眼里只有那顶小红帽。

曲洁认命地叹了一口气，把水桶放下："大华哥，我去接李冰河了，你准备一下。"

十分钟后，曲洁带着李冰河来到火车道边上。迈过废弃的铁轨，李冰河就被眼前的场景惊呆了——一块平地上不知何时被浇成了一个小型冰场，严振华穿着冰鞋、手捧着一个小蛋糕站在冰场的中央。

一旁，曲洁看了一眼四目相对的两个人，拉着唐剑功成身退。

严振华手捧蛋糕，滑向李冰河。夜风中，小蛋糕上蜡烛的小火焰被吹得摇摇摆摆，蛋糕边角粗糙，做得也不够圆，几乎可以想象制作的人当时笨手笨脚的模样。蛋糕上面还歪歪扭扭地写着“小红帽生日快乐”。

李冰河眼眶一红，乐了：“这么丑，一看就是你做的。”

晚风温柔，严振华的脸颊却可疑地绯红一片，他拿出早就准备好的勺子递给李冰河，小心翼翼地看着李冰河吃下第一口，立马紧张地问：“咋样？好吃不？”

本来嘴里的蛋糕口感粗糙，甜得齁嗓子，但李冰河看到严振华紧张的模样，忽然就觉得嘴里的蛋糕变了味，变得无比香甜，她点点头：“好吃！是我吃过的最好吃的蛋糕！”

严振华不信非要尝一口，李冰河笑嘻嘻地抢过蛋糕就跑：“不行！这是给我的！”

两人你追我赶嬉闹起来，谁知没穿冰鞋的李冰河一时不适应冰面，脚下一滑，就要倒下去，严振华手疾眼快一把搂住她。这个两人做过千百次的动作，在这一刻忽然就撩拨动了少男少女那根懵懂的情丝，两人四目相对，一瞬间都羞红了脸。

两人都愣了好一会儿，才后知后觉地退开身去。李冰河被打乱的心绪还没平复，只见严振华变戏法一般拿出了一双冰鞋：“从老体校你的柜子里拿的，来一段，看看退步没？”

李冰河惊喜不已，看着这双陪伴了自己多年的冰鞋，忽然觉得心口被风吹得难过不已，她强忍下眼泪，颤抖而郑重地接过冰鞋，努力微笑着点点头：“好！”

粗粝的冰面上，两人双手紧握，徜徉于月色之下，近十年的训练和磨合已经让两人形神相依。严振华流畅的步伐跟随着李冰河飘逸的身影，终于将这么多天深埋于心的话说出口：“冰河，我一开始告诉自己，一定要争取把你留下，咱俩继续一块儿滑，滑出哈尔滨，滑出东北，滑出中国，滑到世界去，让所有人都看看咱中国花滑的厉害！可是那天廖弦跟我说，你去国外会有更好的生活，我如果强留你就是耽误你。”

李冰河回眸，只见严振华无奈地笑了笑，说下去：“过年的时候，我还害我爸做了手术，他没了右腿，世事无常，可能许多事都不会成为我们希望的样子。”

“啊？”李冰河脚下冰刀一横，震惊地停了下来，“你怎么……”

严振华轻轻打断李冰河：“你别有心理负担，我说这些不是为了装可怜，小红帽，我就是想告诉你，我一定会在滑冰这件事情上坚持下去！稳稳当当地闯出名堂来！不仅为了我自己，还为了我爸！”

月色清凉，李冰河缓缓低下头去，鬓发在风中飘散：“我妈说，我们全家要移民，我真的不知道该怎么办，我妈真的为我付出很多。”

严振华伸出手，帮李冰河把碎发别到耳后，语气温柔地说：“我本来是想，无论如何也要亲口听你说你的决定，可见到你之后，我觉得都不重要了，无论你有什么想法，我都会尊重你、支持你的，只要是你真心做的决定。”

吧嗒吧嗒，李冰河的眼泪一串串滴下，严振华心一软，揉揉她的头发：“哭啥？是不是傻。”

时间不会因为有人舍不得分离而暂停。送李冰河回家的路上，两个人都刻意放慢了脚步，可那条路在这个晚上忽然就短得不像话。他们还是走到了那个熟悉的楼下。

严振华站在风中，笑着望着李冰河，故作轻松：“快上去吧，叔叔阿姨估计还在等你回家呢。”

李冰河缓缓往楼门口走，就在马上要进楼时，李冰河忽然转过身来，泪眼模糊地看着严振华，毫无预兆地问了一句：“你在乎的是我，还是花滑？”

“你！”严振华对上李冰河的目光，几乎没有思考地脱口而出。

随后，严振华一字一顿地补充道：“对我而言，你不只是搭档，更是我的人生。”

李冰河瞬间泪水盈眶，她几步跑回，紧紧抱住严振华，几秒后，头也不回地跑进了干部楼。

当晚，平房区里，严振华一夜未眠，心却意外地平静。

当晚，干部楼里，李冰河身着单衣，悄悄打开了窗，随后，李冰河躺回床上，掀开被子，任由寒风飕飕灌入身体每一处皮肤，直到她忍不住蜷缩着，浑身颤抖起来，直到寒冷让她开始意识模糊，直到她看着天边升起了第一道金光，她才微笑着昏睡了过去。

昏睡前，她久违地又记起了那日在赛场上的感觉。

如果他能在身边，她永远可以迎难而上。

第六章

上冰

专业体校的第一节训练课上，冰火两重天。

起早贪黑抢了多年冰场的双人滑选手们都兴奋不已，第一次在上午十点半的黄金时间上冰，大家伙儿都难得地睡了一个好觉。几对双人滑选手正充满干劲儿地在场边热身。只有严振华独自在冰上做着滑行训练，在成双成对的冰面上，显得形单影只，十分突兀。

此时，远处做完热身的林峰见严振华失魂落魄的模样，心里十分得意，忍不住凑过来冷嘲热讽。严振华一腔郁闷正无处发泄，一言不合，跟林峰约在操场跑圈，一决胜负。但是在赛场上，实力才是硬道理，即便严振华拼尽全力，仍旧没能跑过林峰。

失魂落魄的严振华只能在疯狂的训练中麻痹自己，下了训练课，严振华便独自跑到训练房里训练，引体向上、俯卧撑、波比跳……高强度的训练逐渐让他筋疲力尽，直到汗水一点点浸透他的训练服，似乎这样才能让他暂时忘却失去小红帽的痛苦。

严振华双手颤抖地做完最后一个引体向上，终于体力透支地躺在训练房的地板上，闭上眼睛，小红帽的样子却又浮现在眼前，渐渐地，睡意来袭，他不知在冰冷的地板上躺了多久，直到一个急促的声音把他叫醒。

蒙眬间，他看到曲洁呼哧带喘地跑过来，着急又兴奋地说着什么，直到他听清了一句话：“大华哥，冰河没走！”

严振华几乎以为自己听错了，挣扎着连滚带爬站起来，激动地抓着曲洁：“你说啥！”

曲洁拽起严振华就往外跑：“冰河为了不走，把自己弄病了，搁医院输液呢！”

哈尔滨市第一人民医院的病房里，在寒风中冻了一晚的李冰河被诊断为急性肺炎。疲惫乏力的李冰河一面滴着点滴，一面承受着来自盖丽娜暴风雨般的责备和愤怒：“让你出息你都不出息，别人家的孩子想去美国，哪有这个条件呀，你倒好，我跟你爸省吃俭用让你出去见世面，去出人头地，你怎么就这么不给妈争气……”

盖丽娜越想越气，她不甘心谋划已久的美好生活就在一夕之间化为泡影，她要找到那个罪魁祸首：“是不是严振华撺掇你，不让你走的？我就看出来他没安好心！”

李冰河听不惯母亲对大华哥的诋毁，争辩道：“这和大华哥没关系，他没逼我，也不知道我留下了。”

“那我问你，昨晚的冰球赛你去看了吗？”

身心俱疲的李冰河一阵不耐烦，干脆不说话，偏过头去，不吱声了。

盖丽娜一肚子火彻底被拱起来了，扒拉着李冰河就要发飙：“你这什么态度，我求爷爷告奶奶的……”

“行啦，闺女不舒服，你也消停消停。”一直沉默地坐在床头的李勇烦躁地打断盖丽娜的喋喋不休。

廖弦拎着一壶热水进来，也跟着劝解：“丽娜姨，牛不喝水强按头这种事不好干。她就是个倔脾气，你们也先消消气，先回去归置归置行李，我再好好训叨训叨她。”

盖丽娜心烦意乱，索性拿起大衣起身离开。没想到刚出病房，迎面就撞上风风火火跑来的严振华。一天的光景，昨夜还在冰上翩翩起舞的人已经变得一脸憔悴，严振华心疼不已，但碍于李勇跟盖丽娜在场，也只能强按下汹涌的情绪。谁料，还没等他开口说话，就迎来李勇和盖丽娜一顿劈头盖脸的质问。

李勇严肃地问：“你来得正好。冰河这次非要留下，是不是你撺掇的？”

李冰河插嘴道：“爸，你别怪他。是我自己的决定。”

李勇低声呵道：“你别插嘴，我问的是他！让他说。”

严振华看看冰河，定定神：“是，我确实想让冰河留下来！”

李勇沉声道：“你昨天和她说什么了？”

严振华说：“我知道她要走了，在临行前给她过个生日。”

盖丽娜冷笑道："你不就想让她留下来陪你滑冰吗？说得这么冠冕堂皇！"

严振华一时哑口无言。

这些天的种种历历在目，李勇把女儿的心思看在眼里，本以为把女儿送去美国，时间一久，也就断了念想。不承想，女儿为了滑冰，为了严振华这小子，居然可以豁出命去。

可怜天下父母心，李勇叹了一口气，还是妥协了。

他挥挥手，把严振华叫过来，异常严肃道："大华，这次我女儿顶了天地和我们作对，她的选择，我们做父母的尊重，也认了。但有一点，你给我记住，今后你俩如果没有在花滑上滑出个名堂，休怪我不客气。"

严振华傻在原地半天，才明白这话里的言外之意，登时站直身体，认真而诚挚地跟李勇保证："叔叔、阿姨，你们放心，我一定拼尽全力滑到最好，绝不让冰河白白留下！"

盖丽娜不屑地瞥了一眼，还想说些什么，被李勇拉过："算了，咱们先走吧！廖弦，照顾好她，晚点儿我们再来。"

众人皆散，一时间病房里只剩下李冰河和严振华两人默默相对。看着李冰河又活生生地躺在自己面前，看着药一滴一滴顺着塑料管流进李冰河的血管，严振华一时百感交集，不知是喜是悲。

严振华凑近，拿起小刀削苹果，削着削着就红了眼眶："咋把自己折腾成这样？"

李冰河鲜见严振华在她面前红眼眶，一时慌了神，连连解释：

"你别难过，我就是一时没法儿，急中生智的损招，以后不会这样了。"

严振华盯着李冰河那只扎着针管的手，心里对李冰河的愧疚又多了一分："美国那么好，你爸妈为你做了那么多准备，你留下来真不会后悔吗？"

言罢，严振华把一块削好的苹果递到李冰河嘴边，李冰河却并不张嘴，反而目光炙热地盯着严振华看，冷不防开口："你昨天说的话算不算数？"

严振华一愣，回想了半天，昨天临别时的场景忽然就涌现在脑海里。此情此景，严振华陡然就窘迫害臊起来，但他心口是滚烫的，他坐直身体，望进李冰河一往情深的明眸中，承诺道："小红帽，刚刚我对你爸说的绝不是玩笑，我一定会更加拼命，我们能从体校进体工队，去省里比赛，去国家比赛，我们要拿各种奖牌，把你家里都摆满了！"

李冰河未料自己这句话给了严振华这么大压力，不愿让他背负太多，于是没有继续这个话题。

"哎呀，开玩笑的，是我自己想要滑冰，别啥事都往自己身上揽。"言罢，李冰河绽开一个轻松的笑容，把严振华拽到床边，把随身听打开，塞给了严振华一只耳机，耳机里传来应景的歌声：

今夜你会不会来

你的爱还在不在

……

静谧的病房里，两人靠在床头紧紧相依，不知单曲循环了多久后，李冰河眼皮开始打架，严振华贴心地替她调整手的位置。临睡前，严振华听见耳边一个迷迷糊糊的声音喃喃道：“好想吃酸菜馅儿的饺子啊！”

严振华无声地笑笑，小声说：“那咱就吃。”

盖丽娜和李勇一身疲惫地回了家。盖丽娜在女儿面前的隐忍不发，终于在推开门看到行李的那一刻崩塌了。盖丽娜看着本该已经被他们带到路上的行囊，看着她为了美好生活所做的一切努力破碎的泡影，忽然就感到了愤怒、无望、委屈。

她无声无息地爆发了，在李勇震惊的目光中，打开箱子，接着把行李一件又一件撒向了地面。李勇起身拦住她：“你发什么疯啊！”

盖丽娜忽然就歇斯底里起来，她狠命推开李勇，尖厉的声音从喉咙里迸发出来：“我发疯！我就是发疯了！凭什么只让我做好人，让我吃亏！连脾气都不让发！”

李勇不想和她吵，在暴风雨中沉默地忍受着，直到卧室的门被盖丽娜摔上，响声在他耳边又“余音绕梁”了半天，才默默地打开冰箱，拿出了准备给李冰河热的鸡汤，忙碌了起来。

李冰河在医院卧床休养了几日，曲教练和唐剑时常来探望她，严振华更是寸步不离。心病没了，身体也恢复得飞快，没到一周，李冰河就出院了。

那天是个北风呼号的天。廖弦早早就过来帮她收拾东西，毛衣、棉袄、围脖、手套……廖弦层层武装把李冰河包裹得严严实实。廖弦帮着她穿戴收拾。李冰河艰难地从帽檐下露出一双求饶的眼睛："口罩能不能不戴了，上不来气。"

廖弦果断拒绝："不行，外边嘎嘎冷，你刚刚好点儿，可含糊不得。"

待李冰河穿戴整齐，严振华十分自觉地走到李冰河面前，转过身去，猫下腰。李冰河见廖弦在场，不好意思，廖弦十分有眼色地抱着李冰河的洗漱用具先下了楼。

严振华拍拍后背，笑呵呵地说："赶紧上来，又不是没背过你，忘记小时候了？"

李冰河红着脸，别别扭扭地趴在了严振华的背上，严振华一鼓作气把李冰河背下了楼。医院门口，严家人力三轮车早就准备就位，廖弦已经把褥子在车厢里铺平。

谁料，三轮车底盘不稳，严振华刚把李冰河放上去，三轮车"咯吱"一声，眼看就要侧翻，幸亏严振华和廖弦手疾眼快，才一把捞起险些摔下去的李冰河。

三个人惊魂未定，冷冽的空气中飘来一阵汽油味，片刻间，一辆小轿车已经在近前停下。严振华愣愣地看着盖丽娜从车上下来，熟视无睹地越过他，又嫌弃地瞟了一眼一旁简陋的三轮车后，拉着李冰河就要上车："你爸开会呢，没工夫接你，只派了车来。"

谁知这一拉居然没拉动，李冰河一步未动，心虚地把手抽回：

“妈，今儿严姑特意包了酸菜馅儿饺子，让我过去吃。”

盖丽娜一怔，强压着心里的怒火：“你要去他家吃饺子？”

李冰河怯怯地道：“妈，这是大华哥他姑姑特意包的，不去不好吧。”

盖丽娜看着李冰河执拗地站在原地，忽然觉得自己很可笑，她一下子泄了气，连脾气也懒得发了，一摊手：“行吧，反正你也不听我的。那也不能坐三轮车，刚刚出院，别受风又感冒了，上车，我送你去。”

盖丽娜把李冰河塞进车里，“嘭”的一声关上车门，全程没给严振华一个眼色。随着一股尾气，汽车飞速驶离，严振华尴尬地站在原地，不知所措，背后传来廖弦的叹息：“严振华，瞧见没，丽娜姨这回可伤透心了。”

小汽车一路穿街过巷，一会儿的工夫，在李冰河的指引下，就停在了严红家门口。果果正在院子里踢毽子，一见李冰河下车，一边小跑着进了屋一边喊人：“妈，来客了！”

屋子里，严红和曲洁正围着案板边包饺子边唠嗑，两人聊着工厂改革的事，严红刚说到要想办法疏通疏通与李冰河家的关系，帮曲洁早点儿转正，免得被分流下来，日子不好过。

没想到说曹操，曹操就到。话音未落，只见盖丽娜和李冰河母女已从大门进来，到了院子里。严红意外不已，下意识地在围裙上擦了把手，疾步迎出：“小门小户的，厂长夫人怎么还下凡了呢？”

盖丽娜一路走，一路打量着严红家的房子，把李冰河送进屋才冷冷道："不是我想来，我闺女想来你家吃顿饺子，我送她来。"

严红热情地往盖丽娜屁股后放了一把塑料椅子，笑呵呵地说："是，振华让包的酸菜馅儿饺子，是咱黑河老家的味道，你一起来尝尝吗？"

盖丽娜的目光在屋子里逡巡片刻，只见屋内布置简单，旧式的柜子已经磨得褪了色，刮大白的墙面因为经年日久，多多少少挂上了一些油渍，最后，她回头看了一眼塑料椅子，没落屁股，冷漠道："用不着，本来我想带她去吃俄罗斯烤肉，可她抽风想吃你家饺子。也不知道酸菜篓子有啥好吃的。"

在一旁烧火的曲洁终于听不下去，眼皮也不抬，讽刺道："丽娜姨，您说您何必屈尊来咱们这儿下脚，赶紧回干部楼吧，咱们这饺子今儿个也没多包，还真没多做您那份。"

盖丽娜不乐意："啥意思，赶我走啊。"

曲洁还要还口，被严红拉了一把，才不忿地把话咽了下去。严红赶紧解围："没那意思，不嫌弃进来吃口吧，饺子管够。"

盖丽娜冷哼一声："没工夫，我还得去烫头呢。李冰河，你爸今晚加班，回头你拿钥匙自己回去，早点儿回家。"

盖丽娜说完，也不打招呼，扭头就走了。严红脚下跑了几步，把人送出了院子，回过头赶紧把李冰河迎到屋里。

曲洁刚想进屋，被严红拦在门口，严红小声嘀咕："说话咋这么没分寸，那可是厂长夫人，小心你的饭碗。"

曲洁撇嘴："厂长夫人咋了，厂长夫人就高人一等？我还没端上饭碗呢，她想砸，她砸得到吗她？”

两人正耳语着，严振华开着严家的三轮车回来了，手里还拎着刚从王婶小卖部买来的一瓶香油。

否极泰来，严家经历了一个多月的艰难时光，一家人终于再一次热热闹闹地围坐一处吃起了饺子。曲洁端着热烘烘的饺子上桌，怕李冰河放不开，一个劲儿地给李冰河夹饺子：“别不好意思，就当自己家，使劲儿造。”

严振华拧开香油，往李冰河的蒜泥碗里滴了好多：“你不是爱吃饺子蘸香油蒜泥吗？吃个够。”

曲洁笑呵呵地说：“知道你想吃这口，严姑上街特意买了两斤好肉，全搁里面了，一点儿没剩。”

李冰河吃得津津有味：“姑，你太客气了，谢谢你。”

严红给李冰河盛饺子汤：“该说‘谢谢’的是我，小洁把事情笼统说了。孩子，姑心里通透着呢，滑冰和去美国，这两条路没法儿比。你肯留下继续滑冰，那是你对振华重情重义，咱严家人这辈子得记你这份情。”

李冰河不好意思：“姑，别这么说。”

严红动容：“滑冰虽然我不懂，可也看着大华练了八年。这次体校这么难你们都考上了，日后等你们进体工队了，肯定能去各个比赛摘金夺银。”

李冰河放下筷子，语气豪迈：“能不能摘金夺银我不知道，可我知道，再远的月亮，咱也得努力踮脚够一够！”

一顿饭在欢声笑语中结束，眼看日落西山，李冰河才恋恋不舍地出了严红家的门。黄昏的路口，一前一后的两个人身影在脚下被拖成长长的两道。这几日变故重生，每一天都像在打仗一般，好多事到了这会儿才浮上心头。

李冰河担忧地询问起严义国的情况，严振华不愿让李冰河再添压力，避重就轻地把事情的经过讲了一遍，临了还不忘安慰李冰河："放心吧，我小叔叔事业有成，从深圳回来了，以后有我小叔叔照顾我爸，一定会没事的。"

一会儿的工夫，两人就晃到了李冰河家楼下，还是那日的路口，还是那一盏路灯，可几日之间，两人心境已经大不相同。

这一次，李冰河微笑着看着严振华，安心地跟他挥了挥手："大华哥，加油。"

李冰河心满意足地往单元楼里走，刚走到楼门口，却被人叫住。严振华忽然小步跑了过来，鼓起勇气，结结巴巴开口："那天在医院里，你问我，和你说过的那句话算不算数。算，算数。你是我的搭档，也是我的人生。你永远都是我的小红帽。"

李冰河一愣，随即，绵长的笑意从她的嘴角一点点蔓延开来。

此时，圆月当空，事当圆满。

专业体校内，处处充斥着青春澎湃的气息，一个个进进出出的身影被朝阳的金光笼罩其中。体校门口，唐剑脖子上挂着一个相机，正望眼欲穿地朝着路口的方向张望，忽然，他浑身一顿，痴愣愣地定在人群中，目不转睛地看向一侧。

路口，李冰河跟严振华正并肩款款走来，李冰河手舞足蹈地说着什么，眼睛眯成了两道月牙儿，时不时发出一阵银铃般的笑声，一颦一笑，熠熠生辉。

唐剑一时间看得出神，直到两人走近，才恍惚回神，大步走上前去打招呼，掩饰自己的失态："小红帽，你能留下来实在是太好了，我差点儿以为以后见不到你了！可吓坏我了！"

严振华大大咧咧，丝毫不察唐剑眼波流转下的情愫，一如既往地打趣他："吓坏的人应该是我，你吓坏啥啊？"

唐剑尴尬地呵呵一笑，拿下相机，转移话题："来，我特意借来的相机，咱们赶紧合张影！"

唐剑拦下一位过路的老师帮忙，三个人并排站在"哈尔滨市体育运动学校"的牌子前，随着"咔嚓"一声快门声，三张青春的面庞突然同时做了一个鬼脸，留在了相片中。

李冰河第一次以学生的身份漫步在体校校园里，可谓眼见处处皆是新奇，三个人沿着校园主路一路走来，移步换景。综合训练馆、文化课教学楼、冰雪运动场馆……不一而足。路过操场时，李冰河意外地看到操场上居然有十多个人汗如雨下地在长跑。

李冰河不解："田径队这么多人？"

严振华摇摇头："不是田径队的，是别的项目在练体能的。"

李冰河惊讶不已："别的项目？"

严振华说："这儿可和业余体校不一样，所有东西都是动真格的，尤其是体能训练，咱们俩也一样。"

话到此处，严振华忽然慌张地撸起袖子看了一眼手表，一拍大腿，拉起李冰河就要走：“瞧我这脑子，正事都差点儿忘了，今天体测，我忘记跟你说了。”

李冰河当场傻在原地：“啊？你咋不早说！”

短道队体测现场，短道队员们已经在起跑线各就各位。随着短道队石教练口哨吹响，队员们如离弦之箭冲入跑道。唐剑一骑绝尘，到第二圈时，已然遥遥领先，超过第二名将近四分之一圈。场边，石教练的视线始终跟随着唐剑的身影，眼里是藏不住的欣赏。

赛场上，唐剑目不斜视，直冲终点而去。就在此时，他眼角的余光里闯入一片被冰刀溅起的冰屑，那冰屑一瞬间与他在险峰上掉入熊洞时溅起的飞雪融为一体。

登时，那段深埋于心的噩梦一幕幕再次重现，冰冷的熊洞、严老师血肉模糊的腿、手术室冰冷的灯光、严振华绝望迷茫的双眼……唐剑耳边忽然响起一阵朦朦胧胧的鸣叫声。而后，呼救声、风声、雪声夹杂着父亲的叫骂声一齐袭来。

唐剑脑子“嗡”的一下，脚下突然一个趔趄，勉强站稳。眼角的余光里，身后的人影越来越近，眼看就要追上来，唐剑一咬牙，稳住心神，最后以半个身位险胜，守住了第一名。场边，石教练吹哨，眉头一皱，在成绩册的第一名上写下成绩：45 秒。

唐剑滑到场边已然大汗淋漓，身体也仿佛又遭受了一次死里逃生，疲惫不已。他死死盯着成绩册上的“45 秒”，心慌地嘟囔着：“慢了两秒。”

石教练眼见唐剑面色惨白，以为唐剑是不满这次的成绩，拍拍肩膀安慰他："没事，偶尔一次失常，别放心上。"

此时，双人滑项目的体测也早已开始。李冰河由于大病初愈，体能明显还未恢复，每个项目几乎都是咬牙强撑下来，一旁的严振华看得紧张不已，跟着出了一身的汗。

李冰河还未从体能测试的失落感中挣脱，冰上摸底测试接踵而至。一进冰场，李冰河还没喘几口气，就被冷气呛得咳了起来。严振华赶紧关切地递上热水："身体刚好，别给自己太大压力，喝口热水。"

说话间，林峰和秦玥已经携手滑上了冰面，毫无意外，两人无懈可击地完成了他们的练习曲目。李冰河看着两人完美的表演，眉心越皱越紧："每次的体能测试都要记入总成绩的，要是等会儿上场再滑不好，那咱们就要垫底了。"

李冰河刚说完，一双滚烫的手握住了她冰凉的手，严振华轻声在她耳边安慰道："放心，不会的。"

《梁祝》悠扬婉转的音乐声响起，轮到了严振华和李冰河上场，两人整理情绪，四目相望，在彼此无声的鼓励中走上了冰场。乐曲舒缓、柔美，渐入佳境。旋转、跳跃、点冰、螺旋线……一个个练习了上千遍的动作从他们舒展的四肢中流淌出来。

随着陡然加快的音乐节奏，故事进入高潮，祝英台为爱殉情，双双化蝶。此时舞台上的李冰河也即将化蝶而飞。只见严振华托起李冰河，正欲抛的那一刻，手下忽然失了力气，李冰河做好跳的准备，却没有被抛出去，两人滑出去一大截，严振华惊慌间护住李冰河，两人双双摔倒在地。

李冰河揉着掌心从冰场爬起来，诧异地跟严振华嘀咕：“你咋没抛啊。”

话音刚落，陆教练已经脸色难看，大步走开了，临走前对他俩说：“你们俩，来一趟我办公室。”

两人忐忑不安地跟着陆教练进了办公室，一进门，陆教练就把一张成绩单甩到了两人面前。只见测试项目统计本上密密麻麻记录着各项分门别类的指标。而两人的名字，在每一行的末尾。

陆教练对两人的表现十分不满，他严厉地训斥两人，竞技场上靠的是本事，若是不能提升，即使凭借运气侥幸进了专业体校，也终将一败涂地。严振华揽下责任，承诺一定会迅速找回状态。出了教练办公室，两人间一时无话，心情低落，各自都自责不已。

严振华十分懊恼：“都怪我，是我搞砸了。”

李冰河沮丧：“我体能也掉得太厉害了，回头得加把劲儿补上。”

严振华心疼：“你身体还没痊愈，又要上冰又要测体能，哪儿折腾得起。”

李冰河笑道：“当运动员，这点儿苦都吃不了，那还不如趁早放弃。”

李冰河走了几步，停下来，回头看着严振华，板着脸说：“刚刚在冰上，你是突然怕我落冰摔狠了，才犹豫了，对吗？”

严振华被看穿心思，一时窘迫，不知如何解释，李冰河却忽然笑了起来说："下次可不能这样了。"

两人说话间，刚走到走廊尽头，只见唐剑早已经等在门口，本来一脸心事的唐剑一见李冰河，立即挂上满面笑意，迎了过来说："冰河，你宿舍在哪儿，我……我俩送你回去吧？"

"我不住校，我回家住啊。"

唐剑一愣："你咋也回家住？"

严振华说："正好我也不住校，我俩还能一起上学。"

严振华说完，两人默契地相视而笑，约定起第二天早上约早饭的事，唐剑默默地跟在一旁，难掩失落。

夜里，一盏白炽灯照亮了曲教练家小小的天台，一张圆桌，周围摆放了几把木椅子。曲洁忙活着端着碗爬上来，给大家舀了冰糕。严振华心虚地跟曲教练说了自己和李冰河的入学摸底成绩，硬着头皮等着曲教练的教训，没想到曲教练忽然一反常态，笑呵呵道："别往心里去，路还长着呢不是？冰河滑冰滑得早，基本功扎实，你身上有股纯真的山野之气。你俩只要能在体校好好练，走专业的路，肯定前途无量。"

李冰河受宠若惊："教练，我可是第一次从您嘴里听到夸奖，还真不适应。"

严振华附和道："是啊，一考上体校，您反而对我们温柔了。"

曲教练笑了起来："训练的时候含糊，你们能有今天？如今进了体校，我希望你们不被眼前的难关绊住，眼光放长远，有一天和罗德尼娜和扎伊采夫比肩。"

曲教练的一番话好似给两人吃了定心丸，愁眉苦脸一天的两个人终于展颜，热热闹闹地吃起了冰糕。

只有唐剑垂下眸子，隐藏起满眼的心事。

此时，屋檐边际，不知道是住在哪个街巷口的白俄人吃酒吃醉了，弹起了手风琴，咿咿呀呀地乘着夜风前来，如泣如诉。

严振华和李冰河怎么也没想到，刚刚遭受完各项排名垫底的打击，两人立马又将面临一次公开处罚。

第二天，风清日朗，两人说说笑笑正往教室走，只见一大群同学围在一处，七嘴八舌讨论着什么。两人好奇，凑过去看热闹，好不容易扒开层层人墙挤了进去，只见一张硕大的花滑队的成绩榜就张贴在布告栏上。而严振华和李冰河两人的名字，就挂在榜单尾巴上。

而后，更大的打击接踵而至，早训时，助教宣布了花滑队员们的训练时间。由于双人滑一个时间段只能一队上场，根据入学测试的排名，垫底的两人上冰时间只有第一名的三分之一——一小时，并且排到了晚上七点钟。

突如其来的打击让严振华和李冰河蔫儿了下去，严振华心不在焉地跟在唐剑身后晃荡到了食堂，立马又被打菜窗口里“凄惨”的菜色泼了一头凉水。窗口里有四样菜，茄子炖土豆、白菜炖粉条、凉拌黄瓜和基本没什么肉的木须肉。

严振华端着两个盘子跟唐剑找了一个位置坐下，一言难尽地看着盘子里的菜，唉声叹气：“小红帽在家每天都要喝牛奶的，这可好，啥也没有。”

说着，他趁着李冰河去卫生间的空当，拿筷子在自己的木须肉里扒拉一个遍，扒拉出四块肉来，夹到了李冰河的菜里，并稍微搅拌了一下，看着李冰河洗完手正往这边走，赶紧若无其事地把盘子推了过去。

李冰河一路小跑过来，看到餐盘里的菜，不由得一愣：“怎么菜和昨天一样啊！”

唐剑安慰道：“就这几样，来回吃，习惯就好了。”

李冰河把木须肉扒拉给严振华一半：“正好减肥，你多吃啊，我吃不了几口。”

看着李冰河对严振华无微不至的体贴和关切，唐剑心里一酸，默默地低下了头，闷声吃饭。

接下来的几天，三个人渐渐适应了专业体校的生活。两个男孩子每日都神游物外地度过上午的文化课，下午又在训练场上恢复起精气神来。

这一日，语文老师在黑板上板书，正在教授一篇古文《邹忌讽齐王纳谏》。严振华照旧撑着下巴打瞌睡，唐剑则正在语文书空白处画着一个依稀有几分像李冰河模样的小人儿，只有李冰河认认真真地做着笔记。

讲台上，写完板书的语文老师一回身，正看到严振华越沉越低的脑袋，一个粉笔头砸了过去：“都给我醒醒！”

严振华一激灵，赶紧坐直身体，只见语文老师横了他一眼，厉声道："别以为上了体校，文化课就能糊弄，你们几个等会儿默写，写不出的，明天别去体工队参观，你就给我留在教室补作业！"

语文老师一言激起千层浪，严振华一下子就清醒过来："我们要去体工队？教练没告诉我们啊。"

语文老师冷哼："敢跟你们说吗？心还不野没了。"

严振华兴奋地问："去几天啊？"

林峰冷冷道："哪儿能去很久，无非是让咱们看看感觉。"

严振华兀自兴奋着："那也挺好。"

眼看班级里炸了锅，语文老师赶紧泼冷水："别高兴得太早，都拿出纸来，默写第一段。从'邹忌修八尺有余，而形貌昳丽'到'客之美我者，欲有求于我也'。"

果然，一盆冷水下去，所有人都老实了。

由于这个意外惊喜，严振华一天都情绪高涨，一直到晚上，送李冰河回家的路上，严振华还在满怀憧憬地跟李冰河讨论着即将来临的体工队之旅。

"今天默写多谢你啊，不然以我的水平，参观是铁定去不了了。"

"行了，别瞎客气。"

"听说他们食堂老好吃了，各种各样的菜都有，还有牛奶可以随便喝。"

谈天说地间，两人又到了李冰河家楼下，月华夜静，严振华看着李冰河披满月光的脸庞，忽然心有所动，他郑重道：“小红帽，咱们一定可以进体工队的，将来咱们还会一起进国家队，上冬奥会！”

李冰河眸光盈盈，含满情波，并未答言，只是脉脉情深地望着一脸坚定和热切的严振华。

恰逢其时，有夜风起，吹落了三两片黄叶。

此情此景，严振华难挨心中情动。借着月色，揣着胸口一颗狂跳不止的心，小心翼翼地靠了过去。就在两颗狂跳的心无限靠近之时，楼道传来一声清嗓子声，惊得两人赶紧分开。

这时，廖弦走了出来，清了清嗓子，目光别有意味地打量了两人半天，学严振华的嗓音阴阳怪气：“将来咱们还会一起进国家队，上冬奥会！”

冰河恼怒：“你咋偷听呢！”

廖弦理直气壮：“啥偷听，外面嘀嘀咕咕，以为有贼呢，我就从猫眼这么一看，哎呀。”

冰河脸“唰”地红了，推着廖弦就往楼里走：“你可别瞎说，进去进去。”

月色朦胧，严振华恋恋不舍地看着李冰河消失在楼道里，在冰凉的夜色中摸了摸自己的脸，热得烫手。

第七章

因为爱

体工队一日游是专业体校多年以来的保留项目，每一届新生入学不久都有这样一项活动。目的只有一个——让他们从“要我练”变成“我要练”。

这群孩子正值青春勃发、思绪飞扬的年纪，心思也活泛，可体育竞技要求运动员心无旁骛。用什么拴住他们野马一般的心？教练们尽可以用前途、梦想或者国家荣誉激励他们。但实际情况是，这个年纪，往往对这些遥远的名词还未能完全理解，“国家”“荣誉”“前途”的诱惑力远不如食堂每顿多给的一袋牛奶来得切实可感。所以，最好的激励方式就是让他们去感受一下体工队的生活和训练场景，他们越向往那里的生活，训练时也越卖力气。

在众人的翘首企盼中，体工队一日游终于伴随着大巴车的启动声正式开启了。大巴车载着一车的好奇与期待，在清晨哈尔滨街头的炊烟中驶过，直奔体工队。一路上，队员们仿佛是刘姥姥进大观园，喋喋不休地讨论着传闻中的体工队，从冰场到食堂的打饭阿姨，仿佛那里是一座魔幻城堡，与之相关的一切事物对他们充满着诱人的魔力。

体工队的第一站，就是严振华听闻已久的豪华食堂。百闻不如一见，严振华一进食堂，就被琳琅满目的菜品引得直咽口水。打菜窗口是类似于体校的推拉门，隔着玻璃窗，一眼扫过去，严振华已经看到了好几个引人口舌生津的菜，小鸡炖蘑菇、锅包肉、鸡腿……应有尽有。菜盆旁都放有勺子，有体工队的运动员正在自己往盘里盛。打菜口一旁还有巨大的盆装着的煮鸡蛋，成堆的盒装牛奶，以及大盆的黄桃水果罐头等。

严振华满眼震惊地看着排在他前面的林峰一口气拿了六个鸡蛋，又拿了一袋牛奶，而后又盛了满满一碗的水果罐头，不可思议："你，过分了啊！"

"过什么分，这里都这样，吃多少都行。"

严振华小心地拿了一个肉罐头，见真没人阻止，开心地拿了好几个各式各样的，塞了满满一盘子菜。

几个人刚找到一张桌子坐下，严振华就跟李冰河小声耳语："这体工队是不是伙食费特高啊！"

李冰河忍俊不禁："要什么钱啊，这都是国家培养的，人家滑得好的能为国争光，国家肯定大力支持啊！"

严振华登时惊讶得瞪大了眼睛，神思恍惚地看着这个满溢饭香的食堂，心里某颗种子被施了肥，茁壮成长起来。

饱餐过后，马上就迎来了体工队一日游的第二个重磅项目——参观冰场。

进入体工队的体育馆前，严振华曾有过无数想象。他知道体工队的冰场一定更大，更漂亮，但是亲眼所见时仍旧被那光可鉴人的冰面馋得脚痒痒。严振华跟在队伍中间，目光所及之处都是干净、整洁、宽敞、崭新的冰面。

体工队马总教练一边带他们沿着冰场前行，一边给他们介绍：“咱们体工队的冰场是四角圆弧的冰场，室内温度基本在 15℃以下，冰面温度在 -8℃～-5℃，会有师傅每天进行几次固定的维护。”

众人正被耀眼的冰面迷得炫目，忽然一阵悠扬的音乐声飘进耳朵，紧接着，一对双人滑运动员在众人诧异的目光中滑到了冰场中央。乐声悠扬，两人仿若心有灵犀，每一次气息都交融在音乐的起承转合之中，一舞罢，在一片惊呼声中，两人以一个完美的抛跳稳稳落冰。

马总教练正兴致勃勃地介绍着冰场，一回头就瞧见李冰河和严振华双双呆愣在原处，心驰神往地看着冰上已经谢幕的两人，便笑吟吟道：“他俩刚刚夺得了全国冠军，不久后就要去国家队报到了。”

陆教练趁机鞭策：“羡慕吧，那就加油滑进来。”

严振华还没从那曼妙的舞姿中回过神来，直到李冰河嗤笑着推了他一把：“走啦。”严振华这才猛然回神，赶紧连跑带颠地跟了上去。

一日时光匆匆过，待到返程时分，唐剑早早上了车，他趴在窗户边，看着体工队的大门上阔气的几个大字，眼中无限神往。唐剑出神地看了好一会儿才回过神来，没想到一回头正迎面撞上李冰河的眸光流转。

唐剑脸一热，不由得结巴起来：“冰河，你咋这么瞅我？”

“唐剑，我挺羡慕你的。”

“羡慕我？”

“咱们‘三剑客’，你铁定第一个进体工队。”

“这八字还没一撇呢！”

“咱都知道进这儿多难，但我特别希望下次能和大华哥来这里看望你，也能送你去赛场摘金夺银！”

一股涌动的情愫漫上胸口，他激动得想说些什么，话刚到喉咙，严振华上了车，李冰河登时雀跃地起身，毫不犹豫地走了过去：“大华哥，你坐哪儿？我跟你坐一起！”

唐剑隔着座位缝隙，看见李冰河开心的后脑勺儿，又看了看身边空落落的座位，落寞地把视线转向窗外。窗外，汽车驶过之处，落叶纷纷。

深夜，唐剑躺在宿舍床上辗转难眠，一闭上眼，体测那日的耳鸣和眩晕就仿佛又在夜色中逼近。他心烦意乱地翻身下床，点起桌角昏暗的小灯，从抽屉里拿出一个本子。

小册子展开，一页页翻过，每一页都用蓝色钢笔一笔一画写着黎明的歌词。

十八岁少年的心思，不可说，只有黎明知道。

此时，严红家卧室内，严振华正拿着一份教练发的训练计划表，计划表上写着各项训练计划和时间，表格的上午部分都写着文化课，下午时间也写得满满的训练计划，严振华拿着笔在其中几项上做标记。表格上空白部分，被严振华用铅笔涂鸦了一堆图案，七八个圆圈和几个长方形的小盒子。

果果拿着一小团饭正“噔噔噔”地跑进来，小手一摊：“哥，你要的饭团。”

随后，果果好奇地看着严振华把表格用米饭粒贴在了墙上。

果果好奇地指着上面的圆圈：“哥，这是啥呀？”

“这是鸡蛋，这是牛奶。果果，哥今儿去了一个地方，牛奶、鸡蛋还有肉罐头，随便吃。”

果果“咯咯”笑了起来：“哥，你指定饿疯了，啥地儿能有这么多鸡蛋，还有牛奶，还随便吃！”

“果果，哥哥的梦想就是去那个地方。”

“你不会说的是真的吧？可这世上，哪儿有这种地方啊？”

“有，这地方比天堂还好。哥哥一定要去！果果，你相信我吗？”

果果看着严振华亮晶晶的眼睛，似懂非懂：“嗯！哥说啥我都信！”

体工队一日游的小插曲一过，严振华和李冰河一回到体校，就立即被重新抛回了现实的困境中——训练时间不够。

每天一小时的训练时间，除去刚上冰找到状态的时间以及中场休息恢复体力的时间，所剩无几。眼看着其他队员在每天三小时的训练下突飞猛进，严振华和李冰河的焦虑也与日俱增。

这日午饭时候，唐剑眼看着两人因为训练时长的问题菜饭不思，马上要愁白了头，一拍脑门儿，想出了一个鬼主意：“我有个办法。”

严振华和李冰河一听，立马来了精神，两人异口同声：“啥办法？”

只见唐剑鬼鬼祟祟、左顾右盼了片刻，伸手示意两个人凑近。严振华和李冰河莫名其妙地把脑袋凑过去，唐剑才神神秘秘道：“我们短道和花滑用的是一个冰场，咱们晚上训练能到九点半。要不这样，我呢，坚持最后一个走，等所有人都撤了，我给你们留门。到时候，你俩偷偷进来。”

是夜，月黑风高，短道队下训时已是晚上九点了，唐剑以收拾器材为由，磨蹭着留到了最后一个。眼看所有队友和教练都已走远，唐剑这才走到门口，把门外被冻得瑟瑟发抖的两个人拽了进来。

不敢开灯，唐剑就机智地掏出一个手电给两人照明。随后，一个闪身出去了，临走前嘱咐道："放心吧，没人，随便练，我出去给你们把门。"

严振华和李冰河也不敢辜负好朋友的一番苦心，三下五除二就穿上了冰鞋，争分夺秒操练起来。两人热身后迅速找到状态，开始继续晚上的抛跳练习。伴随着一声声身体砸在冰面上的闷响，李冰河和严振华像进行科学实验一般严谨地调整着抛跳的力度、角度和重心。

冰上的时间总是飞逝而过，严振华和李冰河也渐渐在一次次的抛起和落冰中热汗津津。严振华眼见李冰河额角细密的汗珠，忍不住心疼，想到此为止。李冰河却执拗地非要再试一次。

于是黑暗中，抛起、旋转、落冰……这段练习了无数次的动作，居然在毫无预备的情况下完成了，直到李冰河不可思议地稳稳站在冰面上，两个人还愣愣地不敢相信。几秒过后，两个人相视一笑，异口同声爆发出激动的欢呼："外点冰，成了！"

此时，门外冷得牙齿打战的唐剑心里一紧，眼看远处一道手电筒的光正摇摇晃晃走过来，唐剑心道不好，闪身进门，来不及跟两人解释，拉起两人就往器材室里跑。

器材室外，踢踢踏踏的脚步声越来越近，紧接着，器材室的门闩响了起来，一时间三个人的心提到了嗓子眼儿，躲在黑暗中，大气都不敢出，眼巴巴地盯着紧闭的门。几分钟后，随着远去的脚步声，三个人才松下一口气来，瘫在原地，吓出了一身的冷汗。

片刻后，唐剑贼头贼脑地探出头，目光警惕地往四周转了一圈，眼见四下无人，才放下心来大步走了出去。刚要回头叫两个伙伴出来，唐剑肩膀一重，一双手搭在了他的肩上。唐剑一回头，被手电筒下的一张脸吓得半死。

看门大爷一脸得胜的得意，揪住唐剑："让我逮住了吧？"

唐剑灵机一动："误会、误会，我是短道的队员，队长让我拿明天训练的东西。"

看门大爷不信："就你一个人？"

唐剑赶紧掩饰："对，就我一个人。"

这头话音刚落，躲在器材室角落里的李冰河胳膊蹭到了一旁桌子上的一双冰鞋，冰鞋应声落地。看门大爷用手电顺着声音往里一晃，正照到鬼鬼祟祟的两个人。

学校里的小道消息传播得最快，严振华和李冰河半夜在冰场被抓包的事，一夜之间，就顺着北风吹遍了每个角落。

果然，一大清早，三个人刚进了班级，就有教务处的跑腿学生把三个人叫了去。蔡主任严厉地批评了三个人不守校规的行为。唐剑和李冰河耷拉着脑袋站在一旁不说话，严振华鬼机灵，一把鼻涕一把泪地跟教导主任求情，保证不会再犯。

蔡主任本来一腔怒火，但是视线落在李冰河的学籍资料上片刻后，态度陡然缓和起来，只挥挥手，示意几个人出去："这事的来龙去脉，教务处还得再研究研究。你们先走吧。"

三个人满脸愁容回到班级，忐忑不安地挨过了一上午。

午饭时间，心情稍微放松的三个人刚坐下打算吃饭，邻座就传来一阵闲言碎语，好巧不巧，这话题的主角正是严振华和李冰河。

“听说了吗？昨儿晚上冰场进贼了。”

“什么贼，你这消息不准，听说是双人滑的。”

“我还听说是在器械室逮着的，你说他们干啥要躲那旮旯儿里。”

“一男一女，还能干啥。”

三个人嘴里的饭咽不下去了，严振华冷脸看过去，只见邻桌短道队的几个队员一边讨论，一边发出一阵阵不怀好意的笑声，言语也越来越不堪入耳，严振华难以忍受，拍案而起：“说什么呢？嘴怎么这么下贱呢？”

那人眼见严振华就坐在身边，非但没有道歉，反而嚣张起来：“哟，正主儿在呢。”

“你们心歪，别看什么都是歪的！”

“咱们又没说错，你敢做，怎么不敢让咱们说啊？乡下来的土包子，傍上了城里的妞儿，啥手段都敢用，真是癞蛤蟆吃天鹅肉。”

严振华眼见他们空口白牙污李冰河清白，忍无可忍，上去就一拳，登时，两人就在食堂中间扭扯在一起，唐剑和李冰河拉不开，已是场面大乱。幸而陆教练及时出现，一声怒喝，才止住两人。

陆教练气得脸色铁青，指着涉事的几个人：“都给我跑圈去！

操场二十圈！”

李冰河正垂头丧气准备跟严振华一起去跑圈，却被陆教练拉住：“冰河，主任让你现在去一趟办公室。”

李冰河满头疑云进了蔡主任办公室。蔡主任拿出李冰河的学籍信息和成绩单，先是痛心疾首地惋惜了一番，而后又像模像样地夸起了她的天赋和努力。李冰河听得云里雾里，不知道蔡主任葫芦里卖的什么药，只能低着头虚心受教。

蔡主任语重心长了一番后，忽然沉默了片刻，往李冰河学籍信息上一瞥，假意刚刚发现李冰河的家世，一挑眉毛：“哟，你爸是电机厂的厂长？”

李冰河不明就里：“是。”

蔡主任脸上堆起了笑容：“哦，说来也巧，我家呢，有个妹妹，正好在电机厂的车床车间上班，实习了大半年了，也没转正。你能不能问问你爸，这手续是不是特难办？”

李冰河瞬间明白了蔡主任的弦外之音。

当晚，万国酒店包厢里，蔡主任带着妹妹，热情地给主位上的李勇倒酒。李勇瞧着面前放着的转正申请，跟李冰河演上了双簧：“冰河，不是只说跟你们主任见个面认识认识吗？这是？”

冰河冰雪聪明，马上打圆场：“爸，蔡主任其实请您吃饭，也是想让您为她妹妹转正说句话。”

李勇脸一板：“我怎么不知道这事啊？”

李冰河笑眯眯地说："您不是忙吗？我这刚准备和您说，您接电话就打断了。"

李勇一脸为难，喝下蔡同斟满的酒："哎，既然来了，我也给您说个实情，眼下正是改革的风口浪尖，临时工转正式工，确实很难，就拿小蔡他们车间说，有好几个实习生，这按工时还排着队呢，上下都有规矩，也不是我能够说了算的。"

蔡主任和蔡同对视一眼，跟蔡同举起酒杯："那个，说得算不算，就看喝得到不到位。小同，赶紧陪厂长多喝几杯。"

李勇连连摆手："哎呀，不用、不用。等会儿再说这事，先吃饭，先吃饭。"

蔡主任见李勇不好对付，只好先拿起了筷子，继续思忖。

李勇看一眼女儿："冰河，你说说你，体校里过得怎么样？"

李冰河接过父亲的话，笑了笑："其实还行，蔡主任还挺关心我的，但是呢，有两件事确实有点儿麻烦。"

蔡主任一听愣了："这话从何说起啊？"

"我是觉得啊，咱们花滑队那教练特别辛苦，一共四对双人滑，还有单人滑，以后还有冰舞的，统归陆教练一个人管，哪儿管得过来啊。"

"这是历史的遗留问题，咱们体校编制少，花滑就是一个教练带，可现在学员越来越多了，陆教练难免力不从心。这个我们会想办法解决，也可以外聘，外聘教练员进来。"

"主任，我倒是有个好推荐。之前，我在业余体校训练时候的曲教练就很不错，他还获得过国家级的荣誉！但人低调、朴实，这些年一直带入门的小选手。其实大材小用了……”

“曲教练？好，我去打听打听。”

李勇皱眉道：“你一开口，咋就问教练的问题呢？你那上冰问题解决了吗？”

李冰河故作苦恼：“还没呢，我这不知道咋提呢嘛。我正处在关键突破期，一天一小时根本不够。”

李勇也不说话，暗自喝了一杯。

蔡主任此时已经明白了这父女俩的言外之意，一脸真诚道：“李厂长，最近这学校，学生越来越多，咱又不收学费。这室内冰场造价又高，我们目前里里外外都紧着这一个冰场。话我倒是能说，怕不好使呀。”

李勇并不接话，只是看了看旁边埋头苦吃的蔡同，问：“小蔡啊，会打字吗？”

蔡同赶紧把鸡腿放下，摇摇头。

李勇满脸遗憾：“哎哟，这可惜了。这党委刚进了一台电脑、一台复印机，现在没人会弄。反正转正指标呢，那边倒是还能通融通融。”

蔡主任一见李勇松了口，赶紧兴奋地举起酒杯：“哟，这不会的可以学啊！李厂长为小妹的前程，想得如此周到，恩同再造啊！”

李勇掂量着话头：“蔡主任啊，我尽力了，这冰场的问题，是不是也可以这么通融地处理处理？”

蔡主任正在兴头上，满口答应：“尽力，我肯定尽力。这样，冰场啊，只有早上五点到六点可以腾出空来！但实在太早了……”

李冰河赶紧接话：“行！没问题。”

蔡主任话锋一转：“不过啊，久了怕人说闲话，就给你们一个月时间，下个月再说，成吗？”

李冰河嫣然一笑：“管够！”

此时，光明体育用品店内，严振华正驻足在一面橱窗前，严振华看看自己手里旧得不成样子的冰鞋，又看看橱窗里那双，迈不动步子。打毛衣的女售货员眼睛一刷严振华，如刀子一样，把他看了个透，冷飕飕地问：“小伙子，来多少趟了，还没琢磨好啊？”

严振华往橱窗里一指：“那双，我再看看。”

女售货员露出一丝不乐意，但还是拿下冰鞋：“这双鞋特好，穿着好几年都不坏。贵倒是贵了点儿，你要问，我就帮你算算价格。”

严振华把玩了一阵，恋恋不舍地把鞋子还给了售货员：“不用了。”

女售货员泄气，冷哼一声，不耐烦地又坐在一旁织起了毛衣。严振华悻悻而出，一抬头，正瞧见严红和曲洁远远走来，严振华思量了半天，似乎是下定了什么决心，大步向严红走去。

刚下班的严红跟曲洁正揣着袖子往这边走，两人正讨论着厂子里近来越传越烈的下岗潮传言，及走到近前，才瞧见一脸为难的严振华，还没来得及说话，就被严振华拽到了一边。

"姑，咱们边走边说。"

"咋的，神秘兮兮的。"

严振华吞吞吐吐半天，尴尬道："我叔这个月没给邮钱来，打电话也联系不上他，我这身上，一点儿钱也没了……"

严红立马明白了："你是想买东西了吗？"

严振华一笑，严红立即会意："多少钱啊？"

严振华不好意思："三十。"

钱数不少，严红犹豫了片刻，点点头，开始从身上摩挲："大姑有，这个月给你准备了……"

"姑，这钱我不是拿，是借。今后我考上体工队了，就有工资了，一定加倍还您。"

严红瞪严振华："自家人咋说这些。"

说话间，严红摸钱的手一顿，一拍大腿，懊恼道："呀，昨儿个果果非要报名舞蹈课，花没了。哎哟，你说，正好这钱数和舞蹈班一样，我都交了。能再缓几天不？我去问人借借。"

严振华赶紧摆手："没事，姑，不用了。"

身后，曲洁竖起耳朵听了个大概，面上却不动声色，笑嘻嘻地跟两人话了别，就回家了。

晚上，严振华冻得嗞嗞哈哈，正跟严红蹲在炉子前烟熏火燎地生炉子："大姑，咋不多压点儿煤面子。"

严红把劈柴和一撮子煤块弄过来："往年厂里搞福利，烧的都是山西大同煤，现在倒好，别说大同煤了，什么都得省着烧。"

说着话，严红把炉子用劈柴生着底火，火焰亮处，黑烟腾起。

严振华感慨道："干部楼烧得热乎乎的，一街之隔，咱家倒跟个冰窖似的。"

严红把铁壶灌了水，坐在炉子上："自古以来就是编席子的睡土炕，卖盐的吃淡菜；干部楼接着暖气管子，咱平房区呀，别说暖气管子，你瞅瞅，就连电线都老化了，找了厂办找工会，都是一推六二五，忍着吧。"

炉子里的柴火上来了，嗡嗡叫。

此时，下学就去曲洁家的果果被送了回来。果果一进门就神神秘秘地拽着严振华往出走："哥，你出来，有人找。"

严振华摸不着头脑地走了出来，曲洁正笑眯眯地等在门口。

严振华一愣："你咋来了？"

曲洁从衣兜里摸出一个手帕，打开，数出三十，递在严振华眼前："给。"

严振华脸一红，不接："我不能要！"

曲洁硬生生地把钱塞进严振华的衣兜里："你咋这么别扭，这个月车间工资没发，严姑也不容易。借谁的不是借，更何况，严姑里里外外那么帮我，这些算啥？"

严振华还想推辞，曲洁一把将钱扔进严振华手中，回头跑了。

严振华拿着三十块钱，正不知如何是好，一道声音从身后传来："干啥呢你俩？神秘兮兮的。"

严振华一惊，一抬头只见李冰河兴高采烈地跑了进来，严振华赶紧把钱收好。

李冰河气喘吁吁地跑到严振华跟前，兴冲冲道：“大华哥，我可有个天大的好消息要告诉你。”

严振华眼神一亮，只听李冰河兴高采烈地说道：“大华哥，明天咱俩五点到六点，可以上冰训练了！”

翌日一早，天刚蒙蒙亮，严振华和李冰河就精神抖擞地来到了冰场。训练时间增加后，两人瞬间充满了干劲儿，状态奇好。两人练习了一小时的抛跳后，热汗淋淋地坐在场边休息。严振华不由得感慨：“小红帽，你可太厉害了，咱不但没有被记过，还有了这么一整块的训练时间！”

李冰河得意地一笑：“我还有个惊喜，没告诉你。”

严振华意外：“啥？”

李冰河拉起严振华就走，一路小跑到体能训练室，一进门，严振华难以置信地愣在门口。只见教室一隅，穿着专业体校教练服的曲教练正在跟陆教练攀谈。

严振华一脸震惊：“你说的惊喜就是曲教练？”

“我不过就是提了个建议，体校斟酌了半天，觉得也合适。”

言罢，李冰河拉着严振华就要过去打招呼，两人还未走近，一旁的林峰和秦玥呼啦啦跑了过去，热情地围绕着曲教练叽叽喳喳聊了起来。

严振华一耸肩：“来了是好，可他最关注的依然是林峰他们，咱们指定会受冷落。”

李冰河解劝道：“你放心，老曲心里有杆秤，林峰他们当然重要，可咱们不也重要吗？”

两人说话间，被一偏头的曲教练看到，曲教练走了过来，一挥手：“走，去冰场，看看你们的抛跳。”

冰面上，两人按照曲教练的指令，完美地完成了外点抛跳两周、扶髋托举等技术动作，曲教练忍不住频频点头。不料严振华却在最后一个双人联跳时出了差错，他落地一个不稳，摔倒在冰面上。

曲教练一皱眉，赶紧上前把人拉起来：“伤着了？”

严振华连连摇头：“没事，教练。”

曲教练早就注意到严振华的鞋子，这会儿仔细一看，才发现鞋帮已经塌了，曲教练忍不住蹙眉，为了不伤严振华的自尊心，字斟句酌道：“振华，你这冰鞋穿了得两年多了吧。冰鞋是消耗品，该换一定要换。”

严振华尴尬道：“您放心，我按时保养，肯定没问题。”

曲教练摇摇头：“说的不是刀刃，是你的鞋帮。你看这儿，已经有很深的折痕了，这样鞋子一旦出现塌帮，支撑力不行，跳跃和旋转都会很不给力，脚踝力量跟不上，更容易受伤。”

严振华窘迫地摸头一笑：“我会想办法解决的。”

一旁，李冰河默默看着这一幕，心里有了一个小计划。

第二天晚上，严振华送李冰河回家到楼下时，李冰河忽然神秘兮兮地说有礼物要送给他。言罢，李冰河“噔噔噔”跑上楼，拎着一个袋子下来，一把塞进了严振华手里。严振华一脸莫名地打开袋子，一双崭新的冰鞋出现在眼前，严振华一个皱眉，正要拒绝，被李冰河截住话口："不许不要，我可会生气。教练都念了你几次了，我听说，现在学校里的鞋还发不下来，这不得自己想办法？"

"这双鞋……挺贵的吧。我给你钱！"

"还好，也就五十吧。"

"五十！"

严振华本来手都伸到兜里，想掏钱，一听价格手僵在裤兜里。李冰河看出了他的窘迫，笑眯眯道："我说了不用给我钱，送你的。"

李冰河看出严振华心里这道坎过不去，一本正经问道："咱训练是不是最重要？"

严振华点头："是。"

李冰河又问："那冰鞋是不是重中之重？"

严振华没吱声。

"那你别跟我客气，这是我乐意的。"

言罢，李冰河把鞋子往严振华怀里一推，"噔噔噔"一溜烟跑上楼去了。

李冰河一进家门，饭菜飘香，盖丽娜做了一桌子丰盛的晚餐正等着她吃饭，李冰河摸了摸已经瘦得一把就能掐住的腰，径直进了卧室："我不饿，今晚不吃了。"

是夜，饥肠辘辘的李冰河正辗转反侧、难以入睡，盖丽娜手里拿着一个小钱包进来了。盖丽娜一脸纳闷儿地盯着手里的钱包，问：“冰河，你动钱包里的钱了？

李冰河躺在床上假装不知道：“什么钱？我不知道啊。”

盖丽娜说：“你舅舅给你的压岁钱，我记得有六百，怎么只剩四百了。”

李冰河含混道：“那个……我花了点儿。”

盖丽娜登时发火：“你花哪儿去了？二百块钱！你当钱都是大风刮来的啊！”

李冰河被盖丽娜一吼，胃绞痛起来，她烦躁地把被子往脑袋上一盖，赶人：“我不想说，胃疼，要睡了。”

盖丽娜正欲不依不饶，被站在门口的李勇拽了出去：“得了，没看到孩子胃疼，有啥事明天再说！”

第二日，严振华一大早在李冰河家楼下等了半天没等到人，来到学校才知道李冰河请了病假，严振华一上午心事重重地挨过去。下午上冰课，严振华打开鞋柜，看着崭新的冰鞋，又发起呆来。

一旁换好衣服的林峰从旁路过，被冰鞋吸引，上手就拿过冰鞋，阴阳怪气道：“哟，买新鞋了，可以啊，意大利的鞋，英国的刀，这不得上百啊！可以啊你，严振华，搭档送的吧，赶紧穿上，上冰意思意思！”

严振华一愣，夺回冰鞋，神色凝重起来，他小心翼翼地抚摩着崭新的冰鞋，片刻后，把鞋子装进纸袋，大步跑出了更衣室。

深夜，李冰河翻来覆去睡不着。她索性起身，拧开了灯，拿出体重称站上去，指针显示四十三千克。总算是轻了一点儿，李冰河如释重负，连胃里的不适感仿佛也减轻了不少。

李冰河正欲上床睡觉，忽然一道手电筒的光从窗口照进来，李冰河探出身子往下瞧，严振华在楼下正向她招手。李冰河挥了挥手回应，随即，从柜子里掏出羽绒服，裹得严严实实，蹑手蹑脚地出了门。

两人一见面，严振华就关切地询问起李冰河的身体，李冰河云淡风轻，说自己只是胃不太舒服。随后，严振华从口袋里拿出了一沓钱，递给李冰河："今天我把鞋退了，一共一百二，你看看是不是这个数。"

"大华哥！"

"我知道你是为了我们的训练，不过，这太贵重了，我真不能收。"

"我乐意为你花的。"

"有你这句话，就够了。但我不希望咱们之间总这样，我的事我肯定能想办法解决。"

李冰河见严振华态度坚决，也不再勉强，两人一时无话，路灯幽幽，两人徐徐前行，不知走了多久，李冰河才叹了口气，缓缓开口："我总觉得吧，你从黑河回来后整个人都变了。家里的事给你的压力很大。其实，我就想让你有双好鞋穿，我们以后还有那么长的路。"

严振华说："是，咱俩还有那么长的路。其实，不就一双鞋吗，我已经搞定了。"

李冰河诧异道："搞定了？"

严振华自信地笑道："我找了一个学长，他正好鞋子要换了，我就试了试他原来的，别说，正合适。"

说话间，两人正好路过一个卖糖葫芦的摊点，灯光暖黄，显得糖葫芦可口诱人。严振华拉着李冰河停在小摊前："好久没吃了，来一串？"

李冰河如临大敌："刚瘦下来一点儿，不吃！"

严振华伸手已经买了一串，回头递给李冰河："就吃一口，没事。"

李冰河拎着糖葫芦，两人一路前行，走进一条幽静的小巷子。李冰河望着娇艳欲滴的山楂，一时口齿生津，没忍住，挑了一颗小的，咬了上去。

星月交辉，月色把李冰河的睫影投在她被风捎红的眼窝下，一时撩人心动，严振华像是着了迷瘴，鬼使神差就凑了上去，咬住了那颗山楂的另一半。

竹签抽落，两人的嘴唇触碰在一起，初吻猝不及防地在这个宁谧无声的月夜发生了。

糖葫芦还在嘴里，李冰河愣怔片刻，才反应过来，赶紧躲开，脸一下子涨得通红，结结巴巴："你……你干什么啊？"

严振华口干舌燥，心头狂跳，脑子一热道："小红帽，相信我，我们一定会成为像戈迪耶娃和格林科夫那样的搭档，如果真有那一天，我们在一起，好吗？"

李冰河目不转睛地看着严振华因为紧张而通红的脸，这么多年里共同拼搏的每一天都历历在目。

她压下眼底涌上的水雾，在圆月的见证下，郑重地点了点头。

深夜，严振华被甜蜜填满了心窝，晃悠悠地回到家里，刚要睡下，王婶慌慌张张地推门而入。

严红把人让进屋，王婶进来灌了一口水，边拍着胸脯顺气，边火急火燎道：“快穿上衣服去医院，刚有人来电话，说你弟，被打了！”

第八章

我是罗密欧

严红一家人得到消息就心急如焚地往医院赶，几个人一进病房登时就傻了眼。只见病床上躺着一个被绷带缠成了斑马状的人，那人端着一条上了夹板的胳膊，背靠着病床，嘴里正发出阵阵呻吟。此人不是别人，正是严森林。严红眼见弟弟伤得不成人样，脑袋一阵眩晕，险些没站稳，老林赶忙扶了一把。床上的严森林闻声艰难回头，一见到亲人顿时红了眼眶，号出声来。

严红大步跑到床边，想要上前，又不敢伸手碰他一身的伤，急得红了眼："你这是咋整的呀？"

严森林只一直叹气，就是不开口。

严振华急得跺脚："叔，你倒是说话呀！你不是在家陪着我爸吗？谁把你整这样？"

严森林惭愧地低下头："大侄子，这说来话长啊，我……我没脸啊！”

严红着急，摆出了一家之主的气势：“别怕，家里人都在，好事坏事，你都得先说个明白，听到了没？”

严森林眼看瞒不过去，叹了一口气，道出了真相。

原来严森林压根儿不是什么衣锦还乡，而是回家躲债的。前些年，他去深圳的确有过一段时间混得风生水起，赚得盆满钵满，但有个大哥撺掇他，说房地产能赚钱，他脑袋一热，把赚来的钱都拿去投资房地产了，此外，还向几个好朋友借了不少。结果这几年政策不好，楼盘是建起来了，但卖不出去，资金全被套牢了。那些人逼债逼得太紧了。他在深圳实在过不下去了，收到严母过世的信，就赶紧回了东北。可没承想，他们穷追不舍，追到了哈尔滨，这才搞出了这一出。

严森林一番话过后，屋里的人顿时沉默下来，严振华此时心里乱纷纷一团，脑子里第一个念想就是：爸爸还一个人在家，没人照顾。

于是，严振华在夜色中来到一家水果店，用公共电话拨通了家里的电话。没一会儿，严义国苍老的声音就从听筒里传来。面对严振华的担心，严义国一反常态地劝解严振华多体谅严森林，告知他自己在家里一切都好，让他不要挂心。

严振华的心里五味杂陈，一时难以名状。严义国仿佛猜透了严振华的心思，语重心长的声音传过来：“爸这辈子就这样了，现在腿也不全乎，走不出雪乡了。可你不一样，今后你是严家的脊梁，好好练，拿块大金牌给爸爸争光。对了，体工队是不是要选拔了啊？”

严振华顿了顿：“有信儿我会告诉您的。”

严义国笑呵呵地应着，随后就挂断了电话，徒留严振华一人茫然地望着满眼苍茫的夜色。

此时，体校力量房里，刚做完卧蹬的唐剑正颓坐在一旁的椅子上，今天冰上测试，那噩梦般的幻觉在他最后冲刺时再一次出现，他的成绩一降再降，已经由上一次的51秒退步为53秒。教练质问他为何在最后直道时忽然减速，他嗫嚅半晌，却不知该如何开口。想到马上要来临的体工队选拔，唐剑觉得心上仿佛压了一块巨石。

唐剑心烦意乱地起身准备回宿舍，一推门，正撞见眉头紧锁的严振华。严振华二话不说，揽过唐剑就走：“心情不好，陪我喝点儿去。”

松花江畔，对岸星火点点，岸边严振华和唐剑两人靠坐在一堆空酒瓶中央，已然微醺。严振华前言不搭后语地倾吐着一肚子心事。

“你说我这个二叔，怎么就这么能穷折腾！亏得我以前还把他当作偶像……”

“算了，别想了，越想越烦。”

“你还有成绩可以傍身，我呢，如果我还不混出个人样，进不了体工队，我对得起我爹，对得起我自己吗？我得死磕，和这个冰场死磕，和这个命死磕！”

严振华踉跄起身，对着江水高喊一通后，颓然倒地。

唐剑含着泪，看着对岸的灯火："老大，其实我心里也不好过。"

严振华咕哝："你，你成绩这么好，烦什么啊？"

"其实，我最后悔的事，就是带你去滑了那次雪。"唐剑眼眶通红，继续说着，"严老师出事了，而我呢，我夜夜噩梦，只要一闭眼，就浑身发冷，就感觉自己又回到了那个熊洞里。我听见你在呼救，还听见我爹在疯狂打我、骂我。这两个月，我成绩一直在退步，根本滑不到以前的速度，我也找不到在冰上的感觉。大华，你说我该怎么办？"

唐剑说完，沉默良久，直到他耳边传来严振华浅浅的鼾声，他一偏头，才发现严振华不知何时，早已酣然睡去。唐剑自嘲地笑笑，一把抹干眼泪，索性也在星罗密布的夜空下躺了下来。

头顶，苍穹无际，寒鸦掠过。

乱七八糟的一天终于过去了，第二天一早，严振华的生活里总算是迎来了一点儿好消息。第二个月的双人滑成绩公布了——在公布栏上，他和冰河的位置从吊车尾升到了第三名。李冰河对于他们这次的成绩很满意，拉着严振华兴奋地讨论着。

然而，被生活阴霾笼罩的严振华，此时已不满足于第三名的成绩。严森林的谎言被戳穿的那一刻，整个家的重担就不可避免地落到了严振华肩上，他知道，他的目标不是中上游，而是必须滑出成绩，他必须快速进入体工队。

可这个念想很快就被曲教练接下来公布的一个消息给幻灭了。

两人一进教室，曲教练就郑重其事地宣布了一个通知：市体工队要在全市范围内点招一对双人滑选手。体校为了集中有限资源在最好的人身上，保一求二，决定让这次双人滑月度综合测评的前两名去。

散会后，严振华和李冰河赶忙拦住曲教练，想要再争取争取，可曲教练在决策大会上早已经为两人求过情："我毕竟刚来，又是外聘而已，被回绝过，再提也不合适了。"

曲教练在学校为了体工队选拔的事忙活了一天，万未料到，晚上回家刚一开门，就看到央求了他一天的两人又坐在了他家沙发上。随后，曲教练眼见曲洁笑眯眯地正端着一杯热茶出来，他不用想就知道自己女儿又叛变了。

严振华和李冰河变着法儿地央求，曲洁也在一旁帮腔："爸，您说您，体工队选拔这么大个事，您真就不帮他们了？"

曲教练沉默地在袅袅热烟中喝着茶，良久后，抬起头来，叹了一口气，郑重道："振华啊，事，我可以争取，但在咱们这行，辛苦拼命的人很多，可机会拢共只有一丁点儿，想要公平，没问题，用成绩说话！没有响当当的成绩，却总问学校要这要那，真的合适吗？"

这一番话，两人听得明白，严振华将曲教练的话咂摸了片刻后，点了点头，起身跟曲教练微微鞠了个躬："行，我明白了，谢谢教练。"

言罢，严振华跟李冰河大步出了门。

曲洁一见严振华脸色不对，只以为他生了气，趿着拖鞋就追了出去，把人拦在了院子里。

“大华哥，你生气了？”

“没生气，自己练不好，赖不了别人。”

“我爸也是真为难，我回头想办法劝劝他。”

“不用了，小洁，别折腾了，不合适。”

曲洁眼看着两人大步流星走出了院子，垂头丧气地回了屋。可她坐在沙发上寻思了半天，心里怎么都不落忍。于是，曲洁拿眼角的余光观察了父亲一会儿，跑到厨房，盛了一碗冰糕，笑眯眯地凑了过去。

曲洁喂了父亲一口，央求着开口：“爸，您不是认识那么多滑冰的朋友吗，您就帮帮他们吧。”

曲教练叹了口气，无奈地看着自己的闺女，意有所指地问：“小洁，振华和冰河不仅仅是搭档，你看不出来他俩……”

曲洁一时语塞：“我，我看得出来！”

曲教练说：“那你还这么上赶子？”

曲洁脸一红：“这是两回事！”

曲教练撇嘴：“啥两回事？要不是因为振华，你会向爸爸提这种要求？”

曲洁脸红到耳根，她站起身，义正词严道：“爸，我是稀罕大华哥，可我真不求啥别的，只要大华哥好，他能一直为喜欢的事拼命，我肯定得支持他。”

曲教练欲言又止。半晌后，他认命地叹了一口气：“行吧，谁让我生了你这么个傻丫头呢。”

那一头，严森林的伤经过了几日的治疗，已经大好。身上的绷带已经拆掉了，隐约可见脸上还有几块瘀青。严红为了给严森林交住院费拉了不少饥荒，因此，严森林一恢复，严振华就立即带着唐剑，骑着三轮车来接严森林。严森林怕严红唠叨自己，不愿意回家，无奈一文钱难倒英雄好汉，没钱气短的严森林还是乖乖坐上了他嫌弃的三轮车。

一路上，严森林坐在车斗子里，跟侄子讲起自己曾经的英雄往事来，讲到感慨激昂处，还迸出几句小马哥的台词：“振华，你放心，我一定要等一个机会。我不是要证明我比别人了不起，而是要证明我失去的东西一定要亲手拿回来！”

严振华懒得理他，三轮车突然拐了弯，一会儿就到了家门口。

严红急急地迎出来，上来朝着严森林的后脑勺儿就是一巴掌：“你个冤家，总算是出院了。”

严森林一进屋，一桌子热乎乎的饭菜早就已经备好了。严森林别别扭扭，不愿意坐下，被严振华一把拉过来吃饭。严森林夹了一口菜，刚要吃，只听严红絮絮叨叨问了起来。

“你到底欠了人家多少债，让人家千里索命？”

严森林筷子一顿，这口菜怎么都咽不下去了。

老林察言观色，赶紧打圆场：“刚出院，不说这个，不说这个。”

老林推了一下严振华，示意他给严森林倒酒：“振华，给你叔整点儿酒。”

严红瞪着严森林：“身上有伤，你别喝。”

严森林眼眶泛红：“姐，我心里憋屈，你就让我喝吧。”

老林给严森林倒上满满一杯白酒，严森林咕咚咕咚喝完，借着酒劲儿，忽然起身：“姐，现在是我落难了，我知道，我说啥你都当我是个屁，但是我把话放这儿，等过了这难关，我迟早能有东山再起的时候。姐，你放心，你帮我看病用的钱，算我借的，这些日子的伙食费、住宿费，也一并在里头……”

果果在旁边小凳子上眨巴眼看着严森林，眼珠子骨碌碌一转：“小舅，钱我帮你记着呢，你一定记得还我妈啊！”

严红铁青着脸，瞧着严森林的模样，心中不忍：“王八羔子，东山什么再起？给我养好伤，别让我和大哥操心，比什么都强！”

酒足饭饱后，严森林拎着行李来到了严振华的小屋。严森林左看右看，嫌弃不已。严振华不跟他一般计较，给他拿了一床被子后兀自躺下了。严森林却开始喋喋不休地吹嘘起了他在深圳住过的大房子。

“我最阔的时候，一个人租了一个大套间，足足两百多平方米。跃层，落地窗，一开窗就能看见国贸大厦，欸，你知道什么是跃层吗？”

严振华只当他吹牛，不搭理他。

“咋了？咋蔫儿了呢？”

“你有你的愁，我有我的愁。”

“你能有多大个愁，说来我听听。”

严振华抬抬眼皮，提不起兴致，索性转了个身，背对他。

严森林凑过来：“那我告诉你，我欠了多少债，看看咱俩谁更愁。”

严振华感兴趣了，他转过身来：“你给个提示。”

严森林伸出了一根手指。

严振华试探道：“一万？”

严森林冷笑了一下：“再猜。”

严振华定定心神：“十……十万？”

严森林嫌弃道：“瞧你那没见过世面的样子。”

严振华瞪大双眼：“真是十万啊！你也太虎了！”

严森林翻了个白眼：“什么十万，是一百万，一百万！”

严振华一听这话，汗毛都竖起来了，登时一屁股坐起来：“你说什么！”

严森林赶紧把他摁下：“你疯了，要把他们都吵醒吗？”

严振华激动不已：“你才疯了，你怎么亏了这么多钱？”

严森林云淡风轻道：“做生意输输赢赢很正常啊，说不定有一天，房子全卖了呢！那我就活过来了，这楼盘是有正经资质的，我的入股投资是白纸黑字写明了的……”

严森林说着说着，对上严振华一脸的疑惑，摆摆手，关灯躺下了：“算了，算了，你不懂，和你解释也没用。”

黑暗中，严振华轻声问：“叔，你会后悔吗？”

严森林脱口而出：“不后悔，我出来闯过，见过世面，外面的世界才叫世界呢？我还记得，你还给我写过一张小纸条！”

严振华莫名被某种情绪感染着，他沉声说：“当然记得！莫愁前路无知己，天下谁人不识君！”

黑暗中，严森林坐起来，学小马哥的台词：“不是为了证明我了不起，我只是要告诉人家，我失去的东西一定要拿回来。”

这边豪情万丈的宣誓刚进行一半，隔壁忽然传来严红不耐烦的声音：“吵什么吵，睡不睡觉了！”

两人赶紧闭嘴，老老实实躺下了。

月色清凉，照进窗隙，满腹心事的严振华难以入眠。身边的严森林心大，才躺下一会儿就呼噜声震天。严振华捂着耳朵不堪其扰，正要起身找耳塞，门口传来曲洁小声的呼唤：“大华哥，你睡了吗？”

严振华穿着短裤摸出了门，他刚一出来，曲洁就兴奋地告诉了他一个好消息——他和冰河体工队选拔的事有谱儿了！

原来，这几日曲教练整合了两人的资料，各处找关系，终于找到了在体委做主任的老冰友，软磨硬泡，好说歹说，弄了个戴帽的指标。

于是，第二天一清早，曲教练拉开房门，就看见了门外笑容可掬的李冰河和严振华，两人二话不说，先鞠了一躬。

“您为我们的事累得够呛，还帮我们要来了指标。我俩都特别感激您，今天，我们送您去体校！”

曲教练就这样莫名其妙地被两人半推半让地请上了一旁的三

轮车，三轮车在路上飞驰，两个年轻人齐声高唱着振奋人心的歌：

我知道我的未来不是梦
我认真地过每一分钟
我的未来不是梦
我的心跟着希望在动
……

一路上，严振华嘴抹了蜜一样，一个劲儿给曲教练戴高帽。曲教练怕两人高兴过头，得意忘形，下车后一脸严肃地给两人敲警钟：“这次选拔可不是开玩笑的，说是全市内点招，但省里但凡想练双人滑，包括一些单人滑想转项的人，都会过来选拔，可是一场恶战。”

李冰河这才想起问正经事：“教练，具体比什么呀？短节目？自由滑？体能要测吗？我最怕的就是测体能。”

曲教练摆摆手，进了校门：“不用，一支自由滑，滑好就行。”

一波未平，一波又起，两人刚解决掉选拔资格这一大难题，另一大难题又立即摆在了眼前——选拔赛到底是用他们以前的自由滑曲目《梁祝》还是重新编曲。

对于这个问题，严振华和李冰河第一次产生了严重分歧。严振华认为《梁祝》在各大比赛中已经表演过，失去了新意，毫无竞争优势，主张重新编曲。而李冰河则认为时间太短，两人根本无法完成一个新的自由滑曲目，且曲教练的重心肯定在另外两队选手，无暇顾及他们，认为原来的《梁祝》更为稳妥。最终，李冰河拗不过严振华，两人决定去冰场找曲教练出出主意。

两人赶到冰场时，曲教练正在帮林峰排舞，助教重复播放着音乐开头的段落，曲教练认真地在本子上进行试验，林峰和秦玥在他的手势下，开始试验不同的方式，但曲教练始终眉头紧锁。

李冰河一看，心凉了半截：“一上午了，开头十秒的音乐都够呛。”

严振华却并不在意，见缝插针地在林峰和秦玥中场休息的空当凑上去。曲教练满脑子都是林峰和秦玥的动作，一回身看到严振华不知何时站在了身旁。

曲教练一愣：“还不抓紧时间，跑这儿干什么来了？”

严振华笑呵呵道：“我琢磨着我和冰河的自由滑，怎么着也要新排个曲子……”

严振华还没说完，就被曲教练挥手打断：“不用这么麻烦，我建议啊，你们就用《梁祝》，《梁祝》挺好。”

严振华一听，顿时着急起来：“不行啊，教练，我们得用新曲，《梁祝》您看腻了，我们也跳腻了。他们两对可全用新的，您这手心手背都是肉，不能对我们不闻不问啊！”

说话间，林峰喘着粗气跑来：“教练，刚刚您说的是后内三周连外点两周加捻转三周加后外螺旋线，然后双人联合旋转吗？”

一连串的词儿，让严振华听蒙了。

言罢，林峰没好气地看一眼严振华：“你和教练说完了吗？”

严振华一愣："还没呢。"

林峰冷下脸来："那快点儿！"

严振华一听这话，顿时气不打一处来："这是你的教练，也是我的教练，凭什么不能和我说两句？"

林峰冷哼一声："听说你的名额是体工队特批的，厉害啊！不靠自己的本事，就靠旁门左道，能走多远？要排新曲，真牛，你自己排去！"

严振华还欲反驳，被曲教练一声厉喝堵了回去："抢啥啊，整的我和一个肉包子一样，都给我回去训练！"

李冰河眼见曲教练发了火，赶紧拉着严振华灰溜溜走了。可李冰河没想到严振华钻了牛角尖，还是没放弃重新编曲的想法。

傍晚，严振华带着李冰河和唐剑，在曲洁下班的路上把曲洁截了下来，拉去了烧烤店。烧烤店里，曲洁默默吃完手上的鸡架，听着严振华细细说了一番，明白了个大概。随后，她抹了抹嘴上的油，郑重道："这个忙，我帮不了。"

严振华一愣，随即央求道："没有新节目，真用《梁祝》上，我和冰河铁定会输的，小洁，你再帮我们说说好话，哪怕利用晚上的时间也行。回头我帮你家卖冰糕，一整个夏天！"

曲洁被逼无奈，只能跟他们透了底："不是我不帮你们，我跟你们说实话吧，我爸他其实、其实特怕编舞。"

此话一出，其余三人皆是一愣。

曲洁放下手里的烤豆角，叹了口气："他一直就是个直线条，舞蹈修得本来就不怎么样。当了教练后，那是没办法，被逼着给学生们编舞，回家你不知道愁得和啥似的。这次为了林峰和赵凯的舞，他已经失眠整整三天三夜了。”

听曲洁把话说到了这个份儿上，严振华也不由得泄了气，两人顿时没了精气神。曲洁瞥了瞥没精打采的严振华，忽然一拍桌子：“我有个主意！”

严振华一愣，赶紧问：“啥？”

“你们完全可以自己试着编一下，用一首你们比较有感觉的歌。”

严振华一听，立马又颓了回去，心里犯怯：“我俩哪行啊。”

曲洁眼睛一亮，站起身来：“咋不行，我爸有个独门武器，有了这个你俩准行！”

半小时后，等在曲家天台上的三个人，眼看着曲洁呼哧带喘地背着一个蛇皮袋子跑了上来，随后在三个人一脸好奇的目光中打开来。只见袋子里整整齐齐摆着几百个录像带，每个录像带上都工工整整写着“年份、比赛、人物、曲目”。

“我爸的命根子，都是国外花滑比赛的录像，你们指定用得上，你们抓紧用，用完了我原封不动地送回去。”

曲洁说完就小跑着回了家。

李冰河满脸诧异，不可思议地看着眼前的录像带：“想不到教练为咱俩设计的舞蹈，都是学录像带来的，敢情是个大拼盘啊！”

严振华倒是没表现得太过惊讶：“这我倒能理解，双人滑传到中国才多久，他们第一代花滑人，可不就是摸着石头过河呢嘛。”

李冰河看着一袋子录像带，忽然打趣道：“大华哥，我感觉小洁对你可真不错，言出必帮，我看你说话比她爹还好使！她是不是也对你有意思啊？”

严振华别有意味地看向李冰河：“吃醋了？”

李冰河脸一红：“我吃什么醋，你如果喜欢她，你就追去呗！”

严振华不再接这茬儿，看着一堆录像带发起了愁，嘟囔着：“录像带是有了，拿啥放呢？”

那一头，严振华为了用什么放录像带愁破了脑袋，这一头，严森林为了溜出家门绞尽脑汁。严森林在家休养了半日，早就精神大好了，加之一大早开始就被严红揪着耳朵念叨，更是让他在家里如坐针毡，恨不得化成蚊子从窗户缝里飞出去呼吸呼吸自由的空气。

于是，严红早上前脚刚出门，他后脚就溜之大吉了。

严森林漫无目的地在街上闲逛，目光搜索着一切可以让他东山再起的商机。午饭时分，他走到了一家电器修理店门前，驻足片刻后，插兜走了进去。修理店里摆满了各式各样的电器，老板正在对一个半导体收音机吭哧吭哧地修着，边修边斜眼看了一眼严森林，问道：“修东西？”

严森林“嗯”了一声，掏出了一个大哥大放在柜台上。

老板机警的小眼睛一看大哥大，又看看严森林，手上动作一顿，笑道："大哥，您这东西路子不太正，我们这儿不回收，您拿回去吧。"

严森林一愣，半晌才反应过来，也不辩解，操起一口纯正的粤语："这是摩托罗拉进口货，两块电池，到手价两万二。听得懂我的意思吗？"

这纯熟的广东话一出口，老板立马换上一张笑脸，拿起大哥大，仔细端详起来。老板边修边跟严森林攀谈起来，严森林只拣风光的事说。没一会儿就跟老板交上了朋友。临走前，严森林目光一扫，落到角落里一台二手东芝 2500×H 彩色电视机上。

严森林指指电视机："那咱俩已经是兄弟，你兄弟想买东西，你能打折吗？"

老板无奈一笑，回身就把电视机搬了下来。

正苦思无解的严振华万万没料到，他和李冰河刚把录像带抱回家，一进门就看到严森林正坐在沙发上看《英雄本色》。电视屏幕上，小马哥豪气地用美元点燃烟。电视外，严森林拿着一张卫生纸，有模有样地学着。忽然，电视画面一阵雪花，原本周润发的面孔变成了一个穿着暴露的美女。

严森林一阵慌乱，拿起遥控器正要快进，严振华灵机一动，推门而入，冲着严森林就是一声大吼："小叔叔，你看什么呢！我要告诉姑姑！"

严森林吓得一激灵，赶紧关闭录像机，慌忙之间，老是按错键，只好手忙脚乱地拔了电源。严森林赶紧跟严振华解释，刚刚的画面是盗版碟片的问题，但是严振华故意不依不饶，严森林一看就知道这小兔崽子有什么阴谋。

果然，没一会儿，李冰河抱着另外一半录像带进了屋，李冰河一看到电视机，顿时喜出望外。

严振华激动道："冰河，你看到了吗，这是天意，天意啊！你说我们不成功，谁能成功！"

严振华这时才提出自己的"要挟"条件："小叔叔，这样吧，你帮我们放带子，我刚刚就当什么也没看见。"

叔侄两人一拍即合，李冰河赶紧翻出一盘写着"88 年的冬奥会自由滑"的录像带塞进了机器里。片刻后，电视机上就出现了一对双人滑运动员，只见两人动作轻盈，跟随着音乐做着抛跳、托举，一气呵成。

严森林忍不住赞叹："这也太好看了，这两个人是谁啊？"

李冰河自豪道："我最喜欢的双人滑运动员，戈迪耶娃和格林科夫，他们获得过四次世锦赛冠军，还有两次欧锦赛金牌，这是他们在 1988 年冬奥会的自由滑曲目。"

曲调在婉转、舒扬地变化，小屋仿佛被笼上了一层浪漫的迷雾，严森林也陶醉其中。李冰河认真看着，在笔记本上记下动作和乐曲特点。

严森林也看痴了："我说大侄子，你俩也能跳这么美吗？"

严振华叹了口气："这可是世界第一。我们还得怒争体校第一，差得远呢！这次进体工队，一决胜负的就靠这一支曲子了。"

严森林望着屏幕上宛若精灵的两个人，在这一瞬间忽而就理解了严振华这么多年痴迷滑冰的秘密，他站起身，少有地正经道：“我大侄子肯定也行。”

言罢，严森林轻轻走出去，拦住想要进屋的果果，小声道：“果果听话，你哥正在干大事呢，咱们出去，不打扰他。”

屋子里，李冰河摆弄着手边的一叠录像带，跟严振华商量：“咱们熬夜看吧，看完早点儿还回去，要不曲教练发现了，就完蛋了。”

计划赶不上变化，还没等到两人把录像带看完，东窗事发了。

这日，曲洁来给父亲送饭，她跟着严振华和李冰河刚推门，就看到曲教练面沉似水地站在办公桌前。严振华心里“咯噔”一下，预料到可能是偷拿录像带的事被发现了，他还没来得及想出应对策略，曲教练一顿劈头盖脸的训斥就迎面砸来。三人自知有错，都蔫巴巴地低着头乖乖挨训。

过了一会儿，严振华觉得曲教练骂累了，才小心翼翼道：“教练，不怪小洁，这是我们非求她的，可我们看了之后真有用，太有用了。”

曲教练不信任地看了两人一眼：“有啥用啊？”

李冰河立即来了精神：“曲教练，我仔细看了录像，琢磨了一晚上。倒是觉得编舞其实也是有学问的，不但要完成乐曲的叙事，更要突出我们俩的特质。”

曲教练皱起眉头：“特质，你觉得你俩的特质是啥？”

李冰河娓娓道来："曲教练，我觉得我和振华是两种完全不一样的气质。他来自山野，自由奔放，而我从小跳舞，所以更浪漫唯美。这段日子，我和大华哥经历了很多，我觉得我俩对于对方的理解和成全，是其他选手所不具备的。"

曲教练摆摆手："反正你俩想编新曲，对吧。那直接说吧，准备用什么新曲？"

李冰河郑重道："我们琢磨了一下，也让您参考参考，《罗密欧与朱丽叶》是不是合适？"

曲教练沉吟："你们是打算用普罗科菲耶夫的或者柴可夫斯基的变奏曲，还是别的？"

李冰河说："用最出名的那段，*A Time For Us*。"

曲教练愣了愣："这段乐曲可是耳熟能详的旋律，越熟悉的音乐，你就越要满足人们对这段乐曲的想象，想要表现好那就更难！你俩几斤几两我清楚，别瞎逞能耐！"

"曲教练，再耳熟能详，能比得过《梁祝》吗？"严振华忍不住抢话，随后推了推李冰河，"冰河，你赶紧给教练说说！"

李冰河立即递上了笔记本，每一页都是设计的形意图，里面都是两个小人儿，被画成在冰上做各种动作的样子，李冰河一页一页地翻开，逐个动作地跟曲教练解释着："教练，我们编排的时候，如果任何动作训练得不舒服费劲，可以立刻换动作，能节约很多时间！"

严振华也在一边补充："我们不一定要按往常的顺序来做基本动作，可以完全按照音乐的节奏来决定基本动作放在哪儿最合适。”

曲教练看完，沉吟良久，一抬头，正对上严振华和李冰河充满力量和干劲儿的眼神。

两人异口同声：“教练，让我们试试吧！”

曲教练认真地看着形意图，又看看面前的两人：“真想赌？”

严振华脱口而出：“想！”

曲教练目光转向李冰河：“不改了？”

李冰河点头：“不改了！”

曲教练心有所感，不由得笑了起来，又是无奈又是感动：“我是看你们这些个初生牛犊，啥也不怕。我师兄老姚说过，花滑是欧美人的天下，中国的花滑起步晚，没人看得起。他之前去国外训练，哪儿敢站到中间去，咱中国队员，稍微挡住一点儿人家的视线，人家就给他瞪眼珠子。可现在，他在北京带着中国最有希望的几对双人滑选手，盼着啥时候能给中国花滑打开一扇门。今天，你俩虽然虎，但我希望你们能争气。你们还记得叶乔波的名言吗？”

两人几乎同时脱口而出：“用荆棘编织桂冠！”

曲教练动容道：“好，用荆棘去编织你们的桂冠，非要用新曲，那就大胆去试试吧！”

第九章

裂变

眼看体工队选拔的日子越来越近，严振华和李冰河定下新编曲的方向后，就马不停蹄地开始了日复一日的训练，力量房、形体室、冰场……两人大汗淋漓的身影烙印在冰场的每一个角落里。

疲于训练的两人无暇顾及唐剑，三人已经许久没有一起聚过了。这日，严振华和李冰河刚把整首曲子编下来，唐剑不知从哪儿听了小道消息，拎着一壶水就来力量房找严振华，想要先一睹为快。

严振华连连拒绝：“别，还不太熟练。你直接来看我们比赛吧。”

唐剑笑笑，没再纠结，把水壶递给严振华，严振华接过水壶喝了口水，忽然凑了过来，鬼鬼祟祟道：“对了，体工队这次有没有对你们短道也有一些政策，点招或者选拔啥的？如果有点招，你可要把握住，听到没？”

唐剑心里一沉，面上不露，只敷衍地点点头：“知道了。”

严振华又开始刨根问底：“你现在500米成绩多少了？”

唐剑尴尬一笑，搪塞过去：“那不能告诉你。”

严振华揽过唐剑，满眼憧憬道：“我总觉得，咱俩还真有比赛的命。还记得咱们刚来哈尔滨那次，你上来就把那帮城里孩子干翻了。等到时候咱俩都进了体工队，谁也不会看不起咱们了！”

唐剑不着痕迹地别开眼去，没有正面回应严振华，揣着一肚子心事起身道：“不说了，我下午还有测试。”

怕处有鬼。下午体测时，唐剑最担心的事还是发生了。即便他在站上冰场前，已经尽全力调整心态，但当他戴上护目镜冲出起跑线不久后，那白日梦魇般的情景还是再次出现了。冰刀下的触觉忽然变得软绵绵，一阵耳鸣后，那些可怕的声音仿若魔咒一般在耳边响起，雪声、风声、呼救声、父亲的叫骂、耳光……一瞬间蜂拥而至。

那天刺骨的寒风仿佛透过防切割服，钻进了他每一寸小腿肌肉，让他失去了对身体的控制，而后，他脚下突然一个趔趄，在教练和队员们震惊的视线中摔了出去，狠狠撞到护栏上。

在现场的一片死寂中，助教面色铁青地走过来：“唐剑，你最近到底怎么回事？”

唐剑不知所措，仍旧嘴硬地想要隐瞒：“没事……”

助教显然对这个回答并不买账，还欲再逼问，被石教练一个眼神制止了。石教练走上前来，拍拍唐剑的肩膀安慰道："回去好好休息，体工队过不了多久肯定要正式选拔队员，你可是早早就被保送，但还是要看成绩、走个过场，这可是你眼前的一道龙门，出不得半点儿的闪失啊。"

唐剑点了点头，大步离开了冰场。

回到宿舍的唐剑心情无法平静，他拿黄石一遍一遍地磨着冰鞋，仿佛能从这一次一次的动作中得到救赎。可是刚刚摔出去的场景却始终在眼前挥之不去，他磨刀动作越来越快，直到那片锋利的刀刃"噗"的一声，狠狠划进了他的指腹，直到鲜血汩汩流出，他才面无表情地停下手中的动作，傻愣愣地看着手上的血滴落在鞋面上。随后，长久以来的无力感终于在一瞬间崩溃，他趴在桌子上，无声地痛哭起来。

此时，冰场上，严振华和李冰河刚过了一道弯，又遇到了一道坎。

两人心知时间紧迫，舞蹈一排成就赶紧来找曲教练指导，本来信心满满的两人，在曲教练眼皮子底下一下子就暴露了诸多问题。一曲《罗密欧与朱丽叶》滑了下来，李冰河在一个单跳上摔了一跤，其他部分也是磕磕绊绊。

两人一下场，就看到曲教练面色凝重，李冰河没等曲教练开口批评，先自我检讨："对不起，我出现失误了，再给我点儿时间，我肯定可以避免。"

曲教练摇摇头："你主要是不熟练，不够轻盈，不过总体问题并不大。可主要是你啊，振华。”

严振华一愣：“啊？”

曲教练叹气：“这首《罗密欧与朱丽叶》，是极为浪漫和唯美的。论姿态美感，冰河是朱丽叶，可你，可比罗密欧差远了。你的所有步伐、衔接，动作都太生硬了。这首曲子，动作要直达意境，做不好，音乐和动作就是两层皮。”

严振华低头不语。

曲教练继续道：“《梁祝》当年，是我一个动作一个动作给你掰出来的，可现在时间来不及了。实在不行，要不你们……”

严振华明白曲教练又想帮他打退堂鼓，赶紧表态：“不，教练，我们就滑新曲。”

曲教练沉吟片刻，道：“行，这样，振华，你看能不能想办法，找个舞蹈老师来指点指点，下周五我再来帮你们看看。”

李冰河忽然想起比赛服，着急地推了一把严振华：“换曲子咱俩也得换考斯滕，考斯滕还没有呢。”

严振华一拍脑门儿：“对，衣服也是个问题。”

曲教练皱了皱眉：“你俩就赶紧给我抠动作，衣服的事，我来负责。”

曲教练说完，没给他俩矫情的机会，大步离开了。两人感动地看着曲教练的背影，直到李冰河的肚子传来咕噜噜的叫声，严振华才回过神来。

严振华拉起李冰河就要走：“饿一天了，走，去食堂看看，吃口东西吧。”

李冰河却站在原地不动，咽了一下口水，硬撑道：“我还不饿，你先去吃吧。”

严振华虎着脸：“不行，一天没吃饭了，要成仙了。”

严振华说着不由分说就拉着李冰河往外走。刚走出冰场，李冰河就被门口一个黑影吓了一跳，严振华定睛一看，坐在地上的不是别人，正是唐剑。

严振华莫名其妙地看着唐剑缓缓回过神来，眼神一变，看向他已经包扎起来的手，大惊道：“你咋了？”

唐剑一见严振华，眼泪又涌到了眼眶，他不好意思在女孩子面前哭，赶紧抹了一把，沉声道：“我有件事要跟你说。”

更衣室里，唐剑终于把藏了多日的秘密说了出来，随着他的讲述，严振华和李冰河的脸色也越来越凝重，直到唐剑把今天下午测试课上摔倒的事讲完，他长吐一口气，颓然地靠在了身后的柜子上。

片刻后，李冰河率先打破沉默：“不能耽误了，去医院吧。”

严振华忽然站起来，决绝道：“不能去医院！”

李冰河几乎以为自己听错了，不可思议道：“为什么？”

严振华不理李冰河，看着唐剑：“你这个病惊动起来，参赛资格都没了。”

李冰河诧异，不自觉提高了声音：“不是，他现在已经这样了，都已经幻听了，能上赛场吗？”

严振华激动道：“他怎么不能上了？不就是幻听吗？我们可

以想办法让他克服啊！”

李冰河自觉过于激动了，压低了声音：“大华哥，不是所有的事情都能被克服的，既然已经发展到这个程度，去医院很有必要。”

两人谁也不肯让步，你一言我一语吵了起来。

“我的意思不是不去医院，而是等选拔后再去医院！”

“选拔后再去，唐剑，短道速滑啥时候选拔？”

“可短道还没信呢！你让他就这么一直等着？”

“对，等不到就再等，他可是他家的希望，他家都指望着他出人头地、光宗耀祖呢！他不能放弃！”

“你方才说的那一大堆，都毫无意义。唐剑的病情发展得这么快，万一拖成了后遗症，一生都毁了。”

“什么叫毫无意义？那你是不是一直觉得，我做的一切也毫无意义？你是城里长大的，你根本不懂这样一个机会对他来说多难得、多珍贵。”

“我怎么不懂，体工队我也想进啊，不然我天天练个什么劲。可这事不一样。”

“冰河，我和唐剑受过的苦，你从没受过，你怎么体会他的心？你跟我们虽然天天在一块冰面，但我们从来就是两个世界的人。”

此言一出，李冰河愣了片刻，随后，她冷笑一声，一大滴眼泪滚落下来：“我不懂，是吧？我跟你不是一个世界的人，是吧？”

唐剑眼见苗头不对，想要拉架为时已晚，李冰河伤心欲绝地看了一眼梗着脖子不肯说软话的严振华，甩手离去。

唐剑赶紧推严振华："我自己的事我心里有数，你赶紧去追冰河吧，别因为我你们俩别扭上。"

严振华别扭着劲，不肯去。

"唉，你真是个……算了……"唐剑奈何不了严振华，急得直跺脚，只得自己追了出去，可李冰河早已不见踪影。

晚饭时候，李冰河还因为跟严振华的矛盾而闷闷不乐，盖丽娜察言观色，猜想是跟严振华闹了矛盾，想到自己无疾而终的美国之行，不由得又唠叨起来。李冰河本就心烦意乱，两人话赶话又吵了起来。

盖丽娜不依不饶地抱怨着这些年来为这个家的付出，抱怨着她中途夭折的美国梦。李冰河看着歇斯底里的母亲，忽然觉得不可理喻，撂下筷子径直进了房间。

门外，盖丽娜的声音还像刀子一样传来，李冰河索性塞上耳机，耳不听为清。可她刚一躺下胃里就传来一阵咕噜噜的叫声，李冰河本能地拿起桌子上的一碗汤，喝了两口，随后，她摸了摸自己的小腹，脱下鞋子，屏住呼吸站上了体重秤，体重秤数字摇摇晃晃又重了两克，李冰河蹙眉看了半天后，忽然大步走向卫生间。

进入卫生间后，李冰河轻声关上门，趴在马桶边，手指伸向了喉咙。随后，卫生间里，一阵阵干呕的声音隐约传来。

严森林趁着在家中养病这几日，把哈尔滨赚钱的营生里里外外摸了个透，他发现哈尔滨道外那里有个外贸市场，铺子多，很多“倒爷”把俄罗斯的包倒卖到哈尔滨市内，一转手就能转大几十。且外贸市场人流大，一晚上就能成几十单生意，详细摸底了几天后，严森林相中了“倒爷”这口金饭碗。

于是，严森林眼里放光，窝在家抱着计算器算了好几天，认准了这是个能赚大钱的买卖。他雄心万丈地在小本子上列好了所有计划，最后却难在了本金上，进货、房租、本金样样需要钱，可他现在兜里比脸还干净，琢磨了两天后，他把心思打到了严红和老林身上。

这日，趁着一家人热热闹闹吃晚饭的时候，严森林跟严红说了自己的想法。想让严红出租铺子的本金，到时候赚的钱分他们一半。严森林笑眯眯地拿出他整理好的小本子，严红连看都不看，就给他的想法定了性：歪门邪道。

严森林口吐莲花，没能把严红说动，倒是把老林说动了心。老林伸手就要接严森林手里的小账本，被严红一个眼刀飞过去，哆哆嗦嗦把手收回来了。

酒足饭饱后，严家人各自回了房间，没一会儿，严森林就蒙头睡去，呼噜震天了。严振华心思繁重地正在桌前发愣，严红悄悄一推门，一脸为难地走了进来。严红进屋后踌躇半晌，才不好意思地跟严振华开了口。

“振华，姑有件事跟你说。”

“姑，你说。”

“你看，你二叔也好得差不多了，不能让他这么混吃等死的。姑是想，你方不方便跟冰河她爸说个情，看看能不能让你二叔到电机厂干个临时工。工作咱不挑剔，哪怕就是个看大门的也行。”

严振华闻言，一脸为难，半天后，支支吾吾道：“姑，可能不太行，我跟冰河吵架了。”

严红一听，正要细问。一旁，早就醒来一直装睡的严森林听不下去了，翻身坐了起来，不屑道：“姐，你能别瞎操心不？没瞅见吗？时代变喽，国企职工现在是一拨一拨下岗，你这是把我往火坑里推啊？饶了我吧。”

严红一拍严森林：“你咋还有理了。”

严森林梗着脖子：“你们对我就是不信任，瞎操心，等着吧，现在我虎落平阳，等到时候我肯定有一飞冲天的时候！”

严红懒得理他，大步出了房间，一出门，正看见老林鬼鬼祟祟地在客厅里不知在干什么。老林一见严红出来，就立马把手里的小本子塞进了自己兜里，继续若无其事地收拾起碗筷来。严红正在气头上，也并未多留意。

直到夜深人静时，严红已经睡实，老林才偷偷点起床头灯，翻出晚上在沙发上捡起来的小本子，小本子上严森林歪歪扭扭的字儿写了好几页，他模模糊糊看得一头雾水，但是最后一页上的字他看懂了，那页上写着——最终回报：一万→十万。

老林正心猿意马地看着这几个字，身旁的严红忽然翻了个身，他麻溜儿把小本子塞到了枕头底下，关了灯。

此时，隔壁的严森林正拉着严振华唾沫横飞地讲着他的发财大计，严振华云里雾里地听着，忽然冷不防地问道：“叔，咱大东北不是牛得很吗？怎么现在没了那股子精气神了。”

严森林略一沉吟，娓娓道来：“这事就说来话长了。之前咱们国家是计划经济，上头出计划，下头对应着来。可时间一长，计划经济的道路啊，根本行不通，国家后来就推行市场经济。这么给你说吧，如果咱村所有人都种果树，有一天，国家说，我们必须养鱼，所有人就只能去养鱼，养什么鱼、养多少鱼，都是国家来规划，这就是计划经济。但是市场经济不一样，不是国家规划，市场上什么东西卖得好，我们就可以选择自己做什么。如果市场上果汁卖得好，我们就去榨果汁，如果是果脯，我们就可以做果脯，全凭市场的需要来。简单说吧！就是国家不管那么多事了，有能力的人，就能搅出一番天地。”

严振华还是有点儿蒙：“国家都不管了，那行吗？”

严森林想了想，说：“不是彻底不管了，而是有的放矢，是叫什么，叫‘宏观调控’。”

严振华从没听过这些事，一下子就对严森林崇拜起来：“叔，你太厉害了，我从来都没听过你说这些，你这脑子，怎么就突然被人坑了？”

严森林无所谓地豪迈一笑，操着一口地道的粤语，学着周润发的语调，高声道：“跌倒一次怕什么，怕的就是爬不起来。赌博也有输赢，我就是神！神也是人，能掌握自己命运的就是神。”

就这样，一个向往外面世界的年轻人跟一个见过外面世界的中年人，深夜在一间逼仄的小屋里，畅谈着远方斑斓的世界。

第二日，严森林还在补觉，老林轻手轻脚地推门进来，笑呵呵地带来了一碗喷香的面条，顺道把严森林的小本子还了回来。老林嗫嚅许久，还是忍不住坐下来问道：“你那本上写的，靠谱吗？”

严森林眼中一喜，赶紧拉过老林又开始算起账来。严森林口若悬河地一通游说，老林听得心猿意马，两只混浊的眼睛盯着账本上翻倍的数字，因为激动而眨巴着。

严森林眼见老林动了心，趁热打铁，撺掇老林：“怎么样，姐夫。机不可失，时不再来。你不敢闯，我替你闯。”

老林胸口剧烈地起伏着，良久后，一拍大腿，狠狠道：“成！”

一小时候后，老林一脸凝重地从银行出来，手里拎着一沓钱，早就等在一旁的严森林赶紧凑了过去，老林警惕，从自己的钱里拿出一半，想递给严森林又犹豫。严森林看准了时机，一把抓住所有的钱，拽了过去。

老林着急道：“你怎么全抢走了！”

严森林赶紧把钱揣起来：“说好的嘛！别赖账。”

老林拉下脸来：“你……你以后可得还给我！不然我家会揭不开锅的！”

严森林兴高采烈抱着钱就跑了：“放心吧，姐夫！”

老林望着严森林不靠谱的背影，后悔不迭，扇了自己一耳光。

周日清早，老林蹲茅坑耽误了时间，眼看果果的舞蹈课就要迟到，严振华便顺路把果果带到了少年宫。

严振华第一次来少年宫，不免好奇地多看了两眼，他无意间顺着门缝往里看了看，只见一位身材高挑的舞蹈老师穿着一身漂亮的紧身舞服，脚上一双芭蕾舞鞋，正在指导果果和一帮小女孩儿跳舞。音乐响起，她做示范，几个简单的动作，大劈叉、鹤立姿势、脚尖旋转和凌空飞燕一般的大跳，干净利落，颇富美感。

严振华差点儿看得入迷，忽然，他脑中灵光一闪，有了一个大胆的想法。

严振华看了看手表，已经过了每天去接李冰河一起上学的时间了，他索性心一横，在教室外面坐了下来。时间一秒一秒过去，一节四十五分钟的芭蕾舞蹈课总算结束了，眼看着孩子和家长纷纷散去，严振华赶忙上前拦住了舞蹈老师，郑重地说出了自己的请求。

舞蹈老师惊讶不已：“专业体校的学生，要我一个少年宫老师来帮忙练舞，我没听错吧？”

严振华赶紧跟老师说明了自己的情况，体校舞蹈老师资源紧张，一时半会儿约不上，但是体工队选拔又迫在眉睫。舞蹈老师仍旧犹豫不决，严振华赶紧给果果使了个眼色。

果果立即心领神会，拉着舞蹈老师的手就开始央求：“孙老师，我觉得您是世界上舞跳得最好的人！您就帮帮我哥吧。”

孙老师面露难色：“果果，不是不愿意，我是怕教不好。”

果果赶紧给老师戴高帽：“孙老师，您教我们都教得那么好。

我哥聪明，一学就会。您就帮帮他吧！”

孙老师不好推辞：“要不这样，今天我倒是有时间，试试？”

果果喜笑颜开：“哥，我和同学一起回家，你一定和老师好好学，别丢我的脸。”

果果说着就拉着同学蹦蹦跶跶离开了，剩下严振华和孙老师面面相觑。严振华一时有些手足无措，孙老师倒是十分大方，抬头打量了一下严振华的身段，歪歪头：“进去吧，我看看你基本功。”

此时的李冰河正独自一人在冰面上，伴随着《罗密欧与朱丽叶》的旋律，孤独地滑行着，日光一寸一寸推移着光影，在冰面上移动。直到午饭时间，冰面上仍旧不见严振华的身影。

中午，唐剑前来约两人吃饭，一进冰场，就看见李冰河一个人脸色难看地正要出门，唐剑一愣：“他还真没来，可能是有别的事耽搁了吧。”

“这都什么时候了，还置气！”李冰河眼看时间已过正午，终于忍无可忍，在唐剑不知所措的目光中，李冰河换下冰鞋，大步离开了冰场，向严红家走去。

李冰河一进严红家，正在做饭的严红就热情地迎了出来，李冰河顾不上跟严红寒暄，焦急地问：“严姑，大华在家吗？”

严红不明所以：“他不是去少年宫了？你没跟着？”

李冰河一愣：“少年宫？”

果果从里屋伸出小脸：“冰河姐，我哥和孙老师在一起呢！”

李冰河不由得眉头一皱：“孙老师？”

还没等果果跟她解释，李冰河已经一溜烟小跑着离开了，她跑上马路后挥手就拦下一辆出租车，车门关上后，随着一阵汽车尾气，出租车直奔少年宫的方向开去。

少年宫舞蹈室内，严振华正一字马坐在镜子前，腿已经发颤。孙老师皱眉，跪在他身后，推着他的屁股往前，严振华叫苦不迭，孙老师铁面无私，径直坐在了严振华后背上给他加压。严振华正痛得叫天天不应时，舞蹈室的门毫无预兆地被“啪”的一声推开了。

李冰河一脸愤怒地直视两人：“严振华，你干什么呢！”

严振华立时龇牙咧嘴地爬了起来：“你怎么来了？”

“你怎么不来训练？”说完，李冰河酸溜溜地瞥了孙老师一眼，凉飕飕道，“这位谁啊？”

孙老师察言观色，一下子就看明白了这里的门道，猜想李冰河肯定就是刚刚严振华说的那位和他一起滑双人滑的女朋友。

孙老师大大方方道：“我叫孙心，是少年宫的舞蹈老师。你就是他的女朋友吧。”

言罢，孙老师笑盈盈起身，打量起李冰河来：“打眼一瞧就知道是学舞蹈的。你别多心，是他说你们要排练一支自由滑，让我来指导指导他的形体。”

李冰河怀疑地看着严振华：“原来是这样啊，练得怎么样？”

孙老师实话实说：“还行，他力量不错，就是肢体不够柔韧，旋转衔接的动作，腰上少了点儿劲儿。”

李冰河仍是不信，不依不饶，转向严振华：“练得这么认真啊？跳一个我看看？”

严振华粗线条，一时没咂摸出李冰河话语中的醋味来，上前兴高采烈地就要拉着李冰河一块儿：“既然你来了，咱们一起跳。也让孙老师好好指点指点。”

李冰河不着痕迹地退了一步，躲开严振华的手，站到墙边：“我就不了吧，我就在旁边看看你们怎么训练。”

严振华手足无措，孙老师也自然不敢动作，过了一会儿，孙老师“扑哧”一乐，故意道：“振华，我看你这个搭档，并不像朱丽叶啊。”

李冰河一听，气不打一处来：“我怎么不像？”

孙老师笑呵呵道：“这舞蹈啊，最重要的是形神兼备，我虽看过你的形，但神，觉得差了不少。”

李冰河不爽道：“差哪儿了？”

孙老师一本正经道：“这朱丽叶对罗密欧的爱，浓烈炙热，超越一切，可不是你这样。”

李冰河不屑道：“你都没看过我滑冰，就能下这种定论？”

孙老师也不生气，仍旧笑意盈盈：“不管是冰上还是陆地，情感可是实打实的，观众不是瞎子，谁要看两个木头人在冰上跳舞？严振华，我看她不乐意，要不算了吧。”

孙老师说完，摆摆手就要走。这一招正好打在了李冰河的七寸，李冰河马上就被激起了斗志，上前一步挡住孙老师，仰起脸不服道："谁说我不乐意了，试试就试试。"

孙老师转身，忍不住露出笑意。

深夜，严森林心情大好，优哉游哉地靠在窗户边喝着小酒。桌子前，严振华正抱着一本《罗密欧与朱丽叶》，摇头晃脑在酸溜溜地念着大段晦涩的台词，听得严森林频频皱眉："大侄子，你这念的啥啊，酸不溜丢的。"

严振华面露苦色："冰河给我的任务，准确地说，是孙老师布置的任务。"

严森林听得一头雾水："孙老师是谁？哪儿跟哪儿啊，你跟冰河不是吵架了吗？"

"孙老师是我找的一个教我们舞蹈的老师。"严振华把书往床上一扔，愁眉苦脸道，"小叔叔，你说女人变脸咋这么快呢，刚见面时候冰河看孙老师的眼神，还一路电光带火花呢，一天的时间，两人就统一战线了。孙老师非说不了解罗密欧与朱丽叶的故事就跳不好，她俩就逼着我背书。"

严森林又倒了一杯酒："李冰河这是剑走偏锋，你俩滑冰，整这酸不溜丢的有啥用？"

严振华拿起书："这是艺术感受，你不懂。"

"我不懂，我只懂赚钱，要翻身，还要赚更多的钱。"严森林喝得微醺了，从抽屉里又翻出个杯子，斟满酒，伸手拉过严振华，"侄儿，过来，陪我喝点儿。"

严振华刚坐过去，严森林就开始语重心长地说了起来："振华啊，你知道吗？人啊，有了奔头，日子就不怕了。你也别嫌弃你叔，这小屋我也住不了多久了。总有一天，你叔会让你刮目相看，让你也过上好日子。”

严振华皱眉，看着严森林的得意模样，心中泛起了嘀咕：“叔，你今天咋回事？我怎么觉得那么不对劲呢？”

“看看！”严森林说着，从抽屉里掏出一张报纸，严振华打眼一看，上面写着“深圳特区报”，日期是1992年3月26日。

严振华一头雾水：“啥啊？”

严森林一指：“你看这个标题。”

严振华看着头版头条几个鲜红的大字——东方风来满眼春，邓小平同志在深圳纪实。

“你看看这句话，不坚持社会主义，不改革开放，不发展经济，不改善人民生活，只能是死路一条。特区的经济发展，被盖章认可了，深圳的前途不可限量！”

“这关你什么事？你不是回哈尔滨了吗？”

“怎么不关我的事？我之前投在房地产的钱，如此一来，有望收回了。”

“叔啊，你赶紧上床，你做你的梦，我看我的书，互不打扰。”

“睡什么睡，来、来，让叔也感受一下艺术的熏陶。”

严森林有些微醉，一把抢过书，读出声来：“爱情是吵吵闹闹的相爱，亲亲热热的怨恨，是无中生有的一切，是沉重的轻浮、严肃的狂妄……啥玩意儿啊，真肉麻……”

严振华一把把书抢回来，严森林歪头往床上一倒，没一会儿就睡着了。

接下来的几日里，每一处两人出没的地方，都能听到《罗密欧与朱丽叶》里爱的宣誓。少年宫舞蹈室、专业体校冰场、操场、黄昏的马路旁……两人逐渐在一次次的靠近、跳跃、旋转中渐入佳境，在一次次高声嘹亮的朗诵中，在一次次神情专注的凝望中，蜕变为了真正的罗密欧与朱丽叶。

日子终于到了选拔赛前一天，这日傍晚，路灯昏黄，街上阒寂无人，两人依偎着前行，李冰河看着严振华的小本子。严振华翻开手中的小本子，借着路灯的光晕看上面的图案。她指着一个个鬼画符一样的眼睛，疑问地看着严振华：“欸，你都在这本上画了什么啊！”

严振华得意，指着小本子上的几双眼睛，挨个儿解释：“这可是我的独门绝技，这双，代表深情；这双，代表哀怨；这个，代表绝望。不是你和孙老师总说我不开窍，我就记下来，每个动作配个眼神。”

李冰河“扑哧”一笑：“你做个深情我看看。”

严振华努力做出深情的表情。

李冰河忍俊不禁：“那你再做个哀怨。”

严振华眉眼耷拉，但和之前没有太多区别。

李冰河忍不住笑，严振华被笑得心虚：“怎么了嘛，你说话啊，你别光知道笑话我！”

“我感觉，完全一样啊，这种纯靠体会的东西，你怎么可以这么直接地画出来，这会变味的！”

“那你有啥好办法？”

“你要把自己融入乐曲，罗密欧与朱丽叶两人难舍难分、生死相随，为什么？罗密欧到底有多爱她？”

“我就是感受不到他的层次。”

“你得学会移情。”

“移情？”

“你就想想自己，啥时候，你也会有这种感觉？”

李冰河此言一出，时间仿佛凝固一般。片刻后，李冰河见严振华无动于衷，转身离开，小声嗔怒：“真是个笨蛋。”

严振华痴望着李冰河的背影，鼓了鼓勇气，突然跑前几步，一把拉住李冰河，从正面抱住了她，夜空下，他们倚着一棵夜里的雾凇，身影重叠。

“是不是这样？”严振华没等李冰河回答，沉声道，“让我们用一个合法的吻，跟网罗一切的死亡订立一个永久的契约吧。”

恰逢此时，有莺雀啼鸣，严振华喉结上下滚动了一下，披着满身月华，俯下身去。就在两人无限靠近时，一道声音传来。

“大华哥，冰河，你俩猫这儿干啥呢，找你们半天了。”

下一刻，曲洁连跑带颠地出现在街角，两人赶紧尴尬分开，严振华有点儿懊恼地迁怒曲洁：“干啥啊你？咋咋呼呼的。”

曲洁拉着两人就走：“你俩的战袍做好了，我爸让你俩过去试试。”

曲教练缝制考斯滕的技术比教滑冰的技术还高超，几天的时间，一套漂亮的双人滑演出服就已经做好了。严振华换好衣服后，一个劲儿地感叹："教练，您简直比我爸还了解我，正正好好。"

曲洁在一旁为父亲喊辛苦："我爸为了这身衣服，累好几天了。"

两人正说着，李冰河换好裙子从曲洁的卧室里推门出来了。严振华看得有些出神。李冰河被严振华看得不好意思，不理他。转身问曲洁："怎么样？"

曲教练走过去，伸手掐了一下冰河腰胯位置的布料，能掐出一块布来，不由得拧起眉头："咋大了呢，是按照你的尺码来的，你是不是又瘦了？"

李冰河笑道："可能，瘦了点儿？"

曲教练看着李冰河的脸色，微微担忧："减重也得适度，你脸色最近可不太好。"

李冰河不好意思道："放心吧，吃得消。不过这裙子，可能得再收收。"

曲教练走到缝纫机前坐下："把衣服脱下来，交给我吧，改好了我让小洁给你送过去。"

李冰河听话地把衣服换下，但却并没有离开的意思，曲教练含着线头，看着两人："干啥啊，赶紧回去睡觉啊。"

李冰河笑眯眯道："没事，不困，我陪着您。"

严振华也附和道："我也陪着。"

曲教练不再跟两人贫嘴，手脚利落地打开了缝纫机，缝纫机吱呀吱呀转了半小时，衣服就改好了。两人接过衣服，深深地给曲教练鞠了一躬，曲教练眼眶一红，赶紧撵人："痛快走，明天给我好好滑！"

两人走出曲教练家，已是深夜。月色流淌在静谧的小路上，两人缓缓行至分岔路口，严振华拉过李冰河的手，郑重道："冰河，你知道明天这次比赛，对我来说意味着什么。"

李冰河眼中有光："我知道你等这一天，已经很久了。"

严振华屏住呼吸，轻轻在李冰河额头留下深情一吻："明天七点半，我在楼下等你。"

李冰河低头嫣然一笑，绯红着脸，不敢直视严振华，羞答答地转身跑了。

第十章

离歌

夜幕低垂，平房区的人们结束了一日的劳碌，早早都熄了灯。一栋栋小房子静静地伫立在夜空之下。严振华借着月色拐进通向姑姑家的那条小巷，刚走几步，一阵熟悉的刺耳的争吵声传来。严振华心一沉，加快了步子。

严振华跑到家门口时，家门口已经围了一群的街坊邻里，严振华扒开人群钻了进去，正与严森林撞了个满怀，随后，衣服、包裹、鞋子、牙刷……一件件行李被扔到了严振华脚边，散落一地。

严振华正一头雾水，要上前询问之时，严红歇斯底里推门而出，指着严森林的鼻子就开骂：“你滚，你再也不要认我这个姐姐！”

严森林想要上前解释，可压根儿插不上话，转眼间已经被严红推搡到了院子外，老林在一旁赶紧拉着，严红转移战火，急红了眼，和老林扭打在一起，边打边号啕大哭起来："你知道他是个什么货色，你凭什么背着我借钱给他！一万块啊，倾家荡产了！你是失心疯了吗！"

严振华赶紧三步并作两步跑过来，把姑姑和姑父拉开，焦急地问："这是咋了，姑父？"

老林唯唯诺诺："你叔想好了辙做生意，没钱，总求我。我把家里的存款借给了他。"

严振华瞪眼看向严森林，迎上几步，拉到一边："叔，你是不是疯了？我姑家什么情况你不知道吗，这钱你能要，快拿出来啊！"

严森林的脸因羞赧而涨得通红："我用完了，做生意要进货啊，要租店啊。"

严红欲哭无泪，眼底充血，歇斯底里指着严森林："严森林，如果你今天不还钱，我跟你拼命！"

严森林苦口婆心地解释着："姐，钱我是拿了，可我和姐夫说好了，这钱就算你们入股我生意的钱。这钱我是用来租商铺、进货、疏通关系！我没有乱花一分钱！我会认认真真去经营。"

严红破口大骂："你经营个屁！"

严森林也被激起了脾气，红眼道："我知道。你从小，打心眼儿里就从来都没有看得起我。我哥说我不成器，你也天天说我没出息。可如今，难道我摔了一次，就永远都不能翻身吗！"

严红不依不饶："你有本事凭自己翻身，别拖累我！"

严森林一听，愤懑无话，拿着行李往外走，严振华赶紧去拦：

“叔，你去哪儿啊！”

严森林赌气道：“去哪儿也不留在这儿了。”

“让他滚！”严红抄起自己的鞋子对着严森林扔过去，却不偏不倚地砸在了严振华头上。严振华蹲在地上良久，才忍着痛站起身来，赶走看热闹的人群，在一片狼藉中关了门。

屋子里，铁炉子里燃烧着熊熊的火焰，火光在炉膛里闪动。骤然的安静，让众人都有些不适应。严红眼睛红肿，拿过清凉油，对着严振华的额头擦拭。果果在一旁被吓得吧嗒吧嗒掉眼泪。老林不敢上前，悄悄带着果果进了屋。

“明天你都要选拔了，今天还出个这事，真是倒霉。”严红边揉着严振华额头上的瘀青，边掉眼泪，“你别怪姑激动，姑也是忍不了了。我从小要强，考学那么难，还拼命考出了雪乡。工作后，姑一分钱一分钱地攒，以为只要够省钱，这日子就能一天天好起来，结果呢？遇到个败家的弟弟，还有个败家的爷们儿！”

严振华想要安慰，却不知该说什么，只能默默无语。

严红擦干眼泪，语重心长道：“姑尽力了，可咱严家举目看去，能靠谁？靠你叔，还是你姑父？要我看，只能靠你了。大华，明天的赛场上，不可以有任何闪失，知道吗？”

严振华心头酸楚，鼻子一酸，赶紧低下头去，哑声道：“我知道，姑，你放心吧！”

经此一番，严振华久久难眠，直到万家灯火俱灭，他才在混混沌沌中睡去，却睡得并不安稳，一夜乱梦纠缠。雪乡、父亲、赛场、讲台、风雪……一齐闯入梦中，直到他被熹微的天光照醒。严振华赶紧起床，挥去心头的纷乱，草草吃了严红留给他的早饭出了门。

出门前，路过壁柜，他忍不住驻足，柜子上，摆着一家人当年在医院的全家福，严振华看着照片良久，轻声呢喃着："爸，今天我能赢吗？"

照片无言，没人能给他回应，他推开门，迎着万道晨光走了出去。

这日清早，迎着清晨第一抹橘红色的朝霞，李冰河也早早起了床。起床后，李冰河做的第一件事，就是站上了床头的体重秤。她屏息凝神片刻，直到体重秤上的指针在四十二千克处稳定下来，她才露出满意的笑容，随后她拿出一支笔，翻开床头的小本子，在一行逐个递减的数字后面写上了一个"四十二"。

此时，盖丽娜端着一碗小米粥进来，还没等放下，李冰河便看也不看转身去换衣服："我不吃。"

盖丽娜皱眉："没放多少米，不长肉。"

李冰河揉着胃："我不饿。"

盖丽娜把碗往桌子上一蹾，又不乐意地嘟囔了起来："你这孩子怎么回事，天天不正经吃饭，怎么越大越难伺候了呢。"

李冰河闻着小米粥的味道，忽而胃里一阵恶心绞痛，她没在意，习惯性地往肚子里灌了一大杯温开水充饥。随后，她趿着拖鞋坐到梳妆台前，准备开始化妆，可刚一抬头，就被镜子里的那张脸吓了一跳，多日的催吐让李冰河本来精致的脸水肿起来，混杂着胃里传来的阵痛，让李冰河没来由地一阵心慌。

没事的，没事的。

李冰河不住地催眠自己，而后，她飞快地化好妆，用温水囫囵吞了两片胃舒平，就匆匆出了门。

一路上，胃里的不适逐渐加剧，等到李冰河拖着身子来到选拔现场时，现场早已人山人海。各个体校选送的种子选手在场边忙碌地热身换衣服，场地上空，女广播员的声音回荡着，撩动着每一个选手的心弦：

各部门注意，选拔赛马上开始……

赛场边，曲教练比比画画和即将上场的林峰和秦玥说着什么。严振华隐隐约约听到曲教练在跟两人讲三周连两周跳的技术要领，一旁的唐剑听得目瞪口呆：“三周连两周跳，这难度顶天了。”

严振华心里一紧，吼道：“别吵吵，灭自家威风，长他人志气。”

旋即，随着熟悉的乐曲《我的太阳》从广播中传来，林峰和秦玥在一片掌声中登上冰场。

严振华眯着眼睛研究着两人的动作：“冰河，你说咱俩——”

严振华话到一半，一回身，发现身边只剩唐剑一人了，眉头一皱：“冰河呢？”

唐剑伸手一指更衣室的方向：“她说她想先去把衣服换好。”

此时的更衣室里，已经换好考斯滕的李冰河正浑身颤抖佝偻着身子窝在长椅上，朝阳透过窗户照在她额角处细密的汗珠上。透过门缝，外面赛场上的欢呼声还在一浪接着一浪传来，随后，女广播员嘹亮的夹杂着兴奋的声音传来：

第一组选手林峰和秦玥的最后得分 4.8 分……

李冰河心口一窒，胃里的绞痛又像洪水一般向她袭来。她心一横，咬紧牙关抵抗住那逐渐传遍全身的不适。她和大华哥这么多年的努力，为的就是今日这一关，她绝对不能出差错。这样想着，李冰河佝偻着身子顺着墙根蹲了下去，随后，她手掌用力，朝着胃部狠命地压了下去。果然一阵剧痛过后，胃部的不适终于缓解了下来，李冰河正要站起来，更衣室的门冷不防地被人推开。

“冰河，你怎么了？”

门口的唐剑见李冰河面白如纸，三步并作两步跑过来把人扶起来：“你身体不舒服吗？”

李冰河勉强挤出一个安慰的笑容：“我没事。”

唐剑定睛一瞧，诧异地发现李冰河居然已经出了一头冷汗，担忧不已：“这么疼？冰河，要不算了，今天别上了。”

“不上怎么行，我们哪儿还会有下次机会。”李冰河轻轻挣开唐剑的手，倔强地走出了更衣室。

赛场边，严振华呆呆地看着大屏幕上林峰和秦玥高居第一的成绩。他眼角的余光里，是场边林峰和秦玥跟曲教练兴奋的庆祝声，他脑子没来由地一片空白，胸口心跳如雷。巨大的压力就如周遭嘈杂的人声和掌声一般把他包裹，收紧。直到他脚底的凉意传到指尖时，掌心的触觉把他拉回了现实。

严振华恍然回神，一垂眸，李冰河的手伸进了自己手中。

李冰河声音中有微不可察的颤抖，但是她努力挤出了一个微笑，说："大华哥，马上该咱了。"

随之，头顶上空响起广播员的报幕声：

下一组选手，来自哈尔滨体育专业学校选送的严振华、李冰河。

严振华点了点头，握住李冰河微凉的手，两人十指相扣，在广播的报幕中，滑向冰场。

万众瞩目下，《罗密欧与朱丽叶》的旋律响起。烂熟于心的曲调和成百上千次的练习，让严振华在音乐响起的一瞬，莫名地定下了心来。严振华沉浸于情境之中，曾在舞蹈排练室一起念过的台词，练习过的眼神，都在这一刻化成了从四肢流淌出去的翩然和从容。

可在完成一个螺旋线，马上要进行第一个抛跳之前，两人双手合十的一瞬间，严振华心里"咯噔"了一下。多年的默契已经让彼此可以通过任何细微的变化判断对方的状态。就是这一握手间，严振华下意识地感受到了李冰河的不对劲，可是赛场上没有犹豫的时间，严振华还是手上用力，把人抛了出去。

李冰河成功落冰，可只有身边的严振华看到了李冰河微微踉跄的身体，严振华一时心里慌乱不已，他借着动作凑到李冰河的耳边，小声提醒："怎么回事，集中注意力。"

李冰河脸色煞白，咬紧下唇，点了点头。随即，她咬紧牙关在乐声中滑开去，流淌的音符顺着李冰河的臂膀迸溅、滑落，可一个个本已熟练的动作在李冰河的脚下却忽然变得艰难、迟钝。

眼看就要进行难度最大的抛跳，由于两人赛前状态极好，所以没有准备备选方案，场上压根儿没有办法临时修改，眼看就要进行最难的一个抛跳，严振华别无他法，只能在抛起之前再一次提醒："稳住，我抛了！"

严振华话音未落，李冰河的身体在空中旋转一周后，忽然卸了力，在众人震惊的目光中，"咣当"一声，重重摔在冰面上。

下一刻，观众席拱起一阵声潮。严振华几乎不知道剩下的一分钟是怎么完成的，他只记得李冰河在一片嘘声中爬了起来，两人慌慌张张完成了剩余的表演，直到音乐停止。

在之后漫长的几秒钟里，严振华茫然地看着自己的成绩出现在屏幕最下方的位置，看着李冰河一脸愧疚无助地走向自己。

而后，他意识到了一件事，他落选了。

于是，在李冰河佝偻着身子走向他时，他冷冷地看了李冰河一眼，头也不回，大步离开了。

傍晚时分，哈尔滨街头灯火通明，街道上人影匆匆。一间小餐馆里的角落里，三个年轻人沉默地相对着。在醉醺醺的严振华再一次拿起酒杯时，唐剑忍无可忍地夺了下来："行了，行了，别喝了！干什么呢！"

严振华一甩手，"啪"的一声把酒瓶放在桌上，逼视着李冰河："咱们俩能不能滑出成绩，你是不是根本就不在乎啊？"

唐剑一愣，出声制止："大华！"

严振华不依不饶："是不是上次唐剑的事，我说重了几句话，你心中对我有怨气，没说出来？连比赛都在敷衍我啊。"

唐剑听不下去，想要打断："严振华，过分了啊！"

严振华不理唐剑，越说越激动，涕泪俱下："冰河，你有一个当厂长的爹，从小要啥有啥，我没有，每一步我都只能靠自己。我当时来哈尔滨，本来可以选短道的。"

李冰河听到这句话，心里猛地一痛，脸上几乎没有了血色。

唐剑吼道："冰河她今天不舒服，你别说了。"

严振华双眼迷离，说着醉话："她不舒服，我舒服吗？我的胳膊已经快废了，还有我的腰，晚上躺都躺不下去，舒服？"

严振华说完，咕咚咕咚又灌了一杯酒，唐剑被严振华气得说不出话来，一阵难堪的沉默后，李冰河红着眼眶抬起头来，看着严振华一字一顿问道："你觉得我把一切都毁了是吗？"

严振华梗着脖子不说话。

李冰河噙住眼泪："你是不是从来都觉得，我的感受一点儿都不重要。"

严振华醉眼迷离地看着李冰河，冷冷道："都输了，说这些话，还有什么意义？"

李冰河自嘲地一笑，踉跄起身，随后，一言不发夺门而去。

"严振华，你就是个畜生！"唐剑气得横了一眼严振华，起身追了出去。

唐剑刚追出门，就见几十米外的李冰河身形摇晃片刻后，毫无预兆地倒了下去。

"冰河！冰河！"唐剑心里一惊，大步奔了过去。

酩酊大醉的严振华回了家倒头就睡，一夜乱梦。第二天一清早，严振华揉着被酒精刺激得涨痛的脑袋去了学校，没料到前脚刚踏进更衣室，就被等在更衣室里怒不可遏的唐剑按在地上揍了一拳。

严振华一阵耳鸣，一头雾水，唐剑却并不给他解释的机会，挥拳就要继续打。两人正扭打一团之时，被曲教练撞了个正着，曲教练大发雷霆，当即把两人拎到了办公室，严振华这时才终于知道李冰河的身体出了状况。

严振华懊悔不已，想要请假去李冰河家里道歉。就在这时，曲教练办公室的电话响了起来，曲教练接通电话后，脸色一变，频频点头。随后，曲教练挂断电话，叹了口气，面沉如水道："去医院吧，冰河的病很严重。"

医院里，刺鼻的消毒水味弥漫在每个角落，李冰河面色憔悴地窝在病床上。病房门口，主治医生正在跟李勇说明病情，李勇越听眉头皱得越紧。医生交代好病情，前脚刚走，曲教练、严振华和唐剑后脚就匆匆赶到了病房门口。

一见严振华，李勇不由得沉下脸来。严振华想要进去探望李冰河，被李勇一把拦了下来。面对李勇的质问，严振华羞愧难当。严振华此时才知李冰河为了比赛居然一直在节食催吐。严振华想到昨天自己的胡言乱语，心里简直仿佛揉进了一把碎玻璃，只能红着眼眶道歉："是我的问题，叔叔，我能看看她吗？"

李勇冷着脸，不留情面："你是什么样的人，我不是瞎子，看在眼里呢。回去吧，把东西也带上。"

严振华恳求道："我就看她一眼。"

李勇不再理他，自己进了病房，反手关了门。此时，一直没睡着的李冰河睁开满是血丝的双眼。看着父亲顶着彻夜未眠的憔悴缓缓走了过来，李冰河心里一紧，她猜测着父亲开口要询问的话，和喋喋不休的苦口婆心，抗拒地想要闭上眼睛装睡。

可父亲却什么都没问，什么都没说，只是静悄悄地坐在床边，低下头去，一下一下地为她削苹果。父亲的头顶，几缕白色的头发在阳光下分外刺眼，李冰河鼻子一酸，一股没来由的难过涌上心头。怕被发觉，李冰河在李勇抬起头之前，赶紧背过脸去，任泪水无声地浸湿了雪白的枕头。

·

傍晚，严红家客厅里，严红和老林正在吃饭，桌上只有几个馒头配着一盆清汤寡水的白菜汤。一旁的桌子上，半导体正在播送1992年十四大新闻：

《报告》中回顾改革开放十四年来的实践，从发展道路、发展阶段、根本任务、发展动力、外部条件、政治保证、战略步骤、领导和依靠力量、实现祖国统一九个方面，概括了建设有中国特色社会主义理论的主要内容……

老林和严红听着“改革”两个字从收音机里传来，如芒在背，哀叹不已。老林颤颤巍巍想拿一个整馒头，严红手快，拿过最大的一个放到一旁帮严振华留饭的碗里，拿了一个小馒头递给老林：“大的给大华留着，你吃这个就行。”

果果从里屋走到桌前，看着一桌子清汤寡水，小脸一下子垮了，哭着闹着要吃肉丸子，严红心烦气躁，吼了两句，果果委屈巴巴地跑回了房间。

严红看女儿关上门，气不打一处来：“爱吃不吃，别来劲啊！”

老林赶紧拉架：“等会儿我哄，你先吃。”

严红抱怨道：“一天天的糟心，都没个好消息。本来想着振华能考好点儿，现在也是大白日里盼月亮——白想了。”

此时，刚走到门外的严振华推门的手一顿，一时间五味杂陈，进退维谷。

屋子里，严红和老林还在精打细算着这个月的开销，老林提议让果果把舞蹈班退了，引起果果的激烈反抗，果果尖着嗓子的抗议声传来：“不给我吃肉丸子，也不给我学舞蹈，凭什么！”

严振华整理情绪，推门而入，屋里的三人一愣，霎时间安静下来，严红招呼严振华："回来了，吃口饭吧。"

严振华摇摇头，径直往房间里走去。回到房间的严振华懊悔不已，思前想后，他打开抽屉，掏出纸笔，写下几个字"冰河，你还好吗？"随后，他又不满意地把信纸揉了扔掉。不一会儿，地上就扔满了一个个纸团。

直到夜深人静，严振华面前的纸上还是一片空白，严振华心烦意乱之时，眼角的余光瞟到了桌面上相框里的三人合影，他灵光一闪，扔掉圆珠笔，掏出了一支铅笔，开始专心地涂涂抹抹，随着笔尖摩擦纸面的"嚓嚓"声，一个戴着小红帽的小女孩儿跃然纸上，严振华端详片刻，在右下角郑重写下了几个字：我的朱丽叶。

此时，医院的走廊里，李冰河推着吊瓶架，起身往外走。她刚一出门就愣在原地，只见病房门外，一脸憔悴的曲教练正坐在长椅上，不知已经等了多久。

"教练，您怎么在这儿？"

"冰河啊，刚刚体校给我打来电话，你爸妈非常担心你，连夜又去了趟学校，说你的身体不适合滑冰，希望你停训或者退学。这不是个小决定，我来也是想问，你自己是怎么想的？"

李冰河推着吊瓶架走过去，挨着曲教练坐了下来，沉吟良久，心灰意懒道："教练，这次事情和上次不一样。上次我虽然冻病了，可我心里是暖的，可这次，我的心凉了。"

曲教练一时间不知如何劝解，徒劳地替严振华解释着：“冰河，很多事情要辩证来看。昨天是特殊情况，你没有说明身体原因，他不知道有多严重，而且他喝了酒，是一气之下说的胡话。”

李冰河无奈地笑笑，叹了一口气：“在他心里，赢比一切都重要，可我不仅是他的搭档，也是人。我的感受，他真的关注吗？”

李冰河言罢，起身徐徐往病房里走，关门前的一瞬间，身后曲教练痛心疾首的声音传来：“冰河，难道你真的要放弃滑冰吗？”

李冰河没有回答，因为她也满心茫然。

唐剑忧心忡忡地从医院返回学校时，早已夕阳西下。

唐剑还没整理好纷乱一团的心绪，一回到寝室，就被舍友告知石教练让他去办公室一趟，唐剑来不及细想，就赶了过去。办公室里，教练和老师都已经下班，只有石教练正眉头紧锁地在办公室里来回踱步，一见他进来，立马换上一副表情。

唐剑心里隐隐有一种不好的预感。果然，石教练为难了半天，开了口：“唐剑啊，你的情况，队医已经和我说得很清楚了。”

唐剑心里“咯噔”一下。

石教练继续说：“你上冰的情况已经好几个月没有改观，连续三次垫底，还有严重的幻听、幻视。”

唐剑木讷地“嗯”了一声，点点头。

石教练于心不忍，低下头，叹了一口气，良久后，小声道：“滑冰这条路，你真的走不下去了。”

唐剑脑子一片空白，他听见自己颤抖的声音回荡在办公室里：“教练，真的一点儿办法都没有了吗？”

“你已经跟自己较劲了一个多月了，再这样下去，你会魔怔的。”石教练说完，宽慰道，“这世上，远不止滑冰这一条路。我帮你写了一封推荐信，你去普通高中试试，考个大学，一样也能出来。”

唐剑不记得自己是怎样从办公楼走出来的，他行尸走肉般地走在寒冷的冬夜里，行至无人的操场，颓然倒了下去。他望着漆黑无边的夜空，放声号啕大哭起来。

翌日一早，一夜无眠的严振华就与曲洁一起登上了去往医院的公交车。临到医院门口，严振华把信封交给曲洁，忐忑道：“小洁，你帮我送进去吧，我就不进去了，冰河在气头上，看见我又得生气了。”

曲洁走后，忐忑不安的严振华在原地踱步，他一斜眼，瞧见一家水果店，他翻了翻自己的口袋，却只有几块钱硬币，想到姑姑家中的艰难处境，想到自己下个月还没有着落的学杂费，严振华鼓起勇气，拿出仅剩的几个硬币走了进去，拨通了家里的电话。

“嘟嘟”几声之后，听筒里传来了父亲熟悉的声音，问候过家里的情况以后，严振华鼓足勇气正想要开口要钱：“爸，您钱还够花吗？”

片刻后，苍老的声音传来：“你二叔啊，之前给了我一些，我自己不是有积蓄吗？之前一直想把家里房子翻修一下，再把我们院子拾掇拾掇。可没想到，工钱还真贵呢，花了好几百。”

严振华到了嘴边的话又咽了下去，一时间不知如何是好。此时父亲关切的声音再次传来：“你怎么样，体工队选拔了吗？”

严振华顿了顿，艰难地迸出一句话：“这次没发挥好。”

对面沉默了片刻后，语重心长道：“滑冰就是这样，别放心上啊。你和冰河好好练，平时别记挂我，爸等着你的好消息。”

严振华鼻子酸涩，哽咽半天，吸溜鼻子对着电话说：“好。”

挂断电话，严振华走到水果店门口，蹲在旁边的马路牙子上缓了许久，才把涌上心头的酸涩压了回去。他刚平复心情，背后一双手拍了他一下。严振华一回头，曲洁正站在身后。

曲洁比了一个 OK 的手势，气喘吁吁道：“搞定了，她收下信了。”

此时，病房里，李冰河早已经打开了曲洁送来的信封，她看着信中的小红帽，看着“我的朱丽叶”几个字，几日里的委屈忽然就烟消云散了。她收起信封，走出病房，对着正要端菜进来的盖丽娜激动道：“妈，我要出院。”

傍晚，严振华心事重重地回到家，她刚推开家门，就被一阵迎面扑来的肉香包围，只见厨房的灶台上，摆着大盆的鱼肉和大虾，严红正热火朝天地忙活着。果果扒在灶台上偷看，馋得口水直流。严红一见严振华进来，伸手把刚出锅的一锅小鸡炖蘑菇递过去，招呼着：“把菜往桌上端。”

严振华一头雾水，接过菜盆：“姑，咋买了这么多东西？发奖金了？”

果果在一边兴高采烈：“过节喽，有肉丸子吃喽！”

严红抱着一摞碗筷进屋：“是，咱们过节了！妈给你做肉丸子汤！”

饭桌上，严红默默等几个人吃完，又把果果支进屋子里写作业。随后，她从兜里掏出了一个小袋子和一张纸，把两样东西放在了桌子上，默默做完这一切，严红才红着眼眶，看着老林道：“我今天下岗了。”

老林和严振华俱是一愣，还未开口，严红的眼泪一大串一大串落了下来，压抑一天的情绪忽然撕开了一个口子，汹涌而来。

严红哽咽着哭诉：“我从中专毕业，十九岁就进入了电机厂，到这个月是十二年零九个月。十二年，我在这儿工作了十二年。这地方这么好，每天我上工，都感觉有使不完的劲儿。我每次都争第一、争先进，我一直觉得我拼命干、好好表现，肯定能有个好前景。大家总说改革啊、下岗啊，说得那么起劲，可我觉得离我老远。可今天，还是说来就来了。我把最好的十二年给了这个厂子，我，我接受不了……”

老林心疼不已，上前握着妻子的手：“咱家不靠你一个人，还有我呢。我们两个大活人，有手有脚的，还怕真的找不到生路？”

严振华也红了眼：“姑，这个家还有我呢。”

此时，门“啪”的一声被推开，果果小小的身影跑了出来，径直扑到严红怀里，抽着鼻子：“妈妈，以后我不吃肉丸子了，我肯定听你的话。”

严红蹲下来紧紧抱住女儿，再一次潸然泪下。

李冰河请了假，严振华一个人训练也是心不在焉。严森林得知自己的侄子事业、爱情双碰壁，一日下午，趁着严振华没有课，就把人拉到了道外市场。道外市场琳琅满目，到处都是铺子。街边都是各式各样的商贩在摆摊，从街口一直蔓延到街里，摆的东西各式各样，无所不包。

严振华跟着严森林来到了一个铺面前，铺子旁站着一个姑娘。姑娘打扮时髦，五颜六色的色彩都往身上穿，看得出是学着电视上的摩登穿着，但是由于搭配得过于花哨，又莫名透露着一丝土腥味儿。

姑娘一见严振华就打起了招呼：“这是大华吧。”

严振华正一头雾水，严森林就一把揽过女孩子跟严振华介绍起来：“佟英，我女朋友。”

严振华目瞪口呆：“你啥时候有女朋友的？”

“这个就说来话长了。”严森林没打算跟严振华费口舌解释，几步走到铺子前，“呼啦”一声，把闸门拉开来。

一瞬间，一个满满当当的小商店就出现在严振华面前。严振华一步跨进去，只见铺子里北面的墙上挂满各色款式的廉价服装，往里走，一张掌柜的小桌案，再往后，直通一间连带着厨房的卧室。

严振华看得眼花缭乱，严森林跟在身后得意扬扬地显摆着：“这地儿可金贵着呢，好不容易空下来，我让修理店的老吴帮我留意，和老东家谈判，转租的租金谈了四轮才谈下来。这地儿，道外独一无二的好，交叉路口，明面，客流量大，我是咬了牙才租下来。”

严森林把严振华引到里屋，只见屋顶上一盏白炽灯亮得晃眼。厨房里黑漆寥光，物件儿上都是油污；卧室里一张宽大的床上，行李、被褥都摆在一起，虽然东西多，却干净立整。

严森林美滋滋的：“这是我暂时的落脚点，英子爱收拾，干净吧？虽比不了在深圳住的‘大豪斯’，也比你那小破屋好些吧？”

严振华目光还在屋子里逡巡着：“那你现在，收入就靠卖服装？是正规生意吗？”

严森林横了严振华一眼：“怎么不正规？开门做生意，天南地北都来客，我哪儿能瞎来！”

严振华怀疑：“真的？”

严森林眼珠一转，小声道：“当然，偶尔卖点儿私货。”

严振华瞪大了眼睛：“什么私货？给我看看呗。”

严森林警惕地“嘘”了一声，使个眼色，佟英赶紧出门，把外面的拉闸门关了，随后，严森林使个眼色给佟英，两人配合双手一抬，床板被打开。床底下，尽是市面上鲜见的“私货”——良友牌香烟、外文商标的化妆品、微型录音机、电子手表、录像带……

严振华一脸早就看透的表情：“二叔，你果然还是没走正道。”

严森林不乐意：“怎么没走？我这是双线救国！你走的是金光道，不也没走出个名堂？”

严振华一时无话可说。

严森林自说自话："这些东西可都是宝贝，深圳进货根本没几个钱，可到哈尔滨一个价，如果能运到黑河，转出境，那利润是十倍往上地翻！我卖货，也接单，你都不知道多赚。"

严振华凉飕飕道："你真有钱，可赶紧把我姑的钱还上。"

提到严红，严森林脸色一变："你姑咋了？"

严振华叹气："你走没几天，她被下岗了。现在家里都快揭不开锅了。"

严森林沉默片刻，眼神泛着金光："你放心，她的钱我吞不了，现在局势好了，我那房地产的钱说不定很快就回来，回头手头宽裕了就还给她。他们啊，就不该这么死性，早一天跟我干，早一天有生路！"

第十一章

我的未来不是梦

时间倏忽而过，叔侄两人侃着侃着就到了午饭时间。佟英做了一桌子的拿手菜，三人趁着兴头上，喝起了小酒。严振华跟佟英也渐渐熟络起来，这才聊起了佟英跟严森林两人的欢喜姻缘。

严振华惊讶得知，佟英老家竟然也是黑河的。更巧的是，佟英就是曾经严义国想要给严森林说的那门亲事。原来，当初佟英得知相亲对象还没相亲就偷偷跑去了深圳，心里一轴，自己也偷偷跟了去，想要看看严森林究竟长什么模样，没想到一见面，两个人就看对了眼。

严森林大言不惭，夸自己追女孩儿的本事，眼见严振华为了李冰河的事愁眉不展，随即给严振华支了个招——亲手做鱼汤道歉。

于是，两人雷厉风行，拿上鱼竿就坐车去了松花江。

两人到松花江边时，正是烈日当空，一江横过，江水波涛。两人撑起鱼竿开始垂钓，可毫无经验的两个人，在江风中冻得鼻涕都出来了，一直到夕阳西下了，也没见到一条鱼。

严振华被冻得遭不住，满口抱怨："这就是你的破招？"

严森林不乐意："啥叫破招，对付女人，扬汤止沸不行，那就釜底抽薪；欲擒故纵不行，那就反客为主。冰河不是生病了吗，一碗热烘烘的鱼汤，定能打动她。"

严振华握着鱼竿直打哆嗦："道理我都明白，可为啥不能去菜市场买一条？"

严森林恨铁不成钢："你真是不懂女人心，买的能有这种感觉？！她们要吃的不是鱼，是你的真心啊，真心！"

严振华把这句话咂摸了一会儿，觉得还算有点儿道理，咬着牙哆嗦道："行行，吃心，吃心……"

话音未落，严振华眼睛一瞪，手里的鱼竿动了，功夫不负有心人，鱼儿上钩了。

傍晚时分，两人哆哆嗦嗦抱着仅有的一条鱼，回到了严森林的小铺子，在佟英的指导下，严振华磕磕绊绊做出了人生的第一锅鱼汤。严振华小心翼翼地把鱼汤装进保温桶，趁着夜色，坐上了严森林的摩托车，径直往医院方向开去。到了医院严振华才得知李冰河已经出了院，扑了空的严振华立即抱着鱼汤往李冰河家里赶。

严振华刚到李冰河家楼下，恰巧碰见门口一辆闪烁着警灯的警车呼啸而去。单元楼下围了一圈看热闹的人，严振华正一头雾水，一回头，看见严红也站在人群中，严振华从人群中挤过去。

“姑，这怎么回事？”

“听说四车间今天公布名单，有好几个女工都被辞退了，有人气不过，来闹，冰河家里头报警了。”

严振华脸色一变，抱着保温桶，匆匆上了楼。

严振华气喘吁吁地走到李冰河家门口，被眼前的景象吓了一跳，只见李冰河家的铁门上，横七竖八地被贴上了各种骂人的传单，触目惊心。严振华忧心忡忡，想要敲门，可手在门上踟蹰了片刻，还是放下了。随后，他把保温桶放在门口，起身开始一张一张撕那些写满污言秽语的传单。

此时，李冰河正不知所措地坐在派出所的一隅。

深夜的警察局里，几个民警正在给盖丽娜和几个闹事女工做笔录，盖丽娜正口水飞溅地指控着，一胖一瘦两个中年妇女收敛了气焰，臊眉耷眼地站在一旁。

值班警察抬头扫了一眼，看向那两个女人："说说吧，咋回事？"

盖丽娜怒不可遏："警察同志，这还有啥好说的，这不是很明显吗？她们就是私闯民宅！"

胖女人忍不住辩驳："如果有活路，我们会来求你们吗？我们一家人都是之前做点儿小工的，挣的本来就是仨瓜俩枣，现在直接下岗，我们能找谁？"

警察提高声音："求归求，你闯进别人家里，耍无赖，赶你还不走，还摔人家东西，人家现在说你们私闯民宅，这可不是闹着玩的。这样，你们双方自行决定吧，是私了还是公了？”

瘦女人一听这番话，登时尿了，一只手在桌子底下不住地拉胖女人的衣角，胖女人也被警察的话吓住了，下意识地看向盖丽娜，盖丽娜却一个眼神都不给，毫不留情道：“这事公事公办，不接受私了。”

话音刚落，警察局的门被推开，李勇风尘仆仆带着深夜的寒气大步流星走了进来。李勇一进门就心急火燎地问：“警察同志，怎么回事？”

盖丽娜气不打一处来：“怎么回事，你成天不着家，你老婆孩子被人堵在家里欺负！”

警察一瞧，就明白了这个人就是厂长李勇，言简意赅地跟他说明了情况：“这几个下岗工人因为你裁汰了他们，心生不满，去你家讨个说法。你不在家，你夫人和女儿在，损失目前没有什么，就碎了一个花瓶，现在就是谈不拢。”

“李厂长，我们真是走投无路了，才出此下策……”两个女人一见李勇，仿佛抓到了救命稻草，赶紧起身。胖女人羞愧地解释着，瘦女人一旁眼泪巴巴地点头附和。

李勇为难地看了两人一眼，又默默回头看了看气得面红耳赤的盖丽娜，咬了咬牙，转向警察沉声道：“警察同志，让她们先回去吧，我们不追究了。”

“什么意思？凭什么不追究！”一旁，盖丽娜难以置信地瞪大双眼，脸色赤红地质问李勇。

李勇不等盖丽娜发作，迅速按了手印，强行拉着盖丽娜出了派出所。

默默跟上车的李冰河刚一关车门，耳边就被盖丽娜的吼声震得一阵耳鸣，后视镜里，可见盖丽娜已经涨成猪肝色的脸，李勇的拇指焦虑地摩擦着方向盘。新一轮暴风骤雨立即又拉开了帷幕。

“你不在家，堵的不是你的门，你高风亮节，在家被欺负的是我和女儿。”

“情况我都知道，我挨家挨户去问情况，把他们安抚好了，不会再有事。”

“每天下岗的人那么多，他们你安抚好了，那下一拨呢？他们就该严惩，否则尝到了甜头，这回是来家里耍无赖、砸东西，下回呢！是不是要打死我啊！”

“行了，行了，这事我会处理好的。”

“处理？你天天不着家，开会、应酬，我凭什么要受这份惊吓。你这次放过了他们，他们这帮刁民，不欺负你欺负谁！”

“够了！你说话注意分寸！”

“行，你不护着我们娘儿俩，我明天就带冰河回娘家。”

李冰河脑子疼得一塌糊涂，忍无可忍吼了一句：“别吵了。”

车内瞬时无声，不知沉默了多久后，伴随着一声刹车声，车子停到了单元楼门口，李勇铁青着脸给盖丽娜打开车门，回头嘱咐李冰河：“冰河，你好好照顾妈妈。”

盖丽娜正要下车，闻言，身体一顿：“你啥意思？”

李勇眼神回避着，小声道："晚上还有会，不回来了。"

"李勇，你如果今天不回家，咱俩以后也别过了！"随着一声响彻夜空的车门被摔上的声音，盖丽娜头也不回，大步走进了单元楼，李冰河望着父亲疲惫的面庞，又望着母亲愤怒的背影，心力交瘁地追了上去。

李冰河刚追到家门口，就听见"咣当"一声，只见楼道里不知是谁家的保温桶被心烦意乱的盖丽娜一脚踢翻在地，保温桶骨碌碌滚下楼梯，翻倒在李冰河脚边，李冰河无暇多想，抬脚跨了过去，进了家门。

门外，那一尾严振华好不容易钓上来的鱼，孤单地躺在洒满汤汁的水泥地上。

一计不成，严森林立马又想了一计。鱼汤计划失败后，严振华闷闷不乐地坐在铺子里发愁，严森林神神秘秘地把人拉到卧室。随后，他"哗啦"一声把床板打开，几百盘港台磁带赫然出现在严振华眼前。

严振华还来不及震惊，严森林俯身一阵翻找，找到一盘黎明的磁带递给了他："你不是说她喜欢黎明吗？送她这个。"

严振华接下，打量了片刻，兴致不高："你有磁带没啥用，她磁带多得很，听不过来。"

"这个，她指定没有。"严森林眼珠一转，回身在一个小抽屉里掏出一盒，往他眼前一亮。只见严森林手上的磁带崭新，封面上还写着专辑的名称——深秋的黎明。

“这不是黎明刚出的专辑吗？”严振华一喜，“行啊，叔！百宝箱啊！”

严森林一脸得意，并不说话，而是回身又打开了另外一个小抽屉，严振华禁不住好奇，眼角的余光一瞟，只见抽屉里躺着好几张四大天王的签名照。

严振华大叫出声：“签名照！”

严森林一把捂住：“小点儿声，就给你看一眼。这个你不许打算盘啊，这东西可是硬通货，我都是留给最大的客户。”

严振华眼睛放光，蹦起来就够：“我还不是你最大的客户？二叔，你就可怜可怜我吧，以后你要干啥，我都听你的！”

见严森林还在犹豫，严振华“嗖”的一下把严森林手中的签名照抢来，忙不迭地跑走：“谢谢叔！”

佟英在前面铺子里正在招待客人，闻声而来，正撞见兴冲冲跑出去的严振华，佟英一脸诧异：“你干啥了，他开心成这样？”

严森林从抽屉里拿出厚厚一沓签名照，得意扬扬：“略施小技而已。”

佟英眼睛一扫，就看到那个打开的小抽屉，一脸意外：“你胆子真肥了，连你亲侄子都敢蒙！”

严森林把抽屉一合，振振有词：“我已经练得出神入化了，一比一高仿，我比本人写得更像本人，他哪儿能看出来？管他花猫、夜猫、白猫、黑猫，抓到耗子就是好猫！”

那日跟严振华在更衣室打了一架后，唐剑几日来都没再去找严振华，一方面，唐剑心知严振华这次的事办得的确不漂亮，他知道解铃还需系铃人，自己掺和也不见得能帮上忙。另一方面，那日教练给他下了最后的通牒后，他心里始终不能平静，每日浑浑噩噩，精神恍惚。

他仿佛还在幻想自己身处一个噩梦，期待噩梦醒来，自己就又能风驰电掣地站在冰场上挥汗如雨。可现实很快打破了他的幻想。终于，在再一次摔倒在赛道上以后，他彻底接受了现实，接受了他要告别这片冰场的命运。

这日，唐剑跟教练协商好退学时间后，独自一人在宿舍收拾行李，他收拾行李的时候，无意间打开抽屉，看到了那本陪伴他无数个夜晚的歌词本，唐剑小心翼翼地翻开歌词本，一页页早已经干枯的墨迹，一行行黎明的歌词，记录着无数个日夜的少年心思。

唐剑细细抚摩着歌词本上一条条笔尖留下的纹路，凝望着桌面上三人洋溢着笑容的合影，他知道，他该告别了。唐剑望了望窗外灿烂的阳光，忽然释然一笑，拿起歌词本，大步流星出了宿舍。

十多分钟后，唐剑敲响了曲教练的家门。熬夜看了一宿小说的曲洁刚醒，就被唐剑堵在了被窝儿里。曲洁尴尬起床、洗漱、换衣服……风风火火收拾好，一进客厅，就看到唐剑一脸心事地坐在沙发上，踌躇了半天，沉声道："小洁，想让你帮我约一下冰河。"

曲洁脸一冷，皱眉道："你自个儿脑袋上没长嘴，手脚都废了？大华哥送信找我，你也找我，自己不会去？”

唐剑一脸为难：“听说她家里出了事，我去不方便。”

“不去！谁爱去谁去。”曲洁不乐意，晃晃悠悠走到卫生间门口，对着镜子抹雪花膏，正抹得起劲儿，身后唐剑低落的声音传来。

“我要离开体校了。”

曲洁手上动作一顿，不可思议地转过头来，几乎以为自己听错了。唐剑迎上曲洁震惊的目光，云淡风轻地笑笑：“想跟大家告个别。”

唐剑万万没想到，在路上会遇见拿着磁带也往李冰河家去的严振华。于是，唐剑不由分说把一头雾水的严振华拉进了路边的一家小酒馆。

小酒馆一隅，两个人，一张小桌子、一盘羊肉串和两瓶啤酒。

一坐下，严振华就察觉出了唐剑的不对劲，唐剑开了一瓶酒，倒满了两个杯子，往严振华面前的杯子上一碰，把自己杯子里的酒一饮而尽。随后，他推了严振华一把，努努嘴：“喝啊，养鱼呢？”

严振华不动声色，吃着花生米看着他：“我不敢喝了。上次喝多了，惹出多大事。”

唐剑也不说话，拿起酒瓶就又要给自己倒酒，被严振华一把拦下，严振华蹙眉：“我说你小子最近心里头闷着事啊？没出啥事吧？”

唐剑略一顿，放下酒瓶，低头沉吟片刻，才抬起头来，郑重其事地看着严振华，沉声道："大华，有些话，憋了好多年，这次再不说，就说不成了。"

严振华不明所以："咋了，怎么突然这么严肃？"

唐剑没答言，而是回身从背包里掏出一个本子，递了过去。严振华莫名其妙地接过来，翻开一看，先是一愣，只见厚厚一本，写得满满当当都是黎明的歌词。

"你不是喜欢郭富城吗？咋整的，叛变了？"严振华一边纳闷儿，一边一页一页翻着，直到他合上本子，看到了封面右下角的一行小字——"给冰河"。

严振华不可置信地看着唐剑："你这啥意思啊？"

"因为冰河喜欢。"唐剑眼眶通红，深吸一口气，自顾自说下去，"这歌词本，从黎明出道那一年我就开始做了，得有三年了吧。上面每一首，都是她喜欢听的歌。"

严振华把歌词本合上，沉默良久后，他忽然抬起头，笑了："你小子，跟我逗闷子，是吗？"

"我没打算和你开玩笑，是真的。"唐剑深吸一口气，第一次对自己最好的兄弟说出了深埋于心的秘密，"我不知道自己是什么时候开始喜欢她的，可能是在雪乡的时候，可能是我们刚来哈尔滨的时候，反正，肯定比你早。本来我想着，如果你对她还不错，这话我就搁肚子里存起来，一辈子也不说。"

"那你现在说这些，啥意思？"

"如果真的想做什么，这东西也不会送给你了。"唐剑目光灼灼，“希望以后，你能好好珍惜她。”

严振华不明所以：“说什么呢，整得你要走似的，咋回事啊？”

“走吧，一会儿我约了冰河，到时候一起说吧。”唐剑拎起书包，拉起云里雾里的严振华出了门。

夜色静谧，月光下，四个年轻人并排坐在水泥墙一旁。唐剑见人都到齐了，忽然站起身来，走到三人对面，迎着风，严肃道：“从今天开始，我正式放弃短道了。”

除了曲洁一脸难过地低着头，另外两人俱是一愣。

严振华吼道：“你小子脑子坏了吧？”

李冰河也着急起来：“唐剑，你好好说，我没听明白。”

唐剑低着头，声音低了下去：“你们知道我的心魔，我克服不了它。”

李冰河站起来，心急不已：“我们可以去看医生！”

唐剑苦笑：“我去了很多家医院，看了很多医生，可是完全没用。现在，情况愈演愈烈，所有滑过冰面的声音，都让我感到恐惧……”

“不行！”唐剑还没说完，严振华忽然吼了一声，打断了唐剑，从地上站起，一把揪住唐剑的衣领子，红了眼，“你个孬货、没用的东西，咱俩吃了多少苦，才到今天这个位置！”

“大华哥，你别这样。”曲洁没见过严振华发飙，赶紧上前拦着。

“大华，我已经废了，没用了！”唐剑忽然爆发，一把甩开严振华的手，眼泪跌出眼眶。

严振华喉结上下滚动，忽然不敢看唐剑的眼睛，他放开唐剑，开始漫无目的地踱步，一边来回走着，一边不停地嘟囔："来得及，肯定来得及。明天开始我陪你，我陪着你滑，你什么时候站上去不怕了，我什么时候走人。我就不信，这心魔难道是海底的顽石，撬不动了？一定……"

"大华！"唐剑一把拉过严振华，往他手里塞了一张退学通知单，一字一顿道，"你冷静一点儿！你说的一切方法，石教练已经帮我试过了，没有用！我滑不了冰了！"

严振华看着手里的通知书，手一抖，落下泪来。

"我不后悔，真的，来哈尔滨这几年，是我最开心的日子。"唐剑忽然破涕为笑，转头看着苍茫的黑夜，看着无边的星河，喃喃自语，"我想家了，我想回黑河。"

正在这时，街口的白俄人的手风琴声咿咿呀呀唱了起来，顺着夜风，漫向无垠的远处。

分别转眼而至，第二天一早，严振华和李冰河提着大包小裹，陪着唐剑来到了回黑河的客运站。乘客陆陆续续都上了车，客车前，严振华耷拉着脸，不愿意松手里的行李："多待几天怎么了，屁股上长刺了。"

唐剑接过两人手里的行李，憨憨一笑，无限怅然地看了一眼哈尔滨车站："不想多待，心里难受。"

李冰河眼睛一红，怕哭出来惹大家伤心，借口给唐剑买吃的，走向了车站外的一个小摊。唐剑留恋地望着李冰河的背影，凑到严振华跟前：“大华，我想和你说句话。”

严振华无奈道：“我知道你要说啥，你不就是想说，让我好好对冰河吗？”

唐剑笑了：“真是‘严子荣’，我的心思就是瞒不过你。说真的，你俩别赌气，再好的感情，一赌气心就散了，下次如果再有这种事，身边可没有我了。”

严振华一时百感交集：“行了啊，干啥啊，还整得一套套的。”

两人说话间，李冰河抱着一兜子热乎乎的吃食回来了。李冰河心里难受，也不说话，只是把买回来的吃的一样一样往唐剑怀里塞。

严振华也鼻子发酸：“咱们‘三剑客’行走天下，所向披靡，以后铁定还能相会的。”

李冰河用力地点点头：“那当然！咱们可是一辈子的好朋友！”

“你俩记得我们的约定，好好走下去，外面的世界大得很！远得很！我是去不了了，你们帮我去看看。别忘了，咱们还说过要去冬奥会的！”唐剑说完，终于忍不住胸口涌动的情绪，揽过两人，紧紧抱在了一起。

车上，售票员探出头来催促着：“发车了，赶紧上车！”

“走了！”唐剑眼睛一酸，怕被两人看出来，转头就上了车。

车子缓缓启动，唐剑在摇摇晃晃的车厢里找到一个位子坐下，车窗外，严振华和李冰河的身影越来越小，手中的鸡蛋和玉米热得烫人，唐剑咬紧牙关，不让眼泪落下来。

邻座的小女孩儿悄悄偷瞄了唐剑一会儿，忽然凑过来奶声奶气地问："大哥哥，你怎么了？"

唐剑忽然就落下泪来，他晃晃手里的玉米，哽咽道："哥哥没事，哥哥买的玉米，有点儿烫。"

客运站里，两人眼巴巴地看着唐剑的客车消失在哈尔滨的晨雾中，才恋恋不舍地走出了客运站。心里空落落的两个人沉默地走在清晨的小路上，一时无话。不知走了多久，严振华才从情绪中缓过神来，想起关心李冰河家的事。

"你家情况好些了吗？那天我去你家，那阵仗太吓人了，我送了一份鱼汤。估计你也没喝到，真是可惜，你知道那鱼多金贵吗？"

李冰河诧异："那鱼汤是你送的？"

严振华点点头："你喝上了吗？"

李冰河不答反问："你先和我说说，咋金贵？"

严振华挠挠头，细细把那日如何在寒冷的江边钓了一下午，又怎么亲手做的鱼汤添油加醋地说了一通。

见李冰河只是目光炯炯地看着他不吱声，严振华着急道："你到底喝没喝到啊？"

李冰河心里灌了蜜似的，甜甜一笑："当然喝到了，可好喝了！"

"我还为你准备了另一份礼物。"严振华心里高兴，一把拉住李冰河，随后，严振华变魔术似的从兜里掏出了那盘《深秋的黎明》磁带和那张签名照，塞进了李冰河手里。

“黎明的新专辑！你怎么有？整个哈尔滨可都没有啊！你从哪儿弄来的？还有签名照！”李冰河尖叫出声，不可思议地看着手里的签名照。

严振华得意扬扬：“为了这个磁带和签名照，是我小叔特意让人去香港帮你买的，那签名照托了多少关系才拿到！”

李冰河宝贝似的把磁带和签名照收起来，转身扑进严振华的怀里，严振华心里忽然就被填得满满的，他紧紧地抱住怀里的人。

在晨光熹微的街头，甜蜜飘散而出。

和好如初的两人训练终于再一次进入了正轨。两人一面尽力恢复着训练状态，一面积极争取着体工队选拔的重考资格，可曲教练已经把李冰河选拔赛时身体状况说明提交了好几日，仍没有回音。

两人心里正煎熬不已之时，终于有了回音——经过曲教练多方争取，体工队斟酌李冰河比赛那日特殊的身体情况，综合两人在编排舞蹈上的新意，决定再给两人一次重考的机会。

机会难得，曲教练决议亲自坐镇指导。当天晚上，曲教练就让两人和着音乐跳了一遍《罗密欧与朱丽叶》。一曲终了，两人忐忑地来到曲教练身边，看着曲教练画了一页的记号和小红叉，心都不由得提了起来。

曲教练开门见山：“你俩这曲子我看明白了，花架子多，硬功夫少。艺术表现力是到了，高质量的托举、捻转和跳跃都不够。

这套动作就算完美完成，也拿不到高分。”

严振华一听急了：“我俩第一次编舞，真是啥啥都不懂，只把自己最有把握的动作全部招呼上了。”

曲教练思索着，飞快地在勾画的笔记本上圈出三个难点动作：“这样，我给你俩三个挑战，增加三个难度插入点。第一，后外点冰两周连跳改成外点三周连外点两周；第二，增加一个捻转；第三，把扶髋托举变成拉索托举。”

李冰河一听，心里打起了鼓，三周跳一直以来就是李冰河的软肋，当初没被选进单人滑，明着说是名额满了，可李冰河心里门儿清。

曲教练看出了李冰河的怯意，语重心长道：“冰河，你的跳跃力量弱，我知道三周单跳是你的一道坎，但如果你想成为专业级别的选手，这是迟早都要啃下的硬骨头。拉索托举更考验振华，我是觉得，咱仨都拼一拼，舍得一身剐，成不成的都没关系，也算是给自己一个交代。”

李冰河正拿不定主意之时，一只手牢牢握住了她的手，一瞬间，仿佛有一股力量直击心房，李冰河坚定地抬起头来：“好！”

这日，结束了一天辛苦的训练，两人总算迎来了片刻的宁静时光，两人一路说说笑笑到了李冰河家楼下。远远地，可见夜色中，有一男一女鬼鬼祟祟地在单元楼门口徘徊张望，李冰河手一抖，下意识地就躲到了严振华身后。

“怎么了？”

“这俩厂里的工人，昨天就来家里敲门了，我妈没给他们开，他们以为家里没人就走了，这些人真是轴，怎么天天守着我们家。”

“你爸妈还好吗？”

“好什么啊，我妈吃了火药桶一样，一点就爆，我爸为了点儿业绩东奔西走，还有人指着他脊梁骨骂他是黑了心的厂长。”

“别多想，等我们考上了体工队，咱们就什么都不怕了。”

“可他们堵着门，我咋回去呀？”

“不是有我呢嘛，见机行事！”

李冰河还没反应过来，严振华刺溜一下蹿了出去，大摇大摆地朝着两人走过去：“你们找人啊？”

两个人警觉地站了起来，那女人上下打量了严振华一眼，警惕地问：“你是谁？”

严振华指指里面：“我住这儿啊，你们找谁？”

男人扯过自己的媳妇：“不认识的人，别跟他说话。”

“你们也是来找李厂长的吗？”严振华表情淡定，“他刚刚都上去了。”

女人辩驳道：“不可能，我们一直在这儿盯着呢，没见他人。”

严振华往楼上一指：“那人家能让你发现？你看，他家灯亮了。”

两人心里一紧，赶紧往上看五楼的灯光，说时迟那时快，严振华一把抢过两人的包，飞也似的逃走。女人一愣，随后尖叫着拉着男人追了上去。严振华一路狂奔，顺手把皮包挂在了拐角处的一棵杨树上。

此时，躲在角落里的李冰河观望了一会儿，确定两人已经追远了，赶忙飞快地溜进了楼门。

三周跳和拉索托举对两人来说，都非一时半会儿可以攻克的难关，可成功没有捷径，两人只能豁出半条命来，没日没夜地苦练。但冰场上的苦还是小事，李冰河家里的硝烟也愈演愈烈。

又一日，在冰上摔了一天的李冰河拖着疲惫的身体回到家，饥肠辘辘地在厨房和冰箱搜罗一圈，也没找到一样能充饥的东西，李冰河正心烦气躁时，盖丽娜冷着一张脸走了出来。

李冰河眼见盖丽娜脸色不对，赶紧沏了一杯茶，端过去："这又怎么了？"

"怎么了？你倒是去问问你那个不着家的爸怎么了？"盖丽娜喝一口水，委屈得眼泪都在眼里打转，"一天天的，现在连个班都上不安宁，那些人和盯蛋缝的苍蝇一样，赶都赶不走。今天居然有个男的，他就坐在我办公室一下午，一下午啊，话里话外地透着难听，你知道他说什么吗？他说：'你就是那个妖精样的厂长夫人吧，你在这儿天天吃香的喝辣的，我们家里老老小小都要抹脖子上吊了。'冰河，我在家吃香的喝辣的了吗？"

李冰河叹了口气，不知说什么好，只能疲惫起身，从冰箱的冷冻柜里翻出了三个馒头，一边烧水一边劝慰着："妈，我爸真的挺不容易的，我们都是一家人，能不能相互理解一点儿？"

"理解？凭什么都是我理解你们，你们理解过我吗？还有你，家里安排好的路不走，早答应我出国，哪有今天的破事！”盖丽娜叫嚷了一通，“啪”的一声关上了门，回了房间。

李冰河看着锅下吱吱燃烧的火苗，怔怔出神，良久后，被一声刺耳的电话铃唤回神来。李冰河赶紧跑过去接通电话，电话那头立时传来吵吵嚷嚷的人声，依稀可以听见是李勇的声音。

“为了我们厂子，我得喝……”

李冰河的心一揪，电话里姚主任带着醉意的声音传来：“冰河啊，今天你爸喝老多了，晚点儿我给他送回来啊！”

“他怎么又喝这么多？”

“采购主任带着一个大客户来了！不说了，来人了！哟！来、来，我敬您……”

听筒里传来“嘟嘟”的挂机声，李冰河愣了半天，才回过神来，她心事重重地回到厨房，拿起灶台上的冷馒头，一口一口吃了下去。

严红家饭桌上，红烧鲤鱼和鸡汤香喷喷地冒着热气，果果小大人似的给大家伙儿盛饭。严振华瞧着满满当当一桌子的菜，十分意外：“哟，啥日子啊今天？”

严红笑得合不拢嘴：“你老叔还钱了，先还了五千，真没想到这小子，心眼子还是实诚。”

严振华扒了一大口饭：“你们就是对他有太多误解，其实我叔还是个能人。”

严红把鸡腿掰一掰，一个给了严振华，一个给了果果：“吃过这顿之后，我们就得勒紧裤腰过日子了。我想好了，这五千块钱我们就算是应急。明天开始，我可不能再在家消沉了，我得出门找工作。”

严振华和老林俱是一愣，老林诧异道：“找什么工作？”

“我和几个车间的姐妹约好了，去外面碰碰运气，找不到正式工，临时工也成。”

“你怎么能出去干零活儿呢？你可是电机厂的老员工，好歹也评过‘三八红旗手’，你这张脸，厂区里里外外多少人认得。”

“认得怎么了？脸面能换来啥？如果我这个‘三八红旗手’的脸能值个仨瓜俩枣，我立刻就撕下来！我想通了，迎着困难而上，困难才不会把人困住。时代往前跑，咱自个儿也要往前跑！”

老林还想说什么，一直低头吃饭的严振华突然抬起头来，目光坚定：“姑父，我姑说得没错，咱们严家的人，自个儿的命攥在自个儿的手里才放心！”

严红跟严振华相视一笑：“是！咱家人每个人都奔起来，还怕日子好不起来吗？”

老林一摸头：“哎呀，我是服了你了，我啊，是不是当好后勤兵就行了？”

果果一瞪眼：“那怎么行，爸爸，你也得跑！”

老林哭笑不得：“好、好，跑，跑起来！”

此时，从窗外飘来不知谁家收音机放的音乐，正是张雨生家喻户晓的成名曲《我的未来不是梦》，振奋人心的歌声飘荡在严家的每一个角落：

你是不是像我整天忙着追求
追求一种意想不到的温柔
你是不是像我曾经茫然失措
一次一次徘徊在十字街头
我知道我的未来不是梦
我认真地过每一分钟
……

是夜，夜色如水，钟表的嘀嗒声萦绕房间，严红一家酒足饭饱后，都进入了梦乡。一家人睡得香甜，突然一阵敲门声响起。

“振华！姐！快开门啊！出大事了！”

严振华一个激灵从梦中醒来，披了一件衣服摸出去开门，门一打开，严振华登时一愣，门外的不是别人，正是佟英。此时，严红也揉着睡眼，趿着拖鞋来到门口，她打着哈欠上下打量着佟英：“你谁啊？”

佟英一脸焦急：“我是严森林的媳妇。”

严红诧异道：“啊？森林啥时候有媳妇了？”

严振华赶紧证明：“是，是，我见过她，我能做证。英子婶，我叔怎么了？

佟英急得红了眼眶：“森林，被警察抓走了。”

严红一瞪眼，睡意全无：“啥？”

第十二章

命运的拐点

公安局内，鼻青脸肿的严森林蹲在墙角，愤愤不平。严红正点头哈腰地跟警察交涉。

严振华凑到严森林身边，问了事情的原委。据严森林的描述，前几个月，街上不知从哪儿来了一群混子，去严森林的铺子收保护费，严森林不给，那伙人便设计害他。他们假意找来一个客户，在铺子里买二十个红白机，刚拿了三天就说要退货，可严森林的钱早就给了上家，没有钱给他退货，于是就打了起来。事情闹到了公安局，公安局上门一查，意外发现了严森林藏在店里的走私货，于是严森林就被当成了二道贩抓了来。

最终，严红跟警察点头哈腰地求了半天情，又交了五千块钱的处罚金，才把严森林领出了警察局。

出了警局。严红一人走在前面，佟英扶着严森林一瘸一拐、亦步亦趋跟在后面，严森林越想越生气，没走几步就停了下来，转身拉着严振华就要往回走："姐，就不该交那罚款，五千块啊！他们就是看你好讹，不行，振华，跟我回去一趟，把钱要回来。"

"你敢！"严森林刚走两步，就被严红呵住，严红瞪着严森林，气得眼睛通红，"你知道你犯了什么事吗？"

严森林义愤填膺："我犯了什么事？不就是卖点儿东西吗，姐，你晚上来老道外看看，满大街的人都是干这个的，凭什么就抓我一个啊！他们就是拣软柿子捏！"

严红吼道："不给钱怎么办？你难道想坐牢吗？"

严森林气急了，口不择言："坐牢、坐牢，怎么会坐牢？他们就是吓唬你——"

严森林还没说完，被严红一个耳光扇了过去："还犟！你个不知好歹的家伙，小时候你要离开屯子，说要去外头闯荡，妈没拦住你，结果你一走就是十二年，妈最后也没见到你的面！后来你从深圳又拐来哈尔滨，更是不着四六。现在呢，你混出了个人样了吗？钱没了，我认了，可你，为啥不挺直腰杆儿做人？"

严森林捂着脸，眼中逼上泪来，他悲愤地看着严红，哭腔道："在你心里，你弟我就永远是个尿货吗？你既然内心这么看不起我，为啥要帮我，你现在觉得我错，我认。可以后你一定会知道，我没错。"

严红气得心脏怦怦跳，恨恨道："行、行，我不和你吵，你走，别喊我'姐'，别让我看见你！"

严森林还想说什么，佟英拉过他，两人一瘸一拐走远了。严振华站在原地不知所措，严红到底是不忍心，给了严振华一个眼神，严振华即刻明白了姑姑的意思，赶紧三步两步追上去。

严振华和佟英搀着严森林回到铺子时，已是半夜。三人推门而入，映入眼帘的是屋子里的一片狼藉。各种衣服、化妆品摊了一地，太阳镜扔在地上，有的少了根镜腿。床也被翻了个底儿朝天，一片凌乱。严森林蹲在地上，往最深的墙脚摸去，眼睛一亮，摸出了一瓶白酒。

半小时后，佟英端上了两碗热面，叔侄俩对坐，就着一瓶白酒喝了起来，严振华心里还因为今天的事惆怅着，只见对面的严森林已经狼吞虎咽吃了起来，严振华不由得目瞪口呆。

“你还能吃得下？”

“怎么吃不下，人是铁、饭是钢，一顿不吃饿得慌。”

“你可真是没心没肺。”

“我这不叫没心没肺，这叫格局，遭点儿事怎么了？就今天这事就能让你叔吃不下饭？笑话。”

“咋的，这还不算大事，你还要遭多大的事？”

“小子，我告诉你，能用钱摆平的都不是大事。这事，和我在深圳遇上的比，算不上大事。”

“那你说说，你这么多年，都有啥大事？”

严森林端起酒杯，往严振华杯上一碰，望着窗外的无边深夜，回忆起这些年独自一人在外的风霜来。严森林初到深圳的那些年，几乎把能赚钱的活儿都试了一遍，发廊小工、饭店服务生、搬砖工人……一行碰壁后就立马换一行，最惨的时候，他曾经带着佟英一起睡过大马路。

严振华第一次听严森林提起这些过往，不由得心生佩服，严森林喝得上了头，猛地灌了一口酒，感慨道："振华啊，关公也有走麦城的时候，没啥了不起的，大不了从头再来。这些年，我心气不倒，就是想着混出个人样来，给咱严家的祖宗门楣增个光、添个彩。你也给我记住这句话，听见没有。"

佟英怕严森林喝多，伸手去抢他的酒杯："行了，森林，你喝醉了。"

"我没喝醉。"严森林说着，踉跄着起身走到录音机边，按下了播放键，片刻后，从收音机里传来郑智化的声音：

他说风雨中
这点痛算什么
擦干泪不要怕
至少我们还有梦
他说风雨中这点痛算什么
擦干泪不要问
为什么
……

"这首歌好听，我最喜欢听的歌。"严森林躺回床上，有一嗓子没一嗓子地学着歌。严振华也松了松筋骨往后躺去，谁料，严振华刚躺下，后腰一硌，一把摸出来一沓照片，他拿起一看，竟然是四大天王各种签名照。

严振华一愣，扭头看向严森林。谁知严森林早已经鼾声如雷，严振华拿着好几张和送给李冰河一模一样的黎明签名照，无奈地一笑，也闭上了眼睛。

窗外，朗月普照，星空无边。

一波未平，一波又起。第二日，严振华拖着昏昏沉沉的脑袋一进学校，就得到了一个噩耗——国家要备战锦标赛，市队的教练员贮备不够，曲教练要被紧急抽调到市体工队。

严振华和李冰河得到消息第一时间跑到了曲教练的办公室。办公室里，三人坐在沙发上，严振华和李冰河臊眉耷眼，两人可怜巴巴地看着曲教练。

严振华央求道："教练，您怎么能在这个节骨眼儿走呢？我俩的新动作还没练成过一次。"

曲教练笑呵呵道："之前没我的时候，编舞都敢自己撸起袖子干，现在突破个动作，没我就不行了？"

李冰河哭丧着脸："教练，能不能晚一周走啊，我这三周跳还不稳定，周数也不全，如果没人指导，肯定跳不成。"

"行了，你俩也别跟这儿给我唱苦肉计了。今天先放松放松，那啥，我家冰糕店开张，先帮我捧个场去。"曲教练说完，拉上两人就走。

冰糕店已经扩建整修，柜台整洁，器具干净。柜台里，摆放着各种冰糕的招牌。店铺里摆着三四张小桌子，已经坐满了体校里前来捧场的学生。曲洁和母亲忙着把一碗碗冰糕从厨房端出去给客人，一打眼，就看见曲教练带着严振华和李冰河前来。

曲洁妈赶紧迎出去："大华和冰河来了！小洁，赶紧拿两份冰糕来！"

"一份巧克力，一份原味。"两人刚坐下，曲洁就笑呵呵地把冰糕端了上来，往两人面前一放。李冰河看了一眼面前一大一小的两份，下意识地问道："原味的，你怎么多加了一份。"

"帮大华哥点的啊，他最爱吃原味冰糕。"

李冰河心口一酸，看着曲洁蹦蹦跳跳离开，心里不是滋味。

店铺外面，曲教练把灯牌的开关拧开。偌大的"曲家冰糕"亮了起来，温馨甜蜜，曲教练站在门口，笑意盈盈地看着里面的孩子们。曲洁正小家主一般地跟大家致辞。

"感谢大家能来冰糕店捧场，这冰糕是我妈妈在依兰县家传的手艺，我爸是教花滑的，我妈和我呢，没这么厉害，可是我们做冰糕是绝对有一手的，换而言之，咱们这一家人，都和冰颇有缘分。在座各位都是为冰雪奋斗的人，你们在训练上吃够了冰的苦，有时间就来我家店里，尝尝冰的甜！"

曲洁说完，现场响起一片掌声，曲教练看着女儿能够独当一面，甚是欣慰。

众人散去后，严振华和李冰河被曲教练叫到了天台上。暮色霭霭，给天地间蒙上了一层暗色，一如现在严振华和李冰河的心情。看着愁眉不展的两个爱徒，曲教练望着苍茫的落日，第一次说起了自己的往事。

“我们那时候的冰雪运动，才真的算是摸着石头过河，那时候啊，中国的花滑力量太弱了。当时我记得咱们国家队第一任总教练杨家声老师说过：‘外国裁判评价中国选手，是一流的跳跃、二流的旋转、三流的滑行和四流的表演。冰雪上项目，动作、规则都是人家的，裁判也是人家的，我们除了拼命摸索学习每一个动作，学习人家的经验，没有别的办法。’”

两人听得出神。

曲教练语重心长道：“振华，冰河，我知道你们紧张焦虑，可是回过头想想，咱们这些冰雪人不就是这么过来的吗？这冰啊，给咱们带来了数不清的痛苦还有荣誉，可冰又是最甜美而单纯的，你们记住，只要守住一片冰心，肯定能成。”

严振华听得振奋不已，身体充满了力量。

李冰河仍旧忧心忡忡：“可是，您还是得走。”

曲教练拍了拍两人的肩膀，笑道：“你俩放心，我们都在哈尔滨，有这份心连着，你还怕我甩了你们不成？”

两人这才明白了曲教练的意思，稍稍放下心来。

初升的旭日，在云层中浅浅洒下一层金辉，点染了平房区的檐角。日光洒进客厅，客厅里，严红正对着一面小镜子，认真打扮，她给自己戴了一条漂亮的红丝巾，把自己收拾得利落干净。

一旁，果果正在桌前吃粥和馒头，老林粥喝了一半，看着媳妇，心中担忧："不就是去找个零工吗？至于打扮得这么精神吗？"

严红从镜子里斜眼看丈夫："给人添喜，人也会给你添财。让人一看就心里舒服，人家才愿意用呢！"

老林不说话了，继续喝粥，对着果果笑，爷儿俩压低了声音咬起了耳朵。严红不搭理俩人，一心一意装扮自己。严红刚梳好头发，门外传来另外几个姐妹的吆喝声，一起约好去找零工的姐妹已经到了门口。严红赶紧麻利地把装好的饭盒装进包里，大步流星出了门。

随后，一群下岗女工迎着朝阳，信心满满地上了路。

然而出来赚钱的严红，第一个上午就碰了壁。

几个人连续找了好几条街，都没找到合适的活儿，这大街上虽然饭店和服装店不老少，可都不少服务员和售货员。时间一晃眼就到了中午，带了饭的姐妹们拿出饭盒开始吃饭。严红眼见有两个姐妹忘记带饭了，起身拉起小林一起去找餐馆，准备给大家伙儿买杯豆浆。

走在街道上，正四处踅摸着餐馆，严红一回头，却忽然愣住了。只见对面的一家服装店里，有个熟悉的身影正站在门口，那人正是严森林。

严森林和佟英正在认真帮顾客挑衣服，严森林眉飞色舞和顾客讲衣服的款式，不一会儿，顾客买了一件大衣，给了钱。严森林点头哈腰地道着谢，满脸都是开心。随后，严森林又认真地搞起店门前的卫生来，一边清扫一边笑着在街上招揽来往的顾客。

严红望着严森林忙碌的模样，眼眶发酸，正被回头的小林发现。

小林凑过来，关切地问：“红姐，咋了？”

“没事。”严红怕严森林看见，赶紧若无其事地摆摆手，快步离开了。

严红心事重重地买了豆浆，前脚刚回来，后脚就从街道另一头走过来一个中年男人，中年男人径直走到几人面前，上下打量了一番，问道：“你们几个，干啥的啊？”

严红以为有人来找麻烦，紧张地起身：“哦，我们是找临时工的，吃口饭，一会儿就走。”

那人一愣，随即道：“临时工？我正好就想找临时工。”

曲教练说走就走，体校里，严振华和李冰河再一次变成了无将之兵。但是两人心里那股劲儿反而更足了，他们起早贪黑地上冰，把曲教练临行前每一句叮嘱都牢牢记在心里，力量分配、重心合一、提气、跨步发力、找支点、消解离心力……在一次次跌倒，一次次失败后，两人终于在李冰河父亲生日的前一日突破了拉索托举。

这日，取得阶段性胜利的李冰河特意给自己放了个小假，早早地回了家，准备为父亲好好过一个生日。母女两人提着小篮子来到农贸市场。农贸市场里，各式各样的小摊上食材琳琅满目，两人逛着逛着来到了肉摊前。

肉摊老板赶紧站起来：“哟，这不是厂长夫人吗？您这好几天不来，我一直等着您呢。来多少？”

盖丽娜皱眉，抵制住他的聒噪：“来两斤五花肉。”

“您别拿上面的啊，这哪儿行。老规矩，早给您备了更好的。”小贩赶紧从案板底下拿出了一块新鲜的五花肉，“今儿专门留下的，上好的五花肉，肥而不腻，一共就五斤，六块一斤，要不您都拿了。”

盖丽娜嘟囔：“现在啥世道啊，肉都要六块钱一斤了。刚刚那肉多少钱？”

小贩面色冷了下来：“四块五，不如拿这种，也就贵一块五。”

盖丽娜挑肥拣瘦：“这肉肥的太多，颜色也不是很新鲜，还卖六块钱，抢钱呢？拿那个吧。”

小贩不乐意地开始过秤，嘴巴犯嘀咕：“这肥的哪儿多？买不起好肉，也别说我肉不好啊，真有意思。”

盖丽娜掏钱的手一顿，露出厉色：“说什么呢？”

眼看着盖丽娜的火气就要上来，李冰河赶紧打圆场，给钱拿肉，推搡着母亲离开。盖丽娜不乐意，一边走一边抱怨，没走两步就被一个面如菜色却眼光犀利的老妇人拦住了去路。

“你就是那个李勇的老婆，是不是？”妇人看着盖丽娜和李冰河穿着时髦，手上还提溜着一大堆菜，心中不忿，“大家快过来看啊，这就是咱们厂黑了心的厂长的老婆！”

盖丽娜刚想发脾气，没想到李冰河“噌”地一下走上前去：“你凭什么说我爸？”

“你爸？你爸干的缺德事多了，你们吃好的、穿好的，我们喝西北风。”

“你再血口喷人，我就报警了。”

“你报啊！我家老老小小全都有了上顿没下顿，我还不能出口恶气了？警察局我怕个屁。”

你一言我一语，火气一下就拱了起来，混乱中，李冰河被老妇人推倒在地，盖丽娜一看女儿受了欺负，当即红了眼，冲上去就和老妇人扭打了起来。最后，还是有好心的路人看不过去，上来把两人拉开了。

傍晚，李勇在家正在打扫卫生，门口锁声一响，盖丽娜和李冰河灰头土脸地进来了。只见两人狼狈不堪，衣服和头发都有被扭打的痕迹，李勇脸色一变，赶紧询问：“出什么事了你俩？”

盖丽娜走到沙发前坐下，她咬着牙平复了片刻心情后，冷冷问道：“家里还有多少存款？”

李勇坐在她身边安抚：“怎么突然想起要存款了？”

盖丽娜咆哮着：“还有多少钱，都取出来！我要去美国！这日子，我一天都过不了了！”

李勇思考半天，询问地看向李冰河，李冰河颓丧着脸，小声说：“刚才我和妈去菜市场，被人堵了。”

李勇脸色黯淡。

盖丽娜质问道：“李勇，我嫁给你这么多年，没有亏待过你吧。这些天，我在家里被人堵，在办公室被人堵，现在倒好，我出门买个菜，都被人戳着脊梁骨骂！这日子你告诉我怎么过？”

李勇看着盖丽娜，明显有些慌乱："你冷静一下。"

"我冷静什么冷静？"盖丽娜一把挣脱开丈夫，走进主卧，在大衣柜里找到存折，打开一看，惊了，存折上，只剩下几百块钱。

"钱呢？"

"前几天，我拿钱去周转了一下。"

"用哪儿了？"

"你一定要让我这么难堪吗？"

"你听不懂话吗？我问你钱去哪儿了？还有我当年给你的陪嫁，不老少呢！"

"成，你一定要知道，那我告诉你。厂里的一个有三十年工龄的老工人，他上个月被辞退了，家里条件不好，他的孩子突然发病，很重，就躺在医院里，医院说了如果钱不到位，做不了手术。他天天来我办公室，求我给他想想办法。"

"所以呢，你全给了？"

"他的孩子真的很年轻，这是一条人命，我不能坐视不理。"

"这里面可有我的钱。"

"我应该和你商量，可事情紧急，来不及了。"

盖丽娜怒不可遏，抄起茶几上的杯子，一个一个狠命地往地上摔，李冰河见盖丽娜情绪激动，赶紧上前劝阻："妈，别砸了！"

盖丽娜气红了眼，迁怒李冰河："你给我闭嘴！还有你，要不是你非要留在这儿学花滑，会沦落到今天吗？你们俩，合谋在欺负我，是要逼死我吗？滚，都给我滚！"

李冰河愣住，心头一凉，松了手。

她麻木地看着几近癫狂的盖丽娜，在一片刺耳的争吵声中，她突然起身，“啪”的一声，摔门而出。

深夜的冰场上空无一人。冰河穿着冰鞋疯狂地在冰场中腾跃、滑行，一遍一遍地练习着三周跳，仿佛不知疲倦，直到月落日升，直到破晓黎明。

第二日，严振华一到冰场，就看到了一夜未眠的李冰河在冰上训练着，李冰河全神贯注在自己的三周跳上，可一次又一次失败，几乎击碎了她的信心。李冰河站定，深呼吸，突然滑行、起身、跳跃，体力透支的李冰河在落冰的一瞬忽然一个踉跄，摔倒在地上。

正在换衣服的严振华一惊，赶忙跑过去，扶着李冰河去了医务室。

冰场上，一个干练的女教练一直默默皱眉注视着远去的李冰河。此人正是长春体校女单的总教练刘洋，此次因为要跟哈尔滨体校一起排练全国锦标赛的表演而来到这里训练。

刘洋若有所思地望着李冰河消失的门口，随后挥手示意队员们暂时休息，便大步走了出去。

万幸，李冰河的脚伤并不严重，医生诊断后，认为她是最近训练力度太大，肌肉疲劳导致的扭伤，建议她回家擦擦药，冷敷一下，休息几天。严振华连连点头应下，李冰河自然是不乐意，非要急着上冰继续练习三周跳。两人正拌嘴时，刘洋推门走了进来。

“你的跳跃动作有问题。”刘洋看了看她的腿，单刀直入。

此言一出，严振华和李冰河俱是一愣。

随后，刘洋言简意赅道：“你的滑行速度和起跳时的节奏控制有问题。”

几分钟后，三个人来到了教练办公室。刘洋翻出一张光盘，按了播放键，片刻后，电视机小小的屏幕上出现了陈露 1991 年世锦赛上的比赛画面，严振华和李冰河专注于荧屏上的录像，刘洋对照着陈露的动作，跟李冰河分析着她的问题。

“看仔细了，你的三周跳最大的问题，是周数不足，重心不稳。比照陈露的动作，你琢磨琢磨。”

李冰河疑问道：“是不是我跳得不够高？”

刘洋微一蹙眉：“这就是你的问题所在，你总是在意跳跃高度，但是忽视了滑行速度和起跳节奏，其实滑行速度和起跳时的节奏控制，才是更重要的。”

李冰河有点儿蒙。

刘洋详细地展开来说：“之前我们很多学员在突破跳跃的时候，习惯性地会以为跳跃高度决定圈数，但其实滑行速度和起跳节奏也非常重要，速度上去了，你会相对容易达到想要的周数。”

李冰河一脸为难：“那我总是落冰不稳，您知道是怎么回事吗？”

刘洋看向李冰河的脚，试探着问：“你是不是脚受过伤？”

李冰河明显一愣，随即惊讶道："您怎么知道？"

刘洋笑笑："很简单，因为你落冰的时候，眼睛习惯性地会往脚尖看。"

严振华忍不住赞叹："您简直神了！冰河是小时候受过伤，就在脚背，冰刀戳的，那时候还伤得非常厉害，停训了半个月呢。"

刘洋说："那就对了。冰河，你要记住，其实花滑的跳跃非常反人性。正常人如果腾空，身体一定会自我保护地下意识前倾，但如果在冰上跳跃的时候，一旦前倾或者低头，重心一定不稳。所以，我们要做的首先是对抗地心引力，再克制自我本能。而你受过伤，这个自我的心理克服就更为重要。"

刘洋指着陈露跳跃的画面，让李冰河看："你看看陈露，她跳跃为什么这么轻松，这么好。那是因为她心无旁骛，她从来不担心自己会摔，而你，只要一跳，就怕噩梦重来。"

李冰河似有所悟："您的意思是，只要我控制了滑行速度和起跳节奏，我就有可能会突破三周跳？"

刘洋点点头："不是可能，是一定。等你练会了后外点冰三周跳，后内结环三周你也可以试试。但你现在要做的，是认真看陈露的跳跃，认真琢磨她的动作。"

李冰河醍醐灌顶，连连道谢，随后就兴高采烈地拉着严振华出了办公室。

此时正午艳阳高照，两人一推门，就暖洋洋扑了满面阳光。

昨日的阴霾一扫而光，李冰河仿佛又看到了未来的一片光明。

万事否极泰来，经过生活的低谷后，每个人的日子仿佛又迎来了新的生机。

严红家的日子在严红的努力下滋润了起来。原来，那日在马路边遇见的男人是个小工头，姐妹们几个跟着他，接了好几个搞卫生的钟点工的活儿，活儿虽然不轻松，但是按时结算，给钱爽快，没几天的工夫，家里就吃上了久违的肉菜。

学校里，李冰河得了刘洋教练的指导以后，仿佛一下子打通了任督二脉，三周跳攻克进度飞快，两人的拉索托举也越来越熟练。在《罗密欧与朱丽叶》的旋律中，李冰河用新方法，一遍遍练习着步伐、压步、起跳……在冰刀激起的一层冰屑中，两人身影越来越和谐，刘洋时不时瞧过来的目光，也慢慢从最初的担忧变成了欣慰和惊喜。

终于，在经历了一周夜以继日的练习后，两人可以游刃有余地在冰上呈现出这版进阶级的《罗密欧与朱丽叶》。这一日，晴空万里，严振华和李冰河在请刘洋教练过目并得到肯定后，迫不及待地抱着录音机奔向了体工队的方向。

两人气喘吁吁地跑到体工队门口，门卫楼里，看门大爷正津津有味地在用半导体听二人转，一抬头，就看见两道身影匆匆跑了进去，看门大爷登时跑出去拦截，可两人早就一溜烟儿跑向了冰场的方向，看门大爷一路叫喊着追了进去："站住！小兔崽子！给我站住！"

体工队冰场内，曲教练正在规范队员们的动作。门"嘭"的一声被撞开，严振华和李冰河气喘吁吁地跑到教练面前。冰场内，马总教练和学生们都愣愣地看着跑进来的两个人，不明所以。

此时，看门大爷也呼哧带喘地追了上来，不由分说地就要把两人撵出去，曲教练赶紧跟看门大爷说明了两人的身份。

一旁的马总教练还没反应过来，走上前询问："老曲，怎么回事？"

严振华不怯场，径直走到马总教练跟前，自报家门："教练好，我们是来自哈尔滨专业体校的严振华和李冰河，上次的体工队选拔，我们失误了，曲教练认真训了我们，让我们回去好好练习。我们练好了，想让您也看看我们的成果。"

马总教练一拍脑袋，想了起来："我记得你们俩，你们胆子不小啊，敢独闯龙潭。"

曲教练跟马总教练赔着笑脸，假意唬起脸来呵斥两人："你俩也太冲动了，也不和我提前说一声，我好帮你们安排一下时间。"

"对不起，是我们冒昧了。"严振华先道了歉，随后，诚挚恳求道，"不过，教练，我们等不了了，您只要给我们五分钟，五分钟就行。我们不求什么结果，上次是我的问题导致选拔失利，曲教练说帮我们争取了个重新表演的机会，让大家看看我们的真实实力。"

马总教练神色犹豫，一时间拿不定主意，一旁一直没说话的林峰忽然开口替两人求情："教练，您就给他们五分钟吧。"

马总教练略一沉吟，挥挥手："那行吧，就五分钟。"

两人一秒钟也不敢耽误，放下录音机，手脚麻利地换好冰鞋，就滑到了冰场中央。冰场周围，投来各式各样的目光，有好奇，有期待，有担心，有不屑……

伴随着第一个音符从收音机里流淌而出，严振华和李冰河在众人的瞩目中在冰场上滑下了第一道弧线。《罗密欧与朱丽叶》的乐曲婉转缠绵，两人在乐曲中伸展姿态，翩翩而舞。曾经无数次的练习和磨合，曾经无数个日夜的冥思苦想，曾经为了坚守在这片冰面上所付出的所有心酸和痛楚，都在这一刻化为了灵魂深处的默契。

没有任何意外，也没有任何心惊胆战，在如泣如诉的乐曲中，拉索托举、三周跳连两周连跳，所有曾经挡在他们面前的险峰都被他们轻松越过，两人渐渐与乐曲合二为一，仿佛在这短短的几分钟内，化身为罗密欧与朱丽叶，在冰上缠绵起舞。

场边，曲教练握紧拳头，动容不已，一直看不起严振华的林峰也不由得露出了惊讶的神色。一曲终了，完美完成曲目的两人在一片掌声中滑下冰场，滑向教练。两人和曲教练的心都跳到了嗓子眼儿，等待着马总教练的最终决定。

马总教练不由得看向曲教练："你的学生，真是了不得了，有天赋，又有毅力。这曲子和他们俩的气质倒是天然地契合。不过，你们的年龄是真的偏大了些。"

此言一出，严振华和李冰河心里登时打起了鼓，严振华心知这是他们唯一的机会了，他顾不得其他，上前一步，饱含深情道："教练，我一直想进体工队很久很久了，我是一个来自雪乡的孩子，我拼了命地从那么穷、那么苦的地方走出来，就是为了滑冰。这一路，我们走得很辛苦，但是我最希望有一天，我们能代表中国去参加国际比赛，我想让所有人都知道，农村的孩子，也能为国争光！”

马总教练听了这一番话，心里感动，瞧着两个孩子紧张不已的模样，故意卖了个关子，假意唬起脸来，抱怨道：“老曲啊，这个事你没做好，你培养的人，难道想把我们体工队的名额占光吗？”

两人一时没反应过来，曲教练推了推严振华，催促道：“怎么回事，赶紧谢谢马总教练啊！”

两人这才如梦初醒，声音颤抖着异口同声道：“谢谢马总教练！”

第十三章

今夜无眠

1993年，改革春风已经从海边刮到了哈尔滨的街头巷尾。改革的种子通过广播，播散在每一块冰封已久的黑土地上。

生活在哈尔滨这座城市的人们，精神面貌也在悄然间发生着变化。下岗的工人们经过一年的迷茫，逐渐找到了新的生活希望，各自开辟着新的生路，做保洁、做生意、开店……人们又为了生活折腾起来了。而那些原本就爱折腾的人，也没有停下脚步，他们绞尽脑汁思索着发家致富、改变命运的法子。

此时，坐在小商铺里望着一对BP机发愁的严森林就是其中一个。

严森林和佟英在服装店赚了一笔钱后，严森林就进了一批BP机，本以为这么紧俏的新玩意儿，肯定会被抢购一空，可事与愿违，哈尔滨此时还没形成用BP机联络的习惯，一批五十个机子全部砸在了手里，一个也没卖出去。

严森林正卧在铺子里灰头土脸地想法子，他的大哥大忽然响了，严森林心烦地接了起来，随即，他脸色一变，不知对方在电话里说了什么，他捧着电话“噌”的一下从床上跳了起来。佟英一进门，正瞧见严森林又是哭又是笑地用粤语频频应着。还未等佟英上前询问，严森林就挂断电话，欣喜若狂地冲过来，一把抱起佟英。

“媳妇，咱们的楼活了！”

是夜，严红一家人正热热闹闹吃着庆功宴，庆祝严振华和李冰河成功考入体工队。桌子上的菜肴琳琅满目，桌子中央还摆着特意为李冰河包的酸菜馅儿饺子。作为主角的严振华和李冰河坐在最当中，严红、老林、果果、曲洁、曲教练也都难得地聚齐了。

严振华倒满酒杯起身敬酒，他把第一杯一饮而尽，感慨道：“今天是我和冰河的好日子，我们等这一天已经很久了，这一路谢谢大姑和姑父，一直帮衬着我。日后，我进了体工队了，咱家的日子会一日比一日好。”

严红激动得直抹眼泪：“有出息就好，姑没白疼你。”

严振华又倒上了第二杯酒，随即又给李冰河的杯里也倒满了酒，两人走到曲教练跟前，深深鞠了一躬：“这第二杯，我和冰河敬曲教练，我来到哈尔滨没多久，就一直是您带着我们，把我们从业余体校带到了专业体校，现在又把我们带进了体工队，谢谢您！”

曲教练感慨地看着这两个一路跟着自己成长起来的孩子，感慨万千：“你们谢我应该，但更应该谢你们自己，是你们自己争气、有毅力、不服输，才让我看到了希望。到了体工队，那就是拼真本事了，你们以后去参加比赛，代表的就是哈尔滨，就是黑龙江，要更拼才行。”

严振华和李冰河齐齐保证：“您放心！”

喝过一巡酒，大家纷纷坐回座位，开始大快朵颐。众人吃得正香，一阵急促的敲门声响起，门外一个熟悉的声音带着哭腔叫着门。

“姐，开门啊！开门！”

严红一耳朵就听出来是严森林的声音，心里“咯噔”一下，以为严森林又惹了事，赶紧大步跑去开门，没料到门刚一打开，严森林就一把鼻涕一把泪地一把抱住严红，泣不成声。

严红吓了一大跳，心急火燎地推开他，质问：“祖宗，你又闯啥祸了！”

严森林又哭又笑，顺下一口气，哽咽道：“姐！我，我深圳的房地产项目，活了。”

众人愣在原地，一时间听不懂严森林的前言不搭后语，严森林抹了一把鼻涕，激动地解释道：“姐，我之前投资的房地产项目，全部回春了，我的钱，我所有投资的钱，全回来了！现在政府的政策利好，所有的本都回来了，而且，不但回了本，我们还赚了特别特别多钱！”

突如其来的好消息一时让所有人都愣在原地，此时，“啪”

的一声，不远处，夜空中，一串烟火升上天空，绽放开来，无比绚烂，一下又一下，映得半边天绚丽多姿。

严红刚从巨大的喜悦中晃回神来，拉着严振华兴奋道："打电话！赶紧的，森林，振华，把这好消息告诉我哥啊！"

此时，黑河雪乡的小院里，严义国接到严振华的报喜电话时，正跟唐剑坐在炕头吃着热乎乎的烤红薯。严义国静静地听着听筒里传来的热热闹闹的声音，严红报告着严振华考上体工队的好消息，间或夹杂着严森林吵闹的声音插入，说着自己在深圳的房子，严义国听不大明白，但从大家的欢声笑语里，知道也是一件大好事。严义国一声一声应着，布满沟壑的脸上慢慢绽放出无比满足和幸福的笑意。

一旁，听了个大概的唐剑也跟着高兴起来，可这高兴里头又有一层抹不去的酸涩。于是，严义国挂断电话后，爷儿俩拿出一瓶白酒，喝了起来。

深夜的雪乡里，微醺的严义国望着窗外无垠的洁白雪山，忍不住感慨："唐剑啊，这个人啊，只要心里有路，一定不会走偏的，对不对？"

唐剑迷迷糊糊地应着："对……对……"

"振华出来了，森林也好起来了！那你呢？"

"老师，其实我想好了，我还是喜欢体育，喜欢冰雪，哪怕不能成为运动员，也不想离开这个行当。"

"那你想去哪儿？"

"北京不是今年要申奥吗？我有个亲戚在北京开了个体育器械的店子，我过去帮帮忙！"

"北京要申奥？奥运会要开到咱国家来了？"

"对，今年啊，我们要申办2000年的夏季奥运会。"

"奥运会，真好啊，如果真能在北京举办一次奥运会，那我是不是也有可能去看看？"

严义国说完，无限憧憬地望着远方，耳边是唐剑充满醉意的声音。

唐剑说："能，肯定能。"

此时，夜空之上，一轮明月照两乡。

光阴荏苒，一晃就到了1994年，如愿以偿进入体工队的严振华和李冰河逐渐适应了体工队的生活，上课、训练、排练新曲目，一切都有条不紊地进行着。家人、朋友也都因为两人的成绩而骄傲，但是严振华和李冰河的心里却有着另一份焦灼。

这日，万众期待的第十七届冬奥会如期在利勒哈默尔举办，吸引了全世界冰雪运动员的目光，在哈尔滨体工队的会议室里，也有一群训练了几年甚至十几年的运动员，正目不转睛盯着小小电视机上的直播画面。随着陈露的分数显示在电视屏幕上，小小的会议室里爆发一阵震耳欲聋的掌声和欢呼。

直到直播结束，众人还久久不能平静，马总教练走到台前，热泪盈眶："十四年了，从第一次参加冬奥会到现在，这是我们中国花滑人在奥运会的第一枚奖牌。以前啊，觉得只有那些老外才能得奖，可咱们凭什么不行，我们也生在冰天下，长在雪地里，我们也能摘金夺银，对不对!

运动员们齐声应道："对！"

马总教练抹了抹眼睛，平复片刻："其实，今天，我还有一个消息要宣布。"

众人正期待着，只见坐在前排的曲教练忽然起身走了上去，他满眼慈爱地望着满屋子的学生，半天后，笑呵呵宣布："出于身体原因，我可能不能再继续执教，准备退休了。"

曲教练一句话，立时让小小的会议室里拱起一片人声，坐在中间的严振华和李冰河立时傻在原处，只听曲教练继续说道："多的话我也不说了，我只说一句——今天是中国冰雪写下历史的一刻，今后中国冰雪的累累勋章，一定是属于你们的！"

在众人一片掌声中，只有李冰河和严振华五味杂陈，不知所措。

会议结束，曲教练刚返回办公室，严振华和李冰河就匆匆跟了过来，曲教练一开门，两人正哭丧着脸站在门口，曲教练扑哧一乐，把两人让进来。

严振华还没进门就问："教练，怎么这么突然，为什么要走啊？"

曲教练让两人坐下，摸着桌角上放着的教练证，满眼不舍，语重心长道："我在冰场待了得有小三十年了，这腿啊，是真受不来了，现在受不得凉，我瞧着你们俩的新曲子练得也差不多了，我也是时候功成身退了，没告诉你们是怕影响你们的训练情况。”

李冰河央求道：“曲教练，我俩也就短节目还凑合，新的自由滑只能算是排练完整了，可动作依然不完美，而且我俩是您一手带出来的，您不在这儿，我俩没了主心骨啊。”

曲教练瞧着两个孩子着急的模样，忍不住笑了：“放心吧，我走了之后，会有更好的教练来教你们。”

严振华还想再说什么，被曲教练挥手撵了出去：“行啦，行啦，赶紧去训练。”

说曹操，曹操就到，这天下午，心情复杂的李冰河和严振华正在练习他们这个赛季的新曲子《今夜无人入眠》，曲教练专心致志在场边指导。冰场的门被“哗啦”一声从外推开，没一会儿，就走进来一个三十岁左右、打扮干练的小伙子。

小伙子目光在冰场里打量了一圈后，径直朝曲教练走了过来，还没走到跟前就笑吟吟伸出手：“您就是曲教练吧，我是卢威。”

曲教练赶紧放下手里的纸笔，迎了上去：“卢教练！来得这么早？”

卢威言简意赅：“趁您还在，我正好熟悉熟悉情况。”

“那行，我呢，在体工队担任的是花滑教练，虽说都要操心，但重中之重还是双人滑。”曲教练说着指了指还在冰场上练习的严振华和李冰河，“林峰和秦玥已经进入国家集训队了，目前队里最好的苗子就是这一对，李冰河和严振华。”

“这对也是您的学生？”卢威目不转睛盯着冰上两人的动作，眼中满是审视。

“从小带的，他们经历了不少坎坷，如今，磕磕绊绊也搭档快十年了，国内的奖项也得过一些，可总无法冒尖。这话没法儿对他们说，可我这心里真愁得慌。”

“如果培养不出来，就不用耽误时间了。”卢威眼神凌厉，瞥了一眼严振华后，转身毫不犹豫地往另外的一对选手身边走去。

身后，曲教练看着卢威的背影，后知后觉，懊悔地打自己一嘴巴。

傍晚，严振华和李冰河恋恋不舍地把曲教练送到了学校门口，曲洁早就等在了学校门口，严振华和李冰河两人蔫了吧唧，曲洁却兴高采烈。李冰河挽着曲教练的胳膊不舍得放开：“教练，你怎么走得这么悄无声息的，咱们都来不及给您办次送别宴。”

曲教练连连摆手：“可千万别整这些虚的啊，没多久就要锦标赛了，你俩的时间和精力，给我往刀刃上花！”

严振华哭丧着脸：“我瞅着那个新来的卢教练总板着脸，看着不面善啊！好相处吗？”

曲教练板起脸来：“好不好相处有什么关系，你练得好，没人对你甩脸子，练得不好，打你骂你都是轻的！这卢教练在北京待过那么久，经验非常丰富。他肯定不像我对你们客气，可严师出高徒，是自古的道理。”

严振华小声嘀咕："您对我们也不客气……"

"你们啊，这次锦标赛我可会观战的，拿不了前三，别喊我'教练'！"曲教练说完，伸手接过严振华手里的放着杂物的小箱子，挥挥手，迎着夕阳，慢悠悠地离开了。

身后，李冰河和严振华驻足良久，视线中的曲教练后脑勺儿的头发已经白了一半，李冰河忽然就想起多年前第一次见到曲教练的模样，那个时候，他还是一头乌黑的头发。

李冰河眼睛一酸，对着曲教练的背影深深鞠了一躬。

严振华和李冰河一直目送着曲教练拐进了另一条小路，正要返回训练，一辆崭新的桑塔纳一个刹车停在了近前，车窗摇下来，严森林喜笑颜开地对着两人招手："今儿早点儿回去吧，有事。"

严振华一愣："啥事啊，叔？"

"大喜事！走吧，赶紧上车！"

严森林开着桑塔纳在哈尔滨的街道穿街过巷，十几分钟后停在了一个气派的大饭店门口，严振华拉着李冰河，一头雾水地跟着严森林上到二楼的包间，一推门，登时傻在了原地。

只见包间里热热闹闹已经坐满了一屋子的人，果果和佟英正凑在电视前看《新白娘子传奇》，严红正拿着菜单点菜。而严红身边，和老林聊着天的正是已经头发半白的严义国。只见严义国不知何时已经安上了义肢，一见儿子进来，乐呵呵地朝着严振华走了过来，戴着义肢的右腿没有左腿走路利索，但还是慢慢地走到了严振华身边。

严振华看到父亲，又喜又惊："爸，您怎么来了！"

严振华拍拍儿子肩膀，看向一旁的李冰河，李冰河赶忙迎上去打招呼："严叔叔，您还记得我吗？"

严义国喜笑颜开："小冰河！长这么大了！真漂亮！"

说话间，菜已经上了一桌，严森林赶紧吆喝着安排大家伙儿坐下，严振华有眼力见儿，起身给众人都斟满了酒。

严森林举起酒杯，跟着严义国汇报："今天啊，是我们严家这么多年来聚得最齐的一次。我们严家所有人，都发生了很大变化。振华和冰河，成了体工队的运动员，我姐和姐夫，命不咋好，都下岗了。"

严红不乐意："咋回事啊，好好说话！"

严森林话锋一转："不过我姐啊，真不一般，她下岗后带着一帮姐们儿，干得那是热火朝天、风风火火！"

严森林说着又转向了严义国："还有我哥，我记得我要去深圳，特意瞒着你，就怕你拦着我不让我走。后来你养伤，见我被人追债，一句话也没骂我，拼了命地让我离开老家来哈尔滨，你那时候都还没法儿下床。我走的时候，看着我们那个老屋我就发誓，这辈子我一定要对你好……"

严义国摆摆手："行了，都是一家人，过去的事，不说了！"

"四喜丸子来喽！"恰逢其时，服务员吆喝着上了最后一道菜。

严森林接过四喜丸子，放到桌子中央，举起酒来："这道菜是我点的，四喜丸子。今日我们严家正有四喜。”

众人一愣，都看着严森林等着下文。

只见严森林拉起身边的佟英，深情款款道：“第一喜，我和英子结婚了！”

严红一瞪眼，埋怨他：“咋不早说呢！也没准备准备……”

“姐，这杯酒要敬你，顺便说第二喜。”严森林打断严红，郑重地倒了第二杯酒，敬严红，“从我来到哈尔滨的那一天起，就给你添了不少麻烦，但你不争气的弟弟现在站起来了，钱，我今天就能还给你。”

佟英从包里拿出一沓钱，递给严红，严红没接：“着急还钱干什么，先说说，你的第三喜是什么？”

严森林看看老林：“姐夫，你说呗。”

老林为难：“你这，我都还没提前和你姐通气呢，现在就说啊？”

严红诧异，回头看向身边的丈夫：“咋的，你俩有事瞒着我？赶紧说！”

老林放下筷子：“行，那我就说了，这段时间，森林觉得冰雪产业大有可为，拉着我去考察了不少冰场，他想投资室内冰场，琢磨着做成商业化的运营，最近正有了眉目。”

严红把佟英掏出来的钱，往严森林包里一塞：“既然正是急需要钱的时候，钱不着急还，你们就先拿着用。就算我们入股了！”

严森林感动不已：“姐，投资肯定有回报，你投资了我，我还能让你亏着？这样，你当年给我一万，现在已经翻倍了，两万。如果你要入股我的冰场，那成，我再给你翻一番，四万，算你的原始股，成不成！”

严红摆摆手：“啥原始股，我不懂。你做决定，姐姐放心！”

严振华眼见严森林酒意上头，越说越停不下来，赶紧催促：“差不多得了，二叔，吃个饭变成开会了，您快说，第四喜是什么？”

严森林举杯转向严振华和李冰河，自豪道：“第四喜，那就是祝福你和冰河，能顺利在赛场上整个第一，进入国家集训队！”

众人再次举杯，其乐融融，欢声笑语间，严振华凑到严义国身边，小声耳语：“爸，过些日子，我要去长春参加锦标赛，您正好去看看。”

严义国为难道：“爸真想看你滑冰啊，可现在老家事多，最近好心人出资重新翻修咱们红星小学，捐了操场，还有各种体育器械，我明天就得赶回去处理。”

严振华心里遗憾，却还是笑了笑，点点头：“没事，以后还有的是机会。”

言罢，严振华夹起一个四喜丸子往李冰河碗里送，谁知道手突然一抖，丸子掉到地上，骨碌碌滚了很远，沾上了灰尘。

新官上任三把火，卢教练接替曲教练后的第一件事，就是对体工队内所有双人滑选手进行技术考核。考核现场气氛异常严肃，队员们站成一排，忐忑地等待着卢教练的点评。

冰场上，是正在考核的严振华和李冰河。场边，卢教练手捧着记录本站在队列之前，走来走去，手中的笔记本上圈圈点点，眼睛紧紧盯着严振华。

“停！”突然，卢教练一皱眉，叫了暂停。

严振华和李冰河不明就里，相视一眼，赶紧滑到场地边。

卢教练看也不看两人，低头看着记录本，命令道：“先别配乐了，这样，所有的基本动作，你俩都做一遍给我看看。”

严振华以为自己听错了：“所有动作？什么意思？”

卢教练抬头，凌厉的目光射向严振华：“听不明白吗？你们现在掌握的一些步伐、旋转、托举，全部做一遍。先从步伐开始，看一下你们的基本功。”

严振华心里登时涌起一阵不悦：“有这个必要吗？”

卢教练抬眼，质问道：“有问题吗？”

严振华还欲再说，被李冰河暗暗一拉，咬咬牙，只能作罢。两人滑到冰场中央，一先一后，做起了基本动作，前葫芦滑行、前双曲线、后双曲线、直线后滑……随后，又开始配合着完成各种跳跃，阿克塞尔两周、后内结环三周、后外点冰三周……几分钟后，完成所有动作的两人滑到了卢教练跟前。

卢威却一直蹙眉在笔记本上写写画画，许久后，才从笔记本上抬起头来，开门见山：“既然都是体工队的队员，优点我就不多说了，李冰河确实不错，严振华，你单看动作还行，但是和李冰河在一起的对比，感觉不和谐。”

严振华一听就来了火气，语气不好：“不和谐？可我们动作很同步，她能做的我也能做到。”

“完成动作就值得夸赞吗？”卢教练冷冷地看了他一眼，“动作能完成是第一步，轻盈游刃、情感饱满是第二步，能根据曲子的编排来做艺术感的提升处理，是第三步。你还有很大的提升空间。”

严振华一听就急了，上前要跟卢教练解释：“教练……这曲子排练时间不长，但就要比赛了……”

“再琢磨琢磨吧。”卢教练挥挥手打断他的话，头也不回地走向另一组选手：“下一组，上吧。”

严振华犹如五雷轰顶，看着卢教练的背影不知所措。

当晚，李冰河因为卢教练的一番话，心绪烦乱。推开家门却意外地发现盖丽娜竟然已经做好了一桌的菜，正高兴地哼着小曲儿。盖丽娜一见李冰河回来，就忙前忙后地给李冰河盛饭、倒水。

李冰河不安地坐下来，狐疑地问：“妈，今天啥日子，您怎么这么高兴？”

盖丽娜不答反问：“你是20号比赛吗？”

李冰河边吃饭边回答：“对啊。”

盖丽娜给李冰河夹了一个鸡腿，笑吟吟开口：“是这样啊，最近呢，你舅给我来了一个电话，他的意思，想邀请咱们一家人去纽约看看。”

李冰河一听，登时冷下脸来，干脆利落地回道：“我没空。”

“我知道你现在没空，所以我问你日子来着，20号之后可以吗？”盖丽娜也不在意李冰河的脸色，继续游说着，“你舅舅现在混得可好了，他自己盘了一个很大的超市，我和你舅舅很久没见了，我是真想去看看，听说他的超市货物都有好几千件，那边的华人也越来越多了，在美国特别赚钱，你舅舅现在雇一个女工薪水都是五百美元。五百美元什么概念？比你爸的工资都高几倍……”

“妈！”李冰河终于不堪其扰，放下筷子，“我去不了。”

盖丽娜不由得提高了声音：“好日子就在眼前，为什么不去？你就愿意这么在国内一辈子，当个滑冰的？”

“在国内怎么了？滑冰怎么了？我乐意！”

“你是油盐不进，绝对不会跟我走了，是吗？”

李冰河心力交瘁：“妈，咱能不能实际点儿，我爸的工厂到现在都没有走出困境，他压力这么大，您不理解就算了，咋天天心里还惦记着美国？天天做梦，您也太自私了！”

盖丽娜未料到女儿会认为自己自私，多年来的委屈和愤怒都涌上心头，她陡然站了起来，歇斯底里怒吼道：“我自私？你爸说我就算了，你居然也说我？我这辈子这么操劳是为了谁？行，你和你爸都有自己的追求，我就不能，是吧！我真受够了，如果你不愿意走，没关系啊，我自己走！”

盖丽娜不由分说，拎起包摔门而去。李冰河被关门声震得头皮一麻，木然地看着挂在门上的挂历颤动不止，心里空洞一团。

旭日初升，哈尔滨上空炊烟滚滚，鸟群迎着朝阳飞过，一派生机盎然。

失眠半宿的李冰河早早就来到了冰场开始训练，训练过程中，李冰河频频看向墙上的时钟，早就已经过了她跟严振华约定好的时间，可是严振华仍旧不见踪影。

李冰河不再分心，独自一人专心开始练习外点三周跳的动作。

卢威靠在场边，眼中是藏不住的欣赏，他耐心地等到李冰河中场休息的空当，踱步过去："冰河，你的三周跳有几种了？"

李冰河赶紧紧张地起身："两种。"

"以你的条件和资质，进军国家集训队是很有希望的。"卢威说着，顿了顿，继续道，"但严振华的缺点挺明显。"

李冰河一愣，看向卢教练："可曲教练之前觉得我们是天作之合。"

卢教练摇摇头："人和人的潜能是不一样的，我见过很多对双人滑，男女伴之间的起点和进步不尽相同，有些小时候非常突出，长大却泯然众人，有些小时候普普通通，却越来越好……"

"您在这儿呢！找您好久了！"卢教练话刚说到一半，被一声清亮的男声打断，李冰河循声望去，只见一个高大帅气的男孩儿迈大步朝两人走来——此人正是从北京来的前双人滑全国冠军，由于女伴伤病落了单，此次来哈尔滨体工队就是来求卢教练来给自己找个搭档的。

"黎哲！你怎么来这儿了？走、走，去我办公室。"

那人还未到近前，卢教练就热情地起身迎了上去，黎哲亲密地揽过卢教练，临走前，有意无意地看了一眼身后的李冰河。

刚出冰场，黎哲就迫不及待地问："教练，让您掌眼找找女伴的事，有没有什么消息？"

卢教练为难地直摇头："这哈尔滨的体工队，双人滑是一对萝卜一对坑，都在积极备战锦标赛呢，没有闲人。"言及此，李冰河的名字忽然在卢威的脑海中一闪而过，但很快他又自我否定地摇了摇头。

此时，冰场内，李冰河看了看时钟上的时间，已经下午一点了，她望了望门口，仍旧没有严振华的踪影，李冰河赌气地喝了一口水，又滑向了冰场中央。

李冰河心里的一股气一直憋到了下午两点，严振华才终于姗姗来迟地出现在了冰场门口。李冰河越想越生气，干脆不理他，独自一人走到场边换鞋。

严振华眼见李冰河情绪不对，赶紧凑过去："冰河，对不起啊，我来晚了。"

"现在都什么时候了？"李冰河终于憋不住火气，抬起头来质问他，"训练你都可以不来？半天的上冰时间都耽误了。"

严振华被吼得一愣，不过随即又讨好地凑上去："别生气了，告诉你个好消息，我叔叔做了一个室内冰场，今天上午我去看了，真不错，正在仿照国外俱乐部的形式在国内做冰雪产业的推广。我跟你说，那冰场真还不错，我上了冰，踩上去的脚感和咱们这训练场的差不多，真是厉害！"

李冰河没说话，看着严振华，眼神中满是审视。

严振华毫无察觉，仍旧兴致勃勃地说着："他还邀请我俩一起去商演。对，还有钱呢，我可谈好价格了，一次可以一百……"

"严振华，你到底在干什么？"李冰河听到这儿，终于忍无可忍，"锦标赛迫在眉睫，咱们跳跃、旋转、托举有那么多瑕疵，卢教练说的话你没听见啊？现在要争分夺秒解决一切技术难题。这种节骨眼儿上，你和我聊商演？"

严振华满心欢喜的分享被当头泼了一盆冷水，有点儿莫名其妙："商演怎么了，国外的花滑选手都商演啊，我们是凭自己的实力去演出，这又不是什么坏事，何乐而不为！"

"还有两周就锦标赛了，你能不能上点儿心？"

"我怎么不上心了？更何况今天我和你发过信息了，是你自己没看到，跑到这儿发飙，没必要吧！"

"我没带BP机！"

"你到底怎么了？说两句就犯冲，脾气越来越大。"

"是我脾气大还是你不用心，就你这种态度，还想有好名次，做梦去吧！"

李冰河发完脾气，掉头就走，徒留严振华铁青着脸色站在原地，追也不是，不追也不是。

接下来的几日里，别别扭扭的两个人训练得并不顺。某一次上冰后，卢教练心事重重地走过来，斟酌半天，提出了让两人降低难度的建议。严振华自是不肯，跟卢教练争辩着。

此时，一直站在一旁看两个人滑冰的黎哲忽然走了过来，轻飘飘道："上午训练到现在，我计算了一下你们这个三周连跳的成功率，不到百分之三十。比赛时如果失败，你们后面的动作被影响出现问题，损失更大。"

黎哲说话时，眼睛一直盯着李冰河，严振华看在眼里，下意识地看向李冰河，发现李冰河并未提出反对。

"用不着，我们能练好！"

严振华心里一阵别扭，甩下一句话拉起李冰河就走。两人没走出几步，严振华就越想越不是滋味，终于忍不住开口询问。

"刚刚那人是谁啊？"

"黎哲，曾经获得过全国大赛的冠军，也是双人滑的，女伴受伤退役了，他满世界找女伴呢。"

"他的事你还真清楚。"

"我觉得他说得有道理，咱们的三周连跳确实不稳定，要不降难度吧。"

"你觉得一个冠军比我强很多，是吗？"

"我不想跟你吵。"李冰河忽然叹了口气，疲惫地看了看严振华，默默地往前走去，严振华站在原地，看着李冰河的背影，忽然觉得无比陌生。

这天傍晚，李勇又在加班。桌上的文件堆积如山。李勇坐在办公桌后面，正在听电话，他的眉头紧蹙。电话里，上级领导声音严厉冷酷。

"裁人这么难，那为什么这么多厂子都能达标，就你不行！"

李勇额上渗出汗水，连声应着。好不容易挂断电话，焦头烂额的李勇刚想要喘口气，盖丽娜走了进来，一屁股坐到了李勇对面。

盖丽娜刚要说话，电话又响起来了，李勇接通电话示意盖丽娜不要出声。盖丽娜深吸一口气，努力地压抑着情绪，一直等到李勇挂断电话，才耐着性子开口："你已经整整五天没回家了。"

李勇长叹一口气，按着生疼的太阳穴无话可说，盖丽娜无心跟他争论这件事，开门见山："我哥来消息了，要我去美国，你去不去？"

李勇显然一愣："这也太突然了。"

李勇指指桌面上的文件："我的状态你也看见了，我走不了。这事以后再聊。"

"行，你们都去不了，那我自己去，总行了吧！"

"回去再说不行吗？我在工作！你怎么这么固执，这么自私呢？"

"女儿觉得我自私，你也觉得我自私，你们不自私吗？我来你办公室，你左一个电话，右一个电话，全天下的人都比我重要，对吧？"

"够了，吵架也要看地方，你先出去！"

突然，两人的争吵声被一阵小心翼翼的敲门声打断，办公室姚主任手里拿着资料，尴尬地走进来，把几页纸放在了办公桌上，连忙退了出去："厂长，你要的加急名单。"

此时，电话铃声又响起，李勇捂着脑袋接起电话，跟电话那头的人低声下气地交涉着。

盖丽娜顺手拿过名单，只见名单上写着“电机厂四季度拟裁汰人员名单”几个大字。她拿在手里，漫不经心地看着，突然，她紧紧盯着某一页，那一页名单的最后一行上写着一个名字——盖丽娜。

盖丽娜心口生疼，脑中一片空白，她听见自己越发沉重的呼吸声，她感到眼眶里滚下的灼热的泪水，她心里那根绷了几个月的弦儿终于在这一刻“啪”的一声彻底断了。

片刻后，盖丽娜一把抓起面前的杯子，往地上一砸，转身摔门而去。

夜色空蒙，新月穿云而过，洒下静默的银辉。李冰河疲惫地回家，家中安安静静，一片黑暗，李冰河好奇地按开灯，只见窗户敞开着，李勇独自蹲在一个角落里，颓然无力，满身酒气。

李冰河担心道：“您喝酒了？”

“没醉。”李勇笑笑，指着月亮，微微一笑，“看月亮呢。”

李冰河看看明月，正是月圆之时：“今天是十五吗？月亮好圆啊！”

“你小时候，爸爸最爱抱着你看月亮，你那时候咿咿呀呀学说话，最喜欢听的就是嫦娥奔月的故事，你听这故事，就总问我，爸，这嫦娥为什么不要后羿，也不要家，非要去那月宫上住着呢？”

李冰河扑哧笑了："这事您都记得。"

"别看爸爸工作忙，你的事我都记得。"

"我妈去哪儿了？怎么不在家啊？"

"你妈啊，想当嫦娥了。"李勇说完，掏出一份已经被揉得皱皱巴巴的文件，上面书写着"离婚协议书"几个大字。

李冰河颤抖地接过那几页纸，眼泪登时涌了出来。

李勇缥缈的声音继续说着："你妈从嫁给我开始，可能就觉得不值吧。她那么好看，那么要强，总爱和别人比个高下。这辈子，你爸挺努力的了，可她想要的生活，我真给不了她。你妈说了，她要去美国，她从和我恋爱的时候就一直说，二十多年了，她就这么一个心愿。大概在她心中，这个家是她的牢笼，我们俩也是她的牢笼吧。这次，她可能真的下定决心了。"

李冰河坐到李勇旁边，把头依偎在爸爸肩膀上，仰望如银的月光，声音喑哑："爸，您还有我呢。三天后，我要参加全国比赛了，给您拿块奖牌回来，好不好？"

月夜之下，父女俩依偎在一起，两颗疲惫的心相互支撑着。

此时，不远处的另一扇窗户内，严振华正挣扎在梦魇之中。

梦中，耳边是呼啸而过的风声，严振华身处在故乡的冰湖中央，皎洁的月色下，李冰河穿着一身漂亮的考斯滕，在冰上翩然滑向远方。严振华脚下发力，想要追赶上去，可是迷雾重重，他无论如何挣扎，都无法靠近。

忽然，一个快如疾风的身影从他身侧冲了过去，奔向冰湖中间的李冰河。

床上，严振华猛然惊醒，他掀开被子，满头虚汗。

外面是深夜，月光照在他的冰刀鞋上，发着寒光。

第十四章

梦醒时分

二月的哈尔滨正是天寒地冻之时，一夜寒霜后，满城的树挂把这座城市装扮得不似人间。滴水成冰的清晨，为了生活奔波的人们开始出没在街头巷尾，活动起来，像是被寒夜凝固了一夜之后的血液，重新开始充盈在每一条血管里。

街角，在朝阳笼罩的一个小咖啡厅里，靠窗坐着一对母女，她们正是盖丽娜和李冰河。盖丽娜穿着鲜艳，冰河则是一身朴素的运动装，两人面前各摆着一杯咖啡，气氛僵持。

盖丽娜率先打破沉默，把咖啡往女儿面前一推："我知道，这事发生得很突然，你爸肯定没说我什么好话，但你是我女儿，这世界上没有比我对你更好的人了。"

李冰河凉凉地一笑："对我好？我后天就要比赛了，您这时候和我爸提离婚，对我真好。"

盖丽娜脸色煞白，她胸口剧烈地起伏着：“是，我不该这个时候闹，但我也被激得没法儿了。我觉得我憋在了水里好久，我再不出去喘一口气，会憋死的！”

李冰河静静地看着母亲浓妆艳抹下已经初露老态的面容，心里一颤，软下语气来：“什么时候走？”

盖丽娜眼里忽然热切起来，她恳切地看着女儿，希望女儿表现出一些挽留和动摇：“你舅说看我的打算，冰河，你想让妈妈留下来，陪你比完赛吗？”

李冰河无言地看了盖丽娜半晌，低下头：“不用了。”

“冰河，妈妈这次是冲动了，可妈妈……算了，不说了，你不会懂的。”

一瞬间，失去女儿的恐惧涌上心头，她眼眶通红地想要解释些什么，最后又徒劳地放弃了。

两厢沉默良久，李冰河一只手用勺子搅动着咖啡，忽然轻轻开口：“其实，那天你和我发火之后，我想了好久，是啊，每个人都有追求自己的梦想和生活的权利。可我们一家三口弄成今天这样，到底谁错了？后来想想，好像没有人错。”

盖丽娜落下泪来：“冰河，你还太年轻，人生的路你才走一小段，你总有一天会知道妈妈的苦心。”

“妈，我的路，从来都在我自己脚下。”李冰河说着，起身拿起书包，走到门口忽然又停下脚步，回头看了看早已经满面泪水的盖丽娜，忍住眼泪，嘱咐道，“去了美国，报个平安。”

李冰河说完，推门离去，徒留盖丽娜一人望着哈尔滨街头的车水马龙，望着女儿渐行渐远的背影。

严振华一大早就收到了李冰河的消息，说今日有事无法训练。严振华琢磨着不能白白浪费一天，于是，他匆匆洗漱后，就来到了曲教练家门口，准备缠着曲教练再给自己指导一二。万未想到曲教练一大早五点就出门打太极去了，严振华扑了个空。

严振华没堵着曲教练，只能退而求其次，找了曲洁帮忙。曲洁算是跟曲教练在冰场泡大的，按照曲洁自己的说法，她就是冰场上的王语嫣，虽然不会武功，但是秘籍全在心里。帮严振华看看跳跃周数、姿态姿势还是不在话下的。

可这几日跟李冰河的别扭情绪，加上连日的训练带来的身体疲劳，让严振华的状态一直不对，严振华偏偏是个钻牛角尖儿的性子，越是不成功他心里越是憋着一股劲儿，曲洁眼见严振华已经体力不支，一个劲儿地劝他休息一会儿，严振华置若罔闻。

于是，在他再一次从冰面上滑行出去、起跳、落冰时，冰鞋在冰面上陡然一歪，右脚脖子鞋帮一歪，紧接着，一声闷响，严振华摔了下去。强烈的刺痛立即从他的脚踝传来，豆大的汗珠“唰”地一下从额角渗出来，严振华心里“咯噔”一下，心道：完了。

果然，半小时以后，严振华躺在医院的病床上，从医生的嘴里证实了这个噩耗。医生检查过他肿得发面馒头似的脚，给出的结论是——急性扭伤，半个月不能剧烈运动。

严振华懊悔不已，但一切都为时已晚，还有两天就要比赛了，他绝不能在这个时候出事。一旁，曲洁正焦急地跟医生交涉着：“不行啊，医生，他后天还要比赛。”

“还比什么赛，赶紧退赛吧，这弄不好要打石膏。”医生蹙眉看了一眼严振华的脚踝，“自己感觉不出来吗？我帮你开些消炎药。千万别乱动了，别落下病根。”

严振华心里乱作一团，眼眶通红，恳求医生：“您帮我想想办法吧，后天的比赛对我非常重要，我必须要参加！”

“有比赛，还这么不小心。”医生叹了口气，盯着严振华的脚，面容松动，思量片刻，犹豫道，“办法，倒是有一个，但是铤而走险。”

严振华激动地坐了起来，赶忙问：“是什么？”

“打封闭，它可以减轻你的疼痛，消除些水肿，但不保证……”

“我打。”不等医生说完，严振华就斩钉截铁道。

“我还没有说后果。”

“什么后果我都打，比赛我必须要参加。”

“你疯了吗？”曲洁一听就急了，焦急地询问医生，“医生，到底有啥后果？”

“打封闭只能维持住他短期的效果，但对于运动员的长远来看，它会造成很多副作用，最致命的就是骨质疏松、肌无力、肌萎缩，有可能对职业生涯有致命性的伤害。”

曲洁越听，眉毛拧得越紧：“大华哥，咱不能冒这个风险。”

曲洁和医生都注视着严振华，等待着他的最终抉择，病床之上，严振华紧握拳头，内心百感交集，他想起李冰河这几日的困顿不安，想起新教练对自己的态度，想起远在雪乡等待着自己好消息的父亲，片刻后，他抬起头来，坚定道："我打。"

"大华哥！"

"小洁！如果是别的比赛就罢了，这是全国最重要的比赛，我不知道，错过了这次机会，还会不会有下一次。"

严振华说完，咬了咬牙，撸起裤腿，看向医生，坚定道："医生，给我打吧。"

医生的药刚推进严振华的脚踝，腰间的 BP 机响了起来，严振华拿过一看，上面是一条信息。

"能来陪陪我吗，我在江边。"

松花江边，远处星星点点行船的灯火装点着夜幕中的哈尔滨。严振华赶到时，李冰河正孤零零坐在石阶上，严振华看着她落寞的背影，心里一疼，轻轻走了过去。

"我妈要走了。"

李冰河没有回头，她望着远处的灯火，喃喃的声音散在夜风中。

严振华安安静静在她身边坐了下来，轻轻把人揽进怀中。

江风，清柔地拂过他们的面庞，似乎能抚平一切痛苦、一切不甘。

时间一分一秒地流逝着，在所有人的紧张和期待中，长春体育馆广场上，终于拉起了写着“1994 年全国花滑锦标赛”的大字横幅，时间终于来到了比赛前一天。

这日一早，早早到达的哈尔滨体校的队员和教练们，各自拖着大包小裹的行李，从大巴车上下饺子似的往广场对面的临时宿舍走。李冰河拖着沉重的行李正要下车，手里一轻。她一抬头，发现黎哲已经把自己的行李箱接了过去。

此时，送完行李回来的严振华正好瞧见这一幕，快步走过来，一声招呼不打就抢过黎哲手里的行李，别有意味道：“不劳您大驾，我来。”

说着，他拎起李冰河的行李就走，可刚走两步，他右脚脚踝就传来一阵隐隐的疼痛，严振华下意识地皱了皱眉，心里忐忑起来，吃着劲儿把行李换到了左手。

一旁的黎哲不在意严振华的敌意，看见严振华的异样，上前关心道：“你没事吧？”

“没事。”严振华不愿在黎哲面前示弱，拎起行李大步流星走开了。黎哲无奈地笑笑，静静地望着远去的两个人，不知在想些什么。此时，一只手搭在了他的肩膀，黎哲回头，是卢教练正警惕地审视着他。

“别看了，这个人不行。”

“为什么不行？”

“她和严振华搭档了快十年，这对，动不了。”

黎哲无所谓地笑笑，直言不讳：“卢教练，咱们打开天窗说亮话，他俩的实力已经越拉越远，冰河是我最看好的女选手，如果有个真正的好搭档，她的职业生涯不可限量。”

卢威意有所指：“可他们，不仅仅是搭档。”

黎哲坦坦荡荡：“我又没想别的，我只是想要搭档。”

卢威唬起脸来：“明天人家要上赛场，你现在告诉我这事，过分了啊！”

黎哲笑了：“是有点儿过分，不过，我想和她试试冰，这总不过分吧？”

卢威刚想拒绝，被黎哲堵住话口：“我不逼您，如果明天他们是三名开外，你就去帮我问问，若他们获了名次，你就当我今天的话没有说过。”

卢威看着黎哲良久，勉强应下：“行，再说吧。”

第二日，全国花滑锦标赛长春站如期而至。

比赛现场的看台上，座无虚席，曲洁和曲教练早早就坐在了前排，场边，所有运动员都争分夺秒地进行着热身训练，广播里不断地通知着即将上场的选手姓名。随着场上一组选手的一个抛跳，现场拱起一阵掌声的浪潮。

曲洁目光在场内搜寻了一圈后，起身离席，跑向了赛场右侧的严振华。卢教练不厌其烦地跟两人强调着技术要领，李冰河耐心听着，严振华却低着头，忧心忡忡地看着自己的右脚。他悄悄动了动右脚的脚腕，并未感到痛觉，稍稍放下心来。他刚抬头，曲洁就小跑着到了身边，担忧地看着他。

严振华笑笑安慰她：“放心，没事。”

李冰河一回头，正见两个人神神秘秘说着什么，心里不是滋味，为了不影响一会儿的比赛，她咬咬牙把情绪压了下去。此时，广播里传来两人的名字：

下一组，来自哈尔滨体工队选送的选手严振华、李冰河。

一瞬间，所有观众的目光都投向了场边的两人，身上的伤让严振华前所未有地紧张，严振华看着赛场上的观众，感到一阵眩晕，他紧紧抓住冰河的手，小声道：“冰河，那个动作我们还是用三周连跳，赌一把。”

李冰河一愣，抬起头来。

严振华目光坚定：“不赌这一把，我会后悔一辈子。”

李冰河一如既往地选择相信他，她拉上他的手，点了点头：“好！”

两人在万众瞩目中滑向了赛场中央，《今夜无人入眠》的音乐响起，卢教练、曲教练、黎哲、曲洁四个人的心都随着他们迈出的第一步而悬了起来。

场上，两人摒除杂念，流畅的伸展、跳跃、旋转……自然而然从两人历经伤痛的四肢流出，无数成长的磨难换来的对音乐的理解，对花滑的理解，在这一曲之间倾泻而出。

场边，卢教练一颗悬着的心终于放了下来，几个月以来，他第一次在严振华身上看到了希望。黎哲的所有注意力则全在李冰河的每一次跳跃上，赛场上的李冰河比训练场上的更让他惊艳。

随着乐曲的变奏，场上的表演很快来到了高潮，在观众的万众期待中，默契的两人彼此交换眼神，同时纵身起跳，一周——两周——三周——落地！评委们还未反应过来，耳边就爆发出一阵如雷般的掌声，场上的两人，以堪称完美的姿态，完成了一个高难度的三周连跳。

场边，卢教练和黎哲都惊得不由得站起身来，直到一曲终了，大屏幕上显示出两人最终的得分 4.8 分，卢教练才在一片如潮的掌声中回过神来。

场上，严振华在一片震耳欲聋的掌声中，在无数人的见证下，转向李冰河，给了她深情一吻。

晚上，众人齐聚歌厅，给两人庆功。大包房内霓虹灯闪烁，一块银灿灿的奖牌在灯光照耀下反射着亮眼的光芒。两位主角被簇拥在众人中间。卢威一改此前态度，忍不住夸赞："你小子，怎么一夜之间脱胎换骨了？我对你可能真看走眼了，如果是这种水平发挥，以后进入国家队也是指日可待。"

众人其乐融融，只有一旁的曲洁目光时不时看向严振华的右脚，脸上有隐隐的担忧。与严振华的兴奋不同，李冰河跟众人喝完酒后，就独自一人坐在沙发上发起了愣，想到母亲的离去，李冰河看着手里的银牌，高兴不起来。

黎哲站在一旁观察了一会儿，走了过来，向李冰河伸出了手："无论多烦的心事，今天都该抛之脑后，来吧，跳支舞！"

李冰河寻思半晌，正要伸出手去，半空中忽然伸过来一只手，把她的手握在了手里。严振华不知何时走了过来，举着酒杯，看着黎哲挑衅道："我说某些人，这自己的搭档没了，非缠着冰河是什么意思啊？"

黎哲无奈地笑笑，不跟他计较："你们跳吧，今天是你和冰河的主场。"

严振华一把抱着冰河，不依不饶："我和冰河虽然得了这个名次，还是要奋力直追，不然，冠军怎么会看得起我们呢？"

黎哲沉下脸来，一时气氛尴尬。

卢教练眼见三人气场不对，赶紧凑过来打圆场："行了，难得轻松一刻，谁去跳支舞吧，来首热烈点儿的！"

队员们赶紧附和着："振华哥，你不是最会跳郭富城吗，就那首《对你爱不完》！"

说话间，两人被簇拥着来到舞厅中间，严振华随着音乐开始跳舞，他刚迈开步子，陡然间，脚踝处猛地一阵刺痛，严振华一个踉跄倒了下去。

李冰河还未及反应，只见曲洁一个箭步冲了上去。

纸包不住火。医院病房里，严振华受伤打封闭的事还是被医生拆穿了。病床上，严振华肿起来的脚踝已经青紫一片。卢教练瞪着严振华，气得半天说不出话来。严振华终于意识到了问题的严重性，心里也打起了鼓。

卢教练气得七窍生烟："无视纪律、透支身体，是对自己最大的不负责！贪一时的便宜，你是拿你自己的前途在开玩笑。”

严振华心虚，赶紧道歉：“教练，我错了。”

“这些话，你留着和队里说吧。”卢教练甩下一句话，拂袖而去。

“你为什么瞒着我？”病床旁，李冰河脸色阴沉，直直地盯着严振华，严振华不敢与李冰河对视，低下头，避开那道愤怒的目光，不知如何回答。

两人正僵持着，办完住院手续的曲洁推门走了进来，一进门就捶胸顿足地自责：“怪我，我当时就不应该由着你任性。”

此言一出，李冰河先是一愣，随后不可置信地盯着曲洁：“你知道？”

曲洁被问得一时哑口无言，正想着如何解释，李冰河却已经转过身去，逼视着严振华，一字一顿地质问：“严振华，这么大的事，她知道，我蒙在鼓里？你真是好样的。”

李冰河说完，在泪水涌出眼眶前一刻，转身而去。曲洁懊恼自己说错了话，赶紧追出诊断室。

“冰河，大华哥真的不是故意的，他这次是为了突破三周连跳，拼了命练习才受的伤……”

冰河冷冷回头，凉凉道：“果然，你什么都知道，而我一无所知。”

李冰河说完，甩开曲洁的手，毫不犹豫地大步往走廊尽头走去。

此时，刚刚下班的李勇正坐在汽车后排，看着手上的销售材料，办公室还有如山的工作没有完成，可是他今天必须要按时回家，今天是女儿最重要的比赛，没有妈妈的陪伴，他这个爸爸绝不能再缺席。

可车子刚从厂子开出去几米，就一个趔趄停了下来，李勇一抬头，只见三五个工人委屈巴巴地站在车前，姚主任不知何时已经下车，正在跟工人们交涉。

“你们的诉求写好后呈给厂办，我们肯定会看到。”

“让厂长行行好，让我们回厂里上班吧。”

“我们的工资拖了半年了，到底什么时候发！”

李勇心里一阵难过，他放下手中的资料，径直下车走了过来，姚主任下意识地想要拦住李勇，却被李勇轻轻推开，李勇几步走到工人面前，先深深鞠了一躬。

工人们一愣，只见李勇先看向一个灰头土脸的中年男人：“你叫何波吧，轴承车间的，今年得有四十五了，你家三代人，妻子也没工作，儿子刚考进大学。”

随后，李勇又转向另一个年轻的短发小伙儿：“你得过厂里的‘优秀标兵’。这次发补助的时候，我考虑过你的情况，买断的钱定的就是最高档。”

李勇又看看一旁穿着旧牛仔外套的瘦子，问：“你是哪个车间的？”

瘦子一愣，怯怯道：“组装二车间。”

李勇沉吟道：“你们车间的工资这个月一定能到位。如果还是发不出来，我们会停发中层以上干部的工资，先救你们的急。”

工人们一时不吱声了。

李勇再次深深朝几个工人鞠了一躬，沉声道：“大家的心情，我感同身受，也心急如焚。来厂里这几年，我没睡过一天好觉，你们放心，厂里一直没有放弃，一直在想各种办法增收。我希望你们也给厂子一点儿时间，给我本人一点儿信任，谢谢大家了。”

“行！我们相信李厂长！”瘦子眼眶一湿，带头让了路。

车子晃晃悠悠载着李勇一路穿街过巷，天黑之前，李勇终于拖着疲惫的身体推开了家门。李勇一推门，就看见蔫巴巴坐在沙发上的李冰河，李勇猜度今日的比赛结果大约是不太理想。李勇强掩心中的失落，走过去摸摸女儿的头。

“没发挥好吗？没关系，明年还有机会。”

李冰河看出父亲的强颜欢笑，心里一疼，压下自己的心事，从兜里掏出奖牌递过去，笑了起来：“没拿金牌，但是拿了个银的。”

李勇眼睛一亮，使劲儿捏了捏李冰河的脸：“你个小妮子，真是能耐大了，居然敢吊老爸的胃口！”

李勇坐在李冰河身边，爱不释手地研究着手上的奖牌。李冰河默默看着父亲额上的丛丛白发，鼻子发酸：“爸，您歇歇吧。您又多了好多白头发。”

李勇长叹了一口气，揉揉自己的脖子，认命道：“歇不了，多一个订单，就少一个职工下岗。我亲自出面，胜算就能多一点儿。”

李冰河心疼道：“您这些苦心，谁会知道。”

李勇把李冰河揽到身旁，无奈一笑：“问心无愧就行，你爸已经不是一个好丈夫了，但是想努力当一个好厂长。”

李冰河靠在李勇的肩膀上，父女俩望着透窗而入的月色，各怀心事。

运动员的日子仿佛是工厂流水线上的产品，每日千篇一律地重复着。锦标赛一过，体工队里的日子很快又恢复到李冰河熟悉的模样，每日上冰练技巧，下冰练体能，唯一的区别是以往总有严振华相伴左右，现在只剩她孤零零一个人了。

这日，冰河一如往常，正在冰面上做着三周跳练习，休息间隙，黎哲走了过来，犹豫半天，恳切道：“冰河，我有一个不情之请，我能不能和你试一次冰？”

李冰河下意识地想到严振华，想要拒绝，黎哲分外诚恳地望着她，恳求：“过几天我就要走了，这也算是我最后一个心愿吧。”

李冰河沉吟片刻，点了点头。

几分钟后，冰场周围的人越聚越多，大家都不可思议地看着首次合作的李冰河和黎哲，几乎是奇迹般地完成着一个又一个难度极高的动作。此时，冰场上，越滑越兴奋的黎哲小声问道：“后外点冰三周，敢不敢？”

李冰河一抬头，目光锐利：“有什么不敢。”

于是，两人滑向一处，在众人震惊的目光中，点冰、起跳，在一片惊呼声中，不可思议地完成了一个无懈可击的后外点冰三周跳。

场边的马总教练驻足看了一会儿，大喜过望，忽然想到什么，转身就往外跑去，没一会儿拿了一架摄像机返回。

冰上，滑得过瘾的两个人越发默契，黎哲满眼火热地问李冰河："直接抛后外三周，敢吗？"

李冰河微微一笑，以身体的姿势迎战，她的身体从黎哲的手指尖离开。滑行回来那一刻，黎哲准确地抱住李冰河，瞬间抛出，李冰河的身体在空中留下一道漂亮的弧线后，稳稳落冰。

滑冰的兴奋劲儿一过，两人间过于亲密的距离，就让李冰河不自在地脸红了起来，李冰河下意识地挣开黎哲还抱着她的手，在一片起哄声中逃似的离开了。

身后，是黎哲一直跟随而去的激动的目光。

马总教练看着走远的李冰河，由衷感慨道："这两个人，简直就是珠联璧合，天作之合啊！"

严振华在医院的恢复并不顺利，严振华每日在医生的指导下尝试着行走和跳跃，可是越着急身体越不争气。这日，严振华刚上过药，体工队的队员们小刘和小赵拿着水果来医院探望。

小刘看严振华肿胀的脚踝，吓了一跳："华哥，你这脚，没事吧？"

严振华打起精神："没事。过几天就好了。"

小赵撇嘴："我就说没事吧，你刚刚净瞎操心。"

小刘不乐意："那我也是关心我们华哥，谁看了不都误会了。"

严振华一愣："什么误会啊？"

"也没什么，就是我们看冰河姐和那个什么冠军，那个黎啥的在上冰，我们还奇怪呢，也不知道啥情况，这不就过来看看你。"

严振华眼睛一瞪："你说啥？他俩在上冰？"

小刘这时候才意识到自己话说多了，点头不是摇头也不是，正为难着，严振华一把推开他，起身一瘸一拐地往外走去。

"这小孩儿，你这嘴咋没把门的呢？"严森林叹了一口气，急急追了出去。

严森林的车刚在校门口停下，严振华就推门一瘸一拐大步下了车，刚走两步，正遇见迎面而来的李冰河，李冰河瞧见他腿脚不利索，正要上去扶他，被严振华一把挣开，随后一句劈头盖脸的质问迎面砸过来。

"你是不是和黎哲搭档了？"

"你说什么呢？"

"你们上冰了，是吗？"

"我们只是做了几个动作。"

严振华冷冷地看了一眼李冰河，转身径直往教学楼的方向走去。

办公室里，卢威正在和黎哲看着马总教练的录像，门"啪"的一声被严振华推开。卢威看清来人，下意识地把录像机收了起来，还没来得及开口，严振华已经怒气冲冲地冲到了跟前。

严振华气得面红耳赤：“你们什么意思？”

卢威莫名其妙：“怎么了？”

严振华质问道：“你们是不是想把冰河和我拆了，然后把她给这个黎哲配对，好出成绩？”

黎哲赶紧上前解释：“你多想了，今天我们确实搭档了十几分钟，但只是做了一些基本的动作。”

严振华怒目而视，指着黎哲吼道：“不要以为你拿过冠军，就可以为所欲为。我告诉你，李冰河不仅是我的搭档，我们俩是要在一起的！”

言罢，严振华摔门而出，正迎面撞上追上来的李冰河，严振华失望地看了她一眼，冷声问道：“你就没什么话要对我说吗？”

李冰河迎上严振华充满着怀疑、愤怒和质问的眼神，忽然间身心俱疲，什么也不想解释了。

“我就不明白了，你这样做是为什么？你是在惩罚我吗？你和他上冰是感觉很好吗？你是不是早觉得我配不上你了，还是……”

严振华沉溺在自己的情绪里，把李冰河的沉默当成默认，他肆无忌惮地发泄着自己的委屈，直到李冰河冷冷的声音把他打断。

“你说完了吗？”

李冰河面无表情地看着严振华，随后，在严振华戛然而止的愤怒中，转身向门外的夕阳走去。

黎哲和李冰河那一场惊艳的冰上合作带来的蝴蝶效应还在继续。那一边，严振华和李冰河闹了不愉快。这一边，卢教练也并不好过，马总教练自从那日在场边无意间见到两人合作之后，就动起了心思，毕竟体工队多少年来也碰不到能进国家队的苗子。马总教练一门心思想要促成李冰河和黎哲这对搭档。卢教练最终顶不住压力，百般纠结地答应了马总教练试试去说服严振华的要求。

这日，刚刚领了药回来的严振华刚走到病房门口，就遇见了一脸心事的卢教练。严振华赶忙把卢教练让进屋里，卢教练一进屋也不说话，直接拿出了摄像机，按下了播放键，递给了严振华。

小小的屏幕中，李冰河和黎哲如精灵般腾跃，尤其是三周连跳，两人极其默契。

严振华浑身颤动地看着，直到手脚冰凉，他才“啪”地关上录像机，眼眶通红地质问：“什么意思？这是你们的决定吗？”

“振华，这不是我的初衷。我知道这么做对你的伤害很大。但是马总教练一定要我把这段视频给你看，其实我也理解他，咱们太难碰上能进国家队的苗子了。”卢教练不敢直视严振华的眼睛，顿了顿，低声道，“他让我转达一句话，竞技运动是残酷的，他相信你会有正确的判断和抉择。”

卢教练说完，拍了拍严振华的肩膀，起身走出了病房。

病床上，严振华手脚冰凉地滑进了被子，行尸走肉般地窝在被子里。直到日光稀薄，直到缺月高升，直到曲洁拎着饭盒走进病房，把他的被子掀起来，露出他颓废又狼狈的脸庞。

曲洁不由得惊呼出声："出什么事了？"

严振华好似没看到曲洁，不动也不抬头，许久之后，他沙哑的声音从被子里传来："小洁啊，你觉得我是不是很自私？"

"你说什么呢？"

"今天我算了算，我和冰河居然已经搭档快十年了，从小她就比我厉害，很多人都说我配不上她。后来，她要去美国，却能为了我留下来。这一路，咱们就没有顺过，为了体校、体工队，咱们那么费劲，为练成动作，简直都要把命豁出去了。这两年，她越来越拔尖，可为了迁就我，她一次次降低难度，她以为我不知道呢，其实，我早就知道了。小洁，我是不是成了她的累赘，拖了她的后腿！我这么去耽误她，是不是特别自私，她明明会有更好的未来。"

曲洁的心揪在了一起："大华哥，你怎么会这么想，你们的未来明明是一起的啊。"

一串眼泪从眼角滑落，片刻就浸没在枕头里，严振华啜泣着喃喃道："她已经不是当年的小红帽了，她走得太远，我追不上了……"

是夜，腰酸背痛的李冰河刚进入浅眠，就被一阵尖锐的电话铃声吵醒，李冰河拖着沉重的身子接通电话，刚拿起听筒，对面一个男声来不及介绍自己，就急吼道："冰河，你爸出大事了。"

李冰河放下电话后，腿一软，扶着电话柜勉强站稳，随后，如梦初醒般跌跌撞撞地冲出门去。李冰河一路狂奔到病房门口时，李勇已经被推了进去，手术室的灯牌刺眼地亮着。守在门外的姚主任一见李冰河，赶紧迎了上去。

李冰河发了疯一般：“我爸呢？我爸呢！”

“冰河，你冷静点儿，你爸刚刚才进去。医生说是饮酒过度导致了脑出血，做手术呢。”

李冰河呆滞般地看着手术灯，眼泪一串一串往下掉：“怎么会变成这样。”

姚主任懊恼地流泪：“都怪我，今天对方老板说，多喝一杯就多买一台机子，这明明就是酒桌上的醉话，可你爸太实诚了，他喝了一杯又一杯，我怎么劝都不听……你爸和我说，多卖一台机子，就能少一个职工下岗。”

李冰河全身冰冷，她脑子一片空白，行尸走肉般地往角落里走去。李冰河脑子发昏，脚下一软，踉跄着就要跌倒，此时，一双手抱住了她，李冰河恍然抬头，严振华正心疼地看着她。

“别怕，有我呢。”严振华一把将她拥在怀里。

说话间，“手术中”亮牌灭了，医生走出来：“谁是家属？”

李冰河跌跌撞撞就往门口奔去：“我是他女儿。”

医生看一眼冰河，心中不落忍：“您父亲暂时没有生命危险了，可是脑部右侧基底节出血到脑室，脑干还有余血，现在不能排除脑神经是否受损。家属还是要做好准备，病人可能不会醒来了。”

医生一番话仿若晴天霹雳，李冰河身子一阵摇晃，几乎昏厥。

经过一夜的抢救，暂时脱离了生命危险的李勇被转移到了重症病房中，李冰河眼睛红肿，正坐在一侧的长椅里，严振华陪在一旁。

“你妈现在还在国内吗？”

“打了一晚的电话，没接。可能走了吧。”

两人说话间，一阵脚步声传来。严振华抬眼，只见严红带着一群电机厂的老员工匆匆走了过来。工人们看到冰河，纷纷走上前来，一个一个掏出大大小小的信封，不由分说地往李冰河手里塞。

“上次咱们冒昧，去拦了厂长的车，可厂长真是说到做到，帮我们把问题都解决了……厂长是个实诚人，就是命太苦了。”

“妹子，我下岗后儿子生了病，是厂长借了我这救命的钱。这回，你要帮忙就言语！”

……

李冰河一时手足无措，推托着不肯收：“谢谢各位，这钱，我不能收。”

严红抢过一沓厚厚的信封，径直塞进李冰河的衣兜里：“医院用钱的地方多，你先拿着应应急。”

冰河哽咽着，退后一步，满眼泪水地给大家深深鞠了一躬：“谢谢，谢谢！”

严振华代替李冰河把大家伙儿送出了医院。他满心忧愁地回到病房，还没走近就看着马总教练、卢威和黎哲抱着花站在病房门口。严振华心里一紧，躲进了一旁的拐角。

远远地，他听见卢教练的声音隐隐约约传来。

“冰河，赶紧振作起来，如今只有你出息了，你爸才会真的安心。”

这句话好像是一记重拳，狠狠地砸在了严振华的心口。

严振华无声地看着卢教练远去的背影，他没有走出去，他望着窗外无边的漆黑，靠在墙脚坐了下来。

第十五章

后来的我们

几家欢喜几家愁，偌大的城市里，有人忙着生，也有人忙着死。

这日，严红和几个下岗女工合开的“新天地餐厅”开张，大街小巷处处回荡着鞭炮声。而医院里，李家却因为这场飞来横祸风雨飘摇。

一夕之间，李冰河仿若被推到了人生的悬崖边上，她疲惫地挂在崖边摇摇欲坠，可躺在床上昏迷不醒的父亲让她不得不咬牙支撑下去。

病房里，各种仪器的声音充斥在耳边，李勇的生命体征已经稳定，但是能不能醒来仍旧是个未知数。李冰河守了父亲一夜，第二日一早，终于忍不住，靠在床边打起了瞌睡，查房护士不忍心惊动她，蹑手蹑脚地走了进来，刚走到病床前，盖丽娜火急火燎地赶来了。

“您是李勇的夫人吧？”查房护士看看盖丽娜，长舒一口气，“您总算来了，您女儿一个人顶着，都快撑不下去了。”

说话声惊醒了李冰河，李冰河抬头，诧异地看见盖丽娜正站在床前，李冰河有片刻的恍惚，几乎以为自己身在梦中。

盖丽娜眼眶通红地坐到她身边：“你爸其实年轻的时候根本不爱喝酒。为了厂子，他是真的豁出去了，可他这么做，太不值了。”

冰河木然地看着盖丽娜，不予置评。

盖丽娜拉起李冰河的手：“冰河，你还在怪妈妈，是吗？怪妈妈没有及时赶回来？”

李冰河沉思片刻，缓缓开口：“妈，这两天我做了个梦，梦见我小时候，咱们一家三口开开心心去公园玩，那时候我爱吃糖葫芦，我爸就给我买，您就在旁边一直念叨他，那时候，咱们一家人感觉好温暖啊……可是后来，梦很快就醒了。”

盖丽娜低头苦笑着：“你和你爸一直在怪我，对吗？”

李冰河摇摇头：“爸爸一直都很理解您，他说，您是月宫里的嫦娥，想去外面看一看。妈，您为什么又回来了呢？”

盖丽娜闻言终于忍不住，落下泪来：“因为妈还是舍不得你。”

李冰河听到这话，绷不住红了眼眶：“那您这次回来之后，还会走吗？”

盖丽娜苦笑：“看到你爸爸的那一刻，妈就知道，我哪儿也去不了了。也许，这就是我的命吧。”

李冰河鼻子一酸，一日来的恐惧和难过汹涌而来，她终于眼泪决堤，扑进了盖丽娜怀中。

是夜，严振华刚回到病房，BP机就收到了李冰河的消息：“大华哥，啥时候你感觉可以了，咱们尽快上冰吧。”严振华看着那行字，良久后，他咬紧牙关，尝试着活动了一下右脚，一阵阵钝痛从脚踝传来，严振华微微皱起眉头，思量片刻后，披上外套走出了病房。

深夜，空旷无人的冰场，已经换好冰鞋的严振华，深吸一口气，跳了起来，然而落冰的瞬间，脚上的痛感陡然加剧，严振华忍不住跌坐在冰面上。

卢教练的话和李冰河无助的双眼再一次浮现在脑海中，严振华不服气，他再一次站起来，咬着牙，忍着剧痛起跳，而后，又意料之中地再一次摔倒。

半小时后，严振华终于认命了，他筋疲力尽地躺倒在冰面上，看着头顶一盏一盏刺眼的吊灯，任由滚烫的泪水滴落在冰冷的冰面上。

时间不等人，锦标赛刚过，国家集训队的选拔转眼而至。李冰河深知她已经没有回头路可以走，她必须滑出成绩，才能让陷入泥潭的家人重新找到希望。

因而她片刻也不敢耽误，盖丽娜回到医院以后，第二天她就回到了体工队。

那日，李冰河给严振华发过消息后，仿佛石沉大海，严振华一直没有回复李冰河的消息，李冰河独自训练了两日后，终于忍不住去了医院。

一路上，李冰河料想过各种糟糕的情况，严振华的伤势重，一时半会儿不能恢复训练，那他们训练的时间就会缩短……但是她万未料到，她在医院居然扑了个空。

她站在空荡荡的床位前，被护士告知，严振华已经出院了。

李冰河转头就去了严红家，果然，在卧室里堵到了胡子拉碴还在闷头大睡的严振华。李冰河忍着心里的怒气，不由分说把人拉到了冰场。

冰场上，李冰河逼迫着严振华一次次复习着熟悉的动作，可严振华一次次的失败让李冰河的心一点点凉了下来。

更可怕的是，李冰河发现严振华身上那股精气神好像在一夜之间消失不见了。那股曾经无数次鼓舞着李冰河的无惧一切的孤勇不见了。

李冰河看着面前这张沧桑的脸，耐着性子：“怎么生疏了这么多？后外点冰，再来！”

严振华努力想跟上冰河的节奏，可右脚的胀痛让他再也无法跟上，在李冰河漂亮地落冰的一瞬间，严振华再一次狼狈地摔了出去。

李冰河扶起严振华，自欺欺人：“没事，起来，再来！”

严振华不动：“冰河，你冷静一点儿！”

李冰河望着自己的脚尖，茫然地点点头："降低难度，阿克塞尔一周总可以吧？"

奇迹没有出现，严振华再一次狠狠摔倒在冰面上，他吃痛地捂着右脚，一抬头，正对上李冰河绝望的眼神。李冰河脑中一片空白，她木讷地走过去，想把人扶起来。

不知道是在安慰自己还是安慰严振华，她喃喃地小声道："没好，是吧，没关系，明天起，我陪你做康复，再给你三天总行了吧，三天后我们再上冰……"

"冰河！"严振华挣开李冰河的手，"你别这样，好不好？"

"我哪样了！我们已经没有多少时间了，从现在到选拔，只有三个月了。这次如果我再不赢，我怎么对得起我在病床上的爸爸，还有我妈？"

李冰河忽然就崩溃起来，她尖锐的声音像一把刀一样，一下刺中了严振华那根已经即将崩断的神经，严振华看着痛苦不已的李冰河，忽然一下卸了劲儿。

严振华叹了口气，垂下头去："冰河，你放过我吧。"

"你什么意思？"李冰河一愣，好似听不懂他在说什么。

"我已经尽了全力了，我……我真的撑不下去了。"严振华不敢看李冰河，别开眼去，继续道，"冰河，你给我的压力太大了。我……我觉得，我可能没办法陪着你走下去了。"

李冰河脑子里"轰"的一声，她瞠目结舌地看着他，一字一顿问："什么意思？"

"冰河，你感觉不出来吗？我无论怎么努力，也达不到你的要求。这样我们两个人都非常痛苦，不如……”

“别说了！”

“你其实可以有更好的选择。”

“我让你别说了！”

严振华从地上爬起来，踉跄着走到李冰河面前：“冰河，这个问题我想了很久，如果我们一直搭档，是不可能有希望的。”

李冰河慌乱起来，她使劲抹去眼眶里的泪水，倔强道：“我们刚得了亚军。”

严振华叹了口气：“这个亚军怎么得来的，我们心中都很清楚。冰河，算了吧，我们俩是不可能有未来的。”

李冰河静静地看着严振华许久，直到眼眶蓄满泪水，她哽咽着问他：“你不是说过，会一直陪着我吗？”

严振华不敢直视李冰河的眼睛，他垂下头去：“冰河，很多东西，我以为一辈子不会变，但事到如今，回忆过去已经没有用了。很多事已经改变不了，我们总得面对未来。”

李冰河目不转睛地盯着严振华，任由泪水一滴一滴地砸在冰面上：“刚刚说的这些，都是你的真心话吗？”

“是。”

“我再问你一遍，是真的吗？”

严振华始终没有抬头，他垂着头，轻轻地点了点头。两厢沉默片刻后，李冰河忽然凄凉地笑了笑，转身一步一步离开了冰场，一直到消失在冰场的门口。

严振华自始至终没有勇气抬起头来，他怕自己哪怕再多看一眼，就会忍不住想要留下她。

青云之上，冷月如钩。这一夜，万家灯火里，有两盏是萦绕着满怀愁绪的。

这一夜，李冰河靠在重病父亲的床头，正式背负上了一家人的希望与重担。

这一夜，严振华醉醺醺地躺在严森林新房的阳台上，望着漫天的繁星，正式告别了他的小红帽。

体校里的队员来来走走算不得什么新闻，很快，教练和队员们都适应了黎哲和李冰河一块儿上冰。

大家渐渐忘记了原本那对会因为一个完美的动作而相拥欢呼的情侣，大家渐渐只记得体工队新出了一对天衣无缝的顶级双人滑选手，他们是黎哲和李冰河。

此时，脚伤终于痊愈的严振华也再次回归了大家的视野，在卢教练满心愧疚，挖空心思想重新给他找一个女伴的时候，严振华却做了一个惊人的决定——他要转项，转单人滑。

虽然明知转项的难度，可严振华更加了解自己的身体状况，他深知以他现在的力量和技巧，已经不适合双人滑了。可他不能放弃三个月后的国家队选拔，那转单人滑就是他可以孤注一掷再赌一把的机会。

于是，曾经亲密无间的一对双人滑恋人，像是时间错位一样散落在体工队的各个角落里。严振华很快融入了单人滑的队员之间，跟大家打成了一片。李冰河和黎哲的磨合和训练也渐入佳境。

仿佛一切终于又重新回到了正轨。可只有两个人心知肚明，他们心里都漏了一个口子，就像是十多年共同成长起来的血肉，被生生扯开留下的创口，难以愈合。

李冰河数日以来用训练麻痹着自己。直到这一日，她在体工队食堂远远看见了坐在角落里吃饭的严振华，以及身边有说有笑、满眼爱慕的曲洁。

李冰河嘴里的菜忽然就咽不下去了。眼看着严振华和曲洁出了食堂，李冰河拎起书包，追了出去。

食堂门口，多日未见的两人再次走在一起，居然有片刻的相对无言。深秋已至，体工队甬道两侧落叶纷纷，两人沉默地并肩走着，时不时引来相熟的队员侧目，不知走了多久，李冰河终于忍不住率先打破了沉默。

“转项后怎么样？”

“挺好的。”

“你还在生我的气吗？”

“我生你什么气啊，是我让你去找别的搭档的。”

短暂的对话后，两人又陷入一阵可怕的沉默，李冰河有意无意凑近，严振华不着痕迹地拉开两人之间的距离。

李冰河心里的酸涩涌上来，她笑道：“曲洁最近来得挺勤啊，天天这么陪着你。你说，她是不是特别恨我啊？”

“恨你干什么？”

“你说呢？”

“我听不懂。”

“我知道，她心里一直有你。”

“你不是也有黎哲了吗？”

李冰河脸色一变，停了下来：“我和黎哲只是冰上的搭档，我们清清白白。你这人怎么这么小家子气！”

严振华莫名其妙：“我怎么小家子气了？明明是你先说的，怪我干什么？”

以前的种种历历在目，李冰河登时气不打一处来：“我说什么了？你和曲洁都多长时间了，我和黎哲才搭档两天，你就心里不舒服……”

“冰河，我不想和你吵。”严振华太阳穴生疼，忍不住打断，李冰河的咄咄逼人仿佛一个紧箍咒，让他脑袋一阵阵抽痛起来，严振华压着脾气道，“时间可以解决所有问题。咱们训练这么紧，以后还是少见面吧，祝你成功。”

严振华说完，抬步走向了大门。

“严振华！”李冰河朝着他的背影大吼了一声，可远去的人没有停留。

李冰河看着渐行渐远的背影，在人来人往的甬道上蹲了下来，抱着膝盖任由泪水无声地流淌着。

屋漏偏逢连夜雨。这一晚，严振华还没从低落的情绪中走出来，严森林半夜三更带着一个更大的噩耗，急匆匆地敲响了严红家的门——严义国生病了。

当晚，严森林驾着车载着忧心忡忡的一家人直奔黑河，一路上，严振华一直摩挲着手里的银牌，沉默寡言。严森林一边开车，一边给医院里的朋友打电话，放下电话，严森林一脸沉重。副驾驶的严红在一旁火急火燎，拉着严森林就问："到底咋回事？"

严森林面色凝重："县里医院一个我认识的哥们儿说的，大哥前阵子因为尿血、腰痛去检查，情况不太好。"

"到底啥问题啊？"严红心急如焚，眼见严森林吞吞吐吐，急得坐不住，"说呀！"

严森林犹豫片刻，低声道："说是肾脏的问题，可能是肾盂癌。"

后排，严振华脑子"嗡"的一声，攥着银牌的手指被按得失去了血色。

严振华正心乱如麻，汽车一个刹车，一行人终于在清晨，赶回了家中。

清晨的雪乡安静宁谧。已近冬日，天地间飘起了白雪，家里的小黄狗已经长大，看着门口陌生的车辆，吠叫了起来。三人灰头土脸从车上下来，急匆匆进了屋。屋里，严义国刚打完点滴就听见狗吠声，他刚要起身，几个人夹风带雪就进了屋。

严义国一看严振华也跟着回来了，顿时不太乐意："这么兴师动众的干啥？"

严森林不由分说做了决定："您就别操心了，明天我们就转院去哈尔滨，我已经打电话联系好那边的人了。”

严义国蹙眉：“这么快吗？我还有好多事没忙完。”

严振华凑过去，满脸担忧：“爸，咱生了病一定要治，一拖准出事，您不要让我们担心……”

“振华，我听你叔说，你得奖了？有奖牌没？给爸瞅瞅。”还没等严振华说完，严义国忽然笑吟吟地打断，随后一瞪严森林，埋怨着，“不是说还有三个月就是选拔赛了吗，你们咋让他也跟回来了？”

严振华心里一沉，强颜欢笑地掏出奖牌递了过去，严义国宝贝似的接过去，拿在手里正面反面来来回回看了起来。

严振华看着父亲苍老的面庞，心里百味杂陈，他沉默良久，深思熟虑后开口：“爸，我想暂停一段时间训练，陪着您手术，什么时候等您的病好转了，什么时候我再重新上冰。”

其他三人俱是一愣。

“不行！”严义国回过味来，登时变了脸。

严振华心揪了起来：“为什么不行？”

严义国恢复了往日的严厉：“我说不行就不行，你明天就给我回去训练！影响到选拔，我饶不了你。”

严振华的声音软下来：“爸，我从十二岁就离开您，已经快十年了，您的身体出了这么大问题，我做儿子的，不应该尽一份孝心吗？”

严义国铁青着脸：“我不需要！”

严红一见父子俩又要吵起来，赶紧打圆场：“哥，你这是干什么呢！振华有孝心是好事，怎么说话这么冲！”

“你们懂什么？不用你们管！”严义国吼了一句，气得在屋里待不下去，他趿着鞋推门就走了出去。

“爸，怪冷的，您干啥去呀！”严振华心里一急，跟了出去。

严义国的腿脚还不太好使，一脚深一脚浅地走在风雪中。严振华扶着父亲，两人一路来到了红星小学。刚走到操场，远远地，一阵琅琅的读书声从教室里传来。几年的光景，红星小学早就已经换了一番光景，升旗台上已经有了新的国旗杆，新操场上也被各种体育器械武装得有模有样。

严振华不由得看傻了眼：“这里变化好大啊！”

严义国指着新操场的方向，满眼追忆：“你还记得那儿吗？那时候，我每年都泼水做成冰场，你和唐剑，还有柱子，你们几个多淘啊，浇一块冰就能玩好久。现在啊，好心人捐助了操场，有了各种体育器材。不愁孩子们没得玩了。”

严振华看向新操场，往事历历在目，幼年的欢声笑语仿佛犹在耳畔。此时，一群个子不高的小孩子嘻嘻哈哈打起了雪仗，几个孩子一路追着跑着，跑过严义国身边，奶声奶气地高声问好。

“严老师好！”

“好！”严义国笑眯眯地回应着，脸上洋溢着前所未有的满足。

严义国看着孩子们，无限感怀：“日子过得可真快啊，我守了这儿大半辈子了，可每次只要我来到学校，看到他们，就会想起你们小时候，这些年，我看着你从这屯子走出去，走到省城，从业余体校到专业体校，再到体工队，走了整整十年，好不容易要进国家集训队了，爸不希望任何事情成为你的阻碍。”

严义国一番话，仿佛一块石头压在了严振华心头，严振华望着一地白雪，内心挣扎万分，他踌躇良久后，终于下定决心：“爸，有件事我想告诉您，其实……”

“爸也有件事没告诉你。”严振华还没说完，严义国缥缈的声音就响在耳边，打断了他。

严义国缓缓道来：“其实你和冰雪的缘分，远超你自己的想象。这件事，埋在我心里已经二十多年了。”

严振华一阵诧异，不可思议地听着父亲讲下去：“二十多年前，我在外村工作，那时候工作任务重，很少和家里联系。直到有一天，我收到你奶奶的一封信，说你爷爷快不行了……”

随着讲述，严义国好似又回到了二十多年前的那个北风夜。

严义国犹记那天的月亮很大，满世界的白，到处都是冰雪。他得到消息后，一门心思往家里赶，可路上积雪太厚，车子很快就抛锚了。

他只能靠一双脚，连滚带爬往回跑，生怕见不到父亲最后一面。

半路上，严义国实在太累了，便去附近一个供销社想讨口水，没想到供销社已经关门了。

他无力地坐在供销社门口，正在饥寒交迫之时，耳边的风声之中，忽然有隐隐约约婴儿的哭声。严义国循声望去，一眼就看到了那个被丢弃在供销社角落里的小纸箱，严义国想也没想赶紧跑过去，他打开纸箱一看，箱子里是一床碎白花的小蓝被，被子里露出一个婴儿冻得紫青的小脸。

严义国顾不得其他，赶紧把孩子抱了起来，神奇的是，那孩子到了他怀里的一刻，忽然就止住了哭声，对着他“咯咯”笑了一声。

严义国当时脑子里只有一个念想，得救这孩子，于是，他抱着孩子开始寻找人家，终于，在走了好几里地后，他遇到了一家诊所。严义国请大夫给婴儿做了检查，万幸的是孩子没有冻坏，可诊所不负责收留无家可归的孩子，严义国就只能带着他继续赶路。

终于，在天亮时分，他匆匆赶回了家，可父亲早已经咽气，他终究没有赶上见父亲最后一面。

严母也不知怎的，一见那个婴儿就喜欢得不得了，非让留下那个孩子做她的亲孙子，她说爷爷刚走，家里又添了新丁，这肯定是上天给我们严家的孩子。

于是从那天开始，严家就多了个孩子，严义国给他取名严振华，取“振兴中华”之意……

严振华静静地听完严义国的讲述，泪流满面地跑向了远方的雪山，没人知道他去了哪儿。

只是从那天以后，严家人都发现严振华仿佛变了一个人，他没有再像往常一样执拗地跟严义国争执，只是顺从地按照严义国的心愿，陪着严森林一起把严义国送进哈尔滨医院以后，就老老实实地回了体校。没人知道发生了什么，只是有种隐约的感觉，严振华好似在一夜之间长大了。

不幸中的万幸，严义国的手术十分顺利，严振华总算是好了一块心病。接下来的日子里，严振华开始了日复一日刻苦的训练。每日迎着哈尔滨第一缕朝阳而出，晚上又披星戴月而归，从满街枯叶到遍街的树木都抽出新芽，严振华的汗水渐渐沾满了整片冰场。

三个月之期转眼就到，国家队选拔赛的前一日。严家客厅里，曲洁、曲教练和严红一家齐聚一堂，热热闹闹地为即将征战赛场的严振华鼓劲儿。

餐桌上，严红吆喝着端上最后一道菜："鲤鱼跃龙门，预祝我大侄儿在选拔赛中大获全胜。"

菜已上齐，众人举杯。严振华跟家人们一一碰杯后一饮而尽："明天就是正式选拔了，这三个月的时间，是我过得最漫长的三个月。我一直以为离开了双人滑，我这辈子可能不能再滑冰了。但是这几个月，我拼尽了全力，把不可能变成了可能。"

严红万分感慨："振华，你好好比，你爸刚做完手术，去不了，但是我带着他那份加油一起去现场给你鼓劲儿。"

老林一推严红，虎着脸："你别这么说，孩子容易有压力。"

曲教练拍拍严振华的肩膀，语重心长："我不给你压力，你就正常发挥，冷静迎战。"

曲教练刚说完，严森林冷不防冒出一句粤语：“神也是人来的，能掌握自己命运的就是神！”

严红一愣：“你说啥鸟语呢？”

佟英解释着：“姐，那是小马哥的台词。”

严红瞎打岔：“小马哥是谁？你新交的朋友？”

众人忍俊不禁，哈哈大笑起来，欢声笑语中，一阵敲门声传了进来，果果放下筷子，叮叮当当跑过去打开门。一个邮递员风尘仆仆站在门外，举着一个邮包：“严振华先生是住这儿吧？有个包裹签收一下，北京来的。”

严振华莫名其妙地打开包裹，刚拆到一半，手顿在半空。只见拆开的纸盒里，躺着一双崭新的、系着红鞋带的冰鞋。

冰鞋下还有一封手写信，封面上是唐剑的笔迹，写着“大华哥收”。

严振华激动地打开信件，唐剑熟悉的笔迹仿佛还带着温度：

大华哥，好久不见了，我现在在北京，过得还成。我在老乡的一家运动用品店工作，每天从早到晚地忙。在北京时间越久，我就越会想起我们在雪乡的往事，想起那些让人心绪沸腾的时光。这是我做的第一双冰鞋，是短道刀的，好看不？虽然你用不上，也给你作纪念吧。咱们冰雪“三剑客”，肯定会有重逢的那一天！我在北京等着你们。

唐剑

严振华合起信，久久地抚摩着那双崭新的冰鞋。

窗外春风已至，寒冬已过。

酒足饭饱后，严振华窝在卧室的床头细心地磨着冰刀，为了第二日的比赛做着最后的准备工作。

严森林忽然趿着拖鞋跑了进来，一把将大哥大塞进严振华手里："我哥打电话来了！"

严振华一愣，赶紧把大哥大凑到耳边，没一会儿，耳边传来了熟悉的声音。

"是振华吗？"

"爸？您怎么打电话来了，身体怎么样？"

"爸没事，护士今天还夸我恢复得快呢，可惜大夫说，这几天还是不能出院。"

"您就安心养病吧。"

"儿子啊，明天比赛，爸去不了现场，但你是爸的骄傲，只要这一次进了国家队，爸的心愿就了了。爸就在这儿，等着你的好消息！"

严义国的声音化为信号，从大哥大里传来，在耳边发出轻微的震动，严振华沉吟良久，感受着这温暖又沉重的爱意。

他点了点头，随后，他意识到严义国看不见，又后知后觉应了一声："好。"

挂断电话，严振华又一下一下磨起冰刀来，桌角还摆着那张李冰河、严振华和唐剑三人在体校门口的合影。

合影上，三人笑容灿烂。

十年磨一剑。

又过了一日，严振华和李冰河终于迎来了他们人生中最重要的一场比赛，然而，他们却已不再并肩同行。

这日清晨，朝阳照在光可鉴人的冰面上，护栏围起来的冰场里，远远可见一个个小小的人影在移动，那正是浇冰师傅在进行最后的检查。

观众席上，开场不到半小时就已经座无虚席，严家一家人，除了严义国无法到场，一早就整整齐齐坐到了前排。

严振华早已经换好考斯滕，内心忐忑地等在场边，随着一支支的乐曲从广播里传出，距离他上场的时间也越来越近。随着时间一分一秒地过去，严振华心里的紧张也一点点递增。

而除此之外，他心里还藏着另一份焦虑。

因为今天上午，李冰河也在比赛。

他时不时攥紧拳头，往身后张望，等待着曲洁的消息，眼看就要轮到他上场，曲洁的身影却始终没有出现。严振华闭闭眼，想要挥去心头的纷乱。此时，随着一阵脚步声，曲洁气喘吁吁地跑了过来。

严振华迫不及待："怎么样？"

曲洁掐着腰，喘着粗气道："刚刚双人滑出了最终排名，他俩发挥得很好，稳稳的第一。"

严振华长舒一口气，心里有个小小的声音，仿佛是某块沉重的石头终于落地的声响，此时，严振华耳边传来广播的通知：

下一名选手，来自哈尔滨体工队的严振华。

耳边是混杂在一起的各色声响，观众的掌声、家人的呼声、通知的广播声、胸口的心跳声……严振华迎着声潮向观众席看去，他的目光扫过一张张满是期待的脸庞，曲教练、严红、老林、严森林、佟英、果果……

随后他愣了一愣，观众席一角，不知何时出现的李冰河正遥遥望着他。

严振华闭了闭眼，摒除一切杂念，在一阵震耳欲聋的掌声中，滑到了冰场中央。音乐响起，严振华踩着第一个音符，在冰面上荡出一条优美的弧线。十多年夜以继日的练习，让冰面上那个身体仿若精密仪器一般准确、优美、肆意、流畅。他精准地踩在每个节拍上，旋转、起跳、落冰……

看台之下，严家人的心情随着一阵一阵拱起的欢呼声，澎湃不已。

终于，随着“砰砰砰”的鼓点，乐曲来到了高潮，沉浸在音乐中的严振华，无意一瞥，恍惚在观众席看到了白发苍苍的严义国，严振华一怔，再定睛看去，那里却空无一人，严振华忽然心口狂跳，手心涔涔渗出汗来。

说时迟、那时快，便是这一晃神的片刻，全曲最高难度的后外点冰三周跳的时机已到眼前，严振华心跳如雷，那密密匝匝包裹他的成百上千双眼神忽然让他发起抖来，可早已由不得他细想，他凭着肌肉记忆加快滑行起来。

起跳！旋转！

落地的前一瞬，严振华心里一空，忽然失去了对身体的控制，而后，在巨大的恐惧中，在耳边一片的嘘声中，一阵疼痛传来，等他反应过来，他已经摔在了地上。

严振华脑子一片空白，他不记得自己是怎么爬起来，做完接下来的动作的。直到他走进更衣室，听着自己胸口一下一下的心跳，他才如梦初醒。

他失败了。

严振华木然地摸了摸自己的脸，摸到了一脸的泪水。而后，他背靠着更衣室的墙，一点点跌坐到了冰凉的地上。

不知过了多久，严振华恍然觉得自己好似在这个墙角里躲了漫长的一个世纪后，门“啪”的一声被推开了。李冰河站在一片阳光中，不知所措地看着他。

两人四目相对，仿佛有千言万语，又仿佛无话可说。

严振华忽然觉得累极了，他惨淡地笑了笑，爬起身来，无言地走了出去。

李冰河看着严振华消失在视线里的背影，她感到自己生命里那鲜活的十年时光，在一寸一寸从血肉里被剥离开来。痛觉从她的心口蔓延开来，囫囵地把她吞了下去，在她即将被吞没之时，BP 机响了起来。

李冰河拿起一看，忽然泪流满面，冲出更衣室。

那条消息是盖丽娜发来的。

“冰河，你爸醒了。”

改革春风生长下的哈尔滨，每日都有新气象。人们胆子大了起来，开始大跨步跟着时代往前跑，有人忙着开店，有人忙着做生意，但在这个冰雪之城里，有一拨人是生生不息的，就是那些还奶声奶气，就开始穿着大大的冰刀鞋滑冰的孩子。

他们的梦想都是一路滑到那个有天安门的北京。有些人失败了，他们慢慢汇入了哈尔滨街头巷尾为生活劳碌的人流中；有些人成功了，他们将随着声声汽笛远去。

这一日，一轮红日冉冉升起，入选了国家队的李冰河和黎哲到了启程之期。

火车站里，家人和教练们纷纷赶来送别，李冰河依然戴着那顶红色的冬帽，在教练和家人的叮嘱声中，车笛声阵阵催人。李冰河却一直心不在焉地朝着入站口的方向张望，迟迟不肯上车。可入站口来来往往的人群中，始终没有那个她期待的身影。

终于，火车即将发车，李冰河不得不依依不舍地上了车。拎着大包小裹找到自己的车厢后，火车缓缓启动，窗外的树木、房屋、行人……仿若电影画面一般往后倒退，越退越快，似在告别。

车上，李冰河掏出随身听，戴上耳机，黎明忧伤黯淡的声音传入耳中：

月色变得黯然 在深秋的黎明

而你双手是那么暖

离别最好的季节 是风里透着凉意

才知道两颗心能靠多紧

夜雾慢慢散去 在深秋的黎明

而我双眼离不开你

我爱你就像呼吸 感觉平淡无奇

用生命全心全意让爱能继续

……

而她永远不会知道，此时此刻，同样告别的，还有站在车站外，听着汽笛声的严振华。严振华眺望着火车远去的方向，忽然想起小时候，他站在雪山坡顶，目送小红帽的那天清晨。

也是这样的北风，也是这样的雾。

是夜，严振华独自躺在空无一人的冰面上。

他做了一个梦。

梦里，他仿佛又回到了当年报考业余体校的那一日。

那个时候，机电厂还红红火火，那时候，还没有满街的楼房，那时候，他还是少年。

他走在街道上，远远看见人群之中那顶小红帽。

“小红帽！小红帽！”

他一边叫喊着，一边往前追过去，终于，那顶小红帽停在了街角的糖葫芦摊前。他大步流星地跑了过去，兴高采烈地拍了拍她的肩膀。

那个戴着小红帽的小女孩儿回过头来，他一愣，心里一阵难过。

小红帽下是一张陌生的脸，不是李冰河。

就此，严振华迷迷糊糊从梦中醒来，浑身冰冷的严振华不由得蜷缩起来，他在冰面上越缩越小，最后孤零零抱作一团。

在这样一个即将入伏的夜里，他冷得落下泪来。

忽然，他冰冷的手上传来一阵温热，一点儿一点儿，那只温暖的手把他冰凉的手焐了起来。

Best Time

白马时光

冰雪之名

（下）

梁振华　胡雅婷　张贝思　著

百花洲文艺出版社
BAIHUAZHOU LITERATURE AND ART PRESS

目　录

Contents

第十六章

少年的我们

一弯银白色的月钩住了场馆外橡树乌黑弯曲的丫杈，夜色茫茫中，一只松鼠拖着黑影跳跃几步又消失不见，只余枝丫隐约抖动几下，像是在搔月亮的痒。

加拿大一处训练场馆里，一个疾风般的身影在弯道中划出流畅的弧线。女孩儿绷紧肌肉，上半身几乎与地面平行，她的目光死死盯住前方，随着一个有力的摆臂越过弯道，她开始在直道上猛冲。凛冽的风声刮过耳边，她什么也听不见。前方，前方，终点，三、二、一——呼……

“46 秒 23！ Incredible！ 金莹！你再次打破了你的个人纪录！”终点处，金发碧眼的教练挥舞着秒表，喜悦之情溢于言表。

“High Five！”金莹一边单手取下头盔摇散头发，一边和教练击掌。

“我之前和你说的事你考虑得如何？只要你更改国籍，我就能马上把你推荐进国家队参加冬奥会，如何？”

金莹闻言，耸肩笑了笑表示感谢，抱着头盔转身靠在护栏上，出神地看着玻璃窗外的月亮。蓦地转身戴上头盔，朝着教练挥了挥手，滑向远处。

“This is your last chance!”教练朝着金莹的背影高喊。

“If I were you，I would seize it!”看着冰面上越来越远去的身影，教练不由得焦急地加大音量。

金莹早已下定决心回国。这天，她带着简单的行李，坐上从加拿大飞往北京的飞机。飞机拱起云海驮着漫天星辰自东向西，闭目养神的金莹感受到前侧窗的光线，她拉下眼罩望向机舱外，只见机翼划破云层，与冉冉上升的朝阳撞了个满怀，纤长的睫毛在脸侧洒下密密的光影。

两小时后，飞机落地，金莹拖着行李箱走了出来，虽装扮休闲，但在人群中仍十分出众。她驻足停步，正想拨通电话，身后传来熟悉的声音：“金莹！欢迎回家！”金莹一转身，就看到熟悉的身影一边蹦着一边挥舞双手。

金莹会心一笑，眼眶却微微湿润了。这个李念雪啊，还是老样子。回到熟悉的土地上，她闭上了眼，感受机场里来来往往的人流，嘴里喃喃念道“欢迎回家”。

汽车穿行在北京的高楼大厦中，小小的车窗把摩天大楼拉出虚影。广播里播报着今日高考期间的最新路况：“亲爱的听众朋友们，今天是高考的第一天，小路在这里预祝所有高考学子旗开得胜。我们来关注一下最新路况消息……”

金莹侧头靠在车窗上出神：“变化太大了。”

李念雪笑着说道：“你可别说，我对北京也不熟。来的这几年天天在基地练跳雪，也没来得及好好逛逛。这次你回来了，可要带着我转转。”

金莹转过头看着她说：“没问题，我带你吃我家胡同口的冰糖葫芦，管够——”

“行啊，别忘了还有胡同尾的卤煮，之前在国外听你讲，我都馋死了。”

金莹一边笑着应声，一边低头打字——“妈，我到国内了。”

穿过三环进入二环，汽车直入城市腹地，在拥堵的胡同小巷里缓行，阳光下拱起一棵又一棵老槐树的波浪，最后稳稳地停在一座四合院门口。

金莹和李念雪站在树荫下，望着周围的一切。金莹怔怔地盯着那棵老槐树，忍不住上前一步，轻轻摩挲。李念雪揽住金莹肩膀，用力地搂了一下：“早就让你回国，不过现在也不算晚，咱俩也可以一起参加冬奥会。”李念雪一边说着，一边发出爽朗的笑容。金莹忍不住也笑出来：“这次你可休想赢我……”

走进哈尔滨一处老旧小区，看不到水泥色的建筑，却只见深海般的绿。藤蔓遮天蔽日，平时少有人修剪，树林、草丛倒是随意恣肆，乐得自在，平日不觉得树间的蝉鸣聒噪，今日周边这施工声、鸣笛声都没了，夏蝉便反客为主，嚣张地攻城略地。再推开这小区里一间普通的居民房的窗，晨风飘扬着纱帘，缠绕住隐隐约约的油条香气。

“砰”的一声门响，一个穿着宽大校服T恤、拖着牛仔裤的少年走出卧室，挠了挠鸡窝一样的头发，一边揉着眼睛一边把准考证和笔袋随意塞进书包里。

“哈——”少年张大嘴巴打着哈欠，突然嘴巴里被塞进一个鸡蛋，“嗯——”

“乖儿子，一根油条两个鸡蛋，顺顺利利一百分啊。”曲洁一边笑眯眯地帮严阳整理好校服衣襟，一边拍了拍他。餐桌上摆的都是平时常用的碗筷。科普说高考不要特殊对待孩子，不然会给孩子压力，在应考心理方面，曲洁是铆足了劲下了功夫研究的。

“嗯，满昏玉伯五！”严阳一边猛嚼，一边用手比画出“150”的数字。

餐桌旁一直跷着二郎腿拿着iPad看新闻的严振华嘲笑曲洁：“早叫你不要搞那些封建迷信……”话还没说完，老严就被曲洁转头狠狠地瞪了一眼。

十五分钟后，曲洁和严阳坐在后排，严振华在前面开车。

“准考证、身份证、2B铅笔、水——”曲洁一一清点，“行，都带上了。”

严振华从后视镜里看了看母子俩，不忘叮嘱：“记得把水的标签撕了啊……”目光从后视镜扫到手机导航上时，突然发现通红一片，他着急地放大屏幕，还好前面是绿色。表盘上的时间显示八点十六分，九点开考，还来得及。

严阳突然开口：“高考要提前三十分钟进场，迟到十五分钟就不让进了。”

严振华一听，心里也慌了，不由得按了几声喇叭，前面却纹丝不动。他佯装镇定，却忍不住地从后视镜里向严阳心虚地瞥了瞥。严阳一眼就看穿自己老爸的假装冷静，目光在不断转动的指针和纹丝不动的车队之间交换，迟疑了几分钟，拎着包就打开了车门。

后备厢打开，一双积满灰的轮滑鞋被掏出。

“让一让！让一让！高考大事！耽误不起！”只见严阳穿过复杂的车阵，一个潇洒转身绕过石桩，腾身跃上人行道。敏捷地绕过花坛，又避开了慢行的老人，脚底生风，全力加速。

外卖小哥被车流阻挡，无法在机动车道上行进，只好挤上了人行横道，严阳瞥了一眼外卖小哥，脚底猛地一踩像箭一样冲出去，前方是拐弯，他弯腰压步，两膝弯曲，重心向下，一个漂亮的转弯，将外卖小哥包抄越过，抛在身后。

“好家伙，这是以后的外卖好手啊！”外卖小哥忍不住赞叹道。

望着严阳消失的背影，曲洁急忙把头从车窗里探出，大喊：“阳阳！加油！仔细审题、注意检查呀！”

考场外的绿荫悄无声息地从西转到东，而后淹没在茫茫夜色中，第二日又重复一样的过程。时针掰着手指，挥了一圈又一圈的臂，挥散了这一场考试，又挥来下一场。

所有考生都想听到的那句话终于在广播里响起：“黑龙江省2018年高考最后一场考试完毕，请考生有序离场。”

监考老师收完试卷迈出教室后，整栋楼像煮沸的粥。贾长安对其他考生高谈阔论自己答题的“独家秘方”。严阳一边无精打采地收拾书包，一边扯了扯嘴角——这家伙，又开始卖弄他的三脚猫功夫了。严阳将书包拉链一合，便钩住贾长安的脖子，连拖带拽把他拉走。

两人勾肩搭背、大大咧咧地走进红蓝配色的网游俱乐部，贾长安像是突然瞥到什么，身体一僵，扯着严阳的衣角就想溜。严阳望过去，哟，不正是贾长安苦恋多时的艾宁学姐嘛。严阳突然来了劲儿，不由分说拽着贾长安大大方方地走过去，把靠近艾宁的位子空出，贾长安犹豫半晌，别别扭扭地坐下了。

艾宁盯着电脑屏幕置若罔闻，严阳瞥了一眼尿得不行的贾长安，又瞥了一眼艾宁，打破沉默：“学姐，一起开黑啊。”

“想找女朋友，出门左转不送。”艾宁连眼神也没抬一下，手里动作却是没停。

严阳倒是锲而不舍：“姐姐，你看我俩，一个高段皇子，一个无限输出寒冰射手，配上你的瑞文，稳赢没跑啊。”

艾宁这才瞥了两人一眼，没出声也没拒绝。

时间过了午夜十二点，曲洁把做冰激凌的模具洗干净滤水。

“臭小子，居然还关机了，真是反了天了。”严振华拿着手机走进厨房。

曲洁劝慰道：“让他去吧，憋了一年了，好不容易考完，怎么还不准他疯一疯啦。”

严振华帮曲洁脱下围裙和手套，一边帮妻子按摩肩膀一边嘟囔道：“你就惯着他吧。”

曲洁拍了拍严振华的手，握住说：“大华，你儿子也不容易。自从他一年前体校统考错过了，别看他跟没事人一样，其实就没怎么开心过。看起来卯足了劲儿准备高考，但我看呀，他更像是在逼自己不要去想那事。”

严振华直摇头：“没那么严重，大小伙子哪能连这么点儿挫折都受不了。”

曲洁说：“得了，孩子就要上大学了，上了大学就是大人了，以后你就是想管他也得注意方法，再也不能像之前那样了。”

这边父母担忧夜不归宿的孩子，那边俱乐部里，三个人玩得热火朝天。

贾长安摘下耳机，愤怒地指责严阳：“我去！叫你跟上，你干吗呢！”

“哎呀，对方这明显是在勾引你嘛！你带妹也不能这么冒进吧！”严阳愤愤不平地反驳。

两人在这边热火朝天地争执着，却看艾宁目不斜视，一顿操作，操控的瑞文把敌方全部干倒在地，胜利的标志出现在屏幕上。

两人瞠目结舌中，艾宁缓缓伸了个懒腰："贾长安，白费了你家这么好的电竞俱乐部，你还是洗洗睡吧。"说罢起身要走。

在喜欢的人面前丢了面子，贾长安急得挠头。严阳见状，忙把贾长安往前一推，助攻道："我们去爬山吧！老贾游戏不行，但拍照技术还挺好，到时候给你来组日出大片。"

看着艾宁有所松动，严阳赶紧趁热打铁："而且我知道有个地儿，不用爬山也可以，就是……欸，你就说你敢不敢去吧。"

激将法果然管用，艾宁反驳道："去就去！"说着提步就走，两人对视一眼，紧跟其后。

三个人气喘吁吁地登上楼顶。只见朝阳用锋利的刃劈开桀骜的云层，霸道宣告自己的到来。过了一会儿，她却温和起来，把云层揉得蓬松，像一个有起床气的娇憨少女，慢条斯理地梳理自己的金发。

艾宁站在最前面，微微张嘴，出神地看着这晨景。贾长安和严阳站在后面。贾长安一边用唇语一边朝严阳比画："我——不——会——拍——照——"

严阳恨铁不成钢地抢过手机，对着艾宁，调节光影明暗，按下拍摄键。照片中，女孩儿身姿挺拔，微微抬头眺望远方，清晨的微风扬起鬓角的几缕发丝，明暗阴影印在脸庞。

艾宁怔怔望着眼前景色，喃喃道："好美……"贾长安盯着艾宁，无意识地开口："好美……"

突然艾宁兴奋起来，对着太阳大喊："我要跳街舞！Hippop 万岁！”她转过头来，飞扬的眉眼比晨光还耀眼：“听说日出可以许愿，快把愿望说出来！”

贾长安点头，紧跟着大喊：“老子要吃喝玩乐！要自由！要放飞！要搞短道！风驰电掣！征服冰面！征服人生！”

艾宁推了推严阳，严阳举手张嘴，半天却一个字都迸不出：“我……我要世界和平！”

“切！虚伪！”贾长安和艾宁异口同声。艾宁催道：“你快好好想想。”

严阳却放下了手，说：“我没什么愿望，要说有，顶多也是希望高考考好一点儿吧。”

艾宁追问无果，贾长安看着严阳踢石子的脚，忍不住上前一步：“兄弟，你的激情，你的梦想呢？想象你之前在咱校短道队的光辉岁月，你可是队里的速度之神，‘冰上一刀’……”

严阳一个眼神冷扫过去，贾长安讪讪住了嘴。

艾宁诧异道：“‘冰上一刀’——原来是你啊，我有点儿印象。”

贾长安盯着艾宁，期待她说出自己“叱咤风云”的称号，艾宁翻了个白眼不理，继续追问严阳为何中止训练。

严阳懒洋洋地靠在栏杆上，眺望远方越升越高的太阳，意兴阑珊地说：“就是不练了呗，没有为啥。”

贾长安看着严阳这副样子，忍不住骂道：“你就做你爸妈的乖儿子吧。”

艾宁疑惑地转头看贾长安，贾长安只好低声解释。当初，严阳想报北体大，却错过了招生统考，加之父母不赞同，就退出了。

突然，贾长安像是想起什么似的，抬高音量："不过，我最近可是听说国家短道队有个青训营，要来咱们这儿招人。我短道速滑这块儿可是拿捏得死死的。"

严阳莫名其妙地烦躁起来，转身就走："我回去睡觉了！"

留下艾宁、贾长安两人，盯着严阳背影，面面相觑。

"这就是我妈说的来当技术顾问？"严阳看着严森林摆上的一双冰刀鞋和一个乌龟屁垫，气不打一处来。

话还要从几天前说起，曲洁看到严阳天天两点睡中午起，屋子里一堆臭袜子、脏衣服。听别家高考完的孩子，要么学车，要么兼职，要么学英语，就严阳这一天天的死猪样，看着让人气不打一处来。想到严森林说过冰场要招人，曲洁心生一计。

早就该猜到我妈和小爷爷肯定是串通好的，还说什么这新开的冰场要找个懂滑冰的来当技术顾问，结果把我骗过来当救生员……严阳心里犯嘀咕。地上的乌龟屁垫颇有些无辜地仰躺着。严阳指着："这是啥？我不需要。"

严阳的小爷爷，也就是这家新开冰场的老板——严森林，猛敲严阳的头："宣传！宣传，懂不？你不戴着，别人咋能想起来租呢！"

严阳揉了揉头，看着墙上"五木冰场盛大开业"的巨大横幅，感慨道："奸商啊……"

场馆里人声鼎沸。随着一个人影闪过，冰面上留下两道刻苦训练的痕迹。矫健的身影穿过人群，严阳左膝微曲，身子稍稍左倾，右腿相对伸直，一个漂亮的横扫越过弯道。严阳胸口起伏，眼睛慢慢变亮，他深吸一口气，多么久违的感觉。

“小伙子——”一声尖锐的呼喊毫不客气地撕破耳膜。严阳一个踉跄。转头环顾，只见大妈穿着滑冰鞋稳稳地伫立在冰面上，叉腰指着他：“你是工作人员吧？你们冰场的鞋怎么这么难滑呢？我根本溜不动！”

严阳烦躁地挠头，闷闷地走到场边，刚刚因为得罪一个想要碰瓷白租冰鞋的大妈，被经理臭骂了一顿。正准备拿起水杯喝口水，旁边小孩儿的哭声吸引了他的注意力，他放下水杯滑过去，只见一个四五岁的小男孩儿趴在地上哇哇大哭。旁边一个女人俯身撑着膝盖，半哄半劝地想让小孩儿离开。

小男孩儿边哭边说：“妈妈，再滑一会儿好不好，我喜欢滑冰，我还要拿冠军，拿金牌！”女人无奈应允，小孩儿看到妈妈默许了，眼珠一转，机灵地爬起身，颤颤巍巍地滑动起来，像一只刚破茧的、笨拙的小蝴蝶扑腾着翅膀，正欲飞走。

“欸——”随着严阳一声低呼，“砰”一声，小男孩儿再次摔在冰上。

“安安！”女人赶紧冲上去扶起地上的小男孩儿，关切地问他痛不痛。

“疼——”安安小嘴一撇。

“那咱们不滑了！”

安安赶紧摇头。安安妈妈又急又气，作势要走。

严阳只见安安嘴撇成了苦瓜，张大就要开号，他赶紧滑上前："阿姨，要不我陪他滑一会儿，免费的。"安安仰头看这位从天而降的哥哥，连忙擦干眼泪，猛地点头。安安妈妈只能作罢，到场边休息。

严阳顺势一把将安安拉了起来，将乌龟屁垫套在安安的屁股上："小朋友，冠军都是摔跤摔出来的，你不害怕摔跤，就一定能当冠军。"

安安一本正经地点头，立誓要做冠军。严阳来了劲头，边做示范动作边说："你滑的时候脚这样分开，对！膝盖往下弯。不要看左右。看脚下，只要往前看……对！做得很好……"

安安笨拙地慢慢挪动，慢慢放开了严阳的手，小小的脸蛋上洋溢着激动的神采。阳光洒进场馆，这绚烂日复一日，光影朦胧之间，严阳出了神。

良久，严阳缓缓转身，却看到贾长安满脸坏笑地站在不远处，朝他挤眉弄眼。

贾长安把严阳拉到一边，笑着说："真没想到你还愿意来冰场。我还以为你打死不碰冰了呢。"

"你以为我乐意？找我啥事？"严阳白了他一眼。贾长安被瞅得发虚，干笑两声："还不是那事。"边说边把手机递过去。

严阳一拉聊天框，只见自日出那天之后，贾长安天天"早安""晚安"一次不落，艾宁一句没回。严阳摇摇头，点进艾宁的朋友圈，手指漫不经心往上滑动，突然停在某张照片上。照片中的艾宁舞姿潇洒有力，左下角日期旁定位着 Molly 酒吧。

“有办法了！”严阳心生一计，只听键盘“嗒嗒”，点击发送。

贾长安抢过手机，只看到右下方最新发出的绿色对话框：“周五我生日，晚上在 Molly 酒吧开 party，你来吗？”贾长安错愕地抬头看着严阳：“你疯了！我生日一个月前早过了……”

话音未落，只听手机振动，屏幕上出现一个字：“来。”

贾长安一把搂住严阳，乐开了花：“也不介意再过一个。”

酒吧里，昏暗的灯光扫落在影影绰绰的人脸上，把闲聊声、调笑声、杯沿轻撞声扰得暧昧不清。正中位置的灯光下放着一个三层高的爱心大蛋糕，旁边是堆叠起来的红酒杯。

贾长安西装革履，头顶摩斯，推门后忍不住惊呼：“我去！这么浮夸！”

只听“砰砰”几声，彩条爆响，满天的彩条飞舞，灯光忽然亮起。短道队的教练和队友们举着彩条和“生日快乐”横幅，纷纷给贾长安送上祝福。

贾长安一脸尴尬地举杯应付，抿了一口后逮住门边的严阳，搂住他的脖子在耳旁压低声音，恶狠狠地质问：“不是约艾宁嘛！咋搞这么大阵仗？”

严阳笑着捶了一下：“追女神嘛！讲究排场！之前正好说滑冰队要聚一聚，这不一举两得？”

“那你小子至于把酒吧包场下来？专坑我是不——”

话音未落，艾宁带着朋友推开门，贾长安立马推开严阳，谄媚地迎上去。队友们挤眉弄眼也一齐拥上来，纷纷叫着“嫂子”，这让贾长安慌了神，赶紧使眼色，让队友住嘴，此时手机屏幕却亮起来，屏保正是艾宁那张晨光中的背影照。贾长安赶紧心虚地按黑了手机，一脸窘迫：“我就觉着这张照片挺好看的，适合做屏保——”

“什么星座啊，嘴这么笨。”艾宁抿嘴。

贾长安挠挠头：“我们金牛座都老实。”

“哦？金牛座今天过生日啊？”艾宁忍不住轻笑。

酒过三巡，队里的林泽醉醺醺地举着杯子，看了一眼严阳，又看着队里专业分已经过了北体大分数线的大饼，说道：“严阳，当年你多嘚瑟，大家都说你是最厉害的，没想到最先放弃的就是你！你就是一尿蛋！连体育统考都不敢考，看吧，大饼上了北体了，他是咱们中最出息的——”

大饼慌忙让一个队友拉林泽离开，示意他别说了。

贾长安在另一旁听到这边的事，愤愤不平地举着酒杯，醉醺醺地过来为严阳撑场子：“你们都别在这儿得意啊，要不是我发挥失常，要不是严阳当时闹钟没响，错过了考试时间，都还有你们什么事。都给我一边儿去！”

林泽冷笑：“那他也没把短道当回事啊。”边说边挣开大饼，疯疯癫癫地跳到茶几上，“我和大伙儿汇报一下啊，那天我看严阳在冰场当救生员，这活儿太适合他了——适合他这种不敢上赛道的——尿货！”

严阳拿着啤酒瓶瘫在角落，本是闭眼充耳不闻，听完这话，忍不住睁眼瞪过去，仿佛有千百句质问穿破耳膜，想要张嘴却一句话也说不出，眼中百感交集，有怒有哀。其他队友强把林泽从茶几上拉下来，其中一人赶紧打圆场："他喝多了，我拉他去醒醒酒。"

大饼在座位上一脸尴尬，侧身向瘫着的严阳解释："林泽喝多了。他不是那个意思，他只是替你可惜。咱们队就你最有天赋。要是上回你去考了，我没准儿就被刷了。"

严阳勉强挤出笑脸，摆了摆手："嗐，你是实力出线，我去不去都一样。"

此时郭教练从卫生间回来，严阳赶紧岔开话题，起身号召众人向郭教练敬酒。觥筹交错中，严阳提议让郭教练说几句，年轻小伙子们图热闹，当然是一齐起哄。

郭教练接过话筒，却迟迟不言。嬉皮笑脸的男孩儿们注意到异样，也都敛了容色，高举酒杯的手也缓缓放下。郭教练低头，深吸了口气，抹了把眼角，抬头笑道："刚才我看到这个 1998 年的红酒，我还在想，这酒比你们年纪都大，差不多也该过期了吧！"

众人听罢，忍不住哄堂大笑。

郭教练继续说道："本来我一直以为，咱们搞体育的不像红酒，越老越值钱。咱们吃的就是青春饭。现在我才明白，不管未来你在哪里，在做什么，这些年在赛场上吃的苦、打的滚儿，不仅不会随着你离开这个运动就过期，反而是越沉淀越有价值！"

寂静片刻，现场爆发出热烈的掌声，大家激动不已，纷纷呼唤："说得好！""没错！""谢谢教练！"

望着眼前一张张熟悉的面孔，往日和队友们在赛道上训练的日子闪过眼前，严阳鼻子一酸，声嘶力竭地大喊："大家干杯，我们来日方长——"

"来日方长——"一阵阵清脆的碰杯声在酒吧大厅里响起。

艾宁抄手歪头靠在角落，看着眼前这群血气方刚的男孩儿青春洋溢的脸，一阵动容。

散场后，严阳一身酒气回到家。他怔怔地盯着天花板，耳畔回响着林泽的那句话："那他也没把短道当回事啊。"他缓缓合上眼睛，耳边是冰刀滑过冰面的声音。

第二日，在家犹豫半天，严阳还是来到了校队训练场。

昨晚散场后，少年们醉着、笑着、闹着，贾长安东倒西歪，借酒撒泼，叫嚷着要和严阳再比一场："这么多年，我从来都是输多赢少，你不答应，我觉得我这高中就不是圆满的！"严阳不知道自己醉没醉，只记得自己鬼使神差地点了头。

思绪拉回，看着空无一人的场地，严阳戴好装备，跃上冰面，做了几个往日熟悉的训练动作，在自由灵活的冰上穿梭中，渐渐找到了感觉。熟悉的摩擦感，熟悉的凛冽味道，熟悉的风的触感，熟悉的冰面动作——好久不见！速度越来越快，一次又一次全力冲刺。

不知何时，贾长安来到冰场，看到冰场上自由驰骋的严阳，知道自己熟悉的那个朋友回来了，由衷地笑了。严阳回头看见贾长安，两人相视一笑，开启了冰上较量。

此时，严阳看见艾宁推门进来，不觉有些惊讶，赶忙拉住正向赛道滑去的贾长安。贾长安人来疯似的投入到与严阳的比赛中，严阳瞥见看台上的艾宁，输给了贾长安。

比赛结束，贾长安带着前来观赛的艾宁先行离开。训练器材横七竖八地躺在地上，无形中像是在招手。严阳蹲在地上，闷声不吭地把东西一一整理好。

“今天总体不错，虽然起跑急了，但是左腿蹬冰的节奏很稳，爆发力也很好。”严阳猛地转头，看到郭教练的脸出现在头顶上，整理器材的手一顿，他把头埋进双膝，闷闷地说：“输了就是输了。我一年没练，教练，您是在笑话我吗？”

郭教练叹了口气，在一旁坐下，语重心长地说：“你不觉得这样放弃太可惜了吗？你是我带过的学生里最有天赋的。”

严阳说：“有什么可惜的，反正也错过了走专业运动员的路子了，以后我就稳稳当当上大学，滑冰就当成业余爱好吧。”

郭教练诧异道：“今年国家短道队要办一个‘青年精英训练营’，专门挑选非专业学生中有天赋的，有机会还可以冲击国家队预备队员。贾长安没和你说？”

严阳愣了愣，隐隐约约记起了那天日出在天台上贾长安说的话。

“你还年轻，别急着认命。这可能是你最后一次机会了，现在报名还来得及。”说罢，郭教练把一张报名表塞到严阳手里，转身离开了。

“啊！553！儿子，你考了553！”尖叫声摇醒夏日午后昏昏欲睡的居民楼。曲洁捂着嘴，不敢置信地转身看了眼严阳，又转过去盯着电脑屏幕上的数字，确认再三，兴奋地抱住严阳。

严阳震惊，有种不真实感，后退了一步。

严振华面露喜色，站起身，激动地拍着严阳的肩膀：“不错、不错，臭小子这次超常发挥了！果然得了我老严家的真传，关键时刻就能抖搂真本事。”严振华端详着儿子的脸，又欣慰地拍了拍他。

严阳匆匆去了洗手间，对着镜子，用冷水拍打自己的脸。他拿出教练给自己的报名表，犹豫半晌，若有所思。严阳拨了个视频给贾长安。接通后，贾长安的大脸出现在摇晃的镜头里，背景“星海广场”几个招牌大字闪过，他正陪艾宁等候彩排。

严阳问贾长安高考查分的事情，贾长安说高考填报等事务都被他爸承包了。严阳还想问什么，但被曲洁的声音打断了：“儿子，快出来，你爸有话说。”严阳无奈挂断了电话。

严阳一进卧室，就被严振华扯到书桌前，摁在椅子上。桌上横七竖八地摆了一堆招生简章。“这个哈尔滨航天学院，这个东北工商，还有黑龙江财大……你这分数线高了一本线六十来分，报重点大学妥妥的了。”

严阳说：“听名字都差不多吧。”

严振华说："这个金融专业，跟钱打交道，毕业了就去银行，多好。"

曲洁附和道："对，金融好就业，你脑子好使，肯定没问题。"

严阳拿着黑龙江经贸大学的彩页宣传册，突然看到"体育馆（闭馆维修中）"几个字，烦躁地说："这个不好，不要。"

最终，在严振华和曲洁的游说之下，严阳选择了东北工商大学金融专业，并在爸妈的督促下在志愿填报系统填好信息。

客厅里，曲洁和严振华忙不迭地给亲友们打电话报喜："对、对！东北工商！金融呢！阳阳刚才自己填报的……"

严阳靠在卧室内的转椅上，望着门后武大靖的海报发呆。良久，他打开抽屉，把报名表揉成一团，扔进了垃圾桶。

星海广场上，艾宁早已离开。霓虹灯广告牌五颜六色的灯光在地上转动，穿着玩偶服招揽顾客的工作人员蹲在街边休息，随着最后一个客人离开，小吃街灭掉了灯，广场上人渐渐少了。

严阳找到贾长安，闲聊之际，把高考分数告诉贾长安，贾长安兴奋地要去抱他，但被严阳推开："你怎么样？不会还没查吧？"

"查啦，考砸了呗。"贾长安满不在乎，"不过没事，我爸说，把我弄进北京那个什么商学院。"说完贾长安得意地朝严阳挑了挑眉，"就我进的这学校的人脉，不是哥们儿打击你，就算你是正经东北工商大学毕业，以后赚钱铁定也没我多。赌一把？"

严阳好笑，这个贾长安体育搞多了，就想着争第一。

贾长安话锋一转："不过，我也不一定读这个书。"看见严阳惊异的眼神，他神秘一笑，"我要报青训营！要不要一起？"

严阳想起那张被扔进垃圾桶的报名表，无精打采地说：“不去，没劲。”

贾长安看了严阳一眼，认真地说：“其实我知道，那天学校里我俩单独比赛你是故意输给我的，你是看艾宁也来了，给兄弟我个面子。你的天分就是比我高，就算一年没练，也还是比我强。”

严阳说：“那你连我都比不过，还想去青训营？别说进去难了，进到里面能不能获得奥运资格还不一定呢。”

贾长安无所谓地说：“想那么多干吗，先去比了再说。反正我知道，我对读书没兴趣，也不想做生意，唯一有点儿干劲儿的就是短道了。我只要考进去，里面都是厉害的老师和队友，到时候被一指点，我的成绩不就噌噌噌上去了。退一步说，就算最终去不了国家队，我在里面混一圈，说不定能混成奥运冠军的队友啊。奥运冠军，多厉害啊，一辈子能有几回这样的机会……”

严阳看着兄弟那张滔滔不绝的脸，眼里也逐渐有了光芒。

五木冰场里，严阳照旧值班，看顾着场上的情况。

“乌龟哥哥！乌龟哥哥！我拿到金牌了！”严阳转身，只见安安动作流利地滑过来，手里举着一块金牌，一脸得意。安安把金牌塞到严阳手中：“哥哥，这个给你。妈妈说要感谢你教我滑冰。这个特别好吃的！”

严阳翻过背面，才发现这金牌是一枚包着金箔纸的巧克力，笑着说：“安安留着吃吧。”

安安摇头晃脑思索片刻，直勾勾地盯着严阳：“乌龟哥哥滑得那么好，是不是有很多巧克力金牌啦？”

严阳笑着摸了摸安安的头没说话。奖牌？自己有多久没参加过比赛了呢？

“那哥哥不喜欢巧克力金牌，也不想当冠军吗？还是乌龟哥哥害怕摔倒？”安安仰着小脸，眼神纯真。话虽无心，听者却有意，严阳怔住了。趁严阳发愣的当口，安安将金牌塞到严阳手里，一骨碌跑了。

突然，人群骚动惊呼，严阳回过神，只见一个失控的滑冰者以极快的速度往前冲，完全停不下来，而安安正在那人前方朝严阳扯着鬼脸，对背后的危险一无所知。严阳瞳孔放大，心跳漏了半拍，凭着本能跃起，全力冲刺。

终于，严阳冲到失控者背后，死死地抱住了他，用自己身体的惯性力量改变方向，延缓速度，两人一起摔在空旷的冰面上。

周围人群立马围过来，查看情况。严阳爬起身，甩了甩自己的胳膊，确认没有大碍。缓缓张开手掌，手中那枚金牌仍旧躺着掌间，熠熠生辉。他忽然像是想起了什么，赶紧脱下装备，和经理打声招呼就往外跑。

严阳径直回到家，“砰”的一声推开卧室门，直奔垃圾桶。酸奶瓶、牛奶盒、废纸团、铅笔屑散落一地。严阳急得团团转，一脚踢翻垃圾桶，就在这时，发现一个纸团安静地躺在桌角。

严阳捡起纸团，缓缓展开，只见铺平的纸张上写着“2022 年全国短道速滑青年精英训练营报名表”。

第十七章

The Last Chance

严阳高考成绩优异的消息不胫而走，严振华去菜市场买鱼时，邻居大妈碰上了也不免恭维一番。严振华心里喜悦，但嘴上谦虚，直言还没出录取结果呢。

这日，正式公布高考录取结果，严振华提着刚买的鱼回到家，跟曲洁一起查询严阳的录取结果。曲洁输入严阳的账号密码，点击“确认”按钮，立刻紧张地闭上了眼，严振华则越发凑近了看。手机屏幕上赫然写着“录取院校：东北工商大学，录取专业：档案学”几个大字。

严振华的表情由紧张期待变为迟疑困惑，曲洁迟迟没听到他的答复，忍不住自己睁开眼看了，看到“档案学”几个字也跟着傻眼。

严振华眉头紧锁，目光上下浏览手机页面：“金融学的最低分是 558，咱们阳阳就差 5 分，被调剂了。”

严振华打开手机搜索，查询档案学的相关信息：“档案学是以档案现象为研究对象，以揭示档案现象的本质和规律为目标的一门综合性学科……”

夫妇俩还是丈二和尚摸不着头脑。他们想起曲洁大姨的朋友的女儿在本市图书馆工作，兴许跟这专业相关，于是立即打电话联系，约了过几天见面聊。这时，鱼突然从袋子里挣脱开来，跃上空中，滑过椅背，掉落在地上。

严振华和曲洁两人对视，会心一笑。

严振华说：“鲤鱼跃龙门，好兆头！”

晚上，严振华家做了一桌好菜，严家人齐聚一堂，庆祝严阳考上大学。直到最后一道菜——鲤鱼炖粉条上了桌，严阳才手提着冰鞋进了家门。严森林和严振华早已就座，严振华面色严厉地说：“这一天天的你跑哪儿去了？人影都见不着！”

严阳说：“去冰场打工啊，朝九晚五，废物利用。”严阳有些心虚，但严振华并无怀疑。

席间，严森林笑呵呵举杯：“来，咱们先一块儿敬咱们家第一个大学生一杯！真给咱老严家争脸！”

曲洁和严振华都笑容满面地举杯配合，严阳有点儿心不在焉，但也非常配合，众人碰杯喝可乐。

严森林放下杯子，从地上拿起一个礼物袋递给严阳，是一款全新的华为手机。严振华本欲阻拦，不想让严森林破费，但严森林坚持，也就让严阳收下了。

严阳低头吃饭，曲洁趁机给严振华递眼色，严振华会意。

严振华严肃地说："严阳，今天录取结果出来了，你自己查过没有？"

严阳说："没呢。咋了，没录取上啊？"

严振华说："你就是运气好，录取了，东北工商大学，档案学。"

曲洁立刻接过话茬儿："这专业我下午查了，说能'守护国家记忆'。听着挺好，明天我再找你图书馆的王阿姨仔细问问，看看是学啥的。"

严阳含糊应答，严振华不满道："'嗯'什么'嗯'，有什么想法就说！"

严阳说："以后就去守护记忆呗，挺好。"

严振华气得摔筷子，严森林按住严振华，赶忙当和事佬："阳阳，没事，反正不管你学啥专业，以后都是跟着小爷爷做生意，学啥都一样，别心里头难受……"

严阳面无表情地说："我没难受，一本挺好的，"但心下犹豫着不知怎么开口，"有一件事，我……"

严振华只听到前半段，一杯白酒灌下肚，感慨道："臭小子，这回是干得不错！我早就说过，你安下心来读书，一样能读出一番名堂来，做啥非要指着一条路走到黑？爸爸是过来人，不会害你。读书才是出路，才不会被人看轻，你当初要是走体育的路……"

曲洁见状，忙打断严振华，招呼大家赶紧吃菜。严阳垂头，思绪起伏，埋头一个劲儿地吃饭，想说的话最终还是没有说出口。

次日，严振华夫妇俩早早来到约定的咖啡厅，向林老师咨询档案学专业的事情。林老师看起来温文尔雅，落落大方，一副知识分子的模样，她耐心地介绍档案学的相关情况，这确实是一个冷门专业，知晓率低，但档案管理人才也是很抢手的，尤其是在信息化时代，无论是企事业单位，还是政府管理部门，都需要有专门的人来管理档案……

随着林老师的介绍，严振华和曲洁的目光逐渐热切起来。

结束后，严振华在收银台埋单，刚好碰上正从门外进来的贾长安爸爸，两人说起孩子们考学的事情。贾长安爸爸说起儿子最近在准备冬奥会的青训营选拔赛，问严阳是否也一起参加。

严振华顿时变了脸色："我们家严阳要去读大学，不可能有其他心思！"

贾长安爸爸愣了愣，笑着打圆场："那是，谁会放着那么好的大学不上，跑去苦哈哈练冰啊，就我儿子是个傻小子！"

严振华回到家，眉头紧皱，陷入沉思，他想起严阳最近整天早出晚归，不免生疑。待到严阳回家，直接问道："这几天天天见你往冰场跑，打工要打这么长时间？"

严阳身形僵住："结束得早，我就再在冰场溜一溜。跟贾长安一块玩儿。"

严振华说："我听贾长安爸爸说了，贾长安要去参加青训营比赛，你也要去参加吗？"

严阳犹豫，想要开口，他看到严振华的脸色越来越阴沉。曲洁炒菜炒到一半匆匆出来，担忧父子俩的状态，赶忙出来打圆场。严阳还是把想说的话咽了下去，变成含糊的托词："我陪他练。"

严振华的脸色这才慢慢缓和过来。

严阳回到自己房间，慌忙锁上门，给贾长安打电话。此时的贾长安正与艾宁在五木冰场滑冰，严阳叮嘱他不要把他周六参加青训营选拔赛的事情说漏嘴。贾长安答应，同时反问他，要是真过了选拔，那刚被录取的本科还去不去了？

严阳陷入沉思中。他想起 2017 年 3 月体校考试那天，他猛地从床上睁眼醒来，时钟指针已指向九点。他飞快起身，穿好衣服，拎着冰鞋冲出门去。但好不容易奔到体育馆，体育馆已封馆，任凭严阳怎么哀求，保安都没放他进去。就这样，他错过了机会。

思绪扯回来，严阳坐到电脑前，打开武大靖的比赛视频，开始认真观摩，不时按下暂停键，埋头在笔记本上记笔记。这次，他一定要拼尽全力。

严振华和曲洁决定周六给严阳办谢师宴，这天也正是严阳参加选拔赛的日子。

周六早上八点，严阳猛然睁开眼睛。不一会儿，卧室里的几个闹钟准时响起，"丁零丁零"发出不同的闹铃声，严阳将它们挨个儿关掉。窗外阳光甚好，严阳伸了个懒腰，看起来神清气爽。

严阳穿好衣服背上包，蹑手蹑脚地往门外走。曲洁和严振华正在给严阳的老师们打电话，张罗谢师宴的事情。“晚上六点，圣狮酒店303包房”，曲洁打电话把时间地点一一告诉每位老师。

严阳背着包出门，严振华把他叫住：“去哪儿？”

严阳故作镇定地扯谎：“找贾长安打游戏去。”

严振华皱眉，刚想发火，但被曲洁拦住，他接着说：“晚上六点谢师宴，记得提前一小时到，别迟到了。”

严阳答应，故作稳重地走出家门。大门关上后，他立刻露出狡黠的笑，朝着校队训练馆奔去。

校队训练馆内一片热闹，观众席坐了一大半，洁白的冰面漂亮整洁，场地周围悬挂着“全国男子短道速滑青训营选拔赛”的横幅，若干运动员在场地边进行登记抽签。

贾长安在场边一边排队抽签，一边引颈四处张望，终于看到入口处出现严阳的身影，他立刻高兴地向严阳大力招手。

严阳过来之后，贾长安仍四处张望着。

严阳一拍贾长安的后脑勺儿，说：“看啥呢？”

贾长安捂着后脑勺儿，嘿嘿笑道：“我今天也约艾宁来了，让她过来给我加油，也不知道她能不能真的来。”

严阳促狭一笑：“老实交代，你们进展到哪一步了？”

贾长安笑着说：“八字没一撇呢。我跟她要是能成，今天我滑第几都无所谓。”

这时，场馆入口突然出现三个女孩儿的身影，中间那个正是艾宁。贾长安的眼睛瞬间亮了，他猛拍严阳的肩膀：“兄弟，我的春天来了！”还没等严阳反应过来，贾长安就朝艾宁跑去。

轮到严阳抽签，严阳朝贾长安的方向吹了一声口哨，贾长安慌忙蹿了回来，贾长安笑嘻嘻地跟排在身后的队员们赔礼道歉。严阳和贾长安依次签到、抽签，一边打开字条一边走向场地边。两人都被分在了第八组。严阳有点儿担心第八组结束时间太晚，影响了晚上参加谢师宴，可就瞒不过去了。

比赛开始前，选手们来到场地中央，聆听中国男子短道速滑队教练孙教练的开场致辞：“2022 年冬奥会即将在北京举办，为了发掘和培养更多有潜力的苗子，为国家队储备后备力量，国家体育总局和相关部门领导排除重重困难，决定成立全国短道速滑青年精英训练营。这是一个特殊的机会，也面向非专业院校和俱乐部，今天被选中的人将有机会进入青训营中，进行国家级别的专业训练，不仅有机会和武大靖、韩天宇这些前辈面对面讨教，成绩优秀的选手还有机会入选成为国家队预备队员——”

严阳和贾长安眼中都闪动着热切向往的光芒。

孙教练接着说：“但我也要给大家泼一泼冷水，虽然国家全力支持冰雪项目，可作为教练，我们的标准不会降低，要求也不会松懈！这次的地区入选名额只有一个，而这一个人，在进入青训营后，也将面对全国各地选拔来的优中更优的苗子，并且在接下来的训练中也随时都有被淘汰的可能！”

众人愕然，严阳和贾长安互相交换眼神，面色严峻。

孙教练说：“比赛永远都是残酷的，如果没有豁出去的觉悟和坚持下去的信心，我劝你们趁早退出！”

贾长安说：“我有信心！”

随着贾长安带头，其他人纷纷附和，严阳也跟随大家一起，热血沸腾地高呼：“有信心！”

严阳和贾长安在赛场旁热身，其他队员们也都四散在各处，比赛却迟迟没有开始，大家都有些急躁。

一位工作人员急匆匆跑来通知，目前冰面出现开裂情况，为了保护各位选手，同时也为了保障赛事正常进行，制冰师进行紧急修冰，比赛时间延后，具体何时开始将另行通知。全场响起遗憾抱怨的嘈杂声，制冰师团队带着设备匆匆上冰排查问题。

此时已是下午两点，严阳内心更加焦躁。有几个严阳曾经交手过的选手看到严阳，过来挑衅。

一选手说：“哟，这不是之前鼎鼎大名的‘严一刀’吗？”

另一选手说：“这回没睡过头呢。”

严阳面色沉郁，不想理他们，但对方却不依不饶。

那选手接着说：“你当时考体校到底是睡过了，还是认㞞不敢去啊？要是不敢走体育这条路，你就趁早回家玩，听说你还考上大学了，你这总想两头占，也不太合适吧？”

严阳反击，一旁的贾长安也替他出头。双方剑拔弩张，差点儿打起来，还是严阳压住火气，让贾长安别惹事。孙教练正盯着这边，目光如炬，众人这才收敛，两边互相瞪了对方一眼后散开。

下午三点半，第一组比赛正式开始。冰面上，比赛正在激烈地进行着，选手们你追我赶，在冰面上留下一道道残影。

严阳和贾长安在选手等待区做着热身运动。这时严阳的手机响了，他停下动作转身到长凳上从包里拿出手机，屏幕上跳跃着“老妈”的字样，他抿了抿嘴，背着其他人接听电话。曲洁催问严阳到哪里了，严阳谎说自己已在出租车上，路上正堵车。挂断电话后，严阳深吸一口气，努力平复自己躁动的心。

另一边的严振华和曲洁穿戴整洁，带上珍藏了十年的白酒，早早地来到酒店包间。包间宽敞明亮，严阳的外公、外婆、小爷爷已经就位，老师们已经来了大半，但主角严阳却迟迟未到。

严振华忙向大家解释说在路上堵车，马上到了。刚进门的林老师插话说：“严阳不是在参加青训营选拔赛吗？我儿子也在那儿，跟我说看到他了，好像是最后一组。”

严振华顿时愣住，他联想起严阳最近的表现，气不打一处来。他跑到包间外，拨打严阳的电话，但对方始终未接。

校队训练馆内，第八组开始比赛。严阳、贾长安和其他若干选手纷纷上冰，两人相互击掌鼓劲儿。严阳不禁偏头看向场馆内的挂钟，时间已经六点了。

严阳、贾长安和其他选手一起站上起跑线，观众席上的艾宁向贾长安招手，贾长安满面笑容，眼神更加坚定，严阳额上则出了一层汗，呼吸节奏有些乱。

裁判说：“各就位！”

所有运动员直立姿势静止站好，全场肃穆。

裁判说："预备！"

所有运动员立即做好起跑姿势，并保持静止，严阳额前掉下一滴汗，他肌肉紧绷，在裁判发令枪响前就猛地冲了出去！

全场哗然。

裁判的哨声响起，严阳愣住了，回头看向起跑线，见其他人都在原地不动，贾长安正愣愣地看着他；严阳又侧过头看向教练们所在的位置，看到他们纷纷摇头、低头记录。

严阳心中更加慌乱，双拳攥紧，站回起跑线。

贾长安说："想什么呢？二次抢跑就出局了，这回千万别抢跑了，最后一次机会了！"

严阳额头上的汗更加密集，他强作镇定地点了点头。

裁判说："2 号位，身体移动，本组已有一次犯规。"

严阳紧抿嘴巴。

裁判重新发起号令。

发令枪响，所有人都像离弦的箭一样冲了出去，严阳则因上一次的犯规而心有余悸，起跑慢了半拍。落后的严阳奋力追赶，凭借出色的爆发力追上了大部队，到第三圈时已位列前三，而贾长安则状态大勇，始终位列第一。

严阳奋力追赶，几乎与贾长安并驾齐驱，但在弯道处却仍未实现超越，贾长安第一个冲线，严阳第二。

冲线的贾长安不敢相信自己得了第一名，兴奋地满场飞奔，与看台上的艾宁疯狂招手，艾宁也激动得一蹦三尺高。独有严阳怅然若失。

场地的电子大屏幕滚动出成绩，显示全场成绩总排名——第一名：贾长安 45 秒 852，第二名：×××45 秒 987，第三名：×××46 秒 178，第四名：严阳 46 秒 393。

贾长安激动地振臂大吼一声，严阳失落地望着电子屏幕，汗水从他脸上不断滚落，眼睛和头都再也没抬起来。

比赛结束后，大家陆续走出场馆。艾宁答应做贾长安的女朋友，贾长安兴奋地找严阳的身影，却看到严阳背着包，匆匆往外走。

酒店包间里，严振华频频举杯，向所有老师敬酒。

严振华说："感谢各位老师的辛苦栽培，我们家臭小子才能取得今天的好成绩。他有事不能来，我就代替他敬各位老师们。我喝三杯，你们随意！"

严振华说着，便闷头一口将杯中的酒喝掉，接着又往杯里倒酒，不多会儿就显现出了醉态。又过了许久，严阳还未到，老师们陆续告辞。

严阳赶到 303 包间时，偌大的包间里只坐着两三位老师，还有父亲严振华、母亲曲洁和小爷爷严森林。严阳愣愣地打招呼，心虚地低下头。

严振华注意到严阳手上的冰鞋，一脸严峻地问："去哪儿了？"

严阳犹豫，不知如何开口，曲洁说："你去比赛了怎么不早跟我们说啊！”严森林上前解围，让严阳赶紧吃东西。严阳乖乖就着严森林递过来的碗吃东西，味同嚼蜡。

严振华问：“比赛结果怎么样？”

严阳说：“输了。”

严振华松了一口气，面色稍微缓和下来，接着说：“既然输了，这事也就翻篇了。”

严振华示意严阳向在座的老师敬酒，严阳照做，但是难掩内心的失落。严森林宽慰道：“比赛输了没事，下回咱们再赢回来。”

严振华不悦：“有下回也赢不了，非钻什么牛角尖儿。老老实实上大学才是正道，趁早给我死了这条心。”

严阳内心的怒火和委屈一涌而起：“贾长安得了第一名，可之前他次次都滑不过我的！要不是我一年多没训练，他根本没机会。再说，要不是怕耽误了时间，才不会一心急失误了，这根本不代表我的实力。”

严振华说：“实力不够的人才会说自己失误！人家关键时候能瞪起眼来！你呢，机会来了也是掉链子。今天折了也好，赶快给我彻底断了念想，安安心心给我上大学去，你就不是这块料！”

严阳不服气地说：“你凭什么说我不是这块料？你从来都没支持过我滑冰，你看过我在冰上滑得有多快吗！你知道我的纪录吗！你什么都不懂！除了会念叨我不行，你又为我做了什么！”

严振华说：“我不懂？你有个屁能力，比赛赢了吗？连贾长安你都没比过！我告诉你，要不是我当初调了闹钟，你现在连个大学都没得上！”

严阳隐隐感觉到之前有什么事情发生，追问道："闹钟，什么闹钟？"

曲洁赶紧阻拦，严振华意识到自己说漏了嘴，不再言语。

严阳忽然明白了一切是怎么回事，他等着爸妈给一个答复。严振华闷下一口酒，说："没什么不能说的，我对这件事情从来没有后悔过。"

严阳看向曲洁，神色恳切。

曲洁叹了口气："当年你考体校，不是睡过头，也不是因为你粗心大意忘了上闹钟，是你爸前一天晚上把你的闹钟给关了。"

严阳不可置信地看着严振华，心里像是打翻了火药桶，他朝严振华怒吼："你压根儿就是看不惯我，对不对，我想干什么偏不让我干！"

言罢，严阳头也不回地冲出了门。

曲洁匆忙追出酒店大门，四处没看到严阳的身影。严振华也跟着出来，虽有担忧，但还是嘴硬。他深知滑冰这条路并非想象中的那么简单，哪怕儿子恨他，他也不希望严阳走上这条路。

夜幕低垂，大街上行人渐少，严阳独自失落地徘徊着，难过且落寞。他漫无目的地走了很久，路过一家平日里常去的电玩城，严阳在门口看了一会儿，犹豫片刻，从裤兜里掏出手机，从电话簿里找出"贾长安"，拨通电话。

贾长安带着艾宁来到电玩城，他跟严阳比赛玩游戏。玩赛车游戏时，严阳骑着摩托左歪右斜，分外投入，一路狂飙，发泄着自己的不满。贾长安的手放在油门手把上，一边偷偷注意严阳的反应，一边调整自己的速度。

玩桌上足球时，严阳飞速转动手把，各路突击阻拦，贾长安小心地陪玩，结果严阳急躁用力，足球碰到桌壁反弹，攻入己方球门。贾长安白捡乌龙球，一脸无奈，严阳脸色不霁，甩手离开。

玩投篮游戏时，贾长安还是有意让着严阳。越是这样，严阳心里的怒火越积越多，他怒吼着让贾长安好好比赛。贾长安也被激怒，两人一脸认真地比赛投篮。最终严阳以 110 ∶ 111 的分数落败。

严阳愤然离开，他继续在外游逛，不知不觉来到了五木冰场。

白天热闹的冰场现在已经空无一人，严阳在冰面上发泄一般地狂飙。一圈又一圈，直到自己气力用尽，瘫倒在冰面之上。

严阳大口大口地喘着粗气，冰场上空的灯显得异常耀眼，照得他更加心烦。严阳摘下手套，朝着大灯砸过去。手套划过一个小幅度，正好落在严森林脚前。

严阳惊讶地看着严森林。

严森林带严阳去了自己办公室，打开一瓶陈年老酒，一杯给严阳，一杯给自己。严阳一口闷下，辣得说不出话来。

严森林说：“阳阳，别看你成年了，但是不懂酒啊，那就不能算真正的大人。”

严阳说：“为啥？”

严森林说：“为啥？因为人一辈子跟酒一个味儿，又香又辣！”

严阳说："还苦呢！"

严森林大笑："苦也是香啊，你觉得苦那是还没品到时候，再往下品品就能品出香味儿了。"

严阳说："是不是就跟您闯深圳一个样？"

严森林又喝了两杯酒，陷入回忆，感慨道："是，当时是真苦啊，我一个人在深圳，房租都交不上，被人赶出来，兜里一分钱没有，看着街上馒头铺，那个馋哟。我这辈子都忘不了！可人一辈子就年轻那么一回，拼也就那么一把，而且要是没有当年受的苦，又哪有现在的好生活呢？"

严阳说："小爷爷说得对！人就是得出去拼、出去闯，天天按部就班原地闷着，我看跟死了也没个两样！"

严森林拍拍严阳的肩，叹息道："阳阳，别怪你爸，他不是不理解你，也不是想管着你，而是你走的道儿，他都走过一遍了，他是怕你跟他一样摔跤。"

严阳"切"了一声，不再搭腔。

严森林说："你不信啊？你觉得你爸没本事？觉得他不懂你的心思？你知道你爸原来走到过多高的地方吗？"

严阳说："多高？"

严森林说："离奥运会，就差那么几步。"

严阳难以置信地说："小爷爷，您唬我吧？就我爸？"

严森林不着急回答，领着严阳来到房间一角的展示柜前，指了指放在最中间的一个透明小盒子，里面摆放着一枚端端正正的奖牌，上面写着"银牌"。

严森林说：“这块奖牌就是你爸的，他当时觉得是耻辱，不肯要。我偷偷帮他领了回来，一直收着呢。”

严阳一脸震惊。

严森林一边喝酒，一边娓娓道来：“那时候，你爸努力考上专业体校，家里都不懂，你爸就凭着那股劲儿和对滑冰的喜欢，一路走出农村，去了哈尔滨上专业体校。其实你跟你爸小时候挺像的。后来，他跟李冰河搭档，搞双人花滑，在比赛上表现出色，连教练看了都竖大拇指，说他有前途。但没多久，他练功受伤了，又不想耽误搭档，咋整啊？就转单人了……”

严阳听得入迷，急切地问后来怎样了。

严森林说：“转单人滑后，你爸在赛场上连续失误摔倒，最后，他每一个动作都没做好，失败了，彻底失败了，从此他就退下来了，再也不搞这一行了。”

严阳震惊又唏嘘。

严森林说：“孩子，你觉得他为啥不由着你去搞体育啊？他是疼你、爱你！他付出了那么多努力，专业体育太残酷了，他舍不得你跟他一样！这一块奖牌，是他用一身伤病换来的。”

严阳抿了抿嘴，思考良久：“小爷爷，您也觉得我做不到吗？”

严森林愣了愣说：“那我问问你，你自己觉得你行吗？你爸是把你保护得太严实，可路不就是自己一个跟头一个跟头跌跤跌出来的！”

严阳沮丧地说：“可我比输了，没机会了。”

严森林有了明显的醉意：“瞎说！这话还早着呢。那什么选拔赛，你说你平常比贾长安快，你再来一次，能赢过他吗？”

严阳看向玻璃窗外空荡荡的冰场，眼里顿时闪烁着亮光：“我能！小爷爷，那您说，我现在该怎么做，还有机会吗？”

严森林醉着点头：“机会都是人创造出来的，我……”

严阳一脸期待望着严森林，严森林趴在桌上睡着了。

严阳站在玻璃阳台上，静静地眺望着脚下的冰场。他打开那个装着奖牌的小盒子，将严振华当年的银牌取下来，仔细查看，奖牌在月光的照射下发出温润的光芒。严阳将奖牌紧紧攥在手中，目光越发坚定。

第二天一早，严阳来到校队训练中心。他来回踱步，喃喃自语：“孙教练，我叫严阳。我的速度很快，请再让我滑一次！”

严阳鼓足勇气进去，得知选拔结束后，孙教练就不在这里了。严阳带着遗憾悻悻地离开。他不知道的是，严森林已经约了孙教练见面。

孙教练在一名服务员的带领下，走进一间雕龙刻凤的餐厅包间，眼前巨大的圆形桌子足以看得出气派非凡。

包间里，严森林看到孙教练一来，立刻上前亲切地握手。

严森林说：“孙教练，久仰、久仰。欢迎你来我们这个地方选拔运动员，这些小马驹就缺孙教练这样的伯乐，有了你们的培养，他们才有长成千里马的一天。”

孙教练疑惑：“您是滑冰场地的李会长？跟照片上不太一样。”

严森林说：“哎，老李的儿媳妇快生了，让我来陪陪孙教练，聊表敬意。他们都叫我严老三，谁让我上面有个哥哥呢。”

孙教练说：“严老板说笑了，我和李会长虽然没有见过面，可是交流还算不少。他家里只有一个闺女，什么时候多了个儿媳妇了？”

严森林竖起大拇指：“到底是国家队的教练哪，一眼就瞧出来了。”

孙教练说：“严老板醉翁之意不在酒，不妨明说吧，要不然这饭我吃着不踏实。”

严森林说：“孙教练别紧张，你先看看这些菜，我的一番心意都在这菜里头了。我是个开冰场的，对你们冰上运动员打心眼儿里敬佩和喜欢。”

服务员开始上菜，第一道菜是配着冰雕的白虾，严森林解释道：“它叫‘白雪皑皑’。生在雪乡、长在雪乡，冰雪就是我们这些人的烙印，离开了雪就不自在，所以我们这儿，都用这作为第一道菜招待客人。”

孙教练看着眼前的白虾，点了点头。

服务员端上第二道菜，是一道用土豆泥做成的马体形状，但是周边雾气缭绕，宛如在仙界中奔驰。

严森林接着说：“这个叫‘马踏飞燕’。是我们对孩子们寄寓的一种希望，祝愿每一个在冰上的孩子都能身轻如燕，马到功成。马身用土豆，是希望孩子们记住脚踏实地，向下扎根，才能茁壮成长。”

孙教练说：“这个也不错，是个好兆头。”

严森林示意孙教练尝尝，孙教练动了动筷子，“马踏飞燕”的冰块移动，上面的马儿形状土豆泥顿时垮塌成了一片，孙教练尝了尝，点头称赞。

孙教练说：“味道不错。不过这道菜不应该把马身竖起来吗？”

严森林说：“孙教练见多识广，这是专门为孙教练做的。”

孙教练听出严森林弦外之音。

严森林说：“再好的厨师也有失手的时候，再好的千里马也有马失前蹄的可能。就像昨天的选拔赛，有些年轻选手发挥失常，一次选拔定终生，有点儿可惜。”

孙教练说：“选拔有选拔的制度，固然会有沧海遗珠，可哪能事事如意呢？运气也是一种实力。就像这些菜，味道都不错，可是我不好这一口，就难以下咽。只能说这些菜的运气不佳，不走运。”

严森林说：“孙教练客气了，你吃不惯这个，总有你能吃得惯的。服务员，来一份猪肉炖粉条、小鸡炖蘑菇。”

严森林笑嘻嘻地看着孙教练：“孙教练，怎么样？这些合你胃口吗？”

孙教练说：“这些菜实在，吃了放心！”

严森林说：“那就整这个，可劲儿吃，管饱！”

孙教练看着严森林的模样，倒是有点儿摸不着头脑。

待到孙教练回酒店休息，服务员提来一袋东西，说是有人送来的。只见里面装了红肠、粉条干、蘑菇干等东北特产，还有一张价值不菲的购物卡。

孙教练自言自语："好家伙，原来这才是你的实在菜。"

严阳垂头丧气地在大街上走着，忽然收到严森林的短信，上面写着"等着瞧，有转机"。严阳既好奇，又隐隐生出不祥的预感。

严阳正要打字回复，校队郭教练打来电话，让他速到校队训练馆来，说有重要的事情要问大家。严阳来不及多想，匆匆向学校赶去。校队体育馆内气氛凝重，全部青训营选拔赛选手重新聚齐。孙教练和郭教练一起走入了体育馆，孙教练手中提着那个别人送来的袋子。

孙教练说："今天突然请郭教练把大家叫回来呢，是为了我手里这个袋子。这个是今天上午有人给我的。对方来找我，是想为在场的某一位选手说情，想重赛一次，确定选拔结果。"

场馆内一片哗然，严阳怔怔地看着袋子，如遭雷劈。

孙教练接着说："搞笑的是，求人办事，可连名字都不留，那我该给谁这个机会呢？大家都是搞竞技体育的，我们竞技体育最讲究的是什么？就是公平，是更高、更快、更强的体育精神。我希望那位送礼的同学能自己来找我，把东西领回去，好好复习一下什么是真正的体育精神！"

一众人之间，严阳满脸通红，心乱如麻。

严阳深吸一口气，来到孙教练和郭教练所在的办公室。

严阳深鞠一躬，承认小爷爷送礼的事情确实不恰当，但他还是努力为自己争取："我真的很想滑冰，能不能请您再给我一个机会！"

孙教练有些吃惊，没想到严阳在这种情况下还会坚持，但他依旧坚持选拔已经结束，不再招新队员。

严阳一脸认真地说："我从小就爱滑冰，当初觉得自己滑得还行，可以报体育类大学，走专业运动员的路子。可是错过了考试，当时也觉得没啥。后来我去做冰场的救生员，想着能滑冰，怎么都一样，没必要搞专业，可是在冰场我遇到一个小孩儿，他问我想得冠军吗？我一下子就说不出话了。我当然想，但这次选拔赛我还是失败了，可是，我还是想和您争取，我知道，我想要的不仅仅是冠军，我知道那个赛道对我有多重要！"

旁边的郭教练也忍不住为严阳求情，孙教练依旧一脸严肃。

严阳九十度鞠躬："您不用同意，您只要再看我滑一次就行！"

孙教练看着坚持的严阳，还是同意了。

严阳换上 skinsuit，将拉链一拉到顶，仔细地戴上头盔。他在心里默念：目前男子短道速滑 500 米的世界纪录是武大靖所创造的，39 秒 505。每一秒钟，都无比珍贵。我已经浪费了太多的时间，从现在起，我要把错过的时间，全部追回来！

整个赛场寂静无声。发令枪响，严阳像一只矫健的猎豹一般死死盯住前方赛道，蹬冰滑出。孙教练盯着秒表，上面的数字在飞速地闪动，严阳如一道疾风从冰面上掠过，过弯，向前，冲刺！随着严阳过线的一刻，秒表按下。45 秒 794！孙教练满脸震惊。严阳看到孙教练的反应，知道自己终于成了，抑制不住内心的兴奋和喜悦，眼中隐隐闪着泪光。

第十八章

北京！北京！

回国后的金莹依旧保持着在国外训练时的饮食习惯和训练强度。这天清晨，金莹训练完后，带着行李前往青训营基地。她一身劲装，眼神坚定，直奔教练办公室。沿路上，偌大的冰场馆、体能训练场馆建筑依次排列，金莹虽在国外见过世面，但还是被眼前的场馆规模所震撼。

青训营教练办公室里，孙教练和文教练正在翻阅新录队员的信息表。孙教练管男队，文教练管女队，谈起新录的队员，两人便说起了破格录取的严阳和从国外回来的金莹。金莹在北京决赛的时候滑出 46 秒 5 的好成绩，再快一秒，就是世界赛的水平；再快两秒，就可以去奥运赛场上摘金夺银，是名副其实的种子选手，许多国外的队也盯着她。

教练们正聊着，金莹便进了办公室，自我介绍道：“我是金莹，是来领青训营通知书的。”

这是教练们与金莹的第一次见面。孙教练上下打量了一下金莹，眼前这个并不高大的女生身上带着一股坚韧和高冷。

孙教练说：“是你啊，还好电话联系上你，否则你没填地址，这通知书都不知道咋给你。”

孙教练边说边找出金莹的录取通知书，接着说：“你选拔赛的成绩不错，我看你之前都是在国外训练，回国后还习惯吗？”

金莹说：“教练，我今天来，除了录取通知书外，也是想当面跟您沟通这个问题。”

孙教练好奇：“哦？说说看。”

金莹直言：“孙教练，我在回国之前已经大致了解过青训营的训练方式。无论是谁，都要服从统一的训练时间、体能训练师的安排。这跟我在国外的训练方式有些出入，首先，我想带自己的营养师，单独配餐，以便保持我身体状态的稳定。其次，我想我的训练计划也能和我之前在国外的训练保持一致。”

金莹直接递给了孙教练一份计划，孙教练瞟了一眼，并没接，他不露声色地说：“金莹同学，你有自己的想法值得鼓励。可训练营是为国家队储备人才的地方，和你在国外的短道速滑俱乐部不一样。在这儿，大家都要遵循营里的训练规则。”

金莹坚持己见：“我们的训练规则难道不应该以保证让选手赢得比赛为第一要务吗？”

孙教练笑着说：“我们教练团队自然会根据每个运动员制订计划，提高你们的成绩，但是这还要由青训营的教练组决定。”

金莹低头看着自己的训练计划，没有言语。

孙教练说：“考虑到你一直生活在国外，饮食习惯比较特殊，我可以帮你争取单独的配餐。但食材和营养师也一样要遵照队里的统一规定。”

金莹说：“如果一个选手不能按照自己最熟悉的训练方式进行训练，青训营怎么保证能够提高队员的实力？”

孙教练说：“最熟悉的方式不一定最有效。你既然选择回国参加青训营，就应该信任这个青训营足够专业，这里并不能为你搞特殊化。当然，你也可以当这封集训通知书从来没有收到过。”

孙教练将通知书放在桌子上，让金莹自己选择。

远在哈尔滨的严阳和贾长安，自选拔赛结束后便开始享受暑假时光。这天，两人正在网吧打游戏，严阳接到快递员的电话，说是通知书到了。起初，他以为是大学录取通知书，便让快递员送回家。听贾长安说已经收到青训营集训通知了，才猛然意识到有可能是集训通知。想到这里，严阳赶忙飞奔回家。

待严阳回到家，快递已到。严振华和曲洁没拆，他们猜测是大学录取通知书，一定让严阳亲自拆。严阳心里像是揣了几十只兔子上下翻跳，他害怕这是集训通知书，同时心里又热切希望是。在爸妈两双眼睛的压迫下，严阳一点点撕开快递封皮，忐忑地将通知书缓缓向上抽出——

通知书上写着“东北工商大学”几个大字，是大学录取通知书。

严阳顿时放松下来，长舒一口气。

严振华拿过通知书，和曲洁仔细端详，看着录取名单上严阳的名字，嘴角尽是掩饰不住的开心，小声读着："严阳同学，我校拟定录取你入档案学专业学习，请你准时于2018年9月2日至9月5日凭本通知书到学校报到——"

就在这时，敲门声突然响起。曲洁走过去开门，一个快递小哥站在门口，手里拿着一份EMS快递，说："我是送通知书的。"

曲洁疑惑，正要伸手接过来，坐在椅子上闻言的严阳身子一颤，一个箭步冲上去，将通知书夺了过来，藏在身后，对爸妈扯谎："这是学校附赠的大学生活需知，如何让大学过得更丰富多彩，你们看了也没用。我先进屋了！"

说罢，严阳攥紧通知书，一溜烟地进了屋，"啪嗒"一声将房门紧闭。

严振华和曲洁面面相觑，严振华看着桌子上的那封"东北工商大学"的录取通知书，又望了望严阳紧闭的房门，疑惑不解。

严阳把自己关在房内，小心翼翼地拆开快递——青训营通知书，报到截止时间是9月3日。严阳内心五味杂陈，愁绪万千。这时，贾长安打来电话，严阳告诉他收到两张通知书的事情。

贾长安说："兄弟，我已经看过皇历，后天就是黄道吉日，宜远行。要不咱们直接飞北京得了。"

严阳翻看日历，沉思了片刻，将9月2日至9月5日圈出来，写上"东北工商大学报到"几个字，脑海里想出了一个解决之策。

严阳说："长安，帮我买9月2日的票吧。"

贾长安不解："9月3日青训营就正式开营，截止报到了，咱不提前去个几天？”

严阳说：“没事，肯定来得及。”

贾长安说：“兄弟，你这打的什么主意啊？”

严阳说：“明修栈道，暗度陈仓。”

9 月 2 日一大早，严振华和曲洁便陪严阳去东北工商大学报到，他们满脸兴奋，相比之下，严阳倒是有些心事重重。严阳一个人默默走在父母身后，趁两人不备，偷偷给贾长安发了一个微信“OK”，不一会儿，贾长安便在前方楼转角处出现了。贾长安跟严振华、曲洁寒暄，说是要来送送严阳。

严阳趁机说：“爸，妈，长安来了，你们就先回去吧，手续我自己能办。”

贾长安附和：“姨，我来陪严阳，你们就放心吧。我保证不会丢下他一个人不管的！”

见曲洁有些犹豫，贾长安小声说：“姨，你们一直在，新同学都以为严阳是‘妈宝男’，严阳还咋找对象……”

曲洁看向严振华，严振华点了点头。曲洁虽然不舍，但还是同意了，反复叮嘱严阳生活注意事项，严阳一一应承下来。

严阳瞥见时间已是九点四十三分。没等严振华他们走远，严阳和贾长安便拿着行李朝前方跑去。他们穿越操场上熙熙攘攘的人群，径直来到报到处。

辅导员接过严阳的录取通知书和身份证，将他的信息录入学籍系统中，随即将一张校园一卡通交给严阳，说：“这是你的校园卡和入校手册，以后学籍注册、进出宿舍、食堂刷卡都要这张卡。”

严阳看着卡，询问：“老师，那是不是请假也得用这张卡？”

辅导员说：“还有好几天才上课呢，现在还不用请假。”

严阳一本正经地说：“老师，我要请的是长假，我想要办休学。”

辅导员诧异，但看严阳态度坚决，指引他去了教务处。教务主任也是满脸不解，他还是第一次遇见入学第一天就要休学的学生。

严阳说：“因为我刚拿到全国短道速滑青年精英训练营的资格，我得去北京训练。”说着，便将事先写好的休学申请书递给教务主任。

教务主任迟疑道：“短道训练？你这个理由，学校确实没有先例。你打算休学多久？”

严阳说：“2019 年到 2022 年。如果我能进入国家预备队，备战冬奥，要四年。”

教务主任说：“你有把握去了什么训练营，就一定能得到你想要的结果吗？”

严阳说：“这倒也不是。”

教务主任说：“那为了这么一个不确定的事情，连大学都不念了？”

一旁的贾长安帮忙打圆场：“老师，不是不念，是晚点儿念。”

教务主任说：“晚点儿念？大学的规章制度是你家定的？说

来上就上，说休学就休学。”

严阳恳求道：“老师，这次机会真的对我很重要，我一定得去试一试。”

教务主任说：“念大学的机会就不重要吗？你要不现在就好好注册报到，要不就退学，别跟我扯这些有的没的！”

严阳被主任的态度激怒：“老师，虽然第一天就提休学有些特殊。可是让学生退学，也不是你一个人说了算吧。”

教务主任大声呵斥：“你说什么？这是你跟老师说话的态度吗？”

气氛变得僵硬肃杀，旁边的老师赶忙过来劝说，建议请示下主管教学和学籍工作的陈副校长。教务主任听得进劝，便拿着严阳的休学申请书去找陈副校长。严阳和贾长安面面相觑，心里七上八下。

校长办公室里，陈副校长正襟危坐，听完教务主任的话面露不悦。

副校长说：“休学？一日未读，何来休学？”

教务主任说：“明白，那他这休学申请书您就甭看了，我这就去把他回了，要么就好好上学，不念就干脆回家。”

副校长说：“嗯。小孩子好好教育，务必注意方法。”

教务主任往门外走，刚走到门口，副校长就突然站了起来，叫住教务主任，只见副校长拿着严阳的申请书说：“他休学是为了要去参加短道队青训营？”

教务主任说："是啊，先是参加个什么训练营，再加入国家预备队，还说想备战冬奥会，哪那么容易啊。"

副校长缓缓放下申请书，态度大变："你咋不早说？保不齐人家就是吃这碗饭的料，那我们不是耽误人家了吗？"

教务主任有些诧异。

副校长说："他要真的进了国家预备队，再走运拿到了奥运会的入场券，对咱们学校声誉的提升可是无与伦比、事半功倍的呀！"

教务主任连忙点头，但担心别的学生会跟风。

副校长说："大学教育的重点不在于培养学生多少技能，而在于帮助学生发现自己的兴趣与理想。从这个角度讲，这名学生找到自己想要做的事情，我们没有理由不支持。于公于私，我们都应该签这个字，盖这个章。"

说完，副校长在休学协议书上方学校领导人意见一栏处郑重签下"同意"两个字，并盖上公章。他的目光再次落到严阳那封休学申请书的最后一句："我害怕青春有悔，我必须全力以赴。"

办完休学手续后，严阳和贾长安收拾行囊，直奔机场。艾宁也跑来送他们，三个人坐在敞篷车内，疾驰在哈尔滨的街道上。

敞篷车的车顶打开，三个人站立着，风肆意地吹在三个人的脸上。疾驰的车辆带着三个人迅速向前，三个人眼中充满了对未来的希冀。

贾长安说："严阳，咱今天要离开哈尔滨去北京，我要去青训营里大杀四方，让他们看看咱们的本事。”

严阳说：“在青训营里出头算什么本事，我们的目标是冬奥会和取得金牌。”

贾长安说：“必须的。”

严阳兴奋地大喊：“我一定要滑进冬奥会。北京！我们来了！”

贾长安也跟着严阳大喊：“我也一定要滑进冬奥会。北京！我也来了！”

车一直向前开。严阳看着街道两旁的树木、楼房、行人不断后退，慢慢被甩在身后。对未来的希冀以及与家乡的离别，几分夹杂着向往、喜悦的伤感涌上心头。

严阳掏出手机，拨通了一个号码，简短几句结束，就将手机关了机。

严阳默念：“哈尔滨，下次再见。”

严阳走后，严家就剩下严振华和曲洁两人，整个家空落落的。严振华给曲洁买了一台崭新的全自动麻将机，也算给生活添了点儿热闹乐子。曲洁约了三个牌友打牌，牌友们不停夸奖曲洁命好，儿子聪明争气，老公体贴入微，说得曲洁和严振华都很受用。

一个牌友上厕所误入了严阳房间，只见严阳房间内拉着窗帘，一片漆黑，电脑屏幕却明晃晃亮着。牌友提醒曲洁，家里电脑没关。曲洁上前查看，正当她准备将电脑关机之际，一个信封一样的图标在桌面上不断地移动着，上面还有一行字：爸妈亲启。

曲洁点开信件图标，突然整个人愣住了，声音颤抖着喊严振华。严振华闻声赶来，一眼看到了桌面上那封打开的信件，信件上写着短短的一句话："爸，我去冬奥青训营了，我会把金牌拿回来的。"

夫妻俩愣住了，半晌才回过神，焦急地给严阳打电话，对面传来的是"您拨打的用户已关机"。又给学校打电话，才得知严阳办了休学。

严振华赶忙坐在电脑桌前，查看今日哈尔滨飞北京的航班时刻表，比对着时间。曲洁在一旁打电话，可是严阳的电话关机，怎么也打不通。

严振华打开航班查询网站，输入严阳的身份证号，严阳所购班机航班号出现在眼前——CA1640。

严振华转身就往外跑去，曲洁没有拦住。严振华驾驶汽车，飞快地朝着机场的方向驶去。

机场大厅里，严阳心事重重地时而看看外面的机场，时而把目光落在电子屏上不断滚动的航班信息。他手中紧握着的手机，却一直都是黑屏。他按住开机键打算开机，可纠结良久，最终还是将手机塞回兜里。一旁的贾长安则与艾宁依依惜别。

广播开始提醒从哈尔滨飞往北京的CA1640航班即将登机。严阳拉着贾长安走向安检处，两人过完安检，贾长安隔着玻璃冲着艾宁挥手告别，一步步向后退。

透过层层玻璃，外面的哈尔滨城渐渐模糊。严阳微微一笑，冲着外面那个模糊不清的哈尔滨挥手，与这个城市告别，随即一把将贾长安拽住，推着他朝登机口走去。

在贾长安消失在视线中之前，艾宁大喊：“我会去北京找你的！”贾长安笑得像个孩子一样开心。

严振华赶到机场时，滚动的大屏上显示CA1640停止登机，他远远地看着安检入口，知晓自己还是来迟了，旋即走到玻璃窗前，看着窗外一架飞机正在跑道上滑行起飞。他目不转睛地看着飞机渐渐变小，直到消失不见。

几小时后，CA1640航班在北京机场降落。严阳和贾长安拖着大包小包从机场内走出来，停在一处空地，目光在接机的人群中搜索。严阳在来之前已经联系好了在北京工作的小叔严忆北接机，但此刻却不见踪影。

严阳四处找寻，突然间旁边传来了一声口哨声，严阳循着口哨声望去，只见严忆北身上绑着便携稳定器，上面架着DV机，正对着严阳和贾长安拍摄。

严忆北说：“看镜头，打声招呼，笑一个！”

严阳苦笑着打招呼，贾长安看到严忆北全副武装的模样，兴奋道：“忆北小叔，你改行做网红了？”

严忆北说：“谁做网红了，我现在的身份是冬奥组委宣传专员，主要是为冬奥服务。现在，你们两个青训营队员，就正式成为我的宣传素材，是不是很光荣？”

严阳和贾长安相视一笑，面露几分尴尬。

严忆北领严阳和贾长安出站，他开着自己的老越野车，载着两人在北京的街道上奔驰，贾长安想要打开窗户看看外面的风景，摸半天没摸到升降键。旁边的严阳伸手摇手柄，车窗才慢慢降下来。

严阳忍不住吐槽：“叔，小爷爷好歹也是一厂之主。你开这么老一车，不符合你富二代的人设！”

严忆北不以为然地说：“车就是一工具，这车皮实耐造又宽敞，机械品质杠杠的，实用！”

车子驶上环路高速，宽阔的视野将两侧的建筑尽收眼底。严忆北自豪地介绍道：“北京不仅是咱们中国人的首都，还即将成为唯一一个举办过夏季、冬季两次奥运会的城市。这在全世界都是绝无仅有的！”

严阳说：“小叔，你不会是因为这个才留在北京，拒绝回去继承小爷爷的生意吧？”

严忆北说：“那些是你小爷爷的事业，你小叔我的理想，是认真做好冬奥会的宣传员。”

车继续向前走，驶过长安街大道，天安门、人民英雄纪念碑映入严阳和贾长安的眼帘；车辆又驶过四环路，鸟巢、水立方等标志性建筑浮现眼前。

严阳和贾长安感受到北京的独特之处，心潮澎湃。贾长安忙给艾宁发视频，把眼前的景象第一时间分享给女友。严阳启动手机，一连串未接电话的提示接踵而至，严阳面色凝重了起来。

贾长安注意到严阳的反常，问道：“都是叔叔阿姨打来的？”

严阳说：“估计是看到我留的信了。”

贾长安有意逗他，几句下来，严阳终于展露笑颜。两人玩笑着在车里打闹起来，似乎把之前的忧虑都抛在了九霄云外。

傍晚，严忆北带严阳和贾长安来到了京城有名的烤鸭店。店内装修金碧辉煌，雕梁画栋，充满着京菜馆子特有的历史传承感。桌子上摆满了丰盛的京菜样式——京酱肉丝、紫酥肉、带把肘子，招牌的炭炉烤鸭没有切片，而是一整只地送上桌，香气四溢。

严阳看着桌上的各种菜式，垂涎欲滴，但他有意忍住肚中的饿意。

一旁的严忆北将DV机架在严阳跟前，神色得意地说："就接受我的一个采访，把你进营拍成Vlog，有这么难吗？烤鸭还想不想吃了？"

严阳说："所以你就坑自己的侄子？青训营队员这么多，干吗非得拍我？"

严忆北说："他们长得没你帅啊，我不找你，其他宣传组的人也会找你。肥水不流外人田，自己家的孩子不能被别人抢了去。"

严阳说："抢了不是正好？小爷爷花那么大血本让你念完财大的金融专业，就是想让你回去继承家业，可不是让你干新闻宣传的。"

严忆北被噎住，而后威胁道："你俩的行李还在我车上吧，证件也都放包里吧？总之，今天不答应我，不仅烤好的鸭子会飞走，今晚还要露宿街头，明天也别想去营里报到。"

两人闻言，往身上一摸，果然除了手机，什么东西都没带在身上。

严阳恍然大悟："你从接我们上车就算计好了。"

贾长安急了："叔，这是你们的家事，干吗带上我啊？"

严忆北说："少废话，叔在任务面前，宁杀错，不放过——我的侄儿，好好考虑一下吧。"

严阳无奈，只得答应。

吃饭间，严忆北向严阳他们讲起训练营其他选手的情况。原来，除了今年选拔上来的十六个新队员，之前留下的第一期的十个老队员，也是第一梯队的。其中，最厉害的当属唐寒。唐寒，人如其名，除了滑冰，什么都不关心，是一个无情的"滑冰机器"。

此时，烤鸭店隔壁包间里，正坐着唐寒、郝瀚、大力、董三京几位第一期训练营的老队员，他们正庆祝留到了第二期。

众人举杯相庆，唐寒也随着大家举杯，只是他平静的脸上似乎看不出一点儿激动之情，与其他队员反差甚远。

郝瀚说："大力，今天试训结束就没见你人影，你是不是又跑女队看新选上来的女队员去了？"

大力说："我是那种人吗？我不过是去看看咱们第一期女队都留下了谁。女队今天也试训，田苗还是第一，杨梦然起跑抢线……"

董三京说："听说女队今年选上来了一个加拿大回来的，她怎么样？"

大力摇头："还没碰见过。"

郝瀚看着唐寒一言不发，开口询问："队长，男队新选上来的，你最看好谁？什么刘泽、贾长安，还有那个破格的严阳，不知道能不能打啊。”

唐寒摇摇头：“管好自己就好了。”

大力说：“听队长的，再快也快不过我们队长啊，估计这些‘新兵蛋子’也留不了几天！来，干一杯，希望我们都还能留到下一期。”

众人举杯，唐寒却摆手回绝：“我向来不喝的，你们喝吧。我去外面透口气。”

言罢，唐寒头也不回地向外走去。

烤鸭店门口，严忆北正指挥严阳和贾长安站定，把 DV 机对准他们，开始采访。

严忆北让严阳自我介绍，严阳敷衍：“我叫严阳，来自哈尔滨，是刚选拔上来的短道青训营队员。”

严忆北说：“听说你考上了东北工商大学，现在参加青训营，学校那边怎么办？”

严阳诧异严忆北怎么知晓这些，他无可奈何地说：“我申请了休学，等参加完奥运会，再回学校继续读书。”

严忆北说：“你有把握得到国家预备队员的入场券吗？”

严阳说：“我没有想过失败，我就是冲着赢去的！”

严忆北说：“那你家里人支持你吗？”

严阳愣住了，空气安静了下来。良久，严阳突然开口说：“支持，他们很支持我。”

严忆北有些意外，正想接着发问，一个人从严阳旁边经过。严忆北看出此人正是短道青训营“头号种子”唐寒，立刻扛起三脚架和DV机，冲着唐寒奔去，留下严阳站在原地，摸不着头脑。

严忆北追上唐寒说：“唐队长，我是奥组委新闻办公室的，负责冰雪项目宣传……”

唐寒说：“我不接受采访。”

严忆北并不放弃，一路跟过去。

严阳意外，贾长安已经用手机检索出了唐寒的信息：“唐寒，国家短道青训营男队第一名，现役短道青训队队长——”

贾长安拿手机打开了唐寒的照片，递给严阳。

严阳房间内，严振华还在为严阳擅自休学的事情气恼不已，忽然，膝盖处一阵巨疼传来，本欲站起身的他又倒回椅子上。曲洁见状，知道他老毛病又犯了，赶忙蹲下，帮严振华揉搓膝盖。

严振华看着曲洁，面露几分沧桑，他说：“我滑了那么多年冰，可是到头来除了一身类风湿关节病，什么都没剩下。运动员哪有那么好当的？走这条路不死也得脱几层皮，好好上大学，出来找个好工作，他怎么就不明白呢！”

曲洁说：“我知道你是为了儿子好。可我们觉得好的，未必是阳阳想要的。”

严振华疑惑，曲洁关上门，在门的背面，正是武大靖短道速滑夺冠的海报。

曲洁说：“这是阳阳每天关起门来，都会看到的东西。你追阳阳的时候，我想了很久，我们真的了解自己的儿子吗？振华，我记得年轻的时候，叶乔波也是你的偶像吧！”

严振华陷入沉思之中，过往的一幕幕涌上心头。良久，严振华才问曲洁：“下午你和忆北联系了，他怎么说？”

曲洁明白严振华是妥协了，嘴角露出一丝笑意：“他说有他在，一定好好教训严阳离家出走的事，让我们尽管放心。”

晚上，严阳和贾长安来到酒吧，贾长安热火朝天地跟艾宁视频，旁边的严阳却一脸严肃，他脑海里不停回荡严忆北刚才问他的问题——“你家里人支持你吗？”

严阳烦闷，将桌前的酒一饮而尽，随即朝酒吧门口走去。他站在酒吧门前，看着街道上三五成群的人，明晃晃的灯把人影拉得很长，一股惆怅感油然而生。他拿出手机，翻到了妈妈的号码，犹豫良久，终归还是按下了锁屏键。

手机提示音却在此刻突然响起，严阳按开手机一看，竟是银行卡到账的信息，随即微信便弹出了曲洁的消息：“北京远，好好照顾自己。”

严阳沉思一会儿，打字询问：“妈，爸生气了吗？”

曲洁说：“他让我告诉你，要是时间不够，延长休学申请也未尝不可。”

严阳看着手机，久久沉默，这时，贾长安端着一杯酒，从门口走出来。严阳没有言语，一把将他手中的酒夺了过来，一饮而尽。严阳露出了久违的笑容，能够得到父亲的理解，他一颗悬着的心终于落下来。

第二天一早，严阳和贾长安正急匆匆地赶往青训中心大厅报到。路过青训营中心广场时，BTV 的记者林晶正在用手机拍摄短视频素材，严阳和贾长安正入她的镜头。

两人顾不上跟林晶打招呼，一个声音忽然在他们身后响起："第一天报到就迟到，无组织无纪律。"

严阳和贾长安循着声音看去，两人面面相觑，不知来者何人，只听对方继续说："去，五十个俯卧撑，长长记性。"

严阳和贾长安小声嘀咕，该不会是指导员吧？隐约又觉得哪里不对，但初来乍到，还是乖乖照做了。恰逢孙教练走过，诧异地看着正在做俯卧撑的二人。

孙教练说："你俩在这儿干吗呢？还不快去报到，一会儿青训典礼就开始了。"

刚才"发号施令"的人早已闪到一旁，跟着唐寒一块儿朝训练营冰场走去。孙教练告诉严阳他们，那人叫大力，也是短道队的青训营队员。

贾长安和严阳朝着大力和唐寒的方向看去，唐寒回头看了一眼严阳。可是从他的眼神中可以看出，他似乎不记得严阳。严阳认为这是在轻视和挑衅，心中一股不忿。

孙教练看了看手表，焦急地跟严阳他们说："来不及了，你们先去大厅集合，手续事后再补办。"

严阳和贾长安朝青训中心大厅跑去。只是两人都没注意到，林晶的手机里早已记录下他们的一切画面。

严阳和贾长安跑进青训中心大厅，里面已经聚集男队、女队的选手，他们见缝插针地站在男队队伍里。正前方，青训营开营仪式的横幅异常醒目。

林晶也跟着来到大厅之中，用手机录着各个选手的画面，不一会儿，严忆北也出现在林晶旁边。

林晶问："你对这些队员都熟悉吗？"

严忆北点点头，顺着队员们的站位依次介绍："唐寒自然不必介绍了，他旁边那个叫陈庆祥，不过大家都叫他'大力'，号称队里开心果，喜欢恶作剧。后面两个是董三京和郝瀚……女队这边，第一个是田苗，她是第一期的第一名，在她后面的是郑苏菲、杨梦然、刘小雨，她们的站位都是根据排名来的。站在旁边那个是队医叶小小和两位陪练。"

林晶镜头再转，落在严阳和贾长安身上，严忆北正要介绍之际，林晶打断了他。

林晶说："这两个就不用介绍了，开营第一天就迟到，印象深刻！"

林晶调出严阳和贾长安被骗做俯卧撑的视频，播放给严忆北观看："逗不逗？今天我就把这个发到宣传账号上，铁定能造一波热度。"

严忆北赶忙阻拦："别发了。开营仪式，影响不好。你听我的准没错，快删了吧。"

林晶看着紧张的严忆北反生狐疑，还是果断拒绝了他。

严忆北说："我记得你是北京电视台的，麻烦你配合一下我的工作啊。"

林晶说："体育频道记者林晶，随时去投诉。"

两人正在争执，李领队带着文教练和孙教练走来，大厅之中，大力带头鼓掌，众人的注意力也被吸引到教练组身上。

李领队走上台说："各位队员，早上好，大家都到齐了，客套话我也不说了。我只想告诉你们，这个青训营是体育局和奥组委特批的'绿色通道'，场馆的建设、人员的配备都得到了领导的大力支持，这样的机会难能可贵，你们要好好珍惜，刻苦训练。今天是青训营开营的第一天，我把最重要的事情先说清楚。青训营是有淘汰的，在这儿，每个月都有摸底测试，排名最末的选手就要离开青训营。只有撑到最后留下来的人，才有机会进入考察范围。可即便这样，最后能进入国家队预备队的，可能也只有一两个。一切都要看你们的成绩，希望大家重视！"

众人虽然早知如此，但是在听到这个规则被宣布出来之际，还是心中一震。

李领队向大家介绍队长唐寒："唐寒，500 米最好成绩 42 秒 98，也是青训队的队长。希望大家既能以他为目标，努力追赶，也能以他为队友，好好学习。"

严阳听到这个数字，望着唐寒出神。

接下来，李领队安排新入营队员的入营体检事宜，队医叶小小说："入营结束后，大家跟我去做体检。再强调一下，队内禁止一切违禁药物，营养品也由我统一派发。这是纪律。”

大家纷纷点头。

仪式接近尾声，众人欲离开时，金莹举手提问：“领队，既然队里有淘汰机制，如果滑得快，是不是可以直通预备队？”

李领队沉默片刻说：“这个要根据滑出的成绩具体研究，再做决定……但是青训营就是为冬奥特别组织的，为的就是选拔人才。我在这里可以向大家保证，只要成绩够好，在青训营里，没有不可能。”

队员们纷纷鼓掌，掌声响彻训练场，大家对未来充满期待。

严阳和贾长安分到了211宿舍，与唐寒同一宿舍。严阳找了个空地，将自己的东西放下，拿出一根哈尔滨红肠递给唐寒，却被唐寒拒绝。

唐寒面无表情地说：“在营地里，我只吃队里的食物。你最好也别吃，万一含有违禁品成分，得不偿失。”

严阳见识到了唐寒的脾性，不觉撇了下嘴。

除了冷冰冰的唐寒之外，女队的金莹亦是如此。在食堂吃饭，从来都是独来独往，一副拒人于千里之外的样子。

很快就迎来第一次摸底测试，大家都进入紧张的训练之中。训练馆电子屏显上，滚动着唐寒在青训营中创造的纪录——42秒98。

严阳换上冰鞋，跃跃欲试，却被董三京他们拦住了。原来，教练已经把训练时间安排好了，每天中午十二点至下午两点是一队的个人训练时间，严阳他们的训练时间已经排到了晚上十点。

严阳看着贴在墙上的上冰时间安排表，气冲冲地一把撕下。

第十九章

速度的逻辑

体能训练场地中央，严阳站在二队队员中间，拿着上冰时间安排表，慷慨陈词："各位队友，这张训练时间安排表，大家都看了吧？除了上午、下午集体训练的时间外，咱们二队的个人上冰时间排在了晚上十点之后！中午十二点至下午两点的黄金时间全部安排给一队男队上冰！这个安排，意思是我们二队不配睡觉，还是压根儿觉得咱们上不上冰都无所谓？"

贾长安在一旁附和，二队队员小声议论。

严阳继续说："队友们，如果连训练时间都不能保证公平，我们来这儿还有什么意义？摆明是给人家做炮灰，你们难道就想成为人家夺金路上的垫脚石？"

二队里一个名叫李博的队员怯怯地说："可是一队里都是咱们青训营的种子选手，也应该……"

李博对上严阳炙热的眼神，声音也逐渐小了下去。

严阳说：“这位队友，咱们不要长他人志气、灭自己威风啊。这样吧，咱们一起去找孙教练，只要咱们团结，就一定能争取到合理的上冰时间！愿意的，跟我走！”

严阳期待地看着大家，二队队员面面相觑，无声地继续开始自己的训练。严阳既诧异又气愤，一旁的队员许文钰劝说严阳：“莫气、莫气，人家是一队，我们是二队，这样安排也正常，你俩没在体校待过吧，体校都这样，没啥稀奇的。”

严阳说：“咱这可是国家青训营，你们不也都是各赛区的尖子，谁还不是个种子选手！”

谁料严阳身上有一股不撞南墙不回头的精神，坚持要去找孙教练。于是，严阳和贾长安在一众人惊异的眼神中朝着教练组办公室走去。

严阳和贾长安走得雄赳赳、气昂昂，快走到办公室时，贾长安开始打退堂鼓：“严阳，咱真要去啊？”

严阳坚定地说：“不然呢，你以为我说着玩呢。一会儿我唱白脸，你唱红脸，我先说道理，你再来点儿感性输出。”

贾长安说：“你的意思……你负责死缠烂打，我负责声泪俱下？”

两人正说得起劲儿，文教练正拿着训练计划表从后面走来。两人愣了一会儿。

严阳回过神后说：“文教练，我要和您反映情况！我觉得那个训练时间表不公平、不科学、不合理。”

文教练重视起来，示意他继续讲下去。

严阳说：“一队的个人上冰时间是中午最好的时段，二队却只能在半夜训练。要是有轮换我们也就认了，可每天都让我们做夜猫子，不仅难以提高成绩，也不利于我们二队的整体士气。”

文教练说：“这是你个人的意见，还是？”

严阳给贾长安使眼色，贾长安开始卖惨：“欸，都说我们二队爹不疼、娘不爱，心里那个苦啊！”

文教练说：“这就是你们刚才说的一个白脸，一个红脸？”

两人相视尴尬，意识到教练已经听到他们刚才所说的话了。

贾长安赶忙说：“严阳，我早就跟你说了，不要在教练面前耍小聪明，行不通的！多亏文教练指点迷津，这训练时间多宝贵啊，我得赶紧回去训练。”

不待严阳开口，贾长安已经飞快跑远。

教练组办公室内，孙教练桌上放着严阳撕下的那张上冰时间安排表，严阳正站在孙教练对面，金莹则在文教练桌上写“单人宿舍申请”。

文教练对严阳说：“你小子挺狂啊，这贴上没两小时，队里的上冰时间安排表都敢撕，今天你不说出个所以然来，我就拿你给这帮新学员立立规矩。”

严阳说：“教练，时间和冰场有限，个人训练时间为什么不可以轮流呢？大家都是青训营队员，就算每周一、三、五的下午时间给一队，二、四、六怎么也得轮到我们二队啊。轮流岂不是更公平？”

文教练说：“照你这么讲，菜市场的秤最公平，你去吗？在竞技体育里，每个人的天赋、身体素质、心态，或许生来就没有在一条起跑线上。所以谁成绩好，谁当然就有优先的训练时间——但你可以庆幸和努力的是，你们的终点是公平的。”

严阳紧紧地抿起嘴，眉头紧皱，两手攥起，满脸不服。

文教练说：“你不用不服，这不是青训营的规则，到了国外也一样。不信你问问金莹。”

金莹愣了一下，而后冷静地回答：“速度就是绝对公平，专业短道运动员的世界里当然要遵照‘速度的逻辑’。”

文教练说：“对，我说的就是‘速度的逻辑’，懂吗？”

严阳说：“按这样说，是不是只要我滑到第一，滑到最强，我就有资格说，这个是错的！是不是就由我来定义什么是‘公平’？”

文教练被严阳的决心震到，停顿片刻说：“你别急着说大话。过几天，入营摸底测试赛会重新划分一队、二队，如果你能凭实力滑进一队，你自然也可以有好的上冰时间。”

文教练说完，将那上冰时间安排表拿起，放回严阳手中。严阳默念着摸底测试赛，暗暗下定决心。

青训营冰场上，一队和二队的队员分列站立，文教练对大家说：“三天适应、恢复训练，三天后，入营测试赛。你们一期留下的队员，综合成绩高，享受队里的好资源，新选拔上来的二队的队员们可是不服气的。怎么办呢？是骡子是马，拉出来遛遛，比一比不就知道了吗？”

新队员们交头接耳、议论纷纷，老队员们镇定自若、波澜不惊。

文教练接着说：“三天以后摸底赛。滑得好的，进入一队。滑得慢的，自己下二队去。以后一队、二队的队员，定期测试，调整排序，都清楚了吗！”

众人回应：“清楚了！”

文教练点点头，吹响哨声：“大家记清楚了，以后每天上冰先热身，慢速滑 20 圈，5 组，由队长领滑！出发！”

唐寒率先跑动，身后的队员紧随其后，操场之上只有沉默的喘息和文教练的声声催促：注意蹬冰——注意流畅——控制速度——坚持——

距离摸底赛倒计时三天。

队员们开启科学而猛烈的训练。体能训练场地上，一队队员踩着动感单车，训练爆发力，二队队员拉着皮筋，进行弯道离心力的对抗训练，一旁的体能教练记录着数据。

一旁的文教练督促队员：“快，再快些！从今天开始，每周一、周六冰上慢滑训练，练的是你们的耐力；周二、周四中速训练，重点在纠正、巩固基础动作；周三、周五是中速、快速复合训练，全都给我打起精神来。周四还有一门理论战术课，每个月会进行理论测试，不合格者直接取消当月训练成绩——”

接下来，队员们分别训练核心力量、举球、直线滑行、弯道布袋、攀爬机等，众人大汗淋漓，但没有丝毫懈怠。

李领队和叶小小走入训练馆，给新队员分发手环。

李领队介绍道："这是实时感应器，从今天开始，大家训练的时候统一戴上，你们能看到自己实时的心跳、血样数据，冰上训练，电子屏上也会有你们的实时数据。实时监测，实时更新，要是创造新的纪录，全营里的人都能看到。"

新队员兴奋地戴上手环，跃跃欲试。

文教练说："它也会累计你们滑动的长度。希望大家都能记住，有不服的情绪是好事，但是能把这股子劲头变成实实在在训练上的数字，变成实实在在的成绩，那才叫本事，明白吗？"

所有队员齐声回道："明白！"

严阳看着自己手环的长度显示 0 米，回答的声音格外大，眼神更加倔强坚定。

211 宿舍里，唐寒正专注地用一颗油石擦拭自己冰鞋上的冰刀刃，严阳扶着墙，从卫生间一瘸一拐地走出来。严阳最近玩命地训练，腿部的酸痛已经让他不能自已。

严阳有意掩饰自己的疼痛，故作镇定地看着唐寒的磨刀工具。唐寒的油石分为几种颜色，有蓝黑、蓝红、红绿的，依次摆在桌上，一看就十分专业。当晚，严阳就用手机淘宝搜到了同款油石，果断下单。

严阳去找贾长安，笑着把自己的下单界面递给他看，声称要送他一套。贾长安和许文钰疑惑，这不就是平时用的那款嘛。

许文钰指指杂物架上自己的同款油石说：“专业队的都用这个啊，你不知道吗？蓝的磨刀，绿的抛光，黑的磨弧度。”

严阳说：“合着就我不知道啊？”

贾长安说：“得了，得了，心意领了，你自己留着用吧。你找我就这事？”

严阳不好意思地笑了：“还是要请你帮个小忙。”

贾长安一脸疑惑。

晚上十点，偌大的冰场上空空荡荡，只有严阳和贾长安两个人。严阳穿上冰鞋，戴好头盔，将手机交给贾长安。

贾长安看着手机界面上的计时器说：“就这与鬼共舞的上冰时间，你还当真了？你看看，根本都没人来，你是打鸡血了吗？”

严阳说：“少废话，给我掐表。”

说罢，严阳义无反顾地走向冰场。第一次成绩是 45 秒 43，严阳不服，一次次重新开始，时间很快到了十二点，严阳的成绩却始终无法再有突破。

贾长安打着哈欠说：“咱今天就到这儿吧！状态恢复得需要时间，你心急也没有用！”

严阳说：“你是不是也觉得我没法滑进一队，更别说拿到第一了？”

贾长安说：“怎么会呢！我兄弟绝对有这个实力。必须进一队，干翻唐寒！”

严阳说："你说的这些在我心里都不重要。我只想把那个该死的上冰时间表给他调回来，让他们一队那些家伙也尝尝这半夜滑给鬼看的滋味！"

贾长安哈欠连天，没多久便回去休息了。冰场上只剩下严阳一个人，大汗淋漓继续训练。此时，体能训练馆里，金莹也在有条不紊地训练。

距离摸底赛倒计时两天。

早上，严阳醒来时已是七点五十分，早已超过了规定集合的时间。他一骨碌爬起身，手忙脚乱地穿上衣服，抱起冰鞋往外冲。

集训中心里，文教练吹响哨声，队员们纷纷集合排队，一队队员和二队队员分别站开。这时，严阳着急忙慌地疾驰而来，引来大家纷纷侧目。

按照队规，迟到要罚跑 12 圈。文教练认为，让每一个队员都不掉队是队长的责任。于是，让队长唐寒带着严阳罚跑。

两个人来到操场上，唐寒拿着秒表说："12 圈，5000 米，十五分钟跑完。"

严阳怔住："唐寒，你想整我呢？"

唐寒说："一级运动员的标准是 14 分 40 秒，我已经额外放了 20 秒。"

说着，唐寒已经快速跑了起来。严阳不甘落后，随即快速咬牙跟上，追逐唐寒的背影。两人跑过一圈又一圈，唐寒丝毫没有疲态，可是严阳却已经慢慢感到疲乏。他望着唐寒的背影，咬咬牙奋力追赶，可是铆足了劲儿追上一点儿，又很快落后。只能看着唐寒的背影离自己越来越远。

傍晚，唐寒平趴在医务室按摩床上，叶小小手法娴熟地给他按摩。队里很多人都看得出叶小小钟情于唐寒，她手下的动作不觉间温柔了很多。她知道唐寒这天多跑了 12 圈，拿出一小罐蛋白粉递给他，作为额外营养补充。

唐寒问：“别人有吗？”

叶小小说：“你指的是那个又迟到又拖累你的严阳？”

唐寒说：“我是队长，队员没有，我也不能要。”

叶小小笑着说：“他的那份早让人送过去了，我是队医，难不成还搞区别对待？”

唐寒这才接了。两手相碰之间，叶小小羞涩地笑了。

女队那边的训练也很火热，尤其是金莹，对自己的要求严之又严，训练起来似乎不知疲倦。

中午，金莹回更衣室换衣服，无意间听见女队队员正在议论她来头不小，金莹站在门口，恍惚间，记忆的闸门瞬间打开。

那时的金莹还在国外训练，同样是在更衣室门口，听到几个外国女孩儿议论她，“一个中国人来我们的地盘还想抢我们的位置，真是太可笑了！”“瞧见她那张黄脸我就来气，总有一天，我会让她滚回中国去。”金莹把泪吞进肚子里，暗下决心一定要加倍努力。她记起母亲跟她讲的，大家的尊重只会留给强者。你只有超过所有人，她们才不敢欺负你。她明白，她要赢。

思绪重回现实，金莹正欲推门进入更衣室，更衣室的门被拉开，金莹本能地身体收紧，眼睛紧闭。

开门的人是田苗，毫不避讳地说："金莹？我们正在说你呢！"

杨梦然凑上来："是啊！大家都说没想到归国选手到底不一样，文教练还让我们跟你多多学习。"

金莹有些意外，谦虚地摇头。她不好意思地走到自己的柜子前，翻找东西。田苗会意后，将自己的水杯递给金莹。

金莹迟疑了一下说："我……我不习惯用别人的。"

田苗一时有些尴尬。

金莹解释："我没别的意思，就是嘴对嘴的东西，我不习惯。不好意思。"

田苗恍然，走出更衣室去旁边的自动售卖机帮金莹买了一瓶矿泉水："你刚进队，以后有啥问题，尽管跟我说。"

金莹拿着矿泉水瓶，紧绷的神经这才彻底放松下来。

距离摸底赛倒计时一天。

又是一天紧锣密鼓的训练。晚上，严阳拎着冰鞋和白天收到的快递来到冰场，一个身影在严阳面前的冰面上疾驰而过——是金莹，此时时间已是九点四十。

金莹滑向严阳说："女队还有二十分钟训练时间，你来早了。"

严阳放下手里的东西，自顾自穿鞋上冰："一个人滑多没意思，这里除了你也没有别人，一会儿我们男队二队的时间也给你用。"

金莹没回应，严阳权当同意，自顾自地上了冰，经过金莹的时候，严阳突然说：“金莹，跟我比一场？”

没等金莹同意，严阳当先滑了出去。金莹发力赶上，和严阳齐头并进，竟暗暗较起劲儿来。

严阳努力保持优势，然而在弯道时，金莹运用赶超技巧快速缩短距离。严阳警惕，到了直道撒腿狂奔，再次拉开距离。

两人你追我赶，最终严阳以微弱的优势保持到了冲线的瞬间。两人气喘吁吁，同时抬头看计分屏，严阳的时间是 44 秒 673，金莹的时间是 46 秒 592。

严阳不可思议地瞪大眼睛，兴奋地大喊：“我终于滑进 45 秒了！”

金莹说：“恭喜，你这个速度也够冲刺一队了。”

严阳说：“说真的，你在后面追着我跑果然管用，否则我也进不了 45 秒。你的弯道赶超是怎么练的，咬得那么紧，躲都躲不开。”

金莹说：“有些人就是竞技状态的时候能发挥得更好。你起跑的爆发力其实很厉害，我研究了那么多运动员的起跑，你的水平和唐寒不相伯仲，甚至还比他高那么一点点。”

严阳说：“我就说，我天生就是吃这碗饭的。假以时日，唐寒一定是我的手下败将！”

他自顾自吹嘘，看到金莹正笑，才觉得有点儿不好意思。

金莹说：“你爆发力那么强，最后却只比我快了那么一点点……唉……”

严阳说："你什么意思？"

金莹说："就是你得用脑子的意思。"

说罢，金莹已离开冰面，此时墙上的时钟已指到十点零一分。

严阳听完金莹的话人还有点儿蒙，一不留神，金莹已经走到场边了。严阳眼角的余光看到了他的快递盒，于是大声叫住金莹。严阳拿着一个黑不溜秋的盒子滑向场边的金莹。

严阳说："你的话我还不是特别明白，但还是谢谢你跟我比这一圈。"

金莹说："这是啥？"

拆开盒子，里面静静躺着唐寒同款油石头。

严阳说："好马配好鞍，听队里人说这款油石头人手一个，我正好多买了一个，祝你摸底赛好运。"

两人相视一笑。

摸底测试当天。

体能训练场，男队、女队正在进行体能测试。所有队员都全力地在操场上奔跑，热身跑唐寒第一个冲过终点线，董三京、大力等核心队员紧随其上，严阳排在第五，贾长安第六。

体能教练一边掐表，一边读出每个队员的成绩。唐寒的成绩是 11 分 07 秒，跟上次一样，他显然不太满意。其他队员状态还好，只有贾长安累得气喘吁吁。

男队队员完成热身后，分散到场边休息，教练组织女队热身。

金莹与严阳擦肩而过，金莹说："油石昨天我用过了，不错。

一会儿冰场上加油！”

严阳说：“你也是。”

两人击了个掌，并未被人注意。

热身完毕后，体能测试正式开始。

一声哨响，杠铃高翻测试开始。严阳、贾长安、许文钰和另一个队员各自抓起身前的杠铃，四个人不约而同地做起高翻动作，男体能教练在一旁数数记录。四个人的速度都很快，但渐渐地，贾长安的速度慢了下来，唯独严阳仍然保持着均匀的速度。

立定跳远测试，严阳再度遥遥领先对手，跳出最远的距离。

男队纷纷夸严阳爆发力强，连唐寒也有些意外严阳的表现。

3000 米长跑，严阳紧紧咬住唐寒和董三京，远远领先其他队员，最后严阳超过了董三京，第二个冲过线，贾长安则掉到了队伍最后的位置。

最终的体能测试成绩，唐寒第一，董三京和严阳并列第二，贾长安倒数。严阳的杠铃高翻达到 170 千克，立定跳远 3 米 21，3000 米长跑只花了 11 分 11 秒，比唐寒只慢 0.4 秒。连体能教练都夸严阳很有潜力。

女队这边，田苗和金莹体能测试并列第一。

半小时后，开始冰上测试。队员们陆续走进冰场，林晶和摄影师早早等在场馆里。上次开营的时候，严忆北把奥组委跟踪青训营的专题让给了林晶他们来做。

贾长安和严阳走进冰场，严阳一路安慰：“没事，体能是你弱项，幸好只占30%。冰上成绩占70%，一会儿好好滑，照样进一队！”

贾长安说：“拉倒吧，我估计今天要‘光荣’了。”

此时，贾长安的电话响了起来，贾长安连忙接通，是艾宁的视频通话请求。艾宁对贾长安一番鼓励，贾长安瞬间将体测失利的阴霾抛到脑后。她听说正在进行摸底赛，便要求直播看比赛。

贾长安向严阳发起求助。严阳一边无奈地摇头，一边探查四周有没有什么人可以帮贾长安拿手机，正好看到架机器的林晶和摄影小哥。

严阳他们向林晶说明原委，林晶爽快答应了。

一旁的摄影小哥说：“林老师，果然跟着您有肉吃，竟然还有爱情故事，我们的播放量稳了。”

林晶一笑，将摄像设备对准赛场。

男队500米第一组比赛。

唐寒、董三京、郝瀚、大力站到了起跑线上，文教练扣响发令枪，四人如离弦之箭，飞速滑行着。董三京瞅准一个机会超过唐寒，但是唐寒很快在第一个出弯口从内线切出，一举夺回领跑的位置。

四人速度极快，滑行的平稳度都属队内顶尖，围观的队员们不禁看得目瞪口呆。严阳愣愣地看着唐寒的速度，贾长安更是惊掉了下巴。

严阳被唐寒的速度吸引，目不转睛地看着唐寒过弯，他的每一个动作都是那么自然，每一个倾角都恰到好处，行云流水一般。只消一晃神，唐寒已经拉开身后队友一个身位过线。

电子屏幕上亮起了唐寒的成绩——43 秒 628。唐寒看着自己的成绩，似乎不太满意。

贾长安对严阳说："兄弟，唐寒好像没有发挥好，有机会啊。"

严阳说："确实……"

贾长安说："失常了还能进 44 秒，我还从来没有滑到过呢！"

严阳闻言，心中一沉，他看着自己的手环。手环上，自己的最好纪录便是那晚跟金莹比赛时滑出的 44 秒 673，与唐寒相去甚远。

男队 500 米第二组比赛。

贾长安、许文钰和另外两个队员在起跑线上就位。文教练扣响发令枪扳机，贾长安起步稍慢，落在了第四的位置上，可是速度并没有被落下，仍然死死地咬住对手。贾长安趁着过弯的机会，一举超越了两名队友，随后又靠着直线加速，超过许文钰。他越来越快，以小组第一名的优势冲过终点线。

大屏幕上亮出了贾长安的成绩——44 秒 285。

贾长安和严阳紧紧抱在了一起，齐声欢呼。这些都收进林晶握着的手机里，贾长安冲手机屏幕上的艾宁拼命挥手，分享胜利的喜悦。

贾长安对严阳说："兄弟，我都滑进 45 秒了，你铁定能进

44 秒。”

严阳眼里燃起熊熊斗志，他深吸一口气，走向赛场。一旁的林晶拍下严阳的照片，微信发给严忆北：“你侄子要开始了。”

轮到严阳测试，他做好起跑姿势，调整呼吸。他听见自己的心跳声越来越快，手掌生出细密的汗。

砰，发令枪响。严阳第一个冲了出去，很快抢到了第一的领跑位置，随后继续发力，慢慢扩大与身后队友的距离优势。他有如神助一般，直道加速、过弯，速度都快得不可思议，冰场之上，所有人的目光都被严阳的表现吸引，似乎都屏住了呼吸，停住了动作。

唐寒的目光一直随着严阳移动，严阳的速度越来越快，身后的队友试图超越，但是却始终落在严阳身后。最后一个弯道前，严阳再次看到唐寒的成绩，“43 秒 628”几个数字越发耀眼。

严阳深吸一口气，用力蹬了两下冰面，加速朝着弯道疾冲而去，与此同时，严阳手臂摆动的幅度也越来越大。突然，严阳手臂不受控制，用于支撑冰面的左手摆动过大，手指一滑，无法提供有效的支撑力。连锁反应下，严阳的身体失去平衡，整个人“扑通”摔倒在冰面上，围观的队员们一片哗然。

严阳滑出了赛道，身后的三个队友如风一般从他侧面疾驰而过，而他只能等自己撞到赛道边上的护栏才得以停下。此时，队友们早已冲过了终点线。

严阳情绪低落到了极点。

电子屏上显示严阳的成绩为“0”。

女队这边，金莹、田苗和杨梦然分在一组，随着孙教练发令枪响，大家如离弦之箭一样冲了出去。田苗跑在第一个，杨梦然紧随其后，金莹猛追不舍。田苗心急，想要甩开对方，后面二人却越咬越紧。金莹后来居上，逐渐超越了杨梦然，并最终在一个弯道超越了田苗。

金莹率先冲过终点线，田苗紧随其后，杨梦然第三。

镜头摇到大屏幕，三人成绩：金莹 46 秒 649；田苗 46 秒 753；杨梦然 46 秒 981。

田苗看了眼自己的成绩，眼神里的失落一闪而过，随即冲着金莹微笑。

金莹说：“咱俩就差 0.1 秒而已，今天我的运气比你好一点儿。”

田苗说：“这 0.1 秒就是实力呀。赛场上，0.1 秒也是很难超越的，总之，今天你赢了。”

男队综合成绩第一名依旧是唐寒。贾长安总成绩进了前十，可以进入一队。严阳的名字排在所有队员的最下方——倒数第一。

队员们纷纷向贾长安道贺，贾长安嘻嘻哈哈沉浸在胜利的喜悦中。他试图安慰失利的严阳，但严阳心中沮丧，落寞地去了一边。

严阳来到了桑拿房，推门而入，唐寒正坐在那里。

严阳说：“我今天最后那个弯，太倒霉了。”

唐寒摇摇头：“到了真正的比赛，那就不叫‘失误’了，那叫‘失败’。”

严阳说：“有这么在人伤口上撒盐的吗？”

屋内气氛凝固，唐寒注意到严阳的失落情绪，缓缓说道：“你想听听我的看法吗？你有没有想过，分配体力也是有学问的？你在冰面上起势猛，过弯也不调整力度，出现意外几乎是必然的。有的时候，越想赢就越容易输。”

严阳陷入沉思，两人相对而坐，一言不发。

第二天，文教练在墙上张贴新的训练时间表。贾长安排在下午一点训练，严阳依旧排在晚十点后训练。

贾长安看到严阳眼神间强烈的落寞，便提出要跟他轮换训练时间。没等严阳答应，一旁的一队队员不同意了。

董三京说：“贾长安，你小子别坏了规矩，拿着大家的资源去做人情。”

贾长安说：“我拿我自己的时间换他不行？一个换一个，又不碍着别人！”

眼看着就要吵起来了，唐寒上前，语气威严地说：“长安，这个怪我没有把队里的规矩说清楚，个人训练时间段是我们一队所有队员共用的，如果大家都是想换就换，还排这张表干吗？”

贾长安看看唐寒，又看看严阳，一时之间不知该如何开口。一直忍耐着没有出声的严阳突然开口，看着一队的人说：“感谢大家的关照，我这个倒数第一，给大家添麻烦了。”

说完，严阳气恼而落寞地出了门。

饭堂大厅，严阳与金莹坐在一桌，交流彼此的测试成绩，金莹有意安慰严阳。

金莹说：“我之前的教练和我说，不知道摔倒时候的冰有多冷，就不知道你的心有多热。”

严阳自嘲：“所以，今天也算是‘万里长征第一跤’了。”

金莹说：“今天的测试应该有全程录像，可以去办公室申请看回放复盘——我每次比赛都会去复盘的。”

严阳恍然：“第一名果真是第一名，还有这个操作，我和你一起去。”

两人迅速吃光自己的饭菜，两人盘里只剩下菠萝鸡丁的菠萝。

严阳说：“你也不吃菠萝？”

金莹说：“我吃了舌头会变大，嘴会变肿。”

两人因为彼此间微妙的默契相视一笑。

严阳和金莹来到办公室，找到比赛录像，反复播放着自己在冰面上的视频。严阳看得一脸茫然，金莹却仔细认真，不时拿出本子，标记自己的动作。

突然间，金莹按下严阳视频的暂停键，说：“你发现这儿不对了吗？”

严阳问：“哪儿？”

金莹放慢了播放速度，又定格给严阳看，视频中，严阳过弯前，手臂幅度摆动巨大，随即严阳失控，整个人跌倒。

金莹说："你看你的摆臂动作，你再看你旁边的李博。"

严阳终于注意到自己的手臂摆动问题，说："确实幅度有点儿大了，但我平时训练，怎么一点儿没发觉。"

金莹说："人在着急的情绪下，动作是会变形的。"

看金莹欲言又止，严阳谦虚地看向她："没事，你说。"

金莹说："你的问题看似是摆臂动作问题导致身体重心不稳，其实是你在跑动中，身体重心本来就不稳，所以要靠摆臂来获得勉强的平衡。这时候只要有人干扰你一下，你立刻就会跌倒。就算没人干扰，你一着急也容易失误。"

严阳点头，看着屏幕，若有所悟。

深夜的冰场显得异常空旷，只剩下严阳一个人。严阳奋力滑行，可以看出他的手臂动作有些不协调，眼睛时不时瞄向手腕，有意控制手腕摆动的幅度，但效果并不明显。

严阳望着自己摔倒的位置，久久难以释怀。突然间，放在冰场边上的手机响了起来，严阳拿起一看，是母亲曲洁的视频电话。

曲洁关切地问严阳的生活起居，严阳一一回答，言辞间流露出了失落。曲洁便问起严阳摸底测试的事情，原来严忆北已经都告诉严阳爸妈了。

曲洁说："你别有压力，我儿子肯定没问题的。"

曲洁转而招呼严振华来跟严阳视频，严振华倔强地回绝了，严阳假装明媚地笑，找借口匆匆挂断电话，上扬的嘴角立刻垮了下来。

不一会儿，唐寒带着贾长安等几个一队队员来到冰场，贾长安告诉严阳，是教练让一队加训。严阳正在为无法控制自己的手臂幅度而郁闷，这下是一触即发。

严阳说："长安，你在一队是'传声筒'吗？有什么他们不能自己跟我说？"

贾长安为难，唐寒开口道："严阳，你别那么敏感，今天是我们临时要加训，我们可以共享场地。"

严阳说："你们的时间我不能碰，我们的时间就可以随意支配，是吗？"

贾长安扯了扯严阳说："这是文教练和领队的意思，你别跟唐队对着干。"

严阳其实并非这样想，但长安的态度让他觉得自己成了一个恶人，他甩开长安的手说："我说了我不让吗？我还没怎么着呢，你怎么就觉得我要跟你们对着干？你觉得我就这么小心眼儿？"

贾长安愣住，劝严阳不要发神经。唐寒走到二人中间，对严阳说："时间不早了，我们还得完成训练任务。"

说完，唐寒绕过严阳，在冰场上滑了起来，身后的郝瀚和董三京也跟着上冰练习。严阳看着贾长安慢慢滑进了赛道，加入了唐寒的队伍，心里的不忿再一次被点燃，冲回冰场赛道上。

严阳朝着唐寒奋力追上去，董三京、大力、郝瀚等人看到严阳这副气势汹汹的模样，不由得滑到一旁，让开道路。

严阳奋力朝唐寒追去，唐寒见到严阳没有避让，而是加快了速度，一直领先于严阳。严阳不甘示弱，死死地咬住唐寒，不知不觉间手臂的摆动幅度越来越大，但是严阳毫不在乎，此刻他的心里只有一个念头——超过唐寒。

唐寒的速度极快，严阳奋力追赶，还是没能缩短距离，两人一前一后来到了弯处。唐寒下意识地减速过弯，但是严阳热血上头，直接加速想要从内线切过去。

然而，转弯半径减小加上手臂大幅度的摆动，严阳又一次失去了平衡，他的冰刀直接碰上了唐寒的冰刀，两个人接连摔倒，严阳的肩重重地撞在冰面上。

摔倒的唐寒手掌按在冰刀之上，冰刃在他的手腕处划出一道口子。在郝瀚和董三京以及其他一队队员的视角中，他们只看到严阳不顾一切地从内线撞向唐寒，随即造成了事故。

鲜血顺着唐寒手腕伤处流出，滴落到冰面上，几个人赶忙奔上前去。

严阳愣在原地，只见洁白的冰场上已被鲜血染红大片。

第二十章

逆风之时

一行人急匆匆把唐寒送到了诊疗室，他的伤口处还在滴血，队医叶小小利落地给他清理伤口，用生理盐水冲干净血迹，唐寒的手上显出了一条长长的口子。唐寒微微皱眉，能看出他在极力忍着疼痛。

叶小小从面前一系列医疗用品中拿出一根针管在唐寒手腕处扎了一针麻醉剂，她说："为了尽量少影响神经，麻醉药会控制剂量，会有点儿疼。"

叶小小小心翼翼地穿针缝合伤口，钻心的疼痛在手腕处起伏，唐寒不觉紧蹙了双眉。缝合结束后，叶小小问："自己划的还是别人划的？"

唐寒说："有区别吗？"

叶小小不语，只是专心地给唐寒缠绕纱布，纱布缠绕的最后关头，打了一个蝴蝶结。

叶小小迅速收拾好医疗用品，然后把一张早已准备好的诊疗书放在了唐寒跟前，上面的治疗建议是——“休息三天”。

唐寒看着诊疗书说：“我的伤不重，不能耽搁训练。”

叶小小瞥了唐寒一眼，吓唬道：“质疑医生权威，再加一天！”

唐寒只得闭嘴，拿起诊疗书起身，准备离开，叶小小又拦下他，要输液消炎。唐寒拗不过，只得乖乖照做。

给唐寒打上点滴后，叶小小便匆匆出门，不一会儿，带回一个饭盒递给唐寒。唐寒看见里面几样小菜错落有致，中间一份酱萝卜尤其醒目。这正是他最爱吃的家乡菜。

林小小看出唐寒的犹疑，告诉他已经跟营养师沟通过，可以放心吃。唐寒闻言欣喜，叶小小则不动声色地将唐寒诊疗书上的时间从三天改成了两天。

医务室走廊外的一队队员担心唐寒的伤势，有几个为唐寒鸣不平，想要找严阳算账。贾长安见情势不妙，赶紧拦着他们，声称严阳不是不讲道理的人，自告奋勇去宿舍叫严阳来道歉。

211宿舍里，严阳光着膀子，手中拿着一瓶药酒，侧身站在镜子前，扭头想看清自己的后背。唐寒受伤的同时，严阳重重摔在冰面上，后肩一处瘀青微微肿起。

严阳借助镜子，在自己的瘀青处擦了一勺药酒，药酒的辛辣融进皮肤，他眉头紧闭，好一会儿才缓过来。他穿上衬衣，将药酒盖上瓶盖，坐在椅子上，轻轻地揉搓着自己的伤处。这些都被刚进门的贾长安尽收眼底。

严阳看到贾长安，说："他怎么样了？"

贾长安说："伤口不浅，还好没伤到骨头。兄弟，你应该去医务室看看，跟唐队认个错。"

严阳说："我又不是存心的，再说，你们不都围着他吗，也不缺我一个。"

贾长安说："严阳，你别嘴硬了。不管你是不是故意的，你都应该去道歉。一队的人都等着呢，都放话说你要是不去就弄你！"

严阳不满："贾长安，这才几天，你就变成一队的'传声筒'啦？"

贾长安也被激怒，两人不欢而散。

第二天正是休息日，严阳独自坐在宿舍，回看贾长安接受林晶的采访的视频。想到如今跟贾长安的关系，严阳有些伤感。

严阳的目光落在唐寒的床铺上，床铺上的被子整齐如斯，显示出唐寒一整晚都没有回来过宿舍。一阵脚步声传来，严阳希望是唐寒，但脚步声渐行渐远，严阳心里一沉。忽然，严阳看到桌上的药酒，他拿起药酒，匆匆朝着医务室走去。

此时的医务室里，唐寒第二次消炎药水刚刚打完，旁边隔间里，金莹正在做小腿理疗。

严阳假装漫不经心地走到唐寒身旁，把药酒递给唐寒，说："这个给你，我小爷爷说，这个治伤口有奇效。"

唐寒正在解开缠绕在伤口处的纱布，严阳看到唐寒露出的伤口，心中过意不去，提出帮他涂一下伤口。严阳正准备拧开瓶盖时，董三京和大力前来看望唐寒，话不投机，差点儿吵起来。

叶小小听见声音后走进来，一眼看见了严阳怀里的药酒，几个漂浮的圆形中药块状物引起了叶小小的注意，她定睛瞧去，微微皱眉。

叶小小问严阳："这药酒你是打算送给你们队长的？"

严阳不置可否，叶小小打开瓶盖一闻，神色大变："这药酒里有马钱子的味儿，马钱子中含有士的宁成分，是禁药。"

郝瀚、董三京和大力闻言大惊，严阳不以为然地说："马钱子怎么了？活血化瘀，我们老家常用。"

大力一把拿过药酒，情绪激动地说："严阳，你别装傻充愣。你是集训队员，会不知道马钱子是运动员慎用药品？国家明令禁止使用含兴奋剂成分类药物，这是绝对不能触碰的红线！也是所有运动员的禁区！要是碰上突检，唐队就是跳进黄河也洗不清。你等着，我现在就要去找教练举报你。"

大力抱着药酒要离开，严阳上前阻拦，董三京和郝瀚也加入其中，一时间，场面极其混乱。唐寒说话也无济于事，旁边隔间的金莹也过来劝说，可大力他们四人依旧缠斗在一起。

大力一个不稳，药酒脱手，"哐当"一声摔碎在地上，严阳看着满地的碎片，到处流淌的药汁，怒从中来。

严阳上前，冲大力推搡一把，大力毫不示弱，一个迈步要将严阳顶飞，郝瀚、三京也要动手，战事瞬间就要升级。

一旁的叶小小忍无可忍大吼一声："都给我住手！要我把教

练请来吗？”

此时，门外传来文教练的声音：“不用请了，老远就听见了！”

文教练拿着一盒慰问品站在门口，怒目而视，四个队员不由得停下手中动作。

青训营操场，严阳、董三京和大力等人并排着，四人被罚俯卧撑，一旁的金莹也跟着受罚。

文教练在五人面前来回踱步，气得发抖。

文教练问严阳：“严阳，我就想知道一件事，唐寒的伤到底是怎么回事？”

严阳说：“冰场有监控，干吗要问我？”

文教练说：“监控我查过了，根本看不清楚细节。别的我不管，你现在老实告诉我，你到底是不是故意的？”

严阳急切地说：“我当然不是故意的！”

一旁的大力、董三京他们不服气，跟严阳吵起来，严阳不甘示弱地撑回去。

眼见几个人再次吵起来，文教练气冲冲地打断他们，对严阳说：“你凶什么？划伤人还有理了？我现在是在问你，你要是解释不清楚，就给我滚蛋。”

严阳被激怒：“走就走！这样的训练营，我不稀罕。”

严阳说罢，独自转身，离开操场。金莹见状，想要去拦住严阳，却被文教练喝住。金莹无奈地望着严阳的背影消失在操场的尽头。

青训营保卫处，一排排显示器里是青训营每一个关键场地的监视画面。主机监控器旁，保卫队长在翻找着监控的视频资料，一旁的金莹站在身后仔细查看，她想帮严阳弄清唐寒到底是怎么受伤的。

监控视频中，只有冰场一角，隐约能看到严阳、唐寒等人的身影在冰面上迅速掠过，但看不清具体近处细节。

金莹不理会，操纵鼠标拉回视频重放，仔细查看每一个细节。突然，一个女子带着孩子站在冰场外围，吸引了金莹的目光。金莹放大画面，那个女子手中拿着手机，正对着冰场内队员拍摄，金莹回头问道："她是谁？她怎么会在冰场？"

队长一时慌了神，说话支吾起来。金莹看出他在隐瞒，严肃道："训练营的规矩，未经允许，不准私自拍摄。你帮我找到她，这件事情我就当不知道，否则我一定向领队报告你的失职。"

队长说："小姑娘，我好心帮你，你还告我状？"

金莹说："我不会告状，也不想针对她，只是她的视频关系到我一个队员朋友的清白。"

队长看见金莹认真的眼神，才拿出手机打电话："老婆，昨天在冰场拍的视频还存着吗？"

金莹拿到了队长老婆拍摄的视频。

视频里，严阳奋力追赶唐寒，唐寒亦是毫不相让，两人在冰面上的速度飞快。过弯之际，唐寒减慢速度，身后的严阳却是加速想要从内线切过去，然而一个重心不稳，严阳率先跌倒，冰刀撞向唐寒，两人接连摔倒在冰面上。随即，董三京等人飞速地围住了严阳和唐寒，挡住了画面。

金莹把视频拿给孙教练和文教练看。看完后，两位教练沉默不语，金莹说：“教练，他们打架时我在现场理疗，他真是过来给唐寒送药的，这是个误会。”

文教练和孙教练互相对视一眼，陷入沉思。

体能训练场上，严阳正发泄一般地练习，其他队员有意跟他保持距离。不一会儿，他就筋疲力尽，四仰八叉地躺在地上。

孙教练不知什么时候来到了严阳身旁，不动声色地问：“东西都收拾好了吗？”

严阳坐起身说：“让我离队也不是文教练一个人说了算。”

孙教练说：“简简单单的一件事，为什么让误会发展到现在这个地步？”

严阳不语，孙教练继续说道：“选拔赛时，你跟我说，这是你唯一的机会，现在你就是这么用的吗？”

严阳沉默片刻后说：“我来这儿不是为了让他们合起伙来欺负。”

孙教练说：“所以就拿自己的职业生涯赌气？唐寒那么高傲的一个人，你觉得为什么一队的队员这么尊敬他？”

严阳疑惑。

孙教练说：“因为唐寒是靠实力站在冰场的顶端。他的眼里只有冰，只有终点线，还有他自己的纪录。竞技体育是公平的，也是冷漠的，你滑出的成绩，没有人可以抹杀，但同样的，你一旦离开了这里，也就没有了翻盘和证明自己的机会。”

严阳继续沉默。

孙教练说："事情还没到那一步。不过打架终归是不对的，你必须向唐寒和一队队员道歉。教练组商量过了，你写封检讨书认个错，明早交给文教练，这事就算过去了。要怎么做，你自己好好想想吧。"

孙教练走后，严阳陷入了沉思。

晚上，严阳躺在宿舍床上辗转反侧，脑海里不停回荡孙教练的话。他正在纠结要不要写检讨书。这时唐寒回来了，他未注意到严阳，不一会儿便睡下了。

严阳看着唐寒，他受伤的胳膊还吊着绷带，以一种别扭的姿势放在身侧，严阳心生触动。最终，他从床上爬起，回到书桌上，郑重写下"检讨书"几个字。随着时钟嘀嘀嗒嗒转着，严阳没写几行字，就趴在桌上进入梦乡。

第二天一早，严阳睁开惺忪的睡眼，看着只开了个头的检讨书，懊悔不已。他磨磨蹭蹭地来到青训营教室，这时的教室里已坐满了队员，教室前面的小黑板上不知何时被写上了"检讨大会"四个大字。

严阳一个人扭扭捏捏地走到文教练跟前，手里拿着那张半成品的检讨书。

文教练质问道："检讨书呢？"

严阳为难地将半成品检讨书拿在手上。文教练要拿，严阳怕被发现没完成，所以躲了，引起了文教练的不满："不给看是吧，不给看你就直接读给大家听！”

严阳无奈走到讲台前，打开麦克风念道：“尊敬的各位教练、各位队友。今天我心情哀痛、悔不当初，不该因为一时冲动和队友们起冲突，还动手打人。在这里，我想真诚地对一队的队员们说一声‘对不起’……”

底下的人毫无触动，严阳越念越小声，一旁的文教练“啪嗒”一声关掉了麦克风，转身走到教室最后面。

文教练怒喝：“严阳，你早上没吃饭？反省要深刻，检讨要真诚。我今天就站在这儿，只要有一个字听不清，你就给我重新来过。”

严阳难堪地站在讲台上，昨晚写的检讨书到此戛然而止，他不知接下来该怎么编下去。突然，他一把撕毁了手上的检讨书，大声说道：“我知道，你们都认为我是故意划伤唐寒，觉得我不服气。我承认，我就是不服气，我想战胜他，我想超过他。我想在冰场之上滑出自己的成绩，难道这也是错的吗？要说我做得不对的地方，那就是我不该那么着急地从内线切弯，撞倒了他，也不该带着泡了马钱子的药酒去给他治伤。”

台下的人都紧紧盯着严阳。

严阳说：“那罐药酒是我小爷爷寄给我的，他说只要一抹上，所有伤口都会好的。我想让唐寒好起来，可却被你们摔了。你们给过我解释的机会吗？我在你们眼里就那么不堪吗？”

众人噤声，会议场里鸦雀无声。

严阳说：“我检讨，是我想继续练下去，我和你们一样喜欢短道。我想打败唐寒，想拿第一，想在冰场上堂堂正正地战胜他。你们天天跟在唐寒身边，你们有想过战胜他吗？”

严阳对着台下说道：“唐寒，我不该那么冲动，害你受伤。董三京，我也不该冲动，先对你动手。可是我仍然再强调一遍，我不是故意的。我的检讨说完了，信不信随便！”

场面依旧一片寂静，贾长安站起来，带头表示相信，其他队员却始终缄默。

这时，唐寒突然站起来，说：“我也相信你。”

说罢，他快步走到严阳跟前，伸出了自己的手。严阳愣了愣，随即也伸出自己的手同唐寒的握在一起。

文教练见状，朝着董三京等人使眼色，其余几个人也纷纷与严阳握手言和。气氛逐渐缓和，似乎横亘在一、二队之间的芥蒂也渐渐消散。

青训营大门口，李领队和几个工作人员正接待国外来的 Mark 教授。Mark 教授是国外有名的运动大数据专家，在圈内享有盛誉。翻译人员在旁帮忙翻译。

Mark 说道：“陈谨教练让我先来了解队员情况，把他们的立体数据查清楚，好的留下，没有潜力的就不要耽误人家了。”

李领队说：“陈谨教练当年就代表国家得过奥运冠军，现在又是享誉世界的顶级教练。我们能请到二位，是我们的荣幸啊！”

一番寒暄后，李领队示意把 Mark 教授带来的东西搬进训练营。

文教练让严阳和董三京、大力、郝瀚几人清扫浴室，作为对他们打架的惩罚。文教练要求他们把浴室顶上的污垢也要擦掉，他们抬头望去，根本就够不着。文教练让他们想办法配合，什么时候擦完，什么时候才能走。文教练说罢，转身走出浴室门，随手将门锁上了。

严阳独自站在一边，其余三人站在另一边，气氛些许尴尬。双方互相不说话，严阳一个人默默将刷子绑在拖把上，可是拖把长度还是够不着浴室顶部。

在大家无计可施之际，严阳提议试试叠罗汉。于是，严阳一只脚踩着郝瀚，一只脚踩着大力，郝瀚和大力同时发力，严阳一瞬间起得老高，又慢慢稳住。严阳拿着抹布，奋力擦拭起来。

很快，浴室顶上的污渍被彻底清理干净，四人面对面站着清洗拖把，郝瀚、三京、大力互相帮忙，大力主动用水管将严阳脚下的污渍冲干净。

严阳微笑着感谢，大力报以微笑："客气啥。严阳，你来这么久了，你东三省哪儿人呢？"

严阳说："哈尔滨。"

郝瀚意外地说："短道大省啊，唐队老家好像也是哈尔滨的。"

严阳说："是吗？他说话没一点儿口音啊。"

大力笑道："那可比不上你这大碴子味儿。"

严阳说："我这是正宗红肠味儿的口音。"

几个人和乐融融，纷纷笑了起来。

新一天的训练又开启，一、二队队员正在场馆做热身。唐寒手腕上缠着纱布也在热身。大家发现，今天场馆的各个角落早已布满了镜头。

唐寒走到严阳面前，从口袋中掏出一张纸交给严阳。严阳不明所以，打开一看，上面居然是新的上冰时间安排表：二队单数日中午上冰，双数日晚上十点上冰。与之相对的，一队改成了双数日中午上冰，单数日晚上十点上冰。

严阳的心里感动，却是嘴硬："神神秘秘的，我都习惯晚上上冰了。"

唐寒说："这是和教练商量过的，你必须重新适应，服从安排。"

严阳还想反驳，此时，文教练滑进训练场，说："全体都有，中速滑 8 圈，3 组。"

唐寒闻声加速，严阳匆匆将纸张塞入袖口，奋力追上。

看台上，严忆北和林晶两人扛着摄像设备观看训练。林晶惊喜地发现旁边的机器都换成了 RED weapon 高帧率机器，她告诉严忆北，一般国家队选人就是靠这种机器来记录选手的细节动作。两人对视一眼，心领神会。

队员们的表现都尽数收入机器之中，并形成大量数据，自动汇成表格。监控室内，Mark 教授和助手调动数据，依次打开所有人的文档。

体能训练馆里，金莹正在进行高强度训练，严阳来到她身旁，要感谢她找到视频还他清白。金莹不置可否，严阳提议休息日带她出去转一转。金莹略一沉思，答应了严阳。她还真有个想去的地方。

第二天清晨，阳光和煦，金莹站在训练营门前的树荫处等严阳。突然间，一辆豪华大奔停在了金莹边上，车窗摇下，里面是戴着墨镜、装扮帅气的严阳。

金莹无奈一笑：“你这也太夸张了吧！”

严阳说：“这叫排面。我特意去车行租的，上车。”

金莹上车，严阳按照金莹的导航路线，一路向前驶去。很快就到了目的地，是一个俱乐部冰场。冰场上，人头攒动，许多滑冰爱好者在跑道上练习。

严阳问：“这就是你特意过来的地方？”

金莹一边穿戴护具一边点头：“在训练场真是憋得慌，到这儿来放松正好。”

说罢，金莹快走两步进入冰场，慢滑起来，她娴熟的动作一下子成为全场的焦点，引起许多人注目。

一个小女孩儿停在了严阳跟前，目不转睛地看着金莹滑行。严阳帮小女孩儿调整姿势，小女孩儿用力一蹬，快跑几步，却一不留神摔倒在地，严阳赶紧过去，扶住小女孩儿。

在一旁滑行的金莹看到小女孩儿，想起自己小时候在加拿大训练的场景。那次，发令枪响，小金莹率先起跑，抢到了领先的位置。然而一双手从背后猛地一推，小金莹瞬间失去平衡，重重地摔倒在地……

金莹慢慢回过神来，不知何时，严阳已出现在身边，他说：“其实我一直想问你，为什么选择回国啊？”

金莹愣了愣，略一沉思后说：“我答应过我奶奶，要在家门口给她拿到一块金牌。”

严阳顿了一会儿，说：“难得出来一次，你的梦想留待赛场上实现吧。今天还是先跟我感受一下大北京的美好吧。走，带你开开眼界。”

严阳带金莹来到有名的老北京胡同。胡同内几个小孩儿追逐跑过，边上的小店还在售卖老北京的特产，一棵参天大槐树枝繁叶茂，四周一片恬静，完全没有北京城的喧嚣。

严阳兴奋地走在金莹前面，炫耀一般向金莹介绍老北京胡同文化，还装模作样地跟树荫下小卖部的大爷攀谈。

严阳说：“大爷，中午吃啥了？”

大爷说：“随便吃了点儿。”

严阳得意地向金莹解释：“看到没，老北京人见面都爱问一句‘吃了吗？’这儿的北京味儿地道吧？”

金莹摇摇头说：“老北京人可不问‘吃啥’，这儿说的是‘吃什么’。中午吃的什么呀，大爷？”

大爷一听，来了精气神：“哟，来了个讲究人。中午喝了点儿豆汁，你要不要来点儿？”

金莹点点头，大爷开心地拿出两盒冰镇豆汁来。

金莹接过豆汁，若无其事地喝起来，严阳不甘示弱地猛喝一口，一股子豆汁味直冲脑门儿，强忍着咽了下去。

严阳问："你什么情况？"

金莹说："忘了告诉你，以前我们家住这儿，就在这座四合院里。"

严阳诧异，刚想兴师问罪，胃里便是一阵翻腾，赶紧捂着嘴跑到垃圾桶旁边，随即便是惨绝人寰的呕吐。

晚上，训练营冰场上，田苗和邹勤坐在平板电脑前，屏幕上播放着金莹从弯道一侧超过田苗的视频，邹勤伸手暂停了视频，对田苗说："她的弯道过弯很快，可是爆发力不行，所以她最喜欢内线过弯。你只要领先后在弯道封住她的线路，在直线段她就无法超过你。"

田苗点了点头，与邹勤击了个掌，而后两人双双踏上了冰场。

田苗率先出发，邹勤在身后模仿金莹的滑行轨迹，田苗开始有意识地占道，阻挡身后的邹勤。

又是一天的训练。全体队员在赛道上一圈又一圈地慢速滑动着，但显然每一个人都已经筋疲力尽。已经接连一周慢速滑了，虽说慢滑是为了练耐力，可是队员明显吃不消，唐寒和严阳也都累得够呛。

文教练看大家这训练状态，宣布再加一组练习。众人听完，哀声一片，拖着疲惫的腿在冰面上再次"蠕动"，身后的董三京已经架不住，拖着唐寒的腰部。严阳身后的贾长安也忍不住搭上严阳的肩。

身后的队员们一时之间一个接一个地搭上前面队员的肩膀，前后串在一块，依靠前面带队队员，试图省点儿力气。

文教练看到大家实在撑不下去，无奈地说："行了、行了，今天最后一圈，下冰吧。"

文教练话音刚落，冰面上的队员们长舒一口气，接二连三地躺倒在冰面上……

女队那边，队员们正在冰上驰骋练习，金莹和田苗一前一后，引领着整个女队的节奏和速度。金莹奋发全力，田苗紧随其后，仔细观察她的动作细节。

临近弯道，金莹侧倾入弯，田苗看着金莹入弯的方式，脑海中响起邹勤的话："金莹身形小，所以她最喜欢出弯时走内线超越。你只要领先后在弯道封住她的线路，她爆发力弱，在直线段她就无法超过你。"

恍惚间，田苗似乎看见，弯道一过，自己就加快速度从外线超过金莹，金莹紧咬不放，又一个弯道到来，金莹提升速度，想从内线切进去。她早已预想到金莹的线路，牢牢占据内线，被挡住的金莹不得不放慢速度。直线距离上，金莹的爆发力比不过田苗，田苗率先冲过终点线。

教练的吹哨声将田苗拉回现实，原来，刚才的一切都是她脑海中的想象。她并没有选择超越金莹，金莹仍然是第一个冲过终点线的选手。

众人一轮模拟赛滑完，停下休息，田苗第一眼便冲着场边的邹勤看去。

邹勤手中的笔记画着各个超越与阻挡节点，与刚才田苗脑补的画面一模一样，邹勤冲着田苗竖起了大拇指。两人彼此会意微笑。

监控室内，Mark 坐在电子屏幕前，正在注视着场馆内队员的一举一动。他一边观察，一边往电脑中敲入数据，屏幕上已经密密麻麻，全是档案。金莹跟田苗比赛的视频也被 Mark 重新调取，转化成数据，输入文档之中。

Mark 在电脑上几下敲打，电脑弹出一个加载框，进度条不断往前冲，终于，弹出了加载完毕的对话框。

Mark 说："可以出结果了，准备召集教练组开会了！"

李领队说："好。"

金莹下冰后，就来到风洞训练室找李念雪。

李念雪被训练绳索吊在半空之中，风机鼓动，强风在她的贴身训练服上吹出一道道肉眼可见的气流。教练在一边观察气流，一边指导李念雪调整动作。

李念雪在半空中依言而行，随着她动作姿势的改变，气流的运动方向也随之改变，一道道气流从她两肋边吹过，李念雪的身体完全被风的升力托起来。

教练满意地说："这就是你的最佳空中姿势，记住根据风速做相应的调整。”

半空中的李念雪看到金莹出现在门口，歪头冲她眨眼，可就这么一瞬间的走神，她的身体立马失去平衡，被风吹得在空中转圈。

李念雪被放下，摘掉头盔和金莹亲昵地抱在一起。

李念雪说：“听说你第一仗就得了个‘开门红’，回国的决定没错吧？”

金莹说：“发挥得也一般。”

李念雪眼神透出担忧：“集体生活你还能适应吧？”

金莹点点头：“我在这儿好像有新朋友了。”

李念雪既开心又诧异：“真的？男的还是女的？”

食堂里，队员们三三两两打着饭菜，金莹一个人在吃饭。

一旁的杨梦然见到金莹，无意间跟她提起田苗最近正每天看她的滑冰视频，研究她的技法。金莹愣住，很快，脸上便恢复了平静。

这时，田苗和邹勤走了过来，田苗看到金莹，立即摆出一副热情的面孔，冲她挥手招呼。金莹看了一眼邹勤，邹勤连忙将写着研究金莹技巧的本子收起来。

金莹不动声色，眼睛直视田苗说：“听说你最近一直在研究我，你是想要赢我吗？”

田苗愣住。

金莹淡淡地说：“其实，有一个假想敌，可能对提高成绩真的有好处，祝你好运。”

还未等田苗回答，金莹便拿起餐盘直接离开，田苗的眼神也从热络变为冷漠。

会议室里，李领队、Mark、文教练、孙教练围坐在一起，每个人手中都有一叠资料，正是这次技术会诊最终出来的报告。大屏幕上放着唐寒的照片，旁边是诊断报告和一条如直线般平稳的趋势图。

李领队说：“唐寒的状态一直保持得不错，不愧是我们备选国家队的种子选手。”

文教练说：“唐寒的技术全面，无论是直线还是弯道，几乎没有短板，难得竞技状态也很稳定。”

Mark 听完翻译，神情依旧严肃地说：“唐寒的综合实力确实最强，只是目前已经处在瓶颈期，几个月以来的提高微乎其微。也正是因为各技术技巧都很优秀，所以其实几乎没有提高成绩的突破口，我们都知道，想要冲击奥运，仅凭他现在的水平还不够。只有找到这个突破口，才有更进一步的希望。”

大家表示赞同。Mark 接着说：“找到这个突破口，或许需要一个漫长的时间，在这段时间，保持积极的训练心态非常重要，不能急于求成。”

大家又翻看女队的成绩，金莹的照片旁是一条向下的曲线。

Mark 说：“目前就成绩看，还是名列前茅，但这只是由于本人的素质较为出色，问题没有完全暴露出来。根据大数据显示，她的成绩波动很大，在趋势上，可以说这是成绩下滑的开始。这个选手的资料我大概了解了一下，训练体系从国外到国内，会对运动员的成绩产生直接影响，但这些影响开始时是不明显的。”

李领队对孙教练说：“老孙，当时我们也是觉得她有潜力才把她挖回国的，现在也得负起责任来，尽快让她找回状态。”

Mark 说：“金莹的数据我们会进一步做分析，再向孙教练说明的。但我觉得，值得重点关注的是这个选手。”

大屏幕上出现严阳的名字、照片和数据。众人惊异。

文教练给严阳发信息：“严阳，你立刻来一趟会议室，Mark 教授也在。”

严阳一路小跑，来到会议室，只见众教练们围坐一旁，办公室里异常地宁静。Mark 率先打破沉默，问道：“严阳，我想向你了解几个基本问题，你如实回答就好。”

严阳说：“一定。”

Mark 问：“你从什么时候开始滑冰的？”

严阳说：“五岁时我爸爸第一次带我到冰场，之后就开始滑冰了。”

Mark 问：“那你是什么时候接触短道速滑这个项目，或者说，系统学习这个项目的？”

严阳说：“从小学开始就断断续续上过几个俱乐部的短道训练班，不是固定在一个俱乐部，相对系统的训练应该说是从高中学校的校队开始。”

Mark 问："你现在多大了？"

严阳答："十八岁。"

Mark 说："看来我的数据分析没错，你的情况基本符合我的判断。各位同事，为了对队伍负责，也对这个孩子负责，我必须说真话。"

周围的教练继续沉默，严阳更是摸不着头脑。

Mark 说："我觉得严阳现在还不适合做专业短道速滑运动员，我建议让严阳退队。"

严阳难以置信："什么？退队？"

Mark 解释道："严阳，你接受职业训练的时间太短了，而且是在错过了最佳训练年纪后才开始系统训练。再加上你在许多俱乐部学习过，我相信也不是非常专业的机构，所以你的技术动作，尤其是很多基础动作都没定型，这些会直接影响你的稳定性，而高水平竞技，动作的精准和稳定，甚至会反映在千分之一秒上。"

Mark 手一按，屏幕上浮现出严阳的数据，是一条逐渐下滑的波浪线。

Mark 说："这是你的数据，就目前来看，就算你花再多时间，也很难达到一个优秀职业运动员的水平。"

严阳隐隐反抗："我来青训营就是来训练、提高的，谢谢 Mark 教授的建议，我会把我的基础动作练好。"

Mark 说："以你这个年纪，提高起来会很慢。而且，你很难超越其他选手多年扎实的训练，你已经错过那些时间了。所以，我建议你可以不用再浪费时间在青训营。”

严阳不服，他看向教练们，心中的委屈和不满喷涌而出：“教练，我的职业生涯凭什么让一个数据分析师决定？他凭什么定下这个结论？他说退队，我就要退队吗？”

Mark 说：“你现在的感受我能理解，但我会对我的结论负责。我是来挑选有潜力的奥运会选手的，很抱歉，目前你还达不到要求。”

教练们没有一个人站出来说话，严阳明白，他们都在默认这个结果，心中无比无助，却又无计可施。

良久，严阳终于说出了一句话：“冰是滑出来的，还是算出来的？世界冠军是算出来的吗？人的潜能能算出来吗？凭什么他的数据就能抹杀我的努力？”他转而面向 Mark 说，“你会滑冰吗，你 500 米能滑多少秒，有种和我比一比吗？我看你这个样子，根本就不懂滑冰，你不要在这里用一堆数字就指手画脚，你没有资格决定我的去留！”

严阳越说越激动，一旁的孙教练猛然站起，将严阳拖出办公室。

孙教练说：“我早知道你是这种脾气，真不该把你招进来。你到底什么时候才能听进去别人的话？”

严阳说：“所以，孙教练，你们也觉得他说的是对的，对吗？”

严阳直直地盯着孙教练的眼睛，期待又害怕那个问题的答案。

第二十一章

归来

深夜，月光透过窗户，洒进 211 宿舍，地上是严阳收拾了一半的行李箱。严阳拿着一沓纸，坐在床边，呆呆地看着窗外的月亮。月光下，最上面那张纸赫然写着“入营通知书”。

对面的座位上，唐寒拿着一本书，用眼角的余光几次看向严阳，最后终于干巴巴地开启了话题：“明天走？”

严阳说：“教练组都决定了，还留在这儿丢人现眼干吗？”

唐寒觉得他还是有天赋的，只是吃亏在没有经过长期专业系统训练，惋惜地说：“我真的觉得，一个运动员的职业生涯是不能光用数据来评判的。这么做多少有些片面。”

唐寒突然的理解，像刺一样扎在严阳心上，他语带自嘲：“现在说这些又有啥用？”

静默片刻后，唐寒走到严阳跟前说：“所以，你是不是特别想赢我一次？”

两人目光对视，会心一笑。

严阳和唐寒来到冰场，空荡荡的冰场上只有他们两人。他们穿上速滑服，全副武装地站在起跑线上。两人目光如炬，全神戒备，紧盯前方。

唐寒说：“你是不是比完之后就没有遗憾了？”

严阳说：“总要赢你一次。”

“嘀——嘀——嘀——”随着手表的倒计时响了三下，两人都蹬冰起跑。

严阳抢先滑到唐寒身前，但是唐寒轻松在第一个入弯处超越，旋即滑到了严阳的前头。严阳拼尽全力，奋力追赶，可是唐寒却越来越快，俯身、过弯、出弯、直线加速，每一个动作都堪称完美。

严阳加大力道，试图将距离缩小，唐寒仍然一个又一个身位地超过他。最后一个弯道，严阳还未出弯之际，前面的唐寒已经滑过了终点线。

严阳看着两人的差距，突然无比沮丧，还没过终点，就自暴自弃地停住了。唐寒后知后觉地回头，滑到他身边，拿下护目镜和头盔。

严阳低落地说：“看来 Mark 说的是对的，我根本就不适合在冰场上。”

唐寒说：“对不起。在我看来，尊重对手最好的方式就是拼尽全力，所以……”

严阳说：“我明白。”

唐寒看着沮丧失落的严阳，不知该如何安慰，沉默一会儿便离开了。

他们不知道，金莹一直在看台上远远地看着。金莹喊了一声严阳的名字，严阳爬上看台，两人并排坐着。

金莹关切地问：“接下来你打算怎么办？”

严阳说：“我还能怎么办？大不了，就当是来北京遭了回罪呗。莫名其妙地来，莫名其妙地走。家里放着好好的重点大学不念，现在看看，自己也真是傻到家了，做什么千秋大梦。”

金莹安慰道：“早就听贾长安四处宣传，你不仅短道速滑有天赋，还是个学霸。不像我们，这辈子也许只能走一条路，你……”

严阳打断她：“你不用安慰我了，我又不是小孩子，能想得开。此处不留爷，自有留爷处！”

金莹看着严阳强颜欢笑，也不再安慰。

严阳说：“金莹，以后我就是你的粉丝了，你好好加油，希望你能走到最后，走到冬奥！”

金莹知道严阳的言外之意，那也是他的愿望。金莹看着严阳，无奈地笑笑。一旁的窗户上，映照出一轮皎洁无瑕的明月。

第二天清晨七点多，冰场已经开始有了人。孙教练拿着训练手册在准备今天的训练，门口陆续有三三两两的队员进来。

冰上，田苗在进行圆心滑技术训练，邹勤明显在模仿金莹的技巧动作，田苗在一个内圈的位置想要赶超，但没踩对位置，差点儿打滑，邹勤迅速反应过来，扶了田苗一把，两人慢慢滑向终点。

场边，金莹看着田苗和邹勤的身影出神。

忽然间，金莹似乎想到了什么，转身便朝孙教练滑去，她说：“孙教练，我想申请一个陪练。”

得到孙教练的准许，金莹给严阳发信息：“严阳，能不能请你回来当我的陪练？”

此时的严阳正在训练营门口，拖着行李箱跟贾长安道别。看到金莹的短信，他迟疑了片刻，淡定地回复了几个字之后，毅然决然地离开了。

严阳走出很远之后，才重新掏出手机，打开与金莹的信息对话框。他回复的是：“抱歉，不能。”他看着人来人往，不知何去何从。

就在严阳茫然无措时，严忆北的车停在了严阳跟前。

严忆北带严阳去了他家。

严阳坐在沙发上一言不发，机械地用油石磨着自己的冰刀鞋，严忆北看出侄儿心情不好，却不知该如何安慰。不一会儿，严忆北的电话响起，接完他便急匆匆出去了。

偌大的房间中只剩下严阳一个人，万籁俱寂。

严阳的手机再度响起，是母亲曲洁发来的信息：“儿子，老妈给你寄了好多吃的，收到和妈说下！”

严阳没有回消息，沉默良久后，将油石一把丢进垃圾桶，抓起严忆北桌上的薯片零食，一把一把地塞进嘴巴里。伴随着咀嚼薯片的声音，他的眼睛渐渐潮湿，无言的泪水顺着他的脸颊滴落，他再也忍不住，呜咽地哭出声来。

稍稍平静后，严阳鬼使神差地点开了和金莹的对话框，严阳接着自己那句“抱歉，不能”双手握着手机开始打字，“谢谢你为我做的”。而后又觉得不妥，重新输入了“后会有期”几个字，打完还是删掉，又改成了“祝你美梦成真”。

他正欲点下“发送”，却犹豫了，最终还是把这句话删了。

另一边的金莹，正躺在宿舍床上看手机，手机界面停留在与严阳的对话框中，上面显示着“对方正在输入”，可始终没有一条信息发来。金莹看着渐渐暗淡下去的屏幕，想了想，还是拨通了贾长安的电话。

严阳在严忆北家住了下来，他闭门不出，任凭严忆北抛出怎样的诱惑或苦口婆心的劝说，他都不出门，拉上窗帘，没日没夜地打游戏，饿了就点外卖。才三天时间，严阳就变成了一副胡子拉碴、黑眼圈浓重的颓丧模样。

这天，严忆北正劝严阳赶紧走出来，严阳摆出一副死猪不怕开水烫的样子。忽然门铃声响起，严忆北看了一眼手机，叫严阳去开门。严阳原以为是外卖到了，结果开门一看，贾长安正笑容满面地站在门口。严阳诧异地迎接贾长安的到来，把他迎进屋。

严阳故作云淡风轻地说：“你今天不用训练吗？”

贾长安说："今天周日啊。"

严阳反应过来后说："我过糊涂了。先说好啊，你要是来安慰我的，那大可不必，我好着呢，想睡多久睡多久，想吃啥吃啥，我发现，这才是人间值得——你呢，要想说什么煞风景的话，趁早回去吧。"

贾长安说："我才不是来安慰你，我这儿有正经的翻盘提案传授给你……"

严阳装作不感兴趣，但眼神微微一亮。贾长安嘿嘿一笑，郑重地说："严阳，你回来当金莹的陪练吧！"

严阳一听，眼神瞬间变暗："就这？我早拒绝了。"

贾长安说："我知道，但是我这得亲自和你说道说道！兄弟，这曲线救国也是救国啊，你看邹勤她们也一样跟着训练，说白了，也就是训练时间不一样。我再给你把男队训练方案一拿，你这'雌雄同体训练'一上，说不定就天下无敌了。"

一旁的严忆北听完，对严阳说："还有这事的话，我觉得值得考虑呀。"

严阳却越听越气。

贾长安继续劝："我打听了，邹勤之前也是省里头几名选上来的。再怎么说，能继续留在队里训练，就是给女队做陪练，你也不亏。"

严阳情绪激动地说："贾长安，你就看不上我，是吧？我凭什么要做别人的影子，要去给别人做嫁衣？绝对不可能！我来北京是为自己争一个去冬奥会的机会，不是给别人做陪练。"

严忆北指责严阳："人家长安特意来看你，你跟自己兄弟横什么？"

话音未落，贾长安也"嚯"地一下站起来，脸红脖子粗。

贾长安说："严阳，你的脑袋是木头做的？陪练只是个缓兵之计，到了冰场之上，你有的是机会证明自己。只要你滑得比别人快，教练难道是瞎子吗？只有你留下来才有希望，你走了，到哪里找翻盘的机会？"

严阳说："我丢不起那个人，吊车尾，写检查，被劝退，现在还要当陪练，还要怎么丢人！我进不了正式队，我就得去给女队做陪练？你把我严阳当什么了？"

贾长安说："我把你当什么？我把你当兄弟！我是怕你毁自己，才屁颠屁颠过来看你！严阳，我就瞧不起你现在这样，之前吹的牛呢？你还敢说一个字吗？"

两个血气方刚的年轻人情绪异常激动，眼见着要打起来，被严忆北一把拉住。

严忆北说："长安，你别劝他了，强扭的瓜不甜，位置不摆正，谁也没办法。你好不容易放假，叔请你吃饭。"

严阳接着说："我承认是我吹牛！我吹牛吹成个陪练，也甭耽误你这个短道新星训练了，你该回哪儿回哪儿去，门就在那儿，不送！"

贾长安正想说话，严忆北对他说："长安，你别劝这个不知好歹的傻蛋，在家待着多香啊，他想开就好。"

贾长安和严忆北交换了一下眼神。贾长安话锋一转，接过严忆北的话："也好。严阳，你啥时候回哈尔滨啊？回去找你爸妈吧，你就告诉你爸，说他原来全想对了，你的确就不是搞运动的料，你再求求你那个大学，赶紧回去复学！我现在就给你买机票吧？你这么光荣地被青训营扫地出门了，这不得配个头等舱？兄弟我讲义气，机票钱你不用还了。对了，我得给严叔叔发短信，让他到时候去接你……"

贾长安边说边拿出手机，在拨通前的一刹那被严阳一把夺了过去。严阳硬着头皮冲着贾长安喊道："男队训练方案，你真能给我搞到？"

贾长安没回答，径直走出房门，严阳愣在原地。身旁的严忆北拉着严阳就往外走："愣着干吗呀？赶紧走啊。"

严阳说："我还没收行李呢。"

严阳被严忆北拉着来到楼下，才发现自己的行李已在车上。严阳这才反应过来，原来刚才是严忆北和贾长安两人合唱的一出戏，也明白这是他们给他的台阶。贾长安把严阳拉上了回青训营的车。

倔强要强的严阳还是觉得有些尴尬，他对贾长安说："我这次可是看你的面子才回去的，要是别人，我才不会答应！"

贾长安看破不说破："明白，心里都懂。"

严阳又对严忆北说："小叔，我这当陪练的事，你可得保密。"

严忆北大笑："你把心搁肚子里吧，肯定给你保密。"

严忆北把严阳送回青训营后，来到训练场馆直播队员训练实况——这是他最近接到的任务。直播画面里，队员们正在紧张有序地训练、上冰，直播间的观看人数越来越多，不时有弹幕刷起。一旁的严忆北看了眼手中的稿子，略显生疏和紧张的声音响起：

“各位收看直播的观众朋友们，你们好，这里是‘陪你闯冬奥’直播间。今天我们来到了青训营短道速滑运动的训练现场。现在，冰上有很多为观众朋友们熟知的运动员，有我们杰出的老将唐寒，还有新星贾长安。”

直播间的网友热情互动，弹幕一条接一条，严忆北的心慢慢定下来，语气越来越流畅，他接着说：“今天我们直播的主题不是这些冰上的明星，而是聚光灯外的一群人——没错，他们就是运动员们的陪练。”

直播镜头一阵晃动，锁定了体育馆角落的严阳。此时，李领队正把110陪练宿舍钥匙和队服交给严阳，严阳看到没有自己名字的队服，眼睛里晃过一阵落寞。

严忆北继续在直播间介绍：“那么，现在大家在镜头中看到的是一位优秀的短道运动员，目前是担任女队的陪练。他们可能没有机会登上奥运的舞台，甚至没有办法在这片冰上留下自己的名字，但是这项运动的发展却离不开这些无名英雄的默默付出……”

网友们一片哗然，有网友觉得面熟，纷纷要求看正脸。严忆北举着手机朝严阳正面走过去，一边趁机瞅了瞅自己的手稿说：“让我们看看这位无名英雄坚毅的面孔！他的眼中有为国家冰雪事业发展无私奉献的光！他们平时更为刻苦，不仅要陪别的队员练，还要兼顾自己的训练量……”

这时候，严阳在无意间抬头，发现严忆北在偷拍自己，气势汹汹地朝着镜头走来，一把打掉了严忆北的镜头。

严阳说：“小叔，你是不是拍我了？”

严忆北点头：“陪练在我这策划里可是绝对的主角，小叔绝对给你拍得‘高大上’。”

严阳生气地说：“不是说好了不让我爸妈知道吗？你这一播全国都知道我给女队员当陪练了！”

严忆北说：“你放心，你镜头很少的，而且都看不清脸。再说，你爸妈平时也不上网，怎么可能看直播呢？”

严阳还是担忧：“那万一……”

严忆北说：“哎呀，没有万一。我今天第一次接手这个号，配合一下，别搞砸了。”

严忆北继续跟拍严阳，但严阳一直设法躲避，全程背对摄像头。

直播完之后，严阳去孙教练办公室报到。

严阳故作轻松地说：“严阳正式归队！”

孙教练说：“我看你有点儿别扭啊，金莹跟我们说，是你主动要求做陪练的。”

严阳梗着脖子说：“教练，我是主动的，我不别扭！”

孙教练沉默片刻后说：“严阳，作为一个陪练，你的任务就是全力配合女队，配合金莹。希望你能够调整心态，尽快适应这个转换——你明白我的意思吗？”

严阳强颜欢笑：“明白。”

孙教练把一个文件名为“金莹”的文件递给严阳，接着说：“丑话说在前头，不要搞什么个人主义，做不好陪练，就立刻离队。明白吗？”

严阳大声答：“是！”

从孙教练办公室出来，严阳径直来到冰场。此时是女队训练时间，女队队员们正进行紧张的训练。

金莹独自在冰上一圈一圈地滑着，每次冲线都去看手环上的成绩记录：46 秒 891、46 秒 943、47 秒 192……她大汗淋漓，双手撑着自己的膝盖喘粗气，神情凝重，抬头间，看见严阳正在冰场边上对自己招手。

严阳陪金莹训练到晚上，休息时间，他们坐在场馆的长椅上，拿出了 Mark 给出的成绩数据报告。

严阳看看自己的，又看看金莹的，叹气道：“我还寻思我这波浪线够惨的了，跟股票似的，结果再看你这一条线，直线往下栽，还不如股票……”

金莹略显沮丧。

严阳说：“没事，我这不是来了吗，咱俩现在算统一战线了，必须来个触底反弹。”

金莹说：“看好你，武大靖之前不就是陪练？”

严阳说：“说得对，人家能做到，冠军咋就不能是我们？”

金莹点头，严阳犹豫了一会儿，还是问了："你为什么找我当你的陪练啊？"

金莹说："你想听哪个答案？为了提高成绩，还是为了能让你有机会留在这儿？"

严阳一时间也不知如何回答，甚至有些羞涩。

金莹笑而不语，自顾自朝冰场走去，严阳也紧跟上去。

晚上，严阳训练完之后回到110宿舍，收拾停当之后，郑重地在自己床边贴上了武大靖的海报。不一会儿，舍友邹勤和郭天天结伴走进宿舍，手上各自拎着水桶、拖把、扫帚、簸箕。这是三人的第一次正式见面，仓促自我介绍之后，邹勤他们便倒头躺在自己床上。

严阳好奇地问："你们这是干啥去了啊？"

郭天天和邹勤还未回答，就看到了严阳贴的武大靖的海报。邹勤一把就把海报撕了下来，严阳蒙住，生气地把被撕掉的海报抢回来："你干吗！"

邹勤说："他是厉害，可不是咱们陪练的目标，我们的目标是帮助女队员训练，只有她们的胜利才是我们的光荣。"

邹勤说完，拿着牙杯转身出门洗漱了。

严阳既气愤又无奈，一旁的郭天天安慰他："邹勤就那样，贼较真，但人其实挺好的。你看他贴的海报。"

严阳看到邹勤床边贴的是王濛的海报，他说："我就不服！武大靖也做过陪练，可是后来还不是打破世界纪录了吗？做陪练怎么就不能翻身了？我就不信这个邪！”

郭天天说：“唉，理想很美好，现实就没好，武大靖不就一个吗？而且陪练要出来，真的是难上加难。”

严阳说：“为啥？”

郭天天说：“因为陪练苦啊！又得跟着女队练，训练完以后还得打扫卫生，这谁扛得住？我赌一条咸鱼，当初人武哥肯定没打扫卫生，不然他不可能还有体力搞训练！”

严阳震惊地问：“还得打扫卫生？”

郭天天朝刚才拎进来的拖把努努嘴：“那可不，刚收拾完体育馆回来。”

严阳气得一时无言。

郭天天说：“没事，兄弟也别慌，这俗话说得好，‘上有政策，下有对策’嘛。”

严阳说：“对策？”

郭天天冲严阳邪笑一下，转身从自己枕头下摸出一本书，塞进严阳手里，封皮是歪歪扭扭的几个手写大字——“陪练摸鱼秘籍”。

严阳将信将疑地翻开第一页，只见上面写着：“摸鱼总纲：嘴甜皮厚，胆大心细。”

接下来，严阳跟着郭天天实际感受了一把“摸鱼秘籍”：

摸鱼秘籍第一篇——避免丢脸，与女队错峰出行。

早上六点五十，邹勤和郭天天拉着严阳起床，从宿舍赶到体育馆，青训营空无一人，全程没有碰到女队队员。

中午十二点，邹勤、郭天天拉着严阳俯身伸手指引，让训练完的女队去吃饭。

摸鱼秘籍第二篇——绕开男队，给自己留下体面。

下午一点，正式队员吃完后，邹勤、郭天天、严阳跑到食堂错峰吃饭，全程没和男队打照面。

摸鱼秘籍第三篇——伺机而动，与老板友好互动。

盥洗室内，田苗和刘小雨拿着水盆，盆里放着邹勤和郭天天的衣服，要给他们洗衣服。郭天天和邹勤急忙阻止。

田苗说："领队说了，你们平时陪我们练习劳苦功高，为了表达感谢，我们就得给你们洗衣服，这是规矩。"

郭天天说："岂敢，岂敢？我们自己洗，在领队那儿还说是你们洗的——唉，要不，你们把你们的衣服也拿过来，我们洗吧？"

田苗和刘小雨对视一眼，满意地笑。

盥洗室内另一边，严阳则抱着一大盆自己的衣服放到金莹面前，金莹一脸无奈。

摸鱼秘籍第四篇——浑水摸鱼，让教练无可挑剔。

冰场上，郭天天正单独陪刘小雨训练，不一会儿，便喊累，停了下来。看见孙教练经过，郭天天如同打了鸡血一般勤奋陪练，得到孙教练的赞许。

冰场另一侧，金莹和严阳正在一起训练。严阳全速拼命滑，完全没有顾及身旁的金莹，原本在金莹身后的严阳趁过弯之际，从外侧以速度优势超越金莹，随后将距离拉得越来越大，直至终点线。

孙教练看后，生气地训严阳道："严阳，你一个劲儿猛滑什么，你是陪练，不是给自己训练。金莹过弯依赖内线切入，你过弯的时候要尽量挡住她平时最惯用的路线，逼迫她选择别的线路，这样才能帮助她提高。"

孙教练让严阳和金莹再来一组。可是这次，严阳滑到兴头上又一次将金莹甩开，金莹看到严阳又一次忘了她的存在，只得站起身来减速，结束这一圈。

孙教练频频摇头，金莹也暗暗皱起了眉头。

孙教练让一旁的田苗和邹勤来一组。只见两人冲出起点后，邹勤不断逼迫田苗加速，田苗奋力追赶。最终，田苗滑出了 46 秒 3 的好成绩。

金莹和严阳对视一眼，怅然若失。严阳也意识到自己陪练有问题，忙不迭地跟金莹道歉。

金莹没有正面回答，思考良久后说："以后你早起陪我加训吧。每天早上六点操场见？"

严阳瞬时苦脸，无奈答应。

严阳陪金莹几日训练下来，整个人都快散架了。这天，他跑到贾长安宿舍，一进门就被眼前的景象惊住了。只见桌上一根熏香冒着的青烟冉冉升腾，手机里播放安静的禅乐，贾长安双腿盘膝而坐，眼睛微闭，冥想打坐。

严阳上来一阵抱怨："金莹这个铁打的，我再这么练下去，真的就要修仙作佛，不、不、不，魂飞魄散啦！"

贾长安缓过神来说："我在冥想呢。你要不也练练，许文钰说，这可以提高成绩。"

严阳说："我没那时间。今儿找你是有正事的。"

严阳向贾长安一摊手，贾长安秒懂，从抽屉里取出男队计划训练表递给严阳，说："基本项目不变，只不过增加了平衡木项目。"

严阳问："Mark 新的数据曲线呢？"

贾长安说："孙教练没给你们吗？"

严阳说："我现在只能看到女队员的，教练就让我们关注女队成绩。"

贾长安说："教练办公室里有我们所有队员的资料，你的肯定在那儿……"

严阳随即拉着贾长安，向教练组办公室跑去。

两人来到办公室门口，看见门正虚掩着，便探头探脑进去了。他们轻手轻脚地来到文教练桌前，翻开桌上的男队数据曲线表，却独独没找到严阳的表格。严阳又翻开女队的成绩分析表，依旧没有。严阳不死心，打开抽屉，又拿出一摞成绩表翻看，终于看到了自己的名字，正当他想要一探究竟时，一个声音从旁边响起："别费劲了。"

两人回头，赫然发现孙教练居然坐在一旁，诧异孙教练是什么时候进来的。

孙教练说：“我一直都在这儿，谁让你们俩眼睛只有桌上这堆成绩表。”他转而对严阳说，“严阳，你现在是陪练，不是正式队员，Mark 没有再继续跟进你的数据。而且，现在的你不需要考虑数据曲线的问题。”

严阳不信，定睛朝着那张分析表看去，却发现上面的数据就停留在他被劝退的那一天。

严阳愤懑地说：“教练，陪练就不能有上进心吗？为什么不能提高自己？”

孙教练说：“这么多天了，你还不清楚吗？陪练的任务是‘陪’，而不是‘练’！”

晚上，严阳、郭天天和邹勤在宿舍里打游戏。电脑上的锤石正在峡谷上肆意奔跑，郭天天和邹勤分别使豹女和德莱文，从旁协助严阳。游戏正酣之际，严阳还是忍不住跟他们吐槽，陪练没有数据曲线的事情。

郭天天安慰道：“我刚开始做陪练的时候，比你惨多了，人家上冰我翻倍，人家下冰我捶腿，你就知足吧。”

邹勤说：“你这个阶段很正常，我们都经历过……”

严阳手指快速敲击着，锤石疯狂走位，上来就是一顿乱捶，对方的角色一个接一个倒在严阳玩的角色手下，五杀的提示音响起，对方的水晶塔随之爆炸。他背靠在椅子上，电脑屏幕上浮现出了严阳的战绩——MVP。

严阳看着两人淡然的神情，问道：“你们俩不是故意把人头让给我的吧？你一个输出两个人头，十七个助攻，什么情况？”

郭天天说：“团队游戏，总有人要在辅助，有人做射手，最后赢了就好。”

邹勤说：“有时候，人得认命，接受现实。”

严阳摇摇头说：“不对，你们看，我是全场 MVP，也就是说，辅助也是可以拿 MVP 的！”

邹勤和郭天天一震，但没言语。

严阳接着说：“在这个青训营，你们真的不想做点儿别的事吗？”

郭天天说：“当然想呀，我就想做个‘闲鱼’卖家，等唐寒拿冠军火了，我就去转卖他的二手签名照，铁定能大赚。”

严阳说：“二手签名照算什么事业？要拿冠军就自己去拿。”

邹勤笑道：“你要真是好苗子，教练还能让你在陪练组待着？不是人人都能做武大靖的，有想这些的时间，还不如去帮金莹拿个冠军。”

严阳陷入了沉思，良久，他突然开口：“你们不想进国家队吗？”

邹勤和郭天天面面相觑，流露出几分动容，但谁也没搭话。

严阳默不作声，走到桌前，拿起《陪练摸鱼秘籍》，在最后一页上添加了几个字——第五篇，我不是陪练！

第二天一早，邹勤和郭天天醒来，发现他们的陪练服背后都被写上了名字。严阳一脸得意地看着他们。

邹勤说：“写上名字就不是陪练了？”

严阳摇头：“是陪练不假，可我们还是青训营里的一员。写上名字，就是让队员们、文教练还有 Mark 知道，我们心里还有一团火，我们还想回正式队。最最重要的，是让他们都知道，在我们自己心里，我们不光是陪练！”

郭天天有些心动，邹勤却始终不为所动。

偶然间，严阳上网时发现，严忆北拍的他作为陪练的 Vlog 被截屏，还给了他一个大特写。严阳瞬间心虚，害怕被爸妈看到。

起床后，严阳去冰场给金莹做陪练。金莹这次的成绩是 47 秒 253。金莹并不满意，招呼严阳再来一圈。这时，严阳已在场边坐下，曲洁打来视频电话请求，严阳如获救兵一样接起来。

视屏中的曲洁沉默良久，似乎在仔细端详着什么，严阳突然意识到自己身上穿的是陪练服，心里顿时慌乱起来，故意掉转了个方向，不让曲洁看到金莹，却不承想，金莹故意滑过来催他上冰。

曲洁突然严肃地说：“你是不是有什么没和妈妈说？”

严阳担心爸妈知道了他作为陪练的事情，心虚地说：“那视频就是个宣传，是队里看你儿子形象好，摆拍的。”

曲洁说：“什么宣传啊？别说话，手机抬高点儿。”

严阳依言而行，曲洁从视频里看到了金莹，笑着说：“儿子，你可以啊，处对象了。”

严阳这才反应过来，匆忙解释几句便挂断电话，长舒了一口气。

青训营大厅里，李领队通知大家集合，说是有重要事情宣布。众人到齐后，李领队清了清嗓说：“各位队员，今天给大家宣布一个好消息，部里已经决定，以后由陈谨教练担任我们青训营的总教练。”

大家愣住，孙教练率先问道：“是奥运大满贯的那个陈谨？”

李领队说：“短道速滑，还有叫陈谨的吗？而且人家是拒绝了国家队的邀请，亲自点名要来青训营的，这对我们是多大的肯定啊！”

大家听了，都很振奋。

严阳小声跟旁边的郭天天说：“总教练来了，咱们必须抓住机会，逆风翻盘啊。”

郭天天点头：“怪不得 Mark 会来这儿做数据分析，之前就应该想到的，原来这次是夫妻搭档。”

严阳诧异地问：“什么！夫妻？陈谨是 Mark 的老婆？”看着郭天天点头，严阳心里简直炸锅了。

没多久，陈谨便来到训练营。刚一下车，就被各媒体记者团团围住。

记者们七嘴八舌地发问：“陈教练，您为什么会选择青训营执教呢？”“陈教练可否谈谈打算怎样训练这支青训营队伍？”“您是因为个人原因拒绝国家队的吗？”“听说这次是你们夫妻搭档，是否意味着之后的训练都是‘夫妻店’呢？”

陈谨身后的工作人员拦住记者，只听陈谨坚定地说道：“你们如果是想要故意制造新闻噱头博眼球，我想大可不必。你们如果真的关心短道速滑，比起在我身上做文章，不如以后看成绩说话。”

说罢，陈谨转身，走进青训营内，留下一众记者面面相觑。

青训营大厅内，四周挂满彩带，如众星拱月一般环绕着陈谨的照片。大家穿上清一色的正装，积极地布置欢迎仪式，只有严阳无精打采。他担心陈谨来了之后，与Mark夫妻同心，永远别想回到正式队伍了。

谁料，大家等了半天，都没见陈谨的身影，等来的是陈谨让大家去冰场集合的通知。

队员们匆匆赶往冰场，陈谨和Mark早已在冰场上等候，林晶和严忆北早已架好了摄像头。

教练和队员们接二连三进入冰场，陈谨走到队员们跟前，似乎已对他们十分了解，如数家珍般叫着他们的名字。

陈谨不满地说：“你们平常来冰场，都穿正装？”

众队员愣住，文教练和孙教练对此见怪不怪。文教练赶忙打圆场：“陈师姐还是一如既往地干脆利落，不来虚的。”

陈谨接着说：“我请大家来冰场，是想让你们闻一闻冰的味道。在赛道上，所有人都是对手，可冰面是你们唯一的朋友。作为前辈，我想告诉你们，短道速滑，首先要学会融入脚下这块冰。”

说罢，陈谨蹬冰滑出，绕场一圈，从起跑到停下，重新站到队员们跟前，整个过程行云流水。

陈谨说："唐寒，你是营里滑得最快的选手，最好的成绩 42 秒 98，可这个成绩在世锦赛拿不到奖牌。你们其他的队员成绩若是提高不了，连参加比赛的资格都没有，这就是摆在你们面前赤裸裸的事实。我知道你们都崇拜强者，但在国家队，你的偶像，会一个个站在你的面前。国家队员还在进步，但你们这些苗子将来能不能跨越不可攀登之山，横渡不可逾越之海，就看你们能不能融入脚下这块冰。"

陈谨目光扫向众人，金莹的目光落在陈谨脸上。

陈谨接着说："在我这儿，成绩就是最好的说服力。所以，你们如果真心欢迎我做你们的总教练，我希望以后贴满那面墙的，是你们的成绩和奖牌。在我这双眼睛里，不论你之前多么辉煌、多么卑微，从今天以后，都是从零开始，一切都是 fair play，所有人都在考虑范围内。"

众队员噤声，只有一个掌声从队伍边缘处响起，陈谨循声看去，正是激动不已的严阳。

第二十二章

老朋友

陈谨教练果然名不虚传，作风直接，不玩虚的。跟队员们初次见面后，便通知大家换上训练服，直接开始测试。测试从男队开始，队员们被分为四人一组。队员们一组接一组上冰测试，气氛变得紧张，唐寒也忍不住深呼吸调节。

严阳在场边观战："第一天上冰就搞全员测试，可惜我们陪练没资格，也不知道陈谨教练说的 fair play 是啥时候。"

郭天天苦笑道："这 fair play，我看倒是像下马威。"

邹勤不语，眼中关注着紧张的田苗。田苗正在紧张地做准备活动，一旁的金莹从口袋里拿出一副浅黄色的旧式手套，郑重地戴在手上。

严阳跑到金莹身边说："你今天怎么用这么旧款的手套啊，忘带了吗？用我的吧？"

金莹摇头拒绝。这时，男队已全部测试完毕，轮到女队测试。

金莹和田苗等队员在起跑线就位，其余人屏息观战。金莹的目光再一次落在了陈谨身上，可陈谨的目光却没有在金莹身上停留。

哨声响起，四人起跑，金莹微微愣了一下神，一下子变成了四名队员中起步最慢的人。金莹双手握拳，奋起直追，超越了其中两人。严阳忍不住大声叫好。金莹继续向前追去，但是前方的赛道被田苗死死占住，金莹试图从内外超越，但田苗没有给金莹留一丝机会。最后冲线，田苗第一，金莹第二。金莹又一次输给田苗，差距 0.4 秒。

失落在金莹脸上滑过，严阳看得都心疼了。

陈谨眉头微蹙，冷静地在笔记本上记录着什么。

队员们试滑完毕，列队成排，聆听着陈谨意见。

陈谨依次点评："唐寒，右肩太高，核心不稳。出弯道节奏不对。每个运动员都要有自己的节奏，滑着滑着就把自己滑没了，说明你根本没找到自己的节奏！"

陈谨的话很重，全场已经鸦雀无声，唐寒不自觉地低下了头。

陈谨接着说："董三京，步伐快了，蹬冰的腿下得那么重，这么基础的问题应该是屡教不改吧，你可以直接改行去凿冰，不用滑冰了……贾长安，你是在搞训练还是在散步，后半程速度太慢了，一队不应该是这个水平……"

陈谨一针见血地指出队员们的缺点，金莹期待着陈谨的点评，可是说完男队最后一个队员之后，陈谨顿了顿，直接跳过金莹，点评其他女队成员："田苗，你太注重过弯技巧了，直线和中心接得不好，你的最高时速才到 42 千米，这在我这儿根本达不了标……刘小雨……"

金莹还在期待着陈谨对自己的点评，但直到最后解散，陈谨都没提金莹的名字。眼见着陈谨转身离开，走出冰场，金莹拿起包，向陈谨追去。

金莹急匆匆地冲到了门外，可是陈谨却被好几个女队队员和教练领队们围得水泄不通。金莹不由得停下了脚步，严阳从身后跟来。

严阳说："你这是要找骂挨啊？"

金莹说："我今天确实滑得不好。"

严阳说："我估计陈谨没点评你，是因为你俩都是从国外回来的，训练模式也相似，说不定看你分外顺眼，也没必要非要挑刺出来说。"

金莹说："不用安慰我了，运动队从来都是挨骂最多最受重视。"

严阳说："这有什么，你看我连资格都没有呢。我看她和那个 Mark，说不定就是一丘之貉。"

金莹说："你才是貉呢，就你嘴上永远比练得多。"

说罢，金莹匆匆离开，徒留一脸蒙的严阳。

晚上，金莹坐在宿舍床上，戴着耳机看视频资料，一旁的田苗和刘小雨聊天。

田苗说："小时候，家里条件不好，我最大的愿望就是到现场看陈谨教练滑一次。没想到，愿望一下就实现了。而且陈教练真厉害，一眼就看出我直线速度慢。要是我直线速度能再提高一点儿，还能再快 0.1 秒。"

刘小雨说："哪儿那么容易啊，当年陈谨教练在渥太华那场决赛逆袭夺冠，靠的就是无与伦比的弯道技巧和直线能力！这两项都过硬，真的就是世界顶尖了。"

两人讨论的声音传入金莹耳中，金莹检索陈谨在渥太华的比赛视频，镜头里的陈谨在冰面上肆意飞驰，金莹的思绪也随之回到了那一年。

那时候，金莹在加拿大读小学，教室里的电视机实时直播渥太华短道速滑世界锦标赛，只听解说员用流利的英文讲解道："在这场国际赛事，决赛选手有三个都是我们加拿大选手，看起来更像一场国内比赛。另外还有一名中国选手，现在世界排名在二十七位，我想这场比赛可能会'索然无味''毫无悬念'了……"

一群外国小孩儿围在电视机前，小金莹在人群外面，也想挤到跟前观看，却被一个小孩儿挡在了外边，他用英文对金莹说："你们中国人又赢不了，还是别看了。"

几个小孩儿将电视机围得水泄不通，金莹站在外面，只能听到电视解说员的声音："中国选手好像不在状态。观众朋友们，我们不妨再增加一点儿乐趣，大家猜猜中国选手会不会在比赛中摔倒？"

围观的小孩儿哄笑一堂，金莹颓然地坐在椅子上，神情失落。

发令枪枪声响起，大家都在为加拿大选手呐喊助威。不一会儿，声音停滞了，中国选手获得了冠军——这人正是陈谨。她高举五星红旗，站上了最高领奖台。金莹痴痴地看着电视中的陈谨，满心向往和羡慕。

而后，金莹去冰场报名了滑冰。那日，陈谨来到冰场，感谢冰场老板提供了这个冰场，提前适应练习。冰场老板指了指金莹说，这小女孩儿正是看你拿了冠军，过来学冰的。

陈谨向金莹走去，她看见金莹一个踉跄跌倒，双手冻得通红，在奋力爬起之际，陈谨滑到金莹边上，顺手拉起她。金莹认出正是冠军陈谨，欣喜万分。陈谨摘下自己的手套，给金莹戴上。那时的金莹不懂手套的作用，陈谨并不解释，只是笑笑。

金莹说："冠军姐姐，你能教我滑冰吗？我也想像你那样，比那些外国人滑得都快。"

陈谨说："姐姐带你滑两圈？"

说罢，陈谨脚下发力，金莹跟随着陈谨的节奏，越滑越稳，越滑越快。

金莹电脑中的视频播放结束，她的思绪被拉回现实。她望着训练服口袋里那双破旧的手套出神，随即将手套取了出来，在灯光下一板一眼，认真地折叠好，小心翼翼地收入训练包里。

教练组办公室里，李领队把训练计划递给孙教练和文教练，说："陈谨总教练新发布的这份训练计划，从下午开始执行。"

文教练不满地说："改计划这么大的事，总教练照理该给我们开个会，商量商量呀！"

李领队说："相信总教练有她自己的规划，况且，Mark 教授提前这么久来队里考察，陈谨教练应该是深思熟虑了。咱们该做的就是配合陈谨教练的计划。"

孙教练说："总教练是一军之首，一定全力配合。"

文教练说："执行新计划，我肯定是没问题。可是贸然更换训练体系，淘汰制度，不知道那些兔崽子会怎么想。"

会议室内，台下坐满了青训营队员，投影仪的幕布上正在播放着一段视频——不同选手在冰面上摔倒的合集。画面滑稽，队员中不时爆发出一阵阵笑声。

视频中，最后一个出场的队员是陈谨，只见她在发令枪响的一刹那率先奔出，可是左脚一个不稳，竟在冰面上摔了一个结结实实的"狗吃屎"。队员们不敢言笑，一时之间，尴尬的气氛在会议室蔓延。

陈谨关掉视频，对大家说："知道我为什么给你们放这个视频吗？"

众队员面面相觑，不解地看着陈谨。

陈谨解释说："这些都是近二十年来的国际重大赛事上摔倒的场面，维克多·安、埃里克·海登，还有站在你们面前的我。对一个运动员来说，摔倒和爬起之间，就是人生。最痛苦的事情不是无法取得冠军，而是我本可以，却失之交臂。高水平的竞技除了比拼技术，更是比拼谁失误得更少！所以，我制订了新的训练计划。”

众人既好奇又紧张，陈谨手指一按，屏幕上出现了新的训练计划，陈谨接着说：“第一，基础训练翻倍，冰上训练减少一半。减少失误的最好方法，就是打好基础，我要求最基础的动作，不仅要成为你们的肌肉记忆，而且要成为你们的潜意识。第二，队内会定期举办挑战赛，具体细则，日后会再公布。青训营是国家队的储备队，这里不养闲人。时刻保持高水平的竞技状态，这要成为一种习惯。”

队员们闻言，顿时议论纷纷，不安的情绪蔓延，安静的会议室顿时变得嘈杂起来，陈谨挥手，示意众人安静下来，她点名让队长唐寒发言。

唐寒说：“我想大家是担心基础训练再翻倍会吃不消，而且上冰时间减少的话，冰感会下降……”

陈谨说：“越是往后走，想要进步 0.1 秒都要付出超越十倍、百倍的努力。可是这个结果，却早已在你的基础训练上注定了。你们是要争一个机会爬上巅峰，还是选择在半山腰里来回打转？”

队员们互相交换眼神，面露不安。

陈谨继续说：“收起你们的担心，这是教练组的决定，不服从的随时可以离开。”

按照陈谨的训练计划，全体队员进入紧张的训练中。

这天，队员们正在拉着皮筋绳做跳步训练，大家早已汗流浃背，但都还在咬牙坚持。金莹机械一般地拉着弹力绳，她气喘吁吁，明显气力不济，拉绳的频率也开始变慢。

一旁的严阳于心不忍，想帮金莹偷懒，故意把计数声音喊大一些："三百八十一、三百八十二……四百……"

金莹使劲儿加速，额头上青筋凸出，不愿严阳帮她偷懒，让严阳正常计数。

严阳压低声音对她说："你别逞强，突然翻倍，你的身体抗不住的，听我的……"

严阳继续帮金莹计数来偷懒，金莹执拗地按照实际来计数。突然，金莹脚上打滑摔倒，绳子飞了出去，砸中了体能教练。

体能教练走过来问："做了多少个了？"

严阳说："四百五十。"

金莹说："三百八十九。"

体能教练心中了然，金莹狠狠地瞪了严阳一眼，严阳一脸尴尬。

体能教练把金莹和严阳带到了休息室，陈谨教练坐在他们对面，她的目光先是落在了金莹的小腿上，金莹的脚踝因为刚刚的训练磨出了血印子，然后慢慢看向金莹问道："名字？"

金莹诧异，没有想到陈谨居然没有认出她来，怔了一会儿，说："金莹。"

陈谨说："偷工减料，惩罚三倍。"

严阳闻言有些激动，对陈谨说："教练，是我数漏了，不是金莹的错。”

陈谨问严阳：“少了多少个？”

金莹说：“六十二个。”

陈谨说：“补一百八十六个，补完才能走。”

金莹攥紧拳头，低声说：“好。”

金莹和严阳回到体能训练馆，金莹虽已脚痛难忍，但拼尽全力拉着皮筋绳，一个又一个地跳着。金莹停下休息之际，严阳留意到她脚踝处已经被皮筋磨得鲜红，便从自己的训练包中拿出绑带，俯身帮她缠住脚踝。金莹不习惯地向后退了一步，又被严阳按住。

严阳说：“逞什么能呢，你再这样练下去，腿就要废了。”

金莹没说话，只是低着头，悄悄看着专注缠绑带的严阳，阳光透过窗户，照在严阳的侧脸上，温暖在心间洋溢。

基础训练强度翻倍之后，男队队员也开始支撑不住了，腰疼像浪潮一般袭来。这天，大家训练完，在更衣室换好衣服，正打算去按摩室按摩，缓解一下，只见唐寒一人坐在椅子上，身上还穿着训练服，面色惨白，眼睛微闭。大家忙上前询问，唐寒只说是低血糖犯了，挥手让他们去忙。

等队员们都出去了，唐寒这才手扶腰，站起来，走到自己的储物柜跟前换衣服。

大家不知道，他的腰上戴着一个护具，护具下面的腰间贴了一圈的膏药。唐寒艰难地撕下旧膏药，从储物柜里拿出新膏药敷上，疼痛在他身上恣意起来。

就在唐寒极力忍耐的时候，敲门声传来，随即一个人影鬼鬼祟祟地走进来。唐寒抬头一看，是队医叶小小。他赶忙穿上衣服，把用过的药贴仓促塞回柜子，险些被叶小小发现。

唐寒诧异：“你怎么来了？这儿可是男更衣室。”

叶小小说：“他们说你低血糖，我过来给你看看。”

唐寒回绝：“不用了，我就是有点儿累。”

叶小小说：“唐寒，你从来没有低血糖过。”

唐寒不愿多说，锁上柜子往外走。叶小小拦住唐寒说：“就算你真的没事，放松治疗也要做的吧，跟我去按摩室。”

唐寒腰上的疼痛传来，本能地将叶小小推开：“对我来说，休息就是最好的放松。”

说罢，唐寒缓缓向前走去，叶小小看着走路姿势明显僵硬的唐寒，既失落又心疼。她定了定神，朝着唐寒离开的方向追去。

体能训练馆里，金莹正在完成陈谨教练的惩罚。疼痛和疲惫裹挟着她，她大脑一片空白，认真而机械地拉着皮绳跳动。严阳在一旁给她计数，当数到“一百八十六”时，金莹便瘫倒在地。

正当金莹和严阳瘫在地上休息时，体能教练姗姗来迟，两人紧张地坐起身，生怕有什么事情，体能教练笑着说：“我不是来突袭检查的，金莹，总教练让你收拾一下，去趟办公室，她有事同你商量。”

金莹眼前一亮：“真的？”

体能教练点头，金莹面露喜色，疲惫似乎突然间消散，她兴冲冲地朝着陈谨办公室走去。

推门进入陈谨办公室那一刻，金莹的心扑通狂跳。她推门而进，满怀期待地跟陈谨打招呼。

陈谨点点头，示意她坐下，问道："你觉得，你从国外回来之后，状态怎么样？"

金莹说："基本适应了国内的训练体系和饮食，现在感觉还不错。"

陈谨说："跟我看到的可能不太一样。"

金莹一愣，陈谨把金莹的资料推到她跟前："你的资料我仔细研究过了，非常遗憾，以你目前的竞技水平和进步曲线，几乎没有可能站在奥运会的舞台上。"

金莹如同五雷轰顶，脸上的兴奋光芒被灰暗取代，良久她终于开口问道："您让我来，只是为了说这个？"

陈谨略一沉默，郑重地点头。

金莹突然泪目，她问："为什么？我不过就输了一次……"

陈谨说："目前来说，你只输了一次，你还觉得自己可以，自己有希望。可是在这份分析报告面前，你怎么想并不重要，重要的是，我要为你，为这个团队负责。你所有的资料，我、Mark都反复研究、确认过。很抱歉，你不适合500米，这是我们的结论。我希望你能认真考虑……"

陈谨话音未落，金莹便转身冲出了办公室。陈谨也没想到，金莹会有如此大的反应，站在原地，一时愣住。

旁边的Mark看着金莹离去的背影，用英文对陈谨说："亲爱的，其实，我总感觉你们不是第一次见面？"

陈谨点头，缓缓地说："当然，其实我们是old friends。"

陈谨向Mark讲起，其实金莹就是当年那个小姑娘。她拿着金莹的资料，想到金莹痛苦的反应，不无担忧。Mark看出她的情绪，用黑胶机播放了一段舒缓的音乐。

陈谨说："我现在不给她希望，是在对她负责。Mark，不管她能不能懂，我都必须这么做。"

Mark说："我还记得十年前你看到这个小姑娘时兴奋的样子，现在，你们真的有缘成了师徒，你却必须要这么做……说真话，我为她感到遗憾。"

陈谨说："你整天和数据打交道，做人却还是那么感性。看看你的大数据，金莹的反应速度、身体机能，这些单项成绩都不差，可是为什么综合起来，起跑就偏偏不行呢？一个人要是无心，你可以点拨她；要是有心无力，你可以帮助她；但要是有心有力，还是提高不了，再挣扎就没有意义。"

Mark沉默片刻后说："亲爱的，不要再逼自己了。我想你今晚有些压力太大了。"

陈谨深呼吸，过去与现在、选择与舍弃如乱麻一般缠在心上，她无言地看向窗外。

从陈谨办公室出来后，金莹逃一般地向前跑去。她无论如何也想不到陈谨会对她说那番话，那相当于宣告她的梦想终结。她脸上的眼泪被风吹干，很快又涌出新的。一直等在办公室门口的严阳看到金莹的反常，迅速追上去。

金莹不知道跑了多远，她躲在路边一个自动贩卖机后面，缓缓蹲下，双手抱膝，眼泪止不住地向外涌。严阳追上来，看她一人难受，却束手无策。

严阳注意到一旁的自动贩卖机，贩卖机上写着："买三瓶饮料，畅享火爆金曲。"他看到有人走过来要买饮料，便掏出所有零钱，连买三罐饮料，果然，贩卖机唱起了机器人声版的《野狼DISCO》。严阳一边喝着饮料，一边跟着唱了起来。路人以为严阳喝多了在发疯，便没有走过来。

金莹知道，严阳在故意阻挡别人过来，她的眼泪再次喷涌，哭得越来越大声。严阳便唱得更大声，眼见一曲快要结束，他又连买三罐饮料，跟着贩卖机边唱边跳，硬是把路人都吓跑了。

良久，金莹渐渐收住了哭泣，严阳拉着她去了训练营操场。夜已深，明月皎洁，繁星点点，他俩半躺在操场的草坪上，金莹向严阳打开了话匣。

金莹说："陈谨教练，她就是我练短道的初心。十年前，我遇到她，当时我还什么都不懂，她还带着我滑过两圈。她说，冰虽然有形，但它的本质是水，水的流动难以捉摸，冰的形态也不是恒定的，要想在冰上游刃有余、乘风破浪，就必须要像它一样稳定，一样多变，一样纯粹。我当时不懂她是什么意思，现在我有一点儿懂了，却又待不下去了。你不是老问我，手套那么旧，为什么不换新的吗？那双手套，就是当年陈谨教练送给我的。"

严阳惊讶不已，恍然大悟："当年你的伯乐是她……怪不得你对她的意见特别在意。"

金莹说："是啊，原本我看到她执教青训营，比谁都高兴。没想到，她不仅没认出我，还亲口否认了我的价值……"

话音刚落，金莹一颗泪掉了下来。严阳下意识地用手背去擦，快要触碰到她的脸时，又停了下来。金莹自己擦掉泪，故作轻松地表示没事了，不要担心。

严阳送金莹回宿舍，两人在月光下默默走着。严阳落后半步，看着金莹在地上的影子，不自觉地伸手，看着影子里他们的手连在一起。

金莹忽然道："严阳，其实我挺佩服你的，你当初同意当我的陪练，我真心觉得你能屈能伸。"

严阳缩回手，嗔道："那可不，我是那么容易打退堂鼓的人吗？金莹，你得振作起来，我们一起证明，他们都看走眼了！冰在咱们脚下，要不要滑下去，我们自己说了算！"

金莹站住，回头认真直视严阳的双眼说："你说得对，冰在我们脚下。而且，冰上的路也不止眼前这一条。"

严阳说："你什么意思？你不想干了？"

金莹说："不干又怎么样！"

严阳倒抽一口凉气，金莹笑着说："我不干了，你给谁当陪练去？"

只这一句，在严阳脑海里"嗡"的一声响起，他感觉自己心跳漏了半拍，看着月光下金莹的脸，他蓦然发现，自己不知何时，早已对她怦然心动。

严阳回到自己宿舍后，辗转反侧，难以入眠。他担心金莹会受不住这事的压力，同时也想为她“讨回公道”。于是，第二天一大早，严阳就径直去了陈谨宿舍。

严阳站在陈谨在训练基地的宿舍门口，深吸一口气，连续敲门。没敲几下，门被打开，Mark 站在门口。严阳没料到是他，有点儿不知所措，两人相对无语，站了几秒钟。

Mark 用夹杂着中文的英文说：“你？ What’s up？”

严阳也用中英文夹杂来回复，不时摆出几个手势：“你 wife，教训我 friend。我 friend，kick out! Why？”

Mark 说：“You want to talk to my wife，for your friend？”

严阳愣了半晌，脸色微红，还是郑重地点了点头。Mark 笑了，侧身把严阳让进屋。严阳深呼吸，壮着胆子来到陈谨跟前，直截了当地问道：“教练，您昨天对金莹说的话，是认真的吗？”

陈谨说：“准确地说，都是客观事实。”

严阳情绪激动起来：“好，那我们就讲一下客观事实！金莹从国外回来，放弃了大好前途来到青训营，从训练模式到吃的、住的，就没一样习惯的。她叫苦了吗？没有！每一项训练她都保质保量地完成，早晨去得最早，晚上还加练体能，连孙教练都叫她别那么拼。她的成绩也都保持在第一梯队，如果光看后半程，连田苗都不是她的对手。凭什么她还不能滑 500 米？金莹是因为您才把短道速滑奉为理想，回国坚持到现在。您是她的偶像、她的目标，她哪里达不到您的标准，您要这样打击她？”

陈谨说：“打击？如果令她受伤了，那也是难免的，但我始终对我说过的话负责。”

严阳说：“好，您真的会负责吗？不说对金莹，您之前说 fair play，全队只看成绩，不看过去。可我们陪练还不是没有机会？您要真为自己说过的话负责，那我们也应该参加测试，规则也应该对我们适用。”

一旁的 Mark 插话道：“严阳，任何一支队伍，陪练都是不参与的。这是规矩！”

陈谨笑道：“我终于明白你为什么做陪练了。”

严阳有意掩饰：“陪练怎么了，陪练就没有资格说话吗？我们陪练每天从睁眼到闭眼都围着女队的队员转，我们没有自己的训练时间，也没有机会，现在金莹走了，我也得走……”

陈谨说：“所以你今天来，到底是为谁求情？”

严阳一愣，缓缓说道：“为了——我们。”

陈谨说：“第一，金莹是一个成熟的运动员，你没有求情的必要；第二，关于你说的 fair play，我没有忘记，也许以后你会有机会的。”

从陈谨宿舍出来，严阳一路小跑，来到训练场馆，女队员们已陆续上冰，金莹还在做场边训练。她几近疯狂地做着爆发力训练，已经筋疲力尽，但仍在坚持，连孙教练都让她赶紧休息，但她依旧坚持着。

金莹做完一组训练，解下腿上的阻力带，开始跳跳箱。但是她的腿已经麻木，动作磕磕绊绊，随时可能从跳箱上摔下来。

孙教练说："金莹！我命令你停下休息！"

严阳见状，上手去扯金莹："你会受伤的，快停下！"

金莹挣脱："放开！"

这时，传来了陈谨的声音："放开她。"孙教练见陈谨来了，退到一边。金莹也停下来，扶着跳箱站着，不说话。

陈谨表情严肃地说："你看看你现在的样子，还像个专业运动员吗！私自更改训练内容，把个人情绪带到训练场上，随意伤害自己的身体！哪一样是专业运动员该做的！"

金莹紧闭着嘴不说话。

陈谨接着说："你不想练，随时可以走。"

金莹看了陈谨一眼，面无表情地转身就走，严阳赶紧追过去，一旁的孙教练也跟了过去。可任凭孙教练怎么劝，金莹都始终低头不语。孙教练给金莹和严阳放了半天假，便离开了。

金莹朝着门口走去，严阳想跟上，但被金莹拦下，她想自己静静。严阳看着金莹一个人落寞地离开，心中一疼。

隔了半天，严阳给金莹发信息："老板，听我一句劝，再去跟陈教练聊聊吧。"

金莹久久没有回复，她呆呆地看着手机，若有所思。

傍晚，金莹带着满腹心事去操场边散步，夕阳的余晖照耀着大地，给万物镀上了一层闪亮的金红。她找了一个台阶处坐下来，仰头看着天边的云朵。不一会儿，一个人在她旁边坐下来，她回头一看，是陈谨。

金莹一时不知是否要站起来，陈谨示意她好好坐下。陈谨拿起放在金莹身边的手套。

陈谨说："严阳说，我是你的偶像和目标，那你应该很清楚，2010 年前后，国际上是怎么评价我的。"

金莹垂下头，点点头。

陈谨说："那时候，整个主流媒体的论调都一样，说我已经过了巅峰，没有能力突破自己，是时候急流勇退了。当时，我比你的反应还要激烈，不断怀疑自己。最后我还是硬着头皮继续，最终找到了办法。"

金莹说："所以有了您真正的第二个辉煌时代……"

陈谨说："是啊，对一个短道运动员来讲，她的冰上道路必然有无数次摧毁式的打击，区别就在于你是停止还是继续——我看得出来，在这个训练营里，真正对冬奥极为渴望的人，一个是唐寒，一个是你。那天我说的是问题，咱们还没谈该怎么解决。如果是别人，我犯得着说吗？"

金莹被打动，眼中凝聚起希望，向教练道歉之后，急切地问："教练，我想听您的解决方法——我想继续，我不会停止的。"

陈谨说："你一直都知道自己的问题在哪里，对不对？"

金莹说："起跑，这是我最大的问题，也是我一直努力，却无法突破的瓶颈。"

陈谨说："对聪明的运动员来说，如果无法突破瓶颈，那就想办法规避它，或者说，把它的影响降到最低。”

金莹说：“我不明白您的意思——任何一个运动员，起跑是无法规避的。”

陈谨说：“没错。但500米的距离会放大这个缺点。如果你换到1500米，起跑所造成的差距就微乎其微，你还是有机会搏一搏的。那天我真正的意图，是建议你换项目。1500米更适合你。”

金莹呆住了，500米的项目，她练了十年，她从没想过要换，也不知道未来会迎来怎样的命运。

晚上，金莹在冰场上一圈圈滑行着，脑海里不断回荡着陈谨的话——“我不得不告诉你，如果你坚持选择500米，能出成绩的可能性是零。金莹，不论你做出怎样的决定，这都是你自己的选择。”

金莹正滑到弯道，由于想得入神，她进弯有些晚。只见她潇洒地倾斜身体，双腿交叉，一手扶住冰面，以优美的姿势迅速擦过。进入直道，她站直身子，忽然觉得手上传来一阵刺痛，放慢速度低下头检查，才发现原来那双破旧不堪的手套被磨出了洞，她的手也因为直接摩擦冰面而擦出了血痕。

金莹摘下手套，滑出冰面，思索片刻，她把那副旧手套扔进了垃圾桶。金莹不知道的是，严阳一直在旁观看，在她离开之后，他从垃圾桶里拾起了那副旧手套。

第二天一大早，金莹给严阳发信息：“既然留在这里注定和500米无缘，我就先离开了，谢谢你，严阳。”

严阳愣了几秒钟，清晨的瞌睡瞬间烟消云散，撒丫子向女生宿舍奔去。刚到女生宿舍门口，恰逢金莹和刘小雨结伴往外走。严阳还没喘匀气，拦在金莹和刘小雨面前。

严阳说：“你真的要走？”

金莹说：“对，我想了一晚上，我还是想继续练我喜欢的500米。在这儿不可以，我就回加拿大去。”

严阳闻言愣在原地，一时竟不知道该说些什么。刘小雨从旁调侃：“难道不会祝福一下？”严阳故作开心地送了几句祝福，转身逃一般地回了自己宿舍。

严阳恹恹地坐在宿舍床上，满腹心事都写在了脸上。他一遍遍查看手机，看有没有金莹的信息，但始终未收到她的只言片语。他翻开同金莹的聊天界面，输入几个字：“真的非走不可吗？”思索片刻，又删掉重新编辑，“能不能别走？”正想要按下发送键之际，他又删掉重新编辑，“留下吧，我陪你转1500米”，依旧删掉了。

最终，严阳编辑了一条信息：“走之前一起约个饭啊！”

严阳按下发送键，痴痴地看着手机，不一会儿，金莹的信息回来了：“吃饭多没劲。”

严阳眼神黯淡下去，就在此刻，收到了金莹的新信息：“明天早上八点半，带上贾长安和你小叔，我们一起爬香山。”

第二天一早，严阳带上贾长安、严忆北如约去了香山。他们边等待金莹的到来，边说起金莹要走的事情。

严忆北说："严阳，车到山前必有路，你换个人做陪练不就得了吗？"

严阳摇头："金莹和别人不一样，没人能和她比。"

贾长安劝道："兄弟，你的实力我是知道的。说不定金莹一走，陈教练就给你转正了。"

严阳气恼地瞪着他，正欲发火，金莹带着李念雪姗姗来迟。她们妆容精致、打扮入时，严阳他们都看呆了。

金莹介绍大家互相认识后，便说："好啦，人齐了，咱们出发吧！这山也不高，咱们就比比谁先到山顶怎么样！"

贾长安说："不是吧，好容易休息一天，严阳跟我说是来游山玩水的，怎么又搞得跟拉练似的！"

李念雪为难地扯了扯身上的超短裙和靴子说："就是，我难得穿了裙子，化了妆，狠狠美了一把。可不要像训练一样，被汗水弄花了脸。"

金莹说："你们随意，我先出发了！"

说罢，金莹蹦跳着向前走去，严阳赶紧追上去，两人气喘吁吁地登上山顶，俯瞰美景。周围景色开阔，青山碧水，空气清新，两人张开双臂，拥抱自然，仰头深呼吸。

突然，金莹面朝着山谷大声喊："啊——"

山谷回声响起，金莹接着喊："我爱北京！我爱短道速滑！我就是要滑 500 米！这辈子不变！"

金莹拉着严阳自拍留念，严阳竟不自觉地有些紧张，他调整呼吸，鼓起勇气对金莹说："我其实有话跟你说……留下来吧，我也想和你一起留下来。”

金莹看着严阳，有些动容，山风把她的头发吹乱了。

严阳一本正经地说：“你滑 500 米，我就陪练 500 米。你转 1500 米，我也陪你转 1500 米。只要你留下来，哪怕你转 3000 米、5000 米的长距离速滑，我都陪着你转。”

说罢，严阳局促地咬紧下唇，从包里取出那副被金莹丢弃的旧手套。他将手套递给金莹说：“这不是你的初心吗？我帮你捡回来了。”

金莹愕然，她想不到严阳会说这番话，也想不到他会把旧手套捡回来。

严阳接着说：“就当是为了十年前的你自己，也为了现在的我们。为梦想拼搏的人有很多，不差你我两个。但是如果我们能一起坚持到最后，我们就是唯一的。你说呢？”

金莹低头看着那副旧手套，破损处已被严阳贴上了小熊创可贴。金莹背着太阳，阳光在她脸上留下一片阴影，似乎遮掩了喜怒哀乐。

两人久久没说话，四周只有风声呼啸而过。

第二十三章

TO Be or Not To Be

金莹和严阳回到青训营，便去找陈谨教练。他们来到陈谨教练办公室门口，相互对视一眼，从对方眼中看到了坚定。敲门进去，陈谨和孙教练正在讨论金莹训练的事情。

金莹径直走到陈谨面前说："总教练，请您给我一个月时间，我一定能克服起跑问题，证明自己能滑500米。"

孙教练和陈谨愣住了。

金莹郑重地说："教练，我已经决定了，还是打算主攻500米。我知道自己的短板，我可能不是一个聪明的运动员，比起趋利避害，我更想迎难而上。"

金莹看向严阳，脑海里回荡起他们爬山时严阳的话——"比起摔倒，比起失败，我更害怕没有重新出发的勇气。"

金莹目光坚毅地望着陈教练，说："500米是我开始短道的初心，比起失败，我更害怕没有起跑的勇气。我无法左右您的决定，也明白应该服从队里的安排，但是，我还是想请您给我最后一次机会！如果这次再不行……”

没等金莹说完，严阳插话说：“没有不行，我会辅助她，突破短板！”

孙教练和陈谨面面相觑，孙教练说：“陈教练，我觉得队员的训练意愿也很重要。”

陈谨说：“金莹，青训营不是一个空讲理想的地方。时间就是一切，根本不可能有一个月的时间供你试错……”

严阳和金莹神情十分紧张，隐约透露出失望。

陈谨继续说：“你只有两周。两周之后，月测评排位，如果500米测试的时候，你不能解决你的起跑问题，就必须转项。”

金莹和严阳重新燃起斗志，重重地点头。

金莹开启了更高强度的训练，她和严阳经常训练到很晚才结束。这天，他们训练完已是深夜，空旷的体能训练场上，只剩下了他们两个人。

严阳有意逗金莹：“不是我吹，我那反应速度是硬生生被揍出来的——我小时候特别淘，每次犯事，我老爸老妈总是拿着鸡毛掸子追在屁股后面，要是稍微跑慢一秒钟，就会吃一顿‘竹笋炒肉丝’，屁股得疼两三天。”

金莹忍不住“扑哧”一声笑了。严阳看她笑，说得更起劲：“所以啊，每次起跑时，你就当成后面有只狗——不，老虎在追你，不跑快一点儿，就被吃掉了！”

金莹说：“你哄小孩儿呢！”

严阳说：“你不就是小孩儿脾气吗，心情不好就绷着个脸，跟自个儿过不去，非得编个故事给你听，你才开心……”

金莹看了严阳一眼，沉默不语。空气里开始弥漫奇怪的味道，严阳赶紧道歉，金莹沉思片刻，向严阳讲起了她的故事——

那时候，金莹还在加拿大训练，有一次，她被几个白人女孩儿堵在更衣室里，白人女孩儿直接把一盆牛奶泼到了她脸上。她清楚地记得，其中一个女孩儿取笑她说：“你以为学了短道，就可以改变你的肤色吗？还想赢我们？”另一个女孩儿则又把一盆水浇到金莹身上，声称是帮她洗掉牛奶。金莹踉跄着蹲在地上，既心酸又狼狈。她们知道更衣室没有监控，所以肆无忌惮地欺负金莹。

金莹一直记得，妈妈在看见她被欺负时所说的话：“只要赢了，咱们吃过的苦，都会变成甜。”所以，她要赢。

之后，金莹站在全美青少年新秀赛的赛场上，脑海里不断回荡妈妈的话，同样参加比赛的白人女孩儿从旁挑衅，金莹的心跳乱了节奏，她不顾一切地冲出去，最终却因两次抢跑犯规，被取消比赛资格。当时的她跌倒在地，天地昏暗。赛场屏幕上出现一条条充满恶意的推特评论“中国人不懂比赛规则”“外国人滚出加拿大”“新秀赛上的跳梁小丑”……

思绪回到当下，金莹对严阳说：“那次重要的比赛失利，抢跑被取消资格之后，我好像就陷入了一种怪圈，越是想赢，就越是不敢跑……”

严阳气愤地说：“当时要是我在，我肯定狠狠揍那些人渣一顿，不过，你怕她们干啥！凭你的实力，就该用速度打她们的脸！”

金莹无奈地摇头：“没用的。其实，那以后，我赢过她们很多次，但是直到现在，每次起跑时，只要闭上眼睛，耳边仍会响起她们的话……”

严阳说：“只要赢，就是最好的回击。”

金莹说：“所以，你也要抓住陈谨教练说的 fair play 的机会。你得相信她。”

严阳说：“不说我，眼下你的事最重要。我想到了——不如以后每次起跑，我就在起跑线上给你唱歌加油。这样，你就听不到别的声音，只听得到我的加油声了，你觉得咋样？”

金莹听后，“扑哧”一笑。

得知金莹的故事后，严阳想帮她从心理上突破起跑问题。当即，他便给李念雪发信息：“金莹起跑的问题，你知道吗？我觉得是心理问题，你们以前在国外一起训练过，她寻求过心理帮助吗？”

此时的李念雪正从训练板上下来，看到信息后，给严阳回复：“我这些年断断续续一直在劝她，可是她的性格你也知道——她能和你说，真的是非常信任你了。”

严阳说：“看来这个事情只能交给全世界最好的陪练了。”

李念雪莞尔一笑，跳雪教练走过来，告诉她第二天中午去日本的机票订好了。此次去日本，是要参加滑雪比赛，李念雪自信地点点头。

严阳又去找叶小小。他打听到叶小小曾在北师大修过运动心理学，便想请叶小小给金莹做心理咨询。他对着叶小小一番陈词，叶小小笑着答应了。

晚上，严阳带金莹去医务室找叶小小做咨询。金莹有几分局促，叶小小宽慰她，慢慢让她放松下来。正式咨询开始之前，叶小小让严阳去外面等着。屋里只剩下了她和金莹两个人。

安静的室内播放着轻音乐，金莹躺在诊疗椅上闭着眼，叶小小开始催眠。金莹的意识慢慢进入那次失利的比赛上，她不由得加重了呼吸和心跳。她眉头微皱，满头大汗，显得十分不安。

叶小小轻轻地喊：“金莹，醒来了。”

金莹猛地睁眼，眉目间全是紧张。叶小小温和地安抚她，随后在病历上勾画着。

叶小小说：“你做得很好。现在我们试着重新躺下——这一次，我想让你想象一次与起跑相关的，让你觉得最美好、最成功的经历。不管是回忆过去，或者幻想未来都可以。同样，我数到十，你试着慢慢放松自己——”

金莹深呼吸，再次躺下，慢慢闭上眼睛。她似乎看见以往比赛时，她冲刺过线，周围鲜花和掌声潮水般涌起，她身披五星红旗，自在地滑行。金莹的呼吸逐渐平稳，面容也变得平静。

金莹做完心理咨询，有种豁然开朗的感觉。严阳还在门口等她，见她出来，忙关切地问是什么情况。

金莹说："叶医生说，最主要的还是想办法强化'起跑线'和'胜利'的正相关。也就是从现在开始，我得在训练中用心记住每次起跑和冲线的感觉，提醒自己反复回忆，靠正向激励，淡化噩梦。"

严阳说："听起来很有道理啊，那以后我陪你练，咱们把每次成功的经历都牢牢记住……"

金莹掏出叶小小给的小皮筋，用一只手指拉动皮筋，反弹到手腕上"啪"的一声，她接着说："叶医生说，在起跑时如果心有杂念无法控制，就弹一弹皮筋，利用痛感让自己回到当下，集中精神。"

严阳说："这个管用吗？看着好疼。"

金莹说："管不管用，试了就知道呗！"

严阳找来各种方法帮金莹训练起跑，有次甚至找来一个小型降落伞绑在金莹腰上，金莹在冲出的那一刻，降落伞瞬间撑开，一股巨大的力道让金莹的速度减慢下来，以此来增加她起跑的爆发力。金莹日日夜夜里，在体能训练场、操场、冰上、宿舍走廊反复弹皮筋，反复起跑。

练习了几天后，孙教练来测试金莹的速度。金莹站在起跑线上，神色紧张，闭眼弹动手上的皮筋。猛地一用力，她的手腕被弹出一片红痕，皮筋断裂掉在地上。一旁的严阳赶紧从自己手腕上拿下一根皮筋递给金莹。金莹惊讶地看向他，严阳晃晃手腕，原来他戴了四五根皮筋给金莹备用。

发令枪响，金莹如离弦之箭一样滑了出去。

哨声响起，金莹抢跑，孙教练吹停，金莹和严阳居然兴奋地互相击掌。孙教练无语地看着他俩。

用橡皮筋弹手腕产生痛感以达到注意力集中的方法，在金莹这里还算奏效。但严阳看着金莹被弹红的手腕，不觉有些心疼，后来灵机一动，给金莹买来了一种又宽又柔软的橡皮筋。

体能训练室里，田苗正在认真地做蹲起，旁边的邹勤帮她计数。田苗累得满头大汗，喘着粗气，邹勤于心不忍，劝她说："差不多了，已经一百个了。咱们不能太着急。"

田苗气恼地说："听说金莹一直在练起跑，教练也帮她。现在大家都有起色了，我能不急吗！我家里都等着我出成绩呢。"

邹勤说："不用这么拼，你生病还没好呢。"

田苗说："感冒而已，马上就得重新测试了，我不拼怎么行？"

邹勤知道她压力大，劝道："你家里的事情别担心，你爸的腰伤我问了我爸，他正帮叔叔联系医生呢，医疗费你也不用担心，你让叔叔先在家休息几天，很快就有消息了。"

田苗一愣，向邹勤投去感激的目光，似乎放松了一些。

很快就到了女队重新测试的日子，一大早，队员们在冰面上整齐地列队，神情既紧张又激动。

陈谨抱臂站在大家前面，孙教练面向大家说："今天月测，老规矩，全队都要参加，成绩排位。但是为了验收这些天加强基础训练的成果，每个队员要在手臂和腰上绑上铅袋。老规矩，先从500米开始！"

此时，大屏幕上显示一个表格，分门别类地写着500米、1000米和1500米，实时更新大家的排名。

金莹、田苗、杨梦然、刘小雨被分在一组，发令枪声一响，田苗一马当先，金莹紧随其后，起跑有所改善。第二个弯道处，金莹赶上田苗，想要在弯道超越，但田苗严防死守，金莹没能成功。到了第三圈，金莹干脆直道加速，超越田苗，在第三弯道入弯前排到了第一位。田苗受到金莹的影响，略一愣神，很快就被杨梦然、刘小雨超过，最后排名第四。所有组比完之后，田苗看着大屏幕上自己的名字，位列第十一名。

所有队员滑完，陈谨站在大家面前，满脸严肃地说："根据今天的月测重新排位，前十名为第一队，大家也看到了，基础训练后，大家普遍都有进步。可少数队员，因为身体原因，成绩波动比较大，但这也不是借口。还有，按我已知的情况，我不希望有人生病不向队医报备，免疫窗口期这样的问题是会致命的，作为专业的运动员，这种事情在我的队内，我不希望再发生。"

随着陈谨说话，田苗一直咬牙忍着眼泪，她的眼眶中，自己名字前的"11"格外刺眼。

陈谨说："今天的测试成绩，大家心里都有数了。我们的挑战赛马上就要开始了，第十名之后的也不用担心，你们可以开启你们挑战赛的特权，欢迎竞争。”

众人目光灼灼。

队员们开启了更为刻苦的训练。冰场上，金莹全副武装在冰上行进，严阳在一旁计时，金莹的冰刀在冰面上留下一条漂亮的弧度，严阳看着金莹，摁下最后计时的秒表。

摘下头盔的她，发鬓早已汗湿，滑坐于地面，严阳掐着秒表给金莹看，直夸她有进步。金莹看着秒表，并未露出笑意，她看着严阳说：“还不够，我一定要在队内滑到最快，我要向陈教练证明，我可以继续主攻 500 米。对了，我还要准备挑战赛呢。”

严阳说：“站得越高，攀登越难，你现在可是在女队的最高峰，这回挑战赛对你而言，那就是挠挠痒罢了。不像我，还在半山腰爬呢，就指望着挑战赛翻身呢！”

金莹说：“我可没这么乐观，叶医生跟我说过，说像我这种心理问题没这么容易克服，以后还会有复发的可能。”

严阳皱眉，刚想回应什么，贾长安神色紧张地跑来，在严阳面前站定，一脸严肃地说：“挑战赛细则出来了！”

严阳眼神一亮。他们奔向布告栏，只见上面赫然贴着挑战赛细则。

贾长安把细则念出声：“二队的人，都有两次机会选择挑战一队成员，人选不限，被挑战者无特殊原因必须应战，一次成功，选手组别互换。”

文件最底下一层小字，打着括号。

贾长安继续念："此次挑战赛适用于正式队员，陪练不参加。"

贾长安的声音渐渐小了下去，他同情地看着严阳。严阳脸上滑过几分诧异无奈，而后拽着贾长安，径直去了陈谨办公室。

办公室里，陈谨正在录入队员资料，看着严阳和贾长安的到来，心中已明了几分。

严阳鼓起勇气说："教练……关于挑战赛的规则，我有一点点小疑问。"

陈谨示意严阳讲下去，严阳说："其他训练队我也了解过，没有陪练不能参赛的规矩吧……"

陈谨说："没错，不过这次青训营，我的规矩就是训练营的规矩。"

严阳一下子被噎住，顿了一会儿，他接着说："可您说过，咱们青训营里，每个人都有公平竞争的机会，如果您在，我们每个人会有 fair play 的机会。您之前说过会给我机会，可这回又不让我参加，您这不是说话不算话吗？"

一旁的贾长安说："教练，反正您这个比赛就是为了公平竞争，让严阳也一起参加吧。"

陈谨看着严阳说："我是说过你会有机会，但没说是现在啊。"

严阳说："那我要等到什么时候？"

陈谨说："在咱们营里，你的主要职责就是要让你负责的运动员突破难关、成绩提升，至少目前，这是你的首要任务。"

贾长安插嘴道："那教练，严阳怎样才能回到正式队？"

陈谨意味深长地看了一眼严阳，没有回应。贾长安接着说：“陈教练，严阳白天晚上练，眼窝子都凹下去了，您这规则一公布，可不让人难受嘛……您要不再给他个机会？”

陈谨说：“贾长安，这事和你有关系吗？”

贾长安一愣，正欲说话，只听陈谨接着说：“你知不知道，二队已经有人下战书挑战你了？”

贾长安尴尬地愣在原地。

严阳回到宿舍，闷闷地想，刚进营时说“速度的逻辑”，现在又搞区别对待，真讲公平，就应该真刀真枪地赛道上定胜负。他的不满和不服都写在了脸上，他恹恹地在冰上行进，连一起训练的金莹都看出来了。

金莹问：“你去找陈教练说了挑战赛的事？”

严阳说：“说了，没用。”

言罢，严阳套上头盔，缓缓滑回出发线，金莹看着严阳落寞的背影若有所思，愣在原地片刻后，追了上去。她借口自己累了，让严阳训练，她帮他计时。

第二天一早，金莹去了陈谨办公室。

金莹说：“教练，这几天我的起跑问题解决了，但是 500 米的成绩还是不太理想，一直没办法突破 46 秒。”

陈谨说：“熊瞎子掰苞米。”

金莹疑惑地看着陈谨。

陈谨说：“节奏呢？你回去再看一遍历届女子冠军赛的视频，

看看人家是怎么入弯道和出弯道的。”

金莹似有所悟：“教练的意思是，进入弯道时速度过快，在弯道加速阶段反而发挥不出来该有的节奏。”

陈谨不说话，继续低头批改文件，表示默认。

金莹接着说：“教练，咱们训练营，有多少人进过国家队啊？”

陈谨说：“开营以来，来了好几批人，暂时一个都没进去。国家队从来没有规定能进的人数，只看成绩。我希望你是第一个。”

金莹稍一定神，试探性地问：“男队呢？”

陈谨一愣：“你问男队干吗？”

金莹说：“教练，如果在男队里有一个人，500 米成绩一直在 45 秒 20 上下，他还有机会吗？”

陈谨盯着金莹审视片刻，说道：“别‘有一个人’了，你是不是想为严阳说话啊？”

金莹点头。

陈谨说：“操心你自己的事吧，已经有人给你下战书了。不要以为挑战赛你就会很轻松。”

金莹还欲再说，但最终没再开口，心事重重地出了办公室。

金莹火急火燎地赶到了冰场，严阳正百无聊赖地在冰上转圈。

金莹穿戴好上冰衣服，对严阳说：“今天教练说了，我不用训练了。”

严阳不知所以然，金莹接着说：“一会儿陈教练就来，你还是以陪我滑的名义上冰，但是上了冰就别管我，你就使劲儿滑，拼了命地滑，明白吗？”

严阳愣了片刻，随即反应过来，原来金莹是给他争取了一个表现的机会，一时既震惊又感动。

这时，陈谨和孙教练已经来到了他们跟前，孙教练问金莹：“说吧，有什么非得陈教练来现场看不可？”

金莹扯谎说：“教练，我总觉得我弯道出了点儿问题，感觉落刃的时候膝盖疼，具体我也说不明白，要不我滑一圈，教练看看吧。孙教练，您也帮我计个时，看看会不会影响速度。”

随后，金莹朝着严阳喊：“严阳，咱们一起！”

陈谨一眼看出两人的小伎俩，却未予说破。哨声响起，严阳全力冲出，很快就超越了金莹，500 米跑罢，严阳冲线，陈谨用眼角的余光扫到了孙教练手中的计时器：45 秒 18。

金莹冲线后，走到陈教练跟前，紧张地说：“教练，您觉得怎么样？”

陈谨说：“你用不着我指导。我看你让我来指导是假，想为他说话是真吧？”

金莹接着说：“教练，我想了一晚，您出的这个挑战赛政策，本身就是用全新的理念来看短道速滑的竞争。严阳的速度您看到了，他和二队很多人水平不相上下。如果因为陪练的身份就一次机会都不给他，我觉得说不过去。”

陈谨没有回话，半晌，让孙教练通知教练组临时开会。不一会儿，陈教练让严阳去找她。严阳和金莹相视一笑，金莹对严阳比了个“加油”的手势。

严阳来到训练馆外的走廊，陈谨手里拿着一张表格，正低头沉思着什么。严阳跑上去跟陈谨打招呼，陈谨径直问道：“你俩什么情况？”

严阳疑惑，陈谨接着问：“不会是谈恋爱了吧？”

严阳赶忙说：“没有啊，怎么可能？”

陈谨冷笑：“那就怪了，她自己的事可从没跟我开口过，为了你，求了两次情了。你真的想参加挑战赛吗？”

严阳认真地说：“当然！”

陈谨说：“你知道你在挑战我的规则吗？”

严阳说：“知道，教练！可我觉得，青训营的规则，应该是选出滑得最快的选手。”

陈谨说：“你说得对，我记得我承诺给你一个 fair play，我会给你。不过，only once，OK 吗？”

严阳激动地说：“行！一次机会也行！”

陈谨说：“先别着急答应，既是破例，就得承受风险，如果没有赢，你必须立刻离开这里，你敢吗？”

严阳一愣，而后坚定地说：“教练，我愿意！我来到青训营，就想能堂堂正正地站在冰场上比一次！”

陈谨看了一眼手中的表格，接着说：“二队这次很积极，所有人都提交了挑战对象。目前，一队只有一个人没有被挑战。”

严阳迫不及待地说：“那就他。”

严阳话音刚落，瞥见陈谨别有意味的眼神，伸手接过陈谨手上的表格去看，一队唯一后面没有匹配对手的名字处写的是“唐寒”。严阳的笑容僵在嘴角。

陈谨说：“趁周末好好想清楚，如果决定好了，周一来填表。”

严阳怔在原地，许久没缓过神来。

严阳陷入了艰难的选择之中。正面对战唐寒，直接玩完；可放弃这次机会，他在这个营里可能永远都是陪练。贾长安劝他放弃这次机会，金莹也觉得这次不是挑战的好时机。

严阳对金莹说：“我知道，赢的概率不大，可不赌，我就肯定没有机会了。”

金莹说：“没有把握，为什么要去赌？”

严阳说：“跟你学的啊。你当初回中国，不也是赌吗？”

金莹还想说什么，但被严阳搪塞过去了。

一个决定渐渐在严阳心间浮出，他听见自己说：“无论结果如何，痛痛快快比一场吧。”

周一早上，严阳来到陈谨办公室，唐寒也在。严阳诧异了几秒，很快恢复如常，坦荡地打招呼。

严阳说：“你也在。”

唐寒说：“我在等你。刚刚教练告诉我，你要挑战我，我很高兴。”

陈谨让二人填表格，两人郑重写下了自己的名字。空气中弥漫着静谧和肃杀，唐寒忽然开口：“放心吧。”

严阳没听明白，只听唐寒接着说：“我会全力应战的。”

严阳说：“行，赛场上见。”

听说严阳要挑战唐寒，邹勤和郭天天在严阳床前拉上横幅，上面赫然写着“风萧萧兮易水寒，壮士一去兮不复还”，以壮气势，搞得严阳哭笑不得。他们立志要全力做好严阳的生活保障工作，让他为陪练争光。

于是，严阳开启了没日没夜的训练。临近挑战赛一周，严阳向金莹提了请求，减少陪金莹训练的时间，全力进行突击，金莹毫不犹豫地答应了。

这事很快在女队宿舍传开，刘小雨直接问金莹：“你们恋爱了？”

金莹窘迫地说：“怎么可能！怎么一个个都这么问？”

刘小雨说：“那他居然好意思跟你开口，让你把训练时间减少？”

金莹说：“他也是迫不得已，这是他最后一次机会，他如果输了，就得走人了。”

一旁的杨梦然说：“金莹，你搞清楚，他是你的陪练，怎么整得你是他的陪练一样！”

金莹说：“这次挑战赛对他很重要，他帮过我，我也应该帮他。”

杨梦然说：“挑战赛对你就不重要？”

金莹不置可否。

刘小雨说：“金莹倒用不着担心挑战赛，她成绩最近那么好，除非有人不想混了才会挑战她！田苗，你也说说她。”

田苗边穿鞋边说：“想清楚了，不会影响自己的训练，也没什么。说真的，我还挺佩服你的，真大度。”

说罢，田苗起身离开，在众人的诧异眼神中，去操场跑步，加强训练。

操场上，田苗奋力奔跑，邹勤在旁边跟着，两人保持着若即若离的距离。

邹勤问：“挑战赛确定要选谁了吗？”

田苗说：“金莹。”

邹勤说：“金莹？她现在是女队第一。”

田苗说：“以前我也是女队第一。”

邹勤说：“你确定吗？不就是回一队吗？我们可以选一个更有把握的。”

田苗说：“我挑战她，不仅是为了回一队，我是因为身体不适才落后的。现在，我已经恢复了，当然要回到属于自己的位置。我跟有些人不一样，我来这里不是玩的，一定要滑出个名堂。”

邹勤沉默片刻后说：“听说最近金莹训练时间缩短了，严阳忙着准备挑战赛。也好，既然你想挑战她，我陪你。”

田苗眼中滑过一丝感动，她赶忙把脸转向阴影之中。

冰场上，严阳正风驰电掣地向着终点冲刺。一旁，金莹拿着计时器在他冲过终点的一瞬快速按下。金莹看着计时器上的时间，兴奋地对严阳说：“又快了 0.1 秒！”

还没等严阳听到，身后传来孙教练的声音：“怎么？成绩好一点儿就骄傲了，连上冰训练时间都不珍惜了？”

金莹一时愣住，孙教练继续说：“距离挑战赛还有不到一周，你居然还要把训练时间分割给陪练？是不是他逼你的？”

金莹连忙否认：“没有！是我自己的决定。”

孙教练说：“你到底怎么想的？”

金莹说：“教练，这是他唯一的机会了，我想帮帮他。”

孙教练说：“你想帮他，我干涉不着，不过作为教练，我警告你，你不要小看挑战赛制度，如果你掉到第二队，以后你的一切资源可都是别人的了。”

金莹说：“教练放心，即使只有一半的训练时间，我也能守住我的位置。”

孙教练叹了一口气，转身走了。此时严阳滑到近前，问金莹是不是有事，金莹上挑嘴角，忙说“没事”。

严阳训练结束后，一身疲惫地来到医务室，叶小小用加压冷疗治疗仪帮他按摩。

叶小小说：“我得跟教练说一声，你这晚上训练强度过大，会影响第二天的训练效果。”

严阳说：“别、别，我这不是着急吗？”

叶小小说：“一口可吃不成一个胖子，强度太大的话，乳酸堆积，肌肉拉伸性差，容易拉伤。冰场温度又低，不利于血液循环。明天加一些陆地恢复性体能训练吧，会事半功倍的。”

严阳一愣，接着说：“叶大夫，我这次要挑战的可是唐寒，你还这么帮我。”

叶小小说：“你想什么呢，我当然要对所有队员一视同仁。”

严阳说：“叶医生，你是不是瞧不起我，觉得你怎么帮我，我也赢不了唐寒。”

叶小小说：“所有我负责的运动员，我都会毫无保留。”

严阳心安了，只听叶小小云淡风轻补了一句：“不过，唐寒的确没输过，这也是事实。”

挑战赛临近，大多数队员如火如荼地训练备战，也有几个队员心生懈怠，训练几分钟就休息一会儿。这天，恰逢陈谨教练进来，训练场上四五个二队队员正在休息。

陈谨走到场馆中央，说道：“二队所有人！集合！”

队员们迅速列队集合。

陈谨说：“马上就要挑战赛了，都给我打起二百分的精神！”

队员们没人敢应声。

陈谨说：“二队的？二？好听吗？”

众人沉默不言，气氛变得肃杀。

陈谨说：“问你们呢！好听吗！”

队伍里有几个人回应：“不好听！”

陈谨说：“为什么他们是一队？你们难道服吗？想成为一队，就给我在挑战赛上发个狠，把这些人给我拽下来！”

队员们面面相觑，田苗站在人群中间，暗暗握紧拳头，目光如炬。

陈谨又来到一队队员面前，训话道："我最后强调一遍，这次挑战赛结果出来以后，立即按照成绩，重新调整一队、二队成员名单！"

队员们整齐列队，眼神里满是斗志。

陈谨说："我告诉你们，此时此刻，二队队员正在体能训练场挥汗如雨，他们每流一滴汗，成绩就逼近你们一点儿！你们享受队里最好的训练资源和待遇，你们扪心自问，你们配不配得到这些。如果你们不想丢人，不想被二队的选手踩下去，就给我铆足了劲儿！这个队伍里，只尊亘强者！你是的话，就证明给我看！"

严阳作为陪练，站在一旁，听了陈教练这番话，不由得紧张起来。

解散之后，严阳把队伍里的贾长安拉到一旁，小声说："我想蹭你的时间上冰。"

贾长安说："闹呢！教练不让——"

严阳直接捂住贾长安的嘴巴："你小点儿声！所以让你见缝插针，神不知、鬼不觉让我加个塞儿。"

贾长安一脸为难。

严阳接着说："你兄弟我现在是'生死时速'，多练一小时，说不定就能保住一条小命，你忍心见死不救吗？"

贾长安看了一眼严阳，最终还是答应了。

第二十四章

失败者

很快到了女队体测的日子。体能训练馆里，郭天天协助刘小雨做热身运动，邹勤贴心地帮田苗按摩放松，金莹则独自做着拉伸动作。金莹不时朝门口张望，却迟迟没有看到严阳的身影，失落在心头快速弥漫。

直到正式开始体测，严阳依旧没有出现。先进行杠铃测、十五分钟自行车项目，金莹明显力不从心，额角渗出细密的汗珠。而后的 3000 米项目里，更是有些体力不支，第三个冲线。

体测结束后，孙教练公布大家的成绩：“……3000 米成绩第一名刘小雨，13 分 01；第二名田苗，13 分 13；第三名金莹，13 分 49……”

最终综合成绩，金莹得了第四名。众人微微怔愣，不自觉地皱紧眉头，看向金莹。金莹脸色煞白，她紧抿嘴角，手指在裤缝间掐出了印记。

解散休息后，大家都互相安慰，金莹在靠墙的角落里坐下休息。她紧闭双眼，刚才测试的一幕幕像是电影般在脑海中流过，成绩的下滑像一根刺，直戳戳地扎在她心上。而后脑海里又晃现严阳的影子，她知道他在努力备战，但他今天未能到场，心里还是不舒服。

金莹正想着，严阳的声音在她耳边响起："不好意思……我来晚了。"

原来，严阳一直在冰场上跟贾长安切磋，猛然想起来女队体测，才飞奔过来。金莹睁开眼，看到严阳那张大汗淋漓的脸，嗤笑一声："还行，不算晚，我以为要明天你才能想起来呢。"

严阳心里愧疚，故意逗金莹开心："我实在是不愿意来，这体测你回回肯定是第一，太没悬念了。"

金莹眼神一暗，随即笑道："这次不是第一。"

严阳一怔："第二？"

金莹说："第四。"

严阳心生愧疚，金莹看见严阳脸上滑过的伤感，站起来叫他一起去吃饭。可刚一站起走路，金莹小腿处传来钻心的疼痛，一个趔趄，险些倒地，严阳一把扶住她。

严阳蹲下来，边揉金莹的小腿边说："太硬了，我帮你松松。"

金莹看着严阳，眼里流过一丝温柔，问道："明天的比赛，你想好战术了吗？"

严阳说："这有啥好想的，战术这种东西，对实力相差不多的人才有用，对碾压级别的，基本上也就是个心理安慰。以后啊，别总独来独往的，训练计划里，很多训练都是需要集体配合完成的，集体训练大家借力用力，才能提升得快，而且，以后参加比赛，滑接力也是需要四个人配合的，我以前的教练常跟我说，情商也是‘滑商’的一部分。”

金莹笑道：“行啦，今天怎么这么啰唆？”

严阳说：“我这都要走了，可不得好好嘱咐两句，我不在了，你自己得知道照顾自己。”

金莹听了有些难受，劝他道：“你别这么说。”

严阳有意逗她：“你舍不得我？”

金莹推了他一把，顿了顿后说：“我只是觉得，你这一路挺不容易的。好不容易有个挑战赛，又碰上唐寒……”

严阳说：“输给唐寒，我可一点儿都不丢人。明天比赛，估计没人敢挑战你，你就好好休息休息，当一个座上宾，好好看我被虐吧！也能开心点儿。”

金莹看着故作轻松的严阳，没好气地笑了。

医务室里，叶小小边给唐寒按摩边跟他聊起严阳要挑战他的事情。

唐寒说：“说真的，这回的感觉还真不一样。”

叶小小问：“有什么不一样？”

唐寒说：“我也说不上来，这个严阳总让我想起自己刚开始参加训练赛那几年，他这股劲儿跟我当年还挺像的。”

叶小小笑道："是吗，难道因为你们是来自同一方水土？"

唐寒一愣，叶小小接着说："他也是哈尔滨的。你不知道吗？"

唐寒摇头，脸上流过几分惊异。随后，两人又闲聊了几句，唐寒便径直回宿舍。刚到宿舍，贾长安便拿着个包裹进来了，硬塞进唐寒怀里。唐寒打眼一看，是日本万代的高达手办。

贾长安说："队长，你收下吧。我知道我兄弟严阳肯定会输。但我听说，明天不是会有直播吗，这多少人都在线上看着呢。严阳好面儿，我只是想你'高抬贵脚'，让他输得没那么惨……"

唐寒内心暗自好笑："这个好说。"

贾长安开心地说："真的啊？"

唐寒说："那你觉得我放水多少合适？"

贾长安说："今天我和他比了三次，他的平均成绩大概是……对，45 秒 30 左右，你还是给他点儿面子，滑到 44 秒左右就行了，再快我估计他会觉得丢脸。"

唐寒没言语，贾长安挠挠头，不知说错了什么。片刻后，唐寒指着模型说："长安，你是不是不看《高达》？"

贾长安说："不太看，我爱看《海贼王》。"

唐寒说："那你知道你送了我个啥吗？"

贾长安一愣，他确实不知道这是什么，只听唐寒幽幽地说："死神。"

贾长安脸上的笑凝住了。

挑战赛前夕，严阳来到严忆北家，直奔主题说："明天的直播，能不拍我吗？”

严忆北说：“来不及了，林晶已经和他们频道做了重要汇报，她觉得女队陪练挑战男队第一名的选手，一定会引爆全网！让我今晚连夜也得把策划做出来。”

严阳万念俱灰，他不想让家里知道他做陪练的事情。严忆北没理他，专心做策划。严阳看到严忆北眼角似乎多出了不少细纹，忽然想，他要是能回家继承家业，那也是妥妥的富二代，何必在这北京辛苦打拼、遭罪呢。

严阳说：“小叔，其实我一直挺羡慕你的，你说你爸多好，从来都是支持你，而我呢，啥都要靠自己。”

严忆北说：“话可别这么说，老严现在也开始迂回战术了，昨天还派出了我家嘴上功夫第一的我老娘来劝降我。”

严阳说：“你妈还在深圳做生意吗？上回我听说准备开连锁了？”

严忆北点头，无奈发笑：“我妈说，如果我不愿意去东北，跟她去深圳做生意也行。所以他俩啊，内心还是想让我回家的。”

严阳说：“咱俩这是反过来了，我想继承老严家传统滑冰，我爸死活不干，你家让你回去继承家业，你却死活不去。你说，是不是当了父母，就有安排别人的欲望啊？”

严忆北沉默片刻说：“可能他们是对的，他们吃过苦，知道什么路更顺吧。可咱们这一辈子也不是为了活得舒服，我想要的，是活着的过程。”

严阳思虑片刻后，重重点头。这时，手机铃声响起，曲洁打来视频电话。严阳点了“接听”键，曲洁一上来就跟儿子抱怨，严振华想要报出国的旅行团，而她想要来北京看严阳，两人产生了分歧。严阳一听，赶紧阻拦，劝她去国外旅游，散散心。好说歹说，曲洁总算答应了，严阳挂断电话，如释重负地长舒一口气。

金莹体测完之后，没有按照惯例去医务室做训练后检查。凌晨两点，她躺在宿舍上，却被小腿剧烈的疼痛疼醒，忍不住发出了声音。四下静寂，其余舍友都在熟睡之中，只有田苗面墙而卧，听见金莹的呻吟，睁着眼睛，满是心事。

时间一分一秒地过去，天色由青黑慢慢转亮，这天正是挑战赛的日子。

冰场上焕然一新，偌大的大屏幕上打着“青训营挑战赛”几个大字。一队和二队队员相对而站，大家面色坚毅，气氛肃杀。冰场一侧，林晶和摄像师已装好设备，静待比赛开始。

陈谨站在两队队员中间，说道：“今天的规则大家都知道吧？男女混战，二队的人挑战一队。”她拿出手中的对战表，接着说，“一队的队员，现在我就让你们知道，在你们身后虎视眈眈盯着你位置的是谁！一队郝瀚，选择挑战你的是二队的许文钰。一队贾长安，挑战你的是二队队员李博。一队金莹，挑战你的是二队的田苗……”

金莹听到自己的名字，诧异片刻后便恢复如常。一旁的严阳愣住了，不觉替金莹担忧。

陈谨继续宣布对战阵容，严阳越来越紧张，手不由自主地微微颤抖，心跳越来越急促，只听陈谨说道：“下面，我宣布今天最后一对对战选手，挑战者是最特殊，也具有勇气的一个人，陪练队严阳。他要挑战的，是一队的唐寒。”

众人虽早已知晓，但还是发出了一小阵骚动。唐寒看着严阳，眼中有几分赞赏。

比赛正式开始，田苗第一个站出来挑战。

严阳帮金莹穿上冰鞋，不无担忧地说：“我怎么不知道她要挑战你？”

金莹说：“我也是刚刚才知道。”

严阳冷笑：“藏这么深，你们可是一个宿舍的，一点儿风声都没有？”

金莹穿好鞋，站起身说：“没事，她就这样，习惯了。”

严阳看着金莹走向冰面，一脸担忧。

田苗和金莹站在冰面起跑线上，陈谨让田苗说几句鼓劲儿的话，田苗认真看着金莹说：“我只是想回到我从前的位置。”金莹回应以冷笑。

发令枪响，田苗瞬间滑出，金莹起跑慢，竟被田苗拉下了一小段距离。到了弯道，金莹咬紧牙关，蓄力冲了上去。田苗体力开始下降，她余光瞟到已经追上来的金莹，努力又提了一点儿速，两人谁都不肯放松，几乎持平。进入直道，田苗忽然提速，冲到了金莹前方。最后半圈，田苗体力已经到了极限，脸上渗出汗水。

一旁的严阳握紧拳头，对金莹呐喊：“追上去！她已经没力气了！”

金莹看着比自己快一点点的田苗，拼命向前，却总是差一点儿。金莹咬牙坚持，就在她马上要追上田苗之时，田苗瞬间冲过线。大屏幕上亮出两人的成绩：田苗：46 秒 01，金莹：46 秒 04。

陈谨起身宣布：“恭喜田苗，挑战成功。”

田苗看着自己的成绩，难掩激动。二队队员中间发出一阵欢呼。正在直播的严忆北，看见弹幕频繁刷出，关注量不断飙升。

金莹大脑一片空白，与周围一切喧闹、紧张都割裂开来。她目光空洞地走下冰面，茫然朝门口走去。严阳赶紧追上去，他看见金莹眼中那前所未有的绝望。金莹让他不要跟过来，她想自己待会儿。严阳只能看着金莹一人走出冰场，身影越来越小。

金莹独自去了盥洗室，她再也忍不住，哭了起来，瞬间模糊了视线。她打开水龙头，水哗哗流着，似乎遮过了她无助的哭声。她捧起水洗脸，眼泪却怎么也洗不干净。

冰面上，挑战赛仍在激烈进行中。贾长安和李博正面较量，前者风驰电掣，而后者紧随其上，最后冲刺阶段两人几乎是并肩过线。大屏幕上刷新了两个人的成绩：李博 45 秒 01，贾长安 45 秒 02。李博以 0.01 秒的优势赢得了挑战赛。

二队队员爆发出一阵欢呼，严阳看到贾长安面色惨白地离开冰面，赶紧追过去。贾长安强撑笑意，让他赶紧回去比赛，别掉链子。

严阳重新回到队伍中，脑子里一直回荡金莹和贾长安失败的身影，一时间，心下涌起万千思绪，同时也不自觉地更为紧张起来。

一组又一组的对战开始又结束，很快轮到了严阳和唐寒。相比严阳的紧张，唐寒显得云淡风轻。叶小小不知何时，来到了观众席，目不转睛地看着唐寒，满脸期待。林晶跟严忆北小声议论，一个是陪练，一个是一队第一，这场比赛胜负肯定是毫无悬念。严忆北无语，聚精会神地看着场地上的比赛。

严阳和唐寒已经站上冰面。

陈谨说："老规矩，严阳，有什么话要说吗？"

严阳说："没啥。"

唐寒说："我有话说。严阳，虽然相处不久，但我很欣赏你的勇气。很高兴你选择我成为你的对手。"

严阳说："来吧！我没什么好怕的了！"

发令声响，两人瞬间冲出，严阳顾不上唐寒，专心于每一个动作，心里只有一个念头——快一些，再快一些。严阳疯狂地前进，居然滑在了唐寒前面。观众席瞬间爆发出一阵惊呼。陈谨冷面看着赛场上的战况，眼中可见欣赏之意。

唐寒眼看着严阳滑在前面，腿上发力，想要在外圈超越，却只能靠近持平。他再一次试图从外圈压过严阳，严阳咬紧牙关继续加速，两人只能并行滑行。由于外圈费力，唐寒的体能也渐渐吃不消，一直背手滑行的唐寒在直道上也开始摆臂，咬牙加速。叶小小面露担忧。

观众席中又是一阵惊呼和几声评论："唐队居然摆臂了！"

“他着急了，这时候不应该再在外圈超了。”

而后，两人进入第三圈，体力都开始下滑。严阳早已大汗淋漓，唐寒额头也已汗湿了一片。唐寒瞅准时机，咬牙超了过去。严阳紧跟其后，发力想要超越，两次都在险些追平时，又落后一点儿。最后十米，唐寒咬牙冲过终点线，严阳紧随其后到达终点。

大屏幕上公布两个人的成绩：唐寒 42 秒 53；严阳 44 秒 20。

唐寒又创新纪录，观众席迸发一阵激烈的欢呼。叶小小如释重负地笑了。

严阳看着大屏幕上自己的成绩，耳边是观众席此起彼伏的人声，严阳闭上眼，好似一切声音都不存在了。他静立许久后，微微一笑。

比赛结束后，按照最新排名已重新调整了一、二队队员组成。大家来到会议室，正襟危坐，认真听陈总教练训话。

陈谨站在大家对面，一脸严肃地说：“第一次挑战赛结束了，赢了的人，你们只是获得了一次喘息的机会，但输了的人，你们还能拥有一次逆风翻盘。”

众人不敢作声，会议室里一片寂静。

陈谨接着说：“不要觉得残忍，既然选择了这项运动，就应该明白这是必经的阶段。大家好好练习，半个月后，二队的队员可以继续发起挑战，我等着你们的战书。”

说罢，陈谨露出飒爽的微笑，众人难得地感觉温暖。

金莹坐在台下，四下张望，却没看见严阳的身影。

此时的严阳正一个人在操场上，打开手机微信与金莹的对话框，输入一行字：“别难过，这只是一次挑战赛，下一次，你一定可以赢回来。”他想了想，删除后重新输入，“失败是成功之母。”

还没等点击“发送”，贾长安来到了他身旁，两人互相安慰了几句，不一会儿便贫嘴起来。贾长安瞥见严阳正在给金莹发信息，还是忍不住问道：“说实话，金莹可怎么办？”

严阳仰头看着太阳，陷入沉思。

中午，大家都去吃饭，金莹依旧在体能训练馆挥汗如雨。停下休息之际，收到了严阳发来的信息，一条是“没什么大不了的，以后再赢回来就好了”，一条是“你没来吃饭吗？”

金莹正准备回复，李念雪发来了视频通话邀请，金莹接通了。李念雪正在日本参加跳台滑雪比赛，知道金莹参加挑战赛，赶紧问候。

金莹挤出笑容说：“我输了。”

李念雪难以置信：“啊？怎么会？”

金莹努力一笑：“不提了，一次挑战赛而已，下次我会赢回来的。”

李念雪替金莹难过，本想再说什么，但被金莹催促道：“你快去训练，比赛赢回来个名次，给我转个运！”

说罢，金莹挂断了电话，深吸一口气。

训练完之后，金莹去了浴室，刘小雨、杨梦然她们一看到金莹来了，纷纷表示田苗太不地道，同处一个寝室都不说挑战的事情。金莹面色冷清，看不出悲喜。

不一会儿，田苗也提着浴筐走进来，她与金莹四目相对，迅速甩开了目光。金莹正欲往外走，田苗说："那个……我来的路上遇到孙教练，他说让你去他办公室一趟。"

金莹"哦"了一声，头也没回地径直出了换衣间。

金莹来到孙教练办公室，站在办公桌面前沉默不语。孙教练率先打破了沉默，他安慰金莹："一个队内挑战赛而已，况且比赛就有输赢，有失误正常，别太放在心上。"

金莹点头。

孙教练接着说："无论任何比赛，咱们在冲过终点线前都要全力以赴争取胜利；但是在面对结果的时候都得学会云淡风轻，运动员的生涯才能走得远。我知道，你来队里一直都是第一，突然一下输了，肯定难受。我找你来，没有批评你的意思，作为过来人，就是想告诉你，输了也不总是坏事。"

孙教练每说完一句话，都有意停顿看一下金莹的态度。但金莹始终一语不发，只是点头。末了，她才说："教练，我没事。"

孙教练拍拍金莹肩膀："没事就好，尽快调整心态。"

金莹点点头，转身开门欲离开，却看见严阳正好站在门口。两人还未及说话，孙教练就把严阳叫了过去。

孙教练关上办公室门，带严阳来到操场，偌大的操场上，他们缓缓走着，三三两两的人群从他们旁边经过。

静默了好一阵儿，孙教练说："你说说你，怎么就非要答应这个条件，还非要挑战唐寒？现在可好，弄成这样，我求情都没法求。”

此前，孙教练叫着文教练一起去找陈谨教练替严阳求情，他们认为，严阳是个可造之才，挑战赛上半程的表现，在历届的青训营也能排进前三。但陈谨不为所动，仅一句“青训营不是个人逞英雄的秀场，每个人要为自己的选择负责”便将他们堵了回去。

严阳感激地看着孙教练，平静地微笑着。

孙教练接着说：“本来让你来当女队的陪练，就是权宜之计，可现在青训营全部放权给了陈谨，我们说服不了她……早知道如此，当初就不应该让你来北京，还把你的学业耽误了。”

严阳认真地说：“其实来青训营，比我想象中收获的要多。我尽了全力，哪怕留不下来，也没什么好后悔的了。”而后，他顿了顿，向孙教练鞠了一躬，“教练，我非常谢谢您。”

说罢，严阳缓缓转身离开。不远处，金莹看着他们，为之动容。

黄昏，夕阳的余晖照在女生宿舍楼门前的老树上，枝丫把光亮分成碎碎点点。严阳和金莹并肩坐在宿舍楼前的台阶上，看着来来往往的人群。

严阳拎出一个编织袋递给金莹，里面有零食、水果、蚊香液和日用品。他又从口袋里掏出一个喷剂药瓶，说：“这个是外面药店买的，我从小就用，可好使了，以后有个瘀青什么的，喷两下就好。不过别逞能，伤得重了，还是得去叶医生那儿。”

金莹笑着接过，掀开袖子，露出手腕处一块瘀青，喷了两下。

严阳静静看着金莹的一举一动，沉默良久后突然开口："金莹，我是不是特别自私啊？"

金莹的动作一滞。

严阳接着说："我现在特别内疚，我想了很久，青训营里，我最对不起的就是你。"

金莹说："别瞎说，之前你帮我突破起跑，我还挺感谢你的。"

严阳又从书包里拿出两块美国黄板油石，递给金莹，郑重地说："希望你能把它带到冬奥会赛场上。"

金莹摸着油石，百感交集。

与金莹分别后，严阳回到宿舍收拾行囊。他把能分的东西都分给了郭天天和邹勤，要带走的东西则胡乱塞进行李箱。收拾停当之后，他躺在床上，却久久不能入眠。

夜越来越深，严阳躺在床上，翻动着手机相册，上面密密麻麻都是在青训营的照片，既有初入北京，在训练营门口的照片，也有冰上训练的照片，还有金莹和自己在冰场上的合照。严阳盯着合照看了许久，心中涌起强烈的不舍。

严阳继续翻看照片，最后停留在他和父母在工商大学门口的合照上。他把视线移开，两眼望着黑暗沉思片刻后，打开了订票软件，买了回哈尔滨的票。

又是一番辗转反侧，严阳还是忍不住给金莹发信息。他把车票截图发给她："感谢这段经历，让我认识了你。"

金莹看到手机信息，心莫名其妙地被撞疼了一下，两眼空茫地望着外面黑漆漆的夜，回复道："我也一样。"

第二天一大早，严阳拖着行李箱往外走，经过操场时，看到陈谨正沿着操场跑圈，便上前跟她打招呼。寒暄几句后，严阳直入正题："我来跟您告别。"

陈谨脸色微变，饶有深意地看着严阳，示意严阳继续说下去。

严阳说："临走前，我有很多话想跟您聊一聊。金莹肯定没跟您说过，她之所以选择500米项目，很大原因是因为您。很多年前，在国外的一场比赛中，您在现场鼓励了一个中国女孩儿，是您的话让她在接下来十年的训练中咬牙坚持了下来，您一直是她的目标。"

陈谨说："你想说什么？"

严阳说："金莹跟我不一样，她是真的把短道速滑当作她的信仰，我做她陪练这段时间，她的每一次训练，每一次上冰，都是拼尽全力。"

陈谨打断严阳："如果你只是想要跟金莹道歉，那我告诉你，这些话一点儿意义都没有。"

严阳说："教练，我愿赌服输，我买了下午回家的票！可是，我走了之后，希望教练多看看金莹的付出，她是个优秀的运动员！"

陈谨说："金莹是个优秀的运动员，莫非我不知道？可倒是你，为了自己出头，完全忘记了自己陪练的身份。"

严阳蒙了。

陈谨说："我问你，你觉得奥运会的金牌是属于谁的？"

严阳说："当然是冠军的啊。"

陈谨说："你错了，每一块金牌都不仅是给冠军的，它属于运动员，但也属于它身后的所有人，当然也包括陪练。所以说，你输了，在我的意料之中，可现在你如果离开，你就是个彻头彻尾的loser！"

严阳一愣，一时不明所以："可输了必须走人，这不是我们挑战赛前的约定吗？"

陈谨说："这儿的规矩，我说了算。"

言罢，陈谨继续跑步。严阳看着陈谨的背影，再看看自己的行李，陷入沉思之中。他稀里糊涂地往前走着，沉浸在自己的世界里。

不知不觉间，严阳来到公交车站旁，一个坐轮椅的女孩儿吸引了他的注意力。只见女孩儿身着轮椅冰壶国家队的队服，一旁的父亲帮她提着轮椅冰壶的装备，母亲给她扶着轮椅。严阳听见女孩儿跟父母的对话——

女孩儿说："我们教练说了，训练一天也不能落下。明年的世锦赛，还有北京冬奥会，咱们也都必须拿冠军！人就这一辈子，得拼，得值！"

父母备受鼓舞："好！得拼，得值！"

说话间，一辆车身印有残奥会"飞跃"会徽标志的大巴车在女孩儿面前停稳，女孩儿自信满满地上了车。

严阳呆呆地看着车渐行渐远，一个决定在他心间酝酿而生，他拖着行李，朝着青训营飞奔而去。

严阳回到青训营，便给陈谨发信息："教练，您的话我想过了，我会留下来，做好我的本职工作。"很快收到了回复，"Go and see， I' ll wait!"

严阳微微一笑，拖着行李回到陪练宿舍，在众人诧异的眼神中，他大声宣布："我不走了！"

严阳本想把这个消息发微信告诉金莹，想到金莹正在训练，便径直去了冰场。果然，金莹正孤单又坚决地一圈圈滑着。听到严阳说不走的消息，金莹顿时喜上眉梢，随后又问："你为我留下来，会不会不太好？"

严阳答道："有什么不好的？从今天开始，我严阳就是你的专职陪练，得把你女队第一的位置抢回来再走。"

金莹心生感动，看着严阳，由衷地笑了。

严阳不走的消息很快传到了唐寒那里，唐寒打心眼儿里替他高兴，正如叶小小所说，是那种惺惺相惜。

随后，严忆北也得知了此事，专门来找严阳。问及为何选择留下来，严阳说，人这一辈子，不可能把所有岗位都做好，现在就想专心给金莹当陪练，争取把她送上冬奥会赛场。

严忆北欣赏地看着严阳，忽然就打开手里的摄像机开始拍摄，严阳赶忙阻挡，严忆北说，现在拍的是陪练素材。说罢，严忆北拉着严阳去自己家，扬言要带他去开开眼。

严忆北家的客厅里，投影仪在墙面上投出运动员的比赛视频，严阳和严忆北坐在对面的沙发上，目不转睛地看着一幕幕画面。视频的最后一个镜头，武大靖出场，严阳看得分外激动。

视频播放结束，严忆北一脸自豪地说："这是我们国家第一代冰雪运动从开始到现在，所有能找到的冰雪运动陪练的视频资料！一共二十分钟，剪得怎么样？"

严阳说："武大靖是陪练出身，这我知道，可这些人……难道都是陪练？"

严忆北说："没错，这里面就有很多是后来的世界冠军，如果我不去深挖这些资料，我也想不到，他们居然都做过陪练。"

严忆北再次点开视频，播放到一个人的身影时暂停，严阳一眼认出是李佳军。

严忆北说："想不到吧，他曾经也是女队运动员的陪练，还曾为了兼顾训练和陪练工作，累得长时间肾炎尿血。"

严忆北再次滑动鼠标，画面定在一个更为年轻的面孔上，他介绍道："梁文豪。跟你一样，也是90后，他从2004年在长春就开始做周洋的陪练，后来周洋进入国家队，他又被调来国家队，继续做陪练，直到2009年前后才自己登上赛场。还有你的偶像武大靖，他可是默默无闻做了七年国家队女队陪练，才有了这次平昌冬奥会的500米冠军。"

严忆北又移动鼠标，停在了两张年轻的面孔上，接着说："王洋、陈光，索契冬奥会时候的女队陪练，他们陪着女队队员完成训练后，送她们登上飞往冬奥赛场的飞机，就止步了。"

严阳面色严峻，若有所思，只听严忆北接着说：“他们有些人很幸运，成了优秀的运动员，还能摘金拿银，可有些人，确实一生籍籍无名。严阳，看了他们的选择，你还愿意选择做陪练吗？”

严阳沉思许久，坚定地说：“如果把个人成功的意义永远看得高于一切，很容易感到失落，不是吗？”

严忆北意外地没有迎接严阳的话，只听严阳接着说：“来青训营那天我就知道，能成为国家队，哪怕国家预备队的希望，原本就非常小。其实我来这儿，只是想看看自己，还能不能在短道这条路上，再拼一把。”

严忆北认真打量严阳：“我觉得你好像变了。”

严阳说：“哪儿变了？”

严忆北说：“说不上来。不过，自从加入了冬奥会的宣传组，我觉得我也变了，我总觉得，我即使只是一个小小的记录者和见证者，也已经足够。”

两人相视而笑。

入夜，陪练宿舍里，邹勤和郭天天已然入睡，严阳强撑着眼皮，对着电脑里的视频做笔记，笔记本上记载了有关克服起跑障碍的各种方法。电脑旁边贴着一张日程表，上面写着金莹详细的训练计划——周一耐力练习，周二爆发力练习，周三间歇练习，周四路线练习，周五冲刺练习，周六战术练习。

严阳全身心投入到陪练角色中。操场上，天刚蒙蒙亮，严阳就督促金莹跑步，边跑边提醒她注意事项。体能训练室里，严阳在金莹旁边给她做放松活动。冰场上，严阳不断激发金莹的潜力，两人在你追我赶之间冲向终点。

为了锻炼金莹的起跑，严阳专门录了正式比赛的发令枪声，在音响里循环播放，以期让金莹形成条件反射。两人站在冰面上，一次一次演习着。

严阳说："你把我当成对手，你必须在跑出的一瞬间就抢占在我前面，才能占据内道有利位置。你要练到起跑次数至少一半以上快过我，我们再进行下一项，行吗？"

金莹说："行！"

严阳眼神专注，郑重按下音响播放键。伴随着音响的指令声，金莹瞬间滑出，金莹抢跑了。金莹懊恼地一拍脑门儿，两人滑回起点。

严阳安抚道："没关系，仔细听，别压枪，再来。"

两人站在起点，重新开始，发令枪响起，金莹慢了半拍，明显有些沮丧。

严阳激她："只有 500 米，你如果起跑被我落下这么多，后面很难翻盘。别怕！再来！"

两人站回起跑线上，第三次练习。他们就如此一遍遍重复着，眼神倔强而坚定，严阳每次都帮她指出问题所在，慢慢地，金莹好像找到了属于自己的起跑规律。

晚上，严阳坐在宿舍门外的台阶上休息。此时，青黑色的天空上，一轮皓月分外明亮。严阳想起这天是母亲节，他拿出手机，给家里拨视频邀请。很快，视频接通，严振华出现在镜头里，一旁的曲洁正手忙脚乱地做雪糕，打算给严阳快递过去。

严阳有意摆出笑容，跟爸妈聊天。不一会儿，严振华就问严阳有没有队内比赛，成绩怎么样，严阳心中一怔，说了句“没有”，便以训练为由，匆匆挂断了电话。严阳卸下脸上的笑容，满脸心事，看向窗外。

严阳带着金莹开启了严苛的训练，眼见着时间流逝，还有两周就到新一轮挑战赛的日子。两人在冰面上滑行，忽然，严阳问金莹：“想好挑战谁了吗？”

金莹答：“当然。你猜我想挑战谁？”

严阳说：“从哪里跌到，就从哪里站起来。”

两人目光灼灼，相视一笑，严阳接着说：“你注意过她的滑行特点吗？”

金莹有点儿心虚地摇摇头。

严阳说：“其实很容易击破，她不是硬实力强的选手，她是技巧型选手，就是路线好，滑商高。换句话说，她以前的路线特点其实是针对她的对手设计的，我这样说，你能懂吗？”

金莹连忙点点头。

严阳说：“所以她很大功夫用在了你比较薄弱的起跑和疾跑阶段，我们第一步就是要破掉她想要在比赛开始的时候，占据内道的战术。我模仿她的特征滑，我们比一圈。”

金莹看着严阳，心生感动，看着严阳已滑出，迅速追了上去。

如此滑了几圈，两人累瘫在冰面上。金莹的进步肉眼可见，两人疲惫地相视一笑。金莹从兜里拿出一根能量棒递给严阳，说：“补充补充体力，咱们再来。”

严阳听闻，三下五除二拆掉能量棒的包装，自己吃一半，递给金莹一半。

此刻，日光从窗口倾斜而下，橙灿金黄。

第二十五章

再启航

夕阳慢慢隐匿到高楼大厦背后，青训营楼上的反光玻璃映出的余晖从刺眼变得昏黄氤氲。结束一天漫长的训练后，金莹想着要去食堂吃些什么补充补充体力，但被严阳拉住了。

严阳带金莹来到严忆北家，想给金莹改善下伙食。“咚咚”几声，严忆北乐呵呵地开门。严阳像半个主人一样，领着金莹走到餐桌旁。

金莹一看，木质的小餐桌上，摆着牛肉、西蓝花、蛋清、苹果等，食材虽然简单，但摆盘以及烹饪方式一看就是花过心思，专门为她定制的。严阳这是什么时候布置这事的？她不解地转头。

严阳赶紧解释：“你放心吃，这些都是一样一样计算过卡路里和脂肪的，结合了你的情况。以后你的吃饭问题，都交给我。”

严忆北挤了进来，笑骂严阳：“这小子上周就和我说了。我找来的几个厨师都快被气走了，各种要求一大堆。为了这顿饭，我都快被逼疯了。”

金莹的眼睛闪烁着亮晶晶的光：“严阳，谢谢啊。”看着金莹拿起筷子的手停在半空，严阳知道她担心什么，马上解释道，外出吃饭已经给队里报备过了。

严忆北笑道：“你就只管可劲儿吃，你的事，他想得比你还周到，现在严阳的小命就系在你身上呢，这次挑战赛，千万要赢。”

严阳推了一把严忆北：“别给她压力。”

金莹一边吃饭，一边看着两人吵闹，手机响了。掏出一看，李念雪的头像在屏幕上招摇，她赶紧走到阳台，接通视频通话。

一打开李念雪叽叽喳喳的声音就迸了出来：“预赛我比上次进步了十名！十名啊！金莹！我进决赛了！”看着李念雪脸上擦破的伤痕，金莹隐隐心疼，这以赛代训也是不容易。李念雪紧接着说：“对了，我周末回国，请你吃大餐！”

金莹拿着手机回到客厅，两人已经吃完饭。严阳问她谁的电话，刚告知李念雪即将回国的消息，严忆北赶紧拿着满是洗洁精的碗从厨房走出来，满脸兴奋：“李念雪？是跳台滑雪队吗！我一直想采访她呢！我也要去！”

不几日，李念雪比赛完飞回国内。严阳、严忆北陪金莹去接机，三人忙前忙后，帮李念雪把行李安顿好后，便一起去了后海酒吧。

黄昏已至，几个人坐在后海酒吧二楼天台上，看见不远处波光粼粼的后海，月影在水中又白又脆，路灯被揉碎在湖波和风的呢喃中，酒吧里的音乐穿堂奔涌，纵身一跃，与波共舞。金莹、严阳、严忆北齐齐举杯，欢迎远归的客人。

金莹笑成花：“庆祝我们李念雪同学在这次世界杯积分赛中成功积分！是不是离冬奥会又近了一步啊！”

众人一饮而尽。李念雪喝完后回道：“哪有那么容易，还有不少场要打呢！不过，我的跳跃得分提高了，你们不知道多不容易——”

严忆北在一旁傻乐，看到两个闺密轻声聊天，想要插话，又不知从何说起。严阳眼珠一转便明白了，起身坐到金莹旁边，拍了拍她。金莹会意，朝着李念雪介绍：“这是严忆北，他和严阳也沾亲带故的，算他是长辈。”

李念雪说：“咱们认识啊，之前香山见过。”

金莹抛给严忆北机会：“介绍介绍你是干什么的吧。”平时严忆北采访起各色人士来，嘴巴像机关枪一样，这见了李念雪，倒像是嘴里粘了 502 一样，说了一句自己也喜欢滑雪，就支支吾吾，不知怎么继续了。

严阳直接帮忙挑明：“他在奥组委的宣传组工作，一直在录冰雪项目的素材，想要跟你聊聊跳台滑雪，又不好意思开口。”

李念雪爽快，让严忆北尽管问。

严忆北说：“其实，我昨天做了点儿功课，比如发源和历史什么的，可是……跳台滑雪的起源，貌似很奇怪啊！”

听罢，李念雪大大方方地回答：“没什么可忌讳的，传说称它发源于挪威一种死刑，后来才慢慢变为一种竞技运动。”严阳听了，呛了一口酒。

严忆北继续追问，语意隐晦，磕磕巴巴：“所以这个项目其实相当于发源于西方，咱们国家这个项目好像很晚才有的吧？那在咱们国家选这个项目，是不是想要取得国际名次有点儿难度？”

李念雪爽朗一笑：“不是有点儿难度，是难比登天，咱们到今年，也就常馨月进入了平昌冬奥会。”

严忆北抓紧安抚道：“没事，拓荒者更容易被载入运动史册，短道是厉害，但是出头也难。短道队挑战赛，这俩倒霉蛋全失败了。这位严阳同学，不仅输了，都快被青训营除名了。”

话音落下，空气一瞬间凝固，严忆北意识到自己说错话了。

严阳赶紧打破尴尬，问起李念雪以前的经历。得知她不仅是从短道改项跳台滑雪，还决定以后回国发展，大吃一惊。李念雪倒是云淡风轻：“人如果这辈子，不做一点儿有挑战性的事，活着有什么意思呢！”

楼下的歌声飘上天台，回忆起过往与今日，金莹感慨万千：“咱俩难姐难妹一个命，注定跟自己死磕到底。”说完，两姐妹相视一笑。

严忆北望着李念雪笑起来时飞扬的眉毛和洁白的牙齿，有一瞬的恍神，忍不住说：“念雪，好想看看你滑雪的样子，一定英姿飒爽。能约你个采访吗？”

李念雪不假思索地答应：“当然！我有个比我更传奇的朋友，到时候我们可以一起，你见到她，就知道什么叫‘视滑雪为生命’了。”

汗水味充斥着青训营体能训练场，明晃晃的白炽灯把落在地上的汗渍晃得耀眼。贾长安走到场边打开杯子，却发现水都喝光了，此时，一只手递了一瓶矿泉水过来，贾长安抬头看，原来是李博。气氛凝滞了片刻，贾长安默默走开，到一旁做引体向上。

李博走到他身后问道：“你是不是一直不服啊？”

贾长安喘着气挤出话：“服不服的，赛场见真章。”

李博接话：“你如果这么想赢我，不如挑战赛见啊。”

贾长安果然被激怒了，他停止引体向上，从杆子上松手落地：“行，我说到做到。”

李博走后，贾长安一人一声不吭继续做引体向上，动作越来越猛，但也明显感到越来越迟缓。Mark 在一旁静静看着，贾长安数完最后两个，停了下来，转身询问 Mark：“今天开始，我们是不是就可以交挑战书了？”

Mark 听完，叹气：“我建议你，还是多想想。我觉得应该等你恢复到最佳状态再说。”他拍拍贾长安的肩膀，离开了。

贾长安走进更衣室里，一边满头大汗地更换衣物，一边和艾宁视频。

确定递交挑战书吗？一定能保证赢回来吗？万一输了怎么办？这些问题充斥着贾长安的大脑，面对艾宁无条件的支持，他拿着手机，却有些犹豫了。

几天后，贾长安迈上台阶，一步步朝着陈谨办公室走去，以往一分钟不到的路，他走了近十分钟。突然，他顿住了，紧接着加快步伐，站在门口，深吸一口气，鼓起勇气，敲响了门。

“进来。”

办公室里，陈谨正在查看近期男队训练的成绩，她看着面前的贾长安，忍不住劝道：“我知道你想挑战李博，但你没必要这么急。虽说鼓励你们挑战对手，但是我不赞成出于情绪的冲动决定，有把握再来也不迟。”

贾长安固执地摇头：“教练，不用劝我，我做好决定了。输了我也认。”

陈谨从桌面上抽出一张表格，贾长安正想接过来，陈谨的手却停在半空，只听到她语重心长地说：“输了，记得为今天的选择承担后果。”

贾长安点头，接过表格。

孙教练回头看出门时与他擦肩而过的贾长安，再看到一脸无奈的陈谨和桌面上的挑战书，拧紧眉头问道：“你让他填了？”

陈谨把李博和贾长安两个人的训练记录表抽出来递给孙教练。孙教练瞥了一眼，眉头皱得更紧了：“看着胜算不大啊，李博年纪虽然小，可正是上升期。你也不劝劝他？”

陈谨摇头：“他自己坚持填的，道理他不会不懂，这是他自己的决定。”

孙教练没有办法，想起自己来的目的，递给陈谨几张挑战赛表格，陈谨一边翻看，孙教练一边感慨：“没想到，金莹这丫头还挺沉得住气。”

陈谨头也不抬，打开自己的抽屉，掏出金莹的挑战表：“沉得住气？她昨晚就给我了。”

孙教练愣住了，两人相视一笑。而后孙教练说：“老陈，武大靖最近回北京了，要不要请他来和大家见个面？”

陈谨听了，明白孙教练还惦记着作为陪练的严阳。她起身，走到窗前说：“如果真的优秀，他是不是陪练根本不重要。这次挑战赛之后，得赶紧去高原。希望他们中，真的有人能一鸣惊人吧。”

玻璃窗外，绵延的流云涌动又舒展，漫向辽阔的天边。

离挑战赛还有一天，训练营内剑拔弩张。体能训练场上的汗水味和消毒水味充斥鼻腔。年轻人们谁也不服谁，闷声各自训练。

医务室里，叶小小和队医助理正拿着一份名单在清点要发给队员们的营养品。叶小小核对一样，就在名单上画一个钩，并准备去队员宿舍突击检查饮食问题。比赛来临，运动员们的饮食更是马虎不得。

贾长安坐在宿舍床上拆包裹，艾宁的消息一条一条在屏幕上迸出。“给你邮的好吃的到了吗？”“没回我消息，估计是还在训练场。”“好好比，过两天你的生日，赢了，咱们一起庆祝。”

贾长安拆开快递，里面七零八碎，都是零食，里面有哈尔滨红肠、方便面等，他翻动了一下，看着有些犹豫，准备把它们往床下一塞。孰料门“啪”的一响，郭天天就推门进来了：“兄弟们，你们谁有吃的，给我垫吧两口。今天哥们儿太饿了！”

许文钰指向贾长安，看着床上的方便面和红肠，郭天天两眼放光，饿狼扑食。贾长安赶紧拦住，这些都是队里违禁品，逮到了可不是闹着玩的。郭天天不以为意：“怕啥，我一个陪练又不比赛，何况我偷偷吃一根，谁知道？”

见贾长安还犹豫不决，郭天天叫苦哀号，死缠烂打，贾长安无奈默许。

十分钟后，郭天天的面已经泡好了，里面放着一根哈尔滨红肠，抽动鼻子，深深嗅了一口，郭天天满脸幸福荡漾。

看着郭天天一脸贱样，举着红肠勾引自己，贾长安无语地摆手：“行了，行了，赶紧出去！”

郭天天得意扬扬：“行，那我就回去独享大餐了！”

言罢，郭天天拉开门，叶小小正手捧查寝记录本站在门外，微微一笑：“要不，分我一口吧。”

寝室内三人顿时傻眼，愣在原地。

会议室内，所有人都敛声屏气，桌子上放着贾长安的所有零食。陈谨把目光甩向窗外，一言不发。

叶小小出声，打破僵滞的气氛：“东西是谁的？”

贾长安低声回答：“是我女朋友寄的。”

叶小小提高音量：“她不知道运动员不能瞎吃外面的零食，尤其是肉类吗？”

贾长安说：“我忘记告诉她了。”

陈谨回过头来，看着三人。贾长安和郭天天站在对面，一脸菜色，不敢直视陈谨射过来的眼刀。

郭天天心一横：“怪我，贾长安一口都没吃，真的。许文钰可以做证！”

许文钰连忙摘身：“你俩的事，可别带上我。教练，我和这事半点儿关系都没有，都他俩在嘀咕的。”

看着陈谨不出声，众人赶紧闭嘴，片刻后，陈谨终于出声：“话我也不想重说，青训营里，饮食安全是个底线，如果将来你们参加重要比赛，因为自己乱吃东西导致尿检出问题，谁能负得起这个责任？”

大家都低下了头。

陈谨接着说：“如果你们连这点儿自制能力都没有，我觉得你们根本不适合留下。”

会议室里噤若寒蝉。

叶小小说：“马上就要挑战赛了，如果这不是一场队内的挑战赛，而是一场国内大赛，你们的运动员生涯都有可能为之断送。”

贾长安看着叶小小投来的眼光，脸红一阵、白一阵，他从座位上站起来，沉默地拿起桌子上的零食，全部丢进了垃圾桶，转身出门。

青训营训练馆内，冰面经过修整之后光可鉴人，像一面白玉镜子，模糊折射了一团红光，顺眼望去，墙上的 LED 大屏幕闪着

“第二次男队挑战赛”几个红色大字。两侧队员落座，紧张兴奋地盯着电子屏前的陈谨。

贾长安双手交叉，有些心神不宁。严阳察觉到贾长安的异样，拍拍他，鼓励道：“我帮你定了个特牛逼的生日宴，等你赢后，我们好好庆祝！”贾长安不出声也不回应，整个人看起来木木的。

陈谨的声音在场馆内的音响里响起：“大半个月过去，有些人上次在一队位置观战，如今却坐在二队里。这次名单已经全部提前公布了，既然已经下战书了，就别藏着掖着了，来吧，谁第一？”

贾长安握紧拳头，陈谨话音刚落，他便站了起来：“我。”

场内议论纷纷，觉得贾长安第一个出战太着急了。金莹和严阳也是一脸焦虑，看着起跑线前的贾长安和李博，严阳捏紧双手。

李博显得很是轻松，贾长安咬紧嘴唇，这一次，他一定要拿回属于自己的位置。发令枪响，两人同时滑出。最初一段距离，两人几乎持平，贾长安几次加速，都没法超越。

看台上的严阳皱着眉绷紧了身体，金莹提着心，能看出来李博确实进步很快。

第一个弯道就在前面，是个机会！贾长安隐隐蓄力，身体绷得像豹子一样，来到弯道处，贾长安心一横，狠命用力，要往内道压。突然脚一闪，用力过猛，脚下失控，整个人瞬间滑倒甩了出去，脑子一嗡。

场馆内惊呼声起，严阳和金莹一下子从观众席站了起来，往前探身。

教练正要去查看贾长安的伤势，贾长安却立马站起，坚定地说：“教练，重新开始吧。”眼中满是倔强。

陈谨询问：“你确定吗？你只有最后一次机会了。”

贾长安重重地点头。

李博半开玩笑半认真地说：“重新开始，那这一局算不算？”

贾长安看着李博，目光微动：“算！”

李博笑了：“你就那么想赢我？你以为我还是以前的我吗？”

贾长安说：“比不比？”

李博说：“来。”

陈谨再次确认：“你们都决定好了，是吗？”看到坚定的二人，她转身对着众人宣布，“那好，这一局，算贾长安挑战失败，他要用最后的机会，再挑战一次。”

场上哗然，严阳一下子就从座椅上站了起来，紧张万分：“贾长安，别逞能！下次还有机会！”贾长安看着着急的严阳，什么也没说，对他比了一个大拇哥，微微一笑。

贾长安一步步走了回去。两人再一次一同站在起跑线，贾长安铆足劲儿，孤注一掷。李博也锁紧眉头，全神贯注。发令枪响，贾长安率先滑出。前两圈，贾长安发了狠地往前冲，逐渐跟李博拉开了一小段距离。

严阳目不转睛地盯着赛场，脸色却并不好看。严忆北走到严阳旁边，轻轻拍了拍他的肩膀。场边，孙教练看着滑在前面的贾长安，眉毛却拧了起来，贾长安这么滑，明显体力会吃紧。陈谨目光却始终跟着滑在后位的李博，抿嘴不动声色。

紧接着，观众席又是一阵骚动。

赛场上，贾长安已经有些吃力，速度开始减慢，李博却开始发力，一点点追了上来。

观众席，严阳和金莹大气都不敢出，严阳暗暗替贾长安使劲儿的手把裤子攥出了几道褶皱。严忆北忍不住出声："快啊！别让他追上啊！"

最后十米，两人再次持平，几乎是一起越过了终点线。嘈杂的看台突然非常安静，众人大气不敢喘。场上只有贾长安和李博满脸汗水喘着粗气的声音。所有人都看向电子屏幕。严阳和金莹坐在观众席上，捏紧裤缝。

贾长安目光死死盯着电子屏幕，胸口心跳声如雷，短短几秒极为漫长。电子屏幕显示出两个人的成绩：李博 44 秒 54，贾长安 44 秒 56。0.02 秒之差，观众席一片惊呼。

显示屏上刺眼的红，扎入贾长安赤红的双眼。停了两秒，贾长安一言不发转身离开。严阳焦急地想要追出去，被严忆北一把拉住。

贾长安一个人来到更衣室，他坐在凳子上，整个人是蒙的。旁边的手机，嗡嗡直响，是艾宁的电话，贾长安置若罔闻。浑浑噩噩地回到寝室，他盯着天花板，似乎梦见与严阳一同滑冰，却被严阳狠狠落下。

"咚咚"的敲门声响起，把贾长安从梦境拉回到现实。他拼命睁眼，跌跌撞撞地开门，严阳正站在门口，他不由分说地拉起贾长安往外走。

严阳在前面带路，贾长安紧跟其后，他们来到了一家 KTV 包间门口。严阳拉着贾长安，猛地推开门。“砰——”彩条纷飞。众人齐声高喊：“生日快乐！”

贾长安愣了片刻后，绽放一个大大的笑容。许文钰把贾长安拉到中心位拍照。这边刚照完，众人又纷纷呈上生日礼物。

金莹递上一个袋子：“长安，这是我给你的生日礼物，别打开啊，这是一个幸运符，现在打开就不灵了。”

严忆北献上礼物：“知道你喜欢手办，给你买了一堆，可能质量不是很好，不过没关系，你可以退换！”

董三京笑着晃了晃手机说：“我的东西实在，直接微信转账，记得查收。”

贾长安抽了抽鼻子，还故作淡定：“干吗？一个个的！怕我伤心啊！哎呀，真没事，以后我就不用天天被折磨了，也终于不用跟我女朋友异地恋了，不像你们，一个个单身狗……”

突然灯一黑，贾长安一愣。

会议室的投影仪忽然亮了，视频里董三京的脸突然出现：“贾长安，本来呢，我觉得这种形式太矫情，可严阳非逼着我录，咱们的关系也用不着那些虚头巴脑的，回去以后，快点儿结婚，以后我去哈尔滨就吃你的、住你的了。”

紧接着，唐寒、大力出现在视频中，为贾长安送来祝福。接着，视频中出现李博的脸：“长安，祝你生日快乐，其实一来青训营，我就注意你了，这次比赛，因为是你，我铆足了所有的劲儿，谢谢你，你是我遇到的最厉害的对手。”

贾长安看着，时而哭，时而笑，不知何时已泪流满面。

陈谨教练感慨道：“长安，这一次诚然很遗憾，但你是一匹黑马，别在乎一时的得失，我希望你在生活中，永远是一匹黑马，活出自己的精彩。”

金莹说道：“长安，生日快乐，你和严阳是我进入训练营后最好的朋友。”

最后是严阳：“我来压轴了，兄弟，咱俩一起从哈尔滨来这儿，几乎所有过不去的坎，都是你帮我过的，生日快乐，今后的路，咱俩都别让对方失望。”

屏幕黑了，贾长安已经红了眼眶，快要泣不成声时，突然，艾宁的笑脸蹦了出来：“亲爱的，生日快乐，我想跟你说，不管你去哪儿，是远还是近，我都在这里。对了，我给你准备了一份生日礼物，这样，我数‘一、二、三’，你得先把眼睛闭上，一——二——三——”

众人怂恿着贾长安，贾长安闭上眼睛。

“祝你生日快乐……”熟悉的女声响起，门慢慢打开，艾宁唱着歌、推着生日蛋糕出现。贾长安惊喜地睁开眼，眼中闪动着耀眼的星光，激动地走上前，捧着艾宁的脸凝视着，再紧紧拥入怀中，艾宁仰起头，两人深情拥吻。

第二日，贾长安定好回哈尔滨的车票，他拖着行李站在青训营门口，留恋地看了一眼，转身而去，他听见内心那个声音说：再见，青训营！再见，北京！

晚霞浸着夕阳的水渍晕染了云团，颜色一层一层由浅到深，铺洒到天际。霞光铺洒到大地上，揉搓每一根细草的经络，一片金黄。

金莹闭着眼睛躺在草坪上，微微抬起下巴，感受这落日余温，慵懒惬意。躺在一旁的严阳突然推她，握着空拳，哄骗金莹睁眼。睁开眼睛，只见严阳手中拎着一只硕大的螳螂，得意扬扬地摇晃着，金莹莫名其妙地捏了捏。

严阳不可思议道："你不怕啊？"

金莹说："这有什么好怕的。"

严阳又问："你有怕的东西吗？"

金莹想了想，笑着说："我怕输。"

严阳盯着金莹，突然发问："你现在还有什么愿望没有实现？"看着金莹一脸疑惑，解释说，"预定给明天咱们的庆祝流程啊。"

金莹认真地想了想，把手枕在脑后，满脸憧憬地闭上眼："我想去欢乐谷，把所有刺激的都玩一遍，海盗船、过山车、大摆锤、跳楼机，越刺激越好！我从来没玩过。"

严阳有些诧异："从来没去过游乐园？"

金莹点头："小时候，爸妈说做运动员的四肢得自己金贵一点儿，怕我玩这些项目磕到、碰到，后来大一点儿了，有一点儿时间我就想上冰训练，就更不舍得时间去游乐场了。"她躺回去抬头望天，满脸感慨，"我告诉你个秘密吧，我妈妈给我取名叫'莹'，是希望我做个像露珠一样温柔的女孩儿。可我呢，交作业写名字都会把这个字写成‘输赢’的‘赢’。”

严阳怔怔看着金莹，突然有点儿心疼：“金莹，你这样很累吧？”

金莹一愣，摇摇头笑了：“我倒觉得我一直很幸运，因为有些人终其一生也不知道自己想成为什么样的人，而我知道，为了赢，我可以忍下一切的苦和累。”

严阳侧目看到金莹眼睛里的光芒，有些动容：“那我也告诉你一个秘密。我一直没跟我爸妈说实话，他俩到现在都不知道我是个陪练。贾长安这臭小子回家后，又不知道和他们吹了什么牛，他俩觉得我都快迈进国家队了。”

金莹一愣，沉默许久后，坚定道：“严阳，你放心，我会赢的。”

严阳动容，起身后向金莹伸手。金莹握住严阳的手，顺势站了起来：“回去了，继续奋斗！”

回到宿舍，金莹端着盆子来到洗漱间，将洗面奶挤到手上，揉搓出泡泡涂在额头、鼻翼，还有脸颊，闭眼一阵按摩。刘小雨在另一旁洗衣服，戴着耳机哼着歌。

田苗走进来说：“小雨，我记得你妈是骨科大夫，帮我看看这个片子呗。”闭眼冲水的时候，金莹听到了田苗的声音。“我妈懂，我又不懂！”紧接着刘小雨的声音又在旁边响起。

金莹抹了一把脸上的水渍，睁开眼，看到刘小雨已经离开，田苗一人脸色一阵青、一阵白地站在原地。瞥了一眼田苗手机上的照片，金莹开口："应该是软组织挫伤，不严重的。"看到田苗意外的眼光，金莹补充说道，"我以前训练伤过腰，跟这个片子一样。"

两人沉默地洗了一会儿自己的东西。金莹开口："田苗，你之前挑战我，我明天也挑战你，咱们赛场上是对手，下了赛场，还是朋友。"说完，准备拿着盆子离开。

田苗突然喊住她："金莹，谢谢你啊。"

金莹躺在床上，按灭了床头灯，正准备闭眼休息时，突然想起还没设闹钟，于是点亮手机屏幕，手机屏幕上方通知栏显示严阳连续发来多条消息。

"明天提前一点儿到，热身得做充分。"

"准备的时候，脑子里清空，只全神贯注听枪声就好。"

"尽量别让田苗最开始压道。"

"别紧张，你硬实力比她强，上次输掉是因为我们没有战术，这回知己知彼，一定没问题的。"

这么啰唆。黑暗中，金莹忍不住露出笑容，输入文字："知道了！"关掉手机，在黑暗中对着天花板，微笑着闭上了眼睛。

第二天，女队第二次挑战赛开始。

赛场边，金莹和田苗已经穿好了装备。金莹抬头望向观众席，只见严阳也紧紧注视着她，给了她一个"加油"的手势。

严忆北小跑过来，手里拿着摄像机，气喘吁吁地问："开始了吗？”严阳赶紧让严忆北摆设好装备。严忆北端起摄像头开始拍摄，边拍边问：“紧张不？”严阳看着金莹，目光坚定：“我相信她。”

赛场上，金莹和田苗已滑上冰面，站在赛道上相视一笑。

陈谨面向二人说：“不得不说，这是我最期待的一场比赛。两位，都准备好了吗？”

金莹和田苗皆微微一笑，点头示意。周围的一切都安静下来，时间也放缓脚步，仿佛凝滞。金莹的注意力集中在发令枪上，严阳的叮嘱在脑海中回响：“准备的时候，脑子里清空，只全神贯注听枪声就好。尽量别让田苗最开始压道。”慢慢地，金莹屏住了呼吸。

发令枪响起，两人一起冲出，金莹领先。现场爆发出一阵欢呼，观众席上，严阳目光由紧张变为安心。邹勤握紧拳头：“压内道！压内道！”

先机占到了！一瞬间，金莹目不斜视，脚下加速，在疾跑阶段抢占先机，抢先一步占据了内道，稳稳地把田苗压在身后。疾驰中，冰面在金莹的刀刃下迅速后撤，金莹目光牢牢盯住前方，露出坚定和决绝的笑意。一下子被打乱战术，田苗慌了神，眼光不由得飘闪，表情隐隐失控。

观众台上，文教练啧啧感叹：“果然人还是得有压力才能进步，这两周简直是脱胎换骨啊！”

赛场上，被落在后面的田苗咬牙在两处弯道想要超越，然而总是差那么一点点。随着田苗的每一次追赶，现场都发出一阵骚动。身旁的严忆北更是激动得一会儿站起来，一会儿坐下。而自始至终，严阳的目光都紧紧追随着场上飞驰的身影。

在最后一个弯道，田苗再一次想要超越金莹，金莹感受到后面人影的逼近，不由得紧张。恍惚之中田苗的身影突然变成了严阳，严阳的叮嘱又在脑海中浮现：“她习惯于外道超越，如果她外超两次失败，体力和信心肯定大幅下降，那就必败无疑了。”

金莹猛然咬牙，一个发力，再一次把田苗甩在身后。田苗心下一慌，脚步一迟，金莹往前冲出去。前方就是终点，快了！就现在！——金莹以绝对优势率先冲过终点线。全场激动。

大屏幕还是一片黑色，金莹胸口起伏，屏住呼吸，一秒后，电子屏上刷新出两个人的成绩：金莹：45 秒 34；田苗：45 秒 59。

全场再一次沸腾，一直绷紧自己的严阳也终于从座位上跳了起来，控制不住地使劲儿握拳：“太牛了！”严忆北还在状况之外，不知道发生了什么。严阳却激动得跳脚：“金莹滑出了女队最新的纪录！”万年冷静的唐寒也忍不住跟着赞叹：“太好了！”

金莹看着自己计时牌上的成绩，不可置信地捂住嘴，又放下手，露出大大的笑容，她兴奋地朝严阳挥手比了个“加油”。两人默契地对视。

比赛结束后，队员慢慢散去。严阳躺在赛场的冰面上，盯着头顶场馆内巨大的白炽灯，微笑着，眼前还是刚刚金莹过线的一刹那，他泛着微笑。

“今天感觉怎么样？”

严阳一看，陈谨站在旁边，赶紧起身。

“是不是特有成就感？”

严阳忙不迭地点头。

陈谨继续说道：“明白我当初对你说的话了吗？一块金牌，从来都不是属于一个运动员的。这个成绩，你最明白你付出了什么。”

严阳动容，坚定地说：“您放心，我既然选择留了下来，我会尽我自己的一切，来帮助金莹走接下来的路。”

陈谨点点头：“还有一件事，我要告诉你。”

严阳露出疑惑的眼神。陈谨的目光却变得别有意味：“也许，你还有一次机会。”原来，金莹在参加挑战赛之前，就帮严阳求来了一次挑战机会，用自己挑战赛的胜利换取。

陈谨接着说：“两个月后要召开‘全国青年短道速滑公开赛哈尔滨站’，所有队员马上要去高原集训。在那之后，我可以给你一次参加挑战赛的资格。”

严阳兴奋地说：“谢谢教练！”

陈谨比了一个“嘘”的动作：“不要告诉任何人，这是我们的秘密。”

言罢，陈谨直接离开，严阳看着她的背影，心中涌起暖意。

唐寒又一次来到私人诊所，消毒水的气味蒙住白色的床单，医用口罩整齐地压在病历记录册上面。闪烁的屏幕滑动，医生看了看电脑上面的片子，再看向桌对面诚惶诚恐端坐着的唐寒，说：

“我建议你也要认真考虑，目前，你的腰已经明显有陈旧性的伤，并不乐观。”

“大夫，你就帮我多开点儿止疼药吧。”

私人医生抬眼瞥了一眼唐寒，冷漠拒绝。眼瞧私人医生拒绝，唐寒不由得着急。队伍就要去高原集训，他必须保证药物充足。再三哀求，但私人医生毫不动容：“这种止痛药有剂量限制，只能一周一开。”

“那换一种呢？”唐寒越发着急。

“治疗有周期，停了，之前的药就白吃了。”

看着唐寒为难的面色，私人医生递给唐寒一张单子：“给你队医看，她一看就明白，她肯定和我一样，会继续建议你开这种药。”

唐寒没有接过，直接拒绝了私人医生的建议：“我没法找她开，那就换吧。”

而另一侧，叶小小从沉沉的睡眠中醒来，揉了揉脖子，伸了个懒腰。夜风将窗户吹得啪啪作响，外面一片静谧，只有一片黑黢黢的树影，桌面时钟指向凌晨一点半。叶小小打了个哈欠，按下键盘，屏幕亮起，只见一个文档：男队选手唐寒医疗保障计划。

第二十六章

望星空

“啊——”此起彼伏的尖叫声在耳边充斥着，从高空飘来，眯眼抬头望去，天蓝得纯粹透明，云朵团成羊毛卷，稳稳堆在蓝色背景上，过山车从高处不管不顾地俯冲而下，再被惯性荡到天际。

工作人员解开安全带，金莹和严阳走下跳楼机。金莹像是喝醉酒般七歪八扭地走在前面，严阳在后面正想搀扶，刚要钩住她的衣袖，就看到前面的身影不管不顾地冲向出口处的垃圾桶：“呕——”几阵干呕之后，金莹慢慢缓了过来，一半痛苦，一半兴奋：“再来！”严阳赶紧紧随其后。

大摆锤和过山车之后，金莹从一开始的面如土色变得适应，坐完海盗船居然还是神采奕奕，满脸兴奋：“大摆锤那个下来的瞬间，和飞在天上一样。我还想再坐一次！”

阳光洒在她的脸上，睫毛密密的，柔细而充满韧劲儿。两人手机同时“叮咚”一响，点开微信，看到集训队群里发来了高原集训计划。

医务室里，叶小小拿着唐寒的体检报告，一脸担忧地看着他。

唐寒面若冰霜，面容坚定：“别说了，这次你说什么我都要去。”

唐寒上次在高原训练时，一直头晕，鼻血还止不住，就差没丢半条命了。叶小小对此记忆犹新，她竭力劝阻唐寒去高原集训。

唐寒急了：“高原训练一次不容易，我不想错过。”叶小小对唐寒的话置若罔闻，只坐在电脑前敲字。看到叶小小不想搭理他，唐寒只好放缓语气苦求：“小小，你知道我的压力有多大，我的各项成绩已经很久没有突破了。”

叶小小打字的手一顿。唐寒还想再说些什么，手机响起，叶小小示意让他接电话。唐寒固执地盯着叶小小，无奈叹了口气，拿起手机，看到屏幕上的来电显示——爸。

唐寒走出去接电话。叶小小紧绷的身体松弛下来，靠在椅背上，手指无意识地在文件夹泛卷的边页摩挲，目光落到唐寒的数据上——比赛曲线一直平稳。确实很久没有突破了啊。

听说队里来了个专门制作高定冰鞋的团队要为所有人量鞋，青训营里都兴奋起来，纷纷拥入了会议室。

会议厅的讲台上，一个中年男子西装革履地站在上面，其他队内的人坐在地上，听得十分认真。严阳来得稍晚了点儿，弯腰弓背，挤了进去，坐在金莹和唐寒身边。

讲台上，中年男子在投影仪上展示了一张又一张图，图片像素很不清晰，看起来有多年历史。连绵的雪山围拥着一座小小的村落，下一张是近景，皑皑白雪之下有一抹鲜明刺眼的红，五星红旗在一所破旧的小学中高悬飞扬。

中年男子拿着话筒，指着图片娓娓道来："这就是我小时候上学的地方——红星小学。我有一个很好的好朋友。我们那时候玩的东西很少，大多数时候，只能和冰雪相伴。1984 年的春节，我们的体育老师拿着一个半导体收音机告诉我们，中国的代表团去参加了第一次冬奥会。老师还告诉我们，'有滑雪队就在咱们附近训练过'。我和我的好朋友就想着，如果玩冰玩雪都能为国争光，那我们肯定能拿世界冠军。"

很明显，男子陷入回忆之中，台下的人都微笑地看着他，显然已经被故事吸引了。

男子继续讲道："后来，我们都去了哈尔滨，可很不幸，我最后没能进入体工队，可我心中的冰雪梦一直没有浇灭，所以我后来一直在琢磨，做一个中国人自己的冰鞋厂。为咱们日后参加冬奥的运动员们鼓劲儿、加油！"

听到这里，下面掌声雷动。

男子接着说："听说，你们所有人马上就要去高原集训了，今天，我带来了我最先进的团队，我们会用最快的速度做出适合你们技术特点的冰鞋，为你们助力。"

听到这里，大家不由得都兴奋地欢呼起来。严阳也掩饰不住脸上的兴奋，激动地和金莹悄悄说："这人厉害啊，好像是我的老乡欸。"转头又看到一脸平静的唐寒，撞了撞唐寒的肩膀，"这老板可真不错，以前来过吗？你知道他叫啥名吗？"

唐寒面无表情回答："唐剑。我爸。"

严阳愣住了。

量完最后一个队员的脚，唐剑在一旁确认所有信息无误后，看到儿子唐寒静静地靠在门边。父子两人一前一后走进食堂，距离不近不远，显得有些生疏。

唐寒先开口："领队说了，中午要请您吃大餐，怎么非要来吃食堂啊？"

唐剑说："难得看你一次，就想吃口你平时吃的。"

唐寒说："您也不打声招呼，说来就来。"

唐剑一脸担忧地盯着儿子："不是马上要高原集训了吗？爸的意思是，你其实也没有必要一定上高原。"

唐寒的筷子不停，挑拣着餐盘里的食物，却一口没吃，也不抬头，只闷闷地说："叶医生让您来当说客的吧？我就说您没事从来不来队里，怎么突然要过来。"

听到唐寒的话，唐剑一阵愧疚，心里发酸，却又不知如何开口。寒暄几句，却看到儿子一直埋头刨饭，心里更加不是滋味。和上次见面相比，儿子的脸越发骨骼明晰了，又瘦了。

唐剑忍不住又问了一遍："一定要去高原吗？"

唐寒停住筷子："爸，我知道，高原训练对我来说的确不容易，但您从前跟我说的，战胜恐惧最好的办法就是面对它。高原都成我的梦魇了，我终归得征服它一次，总不能让它一直挡在我的前面，您说是吧？"

看着儿子下巴上隐隐青色的胡楂儿，挺直的鼻梁，还有坚毅的眼神，唐剑意识到，孩子长大了。他目光微闪，点了点头。

二十天后，青训营所有人带好行李和崭新的冰鞋，前往新疆，参加高原集训。飞机在机场缓缓落下，一众人上了一辆大巴车。

车窗外，草甸上铺着一层绵密的绿色，明净地铺撒着团团绒绒的滚滚羊羔，白云好像翻个身就能滚到草地上，入眼即是纯粹的绿和纯粹的白。日头祥和宁静，在山峦起伏中凹出一道又一道影。岁月静好，被大巴车稳稳地甩在身后，大家有更紧要的目标必须奔赴。

严忆北反靠在座椅上，举着摄像头对着李领队："这次来高原，奥组委特别要求要多方面采集素材，李队，您先跟我介绍介绍咱们高原集训吧。"

李领队微笑着对着镜头："这次啊，咱们去的地方是新疆冰上运动中心，这里 2014 年就建成了，第十三届全国冬运会就是在新疆举办的。"

严忆北继续追问，高原集训有什么目标。顺着李领队的手指看过去，一半的队员都跟被抛在座位上的死鱼一样，动弹不得，只有嘴还一开一合地呼吸着。

李领队开玩笑说："目标啊，就是让有些蔫巴的运动员回去的那天都能精神抖擞的！"

严阳坐在靠车窗的位置东张西望，异常兴奋，看到窗外又有好玩的景色，赶紧去拉坐在他旁边的唐寒，唐寒紧闭双眼，眉头紧锁，没有搭理。严阳上蹿下跳，四处找人搭话却没人理他，自讨没趣，只好坐回座位上。转头却见唐寒额角渗了一层细密的汗珠，胸口深深起伏，呼吸也变得不均匀。严阳关切询问，唐寒不搭理他。

严阳说："要不，我开窗户给你通通风？"

唐寒还是不理他，脸色明显惨白起来。

严阳见状，接着说："不是吧？唐队你这身体不咋地啊！"

唐寒听到严阳幸灾乐祸的声音，想要开口骂，却没力气，突然感到鼻腔有点儿湿润。

"纸……纸！快、快！"严阳突然变得结结巴巴。

紧接着，一团纸摔在了脸上，抓过严阳递过来的纸巾，唐寒才意识到自己在流鼻血，赶紧从包里拿出准备好的氧气罐，大口大口地吸氧。鼻血流个不停，又要马上擦拭。擦拭中喘不上气，又赶紧把氧气瓶盖在鼻子上。一来一回，氧气瓶上、鼻子上、嘴上全是鲜血，狼狈到不行。

手忙脚乱中，唐寒听到"咔嚓"一声，费力睁眼，看到镜头快要摔在自己脸上，严阳端着相机幸灾乐祸："经典素材啊。这一趟太值了！"

几小时之后，飞速转动的车胎慢慢停转，车稳稳地停在高原训练基地的停车场中。还没开始集训，就有好一部分人要被搀扶着下车了。整理完毕，所有人到了训练场集合。

陈谨背着手，面对队伍，依然是一脸严肃，站在旁边的是李领队、文教练，还有两个陌生面孔。李领队走出来，向众队员介绍来自韩国的金丙安教练，是高原训练专门请来的体能总监。金丙安面色和蔼地上前一步，叽里呱啦说了一堆韩语。旁边的翻译紧接着出声："大家好。"

趁着陈谨跟着介绍金丙安的履历，严阳在队伍里侧头和郭天天嘀咕："这个金饼啥来头啊？"

郭天天说："就这么说吧。你所有知道的冠军，都在他手里训练过。"

严阳吃了一惊，肃然起敬。

这边陈谨介绍完毕，翻译把刚才金丙安的话转成中文："这次训练会很艰苦，我会增加夜间项目。我也希望你们能坚持到最后，打赢这次体能训练的仗。"

话音刚落，严阳马上举手报告："金教练，我们有训练计划表吗？方便做好体能准备。"

"没有，我会统一检测你们的体力，你们等通知就行。"金丙安言简意赅。

所有队员列队，开始在高原训练场慢跑拉练。这新来的韩国教练看起来和善，没想到真是个狠角色，刚到高原就给所有人下达了 5000 米慢跑命令，不给一点儿适应时间。

陈谨小跑，跑在队伍前方，时不时回头督促，后面渐渐体力不支的越来越多，严阳倒是步履稳健，紧紧跟在陈谨后面。

高原实在是空气稀薄，难度是平地的好几倍，邹勤喘着粗气，啧啧称赞严阳：“天赋异禀啊！”郭天天也一脸惊讶。两人正感慨着，郭天天看到前面多出来一个人，平日训练里一向领先的唐寒怎么到队伍后面来了？正欲出声询问，唐寒一头栽下。

“教练！唐寒晕倒了！”

星垂四野，夜色中，风吹茫茫，四周沉静无比，一片宁谧。

病床边悬挂着点滴，唐寒乌青的血管上扎着输液管，脸色已不是惨白，但是仍旧没有血色，看起来十分虚弱。水果刀灵巧翻动，大力一边削着苹果，一边随口念叨：“可惜了，你如果身体不出状况，夜间训练肯定有你啊。”

躺在床上的唐寒一愣：“夜间训练开始了？”说着，挣扎着就要起床。

“就是……”大力还想说，叶小小和董三京齐刷刷砍过来的眼刀把他还没迸出来的字塞了回去。

叶小小无情地按住唐寒：“你想都别想，就你这样，什么计划你都不能参加，老实待着吧。”

唐寒站在场边，阳光照着他的嘴唇越发苍白。他面色难看地盯着其他准备体测的队友。队内加强提升的“夜间训练计划”将要开始了，但在此之前，有个体能测试，只有体能测评最好的男女队各前十名队员才有机会开这个“小灶”。男队的测试被安排在上午，女队则在下午。高原上情况各异，有人做了几个热身运动就开始喘粗气，也有蹦跶着还面不改色的，个个队员都在场边摩拳擦掌热身，这机会难得。

金丙安和翻译在一台监控身体数据的专业设备前嘀嘀咕咕交流着，几经调试后，朝陈谨点了点头。陈谨吹了声口哨：“体测开始！”

唐寒注意到严阳，这家伙，好像有点儿潜力。旁边的男队员倒地呕吐不止，严阳面色不改，一个又一个全力纵跳着。引体向上项目中，体力不支的人越来越多，严阳太阳穴也爆出了青筋，颤抖着，但是双臂依然有劲地一次次将身体上抬。金丙安诧异地看着严阳。金莹在旁边观训，不由得攥紧拳头。接着是 3000 米，严阳看到前方昏倒的队员，赶紧挥手叫人，紧接着冲向终点。

文教练按表：“第二，11 分 30 秒。”

严阳双手撑膝，弯腰喘着粗气，但依旧面色红润。一旁，金丙安、翻译以及陈谨站在一起交谈，不时朝严阳看去，眼露满意。

最终，在男队综合体测排名中，董三京得了第一名，严阳是第二名。

训练结束后，金丙安办公室门掩着。严阳站在门外，手中拿着一份写有“夜间训练计划表”的单子，敲门。听到里面传来一句韩语，严阳忖度，这应该是让进去的意思吧，便一把推开门。

严阳把训练表放在桌上，对着翻译说：“请您跟金教练说，我想让他把我的名字删除。”翻译看一眼严阳，但没说什么，对金丙安转述严阳的话。

金丙安听完紧锁眉头，说了一串韩语：“这个训练不是儿戏，不是想报名就报名，想退出就退出。所有人都在争取这个名额，希望你慎重考虑。”翻译点点头，转过身朝严阳说：“不行。”

严阳难以置信：“你确定他就说了这两字？”

翻译点头。

严阳满脸不信任，又开口：“那你再对他说，我现在的主要任务是陪练，我的确很想参加夜间训练，但是发现和陪练时间有冲突，我要以陪练为重。”

听完翻译的话，金丙安一脸困惑：“做一个陪练比让自己提升成绩还重要吗？你知道，多少人这一辈子都没有这个机会吗？”

严阳听不懂又着急，赶紧问翻译：“他说什么？”

“机不可失，时不再来，别犯蠢。”

严阳想，韩国人还会成语？骗傻子吧。但翻译不再搭理严阳，严阳继续坚持自己的意见，翻译沟通完后，再次拒绝严阳：“他说，这事他只看成绩，什么都没用。”

“可是……”

“你走吧。”

严阳一愣，一脸怀疑地看了一眼翻译，又看了金教练，无奈地出了办公室。

散发着消毒水味的被单下，唐寒的面色依然不太好，他侧过头——隔壁又多出两个人：金莹坐在椅子上，面色惨白，和唐寒大眼瞪小眼，成为光荣的“革命战友”。严阳站在她旁边盯着她，一脸担忧。

下午，女队的体能测试中金莹明显不在状态，跑完3000米后已经面如土色，还没等名次宣布，就冲出队伍，跑到一旁吐起来。严阳赶紧把她扛到医务室。

叶小小拿出两盒药想递给金莹，直接被严阳伸手接过，一边接过，一边询问服药方式、忌口还有其他注意事项。

叶小小叮嘱道：“她必须多多休息。”

金莹有些担忧，不免坐直身体，朝着叶小小：“我还得参加夜间训练。”

“以你现在的状况而言，夜间训练还是缓一缓吧。”

门外，严忆北拿着DV，想来采访叶小小，他想了解这些运动员背后的人。正欲敲门，迎面就碰见了从医务室走出来的金莹以及追出去的严阳。严忆北一把拉住严阳，问怎么回事，严阳无奈耸肩，跟随金莹走。严忆北一脸蒙地走进医务室。

严忆北问：“这怎么了？”

叶小小说：“金莹身体状态不好，队里决定不让她参加夜间训练，有点儿情绪。”

严忆北感慨：“这队医还真不是什么好差事。”

“坏人都让我当了。”叶小小一边苦笑自嘲，一边给严忆北倒了杯茶，又打开盒饭，“不介意吧，我吃个中午饭。”

严忆北拿出来随身摄像机架在一旁，叶小小却开始不自在了：

“我吃完你再拍吧，这是不是不太好啊？”严忆北赶紧摆手：“不、不，你吃你的，真实的生活状态就行。”

严忆北眯眼，对了下镜头，开始采访：“像金莹这样的情况多吗？”

“运动员嘛，伤病总是难免的，很多重要的比赛和训练，伤病严重是不允许参加的，他们就来求我通融，给他们瞒一瞒。”

“那你有心软的时候吗？”

“我每时每刻都在心软。”

严忆北有点儿意外：“看起来可不像。”

叶小小苦涩一笑：“这个训练营里，大家的伤病我都了如指掌，有人为了一场比赛拼命训练，最后伤病发作了，去不上，怎么可能不替他们惋惜难过。何况我们每天朝夕相处，早就是朋友了。”

严忆北说：“可能他们处在当下，觉得出成绩最重要吧。”

叶小小点头：“我也见过为了一场比赛，留下难以挽回的健康问题的，之前有队员，为了比赛瞒着自己的伤，比赛是赢了，腿也坏了。”

严忆北继续问道：“那您觉得，队医最重要的任务是什么？”

叶小小想了想，放下手中的盒饭：“队医最重要的，就是二十四小时待命，保证运动员的身体健康第一。可能得不了冠军，可他们依然拥有漫长的人生。”

高原上繁星织成了细密的网，安抚黑夜每一处角落里无声静憩的生灵。训练场上灯火通明，疾行的风声将酣眠的气流惊醒。

“最后一圈，都给我加速！”陈谨的高声命令划破夜的宁谧。一只蝈蝈抖动了一下，钻进草丛中。冰场场馆里面灯火如昼，几名夜间训练的女运动员以接力方式在冰面上滑行。

片刻之后，陈谨叫了集合，给队员嘱咐了两句什么话，队员们就陆续散去了。一个鬼鬼祟祟的脑袋钻了出来，正要从门缝往里挤时，被抓住了“命运的后脖颈”。金莹慌张转头，严阳面无表情地抓着她的衣服帽子，他刚刚下训，头发湿成一缕一缕的，脸上也全是汗水。金莹心虚地嘿嘿一笑：“好巧啊！”

严阳皮笑肉不笑地说：“一点儿也不巧，我等你半天了。”

金莹死命想把衣服挣脱出来，奈何严阳力气实在是大，拉扯半天还是纹丝不动。担心有人听到动静，金莹低声讨价还价、软磨硬泡，严阳还是不为所动，金莹不由得又急又恼，正要加大音量，只听到“吱嘎”一声，门被轻轻推开，严阳赶紧捂上金莹的嘴。

一个身影从前门进入了冰场，在冰场上左看右看片刻，滑上了冰面。冰面上，一直背对着两人的人开始滑行，转弯时露出了正脸——唐寒。严阳下意识地一皱眉。身影突然佝偻下去，一声闷响，唐寒倒在了冰面上。

“叶医生！叶医生！”叶小小关了灯，正要躺下休息，一阵猛烈的拍门声把她惊醒。推开门，严阳背着唐寒，气喘吁吁。叶小小见状，赶忙让唐寒躺在床上，拿出医用氧气瓶给他吸氧。

第二天清晨，唐寒才苏醒过来。隐约中，天花板好像有两层，不，三层，怎么灯也在转呢？费力地眯眼，紧闭双眼，再抬起眼皮，视线终于聚焦了。唐寒费力挣扎起来，一个趔趄，就要朝一旁倒去，一双纤细坚定的手稳住了他，把他扶到床上。叶小小的声音从耳旁传来：“醒了？教练们刚走。”

唐寒逞强想要坐起来：“我没事了。”

叶小小又把他按下去：“谁说的，好好休息，明天坐飞机回去。”

唐寒一脸不可置信：“你让教练安排我回去的？”

叶小小说：“我知道你想赢，但高原反应严重起来会要人命的！”

唐寒憋不住发火了：“我的身体我自己清楚，你能不能别多嘴！”说完挣扎起床，苍白着脸，大步出了医务室。

叶小小莫名其妙被吼一通，一肚子委屈，把刚买回来的面包往床上一摔：“好心当成驴肝肺，爱走不走！”

唐寒步履虚浮，踉踉跄跄，径直来到陈谨办公室，急切地想要争辩：“领队、教练，你们别听叶大夫说得吓人，我自己的身体我有数。”

“有数就不会倒在冰面上了。”陈谨面若冰霜。

李领队见两人僵持，无奈地从抽屉里掏出一张唐寒的训练分析表，放在桌面上，示意唐寒看：“金教练前几天给我的，身体的各项数据都不理想。”

唐寒坚持道：“领队，马上就要比赛了，我不能退出训练。”

陈谨冷冷反驳道：“就是为了公开赛，才让你回去。”

唐寒还想说什么，迎面就看见陈谨严肃的脸，最后只有叹了口气，紧抿双唇，一言不发。

唐寒刚走一会儿，金莹又溜了进来，缠着陈谨说：“教练，我真的特想加入夜间训练。”

陈谨扫了她两眼：“我还没来找你，你倒是先来找我了？”一下子把金莹噎住了。陈谨接着说：“公然违背训练营的规矩，你真当我不知道？你半夜跑去冰场，也想被遣走？”

金莹脸皱在一起，着了急：“可是教练，所有人都在拼命练，我……”

“你什么你，你的身体数据分析告诉我，你现在状态不适合加入夜间训练。”说得金莹咬紧了牙齿，眼泪都快落下来。陈谨看到金莹这个样子，也难免心疼，只好缓了语气：“金莹，too much of a good thing，太过执着，未必是好事。”说完便抱着一沓文件，起身出去了，只留下一个背影。

金莹回到更衣室，一个视频请求蹦出，接通，许久未见的启蒙教练的脸出现在屏幕上，两人一阵寒暄。启蒙教练接着说：“金莹，来匈牙利吧，别的我不保证，但以你的水平，肯定能进这边的国家队。”

金莹没有接茬儿。

启蒙教练继续劝说道：“金莹，短道队员的黄金年龄不长，我觉得，你应该认真考虑我的建议。”

金莹抬眼，眼中充满纠结。挂断视频通话，推开更衣室的门，严阳不知何时，已站在门外。

轰鸣声中，飞机义无反顾地从高原起飞，机翼托载着落日在云层中穿行。叶小小闭着眼睛，靠在椅背上闭目养神，唐寒隔一会儿侧目看一眼，几次三番想要开口，又闭了嘴，有点儿泄气地放弃了。

昨天从陈谨办公室出来之后，唐寒就被勒令赶紧收拾行李，退出训练。叶小小因为要提前参加哈尔滨站公开赛的医疗培训，也跟着一起踏上归程。

唐寒带着为数不多的行李，和队友们一一告别，最后特别威胁严阳删除他此行各种狼狈丑照。也是唏嘘，昨天还想继续训练，如今就坐上了回北京的航班。看着叶小小实在没有打算理他的意思，唐寒也准备休息了，默默掏出一个护腰，垫在背后，挺腰时脸上闪过一丝痛苦。

叶小小余光正好看见："腰疼？"

"没有。"唐寒慌忙回避，赶紧转移话题，"那天……我态度有点儿不好。教练说得对，运动员最重要的是身体状态。"

叶小小盯着唐寒内疚的脸，微微一笑："既然已经决定了，就不要愁眉苦脸的了。"两人相视，都舒展了神情。

飞机稳稳飞行中，叶小小突然叫醒唐寒："你看——"

不知道睡过去了多久，唐寒迷迷糊糊地睁眼，顺着叶小小的手指过去，看到机舱外面已是明净无云，夜色黑得透亮，一颗颗繁星点破暮色黑布，不紧不慢、沉稳地炫耀自己的光芒，璀璨一片。

叶小小的侧脸线条柔和，转过头来，黑亮的双眸比星光更加璀璨，闪闪地盯着唐寒："这世上，还有和星空一样美的一切，不是吗？"

两人眼神对视，一时间空气流转。叶小小侧过头，继续看向窗外，两人都静默了，悄无声息地，唐寒感到右手传来温暖柔韧的触感，他不由得勾起嘴角，没有躲开。

良久，叶小小说："唐寒，回去我给你做个全身检查吧。我总放心不下。"

唐寒勾起的嘴角僵住，脸色微微一变。

同一片星空下，还有躺在草地上的金莹和严阳。星空辽阔壮美，两个人像是无边绿海中静静停泊的两只小舟。金莹把手枕在背后望着星空，神情柔美而宁谧。

严阳侧脸看着金莹，轻声开口："你知道吗？我以前特不理解邹勤，我琢磨，一个给别人当陪练的差事，他那么拼命干吗？"

金莹笑了，还说人家呢，自己不一样是陪练嘛。严阳摇摇头："我现在明白了，我留下来就是为了把你送到那个位置，你的奖牌就是我的奖牌。我押的宝肯定能成功。"

金莹有点儿感动，笑着说："万一失败了呢。"

"不可能，我看人最准了。"看到金莹撇嘴不信的样子，严阳接着说，"我八九岁时在哈尔滨一个少年短道比赛中就遇到过一个小女孩儿，也是起跑慢，别人都不看好她，就我肯定她能赢。"严阳接着说起那小女孩儿是如何固执，又是如何硬追反超。

"小时候，我也经常参加这种比赛。"金莹看着星空也忆起了往日。

“可惜，要是你也在，说不定当初吃我烤红薯的人就是你了。”

“烤红薯？”金莹发问。

“那次比赛后，我请过那个小姑娘吃烤红薯。”

听到这里，金莹的脸色一变，打断严阳的话，声音也不由得提高：“你说的那个比赛叫什么？”

严阳挠挠头：“记不太清了，什么锦标赛？”

金莹问：“是不是在小吃一条街后面那个短道速滑馆？”

严阳诧异，金莹怎么会知道得这么清楚？就看着金莹不由分说地掏出了手机输入着什么，她呆了片刻，接着露出了笑容，把手机屏幕放在脸边，笑眯眯地对着严阳。

严阳凑近看，图片是在比赛的官网上搜到的当年的合照，十多个孩子站在一起，其中两个紧靠的小男孩儿和小女孩儿看起来分外眼熟。严阳放大，小男孩儿正是自己，小女孩儿除了比眼前的金莹更显稚嫩青涩之外，神情一模一样。

那时候，松花江的冰面已经冻得结结实实。小金莹参加完比赛后，在江边看到成群结伴的小朋友，既孤独又羡慕。远处，一个小男孩儿从小摊上的老伯手中接过热气腾腾的烤红薯，转身过来看到自己，小跑着过来，递上掰开的烤红薯，冒着白烟：“分你一半，可甜了。”小金莹迟疑着，小男孩儿却不由分说地抓起自己的手，把红薯塞到她手中。两人对咬一口，烫得直哈热气，又舍不得嘴里软糯甜蜜的滋味。小男孩儿拉着落单的小金莹，扎进冰面上嬉笑打闹的孩子堆里。

金莹把思绪抽回现实，感慨道：“那是我见到过的最大的雪，也是我吃到过的最好吃的烤红薯。”

严阳说：“马上就又能吃到了，等公开赛结束，我带你去吃全哈尔滨最好吃的烤红薯。”

金莹动容地看着严阳：“我们会一路胜利，登上冬奥会的赛场，对不对？”

严阳坚决地说：“对，我一定会把你送到冬奥会的赛场上。”

“不，是我们。”金莹慢慢地摇了摇头，眼中反射着耀眼的星光，认真而坚定地盯着星空，“我希望，我们能并肩站在赛场上。”严阳在高原上的体能有目共睹，挑战赛也一定能过，到时候，俩人再一起到公开赛拿名次。

严阳定定地看了金莹许久，开口道：“我还是先当好你的陪练。”话音未落，严阳突然感到脸颊传来温暖柔润的触感，呆呆转头，金莹的唇慢慢离开，眼神温柔坚定：“严阳，你值得拥有自己的名字。”

星垂平野阔，黑夜总有惊人的魔力，轻柔抚摸大地上躁动不安、蠢蠢欲动的灵魂，夜训结束后，操场上的队员们早已经躺得横七竖八，有一搭没一搭地小声聊起天来。金丙安站在前方，怅怅遥望夜色星辰，面露感慨：“你们看看，这壮美的星河，多么震撼人心！”队员们一愣，齐刷刷地把目光抛向翻译。

翻译面不改色：“他说，星星真好看。”

嘘声一阵，众人一脸无语。郭天天小声嘲笑：“这文学素养，未免过于贫瘠了点儿。”

金丙安继续怅然：“我小时候也曾登上山顶，见过这样的星空，那个时候，我才发现，站在高处看星空，真的更美。”

队员们再次看向翻译，翻译自顾赏着星辰，无视大家的目光。“这是又说啥呢？”坐在旁边的严忆北推了推他。翻译耸耸肩：“他又在自己感慨而已。”

金丙安继续说着：“为什么在高山之巅才能看见这风景，你们想过吗？”

众人听不懂，也就不理，自顾自地小声聊着天。

金丙安对着翻译说了一句话，翻译传达：“大家散了吧，早点儿回去休息。”说完，金丙安就背着手，踱步远去了，口中念念有词。大家也都纷纷起身，拉起别人，拍拍身上的尘土正准备结伴离开。

这时，翻译望着星空，忽然开口：“人生就是攀登，能攀登得多高，就离星辰能有多近。只要在星河下奋斗不息，璀璨的人生终究会来临。”

正要离开的队员们一愣，诧异地回头看着翻译。

郭天天发问：“你说什么？”

翻译拿下巴一指已经走远的金丙安：“不是我说的，是他说的。”队员们都停下脚步，似有所感，看着金丙安已经在星空下远去的背影消失在茫茫夜色中，众人不约而同抬头望向星空。

星空浩瀚无边。

第二十七章

归去来

“什么？”严阳一脸震惊，看着摆在宿舍正中间两个大大的行李箱。高原集训还没结束，严忆北就急慌慌地收拾行李，说是要去罗马尼亚的跳台滑雪世界杯赛拍摄，为滑雪宣传做开创性的贡献。

看着严阳吃惊的样子，严忆北讪讪地解释：“这唐寒也走了，金莹又不参加夜间训练，没啥好拍的了。”

“不是，我们还有挑战赛啊！”

“争来争去，就那几个人，没啥悬念。”

严阳心里翻了个白眼，不想待了就直说嘛，哪儿来那么多啰唆的借口，看着严忆北还一脸义正词严地为自己的离开辩护，严阳突然明白了什么，不怀好意地笑起来：“老实交代，李念雪是不是也在那儿？”严忆北被噎了一下，马上严肃表情否认，哪有的事。

严阳挤眉弄眼："好家伙，你这两手同时抓，两不误啊。"

"别胡说，我过去是因为工作。"严忆北紧绷的神情更加严肃，然而忍不住上扬的嘴角却出卖了他。

严忆北走后，严阳心无旁骛地投入训练。斗转星移，晨光与星光不断接力，排行榜一次次翻动，翻开全新的一天又一天。众人也都适应了魔鬼般的高原生活，咬牙全力以赴。严阳凭借着身体优势更是如鱼得水，身上的训练服湿了干，干了湿，反反复复，在排行榜上的序列倒是一直稳步向上。

转眼间，两个月过去了。

训练场内，一听到哨响，累得七荤八素的众人长舒一口气，迅速列队，站成几排，齐刷刷盯着陈谨。

陈谨双手背后，面色凝肃："高原集训还有两天结束。最后一天，我们进行一次挑战赛，全员参加，包括陪练。抽签决定对手。"

队伍里的严阳兴奋不已，握紧拳头，眼神炽热地盯着陈谨，陈谨瞥了他一眼，继续说道："这次挑战赛还将决定哈尔滨公开赛的参赛名额，各项目分别推选男队、女队的前三名参加。"

两天后，所有人在训练场上整肃完毕，男女两队分别列队，站得笔直挺拔，目光却都死死盯着前方桌上的两个大红箱子。

"开始吧。"陈谨淡淡说道。

男女两队分别走到各自的抽签箱前。叠得整整齐齐的字条展开，杨梦然脸色一变——居然是金莹，这下惨了。金莹看到自己的名字，心下略略失望，表面却是不动声色地朝着杨梦然礼貌微笑。田苗站在金莹身后，目光灼热。队员们一个个上前抽签，选中自己的对手，排队的人越来越少。轮到严阳时，他大步上前，快速从箱子里摸出一张递了过去。

陈谨接过字条："你不看看自己的对手是谁？"

严阳摇头："不用。"

陈谨打开字条——董三京。董三京拍拍严阳的肩膀，两人相视一笑。

赛场上，严阳、董三京、许文钰、大力四个赛道的选手已经就位。董三京扭扭脖子，揉揉膝盖，又笑着举起手，和场边的队友打招呼，神色自若。严阳却已经微微弯腰，绷紧身体，全神贯注地盯着赛道。金莹不由得提了口气，坐在座位上，紧张地盯着严阳。

"预备！"文教练的声音回荡在场馆内。

"砰！"一声枪响，严阳飞速冲出起跑线，跟董三京几乎并列而出。观众席爆发出一阵惊呼，一队方向队员开始骚动，金莹看着，激动得直搓手。赛场旁边，陈谨也投去了惊讶的目光。董三京也没料到严阳势头这么猛，不由得些许慌神，定了定神，咬牙加速，拼命滑到严阳前方。严阳收紧下颌，眼睛上抬，看到董三京超上来的背影，微眯双眼，脑海中突然想起唐寒被遣返前收拾行李的时候两人的对话。

"我总有一种预感，你将来会给大家一个惊喜。"

“比如说赢了你？”

“我还真挺期待的。”

再抬头时候，前方董三京的背影渐渐变化，重叠成唐寒的身影。严阳咬紧牙关，目光锐利，死死盯着“唐寒”，脚下也开始慢慢蓄力。第二个弯道来了，就是现在！严阳猛然发力，像只猛然松手的满弓一样，“咻——”的一声势如破竹，在外圈极速超过董三京。

“可以啊！外圈超！这小子有两把刷子！”文教练没忍住，猛拍了一下围栏。金丙安面露惊喜，指着严阳，侧头跟翻译说着什么。陈谨没说话，满眼笑意，看着严阳。

超过董三京后，严阳稳住局势，一马当先，稳稳地把身后三人拉开，目光一直盯着终点，第一个冲了过去。与此同时，陈谨立刻按下秒表，抬头惊喜地望向严阳，正好与他的目光撞上，挑高眉毛，陈谨大声宣布：“严阳成绩，43 秒 12！”

观众席一阵欢呼，金莹兴奋得跳了起来。

严阳来不及脱下衣服，就冲到休息热身区来找金莹。他拿起旁边的头盔，轻轻戴在金莹头上，给她调整位置和松紧。金莹看着满头大汗的严阳，还没从激动中回过神来，神采飞扬：“说真的，刚才，特帅！”

严阳一边帮金莹按摩，放松肌肉，一边鼓励道：“我可拼了，看你的了！”汗水还未退去，说话还有点儿喘气，“记得咱们的口诀，脚要稳，心要狠。刘小雨女队起跑最快，如果起跑的时候没她快也没事，别慌。她弯道和直道都不如你，只要咱自己起跑稳住了，不出大错，后面你随意发挥，稳赢。”

金莹点点头，回身跟严阳击了个掌，大步走了出去。

赛场上，金莹、刘小雨和其他两个二队的选手已经就位。

“预备！”孙教练高高扬起右手，四人马上调整好姿势。观众席上，严阳没了刚才伪装的轻松，专注地等待枪声，眉毛拧成结。所有人都全神贯注盯着场上。

金莹轻轻抿唇，加油声、交谈声、脚步声突然都变得朦胧，仿佛是从很远的地方飘来的，周遭的一切都安静下来，耳边似乎只有细微的风声。她的所有注意力都在枪上。一声枪响，金莹瞬间如箭一般冲了出去。完美起跑！一瞬间，其余三个赛道的选手被稳稳压制住。

“漂亮！”严阳忍不住握拳。观众席上也一阵欢呼。接下来，金莹一直保持着绝对优势，稳速滑行，一改往日缺陷。陈谨面露欣慰，金丙安则大为震惊，连忙追问金莹怎么变化这么大，听完翻译，陈谨神秘莫测地笑了：“像您说的，她的问题不是训练能解决的，所以我们就换了个方法。”两人正说着，观众席又是一阵欢呼。陈谨抬头，几人已经冲过了终点。抬头望去，大屏幕上500米成绩更新，第一位变成——金莹：44秒78。

严阳都快把屏幕盯穿了，看到成绩出来的一瞬间，笑得合不拢嘴。

挑战赛结果出来了。会议室里众人急切地等待着。陈谨一一念出：“500米的女队前三名为金莹、田苗、刘小雨；1000米是田苗、杨梦然、段丽君；1500米是金莹、徐璐、顾小萌。”“500米男队前三名为唐寒、严阳、大力；1000米为唐寒、董三京、许文钰；1500米为郝瀚、大力、李博……”

大家都知道，这些排名，将成为哈尔滨公开赛的名单。睫毛颤动着，严阳的眼神灼热无比。金莹替他争取来的挑战赛机会，抓住了。

“严阳。”陈谨突然出声。

“到！”

“恭喜你。”久违地，一向严肃的陈谨脸上露出温和的神情。

严阳心潮澎湃地看向她，充满感激。金莹在一旁看着这两人对视，也忍不住微笑。

晴空万里，飞机划过天空。哈尔滨机场，接机的人熙熙攘攘，挤在一起，贾长安带着严振华和严森林还有曲洁在机场内张望，贾长安忽然对着前方招手：“这儿呢！”朝着挥手的方向看去，只见严阳跟着唐寒、金莹等人一并走过来。贾长安没忍住，率先冲了过去，和许久未见的老队友们一一热络拥抱。

曲洁看着儿子朝自己走来，原本粗粝的短发变长了，白净的脸好像也黑了，之前给他买的正好合身的衣服现在看起来有点儿空荡了，忍不住鼻子一酸，搂住儿子。严阳紧紧搂住妈妈，又笑着一一介绍旁边的队友，最后指着说：“这是金莹。”金莹上前一步，甜甜一笑：“叔叔、阿姨好。”曲洁看着金莹纤细柔白却又充满朝气的样子，小声笑着跟严振华说：“这青训营可真是藏龙卧虎，我看这姑娘长得精神。”说着，又满脸堆笑，招呼金莹，“有空去家里玩儿。”

严阳赶紧拉走两人，临走前和金莹比画了个打电话的手势：“电话联系哈。”

回到家里，严阳正视频告知远在罗马尼亚的严忆北自己参赛的喜讯，曲洁敲响了门：“阳阳，贾长安他们都来了！赶紧吃饭了！”他赶紧挂断视频。

严阳推开房门，看到众人已经围坐在餐桌边，一桌菜已经上齐，赶紧上前给众人倒好酒，然后落座。贾长安一边对严阳使着眼色，一边端起酒杯，对着严振华：“叔，看我没说错吧。严阳就是在青训营里的头牌兵！不然怎么能到哈尔滨参加这么大的比赛。”

严振华还没开口，严森林就已经笑得合不拢嘴了：“咱家阳阳长大啦。是不是还是小叔爷有眼光，不然，你现在也就是个普普通通的大学生。”高兴是高兴，但面子上过不去，严振华反驳严森林，当初他让严阳报的好歹也是东北最好的大学，哪就普普通通了。

这叔侄俩都一把年纪了，还争强好胜，看着他俩斗嘴，一桌子人一边动着筷子，一边其乐融融地笑了起来。曲洁也看着两人发笑，却瞥到严阳神色有异，迟迟没动筷子，问：“怎么了？妈做得不好吃？”

严阳深吸一口气，而后如释重负道：“对不起，爸、妈，有一件事我之前一直瞒着大家。”曲洁和严森林愣住了。

“我其实没这么厉害，我刚成为正式队员，之前的几个月里，我一直只是陪练。”曲洁愣住，严振华更是脸色一变。

“我进去以后不懂事，成绩也不好，几次三番差点儿被撵回来。可我总觉得，我不能就这么认输了，所以我为了继续留在队里，就做了女队的陪练。”

曲洁看着儿子已经退去稚气的脸，不觉有些心痛：“陪练？你怎么不告诉我们！”

严阳心虚地瞥了一眼严振华，又低头：“我这不是怕你们觉得没希望，让我赶快回来嘛！”怕爸妈难过，严阳又赶紧补充，“不过，陪练挺好的，我感觉自己成长了很多！”

看着儿子坚毅的面庞，严振华五味杂陈，孩子长大了，远比自己想得坚韧，严振华举起酒杯，开口道：“阳阳，爸敬你一杯，你以茶代酒，祝你马到成功！”父子俩举杯，一饮而尽。

只有曲洁还没缓过来，还在心疼地看着严阳。贾长安专擅活跃气氛，赶紧对着曲洁手舞足蹈、绘声绘色地表演：“您别看他现在这洒脱样。您不知道，他那时候气冲冲地非要回老家，我和严忆北都怕他想不开……”

严阳拿包子堵住了贾长安的嘴，两个人闹了起来。餐桌上又重新欢声笑语起来。

夜里，宾馆房间里一片沉寂。“嗯——”一声压抑的呻吟从黑暗中隐隐传来，唐寒按亮了床头的小灯，扶着腰从床上起来，细细密密的冷汗布满额头。双眼痛苦紧闭，他一阵摸索，摸到床

头的背包，颤颤巍巍地从里面拿出一盒药，赶紧倒出几粒用水吞下。缓了一会儿，气息终于均匀，再慢慢睁开双眼，眼中全是焦虑。一夜无眠。

从公开赛抽签会议室出来，唐寒和大力结伴而行。

大力感慨道：“你跟严阳还真是有缘，这么多人也能抽到一起。你俩是不是还住一块儿啊？”

唐寒说：“他身体素质好，高原训练后，应该进步挺多。”

大力还想说什么，突然愣住了，唐寒也顺势看过去，风尘仆仆的唐剑站在面前。

密实的树影盖住地上错落拼接的地砖，几块平整，几块发翘，这种地砖被叫作“机关”，下完雨后，孩子们就爱在它上面蹦跶，期许某处能迸出积水，击中某个倒霉鬼。现在没有雨水，晴空万里，树荫下，孩子们换了种游戏，吹着一串串泡泡，欢呼雀跃地戳破一个又一个彩虹。两张相似的一老一少的脸庞在泡泡上映得五颜六色，又轻轻破裂。小饭馆角落的桌子上摆着两三样哈尔滨的特色菜，唐寒和唐剑相对而坐，看着窗外嬉闹的孩童。

“要不是我给叶医生打电话问你身体情况，我都不知道你有比赛。”唐剑略有些尴尬地开口，给唐寒夹了个黏豆包，“没点肉，放心吃。”

唐寒咬了一口。

“腰伤最近没犯吧？”

“没犯。”

“那就好，身体重要。”说完，唐剑点了点头，又不知道该继续说些什么。两人再次陷入沉默。

窗外的孩子你追我赶，满脸幸福地抬头看着越飞越高的泡泡。唐寒看着，笑了："爸，如果小时候您对我也这么仁慈，我哪儿会有今天啊。"

唐剑心里不是滋味，当初自己的滑冰梦想破灭，觉得只有豁出去培养儿子，以后才对得起他，确实让他过早地成熟了。有些艰涩地开口："你是不是一直恨爸爸啊？"

唐寒摇头："爸，没有您，我不会把滑冰变成职业，不会有这么坚定的人生。"

唐剑点点头："这一次，爸爸在赛场上看着你，好好比，别有压力。"

唐寒说："和小时候一样吗？"

"和小时候一样。"唐剑眼中有泪，举起酒杯，"来，以茶代酒，走一个。"

是夜，严阳躺在宾馆的床上，刚刚叮嘱完金莹明天比赛的注意事项，关掉手机，捂在胸口，满脸幸福地盯着天花板。转过头来，看到旁边床上还是空空荡荡。咦？唐寒怎么还没回来？

而此刻某家私人医院，唐寒头上隐忍出细细密密的汗，和面前身着白大褂的医生相对而坐，医生扶了扶眼镜，站起身来，掀起唐寒腰后的衣服，轻轻按压查看，唐寒闷哼一声。

检查完毕，医生坐了回去，十指交叉垫住下巴，盯着唐寒："你可要考虑啊，这种风险可比较大，而且腰椎封闭都是局部的肌肉或韧带而已，不一定效果好。”顿了一下，医生补充道，“而且，我们需要签订免责协议的。”

唐寒说：“没问题，我签。”

医生忍不住开口提醒：“你可考虑好了，会有副作用的。”

唐寒一脸坚定：“我考虑好了。”

针尖在手术灯下反射出冷冷的光，兑完药，封闭针缓缓推入唐寒的腰部。

从出租车上扶着腰下来，街上已是非常安静，宾馆的招牌在马路上闪烁着寂寂的光。唐寒缓缓走在走廊里，轻轻推开房门，看到屋内已是漆黑一片，严阳早已睡去。蹑手蹑脚地潦草洗漱了一下，唐寒扶着腰，缓缓躺下，忍不住轻哼一声。

黑暗中，严阳睁开眼睛，眸子很亮，里面是隐隐担忧。

喧喧嚷嚷的鼎沸人声在玻璃天花板上撞得乒乓作响，炽热的阳光透过来，似乎在给参赛的每一位呐喊助威。500 米赛场的起跑线上，四名队员依次分布在不同赛道上，绷紧的身体线条下能看到长期训练的痕迹，个个都像随时准备出猎的野豹。

场边，陈谨、叶小小、金莹三人坐在一起；另一边，贾长安和艾宁陪着严振华、曲洁还有严森林坐在一起，不远处是唐剑。眼看比赛即将开始了，沸腾声渐渐熄灭，所有人都屏息凝神。

发令枪声响起，四名选手一闪而出，唐寒和严阳几乎同时滑出。观众席爆发出一阵呼声。

唐剑紧张地小声念叨：“内道！”

内道是空出来的。唐寒一人当先，却迟迟不去抢占。严阳立即明白了唐寒的意思——出发后，他被另一名高大的选手紧紧逼近，一直不能甩开。唐寒在给他留机会！严阳马上利用唐寒给他留下的空间一个急速滑行抢占了内道，顺利甩开了原本跟他并列的选手。场边，严振华、严森林和曲洁都捏着心弦，目不转睛。赛场上，唐寒已经领先出几米远，严阳紧紧咬在后面，这一场比赛俨然成了严阳和唐寒两人你追我赶的比赛。

严振华紧张地碰碰一旁的贾长安："预赛能进几个人？"

贾长安环住严振华的胳膊，安慰："叔叔放心吧，能进两个，严阳指定是能进决赛了。"严振华绷得紧紧的表情放松下来，注意到严阳前面的人："滑在最前面那个也是你们队的？"贾长安点点头："嗯，唐寒。我们队里的王者。"

严振华看着唐寒感慨，目光却飘远了："以前我有个好哥们儿，他短道速滑也很厉害。"两人正说着，旁边的曲洁忽然激动地站了起来。观众席也爆发出一阵欢呼。两人一看，赛场上唐寒第一个冲过了终点，紧接着，严阳也冲了过去。随后，大屏幕上闪出二人的排名：唐寒第一，42 秒 51，严阳第二，43 秒 12。

观众席里，严振华和唐剑都忍不住激动地站了起来。

一下赛场，严阳就急急忙忙地跑上观众席，女队比赛马上开始了。随着观众席一阵躁动，四位选手走上了赛场。金莹和田苗两人并肩站在起点，两人相视一笑，点了点头。

发令枪响，金莹和田苗两人飞快冲出，迅速占领了有利位置，现场观众一阵欢呼。观众席上，严阳就没一刻是停歇下来的，也不管头上的汗擦没擦干，隔一会儿就激动地随着其他观众一起喝彩。严振华意外地打量严阳两眼，顺着他直勾勾的眼神看过去，场上那个滑行的身影一直遥遥领先。严振华侧头小声问贾长安："这女孩儿就是金莹吧？他怎么这么激动啊……"

贾长安了然一笑："叔，我觉得这事，您都看出来了，就不用问了吧。"严振华若有所思，认真地打量起赛场上的金莹。赛场上，金莹越战越勇，很快，她以第一名的成绩过线，田苗紧随其后，冲过终点。

观众席里，众人一片欢腾。

比赛已经结束，场馆内各色人声混杂，观众杂乱地朝着各个方向移动。众人说说笑笑，朝着出口走去。严振华和曲洁神采飞扬地复盘场上赛况。严阳紧跟其后，抱着手机，给金莹甜蜜地发着消息，刚把手机收起来，抬头看到前方严振华突然停了脚步。严阳还有些奇怪，顺着他的眼神看过去，不远处，唐剑带着唐寒，两人正在人群中说笑，唐剑正好看向这边。人流嘈杂中，两人四目相对，认出了彼此。

酒楼包间里，看着严振华和唐剑两人举着酒杯，醉意熏熏，勾肩搭背，絮絮叨叨，严阳和唐寒面面相觑，不知所措，严阳拉着严森林小声问："小爷爷，唐叔叔跟我爸到底啥关系？"

两个中年人正叙着旧情，唐剑听见大笑："啥关系？是'严子荣'和他的兵的关系。"曲洁笑着补充："那时候，只要看见你爸，几十米内肯定能找到你唐叔叔。"

往日旧事都被提起来，众人的话匣子都止不住了，唐剑忽然想起什么，问曲洁：“曲教练身体还好吧？”

严阳诧异：“唐叔叔当年也滑冰，还是姥爷的徒弟？”

严森林说：“那可不，你姥爷可是教出了咱哈尔滨最有名的‘冰上三剑客’。”

唐寒说：“三剑客，你一个，严叔叔一个，还有一个是谁？”

众人饶有深意地看着严振华，严振华说：“儿子，我告诉你，另一个是我们三个中，唯一一个修成大道的。”

严阳又问唐剑：“叔叔，你后来怎么去做冰鞋了呢？”严阳此话一出，唐寒也一脸期待，然而长辈们都是微微一僵。

严振华深吸一口气，堆出笑容：“这一路有太多坎坷，太不容易，我和你唐叔叔留下太多遗憾。不过，看到你们俩，我突然又觉得，我们当年的梦有了新的起点。”唐剑也点头感慨：“孩子们，加油吧！”

看着餐桌上的气氛又要走向伤感，严森林赶忙招呼大家吃菜。众人大笑，纷纷举杯。

架好机器、聚好焦后，摄像机开始工作。镜头的小方框里，李念雪后背系着两条锁链，气流忽强忽弱上涌，李念雪却稳稳踩着脚下悬空的滑雪板，在翻动的气流中保持静止。

严忆北在摄像头后目瞪口呆。虽说来到罗马尼亚也有两个多月了，但这还是第一次拍摄李念雪训练，这要是他，早上吃的那点儿东西怕是全部都要吐出来。

李念雪一边走出风洞，一边摘下头盔，潇洒地甩了甩头发，打声招呼：“怎么样？体验体验？”严忆北摇头晃脑连忙拒绝，小命要紧。

李念雪笑着摆了摆手，掏出一根香蕉狼吞虎咽，要补充体力。严忆北定好下次赛前采访的时间后，就回房间写稿了。紧接着，李念雪也回到了酒店休息，坐在床上，拨通了金莹的视频，姐妹两人嘀嘀咕咕，聊了一阵。

明天两人都要迎来职业生涯中的重要比赛，金莹感慨：“这次啊，我俩一起上战场，至少得要一个人胜利吧。”看着李念雪臭美地敷着面膜，又忍不住打趣，李念雪边敷面膜边反驳，主要是为了进行美美的赛前专访。

一身滑雪服的李念雪走到座位上坐下。摄像头后面伸出一双手比了一个“OK”，一双手把直播摄像头打开。视角变成摄像头内的画面。李念雪背部挺直，双手放在膝上，整个人的线条既舒展又优美，缓缓开口：“其实啊，2013年，中国才建立跳台滑雪国家队，而且只有一支队伍，训练设备保障也十分简陋，当时我们也就那么练，现在想想，太不可思议了。”

严忆北在镜头后发问：“据我了解，你从前是个短道运动员，为什么会转向滑雪呢？”

李念雪反问：“那我问你，做网红直播比你采访我的点击量多多了，你为啥不去呢？”问得严忆北一怔：“因为我喜欢冰雪运动。”李念雪笑了：“那你还问我。”严忆北跟着也笑了。

李念雪继续讲道：“中国跳台滑雪虽然刚起步，但是也在发展，从站上平昌冬奥会赛场到现在筹建我们国内第一个跳台滑雪中心‘雪如意’，等到备战北京冬奥会的时候，我们会用自己的训练场地！今后，跳台滑雪一定会越来越好。”说到这里，李念雪的眼睛闪闪发光。

“最后一个问题，如果让你用一个东西来比喻中国的跳台滑雪运动，你会用什么？”

李念雪想了想，回答：“雏鹰。”

“哦？怎么说？”

“因为不够强大，也因为正在经历残酷的成长，更因为我们终将强大。”李念雪顿了顿，突然下定了决心一般，抬头，“今天，我最好的朋友在国内，她也将要登上赛场，我希望，我们俩今天都不辜负自己。”

采访结束，严忆北从摄像头后探出头来，心情还未平复，看到李念雪已经转身准备出去备赛了，试探叫了一声：“念雪。”

李念雪回头，只听严忆北字字坚定地说：“我们会强大的。”

比赛开始，李念雪从助滑道滑出，在起跳台腾空，严忆北紧张地看着摄像头里的李念雪，握紧拳头，跟着使劲儿，直到李念雪平稳落地，严忆北紧握的拳头才松开，笑开了脸：“完美！”

哈尔滨公开赛比赛现场，严阳和唐寒已经和另外两名运动员站在了起跑线上，根据预赛成绩，唐寒站在一道，严阳站在三道。叶小小在一旁，和医疗队在一起，眼神紧张。

发令枪响，严阳和唐寒飞速滑出去，唐寒一骑绝尘，滑在前方，唐寒和第二名一直你追我赶，最后跟第二名的选手只差毫分，相继冲过了终点。很快，大屏幕上刷新了最新的500米成绩排名，唐寒直接以42秒13的成绩跃居第一，严阳以42秒45的成绩排名第四。两人开心地绕场滑行后，到场边跟陈谨击掌。陈谨竖起大拇指——滑得漂亮！击掌后，众人兴奋中，唐寒扶着腰，默默离开了赛场，叶小小远远望去，有些担忧。

紧接着，女队比赛即将开始。金莹感到手心微微濡湿，出汗了，不由得有瞬息的出神。一如既往，严阳一脸紧张地坐在观众席上。突然枪响，金莹慌神中起跑慢了半拍，瞬间甩在了田苗后面，一咬牙，她狠命地追上去，紧紧跟住。

严阳紧盯着金莹，口中默念："压低重心！进弯道的时候加速，超她！"马上进入第一个弯道，这是向来她最习惯的超越区域，超过去！正准备发力时，金莹余光中感受到身后有个人影逼近，第四道选手也追了上来，注意到这人摆臂过大，金莹下意识地想要躲开。严阳眉头一皱。

果然，赛场上，金莹一瞬间的犹豫躲开，在急速滑行中破坏了身体的平衡，一个不稳抛物线般地被甩了出去！严阳猛地站起。

撞击的疼痛蔓延四肢，蜷在地上，金莹紧皱眉头，突然听到了欢呼声，她费力睁开双眼，模糊中看到田苗顺利过线成为第一。挣扎着起身，她有些茫然地望向四周，欢呼声中还夹杂着窃窃私语，观众席上迟疑、奇怪的目光像残忍的刀一样扎向她。

恍恍惚惚、跌跌撞撞，金莹不知道自己是怎么走出了场馆，又是怎么坐上了出租车，她怔怔望着车窗，脑子一片空白。司机小心翼翼地询问目的地。“随便吧。”没有经过大脑，金莹怔怔出声，突然就蜷缩成一团，失声痛哭。

街道上，严阳沿着江畔一路小跑，一路不停地拨打着电话。手机另一头一直传来无人接听的声音让他慌了神。

夜渐渐深了，江边的灯影倾泻在湖面上，轻轻撞击白净的月亮，江水与星辰遥遥碰杯。金莹坐在湖边的椅子上久久发呆。刚挂断李念雪的电话，听她的语气，罗马尼亚的世界杯比赛应该比较顺利。勉强扯开嘴角——也好，两个人中，总要有一个一直进步。

坐在熟悉的江边思绪万千，想起多年前那块热腾腾的红薯，想到了那时的自己，想到了那时的严阳，想到启蒙教练让她去匈牙利的邀约……任江风将眼泪吹干，金莹再次睁开眼中，心中已经有了决定。

陈谨房间，金莹双手递上了一封休假申请书。陈谨挑眉看着她。

金莹说：“教练，我想要一段时间休整一下。这是我的休假申请。”

陈谨看着申请书，神情有些复杂。知道陈谨想说什么，金莹继续开口：“其实，不是因为比赛，我是觉得，我现在的状态比我回国之初迷茫了。”

陈谨问：“怎么说？”

金莹低下头，陷入回忆：“我记得我来青训营的第一天，信心十足，觉得自己肯定能顺利进入国家队，为国争光。可我大概是太幼稚了……”说着，慢慢抬起头，眼中满是纠结，“这一路磕磕绊绊，我对自己的能力越来越质疑，青训营我的位置到底在哪儿？我浮动这么大，到底是因为什么？”

陈谨看着金莹，不作声，随后开口：“这样，先给你一周，有需要延长，再随时联系。”说着签下了字。

“您都不问我去哪儿吗？”

陈谨笑了：“你去哪儿，都是最好的选择。我期待你找回自己以后，再重新出发。”

哈尔滨机场大厅内，金莹拖着行李、拿着机票在找登机口。看了一眼时间，又向机场大厅入口的方向张望，似乎在等人。

机场大厅外，严振华和曲洁正在跟儿子告别，严振华双手拍了拍严阳的肩膀：“好好训练，不能偷懒！”曲洁摸着严阳的脑袋满脸慈爱：“别听你爸的，训练当然很重要，但是身体最重要。”

严阳无奈笑笑，接过父母准备的吃食，挥挥手。紧着就奔到机场里面，抬头四望，突然看到金莹站在不远处，背着双手，笑意盈盈地看着他。严阳跑过来，往她手里塞了一个信封和一个便当盒：“去了那边，好好的，别有压力，想找我的时候随时找！”

金莹摸着便当盒，感觉怪怪的：“这是什么？”

“这可是钱都买不到的好东西！你上了飞机就知道了！”说完告别，严阳转身，准备登机。

“严阳！”严阳一愣，回过头，看到金莹微微喘着气，半晌才张嘴，“再见！我会想你的。”

“后会有期！”严阳灿烂一笑。

“后会有期！”

飞机上，金莹打开便当盒，里面是一份热腾腾的烤红薯。再打开信封，掉出来一张照片，照片是他们小时候的合影，两个孩子穿着冰鞋，笑容嫣然。金莹看着照片，微笑起来，眼里有点点水光。

哈尔滨上空，两架飞机先后起飞，一架朝着北京，一架朝着匈牙利，奔赴不同的方向。

第二十八章

分岔口

严忆北手握方向盘，瞥向后视镜，余光注意到严阳屈腿托腮，窝在副驾上，神情有些丧气，一点儿也不像之前那只上蹿下跳的泼猴，忍不住笑："这回扬眉吐气进了一队，你怎么跟丢了魂似的？"

严阳不吭气，严忆北也没管，絮絮叨叨着自己马上要去吉林北大湖做跳台滑雪的科普短片，明天出发。严阳把帽子一拉，闷闷地"嗯"了一声。看严阳一直兴致不高，严忆北试探着问："你到底怎么了？是因为金莹的事？"严阳不说话。

严忆北看出他的沮丧，安慰道："要我说，金莹这次是有点儿不仗义了，把你一个人丢这儿，自个儿跑了。"

严阳有些烦躁："不怪她，我能理解她——可是心里面吧，就是怎么说呢，算了，说了你也不懂。"说着，把脑袋埋进膝盖，闷闷的。

严忆北一时无语："好、好，我不懂，我不懂。"

严阳望向窗外。

冰场上灯火通明，灯光映在冰面上，寂静无声。严阳一个人垂着头，心不在焉地滑行着，过弯的时候，前方模糊出现了金莹的身影，他眼睛亮了起来，马上去追赶，就好像以前做陪练的时候，他一面加速，一面提醒："小心，弯道我要上来了！"金莹加速率先进入弯道："你放马过来！"声音无比自信。眼看两人之间差距越来越近，金莹放低重心、身子侧倾，完美地卡住了角度，保持优势出弯道。金莹回头，嫣然一笑，却突然消失了。

严阳眨眨眼，四周一片寂静，哪有什么人影？心里好像空了一块，怅然若失。他滑到看台边，捡起水瓶，喝了一大口水，抬头，发现陈谨站在他的对面。

"加练？"

严阳轻轻点头，旋即又摇头："老是找不到状态。"

陈谨了然，微微笑了："刚才我收到金莹的信息，她去找她的外国教练了，一切都很顺利，放心吧。"

严阳眼睛瞪大："金莹还没放弃，对吗？"突然又想到什么似的，眼眸低垂，"她联系您了……"陈谨看着他，没说话，拍拍他的肩膀，转身离开。严阳滑到场边，拿出手机，点开置顶聊天，微信界面里，他和金莹的对话框一片绿色，像是一个人的独角戏。

严阳拿着洗漱用品回到房间，蹑手蹑脚地进门。唐寒背对着他，躺在被子里，似乎已经休息了。严阳熄灯上床，再次点开置顶聊天，还是没有任何回复。他想要输入什么，却又删除了，最后拍下了训练计划表，发给了金莹，握着手机，无言地闭上了眼。床头灯寂寞地注视着他，又无声叹了口气。

北大湖跳台滑雪基地门口，滑雪教练满脸热情地走了过来，严忆北一手扛着三脚架，又背着双肩包，脸上堆着笑容，七歪八扭地伸手和教练握住："谢谢您和队员们百忙中接受我的采访。我跟拍、采访，保证不会打扰你们太久的。"

这次拍摄，严忆北是只身前来的。现在，奥组委媒体部忙成一团，人手不够，出发前，严忆北是百般承诺要把这次跳台滑雪的线上系列片做出成绩，这才给了他这个机会。

长年暴露在风雪下，教练干涩的脸笑得挤成一团，热情回握："该我谢谢你啊，小严。上次邀请赛直播后，好多孩子在微博上跟我私信，想要学滑雪。国家这些年也给予我们很大的支持，崇礼的'雪如意'已经完成一大半的工程了，再加上奥组委派你来宣传……"

教练满是感慨，接着说："不过，项目毕竟是新赛项，要辛苦你们了。"话音未落，一个爽利的女声插了进来："教练，你说啥呢，就是因为咱们是新兴赛项，才值得更多关注，好不好！"李念雪爽朗俏皮的脸出现在严忆北面前，被教练瞪了后，心虚地吐了吐舌头。

教练走后，李念雪被安排带着严忆北熟悉环境。K50 和 K90 的跳台赛道异常显眼，上面却没有一个人，队员们都在另一边的平地上。严忆北和李念雪一起在看台上，看运动员们训练。遥望下去，一排排整齐的黑色“米粒”列在场地上，反反复复，运动员在做滑板、蛙跳、折返跑等陆地训练。

李念雪问：“很枯燥吧？”

严忆北点点头：“资料片里，那都是蓝天白云、远山皑皑，然后从专用赛道上‘嗖’——纵身一跃——飞一样的感觉！”说着，哼起了歌。

李念雪笑着说：“我倒是没想到，严大记者喜欢的是那个纵身一跃的 part，早知道，我就直接带你去跳台见识见识了。”

严忆北这边正在畅想着呢，听到李念雪的话一哆嗦，赶紧岔开话题，说要收拾设备，手忙脚乱中，一不小心就抹掉了数据。李念雪在旁边看着他在她面前佯装镇定，走到远处却拨通电话，刻意压低声音，焦急询问，笑着摇头：这人真是……在她面前一点儿面子都不能丢。挂完电话，严忆北一顿操作后长舒一口气，似乎是恢复了数据。

带着严忆北来到新人体验的专用“放坡”出发台边，这条坡道相对于 K50、K90 的跳台场地而言，就是一条小儿科的坡道。但是，严忆北看着下面的皑皑白雪，一片银装素裹，还是免不了有些紧张。他双眼不敢直视下面，只透过摄像机拍摄着，竭力维持自己的形象，只是手还微微有些颤抖，腿一直往回收。

李念雪指着下面：“这条新人体验赛道就是你的纵身一跃。如果你向往天空，你就一定会爱上它。”说完，斜眼眯着严忆北，“你是哈尔滨人？会滑雪吗？”

"当然！"瑟缩的严忆北马上挺起胸脯。

李念雪一把将他扯到出发台："到底是什么感觉，你自己跳一回、试一试，不就知道了？"

严忆北手一抖，差点儿拿不住摄像机："这，不合适吧？"

李念雪瞥了一眼，这人怕不是害怕了吧，于是冷幽幽嘲讽："这个项目，胆小鬼是玩不来的。"

严忆北果然被激将，义正词严开口："说的什么话！为了跳台滑雪项目的推广，我尝试一下也不是不可以！"正要豪迈前行，气势突然又萎了下去，头缩成鸡仔，"只不过……想先去趟洗手间而已。"

严忆北裤子也没脱，愁眉苦脸地蹲在马桶上。这丫头尽给我出难题，我这么恐高，一上飞机就要戴眼罩，说起来，这个坡道它能戴眼罩吗？刚打退堂鼓，严忆北赶紧晃晃脑袋，一脸坚决。严忆北啊严忆北，不就是一个体验赛道吗？你什么大风大浪没见过，怎么能被这点儿高度吓倒——就当是为了李念雪，绝不能尿！去就去！他猛地站起身，大步跨出厕所。

严忆北全副武装。头戴 GoPro（运动相机），用手扒着出发台，死死不肯松手。李念雪不为所动，一把将他提起来，推到台上，机械地叮嘱："目视前方，双腿分开与肩同宽，重心放平。好，深呼吸。走你！"

严忆北被无情一推，瞬间化作一道弧光，伴随着尖锐的惨叫声滑了下去。

安静的宿舍里，严阳是眯眼又瞪眼，正看又反看，都快把手中新的训练表盯出个洞了，确认再三自己没有花眼，激动破音：“你逗我吧！”

训练表上面白纸黑字写着“国际友谊赛1500米备赛选手适用”，名单上是“唐寒、董三京、郝瀚”三人，不过现在后面又多了一个手写的名字——“严阳”。

唐寒淡淡开口：“总教练给的，下周，你跟我们一起特训。”

下午在训练场，陈谨告知大家青训营接到了匈牙利滑联发来的联赛邀请。据说这场国际友谊赛连国家队都非常看重，然而机会难得，教练们商量后决定，安排唐寒、郝瀚、董三京参加1500米，1000米则是许文钰、李博、黄小帅，500米给了大力、高涛、胡文熙。

听到名单里没有他，严阳本来万分沮丧。现在这又是什么情况？怎么自己的名字又被加进去了？严阳有些难以置信，不过，这名单怎么是1500米的啊？这不是自己的强项啊。严阳反复确认训练表，疑惑道：“我一向主攻的是500米，总教练咋想的？”

唐寒回答道：“听说是金教练开发了一套针对长距离选手的体能特训，商量过后，特意把你加上的。”

原来，严阳刚进一队那晚，大家给他办了个“欢迎会”，大力、郝瀚、唐寒接连跟他来了场多对一的车轮赛。据说体能能够支撑下来一整轮“欢迎仪式”的基本没有，严阳气喘吁吁，却还是挺过来了。众人笑闹着，没注意到金丙安站在不远处看到了一切。这次训练表出来后，金丙安就主张让陈谨加上严阳的名字。

茶几上歪歪斜斜倒着几瓶易拉罐，书籍杂乱地堆在电脑旁边，东倒西歪，穿过的、洗过的衣服揉在一起，桌上塑料袋里装着还没动过的外卖，整个屋子透露出一股单身独居男青年的气息。灯光下，严阳上蹿下跳，影子在墙壁上张牙舞爪，在严忆北的家里，他是一点儿都不客气。

“这可是国际友谊赛！国际！成绩好了，指不定能进国家队！”严阳激动得团团转。

严忆北抱着笔记本电脑做海报，桌上还放着一台电脑放节目，一台 iPad 监控后台数据。严忆北看了看正兴奋的严阳，一边祝贺他，手里的动作却没停过——屏幕上是一张跳台滑雪队的海报，严忆北把李念雪的脸放大，一丝不苟地修图。

严阳正要奚落，严忆北对严阳做了个闭嘴的动作，接起刚响的电话：“念雪啊——顺利，很顺利！”一脸谄媚地点头笑，“你看了视频没？播放量和弹幕数都是之前的好几十倍！特别是我从‘放坡’跳下去那一段……对了，网友的问题我整了一下，等你有空，我找你再做一期……不，不能采访教练，就得采访你，观众爱看你呀……”

严阳看他们打情骂俏，不觉翻了个白眼。严忆北挂了电话，心满意足地喝了口水。严阳一面用抱枕扔他，一面学他语调：“还‘观众爱看你’，我看是你自己爱看人家！”

严忆北一阵拳打脚踢：“你少来！当初你和金莹你侬我侬的时候，小叔叔我嘲笑你了吗？”话音刚落，严阳厮打的手一下止住了，闷闷不说话。严忆北试探着：“还难过着呢？”严阳不吭气。

此时，严忆北的手机突然又响了，接通一看，严森林笑呵呵地把镜头转了一圈，只见四周是白雪皑皑的景致，不远处还有一片工地，插着临时铁牌“雪乡风情体验度假村”。严阳看着就来了劲：“小爷爷，咱们度假村开张了？”之前就听严森林说要办一个雪乡度假村，推广冰雪文化，还要请他当代言人，小爷爷这脑袋就是天生的商人。

严森林笑着摇头：“早着呢！今天就是过来看看。冬奥要来了，国家提倡振兴冰雪运动，咱雪乡的冰雪旅游不正好能搭上这趟顺风车吗！”

严阳竖起大拇指：“以后雪乡大发展，您这度假村可是排头兵啊！”

严森林看向严忆北，突然正色道：“忆北啊，你不是在奥组委工作嘛，趁着国家推广冰雪运动、冰雪旅游，咱们爷俩能合作合作，让更多人知道雪乡，喜欢雪乡，来我们雪乡旅游啊——”

挂完电话，考虑到严阳的训练，严忆北单独又为严阳做了饭，吃饱喝足后，严阳收拾好书包，靠着门口穿鞋，一边系鞋带一边说：“小爷爷说的那话，我觉得挺有道理，考虑考虑呗！”

严忆北不耐烦地把严阳推出门，“砰”的一声关上，严忆北看着吃的什么都不剩的餐盘吐槽：“‘马屁精’还是个‘天吃星’！”他一面打开水龙头，把餐盘和筷子放在洗碗槽里搓洗。

没了严阳叽叽喳喳，这屋子倒显冷清起来。窗外夜色辽阔，没有什么星星，和家乡的景色相去甚远。严忆北脑海里忽然回荡起严森林的话：“忆北啊，你老爹或许是年纪大了。这几天回到了雪乡，心里就总想着年轻时候的事。你大伯严义国，带出了多少冰雪运动的好苗子啊！可惜为了救学生，落下了终身残疾。”

“还有，严阳他爸，穿林海，过雪原，一路闯进了哈尔滨，还差点儿进了国家队，现在还在基层为国家花滑事业做贡献呢！雪乡有多少人，是跟咱家一样，甚至比咱家有着更跌宕起伏的故事的？这些不值得被人知道吗？”

严忆北洗干净碗碟，一一用抹布擦干放好，又机械地将筷子放在水龙头下搓洗。

“我哥那代人，大部分都不在了；振华他们呢，也很少跟人提当年的事了。我办这个度假村，其实是希望尽可能地替他们保留下那些记忆，万一将来咱们的儿孙能看到它们、想起它们呢？”

严忆北洗完碗，轻轻叹了口气，擦干了手。

他走到客厅，在笔记本屏幕前坐下，严森林的话依旧在脑海中盘旋。

“你爹这些年虽然折腾了不少产业，冰场、运动馆、体育用品、度假村，可这些都只是形，在冰雪上生活、运动的人才是这儿的魂啊！以前，我总想着让你子承父业，不赞同你搞新闻，现在我想明白了，你的工作让更多人知道冰雪、了解冰雪。”

“你，还有阳阳，咱们严家人的命，跟冰雪的根是分不开的。这东西啊，已经烙进我们骨子里了……”

严忆北望着屏幕，热泪盈眶，久久不能平静。过了许久，深吸一口气，他轻轻动了动手指，在空白的文档上打字，屏幕上显示出——“纪录片《冰雪之名》拍摄方案”。

晚上，严阳、唐寒、郝瀚和董三京在体能训练馆里挥汗如雨，金教练从旁不时记录着什么。匈牙利国际友谊赛的特训即将开始，这是金教练给这四人额外增加的夜间体能训练。

严阳奋力骑着训练单车，死死盯着唐寒，试图速率和他保持一致，但却呼吸粗重，雨点般的汗水沾湿了眼睫毛。翻译看向金教练，金教练轻抬下巴，示意继续。45 秒的训练完成，唐寒从单车上下来，自己伸手扶住了车把，表情闪过一瞬间的痛苦；另一侧郝瀚和董三京折返跑，累到视线模糊，郝瀚差点儿冲出跑道。

金教练吹哨，哨声响起的那一刹那，经过摧残的众人立马散架，七零八散地坐在地上，再也无力站起。可是金教练毫不留情。

突然众人看到叶小小从入口出现，手里还拎着一个小型医疗箱，来到金教练身旁。众人都有些茫然，董三京打趣道：“叶医生，今天改到这儿来做放松了？”

叶小小白了他一眼：“想得美，我是过来配合金教练给你们测乳酸的。乳酸值可以更客观地反映身体可承受的运动强度。”

金教练冲着叶小小点点头，叶小小随即挨个给众人消毒手指，取血液样本，测量乳酸含量，唐寒排在队伍最后，手一直不自觉地摩挲着腰部。

金教练接过叶小小得出的数据：严阳 16.1、郝瀚 16.8、董三京 17.0、唐寒 17.2。一般长距离选手的乳酸值极限是 18，乳酸值越低，说明身体离承受极限越远，四人都在 18 以下，说明他们的身体完全可以胜任这一强度的训练。

金丙安点点头，抬头宣布：“严阳和唐寒今天还有三组练习，郝瀚和董三京两组。两分钟后，开始第二组。”郝瀚和董三京苦涩一笑，虽然比唐寒和严阳少一组训练，但也说明自己体能比不上人家，真不知道是该哭还是该笑。

严阳没想到自己能和唐寒 PK，正跃跃欲试，却看到唐寒有些蹒跚地走到金丙安面前说些什么。金丙安频频点头，最后，唐寒拎着训练包径直离开。严阳看着唐寒走路的样子似乎有点儿古怪，一脸关切。

金丙安走过来，解释道：“唐寒突发眩晕恶心，怀疑是贫血，需要去医务室。你们别都愣在这儿，第二组，开始！”

训练结束后，严阳大刀阔步地推开宿舍门，一边叫嚷“累死了！”便栽进床上，他略一歪头，瞥到唐寒换了一身干净的睡衣，正将什么东西塞到枕头底下，好奇询问：“藏什么好东西呢？”

唐寒说：“没什么。”

严阳没多想，继续哀号：“要命啊，我这个‘酸酸乳’怎么都升不到 17。就我一个人跟个傻子似的练到最后。对了，你贫血好点儿了吗？”

“没大事。”唐寒一边冷淡答道，一边进了厕所洗漱。

看着厕所关上门，严阳一骨碌爬起来扑到唐寒床铺边，边摸索他枕头底下边嘟囔：“鬼鬼祟祟的。”却摸出一个针管和针剂外包装，上面密密麻麻都是德语。严阳惊呆了，急忙抓起手机给针管和外包装拍了个照片，又原封不动塞回唐寒枕头底下，自己连滚带爬跳上了床。片刻，唐寒从厕所中出来，上床熄灯。

黑暗中，严阳掏出手机，放大那张照片，却仍然看不懂那些单词。他打开微信，将图片发给了叶小小，随后打了一个问号。叶小小很快回复“？？？”，严阳看着对面唐寒背对他睡觉的背影，神色凝重。

清晨，唐寒站在卫生间镜子前，把睡衣撩开，看着镜子里自己的腰部，皮肤下微微透出些青。他屈起手指摁了摁，疼得直皱眉。手机界面上，是叶小小一连串轰炸质问——“你哪儿受伤了？”“私下使用注射型止痛药是违规行为，必须先经过队医诊断开药。别不当回事，乱用药后果很严重！”“你来我这里一趟。”

唐寒默默把手机屏幕关闭，喘了口气，目光瞥见放在洗漱台上的冰刀。他定了定神，拿起冰刀，看着镜子里，对准自己腰部位置。

唐寒扶着腰来到医务室，叶小小掀开上衣，倒吸一口凉气——一道十几公分的伤口盘踞在腰侧，有的地方已经崩裂开来，十分狼狈，叶小小心疼不已：“这么长的伤口，怎么弄的？”

唐寒不动声色：“周末在家收拾东西的时候摔了一跤，划破了。”

叶小小有所怀疑：“那怎么不缝针就包扎了？这伤还在渗血啊……”

唐寒面不改色：“缝针得上麻药，耽误训练，我以为休息几天就好。谁知道加练强度太大，伤口崩开了。”

叶小小听了义愤填膺：“你可千万不能再继续跟着这个韩国

教练练了。开放性伤口，崩裂、感染、化脓、发烧躺倒，分分钟的事情。”

唐寒拒绝道：“马上友谊赛了，体能训练不能丢下。”

叶小小麻利地帮他上了药，又换了新绷带包扎起来：“你现在休息才是必须的。这样吧，你可以随队正常训练，但是晚上的体能特训就别去了。”

看到唐寒还在犹豫，于是直接威胁他告诉陈谨。唐寒只好点头，他突然想起什么，问道：“你是怎么知道我私下使用止痛药的？”叶小小一愣。

唐寒略一忖度，心中明了一二。他私下里找到严阳问起，没想到严阳当即承认，并表明是为他好。唐寒与严阳约定，如果严阳赢了，就把事情原委告诉他；如果严阳输了，那就把这件事情咽进肚子里。风驰电掣一通比拼之后，严阳输了，愿赌服输。

办公室里，陈谨接过文教练递过来的资料，凝神翻看各种数据，文教练在一旁解释：“四人训练成绩基本是稳中有进的。唐寒的状态仍然是最佳的，严阳的进步最快。”

陈谨在严阳的数据上顿了好一会儿，不管是高原集训还是一队的“欢迎仪式”，严阳展现出的体能优势都引人注目。文教练也看着特训以来严阳的各项指标：“你们发现没？这次进入一队，他也没那么浮躁了。”

陈谨淡淡摇头：“就算如此，严阳想超过唐寒也几乎是不可能的。不过，他的爆发力，或许有更适合他的位置。”

陈谨把严阳叫到办公室，严阳不明所以地站在她对面，有些局促。陈谨打量着严阳，示意严阳坐下：“集训以来，你的成绩进步最快，势头也最好，所以，教练组有一个重要的任务安排给你。”

严阳问：“什么任务？”

陈谨说：“唐寒的速度在1500米赛项里有绝对优势，所以他的目标就是冲刺国际友谊赛的金牌。而郝瀚、董三京和你，不管哪个人，短期内都无法达到他那样的水平。这，你承认吗？”

看着严阳点头，陈谨接着说：“你听说过‘破风战术’吗？自行车前行的最大阻力就是风，在前面挡风的人会比在后面跟骑的人多消耗20%以上的体力。马拉松比赛也是一样，假设在无风状态下，一个人如果跑在同伴的后面，阻力会从0.97降低到0.11——”

严阳一下子明白了，陈谨这是打算把“破风战术”用到短道速滑里。只听陈谨说道：“教练组给你安排个任务，决定由你‘破风’，担任唐寒的领滑员。”

“我？”严阳瞪大双眼。

陈谨点头：“你不仅爆发力强，耐力也是最持久的，担任领滑员最为合适，可以有更长距离为唐寒保驾护航，同时有利于给自己争取一个更好的成绩。”

严阳低下头不说话，看不清表情。陈谨心下了然，这种事情，在常人眼里都是为他人做嫁衣，严阳向来心高气傲，怕是还要费一番口舌。正准备再劝说劝说，严阳突然抬头，满脸坚定：“我愿意。我不是之前的严阳了，冠军只有一个的话，如果为了团队，我可以去做这个领滑员。”

陈谨脸上由诧异转为赞许，欣慰一笑。

训练场上，“破风计划”正在试行。哨声一响，严阳和唐寒起跑，严阳率先冲出，唐寒的路线却和他平行。重来，再次起跑，唐寒跟在严阳身后，没控制好速度，把严阳推倒了，他拉起严阳。重来，再次起跑，严阳回头看了唐寒一眼，两人同时起跑慢了，陈谨吹停，再次重来……

最后一次，两人完美配合，严阳爆发起跑，唐寒紧随其后切入内侧，两人保持速度频率，滑完一整圈。陈谨欣慰而赞许地看着两人。

“你肯来做我的领滑员，我还挺意外的。”靠在休息椅，唐寒递上去一瓶矿泉水。严阳摆了摆手，叫唐寒别客气，大局为重。

唐寒认真上下打量严阳，突然站起身，正色道：“你是不是觉得，1500米的最后四圈特别难跑？明明体能够用，但是好像就很难保持速度，连自己的位置也卡不住。”

严阳一愣，将手里的东西放在冰上：“你这么一说……”

唐寒点头：“你心里只有前三圈的领滑，和最后三圈半的全力冲刺，中间的七圈，你注意过自己的节奏吗？”严阳被说得一愣，自己确实没有注意到。

唐寒一针见血地指出严阳的问题：“在第七圈和第九圈，我滑出了两个明显的变速，你没注意到吧？你只知道咬紧我。在长距离比赛中，如果被动跟随别人的节奏，那么即使原本耐力不差，在最后几圈也会乏力，无法达到最佳冲刺水平。”

说完，他意味深长地看着严阳：“一个优秀的运动员绝不是一个追随者，要有把控赛场的野心，根据赛场情况，调整节奏。在赛场上，你不仅是领滑员，更是一个选手，这也是你的比赛。”

严阳若有所思。回到宿舍后，严阳在一盏小灯下看1500米奥运会比赛视频。他时不时暂停画面，在纸上做着笔记；间或咬着笔杆，脑海中闪回两人滑行的场面，在笔记本上代表赛道的圆圈上画了几个点，标注出唐寒的变速特点。唐寒在床上翻了个身，睁眼默默注视着严阳的背影，眼中有了决断。

阳光透过玻璃，照在冰面上，唐寒、严阳、郝瀚、董三京四人站在起跑线上。文教练手握哨子，提醒道：“1500米备赛集训的阶段考试，请大家务必拿出最高水平！”“是！”四人高声应答道。

其他三人摩拳擦掌，唐寒却眯着眼思考着什么，转头看向旁边，正巧严阳朝他比了个大拇指，唐寒压低声音：“记住我说的，把控比赛。”严阳正疑惑，比赛马上就开始了，赶紧回神集中注意力。

哨音刚落，唐寒像蓄势已久的弓箭一样飞速冲了出去，稳稳地压住了领滑的位置，眼中带着破釜沉舟的狠劲儿。唐寒的突发之举让严阳惊讶，但长期训练后，身体的肌肉本能让他没有丝毫犹豫，迅速插入空隙紧咬在唐寒身后，就像之前演练时唐寒的角色那样。董三京和郝瀚奋起直追，但唐寒和严阳两人配合默契，左右摆动，死死压制住二人的路线。

金教练疑惑地问翻译："严阳不是领滑员吗？怎么变成唐寒了？"翻译摇摇头，看向文教练。文教练和陈谨也一脸不知所以然。

到了第五圈，唐寒背手，做了个手势，在弯道突然减慢速度，将第一的位置让给了严阳。严阳心下了然，领滑到前，游刃有余。在直道猛然加速，扩大优势，弯道和唐寒合作，将其他对手超越的路线封死。

文教练盯着场上赛况："他变速了，聪明啊！利用自己的直道优势消耗对手耐力。但我从没教过他啊……"

最后冲刺，严阳一直保持着极高的速度。后面，董三京超越了郝瀚，向严阳发起冲击。唐寒身形微晃，干扰了一下全力冲刺的董三京。严阳第一个冲线。董三京步子微乱，和唐寒几乎同时冲线，郝瀚第四个过线。

大屏幕上众人成绩显现出来：

严阳：2分21秒876。

唐寒：2分22秒143。

董三京：2分22秒241。

郝瀚：2分23秒642。

金教练和文教练相对一脸惊喜，此前青训营的最高纪录是唐寒的2分21秒105，青训营有了第二个能跑进2分21秒的选手！

陈谨神情晦暗不明："唐寒，来我办公室一趟。"

办公桌前陈谨双手抱臂，下巴指着唐寒："我给你们布置的什么战术？”

“严阳领滑，我冲刺。”

陈谨猛拍桌子，压着怒火道：“那你能告诉我，现在滑的是个什么东西吗？”

久久注视着陈谨，唐寒深吸了一口气，掀开了上衣。陈谨脸色剧变。

唐寒放下衣服，神色如常：“情况就是这样。”陈谨无意识地摇头，满脸不敢置信，这么严重的陈旧性腰伤，唐寒居然隐瞒，放任它发展到这种地步！职业生涯不要了吗？身体不要了吗？

“我是最顶尖的专业运动员，是青训营的队长，不可能轻易放弃，就算有落下残疾的风险，也要拼一拼。”顿了一下，唐寒苦笑，“不过……上周末，专家下了最后通牒，我已经不能再短道速滑了。”

陈谨沉默了好一会儿，才消化了他的话，又突然想到了什么似的，大声质问：“队医呢？这么长的时间，一直没有发现？就眼睁睁看着你私下打封闭？叶小小干什么吃的！”

唐寒一愣，有些犹豫：“叶小小是被我蒙在鼓里的。我想自己了结，告诉您这个消息。”

陈谨挑眉：“严阳就是你了结的方式？”

唐寒点头：“严阳这次回来，心态成熟了很多，而且我和他赛前没有交流过，他却能迅速理解我的用意，配合默契，这种临场反应能力，实属可遇不可求。我只模糊跟他提过一次中段变速，他就能在首次实战中运用到位……”

陈谨摇头，这或许只是一次巧合，竞技比赛不容冒险。

眼见陈谨拒绝，唐寒目光恳切：“教练，您给严阳一次机会，也……也相当于是给我一次重生的机会。”陈谨叹了口气，只说让唐寒退队休息，只字不提后续怎么安排严阳。

唐寒只好离开，办公室门打开的那一瞬间，他看见叶小小一脸不可置信地站在门口，倔强又隐忍的双眼蓄满泪水，走廊里没有风，两湾清潭却哀凄荡漾，一下下撞击着唐寒的心。对视许久，叶小小忽然一下扑上来，抱住唐寒。

当晚，唐寒收拾行李起程，在众人依依不舍之间，他意有所指地看着严阳：“我们很快会再见面的。”

客厅里只亮着一盏昏黄的落地灯。电视机随便调到某个频道，却无人观看。茶几上堆放着蛋糕、比萨外卖和啤酒罐。李念雪穿着运动服，盘腿坐在沙发上，头上顶着个 Happy Birthday 的生日帽。叶小小一身职业裙，坐在另一边，和刘小雨碰杯。严阳还在为唐寒的突然离开难过着，叶小小眼眶湿润，顺便将手边的啤酒一口闷了。

看着大家意兴阑珊，严忆北开口活跃气氛：“陈教练没有挽留，是为了唐寒的身体着想。这些年，我们的国家欣欣向荣，早已不需要让运动员冒着身体被摧残的风险去争夺奖牌来提振民族自信。唐寒除了是个运动员，也是一个人。现在，他可以体会另一种生活了，你们应该为他高兴，而不是悲伤。”

严忆北趁热打铁，拉起李念雪：“祝我们的寿星李念雪生日快乐！成绩进步！冬奥夺冠！”众人齐齐干杯。严忆北喝完，咂了一口，继续说：“趁着高兴，我得宣布一件事。我准备做一个关于咱们家乡、咱们老严家三代冰雪人的纪录片，名字就叫《冰雪之名》。”

严阳掏出手机录像。严忆北端着酒杯，满脸畅想：“我爸这些年一直在建设家乡，支持雪乡旅游事业。我跟他聊了，咱们严阳、小雨、念雪、叶大医生，还有咱们青训营、滑雪队，从台前到幕后的每个年轻人，都是冰雪之乡的代言人！”众人连忙起哄，热烈鼓掌，严忆北在笑闹声中点上蜡烛，“来，来，念雪，吹蜡烛，许个愿吧！”

众人都收拾心情，举杯热热闹闹地庆祝，互相恭喜干杯，严阳看着微信界面，把视频发给严森林，又看到金莹的对话框，犹豫了一会儿，发了张合照过去。

而此时此刻的金莹，正在匈牙利俱乐部的冰上飞速滑行。冲过终点线之后，她慢下脚步，取下头盔，甩了甩长发。外国教练来到她身边，又一次劝说：“真的不考虑吗？冬奥会迫在眉睫，加入匈牙利国家队参加冬奥会，现在，就是最好的机会。”

金莹笑笑拒绝：“有人问过我类似的问题，但我的心理还没有准备好回到赛场。”

看金莹固执坚持，外国教练也转移话题：“匈牙利滑联的邀请赛，听说中国青训营也会派人参加。你总和我说你的朋友们，他们会来吗？”

金莹抬头望向玻璃天花板，星辰寥落，一轮明月安安静静地挂在天上。

第二十九章

Fight Song

金教练、文教练、陈谨三人围坐在办公室里，商量匈牙利的邀请赛的事情。一个项目能去的只有两个名额，原本唐寒比较稳妥，再配严阳做“破风”，郝瀚和董三京还可以调去别的项目。陈谨皱眉思索，片刻之后，她决定：“郝瀚和董三京才是双保险，许文钰暂时做替补。至于严阳……”

文教练开口：“其实严阳那次跑得还行。”

“那就先跟着训。”陈谨边说边起身，把严阳的名字圈起来，“一次成绩也代表不了什么，他过弯的技术问题还是很明显。说一千，道一万，我还是要看最后的测试。”

深夜，训练馆里最后两名队员也结束训练，陆续离开，只有严阳还在不断地练杠铃高翻这个动作，大汗淋漓，咬紧牙关，一遍又一遍地举着杠铃。

“398、399、400！”

终于结束手臂体能训练，杠铃重重地砸在地面上。严阳一边擦汗一边拿起手机：“语音助手，现在匈牙利是几点！”

“现在是北京时间晚上十一点，匈牙利下午四点。”机械的女声传来。

严阳点开了和金莹的微信聊天框，里面还是右侧一片绿色，金莹那一侧空空如也，严阳早已习惯。他眉飞色舞地点开语音输入：“告诉你一个好消息，陈谨教练同意我参加 1500 米集训，我这次只要能在测试中胜出，也能去匈牙利比赛！”“咻”的一声，语音发送。严阳没等回复，就把手机放进口袋，仿佛这又是一条有去无回的信息，然后，他拎着自己的训练包朝外走去。

“你知道这意味着什么吗？这意味着，如果我这个陪练都能去匈牙利，你这个正主儿一定能去奥运会！听到了吗？我都可以，你也一定可以！”一点开微信语音，严阳的大嗓门儿似乎要从手机中喷薄而出。

正在进餐的金莹被严阳突然拔高的声线吓一大跳，手忙脚乱地按下静音键，但周围的顾客纷纷侧目，金莹尴尬地起身离开，一边走，一边按下语音键：“我又没聋，要是等你到了匈牙利，还这么大嗓门儿跟我说话，小心我用冰块塞你嘴巴。八字还没一撇，当心牛皮吹破了天，丢不丢人。”

金莹说罢，愤而将手机放进包里，不再理会。

冰面上，郝瀚还在做起跑练习。严阳做完最后的训练，滑到场边，正在换冰鞋，突然“叮咚”一声微信提醒，严阳随意一瞥，呆住了，又揉了揉眼睛确认，赶紧点开，金莹娇嗔的声音从话筒中传来。严阳脸上绽开了花，赶紧发送语音：“金莹，你终于肯回复我了！我们匈牙利见。”

严阳美滋滋地放下手机，重新系紧鞋带，走上冰场，冲着郝瀚喊道：“郝瀚！比一场，赢了让我去匈牙利！”郝瀚头也不回，继续以自己的速度滑行：“超过我再说吧。”

严阳一听，立即起跑，冲着郝瀚追过去，严阳一步步提升着自己的速度，但郝瀚也不断地加速，一圈又一圈，距离不断在扩大。冲过终点线后，郝瀚回头看向严阳，严阳已经落后一大截，郝瀚停下，静静等待。

终于严阳气喘吁吁地追上来了：“你小子可以啊？”

郝瀚笑着：“早跟你说‘加油’了，不论咱俩谁参赛，顶替的可是唐队，可不能给他丢人。”

“这还用得着你说嘛，再来！”不等郝瀚回答，严阳早已向前滑去，郝瀚看着严阳的背影，迈开脚步跟上。两人一前一后，全力驰骋，在冰面上不断地朝自己的极限冲击。

唐寒的住所里，干净整洁，客厅里静静置着一张八仙桌，冰箱靠在角落，切菜的案板和刀具摆在厨房内。门口墙角，一双冰鞋百无聊赖地斜靠着。

唐寒坐在窗户边上，盯着外面出神，手机上的闹铃声响起，智能音箱同时报时：“十一点三十分，叶小小。”

唐寒似乎终于等来一件可以做的事情，精神为之一振，随即披上自己的运动员休闲服，拿起青训营的一卡通准备出门。就在这时，手机响动，唐寒拿起手机一看："您的青训营一卡通已到期，卡内余额请尽快至行政部结算。"像一记重锤捶下，提醒着他不再属于青训营。唐寒似乎泄气一般，缓了片刻，放下一卡通，转而拿起了自己的钱包，匆匆出门。

走在生活超市里，唐寒茫然无措地推着购物车，里面堆叠了猪肉、猪血、调料包、火锅底料、辣条、薯片、汽水、老干妈、酱油、花生酱，还有一袋米。顺着卖肉大妈指的方向，唐寒正在找水果区，这时，一个熟悉的声音从身后传来："唐寒？"

唐寒回头，身后正是叶小小。叶小小走近，看到他购物车里的各种调料包和食材，不由得诧异："你这是给几个人买菜啊？"

买完菜，两人回到唐寒住所，唐寒就进了厨房埋头干活儿。不一会儿，桌上就满满当当地摆放着毛血旺、炒白菜、可乐鸡翅等十几样家常菜，看得出，菜品出锅时都比较着急，长得有些许"潦草"。唐寒双手端着最后一道剁椒鱼头上桌，但上面淋的不是剁椒，而是老干妈辣椒酱。

看着唐寒忙前忙后，脸上也沾着油污，叶小小忍不住心疼，现在的唐寒和在青训营的时候相比，真是判若两人。叶小小拿起筷子夹起菜送入口中正想夸奖，一瞬间，皱起眉头，强行咽了下去。

唐寒赶忙问："怎么了？"

叶小小直摆手，说不出话，猛灌一口饮料。唐寒看见她这样，也拿起筷子尝了一口，一股交织的咸辣味直冲脑门儿，唐寒忍不住用纸巾捂住，吐了出来。第一次下厨，做饭的时候肯定把盐当成糖了，唐寒一脸尴尬地解释。

“你以为下厨跟滑冰一样容易啊——”叶小小缓过来了，嘲笑唐寒，话刚出口，她就知道不对劲，明知道唐寒是在适应离队后的生活，这会儿她还提滑冰，怕不是脑子被驴踢了。

唐寒站起来：“对不起，这些菜不能吃了，我去煮个面。”说完，唐寒端着没怎么动过的菜走进了厨房。

夜色渐深，叶小小离开后，唐寒把桌子收拾干净，门边的几个垃圾袋已经被打结放置好，袋中依稀可见是白天唐寒所做的失败饭菜。垃圾桶里已经堆了一层空了的可乐罐，唐寒拎起另一罐可乐，转身走到阳台，趴在阳台的围栏上，眺望训练营。不远处的训练营灯火渐渐熄灭，但冰场依旧灯火通明，与唐寒之间隔着一条长长的黑暗带，难以逾越。良久，唐寒打开手里那一罐可乐，气泡涌出来他也没管，仰头咕嘟咕嘟一口喝下，却不小心呛了一口，正好溅在挂在阳台围栏处的冰刀鞋上。

第二天一早，唐寒又钻进厨房做菜，这似乎成了他填补生活的一种方式。门铃声响起，唐寒围着一个围裙、拿着勺子开门，迎面站着的却是陈谨，唐寒既意外又尴尬。

陈谨说：“离开了青训营，要转行当厨子？”

唐寒挠头，尴尬地解释道：“突然闲下来，我就找点儿事做。”

陈谨笑了笑：“之前你说的，愿意把一身的本事传给营里的队友，还算数吗？”

唐寒听出了陈谨的弦外之音，眼神瞬间亮了，只听陈谨接着说："青训委员会决定了，聘你做助理教练。你怎么想？"

唐寒果断脱了围裙，还顺带擦了擦手上的水渍。陈谨拿出两份数据分析，她先把郝瀚的数据分析交到唐寒手中："比赛在即，郝瀚的风格和你类似，成绩也稳定，我想，你负责他的训练挺合适的。"

唐寒快速扫看手里的数据，看到另一份单子，忽然开口道："陈教练，另一份数据是谁的？"

陈谨说："严阳的，但是他过弯问题太大，我都没有把握纠正。"

唐寒把郝瀚的数据还给陈谨，接过了严阳的数据，皱眉仔细分析："如果他能克服呢？"

陈谨开口："他可能可以——比你更快。"

唐寒听完，放下单子，面带微笑地看着陈谨，眼神坚定。

冰场上，严阳疾驰狂奔的身影一闪而过，成了助理教练的唐寒目光如炬，开口指导："再快点儿，降低重心，加速过弯……"手中还拿着一块秒表，不断地摁下计时。严阳如同一只脱兔，飞快地从弯道中冲出，滑过冰场的终点线，唐寒立即掐下秒表："2分22秒2，严阳，你就这点儿能耐吗？"

严阳降低速度，一歪一扭来到唐寒跟前，摘下护目镜，叫苦连天，一屁股坐在了冰场边的护栏处，还压到了酸疼的臀部，龇牙咧嘴："我以前怎么没发现你这么恐怖？"边说边恨恨地抛眼刀过去。

唐寒不为所动："只要练不死，就往死里练。两分钟休息到了，再来。"

叶小小刚帮田苗做完放松，却看见严阳急匆匆地跑进来："叶医生，救命！"还没回过神来，就看到严阳自顾自地趴在放松椅上。叶小小淡定道："拉伸、放松还是消肿？"

严阳头一扭："刚才说的这些，能统统来一遍吗？"

刚进门的大力听到这话，出口嘲讽："这小子就是想偷懒不想上冰了。"严阳一听这话就急眼了："这个强度，谁试谁散架啊。叶医生，唐寒太变态了，照这个强度练下去，我离躺倒不远了。"大力无情拆穿，愤愤不平唐寒偏心，天天给严阳开小灶。

两人正拌嘴，叶小小叫两人住嘴，说着就伸手，开始在严阳身上按压，按到严阳腰腹之际，严阳忍不住发出了"啊"的猪叫声。叶小小示意严阳翻身，一边掌控着力道按压，一边观察严阳的反应，他腰腹一块红肿得厉害。严阳"嗞"了一声，面容扭曲，显然不是装出来的。叶小小眉头微微皱起。

唐寒宿舍门口，门只是虚掩，叶小小推门而进，看到桌子上摆放着好几盘家常菜。唐寒正端着一盘炒蒜薹出来，看到叶小小，神色惊喜："正要给你打电话呢，你等会儿啊，马上就好。"

唐寒转身，走到灶台边上，上面的砂锅正熬制骨头汤，香气四溢，大大出乎了叶小小的意料。叶小小在饭桌前，环顾这个新家的四周，这个环境真的已经不是一个运动员的房间了。门口角落里静静躺着一个纸箱，一双擦拭干净的冰刀鞋还有刚洗过的训练服卧在里面，盖上写着“雪乡冰鞋捐助中心”。

唐寒把一杯可乐递给叶小小：“我还在收拾，快收拾好了。”叶小小望过去，唐寒的眼中少了几分之前的桀骜坚韧，看起来比以前温和，也比以前更脆弱，她忍不住心一动，开口道：“你知道吗，运动员不是你唯一能做的事。”

两人静默对视，天色已经暗了，客厅也黑着，只有餐厅的灯还亮着，光落在身上，两人慢慢靠近。

“唐队！”一声大喊响起，两人慌忙分开。

破门而入的严阳完全不知道自己破坏了好事，他闻着屋里的香味，又看到唐寒手中的锅铲，有些摸不着头脑：“好香呀，唐队，你深藏不露啊！”

唐寒有些意外：“你怎么来了？”

叶小小插话道：“我让他来的，你们俩好好聊清楚，不然，他天天来医务室占用公共资源。”叶小小言罢，便一把抢过唐寒的锅铲，转身在灶台边忙活起来。

严阳和唐寒两人倚靠在阳台的护栏上，两人眼前的训练中心还是灯火辉煌，依稀能够看到不少队员进进出出。晃了晃手中的可乐，唐寒挑眉：“要不要来点儿？”严阳喜出望外，赶紧放下手中的矿泉水，就要接可乐，突然感到一阵剧痛——唐寒一掌打在他的手背上：“想什么呢？现役运动员，一点儿都不自律！”

严阳撇嘴：“以前怎么没发现你这么心狠手辣。”唐寒无视他的吐槽，自顾自地看向窗外：“叶小小跟我说了你的身体状况，以后我会注意的，这次对不起。”

严阳以为自己听错了：“说什么？再说一次？”

唐寒笑着说：“你的脸皮是真厚啊！”

两人相视一笑，清风吹来，拂过两人面颊，唐寒看着远处训练场上跑步锻炼的选手，突然开口说道：“我以前一直认为，我的终点就是奥运赛场，我现在突然发现，我不知道自己的终点在哪儿了？严阳，你知道自己滑冰的终点在哪儿吗？”

严阳愣住，沉思良久，没有回答。

唐寒没等严阳回答接着说：“不管怎样，我都要谢谢你，至少我现在还可以在 1500 米集训队里。”

严阳看着唐寒，不知该说些什么好，只好伸出拳头，跟唐寒碰了一下。

冰面上，严阳和郝瀚一前一后飞快地滑行着。

唐寒、陈谨以及一众一队队员正聚精会神地看着两人的测试训练，严阳稍稍领先，郝瀚在身后穷追不舍。两人的速度不断提升，越来越快，冰场边上，一台测速仪器闪烁着红灯，正在记录两人的速度曲线。唐寒和陈谨一言不发，两个人不约而同地将注意力集中在严阳过弯的动作上，严阳第一个弯道完美通过，陈谨嘴角露出一丝不易察觉的微笑。

严阳向前加速，渐渐甩开郝瀚，弯腰准备过弯。在一旁的唐寒不由得紧张起来，拳头不由得攥紧，喃喃自语道：“压低重心，保持平衡……”唐寒话音刚落，严阳的脚下随即便是一滑，幸好反应够快，用另外一只脚维持住平衡，继续向前滑去。然而赛场上，一秒都是瞬息万变，郝瀚趁机迅速从内线切入，先一个身位冲过了终点线。

电子屏幕跳动：郝瀚 2 分 21 秒 432；严阳 2 分 21 秒 637。

严阳的神色中布满失落，看到边上的唐寒，面有愧色。唐寒不待他开口，便说道："平衡力不错，下次注意控制重心，弯道一定能顺利过去的。"

众人让开道路，严阳走到场边休息的椅子处，坐在陈谨旁边。严阳主动询问："陈教练，我的过弯还有再改进的空间吗？"

陈谨将手机递给严阳，上面显示着 Mark 刚传来的速度曲线表，其中过弯数据尤为扎眼，与郝瀚比差了不止一点儿半点儿。陈谨开口道："唐寒已经说了，降低重心、保持平衡。如果你解决不了过弯问题，就不能参加匈牙利的友谊赛。你没有退路！"

晚上，场馆里寂静无人，冰场上的时钟不知不觉走向十一点，严阳的身影还在冰面上一遍又一遍地滑动着。眼看弯道迎面而来，严阳迅速弯腰，用手抓着冰面减速，左手撑住冰面，支撑身体，从弯道之中疾驰而来，冲过终点线。然而回头看，唐寒的纪录仍然霸占电子屏榜首。

严阳走到起跑线前，按下手环上的计时器——重来。

"哔——哔——哔"三声响动过后，严阳如脱弓射出，全力向前冲刺。来到了弯道，他维持着速度，向前滑去，支撑冰面减速的手掌也渐渐抬起，只剩下三根手指来维持平衡。一次又一次地过弯，直到最后一圈的弯道上，严阳已经只剩下一根手指在支撑，他的速度比之前任何一次都快。突然脚下一闪，冰刀鞋再度打滑，巨大的惯性让严阳猛烈撞到冰场边上的软护栏，方才停下。

严阳来到更衣室，脱下训练服和手套，发现脚踝表皮被擦破，隐隐渗出血迹。他关柜门时，手指不小心正碰到伤口处，钻心的疼痛瞬间散开，一下子控制不住情绪，狠狠地拍着储物柜的门。

发泄一通后，懊恼地转过身来坐下，却发现唐寒不知何时，早已站在他的身后，严阳一脸尴尬："我刚刚，一下子没忍住……门还是好的……"

门"哐当"一声掉了下来。

弯腰捡起摔在地上的柜门，唐寒低着头开口："我应该有办法让你过弯的时候快一点儿，过几天你就知道了。"说罢，唐寒转身离开，留下还扶着柜门一脸错愕的严阳。

宿舍里，从唐寒手中接过那双冰刀鞋，严阳半信半疑："这是——秘密武器？"唐寒点点头，严阳接过包装盒，只见上面写着 YY 两个缩写字母。里面崭新的冰刀鞋，似乎与以往的鞋子没什么差异。

唐寒说："这是我找我爸给你量身定制的，根据你的过弯习惯和倾角数据设计出来的，能一定程度上解决过弯困难，至少能让你比现在更快一些。"

严阳喜笑颜开，立马坐下，要试试新鞋的脚感，要真有说的这么神，那过弯速度准能提升啊。严阳一边试穿，一边抬头看向唐寒，唐寒的目光一片清明，满是期许。严阳系好鞋带，站起来平视唐寒："其实我一直想知道，郝瀚明明滑得比我快，风格还跟你是一个类型，你为什么还选择我？"

唐寒看向冰场远处，认真说道："郝瀚最多是另一个唐寒，但严阳有可能超越唐寒。"

冰场上，男队前四名选手在进行测试训练，大力一路领先，郝瀚第二，董三京次之，严阳则排在第四位。但是四人之间的差距都非常小，互相咬得非常紧。

唐寒的目光落在严阳脚下，他已经穿上了那双为他量身定制的冰刀鞋。弯道之上，严阳用以支撑身体的手指由五根变成三根，顺利超越董三京。直道上，严阳的爆发力出奇的强，稳稳压制住郝瀚，尾随着大力进入弯道。大力占据着弯道最好的内线位置，但是为了保持平衡，他放慢速度。就在这时，严阳保持着高速，从他的外侧滑过来，支撑的手指只剩下两根，身体也低到几乎要贴着冰面的程度。大力察觉到身旁有人逼近，就在他用眼角余光瞥过去之际，严阳已经一闪而过，从外侧一举滑到内线赛道上，随后，严阳以第一名的成绩稳稳冲过终点线。

电子屏幕上显示出严阳的最后成绩，2 分 21 秒 219，围观的队员们不由得一阵惊呼，这个赛场，已经许久没有人滑出这么高的成绩了。

陈谨看着严阳的成绩微笑："告诉李领队，第三个名额归属定下来了。”唐寒点了点头，转身朝外面走去。

严阳却满脸严肃，看着电子屏幕，队里的纪录排名刚被更新，唐寒的成绩是2分21秒105，而他在唐寒下面。要打破这短短的0.1秒的差距，绝不容易。

夜幕低垂，树影在微风中摇曳生姿，映在玻璃上。冰场上空无一人，话筒的声音从隔壁礼堂模糊传来，众人都在那里参加出征匈牙利之前的讲座。严阳一个人溜了过来。他独自在冰面上滑行，迎面扑来的风在他耳边呼呼作响，陈谨的话语也随着风声在他的耳边回荡：

“如果你解决不了过弯问题，就不能参加匈牙利的友谊赛。你没有退路！”

身体越来越逼近极限，严阳紧咬牙齿，他要打破唐寒的纪录，他贴紧冰面过弯，手上支撑的指头随着他的速度加快变得越来越少，三根、两根、一根！严阳只剩下中指在保持身体平衡，他的速度也达到了一个新的高度。

然而，太过极限的压弯容不得一丝闪失，严阳在出弯之际一个不稳，整个人狠狠地摔倒在冰面上。他被惯性裹挟着，滑了好长一段，直到碰到护栏方才停下。

颓然的严阳躺在冰面上，满头大汗气喘吁吁的，又懊恼，又沮丧，又不甘心，用拳头捶打着冰面。严阳扭了扭头，那一根终点线就在他侧方的不远处，然而赛道上，弯道椭圆点到终点线的距离仿佛就是他难以逾越的屏障，横亘在他与唐寒的纪录中间。

真的永远无法跨越了吗？一滴汗水滑落到严阳眼睛里，眼前的视线变得模糊。

模糊之中，一双脚出现在终点线的跟前，挡住了严阳的视线。严阳顺着人脚抬头看去，竟是一副熟悉的面容："爸，您怎么来了？"

严振华蹲下来，看着严阳："你唐叔叔有事来北京，我也跟着一块儿来了。"说完将他一把拽起，"滑一遍，我看看！"

严阳站起来，但是一次次的失败让他不敢尽全力，一旁的严振华看到冰场边上的桌子上遗落的扩音喇叭，抓起来，冲着严阳大喊："你就这点儿实力吗？"

严阳提速。

严振华语气严厉："快点儿，再快点儿，再快！"

严阳被严振华的催促激起脾气，使出自己最大的力气在冰面上滑行，如同疾风一般在冰面上飞驰。

"阳阳，你为什么选择滑冰？"

严阳一边滑行着，一边回答："我滑得快。"

"还有呢？"

"我要去奥运会！"

"滑得好的人都会去奥运会，还有没有？"

严阳大喊："我要拿金牌！"

严振华继续施压："还有吗？"

"我要让您骄傲！"

严振华冷笑："跟我有什么关系！"

严阳沉默，良久开口道："我爱滑冰！"

严振华不屑地一笑："爱滑冰可不会帮你拿第一。"

脚下用力一蹬，严阳以更快的速度向前冲去，仿佛是要冲出严振华声音的重围，高声大喊："那又怎样，我不会永远都是第一，对，就是这样，但是我可以永远爱滑冰！"灯光下，严阳像是刚刚获得自由的蝴蝶，肆意飞舞，不知疲倦。

严振华望着严阳，嘴角露出一丝笑意，从怀里拿出一件东西，放在场边，而后悄悄离开。严阳一直滑到自己筋疲力尽。他喘着粗气，缓缓停下，这时才意识到，严振华已经不见，他四下眺望，只看到场边有一张照片。捡起一看，居然是那天他和贾长安离开哈尔滨，在机场与艾宁挥手告别的画面。原来，那一天，父亲早已追上了他，可还是让他离开，去了青训营。这一刻，严阳明白父亲对他无言的爱。

严阳躺倒在冰面上，将照片举过头顶，照明灯下，照片里的人好像透着光。冰面的温度传到严阳身体中，他的手指切实地感受着冰的凉意，唐寒的话语在严阳耳边回荡。

"严阳，你知道自己滑冰的终点在哪儿吗？"

躺在地上的严阳微微一笑，闭眼感受，旋即从冰面上爬起，定了定神后，重新站到了起跑线上。

手环倒计时的"哔哔"声响起，严阳闭上了眼睛，仔细感受着冰面，周围一切嘈杂的声音都从他耳中过滤开去，整个世界只剩下脚下的冰刀与冰面摩擦的声音。短道速滑，一个冰刀戎马的世界，但是里面不只竞技。仔细听，艺术摩擦的声音就好像交响乐。

严阳睁开眼睛，伴随着他向前滑动，交响乐开始快速地流动，严阳直道加速，弯道过弯，每一个动作都构成乐曲的一章。乐曲声指引着严阳的滑行节奏，当他以高速冲入最后一个弯道之际，乐曲声也逐渐走向高潮。严阳不愿意减速，破坏曲调旋律，旋即从超级外侧高速滑过，冲向终点。脚下的声音也完成了协奏，直到终点那一刻才戛然而止。

手环显示出成绩是 2 分 21 秒 198。

严阳难以置信，用手掌反复摩擦好几遍手环，手环的成绩还是定格在 2 分 21 秒 198，明显超过了他的最好成绩。严阳回过头去，查看冰面上的轨迹，只见大外侧那一条显眼的滑行痕迹映入眼帘。

严阳若有所思，而后欣喜地给金莹发信息：“金莹，我找到突破弯道的办法了。”

严阳跑到陈谨办公室，手中的纸上画着一条超大外线的超越线路，只是过于潦草。陈谨看着这幼儿园水平的画功，忍不住笑了出来：“大外侧超越，你确定这适合你？”

严阳心情激动：“陈教练，您也知道，我的过弯速度一直是短板。但是昨天，我试过了，从大外侧过弯，倾斜角可以提高一倍，我有充分的把握控制身体平衡，不打滑。”

陈谨看着本子上的线路思索，看起来依然不赞同，严阳有些受挫，但是陈谨话锋一转：“不过，你可以试试，只要真的滑出成绩，什么样的战术，教练组都没意见。”

严阳感激道：“谢谢陈教练！”

冰面上，严阳尽情地享受着速度带来的愉悦冲击，一遍又一遍地沿着大弯道外侧试探自己的速度极限。场边上，唐寒双手背身后，目不转睛。严阳过弯的速度确实一遍比一遍快。旁边测速的机器红灯闪烁，Mark 那边的数据曲线也随之传到了唐寒的手机上。曲线表中，严阳的过弯速度随着圈速升高，意味着他每一次都比之前更快，唐寒嘴角不禁露出满意的笑容……

唐寒的背后是一块巨大的横幅，上面写着“匈牙利国际赛倒计时——5 天”。

发令枪响，最后一次赛前摸底赛正式打响。严阳、董三京、郝瀚、许文钰四人不约而同地朝前滑去，严阳依靠自己强大的爆发力滑到第一名的位置。身后的队友紧追不舍，三京趁着严阳疏忽之际，一个内线切入，在入弯处完成超越，紧接着，郝瀚又从外侧抢滑到严阳跟前。严阳伺机超越，但是董三京和郝瀚一左一右，占据了赛道，完全挡住了严阳的道路，就在他犹豫的瞬间，身后的许文钰也伺机超到严阳跟前。转眼间，严阳已经从第一名变成了最后一名。

众人飞驰电掣，一晃眼的工夫，赛程已经过半，一旁的唐寒却是气定神闲。就在这时，严阳突然加速，从最外侧的赛道滑过去。

陈谨被严阳的举动吸引，目光紧紧地盯着他，队员们也被严阳的选择所震惊。严阳毫不减速，以直线一样的速度从最外侧过弯，一口气超过前面的三个队员，随后一骑绝尘，不管身后有没有对手，都是选择最外侧的过弯路线。他在用大外侧减少过弯离心力。三京等人拼命追赶，但在绝对的速度面前，毫无反抗之力。严阳第一个冲过终点线，电子屏幕上随即显示出他的成绩——2 分 20 秒 985。在场的所有人看到成绩后都愣住了，只有唐寒似乎早已猜到。

唐寒转头看向陈谨，提醒道：“陈教练，严阳超过唐寒了。”

陈谨回过神来，点了点头，随即率先鼓掌，冰场里，随即响起热烈的掌声。

一架飞机划破天际，降落在匈牙利繁忙的机场中。陈谨带队，出发前往匈牙利，文教练和孙教练则留守青训营基地。匈牙利机场站内人来人往，严阳走在中国参赛队最前方，四处寻找着接机的人。忽然间，一个写着“中国队”的牌子高高晃动着。挡在严阳身前的路人走开，举牌子的人面容终于完整而清晰地展现在严阳面前——金莹。

严阳愣住了，还未等他反应过来，身后的陈谨和众位队友已经围了上来，看着众人冲上去，围着穿着志愿者衣服的金莹打招呼，严阳一个人愣在原地，仿佛自己是个外人。唐寒走过来，拍了拍他的肩膀，下巴指向金莹：“人都找到了，急什么？”

严阳点点头，看着不远处笑闹、拍着合照的女孩儿们，轻声说：“说得对，这次可不能再让她走了。”

金莹回头看到严阳，严阳摆出了一贯的嬉皮笑脸：“我可是说到做到，来匈牙利了，你真不考虑回青训营？”

金莹怔了怔，岔开话题：“我又没跟你打赌……你还是好好准备比赛吧，这次，韩国队的选手是国家队成员，实力不容小觑。”

严阳挺胸抬头：“我这次来可是没带怕的，就怕没有——狠角色。”

严阳话音刚落，几个亚裔面孔的运动员便出现在身旁，以压倒性的气势从他跟前走过，其中两个长相凶狠的男选手还特意打量了严阳一下。严阳一阵头皮发麻，不由得退了几步。旁边的金莹看到严阳又凶又㞞的模样，忍不住笑了出来。

夜晚的布达佩斯灯火通明，远处车流穿梭，三三两两的行人走过街头，路灯下，有人端着咖啡杯坐在长椅上闲聊。严阳坐在窗户边上，出神看着窗外，想起金莹的话——

“这次，韩国队的选手是国家队成员，实力不容小觑。”

严阳起身拿起冰刀鞋，走出酒店房门。

夜晚的冰场早已没有了白天的热闹，除了几个打扫卫生的工作人员，再无其他人。严阳在冰面上肆意驰骋，一圈又一圈地练习。不知过了多久，严阳突然意识到，他身后来了一个人，回头看去，那是个戴着口罩和眼镜的滑冰者，完全看不清脸部模样。

一时兴起的严阳加速前进，想要试试身后这个人的功力，可是那个人穷追不舍，还是一步步地逼近严阳。被激起了好胜心，严阳全速滑行，终于以微弱的优势，率先冲过了终点线，随即回头看向那人。

那人冲到严阳旁边，冲着他点了点头：“陪你滑完了，轮到我了吗？”

严阳一愣，尚未反应过来，那人便陡然加速，冲了出去。严阳拔腿便追，可是，眼前的那个人，速度快得离谱，严阳被甩得越来越远。严阳咬紧牙关地跟随着，直到那人减速停下，严阳滑到他身旁，早已筋疲力尽，双手撑膝，汗珠滚落，气喘吁吁地抬头问：“你到底是谁啊？”

那人摘下口罩，严阳刹那间愣住，难以置信：“武……武大靖……”

武大靖笑了：“听说，你也当过陪练啊？”

严阳一愣：“啊？”

武大靖说：“我看好你，你可以的。”

还在原地呆滞的严阳，看着武大靖的背影，嘴角也露出一丝笑意。

第三十章

我们的 2022

场馆内的空气焦灼而燥热，所有人都躁动不安。初赛抽签仪式刚刚结束，展示栏上，已经将组员的名字和分组情况打印出来。李领队带着中国队的队员们上前，仔细寻找着自己的分组情况：大力是 500 米组的第 3 组，李博是 1000 米所在的第 4 组。郝瀚和严阳同属 1500 米赛项，郝瀚分在 1 组，严阳上上下下找了半天，发现自己是在 2 组。

郝瀚笑着撞他的肩膀："欸，这国际大赛氛围就是不一样，分组我就已经感受到压力了。"

说话间，三个韩国队员有些粗鲁地从后面挤到跟前，郝瀚踉跄几步，被挤到一旁。严阳的目光看向他们，这三人神情倨傲。突然，其中一人面带和善的微笑，朝着严阳走来。

金莹低声提醒："金在勋，韩国这几年崛起的短道速滑天才少年。”严阳正侧耳听着金莹的介绍，就看到金在勋走到他面前，伸出手：“你好，严阳！我很好奇，你是如何取代我最强大的对手唐寒的。Nice to meet you.”

严阳略有些尴尬地握住他的手回应：“Nice to meet you, too.”

金在勋把手淡淡抽出，揉了揉拳头：“希望我们能有正面交锋，以解我心头疑惑。”他轻蔑一笑，便转身离开了。众人都看出他来者不善，郝瀚摇头：“这家伙嚣张得很。”李博愤愤不平：“严阳，你刚才应该说，我也希望能有机会给你点儿 color to see see！”

众人正交谈着，李领队拿着具体的分组名单走进来，男女队员迅速围拢上去，唐寒皱眉指着名单中的男子组 2 组分析：“韩国的金在勋和朴永俊都在这一组，还有匈牙利的新秀约瑟夫、加拿大的扎克，哪个都不是省油的灯。”大力、郝瀚和李博不禁同时关切地看向严阳。

严阳心里发紧，表面假装不在意地笑了笑：“等着我给他们 many color to see see！”众人都被逗笑了，严阳背过身去，凝视着手上的名单，脸上的笑容消失，神情严肃。

直播间布置简洁，大屏幕上播放着匈牙利比赛现场的实时画面。严忆北试了试话筒，正襟危坐：“观众朋友们，大家好，欢迎来到‘短道之夜’直播间，我是你们的老朋友，严忆北。今天给大家带来在匈牙利布达佩斯举行的短道速滑国际邀请赛的男女子个人项目预赛，我们将全程直播。我们还请来了中国短道速滑青训营现役队员董三京作为解说嘉宾。”

董三京紧张地坐在旁边，屏幕上飘过一片弹幕：

“666。”

“中国队加油。”

“青训营，看你们的了。”

“这个董三京长得很帅啊，觉得我说得对的扣个‘1’。”

“1，1，1，1，1。”

……

董三京目不暇接，呆滞地看着弹幕，有些紧张。严忆北提醒他，他才如梦初醒，挤出笑容：“大家好，我是董三京。”

屏幕上，观众开始欢呼，各国选手入场，电子屏幕显示出比赛顺序和名单。

严忆北难掩激动：“观众们！选手们入场了。首先进行的是男子 1500 米 1 组的比赛，中国小将郝瀚即将出战——”

屏幕上，郝瀚和其他五名选手站在了起跑线上。严振华和严森林紧张地坐在沙发上，手里端着曲洁做好的果盘，却一动不动，死盯着电视里的直播间转播画面。看到电视画面上，郝瀚和五位选手在赛道疾驰，弯道上被人超越，落到最后。

严振华一拍大腿：“哎呀！不行啊，角度被卡死了！快，快啊！”

电视中传来董三京的解读：“哎哟！郝瀚还是缺乏经验，这一下，他很被动了……”严忆北一脸担忧：“按照赛事规定，小组头两名能确保出线，进入半决赛，第三名则要根据成绩待定。

郝瀚刚刚掉到了第四——他还有没有机会……”

“最后冲刺……哎呀，可惜了，郝瀚最后被加拿大选手超越，位列第五，看来是无缘决赛了……”

严森林叉了块水果吃，嘟嘟囔囔道：“可惜，可惜了啊！”

曲洁边擦手边说：“什么时候轮到阳阳？”

严阳穿戴好设备，活动热身，唐寒陪同严阳从等候区走到冰场。郝瀚坐在椅子上，抱着头，肩膀在微微抖动。严阳回过头，轻轻叹了口气。唐寒拍拍严阳的后背：“你放松心态，好好比。”

起跑线上，六名运动员依次排开。金在勋盯了严阳一眼，严阳回看一眼，然后，目光坚毅地盯着前方笔直的赛道。

直播间里严忆北一脸凝重播报：“大家都关注的男子‘死亡之组’2 组 1500 米马上就要开始了。中国选手严阳将一人面对金在勋、朴永俊两名韩国选手的夹击。其他选手也不容小觑啊！”

发令枪响，众人如离弦之箭一样冲了出去。金在勋占据第一，严阳紧随其后。入弯道，严阳速度减慢，却发现朴永俊加速上来，金在勋也压低速度，两人对他左右夹击、忽快忽慢地控制着节奏。后面的选手想要超越这两人，却也找不到空隙。

进入直道后，严阳始终被两人左右夹击，无法发挥速度优势，渐渐显露出疲惫状态。后面三个选手也是一团混乱，扎克过弯的时候差点儿跌倒，日本选手的蹬冰节奏更是一塌糊涂……

直播间里，董三京握紧双拳，身体不由得坐直，离开椅背：“严阳果然陷入了包围，这就是韩国队最擅长的‘多人包夹战术’。”

裁判敲响了最后一圈的钟，两人仍旧死死压制住严阳，眼看无法摆脱二人，严阳索性心一横，最后一个弯道来临，他一个大外侧，超越了朴永俊，排在第二。金在勋仍然排在第一位。最后的直道上，朴永俊几次想追上严阳，却无法实现，咬咬牙，眼露狠意，在冲线之际，手肘一横，挡住严阳，以半脚优势率先冲线。金在勋和朴永俊分别位列第一和第二，率先锁定了决赛名额，而严阳作为第三名只能待定……

直播间里的严忆北没忍住，拍桌道："太可惜了！和第二名就差不到 0.1 秒的时间！教练组应该去申诉了。"

严阳和教练组申诉，裁判员调出视频，画面定格在韩国选手犯规的画面上。三个机位定格在严阳和朴永俊冲线的瞬间：1 号机位中，严阳正好挡住了金在勋，看不清楚；2 号机位又恰巧被观众席垂下的匈牙利国旗挡掉了一半；3 号机位勉强看出金在勋的手肘上抬，但没有关键证据。没有一台直接拍到朴永俊手肘撞他的那一幕，裁判摇头："这些都不能直接认定朴永俊犯规。"

严阳着急地反反复复播放，激动地指着屏幕："你看不见吗？还要多明显的犯规……"唐寒拉住严阳。

坐在休息室里，严阳皱眉，如雕塑般坐着，一言不发，郝瀚在旁边，情绪已从赛场失利中恢复，一脸担忧地看着严阳。

金莹在他身边翻看自己记录的成绩："2 分 21 秒 536，目前你是排在待定区选手的第二位。现在只剩 8 组还没比了，如果……我是说如果，8 组第三位排在你后面，你还是能以最后一名的成绩进入半决赛的。”严阳还是一脸阴沉。

陈谨面色严肃地走进来，大力、郝瀚都看向她，严阳猛地站起身，看着陈谨。陈谨叹了口气：“裁判组给出的最后判罚是：无明显犯规证据，维持原判。”听完这话，严阳愤怒地将脖子上的毛巾一把摔在地上，身后的郝瀚和大力强行拉他坐下。

陈谨俯视严阳：“在没有直接证据的情况下，我们只能尊重比赛最后的结果。严阳，你得接受它。因为这也是竞技体育的一部分。”

众人陷入沉默。几秒钟后，李博走进来，身后跟着唐寒，唐寒露出笑意：“2 分 21 秒 980，8 组第三位。总成绩排在——排在严阳的后面。”

直播间的时间已经过了午夜，陈大力忍不住，擦了擦困倦的眼睛。众人兴致都不高，连弹幕也变得稀稀拉拉。

严忆北播报初赛结果：“按照半决赛三组名额的限制，严阳确定以最后一名的身份进入复赛，而郝瀚则遗憾地无缘下一轮比赛。女子方面的结果，也请三京给我们带来成绩统计。”

董三京打起精神：“女子方面，我国的种子选手田苗以 2 分 22 秒 811 的成绩位列总分第三，顺利晋级。而和她同组的选手刘小雨则遭遇韩国选手金梦雅的推搡犯规，直接跌出赛道，没能完赛。另一名中国女将杨梦然状态不佳，滑出了 2 分 23 秒 921 的成绩，位列总分第十九名，无缘决赛。”

转播屏幕上，播放着刘小雨被金梦雅推出赛道的瞬间，裁判宣判金梦雅犯规、被取消资格之后，金梦雅一脸轻蔑。

金莹和陈谨迅速赶到医院，着急询问刘小雨的情况。

拍片室里，刘小雨躺在担架上，被一个护士从拍片室里推了出来，等候的叶小小立即迎了上来，搀扶着，帮助刘小雨从担架上下来。刘小雨扶着撑拐，腿刚一触地就有一种钻心的疼，表情狰狞。

“骨折？”陈谨眉头紧锁。

叶小小点头：“可能更严重，不排除骨裂。”转头看了一下拍片室，也是满脸担忧，如果真的是骨裂的话，还是要回国做手术比较放心。

陈谨凝重地点点头。

严阳蹲在渔人码头的台阶前，远处繁星烂漫，海浪拍打在岸边礁石上，腥咸的海风被一阵阵卷起来，穿过发梢。金莹来到他身边坐下，把他的训练包放在他身边。严阳抬头见是她，又看看训练包，随后扭头，继续看着远方：“你回去吧，我想自己待会儿。”

金莹也不管他，自顾自地望着远方海岸，眯起了双眼。严阳把目光从远处收回，闷闷地盯着双脚，他想不明白，为什么朴永俊恶意犯规还能进决赛，这就是大家向往的赛场？闷闷开口：“我心里明白，这次机会对我们青训营来说，有多么宝贵，所以我才控制不住自己。”

唐寒虽然面上冷静，但是严阳能看出来，在遇到金在勋之后，唐寒比任何时候都渴望金牌——只有帮他夺回金牌，才能证明他的选择没有错，他的付出仍然有意义。严阳摇摇头，一脸困惑：“我不明白，为什么唐寒要阻止我申诉？”

金莹递给他一沓资料：“他没有怪你。”

严阳翻开一看，原来是金在勋的简历、比赛分析和技术动作特点，上面写着唐寒字迹的批注。这个死“傲娇”。

金莹站起身招呼他：“走吧，别在这儿傻坐着了。现在，你可不是孤军奋战，咱练练这个死对头。”

空荡荡的冰场，金莹和严阳一前一后在冰上滑行。

第一个弯道时，严阳想要超越，金莹压低重心，身体倾斜角度也加大，让他无法超越。第二个弯道时，严阳改变策略，从外侧超越。金莹仍然压低重心，脚下节奏加快，始终卡住位置；严阳艰难地超越，差点儿被逼出赛道。

金莹甩着汗，摇头喘息：“他是男选手，体能和爆发力都比我强一截，你想要真的超过他，还有的练呢。”冰场上灯光璀璨，金莹的脸生动美丽，灵气十足。严阳呆呆看着，忽然笑了：“想起以前我给你做陪练的时候，咱们也是这样来着。每天晚上加练，琢磨自己、琢磨对手。”

金莹一愣，仰头看着冰场明亮的灯光，笑容化作眼中的光。恍惚中，往日种种都浮现在眼前。看着金莹的脸，严阳神色认真：“说真的，回来吧。”

“我们都想你回来。你现在这么厉害，”说着，严阳伸手，拉起金莹的手，“肥……肥水不流外人田，你不在，我们总教练晚上连觉都睡不好！”

金莹佯装发怒："说谁肥呢！"

严阳一边仓皇躲开，一边荒腔走板地哼歌："嘿，左边跟我一起画个龙，右边画一道彩虹……"金莹看着严阳搞怪的身影，"扑哧"一声笑出来，眼中闪着星光，喃喃低语："严阳，这次，我为你们而滑。"

半决赛男队现场，严阳排在最外侧的赛道，发令枪响，好几个队员激烈角逐，严阳以第二名的成绩冲到终点。而女队比赛场，田苗顺利晋级。

休息室里，唐寒靠在窗边，陈谨给他递了一杯咖啡，自己也端了一杯，在沙发上坐下，随后看着严阳，难得夸奖："半决赛表现不错。"

严阳苦笑，少了金在勋那些脏手段，比赛容易多了。但是，决赛一定避不开这俩韩国人……被两人缠上，实在是憋屈。唐寒和陈谨都知道严阳在愁什么，唐寒沉思后开口："要想战胜他们，你就只能紧紧咬住金在勋，然后伺机超越。"

陈谨点头赞同，高速滑行之下，金在勋的耐力会变成短板，只有打乱他的节奏，才会有机会获胜。

严阳看着金在勋的数据表，沉默良久，却是缓缓地摇了摇头，这个战术，要对手光明磊落才行得通，万一逼急了，他们弃车保帅，除非……严阳眼前一亮："如果我能一路领先，他们就不会有机会碰到我。"

陈谨打断严阳："不行！"1500 米这样的长距离需要长时间

的体力消耗，一个人从头领滑到尾，太冒险了。

三人又陷入一阵沉默。严阳看着唐寒，似乎有了某种决定。

严忆北打开直播镜头，跟观众打招呼：“各位观众朋友，大家好，欢迎来到午夜直播间！今天，我们将给大家带来的，是匈牙利国际邀请赛的决赛！除了个人赛之外，我们还会看到 2000 米男女混合接力的决赛。让我们拭目以待！”

准备室里，严阳正一边活动脖子和手腕，一边走到自己的位置，金在勋和朴永俊走了过来。严阳狠狠地和朴永俊对视一眼，朴永俊无视他，擦着他的肩膀走了过去。金在勋倒是主动走过来，凑到严阳耳边挑衅：“你知道吗——对手越是有气势，把他们打趴下的那一刻，我才越兴奋，甚至比拿金牌还要兴奋。”

严阳“扑哧”一笑。金在勋不明所以，有些恼怒。严阳幽幽开口：“我和你不一样，我滑冰纯粹是为了喜欢——当然，顺便打败你、你们、拿金牌而已。”

金在勋高傲的神情一片片瓦解，愤怒开口：“希望你不是要嘴炮，唐寒的替身！”两人错身而过，各自走到休息区。

唐寒从教练区域走来，严阳对他竖起大拇指：“你怎么知道那家伙听不得那话？我刚才照你教的撑他，你是没看到，他被气得……”

唐寒忍不住笑了，收回表情，满脸严肃：“和我们预测的一样，你必须从最外侧赛道出发，你做好准备了吗？”

严阳深吸一口气：“拼了。”

在观众的欢呼声中，六名决赛选手鱼贯而出。严阳神情轻松地活动着身子，走向最外侧赛道。最引人注目的是金在勋，他微笑着向挥韩国国旗、擂鼓助威的韩国观众区挥手致意，随后走到中间最有利的位置。

直播间屏幕上，严忆北开口："这次严阳的出发位置非常不利，通常位于这个赛道的选手，就是我们所说的'陪跑'，加上他又是孤军奋战，不被人看好。这种情况下，战术非常重要……"

说完，转头看向坐在旁边的贾长安："长安，你觉得他会怎么做？"这次决赛来临，贾长安和艾宁都订了飞往匈牙利的机票，前来为好兄弟加油助威。贾长安皱眉思考："严阳的优势在于爆发力惊人，耐力也强，加上预赛时的大外侧超越，我想，应该会在后程冲刺的时候，帮上很多忙。"

严忆北转过身，面对镜头："好，我们拭目以待！"

裁判举起发令枪，严阳目光坚毅，他身后的赛道上景色慢慢虚化。万籁俱寂，呼吸缓慢而规律。慢慢地，身边仿佛出现了贾长安、唐寒、严振华等人的身影，众人都穿着滑冰服，陪他一同站在赛道上，望向远方。

枪声响起，选手们争先恐后出发，抢占有利内道。赛场上，加油助威声不断。在强大的爆发力支持之下，严阳一马当先，死死卡住了第一的位置，不给韩国选手任何一点儿近身的机会。

严忆北直播介绍："严阳现在在领跑！他卡住了第一的位置。

不过……这个操作，其实我不太明白，常看1500米比赛的网友都知道，通常一开始，选手们会将速度压慢，保留力量，到后面的冲刺……”

贾长安说：“我觉得，这是个很‘严阳’的战术——他追求最快的速度。在绝对的速度优势面前，对手的任何技巧和战术都是多余无力的。”

果然，严阳似乎根本不管身后的选手如何，自己每过一个弯道都选择最外侧的大外线，极高的速度将身后的金在勋拉得越来越远。

恍惚间，选手们已经滑过了四五圈。第六圈，金在勋看着严阳渐行渐远的身影，脚下突然加速，朝着严阳追过去，身后的朴永俊和匈牙利选手被甩开。

严忆北惊呼：“金在勋速度也提上来了！不对啊，这才第六圈……”

贾长安死死盯住赛场：“严阳大幅度领先，打乱了他的计划，第六圈开始提速，绝对是提前了。现在到了直道——我们看，金在勋用各种方法，尝试干扰和超越，但是想在直道超越严阳，显然没那么容易——”

“漂亮，严阳守住了优势，领先滑进下一个弯道！”

金在勋见自己无法在绝对速度上赶超严阳，右手摆出一个手势，身后的朴永俊明了，立即不顾一切地加速，超越匈牙利选手。金在勋和朴永俊互相配合，两人一左一右夹击，将匈牙利选手的路完全封死，匈牙利选手节奏一乱，被甩开更远。赛场上，朴永俊不顾一切地发力，赶在金在勋跟前领滑，两人的速度越来越快，与严阳之间的距离在渐渐缩小。

严忆北吃惊道："金在勋让朴永俊在前面领滑，这是什么战术？朴永俊是韩国队留的后手吗？"

贾长安摇摇头："他们这是弃一保一。现在，朴永俊相当于是牺牲个人，帮助金在勋破风领滑，减少阻力，以便让他保存体力。换句话说，韩国队现在是'二打一'。"

贾长安分析完，两人更为担忧地盯着赛场。

赛道上，严阳已经汗如雨下，身后的朴永俊和金在勋也越来越近。终于来到最后三圈，朴永俊在某个弯道的时候，突然兵行险着，从内线切入，直逼严阳，试图将严阳撞倒。

严阳瞥到人影，身子微微一晃，上半身贴近地面，以近乎在地面飞行一般的姿态，躲开朴永俊，滑出弯道。朴永俊想要减速，已经来不及，直接朝着护栏方向撞过去，巨大的撞击力让朴永俊当场瘫倒在冰面上，依靠惯性，滑出很远的距离。观众一片哗然。

最后一圈铃声敲响，身后金在勋目光如炬地朝着严阳直逼而去，比赛陷入胶着的白热化阶段。最后，进入直道了，汗水模糊了视线，严阳只能听见自己的喘息和心跳声，像雷鸣一般，越来越响。周围的一切仿佛虚化了，这一路来众人的声音在耳边响起，陈谨、唐寒、金莹、严振华……一张张脸在眼前浮现。

定神咬牙，一路疾驰，金在勋在身后几次三番想要干扰，但因为乱了节奏，体能下降，被严阳甩得越来越远。终于，严阳如同箭一般，第一个冲过终点线。随后，金在勋和其他选手依次冲线。严阳扶着双膝，直喘粗气，耳朵嗡嗡的，听到周围雷鸣般的掌声有些发蒙，他费力地抬起眼皮，电子屏上显示出：严阳：2分18秒181——“新纪录”。

直播间万籁俱寂，严忆北和贾长安仿佛不敢相信似的，张大嘴巴。

贾长安扯下耳机，声嘶力竭地高喊：“赢了！赢了！冠军！严阳是冠军！”

严忆北也失去表情管理的能力，满脸泪水：“严阳！严阳顶住了！中国队首金！2分18秒181，打破了金在勋保持的世界青年赛的纪录！新纪录是属于中国人的！”两个人边叫边喊，盯着屏幕直抹泪水，又抱在一起跳起来。

严森林抖着手接通电话：“在看，在看呢！忆北，好样的，阳阳真是好样的！好，你别忘了，等会儿还有直播，我和振华他们守着看团体赛啊！好好干，爸爸给你们的直播‘刷火箭’去！”

沙发上，严振华搂着曲洁，声音颤抖：“赢了！赢了！”曲洁将头靠在他肩上流泪：“咋感觉跟做梦一样？”他搂着曲洁的手紧了紧，吸了吸鼻子，怅惘地看向窗外。

女子组决赛即将开始，众人簇拥着田苗去参加这最后一战，严阳坐在等候区休息。严阳喘着气，双手不自觉摊开，他怔怔地看着自己的手掌，竟然有些迷茫。金莹陪在一旁，满脸笑意看着他：“恭喜你！”

严阳抬头看看金莹，又看看休息室的直播屏幕，抹了一把脸，感觉像是在做梦。金莹看到他这个样子，忍不住笑了："可别太飘飘然，一会儿还有团体赛呢！你赶紧坐下，恢复恢复体力。"

金莹说着，就要起身帮严阳买饮料，正要往前走，却感到手腕被一只坚实温暖的手掌握住，她转头，两人四目相对。严阳满是汗水，眼睛却熠熠生辉。严阳呼出一口气，一改往日嬉皮笑脸的样子："金莹，谢谢你。"

"在所有人都想放弃我的时候，是你拉了我一把，让我当了你的陪练；当我被训练折磨得死去活来，我也是靠着给你发消息那一点点念想坚持下来的……"

金莹有些怔住，睫毛微微颤动，又感动又好笑，赶紧打破这煽情的氛围。严阳拉住她的手却更加紧了："你是这块金牌的来源。"金莹一愣。

严阳认真地说："金莹，短道是我从小到大的热爱，也是我毕生的选择和坚持。这条路，我走得很曲折……"

"但我很高兴，有你和我一起走。如果可能，我们可以还像以前一样吗？"一字一句，严阳认真地盯着金莹的眼睛。被严阳炽热的目光灼烧着，金莹的脸有点儿发烫。她咬住下唇，没有说话，被握住的手却悄悄反握了回去。

突然，隔壁场馆内传来一阵山呼海啸般的欢呼声，还依稀有大喇叭播报成绩："田苗，44 秒 803，中国。"

两人惊喜对望。

病房里，刘小雨半躺在病床上，激动地抓住陪护的叶小小双手：“赢了、赢了，田苗第二！”挂壁电视回放着田苗和另外一位选手冲刺的精彩瞬间，叶小小看着电视里的画面，还是忍不住激动地流泪，这一路太不容易了。平复心情后，叶小小掏出手机，在与唐寒的对话框中输入：“一金一银，恭喜你，我的冠军教练。”

发完正要放下手机，可是提示音却在此刻响起。叶小小没想到唐寒这么快回复，好奇地打开：

“教练和队医处对象好像不违反规定，所以……”

“可以做我的女朋友吗？”

叶小小愣住，随即嘴角不禁绽放出笑容。

看到叶小小的回复，唐寒万年的冰山脸上春风和煦，笑着关掉手机，装进裤兜。这时，田苗脸色红红地回到等候区，陈谨揽着她的肩膀，众人都一脸轻松喜悦。金莹左右手分别拉着田苗和严阳：“太棒了，之前大家还担心你俩进决赛压力大呢，结果拿下了一金一银！今晚我们一定要好好庆祝！”

最后一场团队赛，2000米接力赛跑即将开始，郝瀚已经过了体检，换好衣服，准备入场了，严阳看杨梦然还站在那边不动，连忙催促她去准备。

“别瞎指挥了，第一棒在这儿呢。”陈谨用眼神示意了一下金莹的方向。

金莹对着陈谨点头：“这就去准备。”说完，回头看了严阳一眼，笑着离开了。

严阳满脸错愕：“这……”

唐寒将严阳拉走：“别这、这、这的了，赶紧平静一下，换装备，恢复体能。”

等候室里只剩下了田苗，她默默地走到角落，拨通电话，声音激动得有些颤抖：“你睡了吗？”

“睡了。有事吗？”邹勤含糊的声音从那边传来。

田苗一愣，然后有些尴尬，她没想到有时差……

突然郭天天聒噪的声音迸出来：“田苗！田苗！你可真为我们青训营争光！还有严阳，你们太棒了！我看得手心直冒汗！”郭天天在电话那头敲锅打碗，兴奋得上蹿下跳。邹勤一把把郭天天推开，声音也满带笑意：“骗你的！我和天天一直盯着直播呢！田苗，恭喜你！”边说边走到旁边安静的地方。

“邹勤，谢谢你，如果没有你，我根本就没能力站在这个赛场上，更别说拿到银牌了。”

“在我心里，你一直是最优秀的。”邹勤顿了顿，继续道，“我等你回来——”

“等我回来……”田苗同时开口。

两人同时停住，沉默了一会儿。田苗忐忑而犹豫：“邹勤，如果，我是说如果，我能有机会拿到国家队的名额，你愿意陪我一起去吗？”

邹勤看了旁边还在疯狂的郭天天一眼，捂着手机，认真回答：“一定。”电话那端，田苗舒展眉头，轻轻地笑了。

挂掉电话，邹勤脸上浮出幸福的笑容，转头看向直播屏幕时却隐隐担忧，接下来的2000米接力赛，女子组里，杨梦然状态不稳定，而田苗刚比赛完，还能撑得住吗？

突然他瞪大了眼，屏幕里裁判喊出“中国队”的时候，四道飒爽的身影整齐地出现在镜头里。镜头一一扫过，严阳、郝瀚、田苗和……金莹?

金莹英姿飒爽，对着镜头，比了个大拇指。

接力比赛第一棒选手就位。金莹站在起跑线上，矫健的身姿充满爆发力，自信满满地做好起跑姿势，嘴角带笑——严阳，我回来了。

发令枪响，金莹毅然冲了出去，丝毫没有迟疑。

“叮咚——”手机响起，文教练和孙教练同时点开“教练组”微信群，三张图片弹了出来：第一张，严阳高举双手，嘴里咬着金牌；第二张，田苗捧着银牌和花束；第三张是金莹、严阳、田苗和郝瀚的四人合影，胸前挂着金牌，站在最高领奖台上。

孙教练放大最后一张照片，一个个仔细看他们脸上的笑容，感慨道：“依我看，最大的收获还是这个。”文教练的目光落在金莹的笑脸上：“你是说这块金牌，还是他们带回来这个人？”

两人相视一笑。

大巴车后排，严阳手指在两块金牌上反复摩挲，长舒一口气，百感交集。突然感觉到肩膀上的重量，侧脸一看，坐在一旁的金莹不知何时靠在他的肩膀上。金莹闭着眼、戴着耳机，像是睡着了。严阳将两块金牌塞在她手中，轻轻握住了她的手，把脸转向窗外，布达佩斯的街景如流水一般滑过，他轻轻地笑了。两只手紧紧握在一起，金莹的脸上浮现出一丝淡淡的微笑。

一年后。四周雪松耸立，偶尔有簌簌碎雪坠落，抬头一看，松鼠的影子在林间一闪而过。大巴车晃晃悠悠，在刚扫干净的公路上前行。道路两侧堆着积雪，车窗外的每一刻定格都如同一幅纯净的画，金莹和严阳十指相扣，看着车窗外的景色。

车内前排，严森林稳稳当当地靠在椅背，面朝着大家，活像一个导游："那红砖大院子大家看到了吗？就是挂着红灯笼的——那里是咱们雪乡旅游度假区的游客中心，洋气吧？"

严振华啧啧感叹："您这度假区还挺大啊！"

严森林听了很是得意："咱这度假区不仅能带动旅游经济，还请了很多当地留守的妇女做后勤保障，老乡们都可支持我们了！"

"那我能问个实际的吗？"严阳弱弱开口。

"问。"

"咱们去玩，要钱吗？"叶小小接话。

田苗紧跟着问："报您的名字能打折吗？"

严森林乐了，哈哈大笑："叔叔哪能要你们的钱啊！你们都是给咱中国挣脸的好孩子，叔叔请你们，免费吃，免费玩，只要你们来做咱雪乡旅游的代言人！"说罢，众人一阵鼓掌叫好。

严忆北坐在后排，举着摄像机，拍下了这一切，李念雪捅捅严忆北，小声问道："这纪录片快完成了吧？"

"快了。你呢？今年的积分排名怎么样？"

李念雪握住严忆北的手："最后一站，月底在俄罗斯，要是我能排进前十，就够分进奥运大名单了。"严忆北轻轻搂住李念雪。

大巴车停下，众人下车。严忆北的镜头晃动了两下，定格在一排红色建筑上，校门崭新，门上“红星小学”四个字笔体有点儿幼稚。教室里的桌椅摆放整齐，校园一片寂静，操场上堆着积雪，白茫茫一片。严森林豪迈地指点江山：“前两年回来，看教学楼和操场有些破败，给他们捐了一栋新的。操场和后边的小河也都给改建了，冬天，孩子们能有个像样的冰场——他们校长非得让我给提个校名挂着——”

校名那几个字果真歪歪扭扭。

众人边说话边往里面走。望着翻修一新的操场，严振华百感交集：“阳阳，当年，你爷爷就是在这里当体育老师的。带着一群孩子，在冰上追梦……”

唐剑也附和道：“我还记得那时候，每到冬天，严老师浇完冰，一下课大家都拥到这里，尽情地玩。后来冰河来了，还戴着一顶小红帽，她跳的那些花样，我们见都没见过……”

唐剑和严振华对望一眼，默默钩住了对方的肩膀。

昔日的雪乡，三个稚童在冰雪间飞快地滑行、嬉笑打闹，漫天白雪中，小红帽依然火红耀眼，银铃般的清脆童声在天地间回荡。成群肃立的树梢，抖落簌簌积雪。碎雪片片，飘向远方，飘入一条长长的、黑暗的甬道，飘落到一双火红的肩膀上，无声融化。

严阳身穿赤红的国家队队服，面色肃穆平静。金莹、田苗等队员跟在身后，他们沉默地穿过甬道，只有呼吸与心跳作响。走出甬道，眼前一亮，五星红旗映入眼帘，铺天盖地的欢呼呐喊奔涌而来。

众人深吸一口气——2022 北京冬奥，我们来了！